中国文学史

主编 王文生

宋元文学史

沈祥源 编著

普通高等院校汉语言文学专业规划教材

武汉大学出版社
WUHAN UNIVERSITY PRESS

图书在版编目(CIP)数据

中国文学史·宋元文学史/沈祥源编著.—武汉：武汉大学出版社，2009.5(2017.2 重印)
普通高等院校汉语言文学专业规划教材
ISBN 978-7-307-06657-1

Ⅰ.中…　Ⅱ.沈…　Ⅲ.①文学史—中国—宋代—高等学校—教材 ②文学史—中国—元代—高等学校—教材　Ⅳ.I209

中国版本图书馆 CIP 数据核字(2008)第 167242 号

责任编辑:詹　蜜　卢　伟　　责任校对:刘　欣　　版式设计:马　佳

出版发行：**武汉大学出版社**　(430072　武昌　珞珈山)
(电子邮件：cbs22@ whu. edu. cn　网址：www. wdp. com. cn)
印刷:湖北金海印务有限公司
开本：720×1000　1/16　印张:29.5　字数:526 千字　插页:1
版次:2009 年 5 月第 1 版　2017 年 2 月第 3 次印刷
ISBN 978-7-307-06657-1/I·344　定价:38.00 元

目 录

宋代文学

● 第一章 宋代文学概说 3

第一节 宋代文学的社会背景 / 3

第二节 宋代思想文化对文学的影响 / 6

第三节 宋代文学的发展概况 / 9

第四节 宋代文学的审美特征 / 12

● 第二章 欧阳修与北宋诗文革新运动 18

第一节 宋初复古思潮与王禹偁 / 18

第二节 宋初诗文创作与西昆体 / 24

第三节 欧阳修与诗文革新运动 / 27

第四节 梅尧臣 苏舜钦 / 37

第五节 王安石 / 42

● 第三章 北宋前期的词 53

第一节 晏殊和晏几道 / 53

第二节 张先和其他词人 / 57

第三节 柳永 / 63

● 第四章 苏轼 68

第一节 苏轼的生平和思想 / 68

第二节　苏轼的文学理论和散文 / 71
第三节　苏轼的诗 / 77
第四节　苏轼的词 / 82
第五节　苏洵和苏辙 / 89

● **第五章　北宋后期的诗词** ______ 92
第一节　黄庭坚和江西诗派 / 92
第二节　秦观 / 101
第三节　周邦彦 / 106
第四节　北宋后期其他作家 / 110

● **第六章　南宋前期诗词** ______ 114
第一节　李清照 / 114
第二节　张元干、张孝祥和其他词人 / 120
第三节　陈与义与南渡初期诗人 / 125
第四节　杨万里和范成大 / 129

● **第七章　陆游** ______ 140
第一节　陆游的生平和创作道路 / 140
第二节　陆游作品的思想内容 / 145
第三节　陆游诗歌的艺术成就 / 153

● **第八章　辛弃疾和辛派词人** ______ 158
第一节　辛弃疾的生平和思想 / 158
第二节　辛词的思想内容 / 162
第三节　辛词的艺术成就 / 169
第四节　辛派词人 / 175

● **第九章　南宋后期诗词** ______ 181
第一节　姜夔及其他词人 / 181
第二节　永嘉四灵和江湖诗人 / 193
第三节　文天祥及宋末爱国诗人 / 199

● **第十章　宋代散文、骈文和文论** ______ 207
第一节　散文的发展和成就 / 207

第二节 骈文的创作 / 220
第三节 文论、诗话和词话 / 229

● **第十一章 宋代的话本和戏曲** 244
第一节 话本小说 / 244
第二节 戏曲 / 255

● **第十二章 辽金文学** 263
第一节 辽金文学的发展 / 263
第二节 王若虚与元好问 / 269
第三节 董解元《西厢记诸宫调》/ 277

元代文学

● **第一章 元代文学概况** 285
第一节 元代社会与元代文学 / 285
第二节 戏曲文学的发展和兴盛 / 290
第三节 元代的散曲和诗文 / 298
第四节 元代文学的艺术特征 / 301

● **第二章 关汉卿及其杂剧** 309
第一节 关汉卿的生平和创作 / 309
第二节 窦娥冤 / 312
第三节 《望江亭》和《救风尘》/ 316
第四节 关汉卿的其他杂剧作品 / 319
第五节 关汉卿作品的艺术特色 / 328

● **第三章 王实甫和《西厢记》** 334
第一节 王实甫的生平与作品 / 334
第二节 《西厢记》故事的演变 / 338
第三节 《西厢记》的思想内容 / 340
第四节 《西厢记》的艺术成就及影响 / 348

● **第四章 元杂剧前期的其他作家及作品** 354
第一节 白朴和《梧桐雨》/ 354

第二节　马致远和《汉宫秋》/ 359
第三节　北方其他杂剧作家和作品 / 363

第五章　元杂剧的衰微及后期作家作品 386
第一节　杂剧的南移和衰微 / 386
第二节　郑光祖和乔吉 / 388
第三节　金仁杰等其他杂剧作家 / 392

第六章　元代的南戏 396
第一节　南戏的形成与发展 / 396
第二节　高明和《琵琶记》/ 399
第三节　四大南戏 / 405

第七章　元代的散曲 411
第一节　散曲的兴起及艺术风格 / 411
第二节　前期的散曲作家和作品 / 416
第三节　后期的散曲作家和作品 / 429

第八章　元代的诗文 439
第一节　元代的诗文概况 / 439
第二节　前期的诗文作家和作品 / 441
第三节　后期的诗文作家和作品 / 447
第四节　元代的文学理论和批评 / 459

中国文学史

宋代文学

缺月挂疏桐，
漏断人初静。
时见幽人独往来，
缥缈孤鸿影。
惊起却回头，
有恨无人省。
拣尽寒枝不肯栖，

第一章　宋代文学概说

第一节　宋代文学的社会背景

宋代分为北宋(960—1127)和南宋(1128—1279)，历时319年。这个朝代，阶级矛盾和民族斗争十分激烈，统治阶级在政治、经济、军事和文化方面都进行了一些改革，加强了中央集权制，但收效不大，统治集团仍显得软弱无力。然而在科学文化方面，却有很大的发展；文学艺术丰富多彩，富有特色，在我国文学史上占有重要的地位。

后周恭帝显德七年(960)，赵匡胤在陈桥驿(今开封东北四十里)发动兵变，取代后周建立了宋朝，定都东京(今开封)，史称北宋。建国后，赵王朝用近二十年的时间，使用武力和外交手段，吞并了南方诸小国和建都太原的北汉，使唐末五代以来七十多年的分裂局面归于统一(除长城一带的辽国外)。为了巩固新政权，统治者采取一系列措施，加强了中央集权制，在客观上起到了发展生产、繁荣经济和文化的作用，出现了近百年的承平景象。同时，宋王朝对内高压、对外妥协的政策，又导致了积贫积弱的严重后果，激化了阶级矛盾和民族矛盾。靖康二年(1127)，金兵南侵，掳去了宋朝的徽、钦二帝，淮水以北的大片国土沦陷。宋室被迫南迁，在南方建立起一个偏安政权，首府临安(今杭州)，史称南宋。南宋时，民族矛盾成了国家的主要矛盾，广大人民和爱国将士们是民族抗战的主力军，而南宋王朝不但不支持抗战力量，反而对其加以破坏和镇压，向外敌委屈求和，不图恢复。宋帝赵昺祥兴二年(1279)，元兵几乎占领了中国全部，陆秀夫抱幼帝赵昺投海，南宋王朝也就完全覆灭了。

整个宋代，阶级矛盾十分激烈。宋王朝接受了晚唐五代藩镇割据的历史教训，加强了专制主义的中央集权。开国的第二年，赵匡胤就采用了宰相赵普的建议，解除了禁军统帅石守信等大将的兵权，把全国精兵集中在京师，使诸藩镇都知道自己的军队不如中央，不敢反叛。而且，朝廷对将士调动频繁，造成“兵无常帅，帅无常师”(《文献通考·兵考》)的局面，以防止兵将之间感情过深而危及中央。此外，又规定了各路转运使负责财赋，死刑案件要报中央复审等。这样，就使军权、财权、司法权都集中在朝廷。在朝廷中，又分割了宰相的权力，由中书主政，枢密主兵，三司理财，真正做到了一切权力归皇帝。这些措施，有利于全国政令的统一，造成了一个较为安定的社会环境，对经济和文化的发展起了一定的促进作用。可是，这种高度中央集权下的承平局面却潜伏着更大的危机。在政治上，“冗官”现象严重。宋代继承了前代的教育和科举制，在京师设有国子学、太学，培养官吏人才；还扩大了科举录取的名额，吸引大批士子走读书应举之路；对前朝的王公贵族、当朝的官员后裔和文人学士，都给予优厚待遇。这样，官僚机构人员多，办事效率低，“州县之地不广于前，而官五倍于旧”(宋祁《上三冗三费疏》)。在军事上，由于中央集权过多，将帅调动频繁，使得“兵不知将，将不知兵”；边境有事，皇帝还派宦官监军，使将帅不能发挥主观能动性，而士兵素质低劣，缺乏训练，许多士兵都是灾荒之年朝廷为了防止灾民聚众造反而招募入伍的，人数虽多但战斗力不强，这就造成“冗兵”现象。从宋太宗太平兴国四年(979)对辽的高梁河之役开始，直到宋朝覆灭，宋王朝几乎每次战役都以失败告终，最后只好割地赔款，屈膝求和。在外敌面前，宋王朝一直处于被动地位。在财政方面，“冗官”、“冗兵”需要大量的费用维持，加上还要向外敌送礼，这就必然加重人民的负担。赵翼说：“恩逮于百官者，惟恐其不足；财取于万民者，不留其有余”(《廿二史札记·宋制禄之厚》)，这就是“冗费”。沉重的苛捐杂税，逼得农民走投无路，只有揭竿而起，进行反抗。据不完全统计，从宋太祖到仁宗时，大小农民起义上百次，且“盗贼一年多如一年，一伙强于一伙”(欧阳修《再论置兵御贼札子》)。整个宋朝，农民起义接连不断，宋太宗时王小波、李顺的起义，仁宗时王伦、王则的起义，徽宗时方腊、宋江的起义，高宗时钟相、杨么的起义，就是其中规模较大的反抗行动。可见，宋代的阶级斗争是十分激烈的。封建时代的正统文学，多为封建士大夫所创作，他们自然不会站在农民阶级的立场上去反映这些斗争；但他们并不回避矛盾，像王禹偁、梅尧臣、欧阳修、辛弃疾、陆游、范成大、文天祥等，都曾在自己的作品中揭露过劳动人民和封建统治者之间的尖锐矛盾，甚至还认识到“官逼民反”的道理，表现出对劳动人民的深切同情。在民间流传的话本中，也有直接指斥封建官吏贪赃枉法的，如《错斩崔宁》，还有歌颂人民反抗精神的，如《宋四公大闹禁魂张》。这些作品，构成了宋代现实主义文学的重要方面。

宋代的民族矛盾也一直处于激烈状态。北宋前期与辽、西夏，后期与金之间的战争，南宋与金、元的战争，连绵不断，直到最后为元所灭，这是以往的封建王朝所罕有的。所以，在宋代文学中，爱国主义也是贯穿始终的光辉主题。开国不久，诗文革新运动的先驱者柳开就有《代王昭君谢汉帝疏》和《塞上》等作品，借古喻今，抨击了宋初对辽屈辱求和的政策。此后范仲淹、苏舜钦、王安石、苏轼等作家，都不乏抒爱国豪情之作。南宋时，民族矛盾上升为当时的主要矛盾，政治上表现为主战派和主和派的斗争。爱国力量包括了人民组织起来的抗金义军（如王彦领导的太行山一带的"八字军"、河南一带的"红巾军"）和朝廷的爱国将士（如宗泽、韩世宗、岳飞、文天祥）等；投降派则是秦桧、贾似道等贪官污吏。当时的文学也表现了这种斗争。以陆游为代表的爱国诗人和以辛弃疾为代表的爱国词人，使宋代的爱国主义文学发展到高峰。最后，民族英雄文天祥，以"从今别却江南路，化作啼鹃带血归"（《金陵驿》）的悲歌，告别了沦丧的故国，为宋代文学奏出了悲壮苍凉的尾声。

由于宋代始终处于内忧和外患交相煎熬的境地，因此封建统治集团内部的政治斗争也格外激烈，带有明显的派别性。北宋时，面对着国家积贫积弱的严重局势，在统治阶级内部，不同阶层的人士采取了不同的态度，形成了一些对立的政治派别。许多有识之士，为改变国难民穷的局面，主张改革，兴利除弊。宋仁宗时，范仲淹为参知政事，在欧阳修等人的支持下，提出了改革方案，主要是改革吏制，克服官员冗滥和因循守旧的弊病，史称"庆历新政"，但不到两年，在保守派的攻击下，新政失败。宋神宗时，王安石主持改革，实行变法，以达到富国强兵的目的，可是，几经周折，经过十多年，最后也还是失败了。这些斗争对北宋的文学创作产生了重大影响。南宋时，面对外敌的侵入，统治阶级内部表现为主战派和主和派的政治斗争。作家们对这些斗争是很敏感的，许多人本身就是这些斗争的领袖或重要成员，他们用作品表明自己的态度，发表自己的见解，抒写自己的情怀。因而，宋代文学作品往往带有强烈的政治倾向性，具有较浓的议论色彩，作者的观点和主张，经常是毫不隐讳地直接表述出来。宋代文学中"以文为诗"、"议论入词"的现象，与此不无关系。

宋代处于我国封建社会的中期，在其建国后也曾采取了一些措施，发展生产，奖励耕植。宋太祖曾下诏："有能广植桑枣，垦辟荒田者，止输旧租；县令、佐能招徕劝课，致户口增羡、野无旷土者，议赏。”(《宋史·食货志》)这样，北宋农业生产很快发展起来，在初期的百年间，开垦田亩比五代末增加约一倍，户口增加近两倍。南宋时，北方经济遭到破坏，但南方还持续着繁荣局面。宋代不仅农业发达，手工业、冶矿、制瓷、造船、纺织、造纸和印刷也很发达，城市越来越多，十万户以上的城市唐代只十三个，宋代增加到四十六个。城市经济的发展，为文化的发展提供了条件。《东京梦华录》和《都城纪胜》等书曾记载当时汴京(开封)和临安(杭州)的繁荣情况：城内商店、酒楼、游艺场比比皆是，热闹非凡，同时打破了唐代不得夜市的规定，通宵达旦，买卖不断。这给戏曲、说书等通俗文艺开辟了发展的场所。当时，以歌舞讲唱为主的诸宫调，已具备戏剧特点的杂剧，还有已成戏剧形式的南戏，在民间已很盛行，从前人的笔记中可知其内容是很丰富的，具有很强的现实意义，为元代杂剧的发展奠定了良好的基础。宋代的话本出现，使我国小说发展到了新的阶段。说话艺人把故事用活的口语讲述出来，突破了文言的束缚，更便于表现生活，为群众所喜闻乐见。话本不受演出条件限制，流行得更广，无论是说古(讲史)，还是道今(现实题材)，都力求故事性强，情节生动，结构完整，引人入胜，表现了我国小说的民族特点。话本和戏曲都是宋代文学的重要组成部分，真实地反映了市民阶层的生活和思想感情，内容广阔，现实性强。比如《大宋宣和遗事》，直接歌颂了宋江等农民起义军，为《水浒传》的先导；而金代董解元的《西厢记诸宫调》，一反传统封建意识，歌颂了张生和莺莺争取婚姻自由的斗争，批判了封建礼教，是王实甫《西厢记》的直接源头。话本和戏曲的盛行，表明我国叙事性文学有了新的发展，这是具有划时代意义的。

在宋代这种广阔而复杂的社会历史背景下产生的宋代文学，也带着它特殊的时代色彩展现在我国文学史上。丰富多彩的社会生活，得到了真实深刻的描写；人们的思想感情，得到了充分透彻的抒发。宋代文学胜利地完成了历史赋予它的崇高使命。我国现实主义和浪漫主义相结合的优良文学传统，在宋代不仅没有中断，而且得到了全面的继承和很大的发展，在我国波澜壮阔的文学长河中，它是具有无限风光的一段。

第二节　宋代思想文化对文学的影响

一个时代社会生活的各个方面，都会对文学产生影响，但有大小深浅之分，而不是均衡的、同步的。其中思想文化的影响要广泛和深刻一些。宋代的思想文化领域气象繁荣，活跃开放，儒、道、释各派都有自己的天地，其中以新出现的理学最为重要，理学或称道学，又称新儒学。

为了维护封建秩序，统一统治集团内部的思想，有必要建立一套思想理论体系，于是理学就应运而生了。理学是经过宋人改造了的新儒学，是在儒家学说的基础上加上新的内容和解说，使之成为两宋统治者的思想武器。北宋的周敦颐、邵雍、张载、程颢和程颐等人是这一理论体系的创始人，南宋的朱熹是集大成者。陆九渊虽与程、朱派有所不同，但也是著名的理学家。理学在当时为统一封建阶级内部成员的思想起了一定的作用。

宋代以儒为主，释、道兼行的思想文化状况，也直接影响了文学作者的宇宙观、人生观和文艺观以及创作实践。其主要表现是：

第一，强调了“文以载道”的社会功能，加深了文道关系的认识。在宋代整个文学活动中，理学家们都异口同声地强调“文以载道”的观点。周敦颐《通书·文辞》云：“文所以载道也，轮辕饰而人弗用，徒饰也，况虚车乎？文辞，艺也；道德，实也。”朱熹《朱子语类》卷一三九云：“道者，文之根本；文者，道之枝叶。唯其根本乎道，所以发之于文皆道也。”理学家从道本位出发，强调了道的重要性，对不载道的浮文空文进行排斥，维护了儒家的道统文统，这是有进步意义的。但是，他们把文看成了道的附庸，抹杀了文的独立性，重道轻文，甚至认为文可以害道，把文艺爱好当成玩物丧志，扼杀了丰富多彩的文学主题，扼杀了作者的个性，削弱了作品的艺术表现力，把文学作品变为道学的传声筒，这些消极因素，直接影响了两宋诗文作品，使许多作品不同程度地带上了一些说教气、陈腐气和书卷气。

理学家关于文和道关系的认识，并不完全为文论家所认同。欧阳修、苏轼、王安石等文学家对文道关系都有所论述，虽然他们也肯定了道在文中的重要性，提出“文以明道”、“文以贯道”和“文与道俱”等观点，但更多的是从文的本体出发去谈如何表现道，强调文学的独立性和其自身的美学价值，研究文学的语言、风格和表现手法。苏轼《书李伯时山庄图后》说：“有道有艺，有道而不艺，则物虽形于心而不形于手。”艺就是指艺术形式，即文学作品。这里，他强调了艺的独立作用。王安石把道和文的关系比作器具与它上面饰纹的关系，强调了器“以适用为本”，但也指出“容亦未可已也，勿先之，其可也”(《上人书》)，充分肯定了文辞的作用。通过理学家、文学家不同观点的讨论，通过对文学历史的研究和作者们的创作实践，长期以来见解不一的文道关系问题，在宋代有了较为深刻的认识。

第二，活跃了文学创作的思想，提高了作者的艺术表现力。宋代理学的建立和发展，本身就是对自汉朝以来儒学的改造和革新，它还吸收了佛家和道家的一些成分，形成了一种新的哲学体系。旧儒学重视名物制度和训诂考证，理学则重视性命义理和据文生义，突破了长期以来儒学故步自封的保守倾向，敢于评古、疑古和发挥新义。此外，佛家禅宗思想的流行，揭示了人本来具有的心性，开启了人们随缘任运和大彻大悟的精神境界。当时，道家思想也很盛行，宋初的几个皇帝还有意倡导道家学说，道家清净无为，顺应自然的生活态度，对文人也有很大的吸引力，使他们在处理社会矛盾时，抱着一种达观坦荡的心态。宋孝宗曾作《三教论》，宣传“以佛修身，以道养生，以儒治世”的人生模式。这些思潮对作家都有不同程度的影响，传统儒家“穷则独善其身，达则兼济天下”的人生观在宋代文人的身上得到了进一步的统一和发展，以儒为主、释道相辅的人生态度使他们对事物看得很通透，对富贵得失看得较淡泊。《容斋随笔》卷十四有云：

士之处世，视富贵利禄当如优伶之为参军，方其据几正坐，噫呜诃箠，群优拱而听命，戏罢则亦已矣。见纷华盛丽，当如老人之抚节物，以上元、清明言之，方少年壮盛，昼夜出游，若恐不暇，灯收花暮，辄怅然移日不能忘；老人则不然，未尝置欣戚于胸中也。睹金珠珍玩，当如小儿之弄戏剧，方杂然前陈，疑若可悦，即委之以去，了无恋想。遭横逆机穽，当如醉人之受骂辱，耳无听闻，目无所见，酒醒之后，所以为我者自若也，何所加损哉？

这种旷达、冷静和坦荡的人生态度，使文学创作的思想甚为活跃，作家们不受成见局限，重视独抒胸臆，不拘一格，不循旧例，自主创新精神得到了充分发挥。在作品内容上，既有如屈原、杜甫、白居易奋进于仕道、忠君爱民的壮歌，又有像陶渊明、王维、孟浩然归隐在山林、自慰自娱的清曲。各种思想感情毫无顾忌地得以宣泄，题材丰富多彩，形式多种多样。艺术风格各异，派别林立，确有千峰竞秀，百川争流之势。

创作思想的活跃，也促进了作家对艺术美的追求，提高了作品的艺术品性。例如禅宗的修炼方式和谐谑、寄托等表达技艺，启发了文学家的思维，从中悟出了许多艺术灵感和技法。陆游《赠五伯长主簿》云：“学诗大略似学禅，且下功夫二十年。”在《九月一日夜读诗稿有感走笔作歌》中又说：“诗家三昧忽见前，屈贾在眼元历历。”严羽《沧浪诗话·诗辨》说得更明白：“论诗如论禅。……大抵禅道惟在妙悟，诗道亦在妙悟。且孟襄阳学力下韩退之远甚，而其诗独出退之之上者，一味妙悟故也。惟悟乃为当行，乃为本色。”他把诗与禅类比，揭示了诗有别趣，指出了诗的本质特点，“诗者，吟咏情性也”。有了这一认识，诗人就会自觉地追求诗的美学价值。又如，道家讲求清虚、崇尚自然的理念，对文学观念、题材和创作方法，也有不同程度的影响。宋人追求平淡自然的艺术风格，反对刻意雕饰。欧阳修《斫雕为朴赋》云："除去文饰，归彼淳朴。"陆游《读近人诗》云："琢雕自是文章病，奇险尤伤气骨多。君看大羹玄酒味，蟹螯蛤柱岂同科?"这些认识，都对提高文学的艺术质量起到了积极作用，正如苏轼所说："出新意于法度之中，寄妙理于豪放之外。"(《书吴道子画后》)

第三节　宋代文学的发展概况

宋代文学是在当时的社会生活和思想文化的历史背景下按照自身的规律发展起来的，它在我国文学发展史上起着承前启后、继往开来的重要作用。根据其发展状况和不同时期的特点，学者们对它作了相对的分期。一般分为北宋和南宋两大期，以宋高宗南渡(公元1127年)为分界线。每大期内又分前后两期或前中后三期，本书按前后两期叙述。每期内的社会政治、经济、文化和文学的发展，文学内部各种样式的发展，虽有密切关系，但又不是同步进行的；而各时期的文学现象，既有分别，又具连续性。

宋代文学体裁，丰富多样。我国传统的文学体裁到了宋代，已基本齐备，诗、词、文、赋都已发展成熟；小说、戏曲已粗具规模。宋代诗歌的创作，在唐诗的基础上，内容和艺术风格都有所变化，形成了独有的特色，但"以文为诗"，散文化、议论化现象较严重。宋代散文的创作，比起唐代，有了新的进展。唐代散文发展到晚唐，已渐衰败，宋初柳开、穆修、石介等人首倡恢复韩柳古文；后经欧阳修、王安石、苏轼诸家的大力提倡和实践，宋代散文为之一变，开创了一代新文风。散文中的各种体式基本齐备，南宋吕祖谦的《宋文鉴》，分了六十一类。像辞赋、传状、书说、序跋、杂记等体裁内容比以前更丰富，写作技巧也更成熟。宋代散文继承了韩柳古文的优良传统，发展了"文从字顺"的一面，克服了其"艰涩险怪"的一面，使文章自然流畅，易达易晓，形成了与唐文不同的风貌，对后世的散文产生了良好的影响。宋代的话本从唐代的"讲唱文学"发展而来，分为讲史(如《新编五代史平话》等)、说经(《大唐三藏法师取经记》等)和小说(《京本通俗小说》等)三类，这是白话小说的开端，为元明清小说的大发展开辟了广阔的前程。戏曲在宋代已经成为独立的文艺形式，为元代戏曲的大发展奠定了基础。

宋代的文学阵营，实力雄厚。宋代以文入仕，增加科举名额，提高了人们的写作素质。政治家、思想家、军事家、帝王将相，都能诗善文，如晏殊、范仲淹、欧阳修、王安石、岳飞、文天祥，都是出将入相的人物，同时也是著名的作家。被金人掳去的亡国之君宋徽宗，也擅长诗文书画，尤工令词。宋代作家数量之多也是空前的。厉鹗《宋诗纪事》所著录的诗人就有三千八百一十二家，比《全唐诗》中的作者多一千六百多人；《全宋词》收一千三百多人的词作，约两万首；《宋文鉴》收录北宋文集八百余种。在众多的作者中，有许多创作体裁多样化、艺术成就全面的作家，如欧阳修、王安石、苏轼、陆游，诗、词、文都有很高的造诣。在文学史上，占有重要地位的作者也不少，唐宋八大家宋占六人，还有杰出的爱国词人辛弃疾，爱国诗人陆游，婉约派词人柳永、秦观、周邦彦、姜夔等。还出现了不少女作家，如魏夫人、李清照、朱淑真等。民间作家也登上了文艺舞台，如诸宫调的创始人孔三传、《西厢记诸宫调》的作者董解元等。真可谓群星璀璨，人才辈出。

宋代文学流派众多，各具千秋。宋代不仅作家众多，而且流派纷呈，各派的文学主张不同，艺术风格也各有特色。宋初，基本上是晚唐五代之余风；稍后，西昆诗风盛行，太学体的势力也很大。经过诗文革新运动，散文变得平易流畅，但各个作家的特点又有不同，诗歌也趋于朴质自然，而江西诗派以生硬险怪的风格，与苏轼等人雄健畅达的诗风分道扬镳，更使北宋诗坛异彩纷呈。北宋词风也出现婉约和豪放两大派，不仅成为两宋创作的主流，而且影响后世。南宋时，陆游、杨万里、范成大、汪元量等，继承梅尧臣、苏轼的诗风，摆脱了江西派的形式主义束缚，使诗歌又回到现实主义的宽阔道路，而且各具特色，景象缤纷。永嘉四灵（徐照、徐玑、翁卷、赵师秀）和江湖派诗人，虽表现出单纯追求艺术形式而脱离现实的倾向，但都自有其趋向和审美趣味，形成流派。词到南宋，出现了辛弃疾、张元干、张孝祥、陈亮等爱国词人和姜夔、吴文英等格律派词人，他们在文坛上都有较大影响。这些不同的风格流派，错综复杂，既相互对立，又彼此影响。同一派中，又有细微区别；对立派里，又有某些牵连。因此，对宋代作家，要进行具体分析，不能简单地把某人归于某派而判定其功过优劣。

宋代词的创作，成就辉煌。宋代是词的发展史上的鼎盛时期，宋词常被人们作为宋朝文学的代表。诗歌发展到唐代，已达到了很高的艺术水平，古体、近体的各种形式的创作都取得了相当高的成就，宋人想从总体上超越前朝是很困难的。而词却不同，词从民间转到文人手里的时间还不长，唐末五代之词，内容和形式都比较单调，多以小令表儿女之情，这就给宋人留下了广阔的地盘以待开垦。北宋前期，晏殊、张先、欧阳修等，都不是专业词人，他们的词沿袭晚唐五代绮丽之风，但在表现手法上有所创新。范仲淹等人的有些词，突破了传统题材的限制，风格也趋于豪壮。到了苏轼时，词境进一步扩大，风格清旷豪放，凡能入诗者，也能以词表现，于婉约派之外别树一帜，形成了豪放词风。到了南宋，以辛弃疾为代表的爱国词派，浩然正气，慷慨悲歌，恢弘了苏词气魄，发扬了苏词雄风，使豪放词派发展壮大起来。而婉约派词，到了北宋柳永时，有了较大进展。柳永是专写词的，他发展了慢词，更便于抒发细腻的感情。秦观、贺铸、周邦彦，对词艺都有不同程度的贡献。北宋末女词人李清照，在婉约派的道路上，另辟蹊径，创造了一种清新俊秀、声调优美的词风，表达她那无穷无尽的国恨家愁。到了南宋，姜夔、吴文英等一批婉约派词人，又创造了一种精巧工丽的词格，悲叹个人身世，抒写离愁别绪，艺术上也有独到之处。宋代的词人，在词的发展史上，都有不同程度的建树。后代的词，大体上也是沿着豪放和婉约这两条大道前进的。宋词显示了创造性的成就，是词史上的一座高峰；宋以后，词虽有所进展，但已不是那个时代文学的主流，也难以全面超过宋词的艺术成就了。

宋代的文学批评，空前活跃。随着创作的繁荣和文学流派的增多，文学理论和批评在宋代发展很快。各派都有自己的文学主张，或见之于诗文，或写成专著。诗文革新运动中的诸家，对文道关系作了较深入的探讨。还有许多作家从实践中总结出了宝贵的创作经验，如欧阳修的“诗穷而后工”说，苏轼的“诗中有画”论，苏辙的“养气”说，陆游的“诗外工夫”说，严羽的“妙悟”论，在文论史上，都有较大影响。诗话、词话、文话、诗文评点，也蓬勃兴起。欧阳修的《六一诗话》，首创体例，使诗歌评论从一般笔记文中独立出来，成了后代评诗的主要形式。如严羽的《沧浪诗话》，颇为后世文论家推崇。词话在宋代是首创，南宋张炎的《词源》、沈义父的《乐府指迷》等，论及了词的许多理论问题。陈骙的《文则》，是讲文章修辞的专著；吕祖谦的《古文关键》，是较早的评点式专著。这些文论文评中有许多见解，至今还有积极意义。

宋代文学也包括了辽金文学。当时中国境内，除宋朝外，还有契丹族的辽国、党项族的西夏和女真族的金国。辽、夏在同宋人的密切交往中，逐渐接受了汉族的封建文化，并发展了自己的文学，它是中华民族文学的组成部分，可惜保存下来的太少。金人占领了北中国后，其文学在北宋文学的基础上也有所发展，在其建国初期和中叶，诗文多是侍从之臣所作，形式雕琢，内容平庸，无足称道；到了金王朝覆灭前夕，诗文创作倾向才有所转变，忧时伤乱、感叹身世之作渐多，出现了元好问这样的杰出诗人。此外民间文艺更加发展，《西厢记诸宫调》就是在此时流传开的。

第四节 宋代文学的审美特征

凡一代有一代之文学，每一时代的文学都有自己的某些特点。宋代文学具有浓厚的时代气息，它是我国抒情文学发展到鼎盛时期的产物。这一时期的文学家，自觉追求文学本体的艺术技巧，创作了具有浓郁情味的作品，继承和发展了我国以抒情文学为主流的优良传统，开拓了叙事文学的新领域，出现了一些具有很高美学价值的文学品类。

宋代文学的审美特征主要表现如下：

第一，弘扬爱国主义的思想情操。宋代文学是以现实主义为主体的文学。士大夫是文学队伍中的骨干，这些作家很重视个人的品德和文化修养，关心君国大事，与时事政治关系密切。他们的作品或直接反映了社会现实，或表现和抒发对时事的感慨，都比此前的文学表现得更为突出和强烈。特别是中华民族的爱国主义精神，自始至终贯穿于整个宋代文学之中，成为最闪亮、最感人的不朽主题。北宋时，作者多以国力衰弱，不能抗敌御侮为憾。范仲淹、欧阳修、苏舜钦、苏轼、王安石诸人，都有这类诗文作品，他们或直接指斥统治者治军无能，如苏舜钦的《庆州败》："守者沮气陷者苦，尽由主将之所为。地机不见欲侥胜，羞辱中国堪伤悲。"或抒发边事的艰辛，如范仲淹的《渔家傲》："燕然未勒归无计，羌管悠悠霜满地，人不寐，将军白发征夫泪。"或表示自己愿为国立战功，如苏轼《江城子·密州出猎》："持节云中，何日遣冯唐？会挽雕弓如满月，西北望，射天狼。"或通过历史上的人和事，怀古寓今，寄托对国力日弱的愁绪，如欧阳修《明妃曲和王介甫作》："谁将汉女嫁胡儿，风沙无情貌如玉。"《再和明妃曲》："耳目所及尚如此，万里安能制夷狄。"王安石《明妃曲》："可怜青冢已芜没，尚有哀弦留至今。"即使是一些作品题材狭窄的作家，有时也表现出关注国难的思情，如贺铸《六州歌头》："不请长缨，系取天骄种，剑吼西风。"表现了有心报国而无路请缨的愤懑。黄庭坚《送范德孺知庆州》："春风旌旗拥万夫，幕下诸将思草枯。智名勇功不入眼，可用折箠笞羌胡。"歌颂了范仲淹父子镇守边关的功绩。在宋王朝南渡以后，作家们爱国热情高涨，他们对统治者丧权辱国、不图恢复的行为极为愤慨，对给国家和人民带来无穷灾难的入侵之敌恨之入骨，国恨家仇涌上笔端，写出了数量空前，质量最优的饱含了爱国主义精神和民族气节的作品。出现了一大批杰出的爱国作家。如岳飞、张元干、张孝祥、李清照、陈亮、陆游、杨万里、辛弃疾、刘克庄、文天祥等。尽管他们的艺术风格有所不同，但爱国忠君思想是一致的。其中如岳飞的《满江红》："壮志饥餐胡虏肉，笑谈渴饮匈奴血。"陆游《示儿》："王师北定中原日，家祭无忘告乃翁。"辛弃疾《破阵子》："了却君王天下事，赢得生前身后名。可怜白发生。"文天祥《过零丁洋》："人生自古谁无死，留取丹心照汗青。"李清照《夏日绝句》："生当作人杰，死亦为鬼雄。"等等，已成为流传千古，老孺皆知的名言警句。这种崇高的爱国主义精神和民族气节，是宋代文学中最为感人的内容，是中国文学园地里最鲜艳的花朵。

第二，充满革故鼎新的创作意识。宋代文学是承前启后、继往开来的文学，它继承和发展了前代文学的优良传统，又创造了具有自身特点的新型文学，有一种自觉的创新意识表现在文学的各个方面。

宋代的文学流派，层见错出。就诗而言，影响较大的就有白体、西昆体、晚唐体、新变派（欧阳修、梅尧臣、苏舜钦诸人）、江西派、东坡体、四灵体、江湖诗派等，每一流派都有自己的新意，都追求着自己的情味，即使在同一派中，不同作家又具自己的个性，如梅尧臣和苏舜钦同为新变派，但艺术风格不同，梅古淡清雅，苏豪放率真。苏轼《书吴道子画后》云："出新意于法度之中，寄妙理于豪放之外。"黄庭坚《以右军书数种赠丘十四》诗云："随人作计终后人，自成一家始逼真。"戴复古《论诗十绝》诗云："须教自我胸中出，切忌随人脚后跟。"这些话正好说明宋代作家具有自觉的创新意识。

宋代的文学体裁，呈现出百花争艳的繁荣局面。诗歌、散文、辞赋这些传统体裁，虽然体制大致相同，但艺术风格、写作方法都力求创新。以文为诗，以文为赋，也算是突破旧体的一种表现。欧阳修《醉翁亭记》不似传统记的写法，苏轼的《赤壁赋》也不是典型赋体的写法。明代孙镰《与余君房论文书》云："《醉翁亭记》、《赤壁赋》自是千古绝作，即废记、赋法何伤？且体从何起？长卿《子虚》，已乖屈、宋；苏、李五言，宁规四诗？《屈原传》不类序乎？《货殖传》不类志乎？《杨子云赞》非传乎？《昔昔盐》非排律乎？……故能废前法者乃为难。"可见，革新固有文体的写法古已有之，而宋代尤为突出。词作为宋代文学的标志文体，更是以新的面貌呈现，其作者之广，创调之多，流派之众，艺术风格之繁，名篇佳作之美，都是空前绝后的。无论婉约派、豪放派，无论柳永、李清照、苏东坡、辛弃疾、周邦彦、姜夔，都能推陈出新，自成风流。清代郭麐《灵芬馆词话》卷一云：

> 词之为体，大略有四。风流华美，浑然天成，如美人临妆，却扇一顾，花间诸人是也，晏元献、欧阳永叔诸人继之；施朱傅粉，学步习容，如宫女题红，含情幽艳，秦、周、贺、晁诸人是也，柳七则靡曼近

> 俗矣；姜、张诸子，一洗华靡，独标清绮，如瘦石孤花，清笙幽磬，入其境者疑有仙灵，闻其声人人自远，梦窗、竹屋，或扬或沿，皆有新隽，词之能事备矣；至东坡以横绝一代之才，凌厉一世之气，间作倚声，意若不屑，雄词高唱，别为一宗，辛、刘则粗豪太甚矣。其余幺弦孤韵，时亦可喜，溯其派别，不出四者。

这段文字对宋词的艺术风格分为四大派，虽不甚详备，但比起婉约和豪放两大派之分，较为具体。宋词名家，体非一格，如晏殊父子风格亦不相同，各家都有独特之处，否则无以成名。

宋代不仅诗、文、词、赋等文体更新繁荣，其他文学样式也是面目一新。尤其是小说，不仅继承了唐代传奇体的文言小说，而且产生了新体白话小说，称为话本。话本是一种新兴的市民文学，以叙事为主。陆游《小舟游近村，舍舟步归》其四："斜阳古柳赵家庄，负鼓盲翁正作场。死后是非谁管得，满村听说蔡中郎。"话本或讲史，或讲经，篇幅较长，正文前先附一个小故事，后引入正本，故事开头和结尾常有诗词，中间亦有诗词等韵文点缀，如《错斩崔宁》、《碾玉观音》、《大宋宣和遗事》、《三国志平话》等。话本的出现为我国文学增添了活力和生机，为我国叙事文体开辟了广阔的新天地。宋代的戏剧与前代的表演小品和唐代的参军戏相比，有了新的突破，从内容到表演形式，从剧本体制到语言技巧，都有了新的进展，形成了名副其实的完整戏剧样式，为元代杂剧及明清传奇奠定了基础。

宋代的文学理论和批评也很兴盛，诗话、词话大量涌现，其内容丰富多彩，有的讲诗、词法，总结诗词创作经验；有的记叙诗坛词苑里的奇闻轶事；有的重赏析，评论作品优劣。其形式多为笔记和语录体，生动活泼，短小精悍，富于中华民族之特色。其中如欧阳修的《六一诗话》、陈师道的《后山诗话》、严羽的《沧浪诗话》、张炎的《词源》等，都有许多新颖的理论和见解，在文学批评史上占有重要地位。

第三，提倡平淡自然的语言风格。宋代的著名作家，一般都与现实关系密切，他们既重视文学的言情功能，也重视文学的明道作用，为了让读者易于接受，他们提倡平易畅达的文风。文学是语言的艺术，因而在语言表达上力求平淡自然，易知易晓，反对雕琢险奇，诘曲费解。黄庭坚《与王观复书》："所寄诗多佳句，犹恨雕琢功多耳。但熟观杜子美到夔州后古律诗，便得句法简易，而大巧出焉。平淡而山高水深，似欲不可企及，文章成就，更无斧凿痕，乃为佳作耳。"宋自古文运动初，在"文以明道"口号下，就提倡一种文从字顺、自然畅达的语言风格。作家们克服了韩愈文章险怪盘纡的一面，继承了柳宗元的平易清疏的一面。苏轼《评韩柳诗》："所贵乎枯淡者，谓其外枯而中膏，似淡而实美，渊明、子厚之流是也。"这种平淡自然的审美观在宋代的创作中得以实现。苏洵《上欧阳内翰书》称欧阳修文章云："执事之文，纡徐委备，往复百折，而条达疏畅，无所间断，气尽语极，急言竭论，而容与闲易，无艰难劳苦之态。"要达到这种"清水出芙蓉，天然去雕饰"的语言境地，不是不下功夫，而是要下大功、狠功、长期功。周紫芝《竹坡诗话》载一小故事：

> 有明上人者，作诗甚艰，求捷法于东坡，作两颂以与之。其一云："字字觅奇险，节节累枝叶。咬嚼三十年，转更无交涉。"其一云："冲口出常言，法度去前轨，人言非妙处，妙处在于是。"乃知作诗到平淡处，要似非力所能。东坡尝有书与其侄云："大凡为文当使气象峥嵘，五色绚烂，渐老渐熟，乃造平淡。"余以为不但为文，作诗尤当取法于此。

平淡自然的语言风格是宋代文学审美的重要特征，从帝王家到一般平民，都追求着这种风格，甚至还用行政手段提倡和推广这种风格，如科举考试，对为文奇涩、刻意雕饰者，皆黜之。

第四，追求声情并茂的艺术品位。宋代文学是我国抒情文学的鼎盛时期，是叙事文学的发展时期，作家们的主体意识自觉而强烈，都希望把自己的作品写出情味来，特别是在艺术形式方面，追求一种高品位的艺术效果。他们比前代作家更加注重语言的表达技巧，创作时不仅要炼意、炼格、炼句，还要炼音。魏庆之《诗人玉屑》卷六："炼句不如炼字，炼字不如炼意，炼意不如炼格。以声律为窍，物象为骨，意格为髓。"姜夔《白石道人诗说》："意格欲高，句法欲响，只求工于句子，亦末矣。故始于意格，成于句字。句意欲深、欲远、句调欲清、欲古、欲和，是为作者。"这里都涉及在锤炼诗意的前提下也要讲究字句的清和与声律的问题。

我国文学素有讲究音韵美的优良传统，总把音韵美作为优秀作品的标志之一。作者们充分发掘了汉语语音的审美功能，从《诗经》到宋词，在诗的句式、押韵、节奏、声调、对仗等方面，积累了丰富的艺术经验，也形成了一些规范的诗体，即格律诗。对于诗文音韵美的研究，也卓有建树。齐梁时期的声律论已自觉地总结出音韵美的若干规律，唐宋时期的诗话词话又有了新的发展。刘勰《文心雕龙·声律》云："声转于吻，玲玲如振玉；辞靡于耳，累累如贯珠矣。"就是音韵美的总要求，即读起来上口，听起来悦耳。

宋代文学，无论是有格律的文体，还是没有格律的文体，都注重了音韵之美，只是不同体裁有不同的要求罢了。

宋代的散文、辞赋、古体诗，不属格律文体，但它们要求文风平易畅达，清新自然，这本身也就是要求语音响亮流畅，明白动听，如行云流水，自然而成；反对生硬僻怪、佶屈聱牙。即使像黄庭坚，写诗追求新奇深巧；所谓“点铁成金”、“夺胎换骨”，多受论者批评；但他对音韵之美，并不忽视，其“用事押韵之工，至矣尽矣。”（张戒《岁寒堂诗话》卷上）宋代的戏曲和话本，本来就是市民文学，多为口耳相传，更应是读之上口，听之悦耳了。孟元老《东京梦华录序》：“新声巧笑于柳陌花衢，按管调弦于茶坊酒肆。”这种说唱文学注重声音的美感比书面文字更为紧迫，其教化和娱乐作用主要是通过听觉感官来体验的。

至于讲究声律的文体，作家们一般都是按律办事的。魏庆之《诗人玉屑》卷十二：“王介甫律诗甚是律诗，篇篇作曲子唱得。盖声律不止平侧二声，当分平上去入四声，且有清浊，所以古人谓之吟诗，声律即吟咏乃可也。仆曰：鲁直所谓诗须皆可弦歌，公之意也。”某种文体经过长期实践总结出来的一些格式和规律，就形成了格律。格律是一种规范化了的模式，创作时应该遵守，所谓突破格律只是指某些局部因内容需要而不得已有所破格，如整体上都不合律也就不属格律文体了。遵守格律是作品音韵美的重要方面。

词是一种格律文体，原本是配乐的歌词，对音韵要求甚为严格，须按调填词，调有定句，句有定字，字有定声，是一种富于表现浓情的韵文样式。其音韵之美体现在两个方面：一是格律本身所赋予的音乐性，因其要与乐曲配合，对字、句、声、调、节奏、押韵等都有规定，按音乐美的原则组合起来成为一定的模式，即使不十分明白词的内容意义，仅按其抑扬顿挫和节奏长短也可得到听觉之美感。另一是字义与字音的结合而形成的音乐美感，即抒情的内容与其相适应的字音所组合的音义统一体。文字内容称为文情，文字声音称为声情，文情与声情的和谐统一，就形成了声情并茂的高品位的艺术。李清照在《词论》中，评论了当时的词家作品的优劣之后，说词云：“乃知别是一家，知之者少。”可见词的音韵美和音乐性是其本色。即使是苏东坡的词，虽“不协音律”，但毕竟是局部，总体来看，还是词的格调，仍不失音韵之美，声情俱佳。陆游《老学庵笔记》载：

> 世言东坡不能歌，故所作乐府多不协律。晁以道谓“绍圣初，与东坡别于汴上，东坡酒酣，自歌《阳关曲》。”则公非不能歌，但豪放不喜

> 剪裁以就声律耳。试取东坡诸词歌之，曲终，觉天风海雨逼人。

后来词虽与乐曲分离，但就词的语言和格律要求而言，仍然体现出音乐美。词这种特性更便于抒发浓情、激情、细腻之情、深切之情，是一种声情并茂的绝美文学体裁，是中华民族流传千古、至今还有生命力的文学样式。

第二章　欧阳修与北宋诗文革新运动

第一节　宋初复古思潮与王禹偁

北宋诗文发展的总趋势，可以用《宋史·文苑传序》中的一段话来概括：

> 国初杨亿、刘筠，犹袭唐人声律之体。柳开、穆修，志欲变古而力不逮。庐陵欧阳修出，以古文倡。临川王安石、眉山苏轼、南丰曾巩起而和之。宋文日趋于古矣。

北宋初期，新建立的赵家王朝，采取了一系列的措施，强化了封建主义的中央集权制，经过几十年的努力，生产得到了恢复和发展，社会环境也较为安定。统治者还注重了思想文化方面的建设，这给文学艺术的发展创造了良好的条件。当时，五代"声偶丽靡"的文风盛行，体格卑弱，与新的政治经济形势很不相适。许多文学之士，对此不满，立志改变陈旧的文风，探求新的创作途径。在理论上，柳开等一些诗文革新运动的先驱者开始反对晚唐五代以来的淫靡文风，倡导改革。范仲淹《尹师鲁集序》云："五代文体薄弱，皇朝柳仲涂起而麾之。"在创作上，出现了一些新的流派。如在诗歌方面，主要有"白体"、"西昆体"和"晚唐体"。从文学发展的过程来看，宋初的文学正处于过渡阶段，旧的文风还没消退，新的文风尚未形成，直到后来的诗文革新运动之后，宋代文风才有了根本改变。

北宋的诗文革新运动，是适应当时政治形势需要的一次大规模的文学改革，也是文学本身发展的必然趋势。从宋王朝一建立，它就开始酝酿着。柳开、王禹偁、穆修等，积极提倡韩愈、柳宗元的古文，开这场革新运动的先河。《宋史·文苑传·梁周翰传》：“五代以来，文体卑弱，周翰与高锡、柳开、范杲习尚淳古，齐名友善，当时有高、梁、柳、范之称。”其中以柳开最为著名。

柳开(947—1000)，字仲涂，号补亡先生，大名(今河北大名)人。宋开宝六年(973)进士，官至殿中侍御史。他在少年时，就潜心于韩、柳古文，以继承韩、柳古文传统为己任。他在《补亡先生传》中自谓“将开古圣贤之道于时也，将开今人之耳目使聪且明也”。他自名“开”，也含有这层意思。柳开所说的道，就是正统的儒家之道，表现这种道的文，就是韩柳倡导的古文。他在《应责》中说：“吾之道，孔子、孟轲、扬雄、韩愈之道；吾之文，孔子、孟轲、扬雄、韩愈之文也。”他主张文与道结合，但以道为本，文为用。他认为“古文”是理想的传道工具。“古文者，非在辞涩言苦，使人难诵读之，在于古其理，高其意，随言短长，应变作制，同古人之行事，是谓古文也。”古理高意，就是指道；短长应变，就是指文。两者的关系，前者是起决定作用的。在《上王祐学士第三书》中，他说：“女恶容之厚于德，不恶德之厚于容也；文恶辞之华于理，不恶理之华于辞也。”基于这些理论，他大声疾呼：“文取于古，则华而有实；文取于今，则华而无实。”(《答臧丙第二书》)在宋初浮靡文风盛行之时，柳开奋然而起，倡导古文，反对时文，重视文章的思想内容，主张文道合一，是具有进步意义的。张景《柳如京文集序》对他作了高度评价：

> 先生生于晋末，长于宋初。拯五代之横流，扶百世之大教。续韩孟而助孔周，非先生孰能哉！先生之道非常儒可道也，先生之文非常儒可文也。离其言于往迹，会其旨于前经，破昏荡疑，拒邪归正，学者宗信，以仰以赖。

柳开的人品高尚，他曾主动上疏请求赴边抗敌，“臣受非常恩，未有以报，年裁四十，胆力方壮。今契丹未灭，愿陛下赐臣步骑数千，任以河北用兵之地，必能出生入死，为陛下复幽蓟，虽身没战场，臣之愿也。”(《宋史·文苑传·柳开传》)这种以国事为己任的精神与他倡导复古文学的思想是一致的。

正因为处于开拓局面初期，加上柳开重道轻文的理论和文学才华的局限，所以他在创作上成就不大，言之无文，理高韵浅。仅《塞上》、《代王昭君谢汉帝疏》、《游太平山记》等几篇诗文，尚可读诵。

比柳开稍后提倡古文的，有姚铉、穆修、范仲淹、宋祁等人。

穆修(979—1032)，字伯长，郓州(今山东郓城)人，只作过蔡州文学参军等小官，一生潦倒。他积极推崇韩、柳古文，搜刻韩、柳的文集。据说他家有唐本韩、柳集，为了刻印，曾求助于亲友，得资后，募工刻板，印数百集，又亲自在京师相国寺设帐出售，这对推广韩柳古文是很有好处的。穆修极力维护韩柳的道统和文统，反对晚唐五代文风。他在《答乔适书》中说："盖古道息绝不行，于时已久。今世士子习尚浅近，非章句声偶之辞，不置耳目，浮轨滥辙，相迹而奔，靡有异途焉。其间独敢以古文语者，则与语怪者同也。众又排诟之，罪毁之，不目以为迂，即指以为惑，谓之背时远名，阔于富贵。"痛切之情，表现在字里行间。

柳开、穆修诸人，不畏世俗之辈的排诟罪毁，倡导古文，抨击时弊，不愧为诗文革新的先驱者；但由于文坛上积重难返，加之他们的理论多袭韩柳旧说，创作也没有完全摆脱五代遗风，所以收效甚微。

在这一时期。文学创作成就最大的作家是王禹偁，他是上承唐之李杜韩白和下启范欧苏王的关键人物，是宋代诗文新风的开拓者，他用现实主义的文学理论和丰富的创作实践，给宋初沉闷苦涩的文坛带来了一股新鲜空气。

王禹偁(954—1001)，字元之，济州巨野(今山东巨野)人。他出身清寒，早年读书勤奋刻苦，聪明自强。宋太宗太平兴国八年(983)进士，后来官至翰林学士。他一生多次到州县任官，对民情比较了解。他为官清廉，刚直不阿，在朝廷任谏官时，敢于直言，《宋史·王禹偁传》云："禹偁词学敏赡，遇事敢言，喜臧否人物，以直躬行道为己任。……其为文著书，多涉规讽，以是颇为流俗所不容，故屡见摈斥。"在为官八年之中竟三遭贬谪。但他的斗志并未因此减退，他曾在《三黜赋》中写道："屈于身兮不屈其道，任百谪而何亏；吾当守正直兮佩仁义，期终身以行之。"这与屈原"九死不悔"的精神是一脉相承的。坚守正道和关注民情是他创作成功的基础。他的著述丰富，今存《小畜集》和《小畜外集》，收诗五百八十多首。

王禹偁是宋代杰出的现实主义诗人，是宋初"白体"诗人的代表，又是诗文革新运动的倡导者。在理论上，他第一个提出继承唐诗的优良传统。对杜甫和白居易，他尤为推崇，曾用"本与乐天为后进，敢期子美是前身"(《前赋村居杂兴诗二首》)的诗句来表达自己对二位诗人的崇敬。他不满当时诗坛的卑弱，"可怜诗道日已替，风骚委地何人收?"(《还扬州许书记家集》)他提出"传道明心"的主张，在《答张扶书》中说："夫文传道而明心也，古圣人不得已而为之也。……既不得已而为之，又欲乎句之难道邪？又欲乎义之难晓邪?"所以，他强调文章应该易道易晓，不可"语艰而义奥"，故求奇险。他提倡学习韩柳之文，但不主张机械模仿，他强调韩愈“吾不师今，不师古，不师难，不师易，不师多，不师少，唯师是尔”的观点，以求文章“文从字顺”。可见，王禹偁的倡导复古，实质上是革新，这给宋代散文的创作指出了新的途径。

更可贵的是，王禹偁还身体力行，用自己的创作去实现自己的主张，写出了许多现实主义的作品。在这些作品中，有关心国家和人民的政治诗，也有描写自然风光的景物诗，还有一些触及时事和说理抒情的散文，内容十分丰富。

王禹偁同情劳动人民，他在《对酒吟》诗中表示：“男儿得志升青云，须教利泽施于民。”儒家“民本”思想，在他的诗文中表现得十分突出。在他被贬到商州时，曾写过一首《感流亡》诗：

谪居岁云暮，晨起厨无烟。赖有可爱日，悬在南荣边。
高春已数丈，和暖如春天。门临商於路，有客憩檐前。
老翁与病妪，头鬓皆皤然。呱呱三儿泣，茕茕一夫鳏。
道粮无斗粟，路费无百钱；聚头未有食，颜色颇肌寒。
试问何许人？答云“家长安；去岁关辅旱，逐熟入穰川。
妇死埋异乡，客贫思故园。故园虽孔迩，秦岭隔蓝关。
山深号六里，路峻名七盘。襁负且乞丐，冻馁复险艰。
惟愁大雨雪，僵死山谷间。”我闻斯人语，倚户独长叹：
尔为流亡客，我为冗散官；在官无俸禄，奉亲乏甘鲜。
因思筮仕来，倏忽过十年；峨冠蠹黔首，旅进长素餐。
文翰皆徒尔，放逐固宜然。家贫与亲老，睹尔聊自宽。

这年关中大旱，饥民流落异乡。这首诗真实地反映了一家饥民的悲惨遭遇；同时也表露了作者当官而不能救民的自疚心情。诗的语言质朴，描写细致，情真意切，具有一定的艺术感染力。

在《对雪》一诗中，作者把自己的小康生活与劳动人民的苦难作了对照，深愧自己“偷安”、“尸位”，表示自己应作“直士”、“良史”，这种严于自责的精神，对一个封建官吏来说，是难能可贵的。这首诗写道：

帝乡岁云暮，衡门昼长闲。五日免常参，三馆无公事。
读书夜卧迟，多成日高睡。睡起毛骨寒，窗牖琼花坠。
披衣出户看，飘飘满天地。岂敢患贫居，聊将贺丰岁。

月俸虽无余，晨炊且相继。薪刍未缺供，酒肴亦能备。
数杯奉亲老，一酌均兄弟。妻子不饥寒，相聚歌时瑞。
因思河朔民，输挽供边鄙。车重数十斛，路遥数百里。
羸蹄冻不行，死辙冰难曳。夜来何处宿？阒寂荒陂里。
又思边塞兵，荷戈御胡骑。城上卓旌旗，楼中望烽燧。
弓劲添气力，甲寒侵骨髓。今日何处行，牢落穷沙际。
自念亦何人，偷安得如是。深为苍生蠹，仍尸谏官位。
謇谔无一言，岂得为直士？褒贬无一词，岂得为良史？
不耕一亩田，不持一只矢。多惭富人术，且乏安边议。
空作对雪吟，勤勤谢知己。

面对大雪，诗人想到了运送边赋的河朔人民，想到了保卫边疆的战士，进而自责自愧，感到自己没有尽到做官为民的责任。其实他为官是尽责的，之所以这样写，说明他更严格要求自己，也暗示了边疆军民之苦是朝政之弊，决非几个谏官可以挽救。全诗感情真切，质朴无华，倾吐了内心的矛盾和痛苦，表露了作者这类正直官吏的共同心情，很有典型意义。

王禹偁诗继承了杜甫和白居易的诗风，而与白居易诗更为接近，故有“白体”之称。他除了写一些时事诗外，也写了一些即景抒情的小诗，清新俊逸，饶有风趣。如《村行》：

马穿山径菊初黄，信马悠悠野兴长。
万壑有声含晚籁，数峰无语立斜阳。
棠梨叶落胭脂色，荞麦花开白雪香。
何事吟余忽惆怅，村桥原树似吾乡。

诗中描绘了山村黄昏时动人的景色，抒发了自己对故乡的思念；政治上的失意之愁也寓于其中，言虽尽而意无穷，耐人寻味。

王禹偁也向民间文艺学习，他的《畲田词》五首，就是以通俗浅显的语言和民歌的格调写的，生动地表现了山村的劳动生活，道出了劳动者的心声。下录二首：

鼓声猎猎酒醺醺，斫上高山入乱云。
自种自收还自足，不知尧舜是吾君。

北山种了种南山，相助力耕岂有偏？
愿得人间皆似我，也应四海少荒田。

王禹偁的散文，内容充实，具有鲜明的思想倾向性；在语言风格上，继承了韩愈“文从字顺”的一面，笔墨流畅，朴实自然。如《待漏院记》，生动地刻画了三种不同政治态度的官僚的形象：一种是勤政慎身，“皇风于是乎清夷，苍生以之而富庶”的贤相；另一种是欺下谄上、私心慆慆，“政柄于是乎隳哉，帝位以之而危矣”的奸相。在将两种对照之后，笔锋一转，端出第三种，“无毁无誉，旅进旅退，窃位而苟禄，备员而全身”的庸相。全文构思新奇，意味深长：贤相难出世，奸相不常有，而庸相却多。

又如《唐河店妪传》，写宋、辽交界处的一个老妇，机智地惩治了残害百姓的辽国士兵，揭露了宋王朝不肯组织人民保卫边土，以致边备废弛、边民受苦的弊病，歌颂了人民的英勇斗争精神。文章借事说理，形象生动，感人至深。

王禹偁还写了一些情趣横生的小品，如《黄州新建小竹楼记》等。宋真宗咸平元年(998)，王禹偁第三次被贬，出知黄州。由于他累受挫折，郁愤填胸，有时也只有寄情于山水，聊以自解。这篇竹楼记就是在这种景况下写的。作者把叙事、写景、抒情、说理熔为一炉，表现了一种古雅飘逸的生活情趣，笔调圆润，很有特色。文中写竹楼风光和谪居情趣时，作者骈散兼用，娓娓叙来：

> 子城西北隅，雉堞圮毁，蓁莽荒秽，因作小楼二间，与月波楼通。远吞山光，平挹江濑，幽阒辽夐，不可具状。夏宜急雨，有瀑布声；冬宜密雪，有碎玉声。宜鼓琴，琴调虚畅；宜咏诗，诗韵清绝；宜围棋，子声丁丁然；宜投壶，矢声铮铮然。皆竹楼之所助也。公退之暇，被鹤氅衣，戴华阳巾，手执《周易》一卷，焚香默坐，消遣世虑。江山之外，第见风帆沙鸟，烟云竹树而已。待其酒力醒，茶烟歇，送夕阳，迎素月，亦谪居之胜概也。

作者这样刻意抒写身处竹楼的雅趣闲情，也正是为了暗示官场上勾心斗角的险恶，文中结尾曾发出“四年之间，奔走不暇，未知明年又在何处”的慨叹，其意味是很深长的。

王禹偁是宋初最有成就的作家，他的作品为宋代现实主义文学的发展奠定了基础。宋代大作家都很敬重他。欧阳修《书王元之画像侧》云：“想公风采常如在，顾我文章不足论。”苏轼《王元之画像赞》云：“以雄文直道独立当世。”从创作艺术倾向来看，王禹偁学习杜甫和白居易的诗风，但更接近白居易，其诗文风格可谓浅近直白有余，沉郁深厚不足。

第二节　宋初诗文创作与西昆体

北宋初，诗歌还未能形成新的时代特色，主要沿袭唐风和五代旧习。方回《送罗寿可诗序》说：

> 宋划五代旧习，诗有白体、昆体、晚唐体。白体如李文正、徐常侍昆仲、王元之、王汉谋；昆体则有杨亿、刘筠《西昆集》传世，二宋、张乖崖、钱僖公、丁崖州皆是。晚唐体则九僧最逼真、寇莱公、鲁三交、林和靖、魏仲先父子、潘逍遥、赵清献之父。凡数十家，深涵茂育，气极势盛。

可见，当时写诗的不少，派别也较多。虽新风未现，但还热热闹闹。归纳其诗体，主要有三种：一是以王禹偁为代表的“白体”，他们学习白居易的诗风，强调诗歌的现实内容和社会意义，要求语言浅显明白；一是以林逋等隐士为代表的“晚唐派”，他们追踪晚唐贾岛、姚合的诗风，抒写幽远枯寂的隐居生活，偶尔也有一些清新之作，但多数作品内容狭窄，艺术上也无多大成就；还有一种就是以杨亿为代表的“西昆体”，这一派影响最大。

“白体”流行较早，除王禹偁外，还有李昉、徐铉诸人，但成就不大。经历近五十年后，晚唐体和西昆体出现了。

晚唐体有潘阆、魏野、林逋、寇准和九僧(惠崇等九个诗僧)等，其中除寇准是高官外，其他多为江湖隐士和僧侣，由于生活狭窄和艺术取向清淡，他们的诗多写风光景物和闲情逸趣，缺乏深刻的思想内容。就艺术技巧来讲，其中有些诗清丽别致，旨趣高雅。如林逋的《山园小梅》之一：

> 众芳摇落独暄妍，占尽风情向小园。
> 疏枝横斜水清浅，暗香浮动月黄昏。
> 霜禽欲下先偷眼，粉蝶如知合断魂。
> 幸有微吟可相狎，不须檀板共金尊。

通过对梅花品格的描写，抒发了作者遁迹江湖、孤芳自赏的情思。作者终身不仕不娶，以梅、鹤为伴，故有“梅妻鹤子”之称，这首诗也代表了他的人品，成为传世佳作。

西昆体是以杨亿编纂的《西昆酬唱集》而得名的，其主要作者有杨亿、刘筠、钱惟演等人。

杨亿(974—1020)，字大年，建州浦城(今福建浦城)人。七岁能属文，十一岁召试诗赋，下笔立成，宋太宗深加赞赏，授秘书省正字。后又命试翰林，赐进士第，官至翰林学士兼史馆修撰。《宋史·杨亿传》说他“天性颖悟，自幼及终，不离翰墨。文格雄健，才思敏捷，略不凝滞”。**刘筠**(970—1030)，字子仪，河北大名人，曾任御史中丞和龙图阁直学士等职。**钱惟演**(977—1034)，字希圣，曾任翰林学士、枢密使、节度使等职。附和他们的还有李宗谔、陈越、丁谓等。这些人，大多是朝廷的文学侍臣，地位显赫，生活优裕。他们在修书制诰之余，醉心于歌舞升平，常为应酬而写诗作赋。《西昆酬唱集》中收录了他们中间十七人的作品，共二百四十七首。

杨亿在《西昆酬唱集》序中说：

> 予景德(宋真宗年号)中，忝佐修书之任，得接群公之游。时今紫微钱君希圣，秘阁刘君子仪，并负懿文，尤精雅道，雕章丽句，脍炙人口。予得以游其墙藩而咨其模楷。二君成人之美，不我遐弃，博约诱掖，寘之同声，因以历览遗编，研味前作，挹其芳润，发于希慕，更迭唱和，互相切劘。

这说明他们的创作，只是“同声相应”、互相唱和；他们的创作手段，只是拾取前人的芳华，雕章琢句，加以编组。他们也对五代以来浮靡浅薄的文风不满，力求形成一种新的诗风。但狭窄的生活限制了他们创造，他们只有从前代作家中寻求自己仿效的榜样。因此，杨亿提出了向晚唐的李商隐学习，他认为李商隐的诗“富于才调，兼极雅丽，包蕴密致，演绎平畅，味无穷而炙愈出，钻弥坚而酌不竭，曲尽难言之要”(见《皇朝事实类苑》)。可惜他只看重李诗的表现形式，而忽略了其真切深沉的思想感情。他们学习李商隐，实际上只学了皮毛而没有学到根本，即内容美和形式美的统一。因此，西昆体不可避免地带有形式主义的倾向。它的内容贫乏，题材狭窄，缺乏深刻的社会意义。有时同一诗题，一人首唱，众人应和，出于应酬，无真情实感可言。例如他们的《无题》诗，堆砌词语，杂凑成章，虽声律谐和，对仗工整，但意境残破，了无情味。现录杨亿的一首，以见一斑。

曲池波暖蕙风轻，头白鸳鸯占绿萍。
才断歌云成梦雨，斗回笑电作嗔霆。
湘兰自古传幽怨，秦凤何年入杳冥。
不待萱苏蠲薄怒，闲阶斗雀有遗翎。

西昆派诗人极爱用典，如杨亿、刘筠、钱惟演三人以《泪》为题的诗，就是把历史和传说中有关的悲愁典故拼凑在一起，什么“锦字梭停掩夜机，白头吟苦怨新知，谁闻陇水回肠后，更听巴猿拭泪时”（杨亿）；“鲛盘千点怨吞声，蜡炬风高翠箔轻，夜半商陵闻别鹤，酒阑安石对哀筝”（钱惟演）；“雍门琴罢已浪浪，更上牛山半夕阳，楚泽云迷千里目，蓟门歌断九回肠”（刘筠）。几乎是字字有来历，句句都用典。这就使西昆体内容狭窄，格调低下，形式上支离破碎，情味浅薄。但由于这一派作家的政治地位都较高，文史知识丰富，辞章修养也很好，加之又迎合了统治阶级点缀太平的需要，所以其影响之大，遍及文坛，即使是寇准、晏殊等忠良之臣，也写过西昆体的诗歌。在《西昆酬唱集》中，也有少量的咏史诗，如《汉赋》、《明皇》、《始皇》等，对封建帝王求仙拜神，纵情声色、专横暴虐作了批判，颇具讽喻之意。如杨亿的《始皇》云：

衡石量书夜漏深，咸阳宫阙杳沉沉。
沧波沃日虚鞭石，白刃凝霜枉铸金。
万里长城穿地脉，八方驰道听车音。
儒坑未冷骊山火，三月青烟绕翠岑。

诗中借秦始皇旧事讽刺宋真宗，词畅意达，音韵铿锵，不失为一首好诗，但这在西昆体中实不多见。

西昆体风靡一时，“杨刘风采，耸动天下”，时人争相效法，诗风因之而变。由于它只重形式技巧而内容贫弱，受到了一些有识之士的批评，其中以石介最为激烈。石介是北宋初期著名的文学批评家，他主张文学必须为儒家的道统服务。他在《怪说》中，曾批评道：“今杨亿穷妍极态，缀风月，弄花草，淫巧侈丽，浮华篡组，刓锼圣人之经，破碎圣人之言，离析圣人之意，蠹伤圣人之道……其为怪大矣。”他以大无畏的精神，“死且不避”，维护圣人之道，反对西昆体，这对北宋的诗文革新运动，起到了促进作用。随着诗文革新运动的开展，风行四十余年的西昆体，终于退出北宋文坛。但是，西昆体学习古代文典，从中吸取语言养料，重视作品的形式美感，为诗精工稳切和词采雅丽等有益的艺术经验，对当时过分直白浅陋和破碎小巧的诗艺是一种冲击，对后来的许多作者也产生过一些良好影响。直到宋仁宗时，还有晏殊、宋庠、宋祁、文彦博、赵抃、胡宿等，依然接近西昆体，被清代文论家王士祯看成是西昆体的后期作家；不过，他们克服了西昆体真情空虚、故作姿态的毛病，写了一些情意真切、语言清丽的作品。如晏殊的《寓意》：

油壁香车不再逢，峡云无迹任西东。
梨花院落溶溶月，柳絮池塘淡淡风。
几日寂寥伤酒后，一番萧索禁烟中，
鱼书欲寄何由达，水远山长处处同。

诗中写与一女子偶然相逢而别后的无限思念之情，意境清丽，恋情真切，语言淡雅，与李商隐风格确有相似之处。

宋初的散文没有什么进展，大多效法晚唐五代人手笔，喜用古语，擅长骈体，且文风浮艳卑弱，千篇一律，无有个性。石介《上赵先生书》批评道：

今之文何其衰乎：去唐百余年，其间文人数以千计，而斯文寂寥缺坏，久而不振者，非今之人尽不贤于唐之人，尽不能为唐之文者，盖其弊由朝廷敦好时俗，习尚染積，非一朝一夕也。

直到古文运动兴起并取得胜利，宋代的散文面貌才有了根本改变。

第三节　欧阳修与诗文革新运动

北宋中叶，社会矛盾加剧，“积弱积贫”的局面已经出现，一些有识之士试图通过改革来缓和日益加深的阶级矛盾和民族矛盾。统治阶级内部形成了以范仲淹为首的改革派和以吕夷简为首的保守派，两派斗争异常激烈。当时文坛上的主将欧阳修，勇敢地站在改革派一边，在进行政治斗争的同时，大力倡导诗文革新运动。

欧阳修(1007—1072)，字永叔，号醉翁，晚年又号六一居士，庐陵(今江西吉安)人。四岁丧父，家境贫寒，“无一瓦之覆，一垅之植，以庇而为生”(《泷冈阡表》)。宋仁宗天圣八年(1030)中进士，先后在中央和地方做官，历任知制诰、翰林学士、参知政事等。神宗熙宁四年(1071)，以观文殿学士太子少师致仕，归于颍州(今安徽阜阳)，次年卒，享年六十六岁。

欧阳修在政治上积极参加了以改革吏治为主的斗争。他站在中小地主阶层的一边，对当时的社会形势有比较清醒的认识，看到了朝廷制度的一些弊病：“今之吏愚不善政，民亦游惰离于农；军国赋敛急星火，兼并奉养过王公；终年之耕幸一熟，聚而耗者多于蜂。”(《答杨辟喜雨长句》)他主张“务农节用”，革除这些积弊。他在任谏官期间，先后向仁宗皇帝呈进六、七十篇奏议，表述自己的政见。他不顾自身安危，与保守派斗争。在《论吕夷简札子》中，他尖锐指出，“以夷简为陛下宰相而致四夷外侵，百姓内困，贤愚失序，纪纲大隳”。对趋炎附势的高司谏，他毫不留情地加以揭露，怒斥其“不知人间有羞耻事”。他严正地驳斥了保守派对改革派的诽谤，希望“人君辨其君子小人……退小人之伪朋，用君子之真朋”(《朋党论》)。由于他敢于直谏，大义凛然，屡遭权贵们的诬陷和排挤，多次被贬；但统治者有时又需要这样的诤臣，加之他才干卓著，所以又多次起用。政治上的曲折，使他颇觉厌倦，进取和退隐的矛盾，在他的晚年表现得比较突出。“十年困风波，九死出槛阱”(《述怀》)，视政治为畏途，思想渐趋消沉保守。最后反而变成了对王安石变法不满的守旧派人物。

欧阳修提倡诗文革新，与当时政治上的改革形势相呼应，也是他的政治进取心在文学上的表现。他在《与张秀才裴第二书》中说：“为道必求知古，知古明道而后履之以身，施之于事，而又见于文章而发之以信后世。”可见，他把“知古”、“明道”，都看做是手段，而“施事”、“致用”才是目的，欧阳修正是利用古文作为自己对奸佞邪恶进行斗争的武器的。

欧阳修集高官、学者、文学理论家和作家为一身，他是北宋诗文革新运动的主将，在理论上、创作上、组织上、行动上，他都无愧于这一荣衔。他继承了中唐古文运动的传统，也接受了北宋初期诗文革新先驱者们的成果，在新的历史条件下，使之发扬光大。他把诗文革新运动推向了高潮，并取得了全面的胜利。范仲淹在《尹师鲁〈河南集〉序》中说：

> 唐正元、元和之间，韩退之主盟于文而古道最盛。僖、懿以降，浸及五代，其体薄弱。皇朝柳仲涂起而麾之，髦俊率从焉，仲涂门人能师经探道，有文于天下者多矣。洎杨大年以应用之才，独步当世，学者刻辞镂意，依稀仿佛，未暇及古也。其间甚者专事藻饰，破碎大雅，反谓古道不适于用，废而弗学者久之。洛阳尹师鲁少有高议，不逐时辈，从穆伯长游，力为古文。而师鲁深于《春秋》，故其文谨严，辞约而理精，章奏疏议，大见风采，士林方耸慕焉。遽得欧阳永叔，从而大振之，由

是天下之文一变。

这充分肯定了欧阳修在诗文革新运动中的地位和作用。

在诗文革新的理论上，欧阳修和韩愈一脉相承，又自有特点。在道和文的关系上，他同韩愈一样，强调道对文的决定作用，他说："道纯则充于中者实，中充实则发为文者辉光。"(《答祖择之书》)但他更强调道与现实生活的密切关系，反对空言理性，把道束之高阁。他强调道的实践价值，必须"知古明道，而后履之以身，施之于事，而又见于文章而发之，以信后世。……其道易知而可法，其言易明而可行"(《与张秀才棐第二书》)。这就比韩愈的认识更全面些了。他强调道的主导作用，但也不轻视文。他不同意石介文道合一、把文看成是道的附庸的观点，反对以道代文。他在《送徐无党南归序》中说："自诗书史记所传，其人岂必能言之士哉!"还以颜渊为例，说明仁者未必就能文。所以他很重视辞章修养，"圣人之道不用文则已，用则必尚其能"(《答刘正夫书》)。在对待西昆体的评价上，也表现了他注重文采的思想观点。他不像石介那样对西昆体一概抹煞，在批判西昆体"多用故事、语僻难晓"的同时，也肯定了西昆诗人"雄文博学，笔力有余，故无施而不可"(《六一诗话》)的才华，还说"杨刘风采，耸动天下，至今使人倾想"。可见，欧阳修在文和道的关系上，认识是比较正确的，在一定程度上突破了封建道统的束缚。这些理论，对引导当时的作家去与实际结合而写出情文并茂的作品来，起了推动作用。

欧阳修大力提倡和推广平实自然的文风。他发展了韩文"文从字顺"的一面，克服了其奇险艰涩的一面，使文学语言通畅易晓。在欧阳修主盟文坛时，经过他的前辈和好友穆修、尹洙、石介、梅尧臣、苏舜钦等人的冲击，加上以前宋真宗曾在祥符二年(1009)下诏指斥西昆诗"辞涉浮华，玷于名教"(《徂徕先生全集·祥符诏书记》)，在这前前后后、上上下下的一片反对声中，西昆体已是强弩之末，没有多大威力了。但由于石介等人在反对西昆体的时候，重道轻文，又缺乏有说服力的创作实践，结果使一些太学生和士子在背弃西昆浮华侈丽的同时，又走上了追求险怪奇涩之路，成了后起的号称"太学体"的时文。此文体风行文坛，比西昆体更加华而不实，索然寡味。苏轼《谢欧阳内翰书》云："士大夫不深明天子之心，用意过当，求深者或至于迂，务奇者怪僻而不可读，余风未殄，新弊复作。大者镂之金石，以传久远，小者转相摹写，号称古文。"对这种败坏古文声誉的文风，欧阳修深恶痛绝。他一面反对西昆余风，另一面主要地还是反"太学体"。嘉祐二年(1057)，他利用自己主持贡举的机会，将内容充实、文风朴质的作品列为上乘，而对那些“以险怪知名者，黜去殆尽”。这一有力措施，给“太学体”以致命打击，“场屋之习，从是遂变”(《宋史·欧阳修传》)。

欧阳修以他在政治上和文坛上的显赫地位，以他卓越的组织才干和文学才华，联合梅尧臣、苏舜钦等好友，提携曾巩、王安石和苏轼等后起之秀，组成一支强大的诗文革新大军，使诗文革新运动向纵深发展。从此，浮艳和艰涩的文风扫地以尽，优秀的古文传统得以广泛长久地流传，我国文学史上第二次古文运动取得了决定性胜利。

欧阳修还用自己丰富的文学创作，为诗文革新提供了良好的范例。他的成果是多方面的，政论游记、辞赋杂文，以及诗词，都不乏精妙之作。苏轼评论他的作品说：“论大道似韩愈，论事似陆贽，记事似司马迁，诗赋似李白。”(《宋史·欧阳修传》)他的诗文，“超然独骛，众莫能及”；“天下翕然师尊之，风尚为之一变”(《宋六十家词选例言》)。

欧阳修的散文创作，成就卓著。特别是政论文，与当时的政治斗争紧密配合，充分发挥了儒家思想中注重国计民生的积极成分，表现了他要求改革时弊的严正立场和不屈的斗争精神。在《与高司谏书》中，他仗义执言，为范仲淹辩护：

> 希文平生刚正，好学通古今，其立朝有本末，天下所共知，今又以言事触宰相得罪。足下既不能为辨其非辜，又畏有识者之责己，遂随而诋之，以为当黜，是可怪也。……

他毫无畏惧地揭露高若讷身为谏官，却不能秉公持正，反而趋炎附势，诽谤忠良。文章理直气壮，剖析深刻，使对手无地自容。像这类政治性很强的论文还有《原弊》、《朋党论》、《纵囚论》等，都表现了一个正直的封建官吏的敏锐见识和斗争精神。

欧阳修又是博古通今的大学者，他曾和宋祁(998—1063)一起重编《唐书》，还独自编写《五代史》，后人称《新唐书》和《新五代史》。因此，借鉴历史来为现实斗争服务，他得心应手，挥洒自如。著名的《五代史伶官传序》，就是通过对后唐李存勖兴亡史实的分析，来说明国家兴亡非由天命、实由人为的道理，表现了他对历史的朴素的唯物主义见解。此文的结尾写道：

> 《书》曰：“满招损，谦受益。”忧劳可以兴国，逸豫可以亡身，自然之理也。故方其盛也，举天下豪杰，莫能与之争；及其衰也，数十伶人

困之，而身死国灭，为天下笑。夫祸患常积于忽微，而智勇多困于所溺，岂独伶人也哉！

文中告诫封建统治者要接受李存勖的教训。全文围绕盛衰二字展开，对照鲜明，有叙有议，忽扬忽抑；语句上骈散兼行，极尽一唱三叹、跌宕顿挫之妙。

欧阳修的记叙文，也写得深沉委婉，趣味醇厚。他善于用明畅而简洁的笔墨，把景、情、议融为一体。如《泷冈阡表》、《秋声赋》、《祭石曼卿文》、《醉翁亭记》等，都是脍炙人口的名篇。

《祭石曼卿文》是一篇三百来字的悼念文章，是作者在亡友卒后二十六年写的。文中三呼亡友之名，一叹其声名卓然不朽，二悲其坟墓满目凄凉，三叙畴昔交情，难以忘怀。一韵到底，更添情味，全文言简意深，一气呵成；读之催人泪下，试看其中一段：

呼呜曼卿！吾不见子久矣，犹能仿佛子之生平。其轩昂磊落，突兀峥嵘，而埋藏于地下者，意其不化为朽壤，而为金玉之精。不然，生长松之千尺，产灵芝而九茎。奈何荒烟野蔓，荆棘纵横，风凄露下，走磷飞萤。但见牧童樵叟，歌吟而上下；与夫惊禽骇兽，悲鸣踯躅而咿嘤。今固如此，更千秋而万岁兮，安知其不穴藏狐貉与鼯鼪？此自古圣贤亦皆然兮，独不见夫累累乎旷野与荒城！

《秋声赋》采用了赋这种传统文体，但又不蹈前人旧迹，用灵活多变的散文句法，把秋夜的气氛写得生动可感，读来如亲临其境，充满了诗情画意。此赋可视为宋代文赋的开山之作和代表作，其声情并茂、骈散兼行，夹叙夹议，新鲜活泼，实为传世之文。文中讲了一些养生之道，流露了一些悲秋伤时的消极情绪，但在艺术上却极其高妙，与思想感情达到了和谐统一。例如文章开头，寥寥几笔，就把人引入秋风萧森的艺术境界：

欧阳子方夜读书，闻有声自西南来者。悚然而听之，曰："异哉！"初淅沥以萧飒，忽奔腾而砰湃，如波涛夜惊，风雨骤至。其触于物也，鏦鏦铮铮，金铁皆鸣；又如赴敌之兵，衔枚疾走，不闻号令，但闻人马之行声。余谓童子："此何声也？汝出视之。"童子曰："星月皎洁，明河在天，四无人声，声在树间。"

《醉翁亭记》写于欧阳修第二次遭贬后出任滁州太守的第二年。这是一篇情景交融的山水游记，但又不同于一般文人的流连景物之作，其中深含对人事的幽愤。作者不只描写了滁州山间的朝暮变化和四时的自然景色，还写了他和滁州人一起游乐的情趣。被贬后的愤懑通过寄情山水的旷达姿态表现出来，更觉幽婉深沉。作品灵活运用了对照、排比等修辞手法，交织成文，语言自然流畅，一气呵成。全篇连用二十一个“也”字，读来甚富韵味，显示了作者圆熟的艺术技巧。欧阳修古文创作的成就，与他严谨的创作态度和独到的艺术追求是紧相关联的。《朱子语类》记载：“欧公文亦多是修改到妙处，顷有人买得《醉翁亭记》稿，初说滁州四面有山，凡数十字，末后改定，只曰‘环滁皆山也’五字而已。”他的文章，流畅明白，但不浅率；看似容易，作却艰难。他认真学习韩文，但不亦步亦趋，而是具有自己的特色。苏洵在《上欧阳内翰第一书》中，对他的文章作了精当评论：

> 执事之文章，天下之人莫不知之，然窃自以为洵之知之特深，愈于天下之人。何者？孟子之文，语约而意尽，不为巉刻斩绝之言，而其锋不可犯；韩子之文，如长江大河，浑浩流转，鱼鼋蛟龙，万怪惶惑，而抑遏蔽掩，不使自露，而人望见其渊然之光，苍然之色，亦自畏避，不敢迫视；执事之文，纡余委备，往复百折，而条达疏畅，无所间断；气尽语极，急言竭论，而容与闲易，无艰难劳苦之态。此三者，皆断然自为一家之文也。

文中通过与孟子、韩愈两大家的比较，指出了欧文的特色，这是很有见地的，实为行家之言。如果说韩文以雄奇艰涩取胜，而欧文则以委婉从容夺标，各有其妙。

欧阳修的诗，成就不及他的散文，但也不同凡响。他的诗清新自然，平易流畅，无雕琢怪涩之病，但意境略差，有些诗说理过多，议论化、散文化的倾向较明显。在流传下来的八百多首诗中，多数是亲友赠答、官场应酬之类；但也有一些反映阶级矛盾、民族矛盾和抒写个人生活情趣的佳作。《食糟民》表现了作者对人民的深切同情：

田家种糯官酿酒，榷利秋毫升与斗。
酒沽得钱糟弃物，大屋经年堆欲朽。
酒醅瀺灂如沸汤，东风来吹酒瓮香。
累累罂与瓶，惟恐不得尝。

官沽味浓村酒薄，日饮官酒诚可乐。
不见田中种糯人，釜无糜粥度冬春。
还来就官买糟食，官吏散糟以为德。
嗟彼官吏者，其职称长民。
衣食不蚕耕，所学义与仁。
仁当养人义适宜，言可闻达力可施。
上不能宽国之利，下不能饱尔之饥。
我饮酒，尔食糟，
尔虽不我责，我责何由逃？

作者用对比的手法，揭露了官家喝酒，农民吃糟的不公平现实。像这类直接反映民间疾苦的诗还有《南獠》、《边户》等。此外，如《明妃曲和王介甫作》、《再和明妃曲》，斥责了昏庸的封建帝王，表现了对妇女不幸遭遇的同情。《水谷夜行寄子美、圣俞》表达了他对友人的思慕和对他们作品的珍惜之情。《赠王介甫》是作者与王安石初次见面后写的，诗中寄托了自己年老力衰、壮心难酬的憾意，他把希望寄托在王安石这位后起之秀的身上，诗云：

翰林风月三千首，吏部文章二百年。
老去自怜心尚在，后来谁与子争先？
朱门歌舞争新态，绿绮尘埃试拂弦。
常恨闻名不相识，相逢樽酒盍留连？

表现了老一辈对青年一代的深切关怀。

他还有一些小诗，抒发了个人生活中的思想感情，或咏物写景，或言志述怀，常能以清丽俊美的境界表达出来，艺术性较高。如《画眉鸟》：

百啭千声随意移，山花红紫树高低。
始知锁向金笼听，不及林间自在啼。

诗中通过画眉鸟的生动形象流露了作者对自由生活的向往。又如《戏答元珍》：

春风疑不到天涯，二月山城未见花。

残雪压枝犹有桔，冻雷惊笋欲抽芽。
夜闻归雁生乡思，病入新年感物华。
曾是洛阳花下客，野芳虽晚不须嗟。

此诗是作者被贬为夷陵县令时所作。诗先描写山城早春风光，进而即景生情，感时光易逝，起思乡之意，结尾又自我宽慰。据说作者对此诗首联颇为自负，说："若无下句，则上句何堪？既见下句，则上句颇工。"他的《晚泊岳阳》、《啼鸟》、《春日西湖寄谢法曹歌》、《别滁》等，也都不失为声情俱美的作品。欧阳修的诗，不用生僻典故，不追求语言的奇巧华丽，给人以真实亲切之感，这正是西昆体诗所缺少的。如《奉使道中作》：

客梦方在家，角声已催晓。
匆匆行人起，共怨角声早。
马蹄终日践冰霜，未到思回空断肠。
少贪梦里还家乐，早起前山路正长。

诗中写了自己奉仁宗旨出使契丹途中的情景，用梦中回家之乐衬托道中的苦寒，为国事辛劳而在所不惜的感情洋溢其间，朴质畅达，饶有兴味。清代文论家方东树说欧阳修的诗"情韵幽折，往返咏唱，令人低回欲绝"(《昭昧詹言》)，道出了欧诗感人之深。

欧阳修的许多古体诗常夹议论，散文化的倾向较明显，锤炼略嫌不足，影响了诗歌的艺术形象性，失之于率露。宋人"以文为诗"的创作倾向，在欧诗中已有所表现。

欧阳修在诗歌理论上也颇有建树，他在《梅圣俞诗集序》中说：

予闻世谓诗人少达而多穷，夫岂然哉？盖世所传诗者，多出于古穷人之辞也。凡士之蕴其所有，而不得施于世者，多喜自放于山巅水涯之外，见虫鱼草木风云鸟兽之状类，往往探其奇怪。内有忧思感愤之郁积，其兴于怨刺，以道羁臣寡妇之所叹，而写人情之难言，盖愈穷则愈工。然则非诗之能穷人，殆穷者而后工也。

这就是著名的"诗穷而后工"的论点，它揭示了作家的生活与创作的密切关系，是朴素的唯物主义认识，在文艺理论上具有较普遍的意义。他还首创以随笔漫谈的形式去写评诗专著，他的《六一诗话》，开后来诗话词话之先河。

欧阳修的文学才华在多方面表现出来，他不仅是宋代的诗文大师；他的词，也是北宋初期的一大家，独具风姿。

北宋的诗文革新运动，以欧阳修为核心，周围还有一大批志同道合的作家，前有穆修、范仲淹、尹洙、石介等，同时有梅尧臣、苏舜钦等，后有王安石、曾巩、苏洵、苏轼、苏辙等，经过他们近百年的努力，在文学理论和创作上都取得了历史性的胜利。在这一作家群体中，前期创作成就较大的是范仲淹。

范仲淹(989—1052)，字希文，江苏吴县人，两岁而孤，贫无所依。少有志操，能苦学自励。真宗祥符八年(1015)二十六岁进士，任州府小吏，后经晏殊推荐，擢为秘阁校理，先后任右司谏、吏部员外郎，后因触怒宰相吕夷简而被贬。在延州任上，治军有方，防边有功，庆历三年(1043)，召回任枢密副使；参知政事，颁布改革政策，号称“庆历新政”。由于保守势力的反对，新政失败。他不安于朝，自请外任，先后知邠州、邓州、杭州、青州。皇祐四年(1052)，请知颍州，赴任途中，卒于徐州，享年六十四岁。他一生高风亮节，刚正不阿，为当世和后代所景仰，著有《范文正公集》二十卷。

范仲淹是政治家，改革派领袖，他从新政的角度，大力支持诗文革新，并力主用政治手段改革文风。他在《奏上时务书》中说：“文弊则救之以质，质弊则救之以文。质弊而不救，则晦而不彰；文弊而不救，则华而将落。……可敦谕词臣，兴复古道，更延博雅之士，布于台阁，以救斯文之薄而厚其风化也。”他强调了文学的政教作用，但并不把文学和政教等同起来，作为政治的附庸或工具。他认识到文学具有自己的特质，诗歌是诗人品格和情怀的体现，诗人以之来吟咏性情，抒发个性。在《唐异诗序》中说：“诗家者流，厥情非一。失志之人其辞苦，得意之人其辞逸，乐天之人其辞达，觏闵之人其辞怒。”

范仲淹还用自己的创作实践为诗文改革树立了样板。在他的作品中，大多是奏议、书牍、政论等应用文，这些文章切合时事，言之有物，语言晓畅，气势恢弘，贯穿了文风改革的精神。他的文学作品不多，但散文、诗、词，都有传世精品。如《岳阳楼记》，写登楼所见到的壮丽景色：

> 予观夫巴陵胜状，在洞庭一湖。衔远山，吞长江，浩浩汤汤，横无际涯；朝晖夕阴，气象万千。此则岳阳楼之大观也。……

接着写景色变化而引起迁客骚人的心情之悲喜：

若夫霪雨霏霏，连月不开，阴风怒号，浊浪排空，日星隐曜，山岳潜形；商旅不行，樯倾楫摧，薄暮冥冥，虎啸猿啼。登斯楼也，则有去国怀乡，忧谗畏讥，满目萧然，感极而悲者矣。

至若春和景明，波澜不惊，上下天光，一碧万顷；沙鸥翔集，锦鳞游泳；岸芷汀兰，郁郁青青。而或长烟一空，皓月千里，浮光耀金，静影沉璧；渔歌互答，此乐何极！登斯楼也，则有心旷神怡，宠辱皆忘，把酒临风，其喜洋洋者矣。

由悲喜之情的不同自然过渡到下文对仁人之心的议论，引出“先天下之忧而忧，后天下之乐而乐”的异于常人的宽广胸怀，表示自己愿与古贤同归的伟大抱负。全文一气呵成，如江河一泻千里归于大海，文采斐然，韵味浓郁，成为千古流传不衰的名篇。清人吴楚材《古文观止》评曰：“岳阳楼大观，已被前人写尽，先生更不赘述，止将登楼者览物之情，写出悲喜二意，只是翻出后文忧乐一段正论。以圣贤忧国忧民心地，发而为文章，非先生其孰能之。”

范仲淹反对文章柔靡险怪，并非不讲写作艺术，相反，他很重视文章的语言艺术和字句的推敲。洪迈《容斋随笔》卷五载：

范文正公守桐庐，始于钓台建严先生祠堂，自为记，用屯之初九、蛊之上九，极论汉光武之大，先生之高，才二百字。其歌词云：“云山苍苍，江水泱泱，先生之德，山高水长。”既成，以示南丰李泰伯。泰伯读之三，叹味不已，起而言曰：“公之文一出，必将名世。某妄意辄易一字，以成盛美。”公瞿然，握手扣之。答曰：“云山江水之语，于义甚大，于词甚溥；而‘德’字承之，乃似趢趚，拟换作‘风’字，如何？”公凝坐颔首，殆欲下拜。

在《桐庐严先生祠堂记》中，范仲淹叙述了光武帝与严光的深厚友谊，以光武之尊，衬托严先生之高，多用骈偶句，文字优美，以歌结尾，余味浓郁。将“德”字改为“风”字，不仅词义与上文相称，使抽象概念变为形象可感，且字音响亮，声调悠长。“德”为入声字，音态急促，气韵不足。

范仲淹的诗约存一百七十多首，内容多与时事有关，概念议论化较多，没有形成独特风格。但也有些小诗写得清新生动，如《江上渔者》：

江上往来人，但爱鲈鱼美。君看一叶舟，出没风波里。

诗中对渔夫寄予了深切的同情。又如《寄林处士》，写得清闲诙谐：

片心高与月徘徊，岂为千钟下钓台。
犹笑白云多事在，等闲为雨出山来。

范仲淹的词仅存《渔家傲》等五首，但意境新颖，为人们所称道。

第四节　梅尧臣　苏舜钦

梅尧臣和苏舜钦是欧阳修志同道合的亲密朋友，也是北宋诗文革新运动的重要人物。

梅尧臣(1002—1060)，字圣俞，宣州宣城(今安徽宣城县)人。嘉祐初进士，后只作过主簿、县令等小官，一生穷困不得志，但在当时诗坛上却很出名，尤为欧阳修所推崇。他们互相唱和，并以韩愈和孟郊作比，欧阳修的“诗穷而后工”的论点，就是因梅诗而发的。梅尧臣也自称“囊囊无嫌贫似旧，风骚有喜句多新”(《诗癖》)。官卑家贫，使他更加接近人民和了解现实，开阔了他的视野，丰富了他的创作源泉。

梅尧臣的文学主张与西昆派针锋相对，他反对西昆体的浮艳，提倡平淡的诗风。他认为诗是“因事有所激，因物兴以通”(《答韩三子华韩五持国韩六玉汝见赠述诗》)而产生的，强调诗的“美”、“刺”作用。他创作勤苦，成就卓著，影响也很大。他的五言古诗，具有质朴劲健之古风，而一些抒情小诗，则追求意新语工，他曾对欧阳修谈诗说：“凡诗，意新语工，得前人所未道者，斯为善矣。必能状难写之景，如在目前，含不尽之意，见于言外，然后为至也。”(《宋史·文苑传五》)这表明他写诗，也不只是平淡，而是以平淡的语言展示出新颖的意境。欧阳修评梅尧臣“初喜为清丽，间肆平淡，久则涵演深远，间亦琢刻以出怪巧”(《梅圣俞墓志铭》)。揭示出了梅尧臣的艺术追求和诗风变化。

梅尧臣的诗歌现实性较强，真实地反映了社会生活的尖锐矛盾。例如《汝坟贫女》：

汝坟贫家女，行哭音悽怆。自言有老父，孤独无丁壮。
郡吏来何暴，县官不敢抗。督遣勿稽留，龙锺去携杖。

勤勤嘱四邻，幸愿相依傍。适闻闾里归，问讯疑犹强。
果然寒雨中，僵死壤河上。弱质无以托，横尸无以葬。
生女不如男，虽存何所当。拊膺呼苍天，生死将奈向！

诗题下作者自注曰："时再点弓手，老幼俱集。大雨甚寒，道死者百余人；自壤河至昆阳老牛陂，僵尸相继。"目击这悲惨的情景；听到贫家女血泪的哭诉，作者有感而写此诗。作品控诉了统治者滥用民力造成百姓家破人亡的罪行，思想深刻，文笔质朴。像这类反映人民疾若的作品还有《田家语》、《岸贫》、《小村》等，其中有的写得短小精悍，锋芒毕露，如《陶者》：

陶尽门前土，屋上无片瓦。十指不沾泥，鳞鳞居大厦。

揭露了封建社会贫富的尖锐对立，平淡中藏利刃，直指那些不劳而获的统治者。此外，如《闻尹师鲁赴泾州幕》、《故原战》等，反映了当时的民族矛盾。在改革派与保守派的斗争中，他态度鲜明，支持改革，也写了不少的诗表明自己的立场。如《猛虎行》：

山木暮苍苍，风凄茅叶黄。有虎始离穴，熊罴安敢当。
掉尾为旗纛，磨牙为剑芒。猛气吞赤豹，雄威蹑封狼。
不贪犬与豕，不窥藩与墙。当途食人肉，所获乃堂堂。
食人既我分，安得为不祥？麋鹿岂非命，其类宁不伤！
满野设置网，竟以充圆方，而欲我无杀，奈何饥馁肠。

这是一首寓言诗，形象生动，文中把保守派首领吕夷简比成一只吃人的猛虎，尖刻地揭露了他吃人的本质。在《闻欧阳永叔谪夷陵》、《闻尹师鲁谪富水》等篇中，他抒发了自己对改革者的深厚友情。他还有几首哀伤亡妻、亡子、亡女的悼亡诗，抒发了真切的亲情，令人不忍卒读。他的诗，继承了杜甫、白居易现实主义的传统，具有鲜明的思想倾向，诗风也比较清新。

梅尧臣还有一些写景抒情的小诗，虽不是写重大现实题材，但意境新颖，趣味盎然，比起西昆体和晚唐体的矫情之作来，自是别有天地，如《东溪》：

行到东溪看水时，坐临孤屿发船迟。
野凫眠岸有闲意，老树着花无丑枝。

短短蒲茸齐似翦，平平沙石净如筛。
情虽不厌住不得，薄暮归来车马疲。

用工细的笔触，描绘了东溪（在作者故乡宣城，又称宛溪）清秀的景色，表现了作者对故乡山水的眷念。还有《鲁山山行》：

适与野情惬，千山高复低。好峰随处改，幽径独行迷。
霜落熊升树，林空鹿饮溪。人家在何许，云外一声鸡。

这首五律也是脍炙人口之作，意新语工，古朴浑厚，颇耐人寻味。尾联看似平淡，却十分难得。

梅尧臣善于用一些新奇工巧的语句表现一些俊美的意境，如"月出断岸口，影照别舸背"（《舟中与家人饮》）；"回堤溯清风，淡月生古柳"（《忆吴淞江晚泊》）；"朔风三日暗吹沙，蛟龙卷沫喷成花"（《春云》）；"五更千里梦，残月一城鸡"（《梦后寄欧阳永叔》）；"南岭禽过北岭叫，高田水入低田流"（《春日拜垅经田家》），等等，读来别有风味。

梅尧臣是个多产的诗人，相传他日课一诗，寒暑不间断。他死后，存遗稿两千八百余篇。不过，思想性和艺术性完美统一的作品不多，有些诗还近于庸俗，如《八月九日晨兴如厕有鸦啄咀》、《扪虱得蚤》之类。梅诗也多以议论入诗，带有散文化的倾向。其工巧新奇的一面，对江西派诗人影响甚大。欧阳修在《水谷夜行寄子美、圣俞》中曾对梅尧臣的诗风有过评述："梅翁事清切，石齿漱寒濑。作诗三十年，视我犹后辈。文词愈清新，心意难老大，譬如妖韶女，老自有余态，近诗尤古硬，咀嚼苦难嘬。初如食橄榄，真味久愈在。"这道出了梅诗的主要特点：由清新渐趋古硬，平淡中含有真味。梅尧臣是北宋继王禹偁之后的杰出的现实主义诗人，在宋诗的发展中，他起了积极作用。南宋大诗人陆游，对梅尧臣极为推崇，他说："突过元和作，巍然独主盟，诸家义皆堕，此老话方行。"（《剑南诗稿·书宛陵集后》）宋末刘克庄在《后山诗话前集》中说："本朝诗惟宛陵为开山祖师，宛陵出，然后桑濮之哇淫稍熄，风雅之气脉复续，其功不在欧、尹之下。"人们称梅尧臣是宋诗的"开山祖师"，并给了梅诗以高度的评价。

苏舜钦（1008—1048）字子美，祖籍梓州铜山（今四川中江），生于开封（今河南开封）。他早年胸有大志，二十多岁时就和穆修一起提倡古文，比尹洙、欧阳修还早些。二十七岁中进士，先后做过县令、大理评事、集贤校理等小官，但"位虽卑，数上疏论朝廷大事，敢道人之所难言"（欧阳修《湖州长史苏君墓志铭》)。他站在改革派一边，支持范仲淹推行新政，结果遭到吕夷简的同党王拱辰的诬陷。“庆历新政”失败后，苏舜钦就携带家眷离京到苏州，过着寄情山水的生活，并努力写诗。后因病卒于苏州沧浪亭，年仅四十一岁。

苏舜钦也是诗文革新运动中的猛将，与梅尧臣齐名，人称“梅苏”。在文学理论上，他与诗文革新的同仁一样，主张充实的社会内容和平易自然的艺术风格。在《上孙冲建议书》里，他强调文章应“警时鼓众”，发挥救失除弊的作用；在《赠释秘演》里，他说自己“不肯低心事镌凿，再欲淡泊趋杳冥”，反对形式主义的浮艳文风。

苏舜钦的创作，带有鲜明的政治倾向性，他爱国忧民，疾恶如仇，有一股豪壮之气。欧阳修曾赞扬说：“子美气尤雄，万窍号一噫。有时肆颠狂，醉墨洒霶霈；譬如千里马，已发不可杀。盈前尽珠玑，一一难拣汰。”(《水谷夜行寄子美圣俞》)这对他的诗文特点是很生动的概括。

苏舜钦的诗，许多是反映重大的社会矛盾的，具有深刻的现实意义。如《城南感怀呈永叔》：

春阳泛野动，春阴与天低；远林气蔼蔼，长道风依依。
览物虽暂适，感怀翻然移。所见既可骇，所闻良可悲。
去年水后旱，田亩不及犁。冬温晚得雪，宿麦生者稀。
前去固无望，即日已苦肌。老稚满田野，斫掘寻凫茈。
此物近亦尽，卷耳共所资：昔云能驱风，充腹理不疑；
今乃有毒厉，肠胃生疮痍。十有七八死，当路横其尸；
犬彘咋其骨，乌鸢啄其皮。胡为残良民，令此鸟兽肥？
天岂意如此？泱荡莫可知！高位厌粱肉，坐论搀云霓；
岂无富人术，使之长熙熙。我今肌伶俜，悯此复自思：
自济既不暇，将复奈尔为！愁愤徒满胸，嵘崆不能齐。

诗中描述了饿殍遍野的悲惨景象，把灾难深重的劳动人民与厌粱肉的达官贵人作了鲜明的对比，表现了作者对人民的深切同情。还有《吴越大旱》、《大风》等，都贯穿着为民请命的进步思想。

苏舜钦是一个具有强烈的民族正义感的诗人，在《庆州败》、《己卯冬大寒有感》、《吾闻》、《舟中感怀寄馆中诸君》等诗中，表现了他的爱国热忱。他尖锐地抨击了在防御西夏战争中宋军将帅怯懦无能、损兵辱国的丑行。对被驱上沙场白白送死的士卒寄予满腔同情。他在《庆州败》中写道：“今岁西戎背世盟，直随秋风寇边城，屠杀熟户烧障堡，十万驰骋山岳倾。国家防塞今有谁？官为承制乳臭儿。酣觞大嚼乃事业，何尝识会兵之机。”他把批判的矛头直指掌握重兵的“乳臭儿”，正是这些无能之辈指挥失策，使宋军遭到伏击，只好免胄乞降，许多士兵被敌人削鼻割耳，受尽凌辱。作者对庆州之耻感到无限激愤。在《吾闻》诗中，他慷慨激昂地抒发了自己保卫家国的壮志：

马跃践胡肠，士喝饮胡血。
腥膻屏除尽，定不存种孽。
予生虽儒家，气欲吞逆羯。
斯时不见用，感叹肠胃热。
昼卧书册中，梦过玉关北。

这种强烈的民族意识和抗敌精神，对南宋爱国诗人岳飞、陆游产生了深刻的影响。

苏舜钦也写了许多写景抒情古体诗，大多境界壮阔，情景俱佳，风格清新畅达。如《中秋夜吴江亭上对月怀前宰相张子野及寄君谟蔡大》：

独坐对月心悠悠，故人不见使我愁。
古今共传惜今夕，况在松江亭上头。
可怜节物会人意，十日阴雨此夜收。
不惟人间重此月，天亦有意于中秋。
长空无瑕露表里，拂拂渐上寒光流。
江平万顷正碧色，上下清澈双璧浮。
自视直欲见筋脉，无所逃遁鱼龙忧。
不疑身世在地上，只恐槎去触牛斗。
景清境胜反不足，叹息此际无交游。
心魂冷烈晓不寝，勉为此笔传中州。

苏舜钦后期离开政治斗争，过着隐居生活，啸傲山水的作品多了，忧国忧民的作品较少。他的一些写景抒情诗，清新自然，色彩淡雅，耐人寻味。如《淮中晚泊犊头》：

春阴垂野草青青，时有幽花一树明。

晚泊孤舟古祠下，满川风雨看潮生。

前两句描绘了河畔恬静清丽的景色，后两句流露了诗人内心的孤寂和郁闷。又如《初晴游沧浪亭》：

夜雨连明春水生，娇云浓暖弄微晴。
帘虚日薄花竹静，时有乳鸠相对鸣。

宛如一幅色泽淡雅的花鸟画，境界幽静。

苏舜钦的诗，以雄健豪放见长，富有气势，但有时缺乏锤炼，韵味不足。欧阳修在《六一诗话》中，曾将苏诗同梅尧臣的诗进行比较，他说："子美笔力豪隽，以超迈横绝为奇；圣俞覃思精微，以深远闲淡为意。"这正好道出了两人诗风的特点。这种特点的形成，是与他们不同的生活环境、社会地位和个人性格修养有关的。

苏舜钦也写过一些平易畅达的散文，但不如他的诗歌著名。他前期的散文，多为奏章书策之类，与政治时事紧密相关，文笔犀利，易道易晓，打破了时文的束缚。后期隐居，也写过一些记事小品，如《沧浪亭记》，写了自己脱离勾心斗角的官场后自得其乐的生活：

予时榜小舟，幅巾以往，至则洒然忘其归，觞而浩歌，踞而仰啸，野老不至，鱼鸟共乐。形骸既适，则神不烦，观听无邪，则道以明；返思向之汩汩荣辱之场，日与锱铢利害相磨戛，隔此真趣，不亦鄙哉！

这对丑恶的官场是尖锐的讽刺，但也流露了作者逃避现实斗争的消极情绪。在艺术手法上近于柳宗元的游记，能将景、情、事、理，自然融合，情味深长。

第五节　王　安　石

王安石(1021—1086)，字介甫，晚年号半山，抚州临川(今江西临川)人。出身于下层官僚家庭，其父王益是廉洁奉公的州县官吏，"尝欲大润泽于天下"(王安石《答韶州张殿丞书》)，这给了王安石的进取精神以积极影响。王安石少好读书，聪明过人，"其属文动笔如飞，初若不经意，既成，见者皆服其精妙"(《宋史·王安石传》)。庆历二年(1042)，他二十二岁，中进士，开始仕宦生涯。先后任淮南判官、鄞县知县、舒州通判、常州知州等地方官，政绩显著。每到一地，他总是注意观察民情，留心时弊，兴办一些公益事业。例如他在任鄞县知县时，“读书为文章，三日一治县事，起堤堰，决陂塘，为水陆之利，贷谷于民，立息以偿，俾新陈相易，兴学校，严保伍，邑人便之”(邵伯温《邵氏见闻录》卷十一)。足见他勤政爱民，具从政之才。他胸怀博大，“慨然有矫世变俗之志”(同上)，曾向宋仁宗上书言事，要求“改易更革”政治；神宗即位后，又向神宗上《本朝百年无事札子》，通过对北宋百年来政治形势的分析和评议，指出“大有为之时，正在今日”，希望这位年轻的皇帝能进行改革。熙宁二年(1069)，神宗任命他为参知政事，开始实行新法，次年拜相。由于变法触犯了大地主大商人的利益，遭到了以司马光为代表的“旧党”的反对，王安石两次被罢相。最后退居江宁(今江苏南京)，过了约十年的闲居生活。宋哲宗即位，司马光出任宰相，新法全部被废除。王安石忧愤成疾，哲宗元祐元年(1086)四月，与世长辞。

王安石是我国历史上杰出的政治家和思想家。他的政治思想可用其“本传”中的“三不足”来概括，即“天变不足畏，祖宗不足法，人言不足恤”。这种大无畏的创新和变革精神，贯穿了他壮烈奋斗的一生。他继承了儒家学说中的积极成分，认为“圣人之术，修其身，治天下国家，在于安危治乱，不在章句名数焉”(《答姚辟书》)。他曾和儿子王雱及门人修撰《诗》、《书》、《周礼》三经新义和《老子注》等训诂著作，并通过政府的力量去推行这种明经致用的“新学”，以取代汉儒的章句之学。他还是一个唯物主义的思想家，曾以非天命论反对司马光的唯心主义天命论。他宣传“新故相除”的发展观点，针对宋王朝积贫积弱的现实，力主革除弊政，达到富国强兵的目的。他制定和推行了青苗、免役、市易、均输、保马、保甲等新法，从“理财”和“整军”两方面大刀阔斧地进行改革，并确有成效。这些改革措施，使国库收入增加，农业水利有了发展，军事上对西夏作战取得了熙河之役的胜利，客观上给人民带来了利益。虽然变法最终失败了，但它给后世留下了宝贵的历史经验和教训。

王安石具有卓越的文学才能。在文学理论上，他强调文学的社会作用，主张“文贵致用”，把文学看成是“治教政令”的手段。他也不忽视文学的艺术形式，认为文辞“不可以已”。在《上人书》中，他说：

> 且所谓文者，务为有补于世而已矣；所谓辞者，犹器之有刻镂绘画也。诚使巧且华，不必适用；诚使适用，亦不必巧且华。要之，以适用为本，以刻镂绘画为之容而已。不适用，非所以为器也；不为之容，其

亦若是乎？否也。然容亦未可已也，勿先之，其可也。

这对当时浮艳和险怪的形式主义文风是进一步的批判。但他所说的适用，仅限于政治方面，未免太狭窄；他把“辞”看成是一种机械的附属物，用器物上的雕饰来做比喻，也失之片面。优秀的文学作品本身就要求内容与形式的统一，思想与艺术的统一，将内容与形式机械分开，列为主次，无疑会损害文学的审美价值，没有绘画的器物，还能适用；没有美感的文学，却很难说是有用的文学了。

其实，王安石在创作上，很重视对作品的艺术加工，其成就是卓越的，多方面的，而以政论性散文和诗最为突出。

他的散文大都是针对时弊，有感而作，具有鲜明的观点，严密的逻辑，雄健的风姿。如《上仁宗皇帝言事书》，洋洋万言，气势磅礴，全面分析了国家内外交困的原因是“不知法度”，指出改革的途径首先要革除腐败的官吏制度，培养和选拔人才。这些意见虽未被仁宗接受，但却产生了深远的影响，为神宗时“熙宁变法”奠定了理论基础，在《本朝百年无事札子》中，他向神宗陈述了自己的政见，剖析了仁宗统治四十多年的得失，指出了无事的表面隐藏着危机。而危机之所以没有爆发，是因为仁宗为君“仰畏天，俯畏人，宽仁恭俭，忠恕诚悫，终始如一”，所以获得“天助”。文章最后说：

伏惟陛下躬上圣之质，承无穷之绪，知天助之不可常恃，知人事之不可终怠，则大有为之时，正在今日。臣不敢辄废将明之义，而苟逃讳忌之诛。伏惟陛下幸赦而留神，则天下之福也。取进止！

全文组织严密，言简意赅，说理透辟，措辞得体，充分体现了王安石政论文的特色。

王安石还有些短小的书说杂论，语言质朴流畅，内容极为深刻。如《答司马谏议书》，全文只有三百五十余字，紧扣住司马光指责他的变法是“侵官”、“生事”、“征利”、“拒谏”四大问题加以反驳：

……今君实所以见教者，以为侵官、生事、征利、拒谏，以致天下怨谤也。某则以为受命于人主，议法度而修之于朝廷，以授之于有司，不为侵官；举先王之政，以兴利除弊，不为生事；为天下理财，不为征利；辟邪说，难壬人，不为拒谏。至于怨诽之多，则固前知其如此也。

理直气壮，义正词严；摆脱了繁琐的争辩，抓住要害，进行简短的批驳，显示出了一个政治家的雄才大略和沉着坦荡的风度。他精通历史，对历史人物常有品评，但不拘陈见，别具一格，文笔简净。如《读孟尝君传》：

> 世皆称孟尝君能得士，士以故归之，而卒赖其力以脱于虎豹之秦。嗟乎！孟尝君特鸡鸣狗盗之雄耳，岂足以言得士？不然，擅齐之强，得一士焉，宜可以南面而制秦，尚何取鸡鸣狗盗之力哉？夫鸡鸣狗盗之出其门，此士之所以不至也。

全文不到一百字，驳斥了历来称赞孟尝君能得士的传统看法；文笔强劲峭拔，起伏跌宕，堪称千秋绝调。

王安石的游记序铭，也很有特色。如《送孙正之序》、《王逢原墓志铭》、《祭范颍州文》等，都能根据人物的特点加以记叙和评议，概括性很强，言精意深，情感充沛。他的《游褒禅山记》，把写景、抒情同说理结合起来，自然而清新，文中说：

> ……古人之观于天地、山川、草木、虫鱼、鸟兽，往往有得，以其求思之深而无不在也。夫夷以近，则游者众；险以远，则至者少。而世之奇伟瑰怪非常之观，常在于险远，而人之所罕至焉，故非有志者不能至也。有志矣，不随以止也；然力不足者，亦不能至也。有志与力，而又不随以怠，至于幽暗昏惑而无物以相之，亦不能至也。然力足以至焉，于人为可讥，而在己为有悔；尽吾志也，而不能至者，可以无悔矣，其孰能讥之乎！此予之所得也。

“无限风光在险峰”，作者把这种深刻的哲理寓于游览山水的艺术形象之中，生动感人；也表现了他为政、治学不畏艰险、勇敢探索的精神。

王安石诗歌的艺术成就，也极为当世和后人所推崇。他在从政之余，也写诗抒怀。他的诗才，得到了欧阳修的高度评价：“翰林风月三千首，吏部文章二百年，老去自怜心尚在，后来谁与子争先?”(《赠王介甫》)在北宋诗坛上，他是一大家。

王安石的诗具有充实的社会内容，倾向性十分鲜明。他在做地方官时，广泛接触了现实，对国家的现状、人民的痛苦，都有深切的感受。他以诗作为除弊救民的武器，常反映一些重大的社会问题。如《河北民》：

河北民，生近二边长苦辛。
家家养子学耕织，输与官家事夷狄。
今年大旱千里赤，州县仍催给河役。
老小相携来就南，南人丰年自无食。
悲愁天地白日昏，路旁过者无颜色。
汝生不及贞观中，斗粟数钱无兵戎。

诗如实地反映了统治者的虐政和人民在天灾人祸交逼之下的苦难。其他如《感事》、《兼并》、《收盐》、《省兵》、《发廪》、《出塞》等，都是与国计民生息息相关的。这类政治时事诗，感情真挚，语言平易，对政治的改革和诗风的革新都有积极意义。

王安石还有些咏史诗，通过对历史人物和事件的咏叹来抒发自己的抱负和感情，如《贾生》、《杜甫画像》、《商鞅》等，大多含义深刻，见识新颖，一扫平庸，不落俗套。《明妃曲二首》，写传统题材王昭君出塞，着重描述了昭君委身异域、怀念故国的凄苦境况，表现了作者对她的深切同情和对昏庸君王的尖锐讽刺，诗人自己壮志未酬的幽愤也寓于其中。现录如下：

明妃初出汉宫时，泪湿春风鬓脚垂。
低徊顾影无颜色，尚得君王不自持。
归来却怪丹青手，入眼平生未曾有。
意态由来画不成，当时枉杀毛延寿。
一去心知更不归，可怜著尽汉宫衣。
寄声欲问塞南事，只有年年鸿雁飞。
家人万里传消息，好在毡城莫相忆。
君不见，咫尺长门闭阿娇，人生失意无南北。

明妃初嫁与胡儿，毡车百辆皆胡姬。
含情欲说独无处，传与琵琶心自知。
黄金捍拨春风手，弹看飞鸿劝胡酒。
汉宫侍女暗垂泪，沙上行人却回首。
汉恩自浅胡自深，人生乐在相知心。
可怜青冢已芜没，尚有哀弦留至今。

如此哀婉感人、通情达理的传世之作，竟被南宋人范冲断章取义诬之为："以胡虏有恩，而遂忘君父，非禽兽而何?"（见李壁《王荆文公诗笺注》）真可谓欲加之罪，何患无辞了！

在仕途上，王安石常处于抱负与现实、进取与退让的矛盾之中，他以政治家的风度和诗人的气质，写了一些咏怀诗。有的感情真切，格调高远，韵味清纯。如《葛溪驿》：

缺月昏昏路未央，一灯明灭照秋床。
病身最觉风露早，归梦不知山水长。
坐感岁时歌慷慨，起看天地色凄凉。
鸣蝉更乱行人耳，正抱疎桐叶半黄。

王安石晚年罢相后，生活和心情有所变化，这也影响到他的创作。他的诗，以往那种尖锐泼辣、评议时事的少了，描写湖光山色、即景抒情的多了。在艺术上，也显得更加圆熟干练。黄庭坚说："荆公之诗，暮年方妙。"（见《后山诗话》引）叶梦得也说："王荆公晚年，诗律尤精严，造语用字，间不容发，然意与言会，言随意遣，浑然天成，殆不见有牵率排比处。"（见《石林诗话》卷上）王安石后期的一些咏物抒情诗，雅丽精绝，韵味醇厚，具有独特风格，在诗坛上占有重要地位，人称"王荆公体"。例如《钟山晚步》：

小雨轻风落楝花，细红如雪点平沙。
槿篱竹屋江村落，时见宜城卖酒家。

描绘出一幅淡雅的农村风景画。又如《书湖阴先生壁》：

茅檐常扫净无苔，花木成畦手自栽。
一水护田将绿绕，两山排闼送青来。

描绘了一幅幽净的隐居图。后两句中的"护田"和"排闼"，活用《汉书》典故，借事发明，情态毕现，全诗修辞新奇，将山水写得充满生意。又如《北山》：

北山输绿涨横陂，直堑回塘滟滟时。
细数落花因坐久，缓寻芳草得归迟。

作者从容闲适的情态如历历在目。

相传王安石锤炼诗句，颇下功夫。他的《泊船瓜洲》一诗："京口瓜洲一水间，钟山只隔数重山。春风又绿江南岸，明月何时照我还。"据洪迈《容斋续笔》卷八记载，修改甚勤。初云"又到江南岸"，圈去"到"字，注曰"不好"，改为"过"，复又圈去而改为"入"，旋改为"满"，凡如是十许字，始定为"绿"。可见佳句得之不易。他还有一些诗句脍炙人口，如"青山缭绕疑无路，忽见千帆隐映来"(《江上》)；"晴日暖风生麦气，绿阴幽草胜花时"(《初夏即景》)；"千门万户曈曈日，总把新桃换旧符"(《元日》)；"含风鸭绿粼粼起，弄日鹅黄袅袅垂"(《南浦》)；"春色恼人眠不得，月移花影上阑干"(《夜直》)等。这些句子形象生动，概括性强，人们可以从不同的角度去玩味，至今还具有生命力。

王安石有些写景咏物诗，也隐藏着幽愤之情，如《北陂杏花》：

一陂春水绕花身，身影妖娆各占春。
纵被春风吹作雪，绝胜南陌碾成尘。

通过对杏花高洁品格的赞赏，寄寓了作者不向保守势力屈服的崇高气节。又如《登飞来峰》：

飞来山上千寻塔，闻说鸡鸣见日升。
不畏浮云遮望眼，自缘身在最高层。

抒发了自己登高望远、自信自强的豪情。

王安石的诗具有以精工制胜、以才学为诗、以哲理明志、以真情感人的特点，是宋代杰出的诗人之一。他的诗文理论和创作，为北宋的现实主义文学作出了卓越的贡献，巩固和发展了诗文革新运动的成果。但他的部分古体诗，喜造硬语、奇语，押险韵，用典故，发议论，缺乏艺术形象，这给后来宋诗的发展以不良的影响。

王安石的好友曾巩和王令，也是北宋诗文革新运动中的重要作家。

曾巩(1019—1083)，字子固，建昌南丰(今江西南丰)人。仁宗嘉祐二年(1057)，在欧阳修知贡举时中进士，先后任太平州司法参军、齐州、洪州、福州、沧州等知州、史馆修撰等职。神宗元丰五年(1082)拜中书舍人，次年病故，享年六十五岁。他是"唐宋八大家"之一，以散文名于世。其文章内容多为儒家正统观念的阐述，文风平易自然，纡徐简奥，与欧阳修的文风相似，世常以“欧曾”并称。何良俊《四友斋丛说》云：“曾南丰文，严正质直，刊去枝叶，独存简古，故宋人之文，当称欧苏，又曰欧曾。”他是欧阳修的得意门生，师生同为古文名家，但欧文疏宕俊逸，情韵文采较浓，而曾文质朴淡古，平钝舒缓。曾文的艺术成就不及欧文。

曾巩的一些时论，如《本朝政要策》等，评论宋朝的一些制度，没有什么特色；而他的一些史论、杂记、序文、书启等，往往写得温文尔雅，不卑不亢，娓娓而谈，声色平静，合情合理，足以服人。如《战国策目录序》，通过对战国游说之士的分析，得出了这样的结论：

> 盖法者，所以适变也，不必尽同；道者，所以立本也，不可不一：此理之不易者也。

他站在正统的儒道立场，批判了游士违背孔孟之道的诈伪言行，指出他们“为世之大祸”。

曾巩的记叙文，布局严谨，文笔畅达，善于夹叙夹议，读后给人以启迪。如《墨池记》：

> 临川之城东，有地隐然而高，以临于溪，曰新城。新城之上，有池洼然而方以长，曰王羲之之墨池者，荀伯子《临川记》云也。羲之尝慕张芝临池学书，池水尽黑。此为其故迹，岂信然邪？
>
> 方羲之之不可强以仕，而尝极东方，出沧海，以娱其意于山水之间，岂有徜徉肆恣，而又尝自休于此邪？羲之之书晚乃善，则其所能，盖亦以精力自致者，非天成也。然后世未有能及者，岂其学不如彼邪？则学固岂可以少哉！欲深造道德者邪？况墨池之上，今为州学舍。教授王君盛恐其不彰也，书“晋王右军墨池”之六字于楹间以揭之，又告于巩曰：“愿有记。”推王君之心，岂爱人之善，虽一能不以废，而因以及乎其迹邪？其亦欲推其事以勉其学者邪？夫人之有一能，而使后人尚之如此，况仁人庄士之遗风余思，被于来世者何如哉！庆历八年九月十二日曾巩记。

文中通过东晋著名书法家王羲之的一件佚事来说明要成就大事必须经过勤学苦练，此文虽名“记”，但记少议多，这也是宋代古文家的一种创新，夹叙夹议之文，当时甚多。又如《越州赵公救灾记》，在详尽地记叙了越州人民遭灾和赵抃大学士救灾的措施后，接着就议论道：“其施虽在越，其仁足以示天下；其事虽行于一时，其法足以传后。盖灾沴之行，治世不能使之无，而能为之备。民病而后图之，与夫先事而为计者，则有间矣；不习而有为，与夫素得之者，则有间矣。”对赵抃爱民救灾的政绩，加以热情赞扬，并上升到为政的道理上，教育其他官吏，很有现实意义。

曾巩的文章，“立言于欧阳修、王安石间，纡徐而不烦，简奥而不晦，卓然自成一家”(《宋史·曾巩传》)，对后世的影响也较大。明代唐宋派王慎中、归有光等，清代桐城派方苞、姚鼐等，都推崇曾文，把它作为写文章的样板之一。

曾巩不以诗名世，但其诗也有新丽味浓之作，如《甘露寺多景楼》：

欲收佳景此楼中，徙倚阑干四望通。
云乱水光深紫翠，天含山气入青红。
一川钟呗淮南月，万里帆樯海外风。
老去衣襟尘土在，只将心目羡冥鸿。

王令(1032—1059)，字逢原，广陵(今江苏扬州)人。他不愿入仕途，以教书为生，因贫病交加，二十八岁就去世了。

王令与王安石情谊深厚，在思想上也有许多共通之处。王令的散文，以讲述儒家正统思想为主，但言辞锋利，说理透辟，颇有韩文之风。他的主要成就是诗歌，共四百八十余首，其中佳作甚多。有的诗，气魄雄伟，笔调新奇，如《暑旱苦热》：

清风无力屠得热，落日着翅飞上山。
人固已惧江海竭，天岂不惜河汉干。
昆仑之高有积雪，蓬莱之远常遗寒。
不能手提天下往，何忍身去游其间。

这种要把天下提在手里的壮阔气势，在宋诗中是不多见的。

王令的诗，有的也真实地反映了社会矛盾，表现了他对人民的深切同情。如《饿行者》中写道：“道中独行乃谁子？饿者负席缘门呼。高门食饮岂无弃，愿从犬马求其馀。耳闻门开身就拜，拜伏不起呵群奴。喉干无声哭无泪，引杖去此他何如。路旁少年无所语，归视纸上还长吁。”“少年”是作者自己，面对饿者的惨象，想到残酷的现实，但又无力拯救，只有对纸长叹了。他还有一首长诗《梦蝗》，满腔愤怒地揭露了比蝗灾更可怕的人祸，那就是官僚统治者伪善的面目和残酷的剥削罪行。全诗构思新奇，语言尖刻，大胆泼辣痛斥统治者，在宋诗中是很突出的。他还有些律诗和绝句，语言清雅，情景交融，读之赏心悦目，情味盎然，如《送雁》：

来时群雁去相随，病眼看天远不知。
为有客愁归未得，独凭斜日望多时。
迟迟南国无春雪，去去东风满柳枝。
胡蝶黄莺有期约，好加归翥莫令迟。

又如《湇湇》：

湇湇轻云弄落晖，坏檐巢满燕来归。
小园桃李东风后，却看杨花自在飞。

王令是一个很有胆识和才华的青年诗人，他的创作还正在发展而未成熟，然而却过早地辞世了，这实在是我国文学史上的一件憾事。

在此期间，值得提及的作家还有史学家司马光、其历史记述文笔严谨老练，如“赤壁之战”、“淝水之战”，具有浓郁的文学色彩；思想家李觏，他对传统儒学有所非议，他的《乡思》等诗，写得清新畅达；理学家周敦颐，其《爱莲说》，表现了作者不慕荣华、洁身自好的情操；画家文同，他的诗描写景物如绘画般生动可感；还有汉学家刘敞、刘攽兄弟，也有诗文可称佳作。

北宋的诗文革新运动，到了神宗后期，已取得了决定性胜利。这一运动，首先由柳开、王禹偁提倡，抨击五代浮靡文风；穆修、尹洙、石介等人继之而起，将运动引向深入，对风靡一时的西昆体进行了批判。到了欧阳修登上文坛，梅尧臣、苏舜钦等作家一起助阵，掀起了诗文革新运动的高潮，西昆余风和太学体扫地以尽，文冗格弱的文风被扭转，优良的古诗文传统得以续承。此后，王安石、曾巩、苏轼等杰出作家相继而上，巩固和发展了诗文革新运动的成果，历经百年之久的这场运动，在理论和创作上，都获得了大丰收。

诗文革新运动之所以能取得胜利，主要有下列原因：首先，它适应了当时政治改革的需要，有利于巩固封建地主阶级的统治地位，从而得到了最高统治者的支持，宋真宗、仁宗都曾下诏指责浮华文风，提倡有裨于国教的古风，加上宋代社会经济文化的繁荣，给诗文改革创造了良好的客观环境。其次，诗文革新运动，代表了我国文学发展的正确方向，现实主义和浪漫主义相结合的文学传统，得以继承，并在斗争中发扬光大。再次，有一大批才华卓绝的政治家和文学家倡导和参加了这一运动，并进行了创作实践，取得了丰硕的成果。这一运动的胜利，给北宋文坛带来了繁荣的景象，它的历史功绩是值得充分肯定的。但是，它毕竟是封建统治阶级内部的一场文化改革，不可避免地受到了历史和阶级的局限。

第三章　北宋前期的词

第一节　晏殊和晏几道

词在宋代发展起来，成了这一时代文学的标志。《四库全书总目提要》说：“词萌于唐，而大盛于宋。”据《全宋词》等资料统计，现存宋词二万余首，词人约一千四百三十人。词在宋代兴盛的主要原因：一是经济繁荣，城市生活优裕。文人们寄情声色，从皇帝到平民，乐于烟花巷陌、偎红倚翠的生活。《宣和遗事》载：

> 宣和间，上元张灯，许士女纵观，各赐酒一杯。一女子窃所饮金杯，卫士见之，押至御前。女诵《鹧鸪天》词云：“月满蓬壶灿烂灯，与郎携手至端门。贪看鹤降笙箫举，不觉鸳鸯失却群。　天渐晓，感皇恩。传宣赐酒脸生春。归家恐被翁姑责，窃取金杯作照凭。”

不论这故事真实性有多大，起码说明宋代的都市生活给词的繁荣创造了客观条件。二是词这种与音乐相配的文学形式，便于表达柔情蜜意。人的感情是丰富多彩的，士人除以诗言志外，还需要抒情。而这些情多为男欢女爱、离愁别绪之私情，在正统的诗文中不便抒发。查礼《铜鼓书堂词话》说：“情有文不能达，诗不能道者，而独于长短句中可以委宛形容之。”词起源民间，民间歌曲本来就多桑间濮上的内容，其格律的审美特征也正符合浓情的抒发，诗庄词媚是诗词风格的本质区别，特别是在北宋初期如此。三是文学发展的规律促使了宋词的成熟。一种文体发展到了鼎盛期就很难有新的进展了。诗至唐代已臻于至善，其领域已被充分开发；而词仅少数文人涉及，还有广阔的田地可供人们耕耘，于是文人们的注意力逐渐转向词这块园地上，使之成为了一片丰收的热土。

宋初，文人们偶尔弄笔为词，与五代词风无异，为西蜀、南唐之余绪。其中亦有少数佳作，清新淡雅，音韵悦耳。如林逋的《长相思》：

> 吴山青，越山青，两岸青山相送迎，谁知离别情。　　君泪盈，妾泪盈，罗带同心结未成，江头潮已平。

此外，寇准《踏莎行·春色将阑》，西昆体诗人杨亿《少年游·江南节物》、钱惟演《玉楼春·城上风光莺语乱》等，语言淡雅，境界清秀，不似西昆风格。

此后，晚唐以来的婉约词风，得到了进一步发展。晏殊、欧阳修、晏几道、张先，就是这方面有代表性的作家。同时由于城市的发展，市民文化生活的活跃，与绮筵公子、绣幌佳人的轻歌曼舞、浅酌低吟相适应，出现了以描写城市风情见长的词人，柳永就是这方面的代表。不过，当时也有一些怀有远大政治抱负的文人学士，不愿沿袭五代亡国君臣的哀婉绮丽之路走下去，他们在自己的词作中也表露出一些新的风味，如范仲淹的一些词，堪称豪放派词风之先导。

晏殊(991—1055)，字同叔，抚州临川(今江西临川)人。他七岁能文，宋真宗景德初年(1004)，他十三岁时，被作为“神童”推荐到朝廷。真宗进行廷试，“殊神气不慑，援笔立成。帝嘉赏，赐同进士出身”(《宋史·晏殊传》)。历任集贤殿学士、同平章事，兼枢密使等显官要职。晏殊赋性刚峻，待人以诚，喜用贤才，如范仲淹、欧阳修、韩琦都出自他门下。他“文章赡丽，应用不穷，尤工诗，闲雅有情思”(同上)。

他的词主要是继承五代绮丽余风，但亦有情意缠绵而不陷于鄙俗轻薄者。他受冯延巳的影响较深，其风俊秀有过之。王灼《碧鸡漫志》评道：“晏元献公长短句，风流蕴藉，一时莫及，而温润秀洁，亦无其比。”晏殊的词，从内容上说，因多出于燕饮歌乐之时，无非是伤春惜时，离愁别绪，男欢女爱，颂扬应酬之类，但在艺术技巧上，则已达到了纯熟的地步，为北宋初期的一大家。其词集名《珠玉词》，收词一百二十余首。代表作如《浣溪沙》：

> 一曲新词酒一杯，去年天气旧亭台，夕阳西下几时长？无可奈何花落去，似曾相识燕归来，小园香径独徘徊。

在清丽的境界里，流露出作者淡淡的愁绪：时光流逝，风景依旧，好景不长，无可奈何！声韵也婉转动听。又如《蝶恋花》：

槛菊愁烟兰泣露，罗幕轻寒，燕子双飞去。明月不谙离恨苦，斜光到晓穿朱户。　　昨夜西风凋碧树，独上高楼，望尽天涯路。欲寄彩笺兼尺素，山长水阔知何处？

这首词写悲秋怀人，情调惆怅，有一种耐人咀嚼的情味。下片的前三句，写思妇登高怀人，境界旷远。王国维曾借此来比喻古今成大事业、大学问者必须经过三种境界中的第一种，即在迷茫中寻求。

晏殊偶尔也写一些民间小景，如《破阵子》：

燕子来时新社，梨花落后清明。池上碧苔三四点，叶底黄鹂一两声，日长飞絮轻。　　巧笑东邻女伴，采桑径里逢迎。疑怪昨宵春梦好，元是今朝斗草赢，笑从双脸生。

作者着墨不多，但采桑少女的神情跃然纸上，清新活泼，颇有生活气息。当然，这劳动妇女的形象只是他词中的一种点缀，他更多的是写温柔多情的贵妇。如《浣溪沙》：

玉碗冰寒滴露华，粉融香雪透轻纱，晚来妆面胜荷花。
鬓亸欲迎眉际月，酒红初上脸边霞，一场春梦日西斜。

这完全是一幅睡美人的水彩画，高雅而不俗艳，语言工巧而不艰涩。在写妇女时，他是以爱怜的情意去写，格调艳而不淫，思而不乱，如《玉楼春》：

池塘水绿风微暖，记得玉真初见面。重头歌韵响铮琮，入破舞腰红乱旋。　　玉钩阑下香阶畔，醉后不知斜日晚。当时共我赏花人，检点如今无一半。

晏殊的幼子晏几道，也是著名的词人，后人合称他父子为“二晏”，称晏几道为“小晏”。

晏几道(1030？—1106？)，字叔原，号小山。他出身于官宦之家，却并不热衷于功名。黄庭坚曾给他的《小山词》作序，说他“平生潜心六艺，玩思百家，持论甚高，未尝以沽世”。还说他有四痴：一是不依傍权贵，“不能一傍贵人之门”；二是文自有体，“不肯一作新进士语”；三是不善理家，“费资千百万，家人饥寒”；四是为人厚道，“人百负之而不恨”。可见他是个不肯趋炎附势并带有几分书生气的没落贵族子弟。

他的词内容多为男女相爱、悲欢离合之类，但感情真挚，婉丽而多哀愁。他继承了花间词的一些表现手法，既有温庭筠的浓艳，又具韦庄的清淡，在抒情深度和艺术风格上是婉约词的深入发展。周济在《介存斋论词杂著》中说：“晏氏父子，仍步温、韦，小晏精力尤胜。”据晏几道在《小山词·自序》中说：“始时沈十二廉叔、陈十君龙家，有莲、鸿、苹、云。品清讴娱客，每得一解，即以草授诸儿，吾三人持酒听之，为一笑乐而已。”可见他的词也是供歌女按红牙板唱的。他以一个贵公子而沉沦下僚，落拓一生，平生感喟，赋于丝竹，微痛纤悲，渗进词章，故所作别有风味，艺术造诣比其父更进一层。如《临江仙》：

> 梦后楼台高锁，酒醒帘幕低垂。去年春恨却来时，落花人独立，微雨燕双飞。　　记得小苹初见，两重心字罗衣。琵琶弦上说相思。当时明月在，曾照彩云归。

词中充满着对歌女小苹的怀念之情，全用形象说话，蕴藉深沉；语句秀丽，脉络清晰，结尾词尽意不尽，更耐人寻味。又如《鹧鸪天》：

> 彩袖殷勤捧玉钟，当年拚却醉颜红。舞低杨柳楼心月，歌尽桃花扇底风。　　从别后，忆相逢，几回魂梦与君同。今宵剩把银釭照，犹恐相逢是梦中。

作者追述了自己与歌女往日的欢乐，抒发了久别重逢的悲喜之情。上片写歌女殷勤劝酒，自己不惜一醉，兴致勃勃欣赏她的歌舞，夜阑未休，这是双方初见的情景。下片转到别后相忆之切，多次梦中相逢，而今果然真相逢了，却又疑是在梦中，惊喜之情，洋溢在字里行间。笔墨光彩照人，行文回环婉转，造句炼字，独出心裁。

晏几道在写妇女时，绝无轻薄玩侮之态，而是对情侣真切率真的深沉思念，如《玉楼春》：

初心已恨花期晚，别后相思长在眼。兰衾犹有旧时香，每到梦回珠泪满。　　务应不信人肠断，几夜夜寒谁供暖？欲将恩爱结来生，只恐来生缘又短。

比起其父那首题材相似的《玉楼春·池塘水绿风微暖》来，情更真，韵更浓，更形象，更感人。

他不仅坦率无忌地抒发自己对恋人的深情，也设身处地为她们着想，写出她们在灯红酒绿中的痛苦心情。如《浣溪沙》：

日日双眉斗画长，行云飞絮共轻狂，不将心嫁冶游郎。　　溅酒滴残歌扇字，弄花熏得舞衣香，一春弹泪说凄凉。

小晏的词，善于吸取前人所长，活用前人的诗句。例如他的《浣溪沙》“户外绿杨春系马，床头红烛夜呼卢”二句，全用唐代诗人韩翃的诗句，仅将“床前”改为“床头”；《鹧鸪天》“今宵剩把银釭照”等句，就是改用杜甫“夜阑更秉烛，相对如梦寐”的句意。但他不是生吞活剥，而是赋予了新的情味，与自己的语言浑然一体，构成了秀美的意境。

晏几道以大富大贵的出身而沉沦于下位，生活环境和个性使得他的词表现出一种悲凉感伤的情调。如果说晏殊之词接近温词，雍容华贵，那小晏的词就更逼近韦庄，清丽妩媚；他那种抒写人生的幽怨和浓情的作品，细腻委婉，楚楚动人，非同时其他词家可以企及的。

第二节　张先和其他词人

与晏殊同时的著名词家还有张先、范仲淹、柳永，后来有欧阳修、王安石、苏轼等。

张先（990—1078），字子野，乌程（今浙江湖州）人。仁宗天圣八年（1030）进士，时年已四十一岁。先后任宿州掾、吴江知县、嘉禾判官等职，英宗治平元年（1064）以尚书都官郎中致仕，虽年已古稀，但精力饱满，常来往于湖州和杭州之间，与隐退的官员、文人宴饮唱和，神宗元丰元年（1078）病逝，享年八十九岁，是宋代著名词家中之高寿者。他与晏殊、欧阳修、王安石、苏轼均有交往，友谊深厚，常有诗文赠答；他也流连于花街柳巷，苏东坡诗《张子野八十五，尚闻买妾，述古今作诗》中曾有“诗人老去莺莺在，公子归来燕燕忙”之句。因他有此类生活经历，所以其情词写得清丽隽永，细腻新颖。如《菩萨蛮》：

牡丹含露真珠颗，美人折向帘前过。含笑问檀郎，花强妾貌强？檀郎故相恼，刚道花枝好。花若胜如奴，花还解语无？

将一对年轻情人的调情状态和心理，描绘得有声有色。又如《一丛花令》：

伤高怀远几时穷，无物似情浓。离愁正引千丝乱，更东陌飞絮濛濛。嘶骑渐遥，征尘不断，何处认郎纵？　　双鸳池沼水溶溶，南陌小桡通。梯横画阁黄昏后，又还是斜月帘栊。沉恨细思，不如桃杏，犹解嫁东风。

写女子与情人离别后的相思之恨，叹息自己的命运比桃杏还不如，桃杏犹能与东风同来同去，而自己则独守空闺，伤高怀远，难寻情郎行踪。上片由情及景，下片触景生情，境界清丽，当时就受人赞赏，他因此被欧阳修戏称为“桃杏嫁东风郎中”（见《历代词人考略》卷十）。

张先在艺术上善于修辞造句，其炼字更见功夫，如《天仙子》：

水调数声持酒听，午醉醒来愁未醒。送春春去几时回？临晚镜，伤流景，往事后期空记省。　　沙上并禽池上暝，云破月来花弄影。重重帘幕密遮灯，风不定，人初静，明日落红应满径。

王国维《人间词话》说：“云破月来花弄影，著一弄字而境界全出矣。”据《苕溪渔隐丛话》前集卷三七载：

有客谓子野曰：“人皆谓公‘张三中’，即‘心中事’，‘眼中泪’，‘意中人’也。”公曰：“何不目之为‘张三影’？”客不晓。公曰：“云破月来花弄影；娇柔懒起，帘压卷花影；柳径无人，堕风絮无影，余平生所得意也。”

可见，张先很欣赏自己用“影”字，的确，他的“影”字句，动中显静，给人以一种朦胧美的意境。除他自己所列举的三例外，清代李调元《雨村词话》还加上《木兰花·乙卯吴兴寒食》中的一“影”字句，即“中庭月色正清明，无数杨花过无影”，合为“四影”。朱彝尊“尝叹其工绝，在世所传三影之上”（见清·朱彝尊《静志居诗话》）。实际上还有一些含“影”字的句子，有二十多处，可见“影”字在他的词中是很有表现力的。

张先词以小令为主，也还写了一些慢词长调，是宋代最早创作这种词调较多的作者，可说是与柳永同时跨进这一领域的。如《谢池春慢·玉仙观道中逢谢媚卿》：

> 缭墙重院，时闻有，啼莺到。绣被掩余寒，画幕明新晓。朱槛连空阔，飞絮知多少？径莎平，池水渺。日长风静，花影闲相照。　尘香拂马，逢谢女，城南道。秀艳过施粉，多媚生轻笑。斗色鲜衣薄，碾玉双蝉小。欢难偶，春过了。琵琶流怨，都入相思调。

对谢媚女的外貌和心态作了细致描写，已不全是小令笔法，有较多的叙事和铺陈，但在结构上有些松散，上片写景与下片写人情意不连贯，显示了慢词还处于初创阶段。张先的慢词与柳永相较，无论数量和质量都有一定差距。

张先在词史上占有一席之地，他的词体现了五代词向宋代词转变的轨迹。他还经常与晏殊、欧阳修、苏东坡、王安石交流，自然成为老少两辈之间的桥梁；他用自己的创作实践，探索了词体由小令向长调发展的经验。陈廷焯《白雨斋词话》卷一云：“张子野词，古今一大转移也。前此则为晏、欧，为温、韦，体段虽具，声色未开；后此则为秦、柳，为苏、辛，为美成、白石，发扬蹈厉，气局一新，而古意渐失。子野适得其中，有含蓄处，亦有发越处，但含蓄处不似温、韦，发越亦不似豪苏、腻柳，规模虽隘，气格却近古。”充分肯定了张先承前启后的过渡作用，他是宋代婉约词派的先行者。

欧阳修不仅是宋代的诗文巨匠，还是北宋著名的词人，他将近二百多首词，收在《六一词》和《醉翁琴趣外编》里。与他在散文和诗里所表现出的庄重严肃的儒者面目不同，他的词，风流深婉，情意缠绵，纯乎是风流才子的笔墨，如《南歌子》：

> 凤髻金泥带，龙文玉掌梳。走来窗下笑相扶，爱道“画眉深浅入时无”？　弄笔偎人久，描花试手初。等闲妨了绣功夫，笑问“双鸳鸯字怎生书”？

这类写男女情趣的词，有人认为是伪作。曾慥《乐府雅词序》说："欧公一代儒宗，风流自命，词章幼眇，世所矜式。当时人或作艳曲，谬为公词。"其实，宋代官僚、文人对私家生活本来就较开放，加之欧阳修才华全面，文采焕然，情感丰富多样，且词为艳科，本来就是抒发浓情的艺术形式，因而欧词中有此艳作无足为怪。欧词写风月之情往往用花、柳、蜂、蝶、燕、鹊、鸳鸯等来比喻或衬托，形象生动活泼，如《望江南》：

> 江南蝶，斜日一双双。身似何郎全傅粉，心如韩寿爱偷香，天赋与轻狂。　　微雨后，薄翅腻烟光。才伴遊蜂来小院，又随飞絮过东墙，长是为花忙。

以蝶"为花"之态喻男女相恋之情。又如《玉楼春》：

> 尊前拟把归期说，未语春容先惨咽。人生自是有情痴，此恨不关风与月。　　离歌且莫翻新阕，一曲能教肠寸结。直须看尽洛阳花，始共春风容易别。

这首是写惜别时的情景，言浅意深，耐人寻味。还有一首《踏莎行》，是别后的相思，读之令人倾倒：

> 候馆梅残，溪桥柳细，草熏风暖摇征辔。离愁渐远渐无穷，迢迢不断如春水。　　寸寸柔肠，盈盈粉泪，楼高莫近危栏倚。平芜尽处是春山，行人更在春山外。

作品抒发了游子思乡之情，上片从行人着笔；写他在旅途中面对恼人春色，愈走愈远，离愁也越来越深。下片写闺妇思情，通过行人对思妇的眷恋和劝慰表现出来，充满着哀怨。以春水比愁，用春山况远，构成了清丽而芊绵的意境。

欧阳修善于用形象表现细腻曲折的感情。如《临江仙》：

> 柳外轻雷池上雨，雨声滴碎荷声。小楼西角断虹明。阑干倚处，待得月华生。　　燕子飞来窥画栋，玉钩垂下帘旌。凉波不动簟纹平。水精双枕，傍有堕钗横。

词的内容虽不脱花间气息，但情思深远、意境明秀，已超过花间诸人，亦在晏殊之上。

欧阳修也有直抒个人抱负的词作，多数写于后期。他题咏颍州西湖的十首《采桑子》，表现了他啸傲山水、流连风月的洒脱情怀；流露了他多次在政治上受到挫折之后自我宽慰的心绪，并不全是悲观消极的呻吟。下录其二：

画船载酒西湖好，急管繁弦，玉盏催传，稳泛平波任醉眠。 行云却在行舟下，空水澄鲜，俯仰留连，疑是湖中别有天。

平生为爱西湖好，来拥朱轮，富贵浮云，俯仰流年二十春。 归来恰似辽东鹤，城郭人民，触目皆新，谁识当年旧主人？

欧阳修在有些词里，洗刷了晚唐五代词绮靡的习气，带进了作者的身世之叹，并使词向清丽明秀的境界发展了。清代刘熙《艺概》说："冯延巳词，晏同叔得其俊，欧阳永叔得其深。"所谓"深"，大概是指其境界高雅，内涵深刻一些。欧阳修还吸收了一些当时鲜活的语言，冲淡了花间、西昆浓厚的脂粉味和富贵气。如《生查子》：

去年元夜时，花市灯如昼。月到柳梢头，人约黄昏后。
今年元夜时，月与灯依旧。不见去年人，泪满春衫袖。

此词曾误为朱淑贞作，据南宋初曾慥所编《乐府雅词》，当为欧阳修作。全词语言朴质，情深意长。这些都说明了作者已开始突破了文人词的传统题材和表现手法，在某种程度上已与诗文革新运动的步调吻合，对后来苏轼等豪放派词人的词和秦少游等婉约派词人的词都有一定的影响。冯煦曾说他"疏隽开子瞻，深婉开少游"(《宋六十一家词选例言》)，比较确切地概括了他在宋词发展史上的地位，当然，由于其词大多还是抒写儿女私情和离愁别绪，故其影响更多是加于婉约一派。

北宋前期的词作者还有范仲淹和王安石，他们虽不以词名世，但偶有所作，亦成佳构。

范仲淹的词景象辽阔，悲歌慷慨。如《渔家傲》：

塞下秋来风景异，衡阳雁去无留意。四面边声连角起，千嶂里，长烟落日孤城闭。　　浊酒一杯家万里，燕然未勒归无计。羌管悠悠霜满地，人不寐，将军白发征夫泪。

这首词是作者镇守边疆时所作。它通过对边塞苍凉而寥阔的秋景描写，表现了戍边将士为国立功的壮志和怀念家乡的情思，格调悲壮，感情沉郁。宋人魏泰在《东轩笔录》中说："范文正公守边日，作《渔家傲》乐歌数阕，皆以'塞下秋来'为首句，颇述边镇之劳苦。欧阳公尝呼为穷塞主之词。"这类边塞词继承了唐代边塞诗的雄风，为宋词开拓了新的境界。由于作者心怀广、气魄大，在即景抒怀时，丽语柔情，亦非同一般，遂成绝唱。又如《苏幕遮》：

碧云天，黄叶地。秋色连波，波上寒烟翠。山映斜阳天接水，芳草无情，更在斜阳外。　　黯乡魂，追旅思，夜夜除非，好梦留人睡。明月楼高休独倚，酒入愁肠，化作相思泪。

词上片写秋色，下片抒离恨，情景融贯，境界新鲜而开阔，不落历来词家写秋抒愁的俗套。

王安石的词风和范仲淹相似。其词数量不多，《临川先生歌曲》辑有二十余首。他的《桂枝香·金陵怀古》可作代表：

登临送目，正故国晚秋，天气初肃。千里澄江似练，翠峰如簇。征帆去棹残阳里，背西风酒旗斜矗。彩舟云淡，星河鹭起，画图难足。

念往昔豪华竞逐，叹门外楼头，悲恨相续。千古凭高对此，谩嗟荣辱。六朝旧事随流水，但寒烟衰草凝绿。至今商女，时时犹唱，后庭遗曲。

词中描绘了金陵的壮丽景色，抒发了作者怀古伤今的深沉感情，比之一般怀古词，立意更新更高。

范仲淹和王安石的词，气魄不凡，沉郁悲壮，实为宋代豪放词派之先声和声调。

此外，这一时期先后还有几位作者的词，别有情致，不似花间靡靡之音。如寇准的《阳关引·塞草烟光阔》，潘阆的《忆馀杭》五首，宋祁的《玉楼春·东城渐觉春光好》，张昇的《离亭燕·一带江山如画》，李冠的《六州歌头·秦亡草昧》，等等，内容已有所拓展，意境开阔，不只是抒儿女之情，艺术风格也较为爽朗明秀。只可惜数量太少，各有所爱，未能形成风格特色和流派气候。

第三节　柳　永

北宋第一个专力写词的作家是柳永，也可称为平民词人。他对宋代婉约词派和词体发展的贡献，要超过同时期的其他词人；其艺术风格的影响，远在晏殊、张先、欧阳修等人之上，是词史上的一大行家，是具有开创性的词人之一。

柳永(987？—1053？)，初名三变，字耆卿，崇安(今福建崇安)人。其父柳宜曾做过工部侍郎。柳永早年到汴京应试时，因擅长词曲，结识了许多歌妓，并用当时教坊乐工所创造的“新声”来填词。这种新声婉转动听，很快就得到传播。叶梦得《避暑录话》卷三说：“凡有井水饮处即能歌柳词。”柳永表现了一种浪子作风，他曾写过《鹤冲天》词，发泄怀才不遇的牢骚，其中有“忍把浮名，换了浅斟低唱”等句。据说，有人曾在宋仁宗面前举荐他，仁宗问：“得非填词柳三变乎？……且去浅斟低唱，何要浮名!”(见《艺苑雌黄》和《能改斋漫录》)柳永受此打击后，别无出路，只好游冶于市井，以诙谐的口吻自称“奉旨填词柳三变”。以后他就辗转于汴京、苏、杭等都市，过着浪荡生活，改名为永。景祐元年(1034)，年已四十七，才中进士。后做过浙江桐庐、定海等处的小官，终官屯田员外郎，死于润州(今江苏镇江)，晚境很凄凉。有《乐章集》传世，存词二百一十多首。

柳永生活在北宋都市经济繁荣的时期，他以相对自由之身，浪迹大江南北，经历丰富，其作品内容多样，题材较广。有许多作品反映了城镇的繁荣面貌，如《望海潮》：

> 东南形胜，三吴都会，钱塘自古繁华。烟柳画桥，风帘翠幕，参差十万人家。云树绕堤沙，怒涛卷霜雪，天堑无涯。市列珠玑，户盈罗绮，竞豪奢。　　重湖叠巘清嘉，有三秋桂子，十里荷花。羌管弄晴，菱歌泛夜，嬉嬉钓叟莲娃。千骑拥高牙，乘醉听箫鼓，吟赏烟霞。异日图将好景，归去凤池夸。

据罗大经《鹤林玉露》说：“孙何帅钱塘，柳耆卿作《望海潮》词赠之，云‘东南形胜’云云。此词流播，金主亮闻歌，欣然有慕于‘三秋桂子，十里荷花’，遂起投鞭渡江之志。”这虽未可全信，但词中对杭州的繁华街道、秀丽湖山、壮阔江海的描绘，生动地再现了这座风景名城的面貌，确实令人神往。

柳词中还有许多描写妓女生活的作品，这也是与当时都市生活相关的。其中虽夹杂着一些庸俗无聊的成分，但由于作者自己也处于政治上受压制的卑下地位，“同病相怜”，因而，他能反映出妓女的不幸遭遇和愿望，对她们寄予了真挚的同情。如《定风波》：

> 自春来惨绿愁红，芳心是事可可。日上花梢，莺穿柳带，犹压香衾卧。暖酥消，腻云亸，终日厌厌倦梳裹。无那！恨薄情一去，音书无个！
>
> 早知恁么，悔当初不把雕鞍锁。向鸡窗，只与蛮笺象管，拘束教吟课。镇相随，莫抛躲，针线闲拈伴伊坐，和我，免使年少光阴虚过。

这首词写了歌伎被遗弃后的苦闷情绪及其对真挚爱情生活的向往，把她们的心理状态描写得十分细致而真切。再如《迷仙引》，写妙龄歌女厌倦风尘：

> 才过笄年，初绾云鬟，便学歌舞。席上尊前，王孙随分相许。算等闲，酬一笑，便千金慵觑。常只恐，容易蕣华偷换，光阴虚度。　已受君恩顾，好与花为主。万里丹霄，何妨携手同归去。永弃却，烟花伴侣，免教人见妾，朝云暮雨。

她们希望把受蹂躏、受损害的苦难生活永远抛却，向往着“和鸣偕老”的幸福。正由于柳永能同情体贴这些受迫害的伶人，传说他死后，群伎“合金葬之”（见《方舆胜览》），“每遇清明日，多载酒肴饮于耆卿墓侧，谓之吊柳会”（《独醒杂志》）。

柳永特别善于写离情别绪，这方面的作品达到了比较完美的艺术境界。如《雨霖铃》：

> 寒蝉凄切，对长亭晚，骤雨初歇。都门帐饮无绪，方留恋处，兰舟催发。执手相看泪眼，竟无语凝咽。念去去千里烟波，暮霭沉沉楚天阔。　多情自古伤离别，更那堪冷落清秋节。今宵酒醒何处？杨柳岸晓风残月。此去经年，应是良辰好景虚设。便纵有千种风情，更与何人说！

词的上片写临别的情景。苍茫的暮色，凄切的蝉声，构成了难分难舍的悲凉气氛。执手无言，泪眼相看，使别情形象化，感人尤深。下片结合秋江景色抒情。“杨柳岸晓风残月”一句，是对别后孤寂生活的设想，把凄清之景与孤寂之情融成一幅幽静的图画，撩人想象，成为千古绝唱。后来，人们也常用这句词来指代柳词的风格。这首词也最能代表柳词音律谐婉、语意妥帖、形容曲尽、意境秀丽的特点。另外他还有《八声甘州》，也是脍炙人口的名作：

> 对潇潇暮雨洒江天，一番洗清秋，渐霜风凄紧，关河冷落，残照当楼。是处红衰翠减，苒苒物华休。惟有长江水，无语东流。　不忍登高临望，望故乡渺邈，归思难收。叹年来踪迹，何事苦淹留？想佳人妆楼颙望，误几回天际识归舟！争知我，倚阑干处，正恁凝愁。

这首词抒写江湖流落，飘泊异乡的感受。上片极力渲染凄清冷落的气氛，下片抒发与佳人互相怀念的感情，反复回旋，楚楚动人。词中八个韵脚，调名“八声”，与音乐相配；“对”、“渐”、“望”、“叹”等领字（乐句中领起下文的字）用去声，吟唱时更显得悠扬。柳词能充分发挥汉语语音音乐性强的特点，使词的形象美与声韵美结合起来，使文情与声情统一起来，这是柳词能感动读者的重要因素之一。

柳永早年由于为乐工写新词而被斥落，自然会对统治者不满，并用一种自命清高、蔑视权贵的傲慢态度，抒发自己怀才不遇的愤懑。如《鹤冲天》：

> 黄金榜上，偶失龙头望。明代暂遗贤，如何向？未遂风云便，争不恣游狂荡，何须论得丧。才子词人，自是白衣卿相。　烟花巷陌，依约丹青屏障。幸有意中人，堪寻访。且恁偎红倚翠，风流事，平生畅。青春都一饷。忍把浮名，换了浅斟低唱。

从这玩世不恭的疏狂声中，也能察觉到词人内心的愤懑。功名无望，也只好仆仆奔波于风尘之中，致力于词的创作了。这首词也就是他的身世和思想的自白，是对封建科举制度的大胆嘲弄。后世某些文士艺人，尝以风流倜傥自夸，以浪子班头为荣，与柳永这种思想不无相通之处。

柳永把婉约派词发展到了一个新的高峰，他的词有较大的独创性和较高的艺术造诣，在词学史上，他是一个有贡献的作家。

他扩大了词的题材，反映了都市繁荣的景象，描写了被侮辱被损害的女性，表达了封建社会下层知识分子和艺人们的某些共同感情。这对词的传统题材范围是有所突破的。

他是第一个大量创作慢词的词人，为了适应词的题材扩大的需要，他吸取了前人经验，并向民间乐曲学习，或者依新调填新词，或自创新调，写了大量慢词。李清照《词论》说："柳屯田永者，变旧声作新声，出《乐章集》，大得声称于世，虽协音律，而词语尘下。"肯定了他创新的贡献，也指出了他语言的不足。所谓"尘下"，如非淫词秽语，也应视为一种艺术个性，并非都是缺陷。柳永词多浅俗语，正是其新声的表现手法之一，自有其功用。《四库全书总目提要·乐章集》云："盖词本管弦冶荡之音，而永所作旖旎近情，使人易入，虽颇以俗为病，然好之者终不绝也。"柳永的慢词占他全部词作的十之七八，成了与小令并驾齐驱的一种成熟了的文学形式。这使词能容纳更多的内容，表现更复杂的感情。过去的词只有下上两片(双叠)，而柳永始创三叠，如《戚氏》、《夜半乐》、《十二时》等，《戚氏》长达二百一十二字。这种新腔婉转曲折，为在词中进行抒情、写景、叙事、说理开辟了广阔的领域。

他丰富了词的表现手法。柳词善于铺叙，周济在《介存斋论词杂著》中说："其铺叙委婉，言近意远，森秀幽淡之趣在骨。"除前面所举的词都具有这一特点外，如《夜半乐》：

> 冻云黯淡天气，扁舟一叶，乘兴离江渚。渡万壑千岩，越溪深处。怒涛渐息，樵风乍起，更闻商旅相呼。片帆高举。泛画鹢翩翩过南浦。　　望中酒旆闪闪，一簇烟村，数行霜树，残日下、渔人鸣榔归去。败荷零落，衰杨掩映，岸边两两三三，浣纱游女，避行客，含羞笑相语。　　到此因念，绣阁轻抛，浪岸难驻。叹后约丁宁竟何据？惨离怀，空恨岁晚归期阻，凝泪眼，杳杳神京路，断鸿声远长天暮。

这纯乎是一篇情景交融的游记性散文，笔触细腻，层次井然，全文三叠，一气呵成。作者铺叙旅途的见闻，以表达一种孤寂之感。他除了吸收前人语言运用的技巧外，还能大胆向民间学习俚语俗言，创造出一种新鲜质朴而又俊俏的文学语言，摆脱了浓妖和迂腐之气。如《忆帝京》：

> 薄衾小枕凉天气，乍觉别离滋味。展转数寒更，起了还重睡。毕竟不成眠，一夜长如岁。　　也拟把却回征辔，又争奈已成行计。万种思量，多方开解，只恁寂寞厌厌地。系我一生心，负你千泪行。

全用活的口语写成，明白如谈家常，但并不影响真情的表达，相反，更有利于表达人物内心情绪的起伏变化。柳永还善于把写景和抒情密切结合起来，创造出情景交融的优美境界，使这一传统艺术手段在慢词创作中发挥了极大的感染效力。《雨霖铃》和《八声甘州》等，都是把萧瑟的秋景和缠绵的离情交织在一起，有时是景中含情，有时是情映于景，引人进到诗情画意之中，流连忘返。《凤栖梧》：

> 伫倚危楼风细细。望极春愁，暗暗生天际。草色烟光残照里，无言谁会凭阑意？　　拟把疏狂图一醉。对酒当歌，强乐还无味。衣带渐宽终不悔，为伊消得人憔悴。

这样的词，情意深切，形象鲜明，最后两句，王国维曾借来表示古今名人成就事业的第二种境界。

柳永也有一些为朝廷歌功颂德，想借此博得功名的作品，内容平庸，艺术粗糙；还有一些青楼调笑和来往应酬之作，情趣平庸低下。从他身上，可以看到一个没有远大抱负的才子思想上的缺陷和艺术上成功的矛盾现象，这是在特定的历史条件下所形成的。

柳词"曲折委婉，而中具浑沦之气，虽多俚语，而高处足冠群流，倚声家当尸而祝之"（宋翔凤《乐府余论》）。《后山诗话》说柳词"传播四方"，《四库提要》说它"好之者终不绝也"。不仅婉约派词人秦观、周邦彦、李清照、姜夔、吴文英、纳兰性德等，深受他的影响；就是豪放派词人苏东坡、辛弃疾等，也学习了他的一些艺术手法。苏东坡对柳永的《八声甘州》就十分欣赏。至于后世的院本、话本、戏文、杂剧中，也直接继承了柳词的浅显平易、明白如话等特色，甚至还以柳永的事迹作为题材进行创作。由此可见，柳永在文学史上的影响是很深远的。

第四章 苏 轼

第一节 苏轼的生平和思想

苏轼(1037—1101)，字子瞻，号东坡居士，眉州眉山(今四川眉山)人。他的父亲苏洵虽然二十七岁时才发愤读书，但很快就以文章成名，这给他以良好的影响。他的母亲程氏教他刻苦攻读，培养他“奋厉有当世志”，还用东汉末年范滂同宦竖斗争的故事勉励他秉公持正。由于家庭环境的熏陶和他自己的努力，青年时代的苏轼，就具有广博的学识和写作才能，怀有济天下、利国家的政治抱负。

宋仁宗嘉祐元年(1056)，苏轼二十岁，赴京应试，次年开考，题目是《刑赏忠厚之至论》。主考官欧阳修看了他的文章，惊喜以为异人，在给梅圣俞信中说：“读轼书，不觉汗出，快哉，快哉！老夫当避路，放他出一头地也。可喜，可喜！”(《文忠集·与梅圣俞》)还认为苏轼之文他日必“独步天下”。结果苏轼以第二名被录取。

嘉祐六年(1061)，苏轼又参加秘阁的制科考试，上《进策》、《进论》各二十五篇，还作了《王者不治夷狄论》等六论，全面阐述了他的政治见解。这期间，他做过凤翔府签判，回京后任殿中丞，官职都不高。英宗治平三年(1066)，苏洵卒于京，苏轼扶丧返乡，在家守孝两年。

神宗熙宁二年(1069)，王安石任参知政事，雷厉风行地实行变法。苏轼本来也是主张兴利除弊的，王安石的变法自然也代表了苏轼的一些主张，但内容要丰富得多，措施也激进得多。苏轼与王安石在改革问题上早有分歧。王安石要“变革天下之弊法”，苏轼却认为“天下之所以大不治者，失在于任人，而非法制之罪也。(《进策》)”王安石主张理财，增加国库收入，苏轼却主张“节用以廉取”。王安石要采用“征诛”的强制手段来为改革开路，而苏轼却认为“求治太急”。王安石变法立说即行，苏轼却说“欲速则不达”。新法施行，苏轼更为不满。熙宁四年，苏轼在《上神宗皇帝万言书》、《再论时政书》等奏章中激烈反对新法，并要求离京外补。此后，他担任过杭州通判，又转密州、徐州、湖州知州。在做这些地方官时，他都尽心守职，颇有政绩。所以，我们不能以是否拥护新法作为衡量当时官员历史功过的唯一标准。

神宗元丰二年(1079)，王安石离职后，御史中丞李定等人搜罗到苏轼外任以来的一些诗文，摘录了其中讽刺新政的句子，如“读书万卷不读律，致君尧舜知无术”(《戏子由》)等，加以弹劾，以讪谤新政的罪名进行陷害，苏轼被捕下狱，这就是“乌台诗案”(乌台，指御史府)。苏轼在狱中备受折磨，曾写《狱中寄子由》诗二首，与弟诀别：

圣主如天万物春，小臣愚暗自亡身。
百年未满先偿债，十口无归更累人。
是处青山可埋骨，他年夜雨独伤神。
与君今世为兄弟，更结来世未了因。

柏台霜气夜凄凄，风动琅珰月向低。
梦绕云山心似鹿，魂飞汤火命如鸡。
眼中犀角真吾子，身后牛衣愧老妻。
百岁神游定何处？桐乡知葬浙江西。

以为必死是间，幸好神宗怜其才，又经亲故多方营救，苏轼才于元丰三年年底结案出狱，贬任黄州(今湖北黄冈)团练副使。他在黄州生活四年有余，比较闲适，曾在城东东坡处垦荒耕种，掘井筑室，自号“东坡居士”。后改任汝州团练使。在北上途中，经金陵时，他曾去拜会已退休的王安石，两人虽政见不同，但依然保持着翰墨之交的真挚友谊。先前，王安石当政时，也从未因私怨而对苏轼进行过迫害和打击；“乌台诗案”后，退居的王安石还出面救助。这次相见，王安石还劝苏轼定居金陵，以便交往。苏轼对王安石也肝胆相见，在《次荆公韵四绝》中道：“劝我试求三亩宅，从公已觉十年迟。”对王安石甚为敬重。苏轼在任地方官的十多年间，他看到了新法推行过程中的不少流弊，但也看到新法的好处，能“因法以便民，民赖以安”(苏辙《东坡先生墓志铭》)。在实践中，他也改变了对部分新法(如免役法)的错误看法。这表明苏轼与司马光等顽固的保守派还是有所不同的。后来，他在《与滕达道》信中还检讨说："某言见面一言者，盖为吾侪新法之初，辄守偏见，至有异同之论。虽此心耿耿，归于忧国而所言差谬，少有中理者。"

元丰八年(1085)，神宗崩，哲宗即位，高太后临朝听政，司马光等旧党重新当权，苏轼被召回朝，任翰林学士。这期间，他选拔和培养了一批有志之士。当时旧党全废新法，苏轼曾指斥司马光"专欲变熙宁之法，不复较量利害，参用所长"(《辩试馆职策问札子》)。由于他能实事求是地对待新法，敢于直言，又与旧党发生了矛盾，受到了程颐等人的攻击。哲宗元祐四年(1089)，他只得再度要求离朝，先后出任杭州、颍州、定州等知州。在杭州任上，他率众开湖筑堤，西湖苏堤，至今犹存。

元祐八年(1093)，高太后卒，哲宗亲政，新党又重新抬头，对"元祐党人"(旧党)进行报复打击，苏轼又遭贬谪，先到广东惠州，后又去荒远的琼州(海南岛)。哲宗死，徽宗继位，建中靖国元年(1101)，苏轼遇大赦还朝，在归途中，卒于常州，时年六十五岁，谥号"文忠公"。存有《东坡全集》一百余卷，收录诗二千七百多首，词三百多首，散文数量亦富。

苏轼的一生是曲折坎坷的一生，历尽沉浮的一生，他几进几出，遭贬坐罪，多次卷进新旧党争的旋涡中，成为北宋王朝党派斗争的牺牲品，这是很不幸的。但是，复杂的现实也给了他深刻的教育和丰富的创作源泉。在任地方官时，他更深入地认识了社会，了解了人民。他与人民建立了感情，为人民办过不少好事。在凤翔，他努力改变劳役繁重的现象；在密州，他拿出官银养育弃儿；在杭州，他疏浚西湖，引水灌溉；在徐州，他率民防洪、护城；在颍州，他帮助人民度荒自救；在定州，他惩治了骄横跋扈的官吏。这一切，都受到了人民的赞扬，传说他去世时，"吴越之民，相与哭于市"，对他表示哀悼。

苏轼的思想同他的生活道路一样，复杂而曲折，但又自成体系。他受儒、释、道三家的影响，但随环境的改变又各有所侧重。一般来说，他的思想早期得志时以儒家为主；中晚期是儒家与佛道思想的掺和，受到挫折时佛道思想往往又是他的精神支柱。但从思想体系来讲，他还是属于儒家系统的。他在政治上积极进取，向经世济时的人物学习；他追慕屈原、贾谊、陆贽、范仲淹，认为"丈夫重出处，不退要当前"(《和子由苦寒见寄》)。他早期曾批评过佛老，也鄙弃当时的理学，他斥责大儒程颢、程颐是"以佛老之似，乱周孔之真"，这是从国家利益出发的。

他并不是对佛道全盘否定，他在生活上和个性修养方面，也常言及佛道的处世哲学。他爱同僧人交往，酷爱陶渊明的隐居生活，热衷于道家的养生之术，这些在“乌台诗案”后更为突出。然而，要看到这些都只是他在处于逆境时的一种自我安慰和摆脱苦闷的方法，即使是在这时，他也并没有完全拜倒在佛道两家的门下。他对佛老思想采取了分析吸收的态度，他着重吸收其中与儒家相同的方面，求同存异。他不拘一格，认为儒、释、道三家并非绝不相容，在《中庸论》中，他说：“圣人之道，自本而观之，则皆出入人情。”只要符合事理人情的言行，他都可以容纳，吸取其有益的成分丰富自己的精神世界。他在儒家进取思想的基础上，融合道释二家，以因物制宜，力求简易、致用、圆通，他的思想，是以现实的人生实用为原则的，对理学家的空谈性命，对佛学的超然玄悟，对道学的淡然无为他并不都赞同，他像大海般的不择细流，构成了自己精妙独特的思想体系。儒家为君，道家为身，其派不同，旨归一致。他说：“孔老异门，儒释分宫，又于其间，禅律相攻。我见大海，有此南东，江河虽殊，其至则同。”(《祭龙井辩才文》)这样一来，儒家的“穷则独善其身”，“仁者不忧”等思想，就自然与佛家的出世思想和道家的清静无为思想三位一体了。这也正是苏轼心怀宽广、旷达自适，不同于腐儒之处。这种以儒家为主体，参合释、道因素的思想体系，帮助他“用之则行，舍之则藏”，积极进取，热情追求，在任何艰难困苦的环境中，他对人生、对前途没有丧失信心，他始终没有停止过文学创作活动，凡是他所到之处，都留下了歌颂生活和赞美祖国美丽山河的诗章。苏轼的世界观是复杂的，他的情感是丰富的，这些都是在他特殊的家庭教养和个人经历的基础上形成的。

第二节　苏轼的文学理论和散文

苏轼的文学创作成就辉煌。他不仅有深厚的生活基础和思想基础，有卓越的文艺才能，还有一些符合文艺规律的理论主张，指导他的创作实践。

苏轼的文学主张，基本上与欧阳修、王安石相同。他强调文学的社会功能，主张诗文“皆有为而作，精悍确苦，言必中当世之过”(《凫绎先生诗集叙》)，反对没有实用意义的空文，强调“文必与道俱”(《祭欧阳文忠公文》)。他所说的道，不只限于儒家的圣人之道，而兼及了佛老之道、自然之道。对韩愈等人所提的道，他并不附和，亦步亦趋，“尽其自然之理而断之于中，其所不然者，虽古之所谓贤人之说，亦有所不取”(苏轼《上曾丞相书》)。在文和道的关系上，他并不把文看做是单纯载道的工具，变成道的附属品。他提出“达意说”，阐明了文的重要意义。他说：“物固有是理，患不知之。知之患不能达之于口与手。辞者，达是而已矣。(《答俞括书》)”他十分重视文学的艺术价值，在《答毛滂书》中说：“文章如金玉，各有定价。先后进相汲引，因其言以信于世，则有之矣。至其品目高下，盖付之众口，决非一夫所能抑扬。”这种认为作品有它本身的价值，而这种价值有其客观标准的见解，是很可贵的。

苏轼很重视文学的独创性和表现力。他提倡文学创作中的独创精神，提倡艺术风格的多样化。在《书黄子思诗集后》中，他对前代作家的不同艺术风格都给予了肯定：苏武、李陵的五言诗浑然天成，不待雕琢；曹植、刘公干之诗自发于己，不拘法度；陶渊明、谢灵运的诗意境超逸，语言自然；李白、杜甫的作品英玮绝世，凌跨百代。他还认为各种艺术风格并不是绝不相容的，而是可以相互渗透，“发纤秾于简古，寄至味于淡泊”，韦应物、柳宗元就是如此，所以他们的诗“非余子所及也”(《书黄子思诗集后》)。这些观点，在他论书画艺术的诗中也常见，如“端庄杂流丽，刚健含阿娜”(《次韵子由论书》)；“短长肥瘦各有志，玉环飞燕谁敢憎”(《孙莘老求墨妙亭诗》)；对不同的艺术风格都加以称赞。他对王安石“好使人同己”的作风不满，在《答张文潜书》中说：“王氏之文，未必不善也，而患在于好使人同己。”

苏轼认为诗文要“文理自然，姿态横生”，反对过分雕饰。他既反晚唐五代浮艳之风，也反韩门子弟怪奇之弊，他批评当时士大夫“用意过当，求深者或至于迂，务奇者怪僻而不可读，余风未殄，新弊复作”(《上欧阳内翰书》)。他发展了平易自然、文从字顺的文风，坚持了诗文革新运动的正确方向。他重申“辞达而已矣”的儒家语文观，在《答谢民师书》中说：

> 孔子曰：“言之无文，行而不远。”又曰：“辞达而已矣。”夫言止于达意，即疑若不文，是大不然。求物之妙，如系风捕影，能使是物了然于心者，盖千万能而不一遇也，而况能使了然于口与手者乎？是之谓辞达。辞至于能达，则文不可胜用矣。

可见，“辞达”绝非易事，看来浅近平淡，实则膏丰实美，对事物没有明确深刻的认识，是难以做到的。

苏轼注重对艺术内在规律的探求，他特别强调艺术以“神似”为佳。他常把诗与画相提并论，“古来画师非俗士，妙想实与诗同出”(《次韵吴传正枯木歌》)。他曾说王维的诗中有画，画中有诗。所以苏轼对画的论述，也完全可用于诗。在《文与可画筼筜谷偃竹记》中，他说“故画竹必先得成竹于胸中，执笔熟视，乃见其所欲画者，急起从之，振笔直遂，以追其所见，如兔起鹘落，少纵则逝矣”。他强调要仔细观察，捕捉特征，心手相应，才能达到“此竹数尺耳，而有万尺之势”的神似境界。他还强调学习前人的技法，但又不为之束缚，“出新意于法度之中，寄妙理于豪放之外”(《书吴道子画后》)。

苏轼很重视文学的感情因素，他曾说：“吾文如万斛泉源，不择地皆可出，在平地滔滔汩汩，虽一日千里无难；及其与山石曲折，随物赋形而不可知也。所可知者，常行于所当行，常止于不可不止，如是而已矣！其他虽吾亦不能知也。”(《文说》)这里说的是感情丰富，文思就开阔，潜力就无穷，如行云流水，自然成文。苏轼不抹杀灵感的作用，他多次提到“求物之妙，如系风捕影”(《答谢民师书》)，“少纵则逝”；要善于利用灵感，“作诗火急追亡逋，清景一失后难摹”(《腊日游孤山访惠勤惠思二僧》)，对创作的最佳时机不能轻易放过。

苏轼虽没有专门的文论著作，但他不失为一位杰出的文艺理论家。他的理论散见于诗文中，归纳起来却很丰富，且自成体系。他继承了韩愈等古文家的理论又有所发展，在许多方面，他比起前人和同辈都认识得深刻，富有创造性。他的理论包含着极其丰富的实践内容，不少是自己的创作经验，因而也更符合实际，在文学批评史上占有重要地位。

苏轼阅历丰富，学识渊博，又有比较正确的创作理论指导，所以，他的文学创作丰富多彩，而且成就很高。他的散文写得很有特色，是唐宋八大家之一，又与“韩”、“柳”、“欧”并为四大家。人们还用“韩潮苏海”来形象地说明苏轼和韩愈的散文内容宽广、气势磅礴的特点。

苏轼的政论文，多是针对社会现实而写的，内容充实深刻，语言朴质流畅。他早期写的《进策》二十五篇(包括《策略》五篇、《策别》十七篇、《策断》三篇)，全面阐述了他的政治见解。在这些文章中，他以敏锐的眼光，看出了“太平盛世”已是危机四伏，“有治平之名而无治平之实，有可忧之势而无可忧之形”。其具体表现为“常患无财”、“常患无兵”和“常患无吏”。他指出“富者地日以益而赋不加多，贫者地日以削而赋不加少”；“二虏之大忧未去，天下之治终不可为”。他希望统治者“厉法禁”、“抑侥幸”、“决壅蔽”、“教守战”，居安思危，涤荡积弊，卓然有所立。义正词严，鲜明地表达了他兴利除弊的变革思想。这些文章，集中表现了苏文论证严密、例证充实、文笔纵横恣肆的特点。如《教战守》篇，开门见山地提出尖锐的问题：

夫当今生民之患，果安在哉？在于知安而不知危，能逸而不能劳。此其患不见于今，而将见于他日。今不为之计，其后将有所不可救者。

指出了北宋国防上的严重危机，具有先声夺人之妙。下面列举历史事实，说明军事训练与国家存亡的关系：

> 昔者先王知兵之不可去也，是故天下虽平，不敢忘战。秋冬之际，致民田猎以讲武，教之以进退坐作之方；使其耳目习于钟鼓旌旗之间而不乱，使其心志安于斩刈杀伐之际而不慑。是以虽有盗贼之变，而民不至于惊溃；及至后世，用迂儒之议，以去兵为王者之盛节，天下既定，则卷甲而藏之。数十年之后，甲兵顿弊，而人民日以安于佚乐，卒有盗贼之警，则相与恐惧讹言，不战而走。开元、天宝之际，天下岂不大治，惟其民安于太平之乐，豢于游戏酒食之间，其刚心勇气，消耗钝眊，痿蹶而不复振。是以区区之禄山一出而乘之，四方之民，兽奔鸟窜，乞为囚虏之不暇，天下分裂，而唐室固以微矣。

在今昔对照之后，又举人体劳作与体质强弱的关系，证明备战的重要性。最后指出，只有“尊尚武勇，讲习兵法”，“教以行阵之节”，“授以击刺之术”，才能免除危难，破敌奸谋。在充分正面论述了教战守之必要性之后，笔锋一转，对持反对论者加以批驳：

> ……然议者必以为无故而动民，又扰以军法，则民将不安；而臣以为此所以安民也。天下果未能去兵，则其一旦将以不教之民而驱之战；夫无故而动民，虽有小恐，然孰与夫一旦之危哉？

全文如行云流水，一气呵成，步步深入，说理透辟，具有极强的说服力。

苏轼的史论也写得淋漓酣畅，耐人寻味，如《留侯论》，根据《史记》所载圯上老人（黄石公）赐兵书给张良的故事而发表议论。对于此事，以往评论者多着眼于鬼怪，以为“天佐汉诛秦”（王充《论衡·自然》），故赐以书；而苏轼则认为“其意不在书”，而在于锻炼张良的“忍”性。文章说：“夫老人者，以为子房才有余，而忧其度量之不足，故深折其少年刚锐之气，使之忍小忿而就大谋。”全文紧扣此意，反复申论，雄辩之辞，令人信服。在《商鞅论》、《贾谊论》等篇中，也显示了这种特点。苏轼的史论能做到“古为今用”，多能联系现实，有较强的社会意义。他的议论文，继承了《战国策》、《孟子》、贾谊、陆贽说理的风格，纵横恣肆，才情奔放。

苏轼还有大量的记叙文和杂文，内容广泛，体裁多样，表达了作者对人生、对现实、对大自然、对文艺等多方面的认识，其成就在他的议论文之上。

他的书说、赠序、碑传之类，文笔朴质，感情充沛，直抒胸臆，感人尤深。如《答谢民师书》发表了自己对文艺的见解；《答李端叔书》抒发了自己蒙冤后的复杂心情；《上梅直讲书》表达了士遇知己后的快乐。这都是文情并茂的优美书信。他的赠序、碑传，写得生动活泼，有时把一些抽象的哲理用具体的艺术形象表现出来。如《日喻赠吴彦律》，通过“盲人识日”和“北人学没”的生动比喻，说明没有亲自观察而靠道听途说是不能获得真才实学的，这对有志于学的吴彦律是极有启发的。又如《方山子传》，没有像一般传记文那样写方山子的世系生平，而着重写人物的品行，突出“欲以此驰骋当世，然终不遇”这一主题。文中寥寥几笔，把方山子的形象勾勒得栩栩如生：

> 独念方山子少时，使酒好剑，用财如粪土。前十有九年，余在岐山，见方山子从两骑，挟二矢游西山。鹊起于前，使骑逐而射之，不获；方山子怒马独出，一发得之。因与余马上论用兵及古今成败，自谓一时豪士。今几日耳，精悍之色犹见于眉间，而岂山中之人哉？

作者对方山子由豪士变为隐士，感慨不已。作者当时正贬于黄州，不平之意，寓于文中。《潮州韩文公庙碑》是一篇热情歌颂韩愈道德、文章和政绩的碑文，写得遒劲雄浑，不同凡响，韩愈“文起八代之衰”的提法就出于此篇。洪迈《容斋随笔》中说：“刘梦得、李习之、皇甫持正、李汉，皆称颂韩公古文，各极其势……及东坡之碑一出，而后众说尽废。”足见苏轼此文之威力。

苏轼的杂记，如《文与可画筼筜谷偃竹记》、《石钟山记》、《喜雨亭记》等，都是脍炙人口的作品。在这些文章中，作者随笔挥洒，夹叙夹议，一扫故弄玄虚、艰涩怪僻之风。如《石钟山记》，记叙了作者到实地去考察石钟山命名的经过，提出“事不目见耳闻而臆断其有无”是浅陋可笑的。文章引人入胜，生动活泼，充满了情趣。尽管作者所提出的命名原因也不正确，但这种勇于在实践中探求真理的精神，还是值得肯定的。《记游庐山》，把诗与文交错于一篇之中，以文连诗，诗文相映，好像一则情味醇厚的诗话，别具一格。

苏轼的辞赋摆脱了汉魏以来堆砌雕琢和呆板骈俪之风，趋于散文化。他的《前赤壁赋》和《后赤壁赋》，如同优美的散文诗。赋中抒写了江山风月的清奇景象和作者对历史英雄人物的感慨，并通过客主双方问答探讨了宇宙与人生的哲理，也表现了作者受挫折后的苦闷心情和从佛老思想中所得到的安慰。这两篇赋思想内容比较复杂，在《前赤壁赋》中，主客双方也就代表了作者思想矛盾的两个方面。客人见赤壁而联想到称雄一世的曹操，进而发生了世道沧桑之叹：

> 客曰："月明星稀，乌鹊南飞，此非曹孟德之诗乎？西望夏口，东望武昌，山川相缪，郁乎苍苍，此非孟德之困于周郎者乎？方其破荆州，下江陵，顺流而东也，舳舻千里，旌旗蔽空，酾酒临江，横槊赋诗，固一世之雄也，而今安在哉？况吾与子渔樵于江渚之上，侣鱼虾而友麋鹿，驾一叶之扁舟，举匏樽以相属。寄蜉蝣于天地，渺沧海之一粟，哀吾生之须臾，羡长江之无穷。挟飞仙以遨游，抱明月而长终，知不可乎骤得，托遗响于悲风。

这实际上是苏轼自己人生苦短、功业未成的抑郁心情的表白。下文接着写道：

> 而苏子曰："客亦知夫水与月乎？逝者如斯，而未尝往也；盈虚者如彼，而卒莫消长也。盖将自其变者而观之，则天地曾不能以一瞬；自其不变者观之，则物与我皆无尽也，而又何羡乎？且夫天地之间，物各有主，苟非吾之所有，虽一毫而莫取。唯江上之清风，与山间之明月，耳得之而为声，目遇之而成色；取之无禁，用之不竭。是造物者之无尽藏也，而吾与子之所共适。"

用老庄的相对主义哲学观来阐明变与不变的道理，表达了自己不重得失的宽阔胸怀，也是对被贬后苦闷心绪的自我排遣。全文声情并茂，情景交融，把抽象的哲理寓于艺术形象之中，思想深邃，境界飘忽，非苏轼不能为也。

苏轼的散文，内容丰富，形式多样，平易流畅，感情充沛，新奇、雄健而兼诙谐，个性极其突出，达到了唐宋古文的艺术的高峰，在北宋诗文革新的散文领域中，他是集大成者。杨士奇用了很形象的语言概括了苏文的特点：

> 高山巨川，巉岩万状，浩漫千顷，可望而不可意者，苏之大也；名园曲槛，绕翠环碧，十步一停，五步一止，而不欲去者，苏之细也；疏

雨微云啜清茗，白雪浓淡总相宜者，苏之闲雅也；风涛烟树，晓夕百变，刓峦夷曲，精入转佳，令人惊顾错愕而莫可控揣者，苏之奇怪也。(见《三苏文范》)

第三节　苏轼的诗

苏轼又是杰出的诗人，他的诗，具有独特的风格，内容丰富，包罗万象。他经历了从仁宗到徽宗五朝，足迹遍及大半个中国。他把写诗视为精神生活中不可缺少的内容，无论何时何地，他都坚持创作，从未间断。他用诗歌描绘了所处时代的面貌，记录了自己生活的历程，抒发了自己的思想感情。

苏轼的诗歌继承了我国现实主义和浪漫主义结合优良的文学传统。他的政治诗、讽喻诗，是“有为而作”，“庶几有补于国”，儒家“兴观群怨”的诗论对他影响颇大，他很注意诗歌的教化和讽喻作用。在这些诗里，他真实地反映社会现实，揭露了封建统治者压迫人民的罪恶。如《荔枝叹》：

十里一置飞尘灰，五里一堠兵火催。
颠坑仆谷相枕藉，知是荔枝龙眼来。
飞车跨山鹘横海，风枝露叶如新采。
宫中美人一破颜，惊尘溅血流千载。
永元荔枝来交州，天宝岁贡取之涪。
至今欲食林甫肉，无人举觞酹伯游。
我愿天公怜赤子，莫生尤物为疮痏。
雨顺风调百谷登，民不饥寒为上瑞。
君不见，武夷溪边粟粒芽，前丁后蔡相笼加。
争新买宠各出意，今年斗品充官茶。
吾君所乏岂此物？致养口体何陋耶！
洛阳相君忠孝家，可怜亦进姚黄花。

作者被贬到惠州，见到荔枝，联想到汉唐以来，统治者为了享受此物，千里催贡；而贪官污吏为了讨好皇帝，不顾人民死活，强迫人民交纳运送。历史如此，现实也相似。作者毫不隐讳地揭露了当时争相买宠的官吏，其无耻行径与李林甫之流一样，令人愤慨。作者感情激昂，语言犀利，虽多发议论，但不嫌率露。苏轼的许多诗，都描写了人民的痛苦生活，表现了他对人民的深切同情。在《夜泊牛口》中，他写了“朔风吹茅屋，破壁见星斗”的渔民生活；在《吴中田妇叹》中，他写了“卖牛纳税拆屋炊，虑浅不及明年饥”的田妇之苦；在《山村》中，他写了“迩来三月食无盐”的老翁；在《除夜大雪留潍州》中，他写了“泪入饥肠痛”的灾民。他有些诗反映了执行新法过程中的一些弊病，但作者的出发点还是忧国爱民的，这与挟持私见、恶意攻击新法的顽固保守派有所不同。

苏轼对北宋王朝屈辱求和的对外政策不满，他同王安石一样，主张充实兵力，巩固国防。他在《闻乔太傅换左藏知钦州》等诗中，希望友人学习马援“马革裹尸”的精神，为国立功；在《和子由苦寒见寄》、《闻洮西北捷报》、《阳关曲》等诗中，都表现了他对国事的关切和愿为国效劳的爱国主义精神。

苏轼长时期任地方官，对民情比较熟悉，人民日常生活的镜头，也在他的诗中得以显现。如耕田、砍柴、车水、开矿等劳动生活和不同地区的风土人情，他都写得生动活泼，情趣盎然。例如《於潜女》：

青裙缟袂於潜女，两足如霜不穿屦。
觰沙髩发丝穿柠，蓬沓障前走风雨。
老濞宫妆传父祖，至今遗民悲故主。
苕溪杨柳初飞絮，照溪画眉渡溪去。
逢郎樵归相媚妩，不信姬姜有齐鲁。

诗中村女的形象栩栩如生，表现了苏轼对劳动妇女健康美的赞赏。

苏诗最具艺术魅力的，是那些抒发个人情怀和歌咏自然景物的作品。如《游金山寺》：

我家江水初发源，宦游直送江入海。
闻道潮头一丈高，天寒尚有沙痕在，
中泠南畔石盘陀，古来出没随涛波；
试登绝顶望乡国，江南江北青山多。
羁愁畏晚寻归楫，山僧苦留看落日：
微风万顷靴纹细，断霞半空鱼尾赤。
是时江月初生魄，二更月落天深黑。
江心似有炬火明，飞焰照山栖鸟惊。
怅然归卧心莫识，非鬼非人竟何物？
江山如此不归山，江神见怪惊我顽。

我谢江神岂得已，有田不归如江水。

诗人在出任杭州通判时，经过镇江金山，触景生情而写此诗。诗中把怀念故乡、宦游难归的感情同金山奇幻迷茫的景色交织在一起，创造了一种神奇的艺术境界，具有强烈的艺术感染力。又如《端午遍游诸寺》：

肩舆任所过，遇胜辄流连。焚香引幽步，酌茗开净筵。
微雨止还作，小窗幽更妍。盆山不见日，草木自苍然。
忽登最高塔，眼界穷大千。大峰照城郭，震泽浮云天。
深沉既可喜，旷荡亦所便。幽寻未云毕，墟落生晚烟。
归来记所历，耿耿清不眠。道人亦未寝，孤灯同夜禅。

将游寺所见之景、人和自己的心情，融为一体，形象生动，仿佛身临其境，历历可见。

苏轼善于捕捉自然界具有特色的景物，或雄伟壮阔，或清丽妩媚，笔之所到，无不迸发出艺术的光彩。如《惠崇春江晚景》：

竹外桃花三两枝，春江水暖鸭先知。
蒌蒿满地芦芽短，正是河豚欲上时。

冬去春来的新景，通过“花”、“鸭”、“蒌蒿”、“河豚”等物生动地表现出来。又如《饮湖上初晴后雨》：

水光潋滟晴方好，山色空濛雨亦奇。
欲把西湖比西子，淡妆浓抹总相宜。

西湖晴雨不同的美丽景色，如画在目，而以西施之美来比喻西湖之美，更是绝妙。

又如《六月二十七日望湖楼醉书五绝》，写湖畔风光，作者开朗的怀抱与跳动的景物无间地契合，读之令人神往。其二：

放生鱼鳖逐人来，无主荷花到处开。
水枕能令山俯仰，风船解与月徘徊。

还有一些小诗在具体的形象中寓有深刻的哲理，以景寄理，意在言外，这也是苏轼诗歌艺术的一个重要特色。如《题西林壁》：

横看成岭侧成峰，远近高低各不同。
不识庐山真面目，只缘身在此山中。

所谓“当局者迷，旁观者清”的道理，被如此生动地用艺术形象表达出来。苏轼的这类理趣诗不同于以诗论道谈玄，生硬地将物象与理义拼合，而是理在景中，景自成理，浑然一体的。如《慈湖夹阻风》之五：

卧看落月横千丈，起唤清风得半帆。
且并水村攲侧过，人间何处不巉岩。

将所见风景与人间境遇结合，天衣无缝，自然深刻，又如《中秋月》：

暮云收尽溢清寒，银汉无声转玉盘。
此生此夜不长好，明月明年何处看？

将人世沧桑之感通过咏月抒发出来，圆润清新，耐人咀嚼。

苏轼也有用诗论道说理的。他曾用诗去评论鉴赏文艺作品，发表自己的学术见解。但这类诗出自苏轼之手，多少注意到了诗歌的形象特征，力求有些诗味，而不是用韵语说教。例如《书李世南所画秋景》：

野水参差落涨痕，疏林攲倒出霜根。
扁舟一棹归何处，家在江南黄叶村。

不需评论，画之精美可见；这诗就是画，画中即此诗。又如《王维吴道子画》一诗，在评吴道子画时写道：“道子实雄放，浩如海波翻，当其下手风雨快，笔所未到气已吞；亭亭双林间，彩晕扶桑暾，中有至人谈寂灭，悟者悲涕迷者手自扪。”在评王维画时说：“摩诘本诗老，佩芷袭芳荪，今观此壁画，亦若其诗清且郭。祇园弟子尽鹤骨，心如死灰不复温；门前两丛竹，雪节贯霜根，交柯乱叶动无数，一一皆可寻其源。”然后他比较两人的风格：“吴生虽妙绝，犹以画工论；摩诘得之于象外，有如仙翮谢笼樊。”他用形象化的语言再现了两种不同风格的画面，并进行了评议，读后韵味甚浓。

苏轼的诗，内容丰富，表现形式多样化，各种体式皆工，尤以七言诸体为妙。如《和子由渑池怀旧》：

人生到处知何似？应似飞鸿踏雪泥。
泥上偶然留指爪，鸿飞那复计东西。
老僧已死成新塔，坏壁无由见旧题。
往日崎岖还记否？路长人困蹇驴嘶。

诗写于嘉祐六年，作者参加制科考试之后。虽初入仕途，已有身世飘泊之慨，诉之于诗，情感真挚，语言明快，比喻新奇，读后回味无穷。又如《新城道中》之一：

东风知我欲山行，吹断檐间积雨声。
岭上晴云披絮帽，树头初日挂铜钲。
野桃含笑竹篱短，溪柳自摇沙水清。
西崦人家应最乐，煮芹烧笋饷春耕。

用拟人、比喻多种修辞手法，把农村雨后初晴的丽景和农民平静的生活写得生意盎然，清新多娇。此外，还有一些脍炙人口的佳句，也多出自七言，如："人似秋鸿来有信，事如春梦了无痕"（《与潘郭二生出郊寻春》）；"等闲识得东风面，万紫千红总是春"（《春日》）；"一年好景君须记，正是橙黄菊绿时"（《赠刘景文》）；"枯肠未易禁三碗，坐听荒城长短更"（《汲江煎茶》）；"报道先生春睡美，道人轻打五更钟"（《纵笔》）；"粗缯大布裹生涯，腹有诗书气自华"（《和董传留别》）；"风黑杨花虽未定，雨中荷叶终不湿"（《别子由三首》）等。

苏诗的艺术表现手法也多种多样，以新奇的想象和生动的比喻更具特色。苏轼胸襟博大，眼界开阔，具有非凡的想象力，在他的笔下，万物都生机勃勃。"歌鼓惊山草木动，箪瓢散野乌鸢驯"（《和子由踏青》）；"黑云翻墨未遮山，白雨跳珠乱入船"（《望湖楼醉书》）；"水枕能令山俯仰，风船解与月徘徊"（同上）；"谁为天公洗眸子，应费明河千斛水"（《中秋见月和子由》）；"只恐夜深花睡去，故烧高烛照红妆"（《海棠》）。这里，山、水、草、花、云、雨、风、月，都活跃起来，令人耳目一新。又如《唐道人言天目山上俯视雷雨》：

已外浮名更外身，区区雷电若为神。
山头只作婴儿看，无限人间失箸人。

通过奇特的想象，把视浮名如粪土的旷达感情表达得淋漓尽致。比喻也要靠想象的功夫，苏轼诗中的比喻新鲜而贴切，五光十色，给人以美的享受。在《望海楼晚景》中，他把电光比成“紫金蛇”；在《寓寄定惠院》中，他把海棠比成“美人”。在《新城道中》，他写雨后初晴之景，“岭上晴云披絮帽，树头初日挂铜钲”，用了两个十分贴切的暗喻。有时他还用一连串的比喻去描写同一事物，如《百步洪》：

长洪斗落生跳波，轻舟南下如投梭。
水师绝叫凫雁起，乱石一线争磋磨。
有如兔走鹰隼落，骏马下注千丈坡，
断弦离柱箭脱手，飞电过隙珠翻荷。

后四句描写水波冲泻之势，连用了七个比喻，一气呵成，令人应接不暇。

苏诗内容博大，风格多样，笔力恣肆，技巧高超，在文学史上，自成一大家。元好问《论诗绝句》云：“奇外无奇更出奇，一波才动万波随。只知诗到苏黄尽，沧海横流却是谁?”充分肯定了苏诗集大成和开未来的重要作用。清代赵翼《瓯北诗话》说：“天生健笔一枝，爽如哀梨，快如并剪，有必达之隐，无难之情，此所谓继李杜后为一大家也。”热情赞美了苏诗的艺术成就。但苏诗也存在着一些缺陷，如思想上的一些消极超然情绪，艺术上逞才使气，然含蓄蕴藉不够，还存在着“以文为诗”的倾向，语言上铺排典故，这些都影响了作品的进一步完美。

第四节　苏轼的词

苏轼的词表现了更突出的独创性，在我国词坛上，享有崇高的声誉。南宋词人刘辰翁说：“词至东坡，倾荡磊落，如诗，如文，如天地奇观。”(《辛稼轩词序》)的确，苏轼以不羁之才和革新之勇，冲破了晚唐五代以来写词的局限，从内容到形式，都作了新的开拓，旗帜鲜明地别立一宗。豪放词派就是通过他的辛勤劳动才正式闯入词坛的，并牢固地立足、壮大，同婉约派平分秋色。

苏轼的词和他的诗文一样，内容丰富充实，感情真切奔放。

在词中，作者抒发了豪情壮志，展示了建立功业的政治抱负，倾吐了无限的身世之慨。如《江城子·密州出猎》：

老夫聊发少年狂，左牵黄，右擎苍，锦帽貂裘，千骑卷平岗。为报倾城随太守，亲射虎，看孙郎。　酒酣胸胆尚开张，鬓微霜，又何妨！持节云中，何日遣冯唐？会挽雕弓如满月，西北望，射天狼。

词的上片描写了出猎时的豪情和威武场面，下片自然地转到自己愿去边疆杀敌立功，字里行间，洋溢着爱国热情。在《南乡子》中，他羡慕班超投笔从戎的壮举，“投笔将军因笑我，迂儒。帕首腰刀是丈夫”。在《浣溪沙·彭门送梁左藏》中，他勉励友人为国效力，“上殿云霄生羽翼，论兵齿颊带风霜，归来衫袖有天香”。这些，都表现了作者为国为民的政治抱负，雄壮的号角声取代了五代和宋初词中的靡靡之音。

可是现实却使他的壮志难以实现，他只能徒慕古代的英雄人物，对现实、对自己的身世发出无可奈何的感喟，甚至流露出人生如梦的慨叹。如《念奴娇·赤壁怀古》：

大江东去，浪淘尽、千古风流人物。故垒西边，人道是三国周郎赤壁。乱石穿空，惊涛拍岸，卷起千堆雪。江山如画，一时多少豪杰。　遥想公瑾当年，小乔初嫁了，雄姿英发，羽扇纶巾，谈笑间强虏灰飞烟灭。故国神游，多情应笑我，早生华发。人生如梦，一尊还酹江月。

这是最能体现苏轼豪放风格的代表作之一，写于作者被贬黄州之时，其中虽流露了一些自我排遣的消沉情绪，但仍然掩饰不了他热爱生活的乐观态度和追慕英雄而愿建功立业的雄心。在他的笔下，祖国的山河是那么壮丽，历史上的豪杰是那么英俊潇洒。这首词宛如一支赤壁风云的赞歌，感情激越，格调高亢，意境壮阔，实为古今绝唱。

苏词还抒发了对人生、对现实社会的认识和感受，表现了作者多种多样的生活情趣，时而旷达豪放，纵情高歌；时而深沉凄苦，缠绵低吟。如《临江仙》：

夜饮东坡醒复醉，归来仿佛三更。家僮鼻息已雷鸣。敲门都不应，倚杖听江声。　长恨此身非我有，何时忘却营营。夜阑风静縠纹平。

小舟从此逝，江海寄余生。

写得如此爽快而有情趣。据《避暑录话》卷二载：东坡在黄州，“疾病连年，人皆相传已死”。未几，复与数客饮江上，夜归，江面际天，风露浩然，有当其意，乃作歌辞，所谓“夜阑风静縠纹平，小舟从此逝，江海寄余生”者，与客大歌数过而散。或传“子瞻夜作此词，挂冠服江边，拏舟长啸而去”。郡守徐君猷闻之，惊且惧，以为州失罪人，急命驾往谒，则子瞻鼻鼾如雷，犹未兴也。可见其性情之通脱豁达而在词中自然流露。又如，“与谁同坐？明月清风我”(《点绛唇》)，闲适中透着孤寂；“世事一场大梦，人生几度新凉”(《西江月》)，对现实慨叹，情绪颓伤；“山中友，鸡豚社酒，相劝老东坡”(《满庭芳》)，从山中友人的热情劝慰中感到人间的温暖；“谁道人生无再少，门前流水尚能西”(《浣溪沙》)，他又勉励自己不要消沉，相信总有施展才干之日。

苏轼继承了李白诗歌的浪漫主义精神，将其引入词作之中，经常通过写明月来抒发感情，如《水调歌头》：

明月几时有，把酒问青天。不知天上宫阙，今夕是何年。我欲乘风归去，又恐琼楼玉宇，高处不胜寒。起舞弄清影，何似在人间！　转朱阁，低绮户，照无眠。不应有恨，何事长向别时圆？人有悲欢离合，月有阴晴圆缺，此事古难全。但愿人长久，千里共婵娟。

词写于宋神宗熙宁九年(1076)中秋，作者在密州，政治失意，处境孤寂，且七年没有和胞弟子由团聚，见圆月而起思亲之情，醉作此篇。全文九十三字，天上人间，纵横驰骋，极尽婉转跌宕之势。南宋胡仔评道：“中秋词，自东坡《水调歌头》一出，余词尽废。”(《苕溪渔隐丛话》)词中失意的孤独寂寞，超脱人世的幻想，热恋生活的感情，对子由的深切怀念，交织在一起，意境瑰丽，感情复杂。其他如《定风波》：

莫听穿林打叶声，何妨吟啸且徐行。竹杖芒鞋轻胜马，谁怕？一蓑烟雨任平生。　料峭春风吹酒醒，微冷，山头斜阳却相迎。回首向来萧瑟处，归去，也无风雨也无晴。

这首词写于黄州被贬谪时，内容是路途忽遇风雨的生活小事，但通过自己遇雨的感受，表现了他“一蓑烟雨任平生”，不畏风吹浪打的刚毅性格。

这类情在景中的词甚多，如《永遇乐·明月如霜》，通过写宿彭城燕子楼的感受而发思古之幽情；《哨遍·为米折腰》，取陶渊明《归去来辞》稍加变换，抒发旷达自适、“富贵非吾志”的情怀。它们都从不同的角度表达了词人的生活感受和情趣，笔触生动活泼，饶有风味。

苏词善于描绘自然景色和农村风光。作者热爱大自然，喜爱农村淳朴的风习。他在做地方官的日子里，接近了乡村生活，甚至还“常负大瓢，行歌田间”(《坡仙集外纪》)，因而对农民生活也有所了解。在《浣溪沙·徐州石潭谢雨道上》五首词中，作者描绘了一幅幅清新优美的农村风情画。如其二、其三：

> 旋抹红妆看使君，三三五五棘篱门。相排踏破蒨罗裙。　　老幼扶携收麦社，乌鸢翔舞赛神村。道逢醉叟卧黄昏。

> 麻叶层层苘叶光，谁家煮茧一村香？隔篱娇语络丝娘。　　垂白杖藜抬醉眼，捋青捣𪎊软饥肠，问言豆叶几时黄？

前一首写乡村妇女看使君和老翁儿童看神会的热闹场面，后一首写村里蚕妇缫丝的情景和老人盼望早日收获的急迫心情。词人以亲切的态度、欢悦的心情、朴素的语言来描绘农村生活，既不像“大江东去”的磅礴奔放，也不像“点点离人泪”的缠绵柔婉，这也表现了苏词风格的多样化。

苏词写亲友间的深厚情谊，真挚动人。传统的言情词多写闺情闺怨、离愁别绪；苏词在此基础上，将其范围扩大到了兄弟、师友之间，写出了许多表现友谊的词。如《南乡子·送述古》：

> 回首乱山横，不见居人只见城。谁似临平山上塔，亭亭，迎客西来送客行。　　归路晚风清，一枕初寒梦不成。今夜残灯斜照处，荧荧，秋雨晴时泪不晴。

这是一首送别之词，上片写追送友人时见到山上之塔，联想到塔久立山上能迎送客人，暗示自己有塔之心而无塔之身，不能常见友人行踪。下片写别后的不舍之情，境界新奇，情意真切。又如《八声甘州·寄参寥子》，表达了作者对友人的真挚感情。“记取西湖西畔，正春山好处，空翠烟霏。算诗人相得，如我与君稀”(《木兰花令·次欧公西湖韵》)，表达了对欧阳修的尊敬心情。“与余同是识翁人，惟有西湖波底月”(《定风波·常羡人间琢玉郎》)，表达了对歌女的赞美和同情。

苏轼之前，词作写“生离”多，而罕见写“死别”的，苏轼的《江城子》是我国文学史上最早的催人泪下的“悼亡词”，词里抒发了他对亡妻深切的缅怀：

> 十年生死两茫茫，不思量，自难忘。千里孤坟，无处话凄凉。纵使相逢应不识，尘满面，鬓如霜。　　夜来幽梦忽还乡，小轩窗，正梳妆，相顾无言，惟有泪千行。料得年年肠断处，明月夜，短松冈。

这是词人熙宁八年(1075)在密州时所作。他的妻子已死去十年，孤坟在千里之外，但他还是那样深切地怀念着，以致结想成梦。词的上片从悼念亡妻写到自己的苦难遭遇，下片从梦见亡妻推想到她也在怀念自己。词风柔婉、情意真挚，字字句句，如泣如诉，令人不忍卒读。

苏轼是豪放词派的开创者，并不是说他所有的词都充满了豪放情味，而是就其艺术的主要倾向而言。以苏轼之才，能粗能细，亦壮亦秀，因情为词，当豪则豪，当婉则婉。他的词，既有江涛奔腾的訇然声响，又有杜鹃婉转的悲鸣。如《水龙吟·次韵章质夫杨花词》：

> 似花还似非花，也无人惜从教坠。抛家傍路，思量却是，无情有思，萦损柔肠，困酣娇眼，欲开还闭。梦随风万里，寻郎去处，又还被莺呼起。　　不恨此花飞尽，恨西园落红难缀。晓来雨过，遗踪何在？一池萍碎。春色三分：二分尘土，一分流水。细看来，不是杨花，点点是离人泪。

将一个女子哀伤幽怨之情，巧妙地寓于杨花飘落的形象之中，清新而凄婉。全词声韵谐和，朴质自然，不堆典故，不弄辞藻；即使将它置于婉约词中，也不愧为上乘之作。

苏词内容是广阔的，艺术风格是多样的。刘熙载称赞苏词说：“东坡词颇似老杜诗，以其无意不可入，无事不可言也。”(《艺概》)这也就是说，苏轼对词这种文学形式的运用已达到了自如的境地。

苏轼对宋词艺术的发展，作出了重要贡献，其成就是卓越的。

苏轼独创了豪放雄健的词风。他把北宋诗文革新运动的精神带到了词的领域。他既不满意唐末五代的浮靡词风，也不喜欢风行一时的柳永词风。他从范仲淹、欧阳修这些前辈的作品中，吸取了豪壮的因素而加以恢宏发展，融进自己杰出的诗才和丰富的思想，形成了新的风格，这是具有划时代意义的。宋人胡寅在《题酒边词》中说：

> 柳耆卿后出，掩众制而尽其妙，好之者以为不可复加。及眉山苏氏，一洗绮罗香泽之态，摆脱绸缪婉转之度，使人登高望远，举首高歌，而逸怀浩气，超然乎尘垢之外，于是花间为皂隶，而柳氏为舆台矣。

从风格的独创性来讲，此言不为过分。

苏轼丰富了词的艺术境界。在苏词里，展现了无比广阔的图景，古今万年，纵横千里，或凭吊古迹，或怀念亲友，或啸傲山水，或评议世事；兴之所到，词即可成。有的境界，如天风海雨，气势雄浑；有的境界，如青山碧水，清新秀丽；还有些境界，充满诗情画意，叫人流连忘返。如《蝶恋花·春景》：

> 花褪残红青杏小，燕子飞时，绿水人家绕。枝上柳绵吹又少，天涯何处无芳草。　　墙里秋千墙外道。墙外行人，墙里佳人笑。笑渐不闻声渐悄，多情却被无情恼。

从表面上看，有意的墙外人被无意的墙里人所吸引，纯乎是一组饶有风趣的镜头；但结合作者善用诙谐笔墨的特点，其中也寄托了他政治上失意的感触。据《林下词谈》说，苏轼在惠州时，曾命朝云唱这首词，朝云未唱就泪满衣襟，苏轼问其故，朝云说："奴所不能歌，是'枝上柳绵吹又少，天涯何处无芳草'也！"作者创造的艺术境界是如此感人。

苏词在语言上改变了传统词中的雕饰刻镂之风，继承了其中清新流畅的一面。他还吸收陶潜、李白、杜甫、韩愈等人的诗句和民间口语，有时还用散文的句法，大大地丰富了词的语言，增强了词的表现力。如《南柯子》：

> 师唱谁家曲，宗风嗣阿谁。借君拍板与门槌，我也逢场作戏莫相疑。　　溪女方偷眼，山僧莫眨眉。却愁弥勒下坐迟，不见阿婆三五少年时。

其中有许多词都是民间口语。苏词的语言丰富多彩，雅俗兼备。他从民间学习活的口语，从读书中学习古代经典语言和文学语言，从而在词汇、语法和修辞上，都有所创新，其驾驭语言的功力除令人惊叹外，别无话可说。

前人对苏词的艺术成就有些不同的看法。有的讥诮其为“句读不葺之诗”，“往往不协音律”(见《苕溪渔隐丛话》后集引)。而苏轼门人晁补之却说：“居士词，人谓多不谐音律，然横放杰出，自是曲子中缚不住者。”(见《复斋漫录》引)北宋诗人陈师道说：“子瞻以诗为词，如教坊雷大使(宋教坊舞蹈师)之舞，虽极天下之工，要非本色。”(《后山诗话》)元好问等极称东坡有“一洗万古凡马空”的气概；清代词人周济却说：“人赏东坡粗豪，吾赏东坡韶秀，韶秀是东坡佳处，粗豪则病也。东坡每事俱不十分用力，古文、书、画皆尔，词亦尔。”(《介存斋论词杂著》)像这类评议甚多，或褒或贬，或既褒又贬，从总的倾向看，则是肯定苏轼词艺术的独创性和风格的豪放，赞扬其雄才大笔，词艺不凡。正如陆游《老学庵笔记》中所说：“则公非不能歌，但豪放不喜剪裁以就声律耳。试取东坡诸词歌之，曲终，觉天风海雨逼人。”此评是中肯切实的。前人也指出了东坡某些词粗糙不工和用典过多的毛病。苏词在思想内容和艺术表达上也的确有不足之处，但瑕不掩瑜，在我国词史中，苏词永远是闪闪发光的一页。

苏轼是继欧阳修之后北宋文坛上的领袖，无论当时他政治上的处境如何，都未曾动摇过这一崇高的地位。他以自己丰富的现实主义和浪漫主义的作品，巩固和发展了诗文革新运动的成果。他还十分注重发现和培养文学人才。他团结了许多作家，形成了北宋中期的文艺阵营，实力可谓强大。当时著名的作者黄庭坚、秦观、张耒、晁补之，都出自他门下，号称“苏门四学士”。还有陈师道、李廌，也得到他的热情帮助，这二人与“四学士”被人合称为“苏门六君子”。此外，李之仪、毛滂、张舜民等人，也都得到过他的指导。这些人在文艺方面都有所建树，是与苏轼的教育和影响分不开的。

苏轼丰富多彩的精神财富给后世以深远的影响。他的散文，一直被元、明、清各代的文人奉为典范。明代竟陵派领袖钟惺说：“有东坡之文，而战国之文可废也。”(《东坡文选序》)公安派领袖袁宏道，喜爱苏轼的小文小说，学习苏轼《志林》的小品文手法，创造了独抒性灵的活泼文风。在清代文人袁枚、郑板桥等人的作品中，也可见到苏文的影响。苏轼的诗，也一直为后世诗人所推崇，金代的“苏诗运动”，就是提倡在创作上学习苏轼，从而使北方作家在艺术上得到了提高。明代公安派袁宗道，酷爱白居易、苏东坡二人，并把自己的书斋取名“白苏斋”，袁宏道则称苏轼是“诗神”。清代诗人钱谦益、查慎行等，亦推崇苏轼，查氏还为苏诗注本作补注。苏轼的词，直接影响了南宋的爱国词派，辛弃疾继承和发展了苏词的豪放风格，形成了文学史上著名的苏辛词派。直到清代，阳羡派领袖陈维崧等，都努力效法苏辛。清末词人王鹏运、郑文焯诸人，对苏词也仰慕之至。即使是婉约派词人，也从苏词中得到有益的启示。总之，苏轼是我国文学史上才华横溢、成果丰硕的伟大作家，又是一个思想博大、经历坎坷的封建官吏，从他的政治业绩到生活态度，从他的文赋诗词到书画艺术，都受到了后人的推崇，其影响深远而广泛。

第五节 苏洵和苏辙

苏轼的父亲苏洵和弟弟苏辙，也是诗文革新运动中的著名作家，属“唐宋八大家”中两家，人称他们父子三人为“三苏”。

苏洵(1009—1066)，字明允，号老泉。他二十七岁才发愤读书，后三次应试不中，归而尽焚其旧文，闭门苦学。仁宗嘉祐元年(1056)，携轼、辙二子到京师，将自己所写的《权书》、《衡论》等二十余篇文章献给欧阳修，得到了欧阳修的赏识。次年，与二子同中进士从而名声大振。先后任秘书省校书郎、文安县主簿等职。

苏洵主张文章“不为空言，而期于有用”，强调“大凡文之用四：事以实之，词以章之，道以通之，法以检之，此经史所兼而有之者也”(《史论上》)。他比较重视文章的辞采和章法，在《上欧阳内翰第一书》中，他对孟子、韩愈、欧阳修的文风，作了深刻分析：

> 孟子之文，语约而意尽，不为巉刻斩绝之言，而其锋不可犯。韩子之文，如长江大河，浑浩流转，鱼鼋蛟龙，万怪惶惑，而抑遏蔽掩，不使自露；而人望见其渊然之光，苍然之色，亦自畏避，不敢迫视。执事之文，纡馀委备，往复百折，而条达疏畅，无所间断；气尽语极，急言竭论，而容与闲易，无艰难劳苦之态。此三者，皆断然自为一家之文也。

这是一段极精当的风格论，对三位大家的文风特征阐述得惟妙惟肖，生动具体。

苏洵深于《孟子》、《战国策》诸文，从中吸取了纵横雄肆的气势，所以他的文章也具有纵横家雄辩的特色，文笔犀利，语言明快。如《六国论》：

> 六国破灭，非兵不利，战不善，弊在赂秦；赂秦而力亏，破灭之道也。或曰：六国互丧，率赂秦耶？曰：不赂者以赂者丧；盖失强援，不能独完。故曰，弊在赂秦也。

开门见山，提出论点：六国破灭的主要原因是“赂秦”。接着层层深入，分析赂秦所带来的危害，“以地事秦，犹抱薪救火，薪不尽，火不灭”。然后用六国相继灭亡的历史事实，论证了赂秦必亡的中心论点。从这一史实中作者感慨不已：

> 呜呼！以赂秦之地，封天下之谋臣，以事秦之心，礼天下奇才，并力西向，则吾恐秦人食之不得下咽也。悲夫！有如此之势，而为秦人积威之所劫，日削月割，以趋于亡。为国者无使为积威之所劫哉！夫六国与秦皆诸侯，其势弱于秦，而犹有可以不赂而胜之之势。苟以天下之大，下而从六国破亡之故事，是又在六国下矣。

这对当时北宋统治者赂敌以求苟安的外交政策是何等有力的讽诫，具有深刻的现实意义。全文结构严谨，条理清晰，叙议结合，气势充沛，具有无可辩驳的说服力。苏洵长于策论，他的《管仲论》、《辨奸论》等，都写得尖锐泼辣，很有特色。曾巩在《苏明允哀词》中说：“烦能不乱，肆能不流，其雄壮俊伟，若决江河而下也，其辉光明白，若引星辰而上也。”邵仁泓《苏老泉先生全集序》也说：“以雄迈之气，坚老之笔，而发为汪洋恣肆之文，上之究际天人，次之修明经术，而其于国家盛衰之故，尤往往淋漓感慨。”用这些话来评苏洵之文，是抓住了其主要特征的。

苏辙(1039—1112)，字子由，号颖滨遗老。嘉祐元年与父兄同时离蜀入京，次年登进士科，后任河南推官、御史中丞、尚书右丞等职，政治态度偏向保守。他的诗文直接受苏轼影响，但风格不太相似，苏轼偏于奇，他偏于稳。其文笔简劲朴质，而成就远不如苏轼。

苏辙认为写文章首先要“养气”，“气”就是作家的气质，气质充实然后发为文辞。在如何“养气”方面，他提出内在修养和外界阅历相结合，尤其重视外界方面。他在《上枢密韩太尉书》中说：

> 辙生好为文，思之至深。以为文者气之所形；然文不可以学而能，气可以养而致。孟子曰：“我善养吾浩然之气。”今观其文章，宽厚宏博，充乎天地之间，称其气之小大。太史公行天下，周览四海名山大川，与燕、赵间豪俊交游，故其文疏荡，颇有奇气。此二子者，岂尝执笔学为如此之文哉？其气充乎其中，而溢乎其貌，动乎其言而见乎其文，而不自知也。

这些见解，比孟子、曹丕、刘勰、韩愈等人所提到的"养气"更具体、更实际。他把养气与作文的关系阐述得很清楚，并强调了在客观实践中增长才气，这表现了他具有朴素的唯物主义创作观。

他的诗没有什么突出的特色，而散文写得颇有特色，贴近欧阳修和曾巩。他曾自言，"子瞻之文奇，吾文但稳耳"。苏轼在《答张文潜书》中评他的文说："其文如其为人，故汪洋澹泊，有一唱三叹之声，而其秀杰之气终不可没。"他的一些政论、史论，没有其父兄之豪放气势，但稳重恬静，不露锋刃，也自有个性。例如他也写了一篇《六国论》，虽内容和笔力都不及其父的《六国论》，但分析之明晰，议论之细密，也足以令人称道。

他的记叙文《黄州快哉亭记》、《武昌九曲亭记》、《庐山栖贤寺新修僧堂记》、《东轩记》等，写得冲和淡雅，清新流畅，颇有情趣。如《黄州快哉亭》开头写道：

> 江出西陵，始得平地，其流奔放肆大。南合沅湘，北合汉沔，其势益张。至于赤壁之下，波流浸灌，与海相若。清河张君梦得，谪居齐安，即其庐之西南为亭，以览观江流之胜，而余兄子瞻名之曰快哉。盖亭之所见，南北百里，东西一舍，涛澜汹涌，风云开阖。昼则舟楫出没于其前，夜则鱼龙悲啸于其下。变化倏忽，动心骇目，不可久视。今乃得玩之几席之上，举目而足。西望武昌诸山，冈陵起伏，草木行列，烟消日出，渔夫樵父之舍，皆可指数，此其所以为快哉者也。……

当时苏辙贬于筠州，他去探望被贬于黄州的苏轼和张梦得时，写了此文。从所引这段文字看，描写景物错落有致，境界开阔，行文简洁而生动，说明命名"快哉亭"之缘由，确实能令人拍手称快。

据说四川的三苏祠里有这样一副楹联：

一门父子三词客
千古文章四大家

"三词客"指老苏、大苏和小苏，即苏洵、苏轼和苏辙。"四大家"除三苏外，还有苏轼的幼子苏过，人称"小坡"。苏过始终陪伴着其父宦游南北，历尽人间沧桑，其诗文和书画继承东坡遗风，特别擅长文赋创作，如《思子台赋》、《飓风赋》等，均可称佳作。苏氏一门的文艺才华在中国历史上是屈指可数的。

第五章　北宋后期的诗词

第一节　黄庭坚和江西诗派

活跃在北宋后期文坛上的，主要是曾经追随苏轼和受苏轼影响的一些作家。他们有的直接出自苏门，有的受到过苏轼的指导或启发。其中，黄庭坚、张耒、秦观、晁补之被称为“苏门四学士”，加上陈师道、李廌合称“苏门六君子”。此外，还有李格非，李之仪，唐庚，张舜民，毛滂，孔文仲、孔武仲、孔平仲三兄弟，周邠和周邦彦叔侄等一大批文人，都团结在苏轼周围或受到过其影响，形成了北宋后期的作家群，一时文坛波澜壮阔，春意盎然。但是，他们的文学主张和艺术风格，却并不完全与苏轼相同。黄庭坚、陈师道所开创的江西诗派，在当时影响极大，其势直与东坡对峙，秦观、周邦彦的词，也不属苏轼的豪放词派，而是典型的婉约派。北宋的诗文革新运动，到苏轼达到高潮，此后即趋向于分流，江西诗派的出现就是分流的表现。

江西诗派的开山鼻祖是黄庭坚，其中的重要作家还有陈师道、陈与义等。

黄庭坚（1045—1105），字鲁直，号山谷道人，又号涪翁，江西分宁（今江西修水）人。他的父亲、舅父和岳父都是诗人，这样的环境给黄庭坚以诗的熏陶，《桐江诗话》记载他七岁就能作诗。黄庭坚从幼年时代起，还纵览六艺、老、庄、内典和小说杂书，博学多闻，风华出众。他才艺全面，除诗文词赋外，书法亦著名，与苏轼、米芾、蔡襄合称为宋代四大书法家。宋神宗熙宁初，教授北京（河北大名）国子监，以诗为苏轼赏识，以为“超轶绝尘，独立万物之表，世久无此作”（见《宋史·文苑传》），由是声名始震。元丰三年（1080），他赴太和县任职，经安徽舒州，游览三祖山山谷寺的石牛洞，因喜爱其地，故自号山谷道人，人多称黄山谷。宋哲宗时，召为校书郎，后为国史编修官。哲宗绍圣初（1094），新党得势，他调任宣州、改鄂州，后贬涪州，自号涪翁。徽宗立，以吏部员外郎召，皆辞不行，后死于宜州（广西宜山），享年六十一岁，有《豫章黄先生文集》行世。

黄庭坚继承了他的前辈反浮艳文风的斗争精神，对西昆诗风进行猛烈的抨击。他力图使自己的创作有所革新，提倡向杜甫、韩愈、白居易等人学习。但他学习的重点是技巧方面，专在字句、格律上下功夫，而未能学到他们作品中关心国家和民众的政治热情和现实主义精神，这样，虽然摆脱了西昆体的形式主义，却又走向了追求奇险硬涩、雕琢字句的为艺术而艺术的狭窄道路。他在《书王知载朐山杂咏后》中说：

> 诗者，人之情性也。非强谏争于庭，怨忿诟于道，怒邻骂座之为也。其人忠信笃敬，抱道而居，与世乖逢，遇物悲喜，同床而不察，并世而不闻。情之所不能堪，因发于呻吟调笑之声，胸次释然，而闻者亦有所劝勉，比律吕而可歌，列干羽而可舞，是诗之美也。其发为讪谤侵陵，引颈以承戈，披襟而受矢，以快一朝之忿者，人皆以为诗之祸，是失诗之旨，非诗之过也。

可见，他认为诗只是抒发个人性情的工具，合符律吕是诗之美。他反对诗谏净怨怒骂谤的社会作用，削弱了诗歌的战斗和批判功能，这种文学观点，正是他诗歌缺乏深刻的社会内容和过分追求艺术形式的认识根源。这种认识很像后来19世纪欧洲流行的唯美主义文艺观。产生这种思想的原因，一方面是北宋中期以后的百年承平局面，经济繁荣，文化发达，文人们不满足于寻常的诗语典故，总想标新立异，超过唐人诗艺，这种安定的社会环境给他们提供了潜心探索的客观条件；另一方面是新旧党争的政治风波，使得许多诗人不敢正视现实，只好从故纸堆里找持。这样既可以不干预政事，免遭灾祸；又能够写出诗来，附庸风雅。江西诗派就在这样的文学氛围里应运而生。

黄庭坚在当时诗坛上享有较高的声誉和地位，他所提出的创作主张，也就成了这个诗派的纲领。他在《答洪驹父书》中说：

> 老杜作诗，退之作文，无一字无来处；盖后人读书少，故谓韩、杜

> 自作此语耳。古之能为文章者，真能陶冶万物，虽取古人之陈言入于翰墨，如灵丹一粒，点铁成金也。

这段话主要是讲的诗歌语言，强调诗文要在字句上下功夫，要多读书，要对万物加以陶冶，即加工改造，这样，虽然是采用了古人语言，也能因旧生新。这里说的“点铁成金”就是指要对古人语言进行锤炼继承，不能生搬硬套。

对于诗的内容，惠洪《冷斋夜话》中记载了黄庭坚的一段话：

> 诗意无穷，而人才有限，以有限之才，追无穷之意，虽渊明、少陵不得工也。然不易其意而造其语，谓之换骨法，窥入其意而形容之，谓之夺胎法。

这就是黄庭坚所说的“夺胎换骨法”。这是针对诗的内容来讲的，意思是无穷诗意难以写好，可以不改变前人诗意而用新的语言表达，或深入体验前人诗意而用新的艺术手法描绘。总之，“点铁成金”也好，“夺胎换骨”也好，都是讲的如何对待前人的创作问题，其主旨是诗意学习古人，艺术必须创新。他曾多次申述过这一观点：“文章最忌随人后”(《赠谢敞王博喻》)，“随人作计终后人，自成一家始逼真”(《以右军书数种赠丘十四》)，“听宅下虎口著，我不为牛后人”(《赠高子勉四首》)。可见黄庭坚在诗歌创作上，特别注重创新，学习古人也是为了以旧出新。他的创作实践具有鲜明的个性，求深务奇，清俊峭拔自成一家，正是这种思想的体现。

黄庭坚并没有忽视诗的内容，他也曾说过“诗须有为而作”(《题柳子厚诗》)，他也写过了一些干预政治和反映人民疾苦的诗，如《流民叹》：

> 朔方频年无好雨，五种不入虚春秋。
> 迩来后土中夜震，有似巨鳌復戴三山游。
> 倾墙摧栋压老弱，冤声未定随洪流。
> 地之划劚水觱沸，十户八九生鱼头。
> 稍闻澶渊渡河日数万，河北不知虚几州。
> 累累襁负襄叶间，问舍无所耕无牛。
> 初来扰自得旷土，嗟尔后至将何怙?
> 刺史守令真分忧，明昭哀痛如父母。
> 庙堂已用伊吕徒，何时眼前见安堵。

疏远之谋未易陈，市上三言或成虎。
祸灾流行固无时，尧汤水旱人不知。
桓侯之疾初无证，扁鹊入秦始治病。
投胶盈掬俟可清，一箪岂能续人命？
虽然犹愿及此春，略讲周公十二政。
风生群口方出奇，老生常谈幸听之。

诗中描写了流民的苦难生活，抒发了作者对他们深切的同情。又如《送范德孺知庆州》：

乃翁知国如知兵，塞垣草木识威名。
敌人开户玩处女，掩耳不及惊雷霆。
平生端有活国计，百不一试埋九京。
阿兄两持庆州节，十年麒麟地上行。
潭潭大度如卧虎，边人耕桑长儿女。
折冲千里虽有余，论道经邦正要渠。
妙年出补父兄处，公自才力应时须。
春风旌旗拥万夫，幕下诸将思草枯。
智名勇功不入眼，可用折箠笞羌胡。

诗中热情赞颂了范仲淹父子驻守边疆的功绩，表现了诗人对国事的关心。此外如《上大蒙雾》，描述了农民无米无盐的困苦；《次韵子由绩溪病起》，提出兼用新旧人才的见解；《次韵王荆公题西太一宫壁》，对王安石的道德文章给予了公正的评价。黄庭坚思想以儒为主，也受到道释两家的深刻影响，他为官正直，注重自我修养，特别是经历政局变幻和仕途坎坷之后，他更看破红尘，不以荣辱贵贱为怀，性格比较超脱。所以他所注重的诗意和内容，不是重大的社会问题和深刻的思想内容，而是个人的性情和生活感受。在社会现实和个人私情之间，他更看重私情；在诗的教化作用和娱乐作用之间，他更看重娱乐；在内容和形式之间，他更看重形式；在诗意的继承和革新之间，他更看重继承；在语言运用的袭旧和创新之间，他更注重创新。所以，他为人所称道的就是那些表现自我性情而语言艺术又富有新意的作品。如《新喻道中寄元明》：

中年畏病不举杯，孤负东来数百觞。

唤客煎茶山店远，看人获稻午风凉。
但知家里俱无恙，不用书来细作行。
一百八盘携手上，至今犹梦逯羊肠。

这是作者写给他哥哥黄元明的诗。诗中抒发了对家里怀念之情，回忆了自己被贬到黔州时长兄殷切相送的情景；诗中亲情真挚，语句清新活泼，不落俗套。他刻意炼字造句，以新奇见长。如《登快阁》：

痴儿了却公家事，快阁东西倚晚晴。
落木千山天远大，澄江一道月分明。
朱弦已为佳人绝，青眼聊因美酒横。
万里归船弄长笛，此心吾与白鸥盟。

诗中表现了他对繁冗政事的厌倦，对大自然的赞美和向往。意境开阔明丽，感慨深沉。又如《寄黄几复》：

我居北海君南海，寄雁传书谢不能。
桃李春风一杯酒，江湖夜雨十年灯。
持家但有四立壁，治病不蕲三折肱。
想得读书头已白，隔溪猿哭瘴溪藤。

诗中抒发了对友人的思念之情，写得比较自然，虽然用了许多成语典故，如《左传·僖公四年》楚国国君派人对齐国人说的“君处北海，寡人处南海”，《汉书·苏武传》中写的大雁传书，李白的《春夜宴桃李园序》中的“会桃李之芳园，叙天伦之乐事”，李商隐《夜雨寄北》中的“何当共剪西窗烛，却话巴山夜雨时”，《汉书》中的写司马相如原来很穷，“家徒四壁立”，《左传》中的“三折肱知为良医”等，几乎是一句一典，但却不觉得生硬，即使是不知典故原意的人，也能读懂。最后两句感慨至深，表现了作者对黄几复艰苦处境的同情和真挚的慰问。他写亲情和离别的诗，较有名的还有《和答元明黔南赠别》：

万里相看忘逆旅，三声清泪落离觞。
朝云往日攀天梦，夜雨何时对榻凉。
急雪鹡鸰相并影。惊风鸿雁不成行。

归舟天际常回首，从此频书慰断肠。

全诗意境凄凉，情意缠绵，语句清奇流畅，韵味深长。

前人谈宋诗，每以苏黄并称。在当时，黄诗极得时誉，或以为在苏诗之上。《诗林广记》载曰："豫章先生传赞云，山谷自黔州以后，句法尤高，笔势放纵，实天下之奇作，自宋兴以来，一人而已。"他的诗，从艺术技巧上讲，也确实达到了很高的境地，具有自己的特色，足以使当世许多人倾倒。如《题花光为曾公衮作水边梅》：

梅蕊触人意，冒寒开雪花。遥怜水风晚，片片点汀沙。

虽短短四句，却锤炼得细密秀美。又如《题竹石牧牛图》：

野次小峥嵘，幽篁相依绿。阿童三尺箠，御此老觳觫。
石吾甚爱之，勿遣牛砺角。牛砺角尚可，牛斗残我竹。

这首诗是题苏轼和李公麟合作的一幅画的。苏轼画了竹丛和怪石，李公麟增画了牛和骑在牛背上的牧童。诗的前四句叙述了画面，后四句抒发了观感，但这观感不是用评议的语言直接表现的，而是用作者对牧童讲话的方式来表现的。这种写法也确实体现了黄庭坚"避熟就生"、"以故为新"的创作思想，与许多题画诗比较，可谓独具一格。

黄庭坚还有些写景抒情诗，写得妩媚消瘦，情味深长，如《雨中登岳阳楼望君山》二首：

投荒万里鬓毛斑，生入瞿塘滟滪关。
未到江南先一笑，岳阳楼上对君山。
满川风雨独凭栏，绾结湘娥十二鬟。
可惜不当湖水面，银山堆里看青山。

这诗是作者贬居四川六年后，宋徽宗崇宁元年(1102)获赦回江西故乡，经岳阳楼时所作。诗中充满了无限欣喜的情怀，"未到江南先一笑"，向往故乡之情不言自明，"银山"指波浪，"银山堆里看青山"，意境动荡而壮美。可见，作者在诗情奔放之时，也自然突破了自己所定的清规戒律，写出了平易自然，具有感人力量的好诗。他的有些诗句，韵味深长，语言流畅，为世人所喜爱。如“诗酒一年谈笑隔，江山千里梦魂通”(《夏日梦伯兄寄江南》)；“心犹未死杯中物，春不能朱镜里颜”(《次韵柳通叟》)；“人乞祭余骄妾妇，士甘焚死不公侯”(《清明》)；“世上岂无千里马？人中难得九方皋”(《怀李子先》)；“小雨藏山客坐久，长江接天帆到迟”(《题落星寺》)；“春风春雨花经眼，江北江南水拍天”(《次元明韵寄子由》)；“人到愁来无处会，不关情处总伤心”(《和陈君仪读太真外传五首》)；等等。这虽都是些摘句，但也能看出其功力之深，无他那样的博学多才，恐难写出这类句子。据说秦少游每读他的诗文，“辄怅然终日，殆忘食事”，认为“邈然有二汉之风，今交游中以文墨称者，未见其比”(王直方《诗话》)。

黄庭坚的诗境气象森严，如危峰嶒嶙，叫人望而生畏；苏轼诗气象阔大，如江河奔腾，令人惊心动魄，两人各具风格，各备境界。然而黄诗终究不能与苏诗相比。它有一个致命的弱点，就是内容单薄平庸，脱离社会现实，片面追求艺术形式的新奇技巧，结果把大多数作品变成了徒有奇特的外衣和美丽的面貌而没有灵魂的泥塑美人。

但是，文学的价值是丰富多彩的，凡大家所作的贡献也各有不同。黄庭坚以其独特的诗论和诗艺，出现在北宋文坛，并成为一个庞大诗派的宗师，其在文学史上是占有重要地位的，其影响也甚为深远。他强调诗歌的艺术特点，并提出了一些创作技巧和方法，还以自己的艺术实践为人们作出了样板，这对提高诗的艺术性起到了积极作用，直接影响到北宋的江西诗派和此后的一些诗人。正如刘克庄所说：“豫章稍后出，荟萃百家句律之长，究极历代体制之变，搜猎奇书，穿穴异闻，作为古律，自成一家，虽只字半句不轻出，遂为本朝宗祖。”(《知不足斋丛书·江西诗派小序》)他的确是苏轼之后更出新意，一洗唐调，具有宋诗风格的代表人物之一。他的“点铁成金”和“夺胎换骨”的创作理论，也就成了江西诗派的指导思想。这也正好满足了一些实际生活贫乏、书本知识渊博的馆阁诗人的需要。这些人长期埋头在书斋之中，感情孤僻，生活平淡，想写诗而又无题材，只好把前人的诗意加以变化翻新，“以俗为雅，以故为新”，化腐朽为神奇。他们在语言上，不肯沿袭前人，以避抄袭之嫌，但又很少接触民间的新鲜口语，也只能是从前人语言中吸收有用成分，加以改头换面，既要“无一字无来处”又要“不为牛后”。例如“倾城”一词，汉代李延年用它来形容美色，后人也以之代指美女，而黄庭坚以为已用俗滥。他于是在《次韵刘景文登邺王台见思》诗中，写了“公诗如美色，未嫁已倾城”的句子，把“倾城”来形容诗美，颇为新奇，也符合文人们的雅趣。这种作法的用意是推陈出新，也确实不是剽窃抄袭，偶尔还很有情趣，但完全靠以旧翻新之法写出的诗，是终究成不了大器的。黄庭坚的大多数诗，缺乏广阔深厚的社会内容，或为说教，或显学识，又喜造拗句，押险韵，作硬语、用典故，这就偏离了北宋诗文革新运动的方向，给北宋以后的文坛带来消极影响。

陈师道(1053—1101)，字无己，又字履常，别号后山居士，徐州彭城(今江苏徐州)人。早年向曾巩学古文，后受苏轼赏识，把他推荐给朝廷，做过徐州教授、秘书省正字等小官。他一生极为穷困，四十九岁去世，还是友人邹浩买棺殓之。有《陈后山集》行世。

他虽出自苏轼门下，但文学见解和诗词风格与苏轼却不相同。他自称学黄庭坚，属江西诗派的重要作家。他的理论和创作与黄庭坚相似，但在创作实践中，也感到黄的理论有偏颇之处。他批评黄诗“过于出奇，不如杜(甫)之遇物而奇也”(《后山诗话》)。所以他专心致志学习杜诗，遗憾的是他自己也属一个不接触广阔现实而“闭门觅句”(黄庭坚《病起荆江亭即事》)的诗人，结果也只是学了一些技巧，而缺乏杜诗的精神实质。他是有名的苦吟诗人，呕心沥血地锤炼诗意。据说：他每登览得句，即急归卧一榻，以被蒙首，恶闻人声，谓之“吟榻”，家人知之，即猫犬皆逐去，婴儿稚子亦抱寄邻家；徐待诗成，乃敢复常(见《文献通考》)。这与唐代的贾岛驴背吟诗，李贺“呕出心肝”写诗的情形一样，可见其于诗之用心是何等虔诚。但和所有的只以艺术手法精严取胜的诗人一样，其诗徒有玲珑乖巧的外形，而无激动人心的社会内容。反倒是他的一些有真情实感、朴素自然的作品，还有一定的社会意义和美学价值。如《田家》：

鸡鸣人当行，犬鸣人当归。秋来公事急，出处不待时。
昨夜三尺雨，灶下已生泥。人言田家乐，尔苦人得知！

他能看到农民夙兴夜寐、早出晚归的劳动生活，并同情他们的痛苦，是难能可贵的，文笔也自然流畅。又如《春怀示邻里》：

断墙着雨蜗成字，老屋无僧燕作家。
剩欲出门追语笑，却嫌归鬓著尘沙。
风翻蛛网开三面，雷动蜂窠趁两衙。
屡失南邻春事约，只今容有未开花。

诗的首联写自己居室破烂，第二联写自己想出门与邻居谈笑，但又嫌外面灰沙太大，第三联写春气中的物态，尾联写自己的感触，静极思动，也想出门看花了。诗里将自己的寂静与春气的动荡对照写出，意境生动，用字精严，略具杜甫描摹小景的诗风。

陈师道对苏轼十分尊敬，师生情谊深厚，苏轼被贬远去，他为之愤愤不平，写了《怀远》诗：

海外三年谪，天南万里行。生前只为累，身后更须名。
未有平安报，空怀故旧情。斯人有如此，无复涕纵横。

陈师道写自己困苦生活的诗，不加雕饰，自然成文，也颇能感人，如《别三子》：

夫妇死同穴，父子贫贱离，天下宁有此？昔闻今见之。
母前三子后，熟视不可追。嗟乎胡不仁，使我至于斯。
有女初束发，已知生离悲；枕我不肯起，畏我从此辞。
大儿学语言，拜揖未胜衣。唤爷“我欲去”，此语那可思！
小儿襁褓间，抱负有母慈。汝哭犹在耳，我怀人得知？

这里描写了作者与自己的妻儿离别的悲痛情景，如谈家常一般，朴质无华，情真意切，形象具体，叫人目不忍视。从这些较有生活气息的诗中，可以看到陈师道在学杜诗方面所得到的某些成效，但总的说来，他的生活面不如苏轼广，学问又不如黄庭坚深，他曾说过自己作诗是“拆东补西裳作带”(《次韵西湖徙鱼》)，因而常常感到竭蹶寒窘。他的思想感情有时比黄庭坚深刻，但表达得很勉强，结结巴巴如口吃人说话，叫人听了不畅快，所以其成就比起苏、黄也就差远了。

江西诗派除黄庭坚、陈师道外，还有不少诗人附于其中。南宋初期吕本中曾作《江西诗社宗派图》，共列二十五人，其中较著名者还有韩驹、潘大临、谢逸等。这些人并不都是江西籍人，只是因黄庭坚籍贯是江西，吕本中就以江西名其诗派，从此江西诗派的名称就确定下来。宋末的文论家方回，把稍后的陈与义也列入江西诗派，并对此派提出“一祖三宗”的世系，即以杜甫为一祖，黄庭坚、陈师道和陈与义为三宗(见《瀛奎律髓》)。江西诗派在当时的影响很大，流波及于南宋，并对宋元以后直至晚清的宋诗派诗人，都有很大的吸引力。

第二节　秦　　观

北宋后期的著名词人有黄庭坚、秦观、贺铸和周邦彦等，他们虽出于苏轼门下，但词风却与苏轼不同，都属婉约派。这说明当时豪放词风还没有形成一种流派，写词的人更多的还是受柳永词风的影响，把词当作言男女之情的专利，属于艳科。即使像黄庭坚这样讲究高雅脱俗、洁身自好的正统文人，写起词来也避免不了儿女情长，甚至浅俗色情了。

黄庭坚以诗名世，但词作也不少，现存约一百八十余首，不过这些词都没有什么特色，内容也多为男欢女爱之类；仅少量词作，抒发了身世慨叹，近似苏词清逸豪迈之风，如《念奴娇》：

> 八月十七日，同诸甥待月。有客孙彦立者，善吹笛，有名酒酌之。
>
> 断虹霁雨，净秋空、山染修眉新绿，桂影扶疏，谁便道、今夕清晖不足。万里青天，姮娥何处？驾此一轮玉。寒光零乱，为谁偏照醽渌。
>
> 年少从我追游，晚凉幽径，遶张园森木。共倒金荷，家万里、难得尊前相属。老子平生，江南江北，最爱临风曲。孙郎微笑，坐来声喷霜竹。

秦观（1049—1100），字少游，又字太虚，号淮海居士，扬州高邮（今江苏高邮）人。神宗元丰八年（1085）进士，经苏轼推荐，任太学博士、秘书省正字、国史院编修官等职。绍圣元年（1094），新党执政，他因“影附苏轼，增损《实录》”而被贬，先后到处州、郴州、雷州等地。徽宗即位，被召还，半途卒于藤州（广西藤县）。他一生穷愁潦倒，死前自作挽词，其语甚哀。据说苏轼听到他死的消息，十分悲痛，叹曰：“少游不幸死道路，哀哉！世岂复有斯人乎？”（见《宋史·文苑传》）今有《淮海词》（《淮海居士长短句》）行世，存词约百首。

秦观“文丽而思深”，能文能诗，王安石称赞他的诗“清新妩媚，鲍谢似之”。如《春日》诗：“一夕轻雷落万丝，霁光浮瓦碧参差。有情芍药含春泪，无力蔷薇卧晓枝。”后人曾批评他的诗是“妇人语”、“女郎诗”。其实，他的诗从艺术上看，也还有一定的美学价值。他还写有散文和辞赋，虽得到过苏轼的赞扬，但没有什么特色。而他的词，却写得俊逸精妙，集前代婉约词人之大成，卓然为北宋之一大家。张炎评道：“秦少游词，体制淡雅，气骨不衰，清丽中不断意脉，咀嚼无滓，久而知味。”（《词源》）这是很有见地的。

秦观的词内容较狭窄，没有接触到重大的社会主题和国计民生之类的题材。然而他却用饱含情意的彩笔，描绘出了男女相恋的优美境界，抒发了封建社会中被侮辱、被损害的妇女的纯洁感情，表现了当时处于下层而又有才华的知识分子对美好生活向往的心境，这些，也仍然有着一定的社会意义。

他把自己政治上遇到挫折后的忧愁和绝望的心情，娓娓写出，如《踏莎行》：

> 雾失楼台，月迷津渡，桃源望断无寻处。可堪孤馆闭春寒，杜鹃声里斜阳暮。　　驿寄梅花，鱼传尺素，砌成此恨无重数，郴江幸自绕郴山，为谁流下潇湘去。

这是作者贬到郴州后所作，上片景中见情，一片孤寂；下片因情及景，暗示前程惨淡。词境俊秀而深沉，给人以凄迷之感。王国维说：“少游词境，最为凄惋，至‘可堪孤馆闭春寒，杜鹃声里斜阳暮’，则变而凄厉矣！”(《人间词话》)他还把这两句话作为“有我之境”的典型句子。

秦观在中举前，曾客游汴京、扬州、越州等处，与当地的一些歌伎舞女有过交往，体验到了她们的不幸身世和善良感情。在政治上遭受挫折以后，他更是把自己的命运同一些受封建制度迫害和歧视的妇女联系起来，在表现同情和怜爱她们的感情中也寄托了自己的孤凄，抒发了自己的不平。这就使他的抒写离愁别绪和爱情方面的词，更增添了真挚和纯洁的因素。秦观时以美人自况，暗伤身世。如《减字木兰花》：

> 天涯旧恨，独自凄凉无人问。欲见回肠，断尽金炉小篆香。　　黛蛾长敛，任是春风吹不展。因倚危楼，过尽飞鸿字字愁。

作者借一个多情少妇的孤寂来抒怀，表现了一种无可奈何的幽怨。还有《虞美人·碧桃天上栽和露》、《画堂春·落红铺径水平池》、《忆仙姿·门外鸦啼杨柳》等，也都寄寓了作者的这种怨情。

爱情是词的传统题材，从民间的曲子词到文人的花间词，男女相爱的内容比比皆是，因此想再写好这类词，必须有所突破，或在思想感情的深度上超过前人，或在艺术表达上有所创新。秦观在这两方面都有不同程度的拓展。例如《鹊桥仙》：

> 纤云弄巧，飞星传恨，银汉迢迢暗度。金风玉露一相逢，便胜却人

间无数。　　柔情似水，佳期如梦，忍顾鹊桥归路？两情若是久长时，又岂在朝朝暮暮！

这首咏“七夕”的词，突破了俗见，作者认为，牛郎织女一年只会一次，就更能珍惜相会的时光，爱情贵在持久，而不单纯求朝夕为伴，这在古代写爱情的作品中，是颇具新意的，笔触也自然清新。又如《鹧鸪天》：

枝上流莺和泪闻，新啼痕间旧啼痕。一春鱼鸟无消息，千里关山劳梦魂。　　无一语，对芳尊，安排肠断到黄昏。甫能炙得灯儿了，雨打梨花深闭门。

词中创造了一个深于情、专于情的可爱的女性形象，她思念着音信杳然的情侣，旧啼痕添新啼痕，无语空对酒樽，因为得不到美满的爱情而痛苦不堪，这是何等钟情。

秦观写离愁别绪的词，也凄楚动人，具有特色。《古今词话》中曾引蔡伯世的话道：“子瞻辞胜乎情，耆卿情胜乎辞；辞情相称者，唯少游一人而已。”意思是说秦观的词与苏词、柳词相比，自有辞情相称的特点。他写离情的词里，这一点表现得更为突出。如《满庭芳》：

山抹微云，天粘衰草，画角声断谯门。暂停征棹，聊共引离尊。多少蓬莱旧事，空回首、烟霭纷纷。斜阳外，寒鸦数点，流水绕孤村。

销魂、当此际，香囊暗解，罗带轻分，漫赢得青楼薄倖名存。此去何时见也？襟袖上、空惹啼痕。伤情处，高城望断，灯火已黄昏。

作者把别离时的感伤情绪和周遭凄迷的景象融为一体，意境清寂，感情深沉，虽与柳永《雨霖铃·寒蝉凄切》词意相似，而文笔工丽过之，情感也更悲凉一些。这首词“尤为当时所传”，苏轼因此而戏称他为：“山抹微云秦学士”。

秦观也有一些词描摹自然风光，倩丽明媚，具旷逸风味。如《行香子》：

树绕村庄，水满坡塘。倚东风，豪兴徜徉。小园几许，收尽春光。有桃花红，李花白，菜花黄。　　远远围墙，隐隐茅堂。飏青旗，流水桥傍。偶然乘兴，步过东冈。正莺儿啼，燕儿舞，蝶儿忙。

此词一反作者常具的凄婉情调，充满着喜悦和轻快的气息，描绘出一幅百花争艳、生机勃勃的春景图；语言也浅近明畅。又如《好事近 · 梦中作》：

> 春路花添雨，花动一山春色；行到小溪深处，有黄鹂千百。　飞云当面化龙蛇，夭矫转空碧，醉卧古藤阴下，了不知南北。

作者的遭遇是那么不幸，但又无法避免，除了无可奈何的叹息外，偶尔也幻想有一个避世的“桃源”，这首“梦中作”境界秀丽，意态悠闲，正是作者所向往的所在。但这类词不是秦词的主要倾向。

秦词具有鲜明的艺术特色：

第一，词风轻柔婉约，具有一种淡雅清秀的风采。秦词继承了前辈的婉约风格，并加以发展，形成了自己的艺术风格，具有鲜明的个性。他既不同于“花间”词人，又不同于南唐二主(李璟、李煜)，也不同于北宋的其他词人。人言其风格与晏几道、柳永相似，但柳永偏于俗艳，晏几道多富贵气，而秦观则去二人之短，取其所长，创造了一种典雅而不怪僻，秀丽而不妖冶的艺术风格。楼敬思曾以“红梅作花”喻之(见《词林纪事》引)，颇近秦词风骨。如《江城子》：

> 西城杨柳弄春柔。动离忧，泪难收。犹记多情曾为系归舟。碧野朱桥当日事，人不见，水空流。　韶华不为少年留。恨悠悠，几时休？飞絮落花时候一登楼。便做春江都是泪，流不尽，许多愁。

写的是回忆一次离别场面，读来凄婉感人。

第二，善于创造情景交融的艺术境界。秦观能够敏锐地感受到他所描写的事物，把握它们最突出的特征，构成鲜明的客观形象，同时以强烈的主观感情注入其中，形成一种情景交融的艺术境界。他的慢词笔触细腻，尤能曲尽其妙。如《满庭芳》：

> 晓色云开，春随人意，骤雨才过还晴。古台芳榭，飞燕蹴红英。舞困榆钱自落，秋千外，绿水桥平。东风里，朱门映柳，低按小秦筝。
> 　多情，行乐处，珠钿翠盖，玉辔红缨。渐酒空金榼，花困蓬瀛。豆蔻梢头旧恨，十年梦，屈指堪惊。凭栏久，疏烟淡日，寂寞下芜城。

词中以景色的转换来衬托感情的变化，雨过天晴，春随人意，正是多情时节，少男少女的喜悦心情，自然流露出来；酒空花困，疏烟淡日，景色寂寞，人事全非，往日的欢乐换来的是眼前的清凄，给人以无限的惆怅之感。描写物态尤为细致，飞燕蹴红英，多么轻盈；榆钱舞困落，多么生动；朱门按筝，多么雍容；玉辔红缨，多么惬意！他的词作即使是小令，意境也引人流连，如《如梦令》：

遥夜沉沉如水，风紧驿亭深闭。梦破鼠窥灯，霜送晓寒侵被。无寐，无寐！门外马嘶人起。

用极简练的笔墨描绘了简陋的驿舍和旅宿的况味，展现了一个凄寒的境界。

第三，语言清新自然。秦词的语言自然而清新，很少用典，也很少陈词滥调，但又不是那些粗俗的俚语，而是一种在当时书面语言基础上锤炼了的文学语言，偶尔也吸收了一些口语中的优秀成分。这种语言优美流畅，声韵谐和，富于表现力。如《浣溪沙》：

漠漠轻寒上小楼，晓阴无赖是穷秋。淡烟流水画屏幽。　　自在飞花轻似梦，无边丝雨细如愁。宝帘闲挂小银钩。

没有用一个生僻词语，平易中见优美，通俗处见明丽。李清照《词论》中说："秦词专主情致而少故实，譬如贫家美女，虽极妍丽丰逸，而终乏贵态。"没有典雅富丽的学究语言正是秦词的长处。秦观是婉约派词人中的语言大师，他的语言上承晏欧，下启周邦彦、李清照诸人，对后世婉约派词人影响甚大。他的许多名言佳句，情意脉脉，形象俊俏，意境可爱，读之韵味无穷。如："但倚楼极目，时见栖鸦。无奈归心，暗随流水到天涯。"（《望海潮》）"斜阳半山，暝烟两岸；数声横笛，一叶扁舟。"（《风流子》）"日边清梦断，镜里朱颜改。春去也，飞红万点愁如海。"（《千秋岁》）等等。

综合上述，秦观的词，虽然没有能广泛而深刻地反映出社会现实的重大问题，但却能真实地表现出自己的不幸遭遇和深切的思想感受，抒发出善良人们共有的儿女之情和离愁别绪，并在艺术上达到了较高的造诣，这也正是我们民族优秀文学遗产重要的组成部分。近人夏敬观在《淮海词跋》中说：

少游词清丽婉约，辞情相称，诵之回肠荡气，自是词中上品。比之山谷，诗不及远甚，词则过之。盖山谷是东坡一派，少游则纯乎词人之词也。东坡尝讥少游："不意别后，公却学柳七；"少游学柳，岂用讳言。稍加以坡，便成少游之词。学者细玩，当不易吾言也。

这一评价较为中肯。秦观词风近柳永，同为婉约派，但无柳词之俚俗，多了一些苏词的清逸，而无苏词之豪放。他的词达到了情词相称的审美境界，在词的发展史上占有一席之地。《白雨斋词话》云："秦少游自是作手，近开美成，导其先路；远祖温、韦，取其神不袭其貌。词至是乃一变焉。然变而不失其正，遂令议者不病其变，而转觉有不得不变者。"充分肯定了秦观在婉约词流变中的重要作用。

第三节　周　邦　彦

北宋后期的著名词人还有周邦彦，他是"大晟词人"的代表。宋徽宗时，为了粉饰太平，曾设大晟府，专管整理乐章乐曲，命周邦彦等词人"讨论古音，审定古调"（张炎《词源》），这些人就是所谓的"大晟词人"。

周邦彦（1056—1121），字美成，号清真居士，钱塘（今浙江杭州）人。早年行为少检，疏狂放荡，虽博览百家之书，但不为州里所推重。神宗元丰初（1078），游京师，献《汴都赋》万余言，赞京都盛况，为神宗所赏识，命为太学正，致力于辞章。五年后，曾出任庐州（安徽合肥），溧水等地。哲宗绍圣三年（1096），回京任过国子监主簿、校书郎等职。徽宗时，曾出任隆德府、明州，后提举大晟府，供奉朝廷。晚年又外调顺昌府、处州等处，卒于南京（河南商丘市南），年六十六（见《宋史·文苑传》）。今有《清真集》（又名《片玉集》）行世，存词一百八十二首。

周邦彦既是御用词臣，免不了要写一些歌颂皇帝的恩德、描绘朝廷祥瑞事迹之作，这些"应制"产品，思想内容和艺术表现都不足称道。周邦彦一生，无论在京在外，都常与歌舞伎人来往，与柳永有某些相似之处，因此在写飘泊羁旅和离愁别恨方面，也接受了柳词的影响。这类词，有一定的真情实感，在形式上刻意雕琢，所以显得"富艳精工"、"缜密典丽"，自成一家，受到"贵人、学士、市侩、妓女"的重视。如《六丑·蔷薇谢后作》：

正单衣试酒，怅客里光阴虚掷。愿春暂留，春归如过翼，一去无迹。为问花何在，夜来风雨，葬楚宫倾国。钗钿堕处遗香泽，乱点桃蹊，轻翻柳陌。多情为谁追惜？但蜂媒蝶使，时叩窗槅。　东园岑寂，渐蒙笼暗碧。静绕珍丛底，成叹息。长条故惹行客，似牵衣待话，别情无极。残英小，强簪巾帻；终不似一朵钗头颤袅，向人欹侧。漂流处，莫趁潮汐；恐断红尚有相思字，何由见得。

这是一首缠绵悱恻的咏物词。词中以花拟人，先写留春不住，春去花落。次写花落狼藉纷飞的状态，用蜂蝶叩窗寻香，表示对落花的惋惜。再写花谢之后的凄寂，流露出作者的惆怅心情，特别是写残花“终不似一朵钗头颤袅，向人欹侧”，表现了蔷薇宁残不卑的品格。最后表现了对残花的依恋。词中充满了爱花惜花之情，寄寓了作者自己的一些生活感受，意味深长，极尽铺叙之能事。《六丑》是周邦彦自制的长调，可以代表周词善于铺陈，情意婉转，写景状物纤绵工巧的特点。

他的令词，限于字数，没有多方铺叙，但也能抓住事物特征和典型的场面，传情达意。如《少年游》：

并刀如水，吴盐胜雪，纤手破新橙。锦幄初温，兽香不断，相对坐调笙。　　低声问，向谁行宿，城上已三更。马滑霜浓，不如休去，直是少人行。

写出了恋人相会难分难舍的心情。上片写纤手破橙相赠，情节生动；下片写低声软语款留，情意缠绵。前者用实物烘托出室内的温馨，后者用言语渲染室外寒冷。据张端义《贵耳集》载：道君（宋徽宗）幸李师师家，偶周邦彦先在焉，知道君至，遂匿床下；道君自携新橙一颗，云江南初进来，遂与师师谑语，邦彦悉闻之，隐括成《少年游》云。这记载未必属实，或许是揶揄御用文人周邦彦的；然而也说明了此词写得真切。

周词中为人所称道的还是一些表现羁旅行役和怀古伤今的作品，如《兰陵王·柳》：

柳阴直，烟里丝丝弄碧。隋堤上，曾见几番，拂水飘绵送行色。登临望故国，谁识京华倦客？长亭路，年去岁来，应折柔条过千尺。
闲寻旧踪迹，又酒趁哀弦，灯照离席。梨花榆火催寒食。愁一箭风快，半篙波暖，回头迢递便数驿，望人在天北。　　凄恻，恨堆积。渐别浦萦回，津堠岑寂，斜阳冉冉春无极。念月榭携手，露桥闻笛。沉思前事，似梦里，泪暗滴。

这首词抒发了飘泊之苦，而写法独出心裁。以咏柳起兴，通过追叙别情来表现行役的倦息。全词分三片，前片见柳色而望故国，用“折柔条过千尺”来表示京华倦客飘零无定的羁旅生涯，中片写又将离别的情景，加深役旅频繁之感。下片写旅途的岑寂和追思往事，与倦客的心绪紧紧相扣。周词与柳永词都有离别和羁旅的内容，但在艺术表达上却各有不同的特点。柳词比较朴质明畅，直叙其情景；而周词却深隐含蓄，语言华丽，还往往通过咏物的方式来表现，如《花犯》写梅，《六丑》写蔷薇，《大酺》写春雨，《兰陵王》则写柳。有的即使不明确写出咏物的标题，其实还是以物寄情，如《苏幕遮》：

燎沉香，消溽暑。鸟雀呼晴，侵晓窥檐语。叶上初阳干宿雨，水面清圆，一一风荷举。　　故乡遥，何日去？家住吴门，久作长安旅。五月渔郎相忆否？小楫轻舟，梦入芙蓉浦。

写因见到荷花而勾起的对家乡的怀念。作者客居他乡，夏日雨后初晴，荷花光洁清秀，迎风绰约，见此自然引起了作者对江南故乡的情思。

他的怀古词以《西河·金陵》为最著名，词云：

佳丽地，南朝盛事谁记？山围故国绕清江，髻鬟对起。怒涛寂寞打孤城，风樯遥度天际。　　断崖树，犹倒倚，莫愁艇子曾系。空余旧迹，郁苍苍、雾沉半垒。夜深月过女墙来，伤心东望淮水。　　酒旗戏鼓甚处市？想依稀、王谢邻里。燕子不知何世，向寻常、巷陌人家，相对如说兴亡，斜阳里。

这首词抒发了作者面对六朝古都金陵而引起的无限兴亡之感。上片写金陵地势险固，中片写金陵的古迹，下片写眼前的景物。它是周邦彦的精心之作，格调高古，摆脱了富艳之气。词的意境本源于刘禹锡的《石头城》、《乌衣巷》二诗，但不为原诗所束缚，能把自己的感怀和前人的诗旨融合在一起，并能将前人的诗句灵活融入词中，这也是周词的一个重要特点。

周邦彦精通声律，如《瑞龙吟》，在格律上安排得很精妙：

章台路，还见褪粉梅梢，试花桃树。愔愔芳陌人家，定巢燕子，归来旧处。　　黯凝竚，因念个人痴小，乍窥门户。侵晨浅约宫黄，障风映袖，盈盈笑语。　　前度刘郎重到，访邻寻里，同时歌舞，惟有旧家秋娘，声价如故。吟笺赋笔，犹记燕台句。知谁伴，名园露饮，东城闲步？事与孤鸿去。探春尽是，伤离意绪。官柳低金缕。归骑晚，纤纤池塘飞雨。断肠院落，一帘风絮。

全词共三叠。第一、二叠字句平仄相同，属正平调，第三叠犯大石调，最后“归骑晚”四句又转正平调。格律变化与内容相应，前两叠写忆旧，第三叠写伤今。词中把重游旧地而不见往日恋人的惆怅之情写得委婉细密，声情相应。

周词的内容比较狭窄，但是他却用富艳精工、典雅圆润的形式把它们表现出来。特别是他还精通音律，为了配合音乐，他不仅注意字的平仄，还精确到讲究四声，这就使它的词音韵显得格外谐和优美。他不仅运用传统乐调创作，还能创制新调，如慢、引、近、犯之类，经他整理和制作的词调，都成了后人填词的规范。他对词的形式和写作技巧的发展，作出了一定的贡献，对南宋姜夔、吴文英、周密、王沂孙等重音律形式的词人影响极大。

有些文人往往着眼于词的形式美，对周邦彦的词有一种特别的爱好；因为对那些生活范围狭窄、创作源泉贫乏的作家来说，用雕琢字句、隐括旧作、短调拉长、回还往复等方法去创作，的确可以拼凑出一些词来，周词正好给他们作了前导。这样，抬高周词的评论也就屡见不鲜。刘肃在《片玉集注》中说：“周美成以旁搜远绍之才，寄情长短句，缜密典丽，流风可仰；其征辞引类，推古夸今，或借字用意，言言皆有来历，真足冠冕词林。”王灼在《碧鸡漫志》中说：“邦彦能得骚人意旨，此其词格之所以特高欤!”严沆还把周邦彦与北宋其他词家相比较说：“耆卿专主温丽，或失之俚；子瞻专主雄浑，或失之肆；……故论词于北宋自当以美成为最醇。(《古今词选序》)”他们之所以这样溢美周词，主要是佩服其艺术上穷极工巧，当然，内容上的风月之情，也投合了这些人的爱好。周邦彦的创作思想和作风，是与北宋诗文革新运动的精神背道而驰的，与西昆诗派一样，是一种形式主义的不良倾向，其消极影响直至清代周济等词人。

前人也有批评过周词的。如刘熙载在《艺概》中指出：“周美成词，或称其无美不备，余谓论词莫先于品。美成词信富艳精工，只是当不得个贞字，是以士大夫不肯学之，学之则不知终日意萦何处矣。”王国维虽然不恰当地把周邦彦比成为“词中老杜”(《清真先生遗事》)，但也指出他“创调之才多，创意之才少”，在词的品格上与欧阳修、秦观相比，“便有淑女与娼妓之别”(《人间词话》)。这些批评概括起来就是周词的品格不够“贞”(高尚、贞洁之意)，意境不够“新”(新鲜、有创造性之意)，这是很有见地的。我们认为还可加上一点，就是感情不够“深”，因为他的多数词是因文造情，凑合而作，缺乏真挚深切的感情。总之，周邦彦对词的艺术形式的发展有一定的贡献，又有审定古调和创制新调之功，在艺术技巧上也取得了明显的成就，这些都是应该肯定的。从这个角度上看，他不愧为婉约词派的承前启后的著名词家。但是他的形式主义的创作道路，庸俗的作品内容，华而不实的艺术风格，给词坛以长久的消极影响，这是必须批判的。

第四节　北宋后期其他作家

与黄庭坚、秦观、周邦彦同时的诗词作家还有张耒、徐俯、韩驹、贺铸、晁补之、毛滂、张舜民、李之仪、万俟咏和魏夫人(女)等，其中以贺铸的词成就较大。

贺铸(1052—1125)，字方回，原籍山阴(今浙江绍兴)，生长在卫州(河南汲县)。他是宋太祖孝惠皇后的族孙，又是赵氏宗室之婿。但他侠气喷薄，不为权贵屈节，因而沉抑下僚，仅任右班殿直，泗州、太平州通判等小官。晚年退居苏州横塘，自号庆湖遗老，生活清贫，几乎不能自给，后卒于常州僧舍。留有词二百余首，集名《东山寓声乐府》(《东山词》)。

据说“方回状貌奇丑，俗谓之贺鬼头”(陆游《老学庵笔记》)，可是他的词风却以秾丽艳冶见长。如《青玉案》：

> 凌波不过横塘路，但目送，芳尘去。锦瑟华年谁与度？月台花榭，琐窗朱户，只有春知处。　碧云冉冉蘅皋暮，彩笔新题断肠句。试问闲愁都几许。一川烟草，满城风絮，梅子黄时雨。

这是一幅多么迷人的江南烟雨图！它把人们带进了烟雨茫茫的凄迷境界之中，怀人之情，萦绕心头。词的上片写作者爱慕一个女子，但相会无缘，访求无迹。下片写相思之苦，彩笔尽书断肠句，幽怨无限。结尾三句，以景寓情，把无边无际的离愁形象化，迷茫的烟草，颠狂的风絮，连绵的细雨，正是相思人那种纷繁杂乱而又倾诉不尽的闲愁的写照。此词情意深挚，语句新颖，历来为人所喜爱。据说贺铸也因这首词而得名，人称他为“贺梅子”(周紫芝《竹坡诗话》)。

贺铸有些抒情词，情意真挚，语言华美，与秦观的词风比较接近。但秦观品性软弱，其词过分感伤，而贺铸却有几分遒劲之气。如《清平乐》：

> 林皋叶脱，楼下清江阔。船里琵琶金捍拨，弹断么弦再抹。　夜

潮洲渚生寒，城头星斗阑干。忍话旧游新梦，三千里外长安！

抒行役羁旅之情，境界开阔，哀而不伤。他写的闺情词，有的意境华美，形象俊俏，如《浣溪沙》：

云母窗前歇绣针，低鬟凝思坐调琴，玉纤纤按十三金。　　归卧文园犹带酒，柳花飞度画堂阴，只凭双燕话春心。

上片写出了境美人美和琴声之美；下片写困极无聊和幽怨之情。不过他这类描写女性的词，往往取客观的欣赏态度，与秦观同情女性并将自己的情感完全注于词中相比，还是略逊一筹。

贺铸词的内容主要是写艳情和抒个人感慨，也有少数题材，反映了某些社会问题，如《捣练子》：

砧面莹，杵声齐，捣就征衣泪墨题。寄到玉关应万里，戍人犹在玉关西！

以思妇的口吻怀念戍边的亲人。又如《水调歌头·南国本潇洒》，抒发了怀古伤今之情；《生查子·西津海鹘舟》，反映了弃妇的痛苦；《小梅花·缚虎手》，发评议旧事的豪气。这些说明他的词在题材上接受了苏词的一些影响，对后来南宋爱国词人张孝祥、辛弃疾等也有所启迪。又如他的《六州歌头》：

少年侠气，交结五都雄。肝胆洞，毛发耸。立谈中，死生同，一诺千金重。推翘勇，矜豪纵，轻盖拥，联飞鞚，斗城东。轰饮酒垆，春色浮寒瓮，吸海垂虹。闲呼鹰嗾犬，白羽摘雕弓，狡穴俄空，乐匆匆。

似黄粱梦，辞丹凤；明月共，漾孤篷。官冗从，怀倥偬，落尘笼，簿书丛。鹖弁如云众，供粗用，忽奇功。笳鼓动，渔阳弄，思悲翁。不请长缨，系取天骄种，剑吼西风。恨登山临水，手寄七弦桐，目送归鸿。

上片回忆了自己少年时的豪侠气概，重然诺而轻生死，放荡不羁，下片喟叹时光易逝，壮志未酬。全词充满着慷慨激昂的情绪，反映了作者有心报国而无路请缨的愤懑之气。在北宋末年国难当头之时，作者发出了这样振聋发聩的呼啸，是很有现实意义的。像《六州歌头》这样豪壮苍凉的调子，辛弃疾、刘过等南宋豪放派词人都有过继作，足见影响之大。

贺词的语言趋向于华丽，“深婉丽密，如次组绣”。他善于掇拾前人的语句，加以改造，写进自己词里。他曾说：“吾笔端驱使李商隐、温庭筠，常奔命不暇。”（见《宋史·文苑传》）如《梦江南》：

> 九曲池头三月三，柳毵毵。香尘扑马喷金衔，浣春衫。　苦笋鲥鱼乡味美，梦江南。阊门烟水晚风恬，落归帆。

词中几乎全是唐人的成句，但组织得自然巧妙，全无拼凑痕迹。

贺词的题材和风格呈现了多样性，但就其主要倾向来看，还是属婉约词派，其风格更接近于周邦彦。他的多数作品秾丽艳冶，袭花间派词风，缺乏独创的艺术特色。在北宋几位大词家中，贺铸的豪放不及苏轼，其柔美秀丽不及二晏，其凄婉真切不如秦观，他与周邦彦倒是可以比一比，但是在对词形式的发展和技巧的创新方面，又不及周邦彦，所以他的地位自然排不上第一流词人的行列了。

这一时期的其他诗词作家，在艺术上没能形成特殊风格，流传久远和脍炙人口的作品不多。偶尔也有几首佳作，值得一读。如徐俯的《春游湖》诗：

> 双飞燕子几时回？夹岸桃花蘸水开。
> 春雨断桥人不度，小舟撑出柳阴来。

诗的意境优美，语言清新自然。又如韩驹的《夜泊宁陵》诗：

> 汴水日驰三百里，扁舟东下更开帆。
> 旦辞杞国风微北，夜泊宁陵月正南。
> 老树挟霜鸣窣窣，寒花垂露落毶毶。
> 茫然不悟身何处，水色天光共蔚蓝。

写夜泊情景，具诗情画意，语言清丽，已洗刷了江西诗派拼凑典故、点化陈词的斧凿痕迹。

词也有一些佳作，如万俟咏的《长相思·雨》和《长相思·山驿》：

一声声，一更更，窗外芭蕉窗里灯，此时无限情。　　梦难成，恨难平。不道愁人不喜听，空阶滴到明。

短长亭，古今情。楼外凉蟾一晕生，雨馀秋更清。　　暮云平，暮山横。几叶秋声和雁声，行人不要听。

前首写因离愁而难眠，后首写旅途黄昏的寂寞，语淡情浓，含无限惋恻之韵味。又如张耒《风流子》：

木叶亭皋下，重阳近，又是捣衣秋。奈愁入庾肠，老侵潘鬓，谩簪黄菊，花也应羞。楚天晚，白蘋烟尽处，红蓼水边头。芳草有情，夕阳无语，雁横南浦，人倚西楼。　　玉容知安否？香笺共锦字，两处悠悠。空恨碧云离合，青鸟沉浮。向风前懊恼，芳心一点，寸眉两叶，禁甚闲愁？情到不堪言处，分付东流。

这是一首抒发思念情人的慢词，写得情景交融，境界明丽，语言淡雅，声韵和谐，读来情味无尽。又如晁补之的《盐角儿·亳社观梅》：

开时似雪，谢时似雪，花中奇绝。香非在蕊，香非在萼，骨中香彻。　　占溪风，留溪月，堪羞损、山桃如血。直饶更疎疎淡淡，终有一般情别。

别出心裁地写梅花之香在骨中，自是新鲜笔墨。此外，李之仪的《卜算子》：

我住长江头，君住长江尾。日日思君不见君，共饮长江水。　　此水几时休，此恨何时已？只愿君心似我心，定不负相思意。

这完全是一首动情的乐府民歌，如此质朴，如此深切，为古今相思之人呼出了心底之声。

第六章　南宋前期诗词

第一节　李　清　照

北宋末年，朝政腐败。国势衰颓。宋钦宗建康二年(1127)，金军攻陷汴京，将宋徽宗赵佶、钦宗赵桓、后妃亲王以及在汴京的皇族全部掳走，将宋室的宝玺仪仗、图籍古玩也掳掠一空，史称“靖康之难”。

当时，宋徽宗第九子康王赵构领兵在外，得以幸免，便在南京(今河南商丘)称帝，改年号为建炎。这就是南宋第一个皇帝宋高宗。南宋初，金兵再度南侵，宋高宗节节溃逃，最后定都杭州。南宋建立以后，以赵构、秦桧为首的投降派，奉行苟安江南的政策，对金称臣纳贡，屈膝投降；对坚持抗金的爱国将领和广大人民，则实行迫害和镇压。与最高统治者相反，广大人民群众反对民族压迫，纷纷进行抗金斗争。主战与主和、恢复与偏安的斗争贯穿着整个南宋。

南宋前期，在1142年宋金和议定局之前，抗战与投降的斗争十分激烈。人民群众奋起抗金，表现出强烈的爱国主义精神，爱国将领为国捐躯、宁死不屈，表现出凛然正气。这时期的作家深受时代思潮的感染，以不同形式和题材表现爱国主义主题，形成了爱国主义文学的主流。岳飞、张元干、张孝祥、辛弃疾、陈亮等人的词，继承和发扬豪放派的词风，表现了高度的爱国主义精神；女词人李清照词作的内容，在南渡前后也有很大变化；陈与义、曾几、陆游、范成大、杨万里的诗，摆脱了江西诗派的影响，写出了洋溢着爱国激情或反映人民生活、描绘自然风光的优秀诗篇。

李清照(1084—1155?)，自号易安居士，历城(今山东济南)人，与后来的大词人辛弃疾并称“济南二安”。因其词风属典型婉约派，沈谦《填词杂说》云：“男中李后主，女中李易安，极是当行本色。”故又有“词中二李”之称。李清照的父亲李格非，“以文章受知于苏轼”(《宋史·李格非传》)，是学者兼散文作家，有《洛阳名园记》留传至今，为北宋苏门“后四学士”之一。母亲王氏是状元王拱辰的孙女，也善写文章。这个文学气氛很浓的家庭对李清照有很深的影响。她幼年好学，博闻强记，精通书史，自少便有诗名。李清照十八岁时与太学生赵明诚结婚。赵明诚自幼爱好金石书刻，后来有《金石录》十三卷传世。李清照与赵明诚志趣相投，时相唱和，并致力于金石图书的搜集考证。金兵入侵中原，李清照渡淮南奔。建炎三年(1128)，赵明诚在局势混乱中被任命为湖州太守，在赴任途中中暑得病，死于建康(今南京)，没有留下任何遗言。李清照悲痛欲绝，写有《祭赵湖州文》，深表哀悼。这年赵明诚四十九岁，李清照四十六岁。

丈夫的病逝，国运的逆转，对李清照是双重的打击。这种家亡国破的悲剧，给予李清照的身心以极大的摧残。她经历了人世间悲和欢迥异的两种境况，因此思想感情更为真切深沉。此后，李清照辗转流离于杭州、越州(今浙江临海)、温州、金华一带。晚年过着孤苦、凄凉的生活。李清照是位创作丰富的作家。她的诗文集、词集，宋、明人都有著录，可惜没有流传下来。有关她的生平事迹也极缺乏。但是根据现存的她的诗、词、文以及一些可靠的资料，仍能看出李清照是我国文学史上一位杰出的女词人和有着多方面才能的女作家。

李清照以词名世，被清代著名诗人王士祯推许为“婉约派”的词宗，他在《花草蒙拾》中说：“仆谓婉约以易安为宗，豪放惟幼安称首。”李清照不仅有词的创作实践，而且还有独树一帜的理论著述。她被后人整理的《词论》，可以说是开词学研究之先河。她在一篇评词的文章中，通过对北宋著名词人的评价，说明婉约派的评词标准，主要在于词的音乐美和语言美。她又提出词“别是一家”之说，也就是要严分“诗”与“词”的界限。主张以词来描绘风光景物，抒写个人情事，而用诗来反映社会生活和重大历史事件。她的词论具有相当的代表性，她的创作在很大程度上实践了这一主张。

李清照的词，以宋室南渡为界，分为前后两期。前期的李清照过着平静、美满的生活，注重高雅的文化享受。她有首词《点绛唇》：

蹴罢秋千，起来慵整纤纤手。露浓花瘦，薄汗轻衣透。　见客入来，袜刬金钗溜，和羞走。倚门回首，却把青梅嗅。

这可能是作者跟未婚夫赵明诚初见时写的。描述了情窦初开的少女天真活泼的形象，她玩得正高兴时，见有客来，含羞而急忙躲避。但又暗恋着那人，回首故意嗅梅。真可谓少女情怀总是诗啊！李清照和赵明诚结婚后，夫妻二人致力于文物鉴赏，每获一书，即共同勘校，烹茶猜书，以此为乐。每得著名书画，“相对展玩，狂喜不支”。由于心境开朗，生活幸福，她的词也是清新流丽的。如《如梦令》：

常记溪亭日暮，沉醉不知归路。兴尽晚回舟，误入藕花深处。争渡、争渡，惊起一滩鸥鹭。

这首词写得活泼而富有生趣，使人仿佛看到了游客的嬉笑喧闹的场景，听到了水鸟扑翅鸣叫的声音，这鲜明、生动的形象简直就是她的无拘无束的性格和生活的写照。但是她另一首《如梦令》却表达了另一番情怀：

昨夜雨疏风骤，浓睡不消残酒。试问卷帘人，却道海棠依旧。知否、知否？应是绿肥红瘦。

“绿肥红瘦”写出了绿叶的兴盛和红花的凋零，造语新奇而辞意凄婉。她在“浓睡不消残酒”的安定生活里，已流露出对“雨疏风骤”的隐忧，更显得她对自己的幸福是何等珍惜。“绿肥红瘦”，用寻常语作不俗声。这种以故为新，以俗为雅，平易中见新奇的语言艺术，在她的词中随处可见。

李清照前期的词，多是这样一些直接抒写个人情事之作。她才华横溢，家庭美满，本来是很幸福的，她也应该满足了；但是，情感丰富的她不免对人生抱有更高的理想主义的追求，而在现实生活中，许多事她看不透，她虽为富家之女，但毕竟处于礼教束缚之下，因而她常常沉浸在一种莫名的惆怅之中，她的许多词都是抒发这种闲愁的。更感人的还是她的那些怀远惜别之作。如《凤凰台上忆吹箫》：

香冷金猊，被翻红浪，起来慵自梳头。任宝奁尘满，日上帘钩。生怕离怀别苦，多少事、欲说还休。新来瘦，非干病酒，不是悲秋。
休休！这回去也，千万遍《阳关》，也则难留。念武陵人远，烟锁秦楼。
惟有楼前流水，应念我、终日凝眸。凝眸处，从今又添，一段新愁。

她对爱情的追求是那样执著，那样深沉，对爱情的歌唱也是那样大胆而热烈。她的生机盎然的词写出了她的爱情生活的愉悦，她的微含隐忧的词写出了她对爱情的珍惜。而当她与丈夫有了短暂离别时，她把离愁别恨、相思之苦抒写得更加深沉。《一剪梅》据说是她婚后不久送别赵明诚所作：

　　红藕香残玉簟秋，轻解罗裳，独上兰舟。云中谁寄锦书来，雁字回时，月满西楼。　　花自飘零水自流，一种相思，两处闲愁。此情无计可消除，才下眉头，却上心头。

清秋季节，独上小舟，看水中荷花凋谢，天上雁阵归来，她等待着远方的书信，想念着离别的丈夫。这种相思之情，无可排遣，无可消除。"才下眉头，却上心头"，形象地道出了她所感受的困扰和苦闷。

另一首著名的《醉花阴》是在重阳佳节怀念远人的作品。

　　薄雾浓云愁永昼，瑞脑销金兽。佳节又重阳，玉枕纱厨，半夜凉初透。　　东篱把酒黄昏后，有暗香盈袖。莫道不消魂，帘卷西风，人比黄花瘦。

这首词通过气氛的衬托，景物的描写，抒写了相思之凄苦。"瑞脑销金兽"，描写女主人公终日坐在香烟缭绕的闺房中思念着离人，"夜半凉初透"，长夜无眠，黄昏把酒，都是为离情所困。最后三句以物拟人，描写词人为相思所折磨的憔悴形象，更是传诵人口的名句。据说，李清照曾以此词寄给赵明诚，引起赵明诚的叹赏。明诚"自愧弗逮，务欲胜之"，闭门谢客，废寝忘食写了五十阕词，把李清照这首词杂置一起给友人陆德夫品评。陆德夫认为还是"莫道不消魂"三句"绝佳"。

李清照这些大胆讴歌爱情的词作，却遭到当时的卫道者的谴责。王灼在《碧鸡漫志》中批评她"闾巷荒淫之语，肆意落笔，自古缙绅之家能文妇女，未见如此无顾藉也"。王灼的批评只显出他士大夫的偏见。当我们抛弃这种偏见时，却看到了李清照前期词的特点，即敢于突破封建礼教的藩篱而自由、真切地抒写自己的情怀。

从靖康之变开始，李清照连续遭到国破、家亡、夫死的打击，经受着背井离乡、颠沛流离的痛苦。她离开深宅大院而奔波于流亡途中；她失去夫妇赓和吟诗觅句的快乐而陷入"独自怎生得黑"的无尽哀愁里。她似乎是仍然遵照着"词别是一家"的理论，只是在诗中直接抒发对时事的感慨，表现出激烈的感情。但是，这种家国猝变使她的感情发生了难以言喻的变化，使她后期的诗词具有许多国破家亡的人的共同感受。李清照所处的现实地位和感情变了，她的诗词也增添了许多时代和社会的意义。

当南宋小朝廷只图苟安江南一隅，不想收复中原，罢免抗敌宰相李纲，重用昏庸无能的黄潜善、汪伯彦时，李清照面对这种情况写出了“南渡衣冠少王导，北来消息欠刘琨”这样的名句，指责那些官僚们既不是想要戮力王室克复神州的王导；也不是志在恢复中原击楫中流的刘琨。她还写了“南来尚怯吴江冷，北狩应悲易水寒”。说南来的人，不应当忘记被俘北去的赵佶、赵桓，直接谴责赵构害怕父兄回来而把家国大仇置之度外的卑劣行径。她还有一首小诗《乌江》写道：“生当作人杰，死亦为鬼雄。至今思项羽，不肯过江东。”她歌颂宁肯一死以谢江东父老的项羽，也就间接谴责了节节南逃的赵构。李清照在诗中所表现的感情慷慨激越、悲情直露，和她的词的风格显得迥然不同。

她后期的词，仍然以委婉曲折的手法来抒发她的离情别恨，只是她的这种感情更加深沉，境界更加广阔了。如著名的《声声慢》：

> 寻寻觅觅，冷冷清清，凄凄惨惨戚戚。乍暖还寒时候，最难将息。三杯两盏淡酒，怎敌他、晚来风急。雁过也，正伤心，却是旧时相识！　　满地黄花堆积，憔悴损，如今有谁堪摘？守着窗儿，独自怎生得黑？梧桐更兼细雨，到黄昏、点点滴滴。这次第，怎一个愁字了得！

李清照在国破家亡之后，置身于清、冷、凄、寂的秋景秋情之中，她看到雁群飞过，却是旧时相识，物是人非，勾起她寻觅往昔的生活，失去的爱情和一切美好过去的情怀。她将秋风、秋雨、秋菊、秋桐、秋雁组织在一个画面之中，逐层深入展示自己内心的悲愁，感人肺腑。她的悲愁虽有其具体内容，却也代表了南渡后许多背井离乡的流亡者的共同心境，因而具有较深广的社会意义。

另一首《永遇乐》也是她后期的作品：

> 落日熔金，暮云合璧，人在何处？染柳烟浓，吹梅笛怨，春意知几许？元宵佳节，融和天气，次第岂无风雨？来相召，香车宝马，谢他酒朋诗侣。　　中州盛日，闺门多暇，记得偏重三五。铺翠冠儿，捻金雪柳，簇带争济楚。如今憔悴，风鬟霜鬓，怕见夜间出去。不如向，帘儿底下，听人笑语。

这首词上片渲染元宵佳节“春意融和”，但是她却有“次第岂无风雨”的担心和对国家局势的一种不可抑制的隐忧。下片分两层，前六句回忆过去，写汴京沦陷以前的繁华及自己欢度元宵的盛况；“如今”以下五句，又回到现实，极写自己的憔悴、潦倒和孤寂。这种盛衰变化的强烈对比，使人感到如此沉痛，以致一百多年后，面临宋室覆亡，遗民刘辰翁每读这首诗，总是悲不能已，“为之涕下”，并和其声，以抒发自己亡国之恨。

李清照后期的词，如《武陵春》(“风住尘香花已尽”)、《菩萨蛮》(“风柔日薄春犹早”)等都是通过抒发个人的愁绪来表达他的家国恨、思乡愁的，具有强烈的感人力量。

李清照的词具有很高的艺术性。她沿袭婉约派抒情含蓄蕴藉的传统而又有所发展。她善于以明白如话的语言和白描的手法创造鲜明生动的艺术形象。如《武陵春》：

风住尘香花已尽，日晚倦梳头。物是人非事事休，欲语泪先流。
闻说双溪春尚好，也拟泛轻舟。只恐双溪舴艋舟，载不动，许多愁。

全词没有一句雕琢艰涩的话，没有一个难懂的典故僻辞，但令人读来，新奇意浓，音韵悦耳，给人无尽的美感享受。她的词中，创造了许多名句，如：“帘卷西风、人比黄花瘦”；“此情无计可清除，才下眉头，却上心头”；“风休住，蓬舟吹取三山去”；“花自飘零水自流”；“千万遍阳关，也则难留”；“旧时天气旧时衣，只有情怀不是旧家时”；“不如随分尊前醉，莫负东篱菊蕊黄”等；或者自铸新辞；或融会旧句，另出新意，都表现出高度的艺术技巧。李清照又善于发挥语言的特点，使之具有流转如珠的声调美，使声音、节奏、气氛各方面与内容密切配合以反映特定的思想感情。如用“寻寻觅觅，冷冷清清，凄凄惨惨戚戚”十四个迭字来表达她在秋风秋雨中的如怨似慕，如泣似诉的天涯沦落之悲，历来为古今词人所称道。宋代罗大经《鹤林玉露》卷十二云：“起头连叠七字，以一妇人乃能创意出奇如此!”由于李清照的高度艺术技巧，婉约派发展到了一个高峰，对当时和后代词人有深远的影响。他特有的艺术风格被称为“易安体”，成了后代词家学习的样板。爱国词人刘辰翁《永遇乐・壁月初晴》词序说：“诵李易安《永遇乐》，为之涕下。今三年矣，每闻此词，辄不自堪，遂依其声，又托易安自喻。虽辞情不及，而悲苦过之。”杨慎《词品》说：“宋人中间，李易安亦称冠绝。”

李清照以词名世，但其诗亦有可称道处，如《上枢密韩公，工部尚书胡公》：

想见皇华过二京，壶浆夹道万人迎。
连昌宫里桃应在，花萼楼前鹊定惊。
但说帝心怜赤子，须知天意念苍生。
圣君大信明如日，长乱何须在屡盟。

诗中写了沦陷区人民盼恢复的热情，谴责了统治者畏敌订盟的投降政策，表现了诗人对国事的关怀和对人民的同情。其诗风雄浑朗畅，境界开阔，与她的词相配，诗庄词媚，刚柔兼行，实为女中奇才。

李清照能诗，能词，能画，能书，也擅长散文。绍兴四年秋天（1134），她为赵明诚的《金石录》所作的《后序》，以委婉有致的笔调叙述她与赵明诚婚后志同道合的生活和靖康之难后，赵明诚病死，书画器物因战乱而散失殆尽的经过，以及她对过去生活的回忆，叙述详尽，情辞悱恻。融抒情叙事于一体，可谓其散文之代表作。

第二节　张元干、张孝祥和其他词人

宋室南渡后，面临着金人不断入侵的威胁，南宋小朝廷内部展开了主战派和投降派的激烈斗争。由于宋高宗赵构重用投降派大头子秦桧，主战的爱国大臣、将帅和士大夫先后遭到秦桧的诬陷和打击：李纲被贬谪；赵鼎被贬死；岳飞被诬死于狱；胡铨因上书乞斩秦桧而被长期流放；张元干因作词为胡铨送行而被革职除名；张孝祥也被借故下狱。

由于词人们生活在存亡危急关头，又处于和内外敌人作斗争的复杂环境之中，残酷的现实教育了他们，应当用作品来为国家民族呼吁，为百姓请命，他们不仅抛弃了北宋后期应制词、艳靡词、应酬词的颓废作风，也感到委婉曲折言情的婉约派无力表现现实斗争和他们的满腔悲愤，因而自然地继承了豪放派的传统。这一时期的词人上承苏轼词的豪放风格，下开辛弃疾词派的先河，在形成豪放刚健的新词风方面作出了新的贡献。

南宋初爱国词人中以张元干、岳飞、张孝祥的作品较著名。

张元干（1091—约1161）字仲宗，自号芦川居士、真隐山人，福建永福县人。北宋宣和元年（1119）出仕。靖康元年（1126），当金兵围攻汴京时，张元干为李纲幕下的僚属，坚决站在主战的李纲一边，反对以宋钦宗为首主张割地求和的投降派。宋室南渡后，终因与主和的南宋小朝廷意见不合，落职南归。绍兴八年（1138），宋高宗准备向金拜表称臣，遣王伦使金定和议，当时奉祠闲居的李纲上书反对无效。张元干写《贺新郎·寄李伯纪丞相》相赠。胡铨上书请斩秦桧以谢天下，被贬。后来，又被除名编管新州。秦桧对于支持胡铨的人，必欲置之死地而后快。张元干却奋不顾身，在胡铨离开福州时，大义凛然地作《贺新郎·送胡邦衡待制谪新州》为他送行。这件事终于被秦桧知道了，于是，绍兴二十一年(1151)，六十一岁的张元干被秦桧借故“以它事追赴大理”，受到削职除名的迫害。张元干晚年事迹不详。仅知绍兴二十五年(1155)秦桧死后，他曾出现在临安、吴江等地。大约活了七十岁。

张元干的诗歌、散文都有较高的成就，但最出色的是他的词，有《芦川词》传世。毛晋说他的词“长于悲愤”(《芦川词跋》)。蔡戡在《芦川居士词序》中说，张元干“喜作长短句，其忧国爱君之心，愤世嫉邪之气，间寓于歌咏”。这些评价都说明充满强烈的爱国主义激情是他的词的主要特色。他的两首《贺新郎》最为出名。一首是寄给李纲的《贺新郎·寄李伯纪丞相》：

曳杖危楼去，斗垂天、沧波万顷，月流烟渚。扫尽浮云风不定，未放扁舟夜渡。宿雁落、寒芦深处。怅望关河空吊影，正人间鼻息鸣鼍鼓。谁伴我，醉中舞？　　十年一梦扬州路，倚高寒，愁生故国，气吞骄虏。要斩楼兰三尺剑，遗恨琵琶旧语。谩暗拭，铜华尘土。唤取谪仙平章看，过苕溪尚许垂纶否？风浩荡，欲飞举。

词的上片写登楼远望所见到的江上夜景，抒发自己孤单无侣、众醉独醒之感，隐含着李纲罢相后自己失去了志同道合的友人而痛心的情意。下片运用了一系列历史典故表述了对朝廷屈膝求和的强烈愤慨，抒发了自己对李纲的敬佩之情和共同奋斗之意。全词意境苍凉壮阔，情意深沉，语言铿锵，充满豪气。另一首《贺新郎·送胡邦衡待制谪新州》可作为其压卷之作：

梦绕神州路。怅秋风、连营画角，故宫离黍。底事昆仑倾砥柱，九地黄流乱注？聚万落千村狐兔。天意从来高难问，况人情老易悲难诉，更南浦，送君去！　　凉生岸柳催残暑，耿斜河，疏星淡月，断云微度。万里江山知何处？回首对床夜语。雁不到，书成谁与？目尽青天怀今古，肯儿曹恩怨相尔汝！举大白，听《金缕》。

词的上片描写了为金兵所占领的沦陷区的荒凉景象，叹朝中爱国忠臣横遭迫害，才酿成金人侵扰的灾难。“天意从来高难问”一句，直指最高统治者。

他的意图难以被人了解，这是词人的第一层苦恼。人情易老，壮志难酬，这又是一层苦恼。至于忠贞的胡铨再度被贬，送别南浦，则其愁其恨便更深了。词的下片表达了对胡铨的同情和支持。它是战斗者的相互慰藉，也是对迫害者的强烈控诉。张元干因此词遭罪，刘熙载说他是“身虽黜而义不可没”(《词概》)。前人评张元干这首词“拔地倚天，句句欲活”(张德瀛《词徵》)，可以说他们的话对这首词的艺术性和思想性作了恰如其分的评价。在当时，这首词已在民间广为流传。据南宋词人杨冠卿《客亭类稿》记载：“秋日乘风过垂虹(桥)时……旁有溪童，具能歌张仲宗‘目尽青天’等句，音韵洪畅，听之慨然”(《全宋词》1866页)，可见张元干的词社会影响之广。

与张元干同时的主战派将领和士大夫李纲、赵鼎、岳飞、向子諲、李光、胡铨、叶梦得、朱敦儒、韩元吉等人，虽不以词名世，但偶尔为词，所表达的爱国激情和力挽狂澜的气概又往往为一般词人所不及。其中李光、李纲、赵鼎、胡铨史称南宋“四名臣”，有《南宋四名臣集》传世。在这些爱国志士中，创作最杰出的应数岳飞的《满江红》。

岳飞(1103—1141)，字鹏举，相州汤阴(今河南汤阴)人，是我国历史上著名的民族英雄。他出身农家，青年时期应募参加抗金战争，英勇善战，他统率的岳家军屡建奇功，成为南宋抗金的骨干力量。岳飞立志恢复中原，深遭投降派的忌恨。最后终于被秦桧、万俟卨等民族叛徒以“莫须有”的罪名诬害致死。他一生忙于军务，很少写文学作品。词作仅留下《小重山》、《满江红》两首。《小重山》云：

> 昨夜寒蛩不住鸣。惊回千里梦，已三更。起来独自绕阶行。人悄悄，帘外月胧明。　　白首为功名。旧山松竹老，阻归程。欲将心事付瑶筝。知音少，弦断有谁听！

词中表现了作者深思远虑但又孤寂无援的抑郁心情，词的意境清丽，内涵深沉，作者用隐晦曲折的手法，反映了在投降派当权的压力下，持抗敌主张者在上层知音甚少，表现出词人壮志难酬的感慨。他的《满江红》则是一首气壮山河的爱国词：

> 怒发冲冠，凭栏处、潇潇雨歇。抬望眼，仰天长啸，壮怀激烈。三十功名尘与土，八千里路云和月。莫等闲、白了少年头，空悲切。
> 靖康耻，犹未雪，臣子恨，何时灭！驾长车、踏破贺兰山缺，壮志饥餐胡虏肉，笑谈渴饮匈奴血。待从头、收拾旧山河，朝天阙。

这首词以千钧笔力写出了对敌寇的无比痛恨，表达了作者收复失地、抗战救国的豪情壮志。通篇风格雄伟，音调激越。作者不可抑止的爱国热情似火山迸发，大河奔流，激励着代代仁人志士去为祖国为人民建功立业，因而成了古典诗词中千古传诵的爱国主义名篇。

比张元干稍后的张孝祥是南宋前期爱国士大夫词人中创作数量较多，也富有特色的一位作家。

张孝祥(1132—1169)，字安国，号于湖居士，历阳乌江(今安徽和县)人。绍兴二十四年(1154)中进士第，历任中书舍人、直学士院。在建康(今江苏南京)留守任内，他极力赞助张浚北伐，受到投降派的妒嫉，遭到免职的处分。后来担任荆南湖北路(今湖北西南部和湖南北部一带地方)安抚使。他的一些政治措施曾得到人民的欢迎。

张孝祥下笔顷刻数千言，是一位才华横溢的文人。谢尧仁在《于湖居士文集序》里说："自渡江以来，将近百年，唯先生文章翰墨，为当代独步。"除诗文外，有《于湖词》传世。

他的词往往表达出不可掩抑的"忠愤气填膺"的爱国主义激情。其《六州歌头》云：

> 长淮望断，关塞莽然平。征尘暗，霜风劲，悄边声。黯销凝。追想当年事，殆天数，非人力。洙泗上，弦歌地，亦膻腥。隔水毡乡，落日牛羊下，区脱纵横。看名王宵猎，骑火一川明。笳鼓悲鸣，遣人惊。　　念腰间箭，匣中剑，空埃蠹，竟何成！时易失，心徒壮，岁将零。渺神京。干羽方怀远，静烽燧，且休兵。冠盖使，纷驰骛，若为情？闻道中原遗老，常南望、翠葆霓旌。使行人到此，忠愤气填膺，有泪如倾！

这首词上片针对南宋屈从金兵威吓，撤销两淮边备，描写长淮千里，草木长得和关塞一样高。"霜风劲，悄边声"，前线的寂静是由于当权者放弃抵抗，毫无戒备。词人由此回想到当年中原沦陷，有文化教育的地方，而今遭到敌人的玷污。"落日牛羊下，区脱纵横"等句则写出敌军的猖狂和敌将的威势。与长淮千里毫无戒备的情景相对照，更加显出偏安小朝廷所面临的危险。下片抒写自己和主战派空怀壮志，报国无门。统治者只图对敌妥协，求和的使者竞相驰骛，真令人羞愧得无地自容。而沦陷区的人民则企望王师恢复中原。他慨叹忍辱求和违反民意，悲愤难禁，有泪如倾！全词用敌我情况、人民和统治者的不同思想感情作鲜明对比，有力地表达了作者的爱国主义热情，以及对敌人和投降派的无比愤怒。据说，这首词是在宴会上即席作的。当时参加宴会的主战派大将张浚听了以后，“罢席而入”。陈廷焯称赞它“淋漓痛快，笔饱墨酣，读之令人起舞”(《白雨斋词话》)。

张孝祥的另一首名词《念奴娇·过洞庭》最能表现他的胸襟和代表他的词风。

洞庭青草，近中秋、更无一点风色。玉鉴琼田三万顷，着我扁舟一叶。素月分辉，明河共影，表里俱澄澈。悠然心会，妙处难与君说。
应念岭表经年，孤光自照，肝胆皆冰雪。短鬓萧疏襟袖冷，稳泛沧溟空阔。尽挹西江，细斟北斗，万象如宾客。叩舷独啸，不知今夕何夕！

这首词是孝宗乾道二年(1166)张孝祥遭谗落官，从广西经湖南北归过洞庭湖所作。无论是洞庭景色、个人胸襟，都表现得“表里俱澄澈”。他所写到的玉鉴、琼田、素月、明河、冰雪，都以高洁为其特征。而“尽挹西江，细斟北斗，万象如宾客”，则形容了他胸襟的旷达。作者在词中虽没有提到造谗诽谤的小人，却通过表现自己的高洁衬托出他们的卑下，显示出他对群小的轻蔑。通篇造语奇特，浑然晶莹。宋魏了翁跋此词真迹云：“洞庭所赋，在集中最为杰特，方其吸江斟斗，宾象万客时，讵知世间有紫微青琐哉?”(《鹤山大全集》)清查礼《铜鼓书堂词话》也说这首词，“皆神来之句，非思议所能及”。

张孝祥的词，继承苏轼豪放词的传统，胸次笔力，都相仿佛。《念奴娇·过洞庭》把现实的描写与浪漫的想象结合在一起，与苏轼《念奴娇》咏中秋月，更有其神情风格相通之处。所以王闿运《缃绮楼评词》说：“飘飘有凌云，觉东坡《水调》有尘心。”

张孝祥有些触景抒怀的小令，写得清新流畅，亦与苏词近似。如《浣溪纱》：

行尽潇湘到洞庭，楚天阔处数峰青，旗梢不动晚波平。　红蓼一湾纹缬乱，白鱼双尾玉刀明，夜凉船影浸疏星。

又如《西江月》：

问讯湖边春色，重来又是三年。东风吹我过湖船，杨柳丝拂面。

世路如今已惯，此心到处悠然。寒光亭下水如天，飞起沙鸥一片。

这类词意境明丽，飘然似风，“读之，泠然、洒然、真非烟火食人辞语。予虽不及识荆，然其潇散出尘之姿，自在如神之笔，迈往凌云之气，犹可想见也”（见陈应行《于湖词序》）。张孝祥的词上承苏轼豪放的传统，下开南宋辛弃疾的爱国主义词的先河，在豪放词的发展过程中，具有承前启后的作用。

第三节　陈与义与南渡初期诗人

在北宋、南宋之交，由于民族矛盾与主战、主和派斗争的激烈尖锐，诗坛和词坛一样，占主导地位的是爱国主义思潮。南宋前期最重要的诗人应推陈与义与曾几。

陈与义（1090—1138），字去非，自号简斋，洛阳人。北宋徽宗时任文林郎、太学博士等职。后谪监陈留酒税。靖康难起，他自陈留经商水、襄阳、湖南、广东、福建，于绍兴元年（1131）抵南宋都城临安（今杭州）。在宋高宗时，担任过吏部侍郎、参知政事等要职。

陈与义在南宋前期诗名很高。他曾受江西诗派的影响，但又不是江西派诗人。应该说，对陈与义诗歌创作有深刻影响的是杜甫。他早期曾经想以学习黄庭坚和陈师道作为学习杜甫的阶梯，但又注意到“天下书虽不可不读，然慎不可以有意于用事”（徐度《却扫编》卷中），对黄庭坚的“有意于用事”有所警惕。因此他在诗歌创作中较少用典，写出了一些语言明净，音调响亮而形象丰满的诗。至于前期诗的内容，则主要是表现个人生活情趣，而较少反映广阔的现实生活。著名的《墨梅》诗曾受到宋徽宗的赏识。靖康之难后，天翻地覆的社会变动使他诗的风格发生了深刻的变化，流离颠沛的生活使他诗的内容越来越广阔，而家国兴亡、天涯沦落之感，也使他对杜诗产生了更强烈的共鸣，对杜甫有了更深入的认识。他逃难的第一首诗《发商水道中》说：“草草檀公策，茫茫杜老诗！”他的《避虏入南山》又说：“但恨平生意，轻了少陵诗”，表示他在战乱前对杜甫的诗还理解不深。从此，他学习杜诗感时忧国的创作精神，反映南宋的现实生活，抒发他的爱国主义感情，诗作因而有了雄阔慷慨的风格。他的大部分好诗，都产生在南渡以后。其中著名的如《伤春》：

庙堂无策可平戎，坐使甘泉照夕烽，
初怪上都闻战马，岂知穷海看飞龙！

孤臣霜发三千丈，每岁烟花一万重。
稍喜长沙向延阁，疲兵敢犯犬羊锋。

这首诗涉及两桩历史事件，其一是宋高宗赵构在金兵占领汴京后，最初即帝位于南京(今河南商丘)，听到金兵继续南下，又逃到扬州、杭州。公元1129年冬，金兵渡过长江，占领了建康(今南京市)，赵构又乘船逃奔海上。另一件事，是1130年春向子諲率军民死守长沙，英勇抗拒金兵。诗人对这两件事的态度是一忧一喜。他一方面把战争失利、北方沦陷归咎于权臣误国，对朝廷的投降逃跑政策进行了批评，另一方面则对爱国将领之敢于抗拒金兵表示了由衷的欣慰和喜悦。两桩历史事件，一逃跑，一抵抗，形成强烈的对照。诗人的两种情绪，一忧愤，一欣喜；表现出鲜明的立场。题为“伤春”，实为忧国。“孤臣霜发三千丈，每岁烟花一万重。”更表现出他爱国思想的深切。

他的另一首《登岳阳楼》诗也是一首感慨深沉的作品：

洞庭之东江水西，帘旌不动夕阳迟。
登临吴蜀横分地，徙倚湖山欲暮时。
万里来游还望远，三年多难更凭危。
白头吊古风霜里，老木苍波无限悲！

这首诗用夕阳、暮时、白头、风霜、老木、苍波等词渲染出一种苍凉感慨的情调，无论是思想内容、艺术风格、句法声调都像杜甫的《登楼》、《登高》等诗，因之被杨万里认为其“诗风已上少陵坛”。

陈与义的一些景物游览诗，境界明净，语句新丽，精巧而不见雕琢痕迹，较江西派诗艺略高一筹。如《清明》：

卷地风抛市井声，病夫危坐了清明。
一帘晚日看收尽，杨柳微风百媚生。

又《中牟道中》：

雨意欲成还未成，归云却作伴行人。
依然坏郭中牟县，千尺浮屠管送迎。

杨柳招人不待媒，蜻蜓近马忽相猜。
如何得与凉风约，不共尘沙一并来。

在作者眼里，树、虫、云、塔都着上了人意，万物生机盎然，活泼可爱。

陈与义还有一些诗是怀乡之作，其中最有代表性的是《牡丹》一诗：

一自胡尘入汉关，十年伊洛路漫漫。
青墩溪畔龙钟客，独立东风看牡丹。

洛阳是北京的西京，也是陈与义的故乡，以盛产牡丹闻名。现在，老态龙钟的诗人在南方看牡丹，不能不想念沦陷了的故乡，不能不感慨于十年来的流离奔波，不能不痛恨蹂躏故乡的敌人，不能不产生对于南宋小朝廷甘心偏安无志恢复的激愤；忧国感时之情表现得含蓄蕴藉，其沉郁悲凉，甚似杜甫诗作。当然，陈与义诗歌的广度深度都不及杜诗的博大深沉，但是，由于他从精神上学习杜诗，也就使他突破了江西诗派的藩篱而高出他同时期的其他诗人。

胡应麟《诗薮》外编云：“陈去非诸绝，亦多本老杜，而不为已甚。悲壮感慨，时有可观处。”在艺术上，陈与义善于用平易流畅而又精工锤炼的语言描绘情景，呈现出一种新颖奇峭的诗风，受到人们的喜爱。葛胜仲《陈去非诗集序》云：“缙绅士庶争传诵，而旗亭传舍，摘句题写殆遍，号称新体。”像下面这些诗句，都表现了这种特点，如“日晚蔷薇重，楼高燕子塞”（《雨》）；墙头语鹊衣犹湿，楼外残雷气未平“（《雨晴》）；燕子初归风不定，桃花欲动雨频来”（《对酒》）；“卧看满天云不动，不知云与我俱东”（《襄中道中》）；“海棠不惜胭脂色，独在濛濛细雨中”（《春寒》）等。

陈与义不仅写诗，也写词。现存十八首词，其中一些名篇，如《临江仙·夜登小阁，忆洛中旧游》：

忆昔午桥桥上饮，坐中多是豪英。长沟流月去无声。杏花疏影里，吹笛到天明。　二十余年如一梦，此身虽在堪惊。闲登小阁看新晴。古今多少事，渔唱起三更。

一如他的诗，在抒发离愁别恨中，寄寓了深沉的感时怀乡的情绪。

南宋前期诗人中，影响较大的还有生在陈与义之前而死在他之后的曾几。

曾几(1084—1166)，字吉甫，江西赣县人。北宋徽宗时，作过校书郎。南宋高宗时，历任江西、浙江提刑。绍兴八年(1138)因主战而忤奸相秦桧，罢官寓居上饶茶山寺，因此自号茶山居士。秦桧死后，才被召回，曾任秘书少监等职。

他的诗，以杜甫为宗，也推重黄庭坚。他自己说把《山谷集》读得烂熟，又曾经向韩驹和吕本中请教过诗法。可见他与江西诗派关系之深。但是，他是学江西派而又有变化的。他的一些描写自然的诗，活泼轻快；一些感时念乱的作品则沉郁悲愤。

曾几是陆游师事过的爱国诗人，他对于陆游，不仅传授诗法，还灌输爱国思想。据陆游在曾几奏议稿的跋文中说："绍兴末，先生居会稽禹迹精舍，某自敕局归，无三日不进见，必闻忧国之言；时先生年过七十，聚族百口，未尝以为忧，忧国而已。"这说明陆游与曾几过从之密，受教之深。也说明他确实是一位爱国诗人。其《寓居吴兴》云：

相对真成泣楚囚，遂无末策到神州；
但知绕树如飞鹊，不能营巢似拙鸠。
江北江南犹断绝，秋风秋雨敢淹留？
低回又作荆州梦，落日孤云始欲愁。

这首诗悲愤朝廷不图恢复，责备统治者妥协求和，致使江北江南被敌人隔绝，表达了一个爱国诗人的深沉感慨。

但是曾几对广阔的社会生活并未十分深入，更多地是志在山林泉石之间。他的一些描写自然的诗，写得很有韵味，如《三衢道中》：

梅子黄时日日晴，小溪泛尽却山行。
绿阴不减来时路，添得黄鹂四五声。

他另外的一些诗，则表露出诗人与人民相通的感情。如《苏秀道中，自七月二十五日夜大雨三日，秋苗以苏，喜而有作》：

一夕骄阳转作霖，梦回凉冷润衣襟。
不愁屋漏床床湿，且喜溪流岸岸深。
千里稻花应秀色，五更桐叶最佳音。
无田似我犹欣舞，何况田间望岁心！

曾几在这首诗里，表现了对农事的关心。连日大雨，不愁屋漏，却喜溪深。雨打桐叶，在古人诗里，常是教人失眠添闷的境界。在曾几的笔下，却因遥想稻花秀色而成了最佳音响。这说明他的感情与“田间望岁心”的接近，连对景色的感受也与一般士大夫不同。另一首《夏夜闻雨》：“凉风吹雨夜萧萧，便恐江南草木凋。自为丰年喜无寐，不关窗外有芭蕉。”也是属于这一类型的作品。

在南宋前期，还有一些爱国主义诗人的作品。如吕本中（1084—1145）的《兵乱寓小巷中作》：

城北杀人声彻天，城南放火夜烧船。
江湖梦断不得住，问君此住何因缘？
窜身穷巷米如玉，翁寻湿薪媪炊粥。
明日开门雪到檐，隔墙更听邻家哭。

诗中对饱经战乱的人民寄予深切的同情，对侵略者的残暴罪行无比愤慨。又如刘子翚（1101—1147）的《汴京纪事》，原有二十首，现录其中二首：

帝城王气杂妖氛，胡虏何知屡易君。
犹有太平遗老在，时时洒泪向南云。

辇毂繁华事可伤，师师垂老过湖湘。
缕衣檀板无颜色，一曲当时动帝王。

前首诗中感伤国事巨变，遗民盼恢复；后首诗借宋徽宗宠李师师事，对旧京汴梁昔日繁华和劫后的冷落无限慨叹。还有汪藻、王庭珪、邓肃、李弥逊、洪皓、朱弁、曹勋等，这些诗人的艺术风格有所不同，但他们的共同点是，都以诗的形式抒发了爱国爱民或爱故乡的情思，反映了动乱的现实。

第四节　杨万里和范成大

南宋时期，人们把杨万里、范成大、陆游、尤袤并称为“中兴四大诗人”、“南渡四大家”。其实，只有陆游堪与文学史上大诗人并列而无愧。

尤袤（1127—1194），字延之，自号遂初居士，无锡人，他的作品现在流传下来的，不仅数量很少，而且质量平平。较好的有《淮民谣》，揭露了贪官污吏借口团练备防而残害百姓的劣迹，他们使得百姓“流离复流离，忍冻复忍饥。谁谓天地宽，一身无所依。淮南丧乱后，安集亦未久。死者积如麻，生者能几口？荒村日西斜，破屋两三家。抚摩力不给，将奈此扰何!”另有几首写景诗也颇有情致，如《青山寺》：

峥嵘楼阁插天开，门外湖山翠作堆。
荡漾烟波迷泽国，空濛云气认蓬莱。
香销龙象辉金碧，雨过麒麟剥翠苔。
二十九年三到此，一生知有几回来!

杨万里(1127—1206)，字廷秀，江西吉水人。宋高宗绍兴二十四年(1154)进士，曾调永州零陵丞。当时谪居永州的抗战名将张浚勉以“正心诚意”之学，万里师事之，因而自号“诚斋。”孝宗朝，历任吏部员外郎、秘书少监等职。光宗时，曾任江东转运副使。晚年因与当权的宰相韩侂胄政见不和，家居十五年不出，忧愤而死。

杨万里把自己学诗的过程记录在《荆溪集自序》中：

> 予之诗，始学江西诸君子，既又学后山五字律，既又学半山老人七字绝句，晚乃学绝句于唐人，学之愈力，作之愈寡。戊戌(1178)三朝，时节赐告，少公事。是日即作诗，忽若有悟，于是辞谢唐人及王、陈、江西诸君子，皆不敢学，而后欣如也。试令儿辈操笔，予口占数首，则浏浏焉无复前日之轧轧矣。自此每过午，吏散庭空，即携一便面，步后园，登古城，采撷杞菊，攀翻花竹，万象毕来，献予诗材，盖麾之不去，前者未应，而后者已迫，涣然未觉作诗之难也。

杨万里这篇自序作于淳熙丁未(1187)，这时他已是六十岁的老人。他通过长期的创作实践，悟到一个道理，就是从师法前人，而走向师法自然的道路。由于他从大自然汲取诗材，摆脱模仿古人而走向自生胸臆，悟到了“点铁成金未是灵”，而主张“信手自孤高”，“不琢自成文”，他在《跋徐恭仲省干近诗》中说：“传派传宗我替羞，作家各自一风流。黄陈篱下休安脚，陶、谢行前更出头。”因而形成了形象新颖、语言平易、风格明快、幽默诙谐的“诚斋体”。他留下了《江湖集》、《荆溪集》等九个集子共四千多首诗。

杨万里的诗大多以抒写自然景色、个人生活情趣为主，但也有部分诗篇是抒发爱国主义感情的。这方面的代表作，应推他奉命到淮河迎接金使的

《初入淮河四绝句》。其第一首：

船离洪泽岸头沙，人到淮河意不佳。
何必桑乾方是远，中流以北即天涯！

这首诗直指南宋朝廷把淮河以北全部割让给金人的事。唐宋时期，诗人们曾把山西的桑乾河看作中国的北塞，北宋时期，苏辙出使回国，离开辽境，还有“胡人送客不忍去”、“年年相送桑乾上”的诗句。可是，现在离开洪泽湖，进入了中原心腹之地的淮河就已到了南宋北部边境。怪不得诗人感到“意不佳”，而抒发“何必桑乾方是远，中流以北即天涯”的无限感慨了。如果说这首诗还只是一般的抒发兴亡之感的话，那么第二首诗则道出了国土日削的原因。

刘岳张韩宣国威，赵张二相筑皇基。
长淮咫尺分南北，泪湿秋风欲怨谁？

他指出南宋初期出现了刘光世、岳飞、张俊（初期的抗战将领，后附和秦桧）、韩世忠这些名将。现在，也有赵鼎、张浚这样忠心耿耿的贤相。他们完全有力量收复失地，可是“长淮咫尺分南北”，这人为的界线依然如故，那么究竟谁应对这样的形势负责呢？他把批评的笔锋暗指宋高宗和奸臣秦桧，也包括“以无能之人，负大逆之名，始望其为人君，后竟不能为人子”的昏君——宋光宗赵惇。由于他不敢明明白白地怨君犯上，只能含着悲愤说出：“泪湿秋风欲怨谁？”

《初入淮河》前两首是因国势日削而发抒悲愤，后两者则道出了北方人民渴望收复故土的心声。

两岸舟船各背驰，波痕交涉亦难为。
只余鸥鹭无拘管，北去南来各自飞。

中原父老莫空谈，逢着王人说不堪。
却是归鸿不能语，一年一度到江南。

南宋疆界以淮河为限强分南北，是无能的表现，是屈辱的表现。而被割让的北地人民所遭受的民族压迫，其深沉痛苦更是无可言喻。他们只能羡慕鸿雁、鸥鹭不受人为疆界拘束的自由。此诗表现了人们要求“还我河山”的希望，爱国之情溢于字里行间。

在杨万里的诗歌中，虽然有上述那样感时念乱的作品，但总的说来，分量不够，深度也不够。他关心现实的作品主要是那些满怀同情反映劳动人民生活的诗篇。如《悯农》诗：

稻云不雨不多黄，荞麦空花早着霜。
已分忍饥度残岁，更堪岁里闰添长。

这里描写水田遇旱灾，旱田遇冻灾，农民早已料到要忍饥挨饿度过残岁。诗人把"度日如年"的窘迫情境写得淋漓尽致。而最后一句"更堪岁里闰添长"，说不幸遇到闰年，比平常年头日子更长，农民生活更是难熬，诗人对农民的同情十分深切。另一首《插秧歌》：

田夫抛秧田妇接，小儿拔秧大儿插。
笠是兜鍪蓑是甲，雨从头上湿到胛。
唤渠朝餐歇半霎，低头折腰只不答。
秧根未牢莳未匝，照管鹅儿与雏鸭。

它把全家动员、紧张繁忙的插秧气氛表现得十分生动。尤其是"唤渠朝餐歇半霎，低头折腰只不答"，说明连吃饭的时间也没有，更写出农民劳动的辛苦。这样生动的诗歌，只能出自熟悉农民生活、同情农民的诗人的手笔。

杨万里的大量诗歌是以诚斋"活法"来描写自然景色和个人生活情趣的。什么是"活法"？"除了包括新、奇、活、快、风趣、幽默几层意义之外，还有一点，就是层次曲折，变化无穷"(见近人周汝昌《杨万里评传》)。杨万里用这样的方法，写出了大量构思别致、生动活泼、想象丰富、幽默诙谐的诗篇，即所谓"诚斋体"。杨万里的诗，善于选择日常生活中一些富于诗意而往往为人忽略的细节，以富有风趣而又通俗流畅的语言表达出来。这在古典诗歌中，确实是比较突出的。例如《檄风伯》就鲜明地体现了"诚斋体"的特色：

峭壁牙牙虎擘口，恶滩汹汹雷出吼。
溯流更着打头风，如撑铁船上牛斗。
风伯劝尔一杯酒，何须恶剧惊诗叟！
端能为我霁威否？岸柳掉头荻摇手！

丰富的想象使这首诗带上诙谐的色彩：风吹浪吼，小船难行，境况险恶；忽然口气一转，向风伯敬酒，请他息怒；看到了柳荻因风吹而摇摆的姿态，又把它当成风伯摇头摆手的拒绝。这是多么自然有趣的联想，语言也是自然、生动、流畅，具有口语化的特点。又如《八月十三日望月》：

才近中秋月已清，鸦青幕挂一团冰。
忽然觉得今宵月，元不粘天独自行。

又如《晓出净慈寺送林子方》：

毕竟西湖六月中，风光不与四时同。
接天莲叶无穷碧，映日荷花别样红。

又如《水中山花影》：

闭轿那知山色浓，山花影落水田中。
水中细数千红紫，点对山花一一同。

这类写景小诗，趣味盎然，构想新奇，平常景物在他的笔下都成了活泼可爱的诗境。此外，还有《闲居初夏午睡起》："梅子留酸软齿牙，芭蕉分绿与窗纱。日长睡起无情思，闲看儿童捉柳花。"写得通俗明白，富于风趣。又如"月子弯弯照九州，几家欢乐几家愁。愁杀人来关月事，得休休处且休休。"(《竹枝词》)更是以俚语为诗的民歌体。

总之，杨万里的诗歌创作，在艺术方面是提供了一些新的东西的。他以丰富新颖的想象，使自己的诗具有幽默诙谐的特点；他大胆吸收口语入诗，则与当时江西派诗造语生涩隐晦的作风迥异其趣。他的诗显得清新活泼、生动有趣。因其独具一格，故前人称其诗为"诚斋体"。当然，杨万里的诗也存在题材不广，意境不深，概括性不强，以及草率庸俗等缺点。

范成大(1126—1193)，字致能，号石湖居士，吴郡(今江苏苏州人)人。他的父亲范雩是宣和六年进士，官至秘书郎。但他在十四、五岁时，父母就死去了。少年家境贫寒。父母死后，他十年不出，取唐人"只在此山中"词句，自号"此山居士"，以示无意科举。后因父亲同年王葆的劝告，方习举业。二十九岁时(绍兴二十四年，1154 年)中进士第，被任命为徽州司户参军。后因得到州官洪适的帮助，得入京(杭州)任秘书省正字、吏部员外郎等职。宋孝宗(赵昚)乾道六年(1170)，范成大奉命使金，不辱使命，迁官中书舍人。旋因直言进谏，从1172年开始被派外任，先后流转于静江(桂林)、成都、明州(宁波)、建康(南京)作地方行政长官。并曾在孝宗淳熙五年(1178)，做过两个月的参知政事。晚年归隐石湖，自号石湖居士。绍熙四年(1193)九月初五日，病卒于家。

范成大也是一个受“江西派”影响的诗人。这使得他的一部分诗用事用典颇多、词语生硬。但是他后来通过与现实生活的广泛接触和创作实践，逐渐摆脱了江西诗派的影响。他反映现实生活的作品继承了白居易、王建、张籍的新乐府传统，并且吸取了唐人和北宋七绝的一些优点，形成了“清新妩媚”的独特风格。

范成大共有诗一千九百多篇，其中有两组诗最为世人传颂：一是他使金时写的七十二首绝句，一是归隐后所作田园杂兴六十首。

孝宗乾道六年(1170)，范成大以起居郎、假资政殿大学士官衔，充祈请国信使赴金，他不辱使命，在那些一贯奴颜婢膝、摇尾乞怜的宋使之外树立了另一种形象。他还把沿途所见、所闻、所感写成一卷使金绝句。这一组诗按内容可分为下列几类：

第一类是亲历故国失地，抒发兴亡之感。如《宜春苑》：

狐冢獾蹊满路隅，行人犹作御园呼。
连昌尚有花临砌，肠断宜春寸草无！

昔日东御园，而今只剩下颓垣荒草，成了野兽出入之地，他怎能不有感慨。另如《相国寺》：

倾檐缺吻护奎文，金碧浮图暗古尘。
闻说今朝恰开寺，羊裘狼帽趁时新。

诗人在题下写道：“寺榜犹祐陵(指徽宗)御书，寺中杂货皆胡俗所需而已。”如此景象怎能不引起诗人物是人非之感。

第二类属于借古慨今之作。如《双庙》：

平地孤城寇若林，两公犹解障妖祲。
大梁襟带洪河险，谁遣神州陆地沉。

他在张巡、许远庙前，对于二将合力守睢阳抗拒安禄山的英迹表示无限的倾慕，同时发出“谁遣神州陆地沉”的疑问，批评朝廷投降卖国政策。同类的作品还有《雷万春墓》等。

第三类写沦陷区人民的痛苦和盼望恢复的心情。如《州桥》：

州桥南北是天街，父老年年等驾回；
忍泪失声询使者：几时真有六军来？

又如《翠楼》：

连衽成帷迓汉官，翠楼沽酒满城欢。
白头翁媪相扶拜：垂老从今几度看！

沦陷区人民对南来使者的深情，对恢复失地的渴望尽现纸上，激起人们的无限同情。

第四类描写金人统治的野蛮残酷。如《清远店》：

女僮流汗逐毡軿，云在淮乡有父兄。
屠婢杀奴官不问，大书黥面罚犹轻。

诗中所写的女僮自云在淮乡有父兄，显系金人掳去贩卖为奴的。而流落他乡之后，主人在她逃跑被捕之后，又于面颊上刺字。据金国“法律”，奴婢可以“杀之不禁”，任意处死。这女僮虽幸免于死，但已是永远难以获得自由的了。诗人在诗中愤怒谴责了这种野蛮行为。

第五类则是诗人表现自己的报国决心。如《会同馆》：

万里孤臣致命秋，此身何止一沤浮。
提携汉节同生死，休问羝羊解乳不。

此诗写于范成大抵达金首都之次日，当他留宿燕山客馆听说金人可能拘留他时，在诗里表示决心以身报国，而将生死置之度外。这和他在《蔺相如墓》一诗中所写“兹行璧重身如叶，天日应临慕蔺心”，表示自己以国事为重，决心不辱使命是一致的。

范成大的使金绝句，几乎是以日记方式写的。每经一地，每遇一事，都有诗作记。他把沦陷区的风俗、人情、生活、古迹一一融入诗篇，既是宝贵的历史文献，又是北地人民痛苦生活的记录。七十二首绝句首首都表现出诗人炽热的爱国主义感情。因此清人潘德舆在《养一斋诗话》中说，这组诗达到了七绝诗的"至高之境"。

除使金绝句外，范成大前期还写有一些描写农民生活题材的诗。由于"少孤为客早"，他对于农民的生活是比较熟悉的。当时，南宋统治者妥协求和，每年必须向金国缴纳大量"岁贡"、"岁币"，这一沉重负担大部分都被转嫁到农民身上。广大农民所受的剥削极为惨重。范成大作为一个关心人民生活的诗人，曾效法唐代王建等诗人，以批判现实主义精神写出了《乐神曲》、《缫丝行》、《田家留客行》、《催租行》等。其中尤以《催租行》和《后催租行》最为深刻：

输租得钞官更催，踉跄里正敲门来。
手持文书杂嗔喜："我亦来营醉归耳！"
床头悭囊大如拳，扑破正有三百钱：
"不堪供君成一醉，聊复偿君草鞋费"。

老父田荒秋雨里，旧时高岸今江水。
佣耕犹自抱长饥，的知无力输租米。
自从乡官新上来，黄纸放尽白纸催。
卖衣得钱都纳却，病骨虽寒聊免缚。
去年衣尽到家口，大女临歧两分首。
今年次女已行媒，亦复驱将换升斗。
室中更有第三女，明年不怕催租苦！

这两首诗，把南宋时期官贪民穷、农村凋敝的景象写得入木三分。第一首《催租行》，不是写缴租之前，而是写缴租之后。农民已经输尽一切，里正却借故来索要酒钱。在无可奈何的情况下，农民只好把储在"扑满"里的散钱，送给他做"草鞋费"。这里不明写缴租，而写大小官吏对农民层层压榨之花样繁多。"手诗文书杂嗔喜，我亦来营醉归耳"，活脱脱地写出了里正的无耻嘴脸。"不堪供君成一醉，聊复偿君草鞋费。"虽写得十分轻松，但使人感到农民畏势周旋，其中杂有多少眼泪。第二首《后催租行》是直接写催租的。农民遭到水灾，田地荒芜，已无以为炊，更无力缴租，他只有典衣卖女。去年卖了长女，今年二女“亦复驱将换升斗”。最后一句“室中更有第三女，明年不怕催租苦”，则是“衣尽”人亦“尽”了。在这首诗里，农民的痛苦，官府的贪婪，被描写得淋漓尽致，字字都用血泪铸成。催租是封建统治者对农民进行剥削最直接的形式，多少农民为了缴租而弄得家破人亡。古代文学作品对此有过不少描写，但像范成大写得这样深刻，这样简练，这样动人的还不多见。

范成大在晚年退居石湖时写的《四时田园杂兴》六十首分“春日”、“晚春”、“夏日”、“秋日”、“冬日”五组。每组十二首。他在这组诗的小引中说：“淳熙丙午，沉疴少纾，复至石湖归隐，野外即事，辄书一绝。”其内容大致分为三个方面，一是写农村风景和生活场景。

土膏欲动雨频催，万草千花一饷开。
舍后荒畦犹绿秀，邻家鞭笋过墙来。

梅子金黄杏子肥，麦花雪白菜花稀。
日长篱落无人过，惟有蜻蜓蛱蝶飞。

社下烧钱鼓似雷，日斜扶得醉翁回。
青枝满地花狼藉，知是儿孙斗草来。

这些诗写景色、写风俗都十分细致，生动有趣。二是写农事的艰辛和欢乐。如：

新筑场泥镜面平，家家打稻趁霜晴。
笑歌声里轻雷动，一夜连枷响到明。

收获的喜悦和劳动的紧张、热烈的节奏融为一体。而“一夜连枷响到明”，又说明辛苦亦在其中。

昼出耘田夜绩麻，村庄儿女各当家。
童孙未解供耕织，也傍桑阴学种瓜。

这里描写男耕女织，各有所事。即使是小孩，也在预习农事，诗歌赞颂了农民的勤劳质朴。三是反映农民的艰难困苦。如：

采菱辛苦废犁锄，血指流丹鬼质枯。
无力买田聊种水，近来湖面亦收租！

垂成穑事苦艰难，忌雨嫌风更怯寒。
笺诉天公休掠剩，半偿私债半输官。

租船满载候开仓，粒粒如珠白似霜。
不惜两钟输一斛，尚赢糠覈饱儿郎。

诗中写农民无论在哪里求生，都躲不开沉重的租税负担，表现出诗人对农民的同情。

范成大的《四时田园杂兴六十首》不仅是他的代表作，也是宋代少有的优秀作品，因而使他获得“田园诗人”的称号。这些诗从多方面细致、深刻、集中地反映了农村的自然景象、社会面貌，尤其是生动地再现了农民的劳动生活和他们或喜或忧或怒或怨的生活感受。他对田园诗的写作有新的贡献。一是在素以表现恬静、闲适气氛为正宗的田园诗中，写农民劳作之苦，写农民生计的艰难，大大扩大、加深了田园诗的思想内容。二是能以素朴的语言、生动的细节描写，把上述内容表现得真切动人，大大丰富、提高了田园诗的表现技巧，以至明人称他表现农家生活之细微“虽老于犁锄者或不能及”。三是他把自己与农家融为一体，而不是旁观者的记叙和描摹，因而其诗真切感人，如农人自叙其事，自抒其情。

范成大兼善众文体，其词也写得颇有情致。他的得意之作如《南柯子》：

怅望梅花驿，凝情杜若洲。香云低处有高楼，可惜高楼不近木兰舟。　　缄素双鱼远，题红片叶秋。欲凭江水寄离愁，江已东流那肯更西流。

写离愁难寄之情，委婉清凄，似直而曲，接近晏几道、秦观之风。

范成大的文学成就和影响，前人曾有许多评论。杨万里《石湖先生大资参政范公文集序》云：“非文之难，兼之者难也。至于公，训诰具西汉之尔雅，赋篇有杜牧之深刻，骚词得楚人之幽婉，序山水则柳子厚，传任侠则太史迁、至于大篇决流，短章敛芒，缛而不酿，缩而不僒，清新妩丽，奄有鲍谢，奔逸隽伟，穷追太白。”此评颇有过誉之辞，但基本上还是指出了范诗的艺术特点和成就；也正因其师法多人，兼善众长，而于自己独特的风格就不甚突出，所以翁方纲《石洲诗话》说他“未为高格”。他的诗在当时就有盛名，“故落纸墨未及燥，士女万人已更传诵，被之乐府弦歌，或题写素屏团扇，更相赠遗”(见陆游《范待制诗集序》)。后世亦有诗家推崇他，如方回《至节前一日六首》云：“较似后山更平淡，一生爱诵石湖诗。”

第七章　陆　　游

第一节　陆游的生平和创作道路

陆游(1125—1210)，字务观，号放翁，越州山阴(今浙江绍兴)人。他的一生经历可分为三个阶段。

四十六岁前(1125—1170)，是他生活的第一阶段。宋徽宗宣和七年十月，陆游诞生于“淮(水)之湄”。不久，金人入侵，宋王朝南迁，中原大地陷于战乱之中。陆游在襁褓中随家流寓荥阳，接着开始逃难。陆游的父母携着他自中原“渡河、沿汴、涉淮、绝江、间关兵间”，逃回山阴。因此诗人对自己的童年，有“儿时万死避胡兵”，“我生学步逢丧乱”的回忆。

陆游出身于一个富有学术和文学气息的仕宦家庭。曾祖陆珪，祖父陆佃，父亲陆宰，都有经学或文学方面的著作。陆游青年时期，正当秦桧用事，南宋朝廷内部主战、主和斗争十分激烈的时候。父亲陆宰看到权奸误国，和一些朋友议论国事，常常痛哭流涕，食不下咽。据陆游后来的回忆：“某生于宣和末。……归山阴旧庐，则某少长矣。一时贤公卿与先君游者，每言及高庙盗环之寇，乾陵斧柏之忧，未尝不相与流涕哀恸。虽设食，率不下咽，引去。先君归，亦不复食也。”(《跋周侍郎奏稿》)“绍兴初，某甫成童，亲见当时士大夫相与言及国事，或裂眦嚼齿，或流涕痛哭，人人自期以杀身翊戴王室。虽丑裔方张，视之蔑如也。”(《跋傅给事帖》)家庭和前辈对国事的态度，自然强烈地震撼着年轻的陆游的心灵。他在二十岁时，便立下了“上马击狂胡，下马草军书”的英雄志愿。

大约二十岁时，陆游与舅舅的女儿唐婉结婚。婚后夫妇感情很好。偏偏他的母亲不喜欢唐婉，逼着陆游与她离婚。这件事给陆游带来很大痛苦。陆游的一生，始终未能从心头抹去这一浓密的阴影。直至他的晚年，还为悼念唐婉而写了《沈园》诗二首。

绍兴二十三年(1153)，陆游到临安去应进士试，被录取为第一。次年应考于礼部，又被主考官擢为卷首。当时秦桧的孙子秦埙也参加考试，位居第二。秦桧要以他的孙子为第一，不料被陆游占先，因而恨陆。再加以陆游不忘国耻，喜论恢复，竟被黜落，连考官也几乎取祸。陆游回到乡里，致力于诗歌创作，同时学习兵书和剑法，以图将来杀敌报国。

秦桧死后，至绍兴二十八年(1158)，陆游才得出任福州宁德县主簿。次年调到临安，担任敕令所删定官，负责编纂公布法令。1162 年宋孝宗即位，锐意恢复，朝中主战派稍稍抬头，陆游被任为枢密院编修兼编类圣政所检讨官，也就是为太上皇宋高宗赵构作“实录”。接着又因事惹起宋孝宗不满而被调出京城，任镇江府通判，后又调任隆兴通判。陆游在孝宗朝初期，曾积极支持抗战将领张浚北伐。北伐军失败后，主和派又占上风，与金签订“隆兴和议”。乾道三年(1167)，陆游以“交结台谏，鼓唱是非，力说张浚用兵”的罪名受到弹劾，免职还乡。自乾道三年至乾道六年，陆游在故乡山阴闲居。

陆游在爱国士大夫和“书香门第”的家庭长大，从小受到爱国主义和文学传统的双重教育。据《宋史·陆游传》说，他“年十二，能诗文”。十八岁那年，认识爱国诗人曾几，从曾几学诗。后来，他在《追怀曾文清台呈赵教授，赵近尝示诗》中写道：

忆在茶山听说诗，亲从夜半得玄机。
常忧老死无人付，不料穷荒见此奇。
律令合时方帖妥，工夫深处却平夷。
人间可恨知多少，不及同君叩老师。

“茶山”指曾几，其号为“茶山居士”。他从曾几那里不仅受到了爱国思想的熏陶，也学到了一些诗歌创作技法，所以陆游诗与江西派诗有着一定的渊源关系，他从中吸收了重视艺术创新的法度，但由于他有广阔的社会生活经历和为国立业的志气，自然突破了江西派狭窄的创作道路，成了集各派之大成的大诗家。

这一时期里，陆游诗歌的爱国主义基调已很明显，写过《游山西村》、

《霜风》等一类的名篇。但总的说来，由于阅历不多，缺乏实际生活的经验，写诗多注意艺术技巧，多因袭前人。“我初学诗日，但欲工藻绘”(《示子遹》)；“我昔学诗未有得，残余未免从人乞”(《九月一日夜读诗稿有感走笔作歌》)，这是他后来对这段时期诗歌创作的检讨。

宋孝宗乾道六年(1170)到淳熙十六年(1189)，陆游从四十六岁到六十五岁，是他生活的第二阶段。乾道五年，陆游被任命为夔州(今四川奉节)通判，次年闰五月自山阴启程赴任，于年底到达夔州。“道路半年行不到，江山万里看无穷”，陆游沿途经过苏州、黄州、江陵、三峡，饱赏了雄伟壮丽的大自然美景，游览了许多名胜古迹。这一百六十日旅途所见，逐日载入他的《入蜀记》中，并写下了《黄州》、《入瞿唐登白帝庙》等观景怀古诗。乾道八年，四川宣抚使王炎招请陆游入幕，任干办公事兼检法官。那时四川宣抚使司设在南郑。陆游从夔州调到南郑，也就是从后方调到前方。王炎又是一个有抱负、主张抗战的大臣。陆游带着兴奋的心情到达任所。他的生命展开了光辉的一面。他积极参赞军务，主张从关中进军，恢复中原。他热情地巡视边防，参加练兵。他喜欢军中那豪迈活跃的生活，欣赏赛马踢球。他还积极锻炼自己的勇敢精神，与敌人打过遭遇战，在雪中刺杀过老虎。生活情调是多么豪迈，收复故土的希望是多么强烈。后来，他回忆这段军中生活还情不自禁地写道：“投笔书生古来有，从军乐事世间无!”

正当陆游热心于参加北伐收复中原的时候，积极准备抗金的四川宣抚使王炎突然被召回临安。这自然是朝廷无意抗战的表现。陆游也从南郑前线回到成都，担任成都府安抚司参议官。他在南郑不到一年，报国的希望随着离开前线而归于破灭。当他像古代那些诗人一样骑着驴子在回成都途中经过剑门关时，心情暗淡而抑郁。他写了一首《剑门道中遇微雨》诗曰：

衣上征尘杂酒痕，远游无处不消魂。
此身合是诗人未？细雨骑驴入剑门。

他在这里有一种学剑不成转学诗的慨叹。难道自己真的只是做诗的材料，而不能杀敌戍边尽忠报国吗？从剑门关向南，他一路上作了不少诗，抒发了自己壮志未酬的感慨。如《三月十七日夜醉中作》：

前年脍鲸东海上，白浪如山寄豪壮。
去年射虎南山秋，夜归急雪满貂裘。

今年摧颓最堪笑，华发苍颜羞自照。
谁知得酒尚能狂，脱帽向人时大叫。
逆胡未灭心未平，孤剑床头铿有声。
破驿梦回灯欲死，打窗风雨正三更。

淳熙二年(1175)，范成大以四川制置使的身份到成都，陆游为参议官。两位诗人是多年老友，范成大并不以幕僚看待他。然而，他却被人讥为“恃酒颓放”，于淳熙三年受到免职的处分。对于这一罪名，陆游称之为“流俗之见排，加以罪其无辞”，干脆自号为“放翁”。从此以后，别人也称他为放翁了。淳熙五年，陆游应召返临安，结束了在四川的八年生活。后来，他陆续在福建建安、江西抚州、浙江严州等地做地方官。在抚州，因水灾，他开仓赈救灾民而被弹劾，以“擅自开仓”罪而被罢官，后回山阴闲居五年多，淳熙十三年春才被任命为严州知事，后入朝作军器少监。终因他力主抗战，又被责以“嘲咏风月”的罪名罢黜。他对这一罪名十分蔑视，“既还山，遂以风月名小轩”，且作绝句：“扁舟又向镜中行，小草清诗取次成。放逐尚非余子比，清风明月入台评。”陆游这次被罢官，事在淳熙十六年冬天，诗人已是六十五岁了。

陆游生活的第二阶段，是他一生中最重要的时期，也是他的诗歌创作的丰收时期。当他入川，特别是到达南郑以后，接触到丰富多彩的军队生活，满怀着为国立功的理想，怀着胜利可期的前景，他的爱国主义情绪，他的浪漫主义想象一起迸发了。他不再满足于过去着重于“工藻绘”、“用典故”、“讲对仗”的作诗方法，而要求以此合理地运用来表现他的理想与生活。于是诗风为之一变。他在离开南郑二十年后，曾追述这一转变的过程，写成《九月一日夜读诗稿有感走笔作歌》：

我昔学诗未有得，残余未免从人乞。
力孱气馁心自知，妄取虚名有惭色。
四十从戎驻南郑，酣宴军中夜连日。
打球筑场一千步，阅马列厩三万匹。
华灯纵博声满楼，宝钗艳舞光照席。
琵琶弦急冰雹乱，羯鼓手匀风雨疾。
诗家三昧忽见前，屈贾在眼元历历。
天机云锦用在我，剪裁妙处非刀尺。
世间才杰固不乏，秋毫未合天地隔。

放翁老死何足论？广陵散绝还堪惜。

在这首诗里，陆游与其说是彻底否定自己的过去，不如说是有意要把艺术技巧和表现生活结合起来。从南郑时开始，陆游不仅按照这个原则来做诗，也按照这个原则来删定过去的诗稿。当他六十六岁在严州任内选定诗稿时，他把自己四十二岁以前写的一万八千多首诗删得只留下九十四首，就是根据这个标准来判定的。

从宋光宗绍熙元年(1190)到宋宁宗嘉定三年(1210)，陆游从六十八岁到八十六岁逝世止，是他生活的第三阶段。在这一阶段，陆游除了短期在杭州主修孝宗、光宗实录以外，基本上是在山阴三山故居度过的。二十多年的罢官家居，使得陆游和人民接近了。他“身杂老农间”，还参加一些农事活动。“夜半起饭牛，北斗垂大荒”，“说与应门谢来客，要乘微雨理蔬畦”，就是相关的诗咏。诗人还常常向农民送药，为农民治病，救活了不少贫苦的农民。农民为了感谢他，生儿就以他的姓作为孩子的名字，“共说向来曾活我，生儿多以陆为名”。由于诗人和农民的接近，他的诗歌内容发生了变化。这二十年间他写了七千多首诗，其中大部分是反映农民生活，描写农村风光的。他的诗风也日趋平淡。诗人自己说：“年来诗料别，满眼是桑麻”，“诸君试取吾诗看，何异前身与后身”。尽管这一阶段诗的内容与风格较前期有所变化，然而作为一个关注现实的爱国者，陆游始终没有忘记恢复中原的事。他身处垂暮之年，但日思夜梦的还是希望能为国出征。如《十一月四日风雨大作》其二：

僵卧孤村不自哀，尚思为国戍轮台。
夜阑卧听风吹雨，铁马冰河入梦来。

此时，诗人已是古稀之年，但为国效力的壮志却未曾泯灭。甚至有到八十六岁临死之前，还写下了千古不朽的《示儿》诗：

死去原知万事空，但悲不见九州同。
王师北定中原日，家祭无忘告乃翁。

“北定中原”是他一生中最大的希望，是他至死不能忘怀的事业，也是他创作的主要动力。

第二节　陆游作品的思想内容

陆游从青年时开始做诗，直到八十多岁高龄还是“无诗三日却堪忧”。他在诗歌领域辛勤持久的劳动，凝成上万首诗。尽管有散失，现存诗尚有九千三百余首，堪称我国文学史上创作最丰富的一位诗人。

陆游的诗作中，有一条贯穿始终的主题，就是“言征伐恢复事”。自从南宋小朝廷偏安江左以后，对待抗金复国大业的态度，是主战派与主和派反复斗争的焦点，是衡量前进与倒退、投降与反投降的标尺。“言征伐恢复事”是广大人民也是爱国士大夫的共同呼声。因此也可以说，它是一种进步的时代精神，影响到当时每一个人的思想、感情、道德和行为。南宋诗人、词人几乎没有谁可以避开这个主题，无不从某一方面对它作出这样或那样的反应。但是，在诗歌里最集中地反映这个主题，喊出时代最强音的是陆游。

陆游的爱国精神强烈而又持久，贯彻始终，坚定不移。他既以诗歌来进行呐喊，更希望手执武器直接参加收复中原的战斗。比较起来，他宁愿首先做一个战士，然后才做一个诗人。他要“上马击贼”，“慷慨欲忘身”；他要“拥马横戈”，“手枭逆贼清旧京”。他早年所写《夜读兵书》里，就表示了自己的决心：“平生万里心，执戈王前驱。战死士所有，耻复守妻孥。”他愿意牺牲自己，牺牲家庭，为国捐躯，视死如归。他的这种志愿，至老不衰，至死不泯。他在八十二岁时写的《老马行》里还发出了“一闻战鼓意气生，犹能为国平燕赵”的呼声。

他的《金错刀行》写道：

黄金错刀白玉装，夜穿窗扉出光芒。
丈夫五十功未立，提刀独立顾八荒。
京华结交尽奇士，意气相期共生死。
千年史策耻无名，一片丹心报天子。
尔来从军天汉滨，南山晓雪玉嶙峋。
呜呼，楚虽三户能亡秦，岂有堂堂中国空无人！

这首诗是陆游从南郑前线回到嘉州后写的。当他从前线调回成都时，因为光复国土的雄心壮志受到挫折，曾经有过一段时期的失望和抑郁，写出了《醉中感怀》等诗，表达了壮志难酬，身心憔悴的悲愤。这首《金错刀行》借宝刀寓志，表明诗人为国立功的志愿始终未衰；还有许多同道，愿意报效祖国而誓同生死。诗末以楚三户亡秦的民谣，表达自己对于光复必胜的坚强信心。

无论在沉醉中，在睡梦中，在老病中；无论是感春，还是悲秋；无论是吊古，还是感事，他都念念不忘于光复中原的大业。他读唐人诗，见其中多赋烽火，就写道："何时复关中，却照甘泉殿！"他在《楼上醉书》里抒写志气道："丈夫不虚生世间，本意灭虏收河山。"他在病中的感兴是："我发日益白，病骸宁久存？常恐先狗马，不见清中原！"他曾"梦从大驾亲征，尽复汉唐故地"。他的悲哀是"常恐埋山丘，不得委锋镝"。总之，陆游的一切无不联系到"征伐恢复"。他与广大人民同呼吸，共命运，强烈的爱国主义感情燃烧在每一行诗句里。

陆游以无限的同情描写了北方沦陷区人民对于"征伐恢复"的渴望，喊出了他们遭受痛苦而热望统一的心声。如《观长安城图》：

许国虽坚鬓先斑，山南经岁望南山。
横戈上马嗟心在，穿堑环城笑虏孱。
日暮风烟传陇上，秋高刁斗落云间。
三秦父老应惆怅，不见王师出散关。

诗中抒发了自己以身许国的壮志和北方人民盼望王师而未见的惆怅。又如他在《题海首座侠客像》写道："赵魏胡尘千丈黄，遗民膏血饱豺狼"，描绘出金人残酷榨取汉族人民的景象。"三万里河东入海，五千仞岳上摩天。遗民泪尽胡尘里，南望王师又一年"(《秋夜将晓，出篱门迎凉有感》)，则传达了沦陷区人民盼望南宋军队恢复国土的心情。

遗民渴望"征伐恢复"，而"征伐恢复"年年不至。是谁在破坏抗战统一的事业？是谁在阻碍征伐恢复的实现？陆游从年轻时就从亲友和老师那里认识到了投降派的无耻和统治者的无情。他的一生不断受到投降派的打击和排挤，更使他加深了对投降派的认识。因此每当他写到沦陷区人民的痛苦与希望时，总不忘记将批判的锋芒指向投降求和的卖国者与只图苟安、怯懦无能的统治者。如《夜读范致能〈揽辔录〉，言中原父老见使者多挥涕，感其事，作绝句》：

公卿有党排宗泽，帷幄无人用岳飞。
遗老不应知此恨，亦逢汉节解沾衣。

《揽辔录》是范成大的使金日记，记载了北方人民的痛苦生活和他们对南宋使节的感情。陆游在诗中发出了这样的感慨：朝廷里的汉奸卖国集团，打击迫害像宗泽、岳飞这样积极抗战的名将，沦陷区人民因此而长期遭受金人铁蹄的蹂躏。遗民不知道这些可恨之事，只知道对南宋使者频频地流下眼泪！他的另一首《纵笔》云：

故国吾宗庙，群胡我寇仇。但应坚此念，宁假用它谋！
望驾遗民老，忘兵志士忧。何时闻遣将，往护北平秋？

诗中，作者指出不要忘记沦陷的国土和人民，应该牢记侵略者是我们誓不两立的敌人，投降派屈膝求和破坏抗战的行为应该制止。他在《醉歌》里，愤怒谴责了一心妥协求和，偏安一隅，苟安于残山剩水，视沦陷的中原为异域的投降派，抒发了自己对此的强烈愤慨。他更明确地写道：

读书三万卷，仕宦皆束阁。学剑四十年，虏血未染锷。
不得为长虹，万丈扫寥廓。又不为疾风，六月送飞雹。
战马死槽枥，公卿守和约。穷边指淮淝，异域视京洛。
於乎此何心，有酒吾忍酌？平生为衣食，敛版靴两脚。
心虽了是非，口不给唯诺。如今老且病，鬓秃牙齿落。
仰天少吐气，饿死实差乐。壮心埋不朽，千载犹可作。

他多次指责朝廷委曲求和的错误：“生逢和亲最可伤，岁辇金絮输胡羌。”(《陇头水》)“和亲自古非长策，谁与朝家共此忧?”(《估客有自蔡州来者，感怅弥日》)在这些诗中，作者借历史上的“和亲”批判了南宋政府的投降政策，诗句中隐含着无穷的忧虑。

陆游这种“扫胡尘”、“靖国难”、“反和议”的爱国主义精神在许多诗中都有表现。《关山月》可算最富于代表性的：

和戎诏下十五年，将军不战空临边。
朱门沉沉按歌舞，厩马肥死弓断弦。
戍楼刁斗催落月，三十从军今白发。
笛里谁知壮士心？沙头空照征人骨。
中原干戈古亦闻，岂有逆胡传子孙？
遗民忍死望恢复，几处今宵垂泪痕！

诗中逐层地分别写到朝中的公卿、战士、敌人、遗民，接触到矛盾的各个方面。陆游认为，造成这种分裂局面的根本原因，最主要的还是统治者的屈膝求和。

陆游写了许多感时书愤的诗来表达自己的忧国之情。他的《病起书怀》诗道：

病骨支离纱帽宽，孤臣万里客江干。
位卑未敢忘忧国，事定犹须待阖棺。
天地神灵扶庙社，京华父老望和銮。
《出师》一表通今古，夜半挑灯更细看。

另一首《书愤》又写道：

早岁那知世事艰，中原北望气如山。
楼船夜雪瓜州渡，铁马秋风大散关。
塞上长城空自许，镜中衰鬓已先斑。
《出师》一表真名世，千载谁堪伯仲间。

这两首诗，一首是1176年在成都写的，一首是1186年在山阴作的。但是他书写的怀抱与悲愤始终一样，那就是报国无门，既病且老，消磨了大好青春。他在两首诗里都提到诸葛亮的《出师表》，说明他的心情与坚持北伐曹魏的诸葛亮是多么一致，诸葛亮多次率师北伐的行动怎样强烈地引起他的共鸣。陆游书叹、书怀、书愤的诗不少，正如他自己所说，“深仇积愤在逆胡”。他感病、伤老、病酒、悲秋，不只是有关于个人的穷通，而都与抗金复国有关。因此，他的悲愤是一种深沉的爱国主义情感。

陆游另外的一些诗歌则反映了农民的劳动生活和他们的痛苦。如《农家叹》：

有山皆种麦，有水皆种粳。牛领疮见骨，叱叱犹夜耕。
竭力事本业，所愿乐太平。门前谁剥啄？县吏征租声。
一身入县庭，日夜穷笞搒。人孰不惮死？自计无由生。
还家欲具说，恐伤父母情。老人倘得食，妻子鸿毛轻。

陆游热爱人民，他的一生有不少时间是在农村度过的。他亲自参加过劳动，和农民有直接交往，对农民的疾苦有着深刻的体会。他认为农民生活的困苦，主要是来自官吏们无止境的诛求。《农家叹》所写的，是农民没日没夜的劳动，是县吏无穷无尽的剥削，是农民养不活父母妻子的痛苦。陆游认为“今日之患，莫大于民贫；救民之贫，莫先于轻赋”。南宋时期，统治者要从农民身上榨取财物以维持自己纸醉金迷的生活，还要横征暴敛作为岁币以孝敬北方的金人。层层剥削、层层负担都加在农民身上，是造成农民痛苦的根源。所以陆游说：“有司或苛取，兼并亦豪夺。正如横江网，一举孰能脱！”(《书叹》)正由于这种密如罗网的盘剥，农民只得逃亡他乡，到处是一片凋敝的景象。“县吏亭长如饿狼，妇女怖死儿童僵”、“豪吞暗蚀皆逃去，窥户无人草满庐”，就是这种形象的描写。

诗人还以热情的笔触抒写了自己与农民的诚挚感情，歌颂了农民的纯朴品质和农村的淳厚风俗。著名的《游山西村》写道：

莫笑农家腊酒浑，丰年留客足鸡豚。
山重水复疑无路，柳暗花明又一村。
萧鼓追随春社近，衣冠简朴古风存。
从今若许闲乘月，拄杖无时夜叩门。

诗中首先写农民好客的热情，次写农村的风光及风俗，最后写自己和农民的友谊，表现出诗人对农村生活的热爱。陆游到晚年一直保持着和农民的亲密关系。“耕佣蚕妇共欣然，得见先生定有年。扫洒门庭拂床几，瓦盆盛酒荐豚肩。”(《山村经行因施药》)这是陆游晚年闲居山阴所作。他为农民施药治病，农民报以“村巷欢欣夹道迎”，彼此之间有着深厚的情谊。“野人知我出门稀，男辍锄耰女下机。掘得茈菇炊正熟，一杯苦劝护寒归。”(《东村》)诗中写诗人出门，受到农夫织女的热烈欢迎。临别之时，农民劝诗人一定喝一杯酒取暖，免得归途受寒。陆游还向农民学习农事，“行遍天涯千万里，却从邻父学春耕”。他在《识愧》中则写道：

几年羸疾卧家山，牧竖樵夫日往还。
至论本求编简上，忠言乃在里闾间。
私忧骄虏心常折，念报明时涕每潸。
寸禄不沾能及此，细听只益厚吾颜。

陆游在与“牧竖樵夫”的接触中，发现这些“寸禄不沾”的普通民众，为金兵横行而忧虑难过，念及报效国家竟至涕泪交流。他从人民身上汲取了爱国主义的感情和力量，得出“忠言乃在里闾间”的结论。这也说明代人民立言的诗人，从人民那里得到了极大的教育与支持。

陆游的诗，除了“忧国复忧民”外，还描写了自然景物、山川形胜之美以及个人的生活情趣，表现出对美好事物的追求与向往。正如清赵翼所谓“凡一草一木，一鱼一鸟，无不剪裁入诗”(《瓯北诗话》)。如《梅花绝句》二首：

幽谷那堪更北枝，年年自分着花迟。
离标逸韵君知否，正在层冰积雪时。

闻道梅花坼晓风，雪堆遍满四山中。
何方可化身千亿，一树梅花一放翁。

作者对梅花情有独钟，他赞颂了梅花不畏严寒、高标逸韵的崇高气节，诗人的个性亦在其中。又如《孤云》：

四十年来住此山，入朝无补又东还。
倚栏莫怪多时立，为爱孤云尽日闲。

这三首诗对于吟咏的对象并未作细致的描绘，却引起人们浓郁的诗兴。这主要是由于诗人把自己独特的感情注入于景物之中。梅花一向被认为是高洁的象征。有的诗人描写它的“暗香”“疏影”，有的诗人歌唱它的“雪姿”“冰容”。而陆游却以奇特的观察和想象，突出了梅花的高标逸韵，幻想自己化成千亿身，“一树梅花一放翁”。这里，寄寓了他与“雪虐风饕愈凛然，花中气节最高坚”、“零落成泥碾作尘，只有香如故”的梅花精神的相通和相应。《孤云》是作者晚年奉诏赴杭州修国史而在次年返回山阴时写的。他没有直接地描写孤云，却写了自己倚栏立多时的身影。在孤云的形象里，浸透了诗人孤寂与愤慨的感情。

陆游的景物诗，大都是借景写情，因情及景，所以给人的感受特深。又如《临安春雨初霁》：

世味年来薄似纱，谁令骑马客京华？
小楼一夜听春雨，深巷明朝卖杏花。

矮纸斜行闲作草，晴窗细乳戏分茶。
素衣莫起风尘叹，犹及清明可到家。

这首诗是陆游在淳熙十三年(1186)从山阴故乡奉召到京城临安觐见时写的。诗的首二句即对京城世态淡薄的情形表示不满，并后悔自己不该到这样的地方来。“小楼”一联写出了江南浓郁的春天的气息。“矮纸”一联则写出作者闲极无事的情状。最后抒发他急于摆脱这种环境，而希望赶快回到自己家乡去的心情。在这些描写中，寄寓了作者对当权者的失望和对官场的厌倦，曲折地透露了他的爱国抱负无从施展的惆怅。

陆游为数不多的几首爱情诗，也是感人至深的。如《沈园》二首：

城上斜阳画角哀，沈园非复旧池台。
伤心桥下春波绿，曾是惊鸿照影来。

梦断香消四十年，沈园柳老不吹绵。
此身行作稽山土，犹吊遗踪一泫然！

这两首诗作于1199年，陆游已是七十五岁。他始终不能忘怀被迫离异的前妻唐婉，不能忘记多年前在沈园和唐婉的邂逅相逢。这许多年来，沈园有了巨大的变化，而唐婉早已因为这次婚姻悲剧抑郁而死。可是作者对沈园的回忆是无时不有的。他在八十一岁还写了梦游沈园的诗。他对于这桩不幸的婚姻可以说是抱憾终生。他对于爱情的忠实和执著使得他的《沈园》诗千古传诵。

陆游像南宋许多作家一样，既善诗，又善词。陆游的词现存一百四十余首，风格在婉约与豪放之间。因其以诗为主，词为诗余；况且他没有着意学习某派某家，所以他的词呈现多种艺术风格，抒爱国之情近豪放，写儿女之情近婉约。前人曾说他超爽豪放似辛弃疾，雄慨旷达似苏轼，纤丽秀美像秦观。《四库全书·总目提要·放翁词》云：

杨慎《词品》则谓其纤丽处似淮海，雄快处似东坡。平心而论，游之本意，盖欲驿骑于二家之间，故奄有其胜，而皆不能造其极。要之诗人之言，终为近雅，与词人之冶荡有殊。其短其长，故具在是也。

这一看法是符合陆词实际的，他的豪放遒劲、逋峭沉郁之作。如《诉衷情》：

当年万里觅封侯，匹马戍梁州。关河梦断何处，尘暗旧貂裘。胡未灭，鬓先秋，泪空流。此生谁料，心在天山，身老沧州。

全词以沉郁的笔调，抒写诗人对国事的忧虑和壮志未酬的感慨。又如《卜算子·咏梅》：

驿外断桥边，寂寞开无主。已是黄昏独自愁，更著风和雨。　　无意苦争春，一任群芳妒。零落成泥碾作尘，只有如香故。

以“扫除陈言，独树新态”的艺术构思写出了梅花不怕风雨、不怕寂寞、不怕零落、不怕猜忌的孤高品质。

《钗头凤》也是陆游词中的名篇：

红酥手，黄滕酒，满城春色宫墙柳。东风恶，欢情薄，一怀愁绪，几年离索。错，错，错！　　春如旧，人空瘦，泪痕红浥鲛绡透。桃花落，闲池阁，山盟虽在，锦书难托。莫，莫，莫！

这首词和《沈园》诗一样，是为怀念唐婉而作，是他与唐婉被迫分离未久又在沈园见面时写的。词的情调凄惋悲愤，客观上是对封建礼教的控诉。

又如《鹧鸪天》：

懒向青门学种瓜，只将渔钓送年华，双双新燕飞春岸，片片轻鸥落晚沙。　　歌缥缈，橹呕哑，酒如清露鲊如花。逢人问道归何处，笑指船儿此是家。

此词写于第一次免职归家初期，作者抛却了仕途挫折的郁懑，以清新明朗的笔墨抒发了自己热爱生活、孤标傲世的自豪之感。在这种旷达潇洒的文字里，又深藏着作者对现实的不满。

陆游不仅是诗人、词人，也是著名的散文作家。他的《南唐书》是一部有重大政治意义的作品。《老学庵笔记》则收集了他的政论和文评。《入蜀记》是他乾道六年(1170)入蜀的旅行日记，书中对沿途见闻和景色作了生动的记录和描写。另外，在他的《渭南文集》里，还有一些骈体文，也写得十分精到。以诗人名世的陆游，其实是众体兼备思想内容极其丰富的大作家。

第三节 陆游诗歌的艺术成就

陆游以大量诗歌创作，从各方面反映了南宋时期广阔的社会生活，表现了各种各样的社会矛盾，抒发了丰富多彩的个人情怀，因而有人把他比作杜甫，他的诗也有“诗史”之誉。同时，他的诗以激烈的感情，高亢的声音表达了人们的抗金要求，唱出了时代的最强音。这又给他赢得了“小李白”的美名。这些评价表明，陆游的诗歌既继承了现实主义的传统，又具有浪漫主义的色调。

陆游是我国古典诗歌的集大成者，他继承和学习了从《诗经》到同代作家的优秀成果，融诸家之美于一身，形成了他诗歌显著的艺术特色。

第一，他兼工众体，风格多样。陆诗中古体、近体、歌行都达到了精工地步，这是宋代其他诗家所不及的。特别是他以律诗见长，陈讦《剑南诗选题词》说：“放翁一生精力，尽于七律，故全集所载，最多最佳。古诗稍有松处，然至其精彩发露，自斑剥可爱。”

如果仔细分析，陆游有不少诗作和杜甫夔州以后的作品很相近。他常常用七言律诗的形式，以高度概括的手法，反映时事，批评朝政，抒发积愤，具有沉郁苍劲、感慨悲凉的风格。如《夜泊水村》：

腰间羽箭久凋零，太息燕然未勒铭。
老子犹堪绝大漠，诸君何至泣新亭？
一身报国有万死，双鬓向人无再青。
记取江湖泊船处，卧闻新雁落寒汀。

全诗很少具体的描写和细致的刻画，而是以高度概括和凝练的语言表达深沉的爱国之情。全诗内容丰厚，既悲且壮，格律精严，明显地继承了杜诗的传统。

陆游的七言古体诗中，也有不少篇章以挥洒豪放的风格、炽热的情调来抒写他的爱国理想，又与李白的浪漫主义十分接近。如《出塞曲》：

佩刀一刺山为开，壮士大呼城为摧。
三军甲马不知数，但见动地银山来。
长戈逐虎祁连北，马前曳来血丹臆。
却回射雁鸭绿江，箭飞雁起连云黑。

清泉茂草下程时，野帐牛肉争淋漓。
不学京都贵公子，唾壶麈尾事儿嬉。

这首诗通篇都是想象。诗人恢复中原的理想在这里变成出兵塞外、攻克敌城的具体场面。“佩刀一刺山为开，壮士大呼城为摧”，何等英雄豪迈！“三军甲马不知数，但见动地银山来”，何等威武雄壮！其他如行军射猎、野帐酣饮，都具有豪壮的气势。诗人在现实生活中无法实现的理想在幻想中得到了最充分、最强烈的表现。由于理想在现实生活中一再遭受挫折，他常常借助于梦境、醉歌、想象来寄托情志。如《醉歌》：

我饮江楼上，栏干四面空。手把白玉船，身游水精宫。
方我吸酒时，江山入胸中。肺肝生崔嵬，吐出为长虹。

诗以夸张、幻想的笔法抒写内心不平的气势，大有气吞河岳、神游天外之概。又如《对酒叹》：“我欲北临黄河观禹功，犬羊腥羶尘漠漠；又欲南适苍梧吊虞舜，九嶷难寻眇联络……”又有千回万转、上下求索之意。陆游的这类诗篇在形式上往往采用七古的体裁，取其篇章、字句长短不拘，平仄较少束缚的优点，来抒写他的不可抑止的感情和忧国忧民的怀抱。

杨万里评陆游的诗：“重寻子美行程旧，尽拾灵均怨句新”，说明陆游继承了现实主义和浪漫主义两方面的传统。就其浪漫主义来说，他的诗不如李白那样汪洋恣肆、千汇万状。就其现实主义来说，他的诗不如杜甫那样精严、深刻、凝重。然而，陆游有着自己的特点。他的诗多将二者结合在一起。在对现实的描绘中，闪烁着理想的光芒；在热情激动的呼号中，表现出对现实社会的关注；融杜甫的雄浑和李白的奔放于一体。如《题醉中所作草书卷后》：

胸中磊落藏五兵，欲试无路空峥嵘。
酒为旗鼓笔刀槊，势从天落银河倾。
端溪石池浓作墨，烛光相射飞纵横。
须臾收卷复把酒，如见万里烟尘清。
丈夫身在要有立，逆虏运尽行当平。
何时夜出五原塞，不闻人语闻鞭声？

这首诗写酒醒时题醉中书卷的感慨。这就给作者一个无拘束地抒发感情和清醒地描写理想的两个方面的可能性。陆游在诗中把醉时草书与奋勇杀敌的气势、心情结合起来。酒助笔威，笔顺酒势。“势从天落银河倾”、“烛光相射飞纵横”，写字如作战，显得何等酣畅淋漓！他又把醒时题诗与理想的抒发联系在一起。由于醉中草书，书尽了平虏意，因此当“须臾收卷复把酒，如见万里烟尘清”之后，又有一种壮志难酬的悲愤涌上心头。“何时夜出五原塞，不闻人语闻鞭声”，也就是渴望北伐中原、收复失地的一天早日到来。全诗以爱国主义理想为基调，既有豪放不羁的想象，又深蕴着现实的情感，既沉着又奔放，浑然一体。这就是陆游自己的风格。

作为一个杰出的大诗人，陆游善于吸取前辈诗人的艺术经验。他不仅继承李白、杜甫的创作精神，也从陶渊明、梅尧臣那里学习平淡自然的诗风，又效法白居易诗歌语言的简洁平易与婉转流畅。他年轻时从江西派诗人曾几学诗。曾几告诉他“文章切忌参死句”，他因此能出自江西而不限于江西。陆游喜欢学习，而又善于学习，博采诸家之长而自成一体。这正如他自己所说：“文章最忌百家衣，火龙黼黻世不知。谁能养气塞天地，吐出自足成虹蜺。”(《和杨伯子主簿见赠》)他除了向传统学习外，又特别注意从现实生活里吸取诗材。“君诗妙处吾能识，正在山程水驿中”(《题庐陵肖彦毓秀才诗卷后》)，“汝果欲学诗，工夫在诗外”(《示子遹》)，“纸上得来终觉浅，绝知此事要躬行”(《冬读书示子聿》)，都说明了实践的重要性。

第二，情真意切、感染力强。陆游忧国忧民之心，形于笔端，感情真切，毫无虚假浮夸之辞。他的人品和诗品一致，无论是政治时事诗，还是闲适田园诗和情爱诗，都是发自内心深处，所以感染力特别强。《唐宋诗醇》中说：“观游之生平，有与杜甫类者，少历兵间，晚棲农田，中间浮沉中外，在蜀之日颇多，其感激悲愤，忠君爱国之诚，一寓于诗。酒酣耳热，跌宕淋漓，至于渔舟樵径，茶碗炉熏，或雨或晴，一草一木，莫不著为歌咏，以寄其意，此与杜甫之诗何以异哉。”方回在《南湖集序》里曾以“豪荡丰腴”来评陆诗的艺术风格。豪荡可理解为心怀坦荡，悲喜爱怨，一吐为快，口无遮拦；丰腴可说指内涵充实，感情深厚丰富。有了外在的豪荡和内在的丰腴，便给人一种真善美的艺术享受，从而动人心弦，引起共鸣。作品有了这种真情，就如屋之有梁柱，人之有灵魂，不同于西昆、江西派某些诗人，如泥塑美人，徒有外表而已。读陆游《书愤》、《关山月》、《诉衷情》、《沈园》、《示儿》众多诗篇，莫不感人甚深。

第三，意境清新，语言畅达。陆游的诗，内容丰富，情感浓郁，所形成的意境，也是缤纷多彩的。如《秋声》：

人言悲秋难为情，我喜枕上闻秋声。
快鹰下鞲爪觜健，壮士抚剑精神生。
我亦奋迅起衰病，唾手便有擒胡兴。
弦开雁落诗亦成，笔力未饶弓力劲。
五原草枯苜蓿空，青海萧萧风卷蓬。
草罢捷书重上马，却从鸾驾下辽东。

作者夜听秋声，精神振奋，塑造了一幅惊心动魄的战斗场面，气氛肃杀，意境壮阔。又如《五月十一日夜且半，梦从大驾亲征，尽复汉唐故地，见城邑人物繁丽，云西凉府也。喜甚，马上作长句，未终篇而觉，乃足成之》：

天宝胡兵陷两京，北庭安西无汉营。
五百年间置不问，圣主下诏初亲征。
熊罴百万从鸾驾，故地不劳传檄下。
筑城绝塞进新图，排仗行营宣大赦。
冈峦极目汉山川，文书初用淳熙年。
驾前六军错锦绣，秋风角鼓声满天。
苜蓿峰前尽亭障，平安火在交河上。
凉州女儿满高楼，梳头已学京都样。

诗人在现实中难以实现的壮志和愿望，往往借梦而成，故陆诗里写梦的甚多。此诗中洋溢着复兴故国的激情和庆祝，北伐胜利的喜悦，境界气势豪迈。而结尾二句，出人意料地变为细腻温柔的画面，是何等妙笔。

在他的田园景物诗里，又是一种明丽轻快的意境。如《九月三日泛舟湖中作》：

儿童随笑放翁狂，又向湖边上野航。
鱼市人家满斜日，菊花天气近新霜。
重重红树秋山晚，猎猎青帘社酒香。
邻曲莫辞同一醉，十年客里过重阳。

诗中秋日清丽的景色和作者愉悦的心情水乳相融，读之心旷神怡。

陆诗的语言自然简洁，辞浅意深，浑然天成，不假雕饰。朱熹《答徐载叔赓》云："初不见其著意用力处，而语意超然，自是不凡，令人三叹不能自已。”刘熙载《艺概》也说：“放翁诗明白如话，然浅中有深，平中有奇，故足令人咀味。”这种艺术语言，也正是宋代诗文革新运动精神的继承和发扬光大。

说陆游的诗自然天成并不是说他不注重锤炼，相反，他学习了江西派注重法度、讲究修辞的优点，克服了其脱离社会生活和过分追求形式的缺陷，正确处理了内容与形式、继承与创新、生活与写作、读书与运用以及语言的自然与工巧的关系，有了自己独到的创作理论和实践经验。他在《九月一日夜读诗稿有感走笔作歌》中，描述了自己三十多年来学诗的体会。“诗家三昧忽见前，屈贾在眼元历历。天机云锦用在我，剪裁妙处非刀尺。”所谓剪裁，自然是指对诗歌的制作和锤炼。在《子聿入城》诗中，他说：“诗家忌草草，得句未须成。”在《晨起偶得五字戏题稿后》也说：“有得忌轻出，微瑕须细评。”可见，陆游并不以轻率态度写诗。有人批评陆游诗语意多重复，有的诗有句无篇，有的诗过于直白率露，抒情缺乏具体细微的个性挖掘，比起杜甫诗来，精严凝重不足，这是符合事实的。这与他求多求快、感情激动、灵感爆发时信笔疾书有关，所谓“大行不顾细谨”，造成如此不足之处也是可以理解的。多产的作家总有些作品是精品，也有的是次品，甚至废品，实属正常。何况陆游生活在山河破碎之际，戎马倥偬之中，写出近万首诗来，实属巨擘雄才。他为后人留下了大量的名篇名句，至今生意盎然。刘克庄《后村诗话》说：“古人好对偶被放翁用尽。”并列举了大量实例，后接着说：“近岁诗人，杂博者，堆队仗；空疏者，窘材料；出奇者，费搜索；缚律者，少变化。惟放翁记问足以贯通，力量足以驰使，才思足以发越，气魄足以陵暴，南渡而后故当为一大宗。”前人对陆诗的修辞艺术和锤炼之功，多有称扬。除总体评价外，还有就炼句炼字而讲的。如翁方纲《石洲诗话》说他善用“痕”字，“窗痕月过雨”等；又有说他善用“阴”字，如“乞借春阴护海棠”等。

陆游是宋代诗坛上杰出的诗人，是我国诗歌史上的集大成者。他的诗歌创作，在当时就产生了极大的影响。戴复古“登陆放翁之门而诗益进”，并作《读放翁先生剑南诗草》说：“茶山衣钵放翁诗，南渡百年无此奇。入妙文章本平淡，等闲语言变瑰奇。三春花柳天裁剪，历代兴衰世转移。李杜陈黄题不尽，先生摹写一无遗。”刘克庄自言学诗之初“由放翁入”。特别是在国家和民族遭到外来侵略的危难时节，人们便想起了陆游，他的爱国主义诗篇更极大地鼓舞着人们为国而战。梁启超《读陆放翁集》写道：“诗界千年靡靡风，兵魂销尽国魂空。集中什九从军乐，亘古男儿一放翁。”后世的论者对陆诗的爱国主义精神给予了极高的评价，这种精神直至今日还鼓舞着我们为伟大祖国的富强而奋斗。

第八章　辛弃疾和辛派词人

第一节　辛弃疾的生平和思想

杰出的爱国词人辛弃疾，在阶级矛盾和民族矛盾极其尖锐的战乱年代里出现。他和卓越的爱国诗人陆游并立于世，标志着宋代的爱国主义诗词创作发展到了新的高峰。

辛弃疾(1140—1207)，字幼安，号稼轩。宋高宗绍兴十年，他诞生在被金人占领的山东济南。辛弃疾早年丧父，由祖父辛赞抚育长大。辛赞虽然被迫做过金国的小官，但却从未忘怀过自己的祖国，他引导辛弃疾学文习武，还常带着辛弃疾“登高望远，指画江山”，习攻守之术，抒故国之情，盼望一旦时机成熟，即“投衅而起，以纾君父所不共戴天之愤”(《美芹十论·序》)。祖父的教育在辛弃疾幼小的心田里播下了民族反抗的火种，沦陷区人民的苦难使他对仇敌更加憎恨。

辛弃疾十五岁和十八岁时，在祖父的支持下，曾两次赴金国都城燕京参加进士考试，其目的是借应试之机，深入敌国心脏地区考察其政治军事情况，为日后制订恢复计划作准备。可惜的是恢复之计未遂，他的祖父辛赞就去世了。

绍兴三十一年(1161)，金主完颜亮大举南侵，北方人民不堪异族的暴虐统治，反抗的怒火遍地燃烧。辛弃疾当时才二十一岁，也毅然举起了抗金的大旗，在自己的家乡组织了一支两千多人的队伍，开展斗争。这时，济南农民耿京所领导的起义军已拥有二十五万人，斗争声势更为壮阔。辛弃疾就率领自己的队伍，主动投奔耿京，在军中任掌书记，这不仅增强了农民起义军的力量，也使他自己获得了锻炼和施展才干的机会。

金人南侵失败后，为了维护他们在北方的统治地位，一方面与南宋王朝议和，一方面集中力量镇压和招抚各路抗金义军。耿京义军为了更沉重地打击侵略者，接受了辛弃疾的建议，与南宋政府配合作战。绍兴三十二年(1162)，耿京派辛弃疾等十一名代表到建康(南京)去见宋高宗，商洽配合的有关事宜。义军的忠勇感动了高宗，他任命耿京为天平军节度使，并授予辛弃疾承务郎的官职。正当辛弃疾满怀欣喜踏上归途之时，不幸的事变发生了：义军叛徒张安国与金人勾结，里应外合，杀害了耿京，还裹胁了部分队伍投降敌人。辛弃疾闻讯后，悲愤交加，立即决定袭击济州城，活捉张安国，为耿京报仇。他带了五十余名勇士，冲入金营，此刻张安国宴饮庆功酒正酣，孰料飞军天降，俯首就擒。辛弃疾置叛徒于马上，当场又号召上万人反正，昼夜兼程，长驱渡淮，回归南宋。朝廷将张安国处以死刑，表彰了辛弃疾的这一壮举，从而使“懦士为之兴起，圣天子一见三叹息”(洪迈《稼轩记》)。年轻的辛弃疾因此而名声大振。

辛弃疾南归之后，怯懦的南宋王朝并没有把恢复大计提到日程上来，因此他也未被重用，只当了职位低微的江阴(江苏江阴县)签判。

辛弃疾在江阴任职期满，被调到京城临安(杭州)，为了挽救民族危亡，他向皇帝多次力谏。乾道元年(1165)，他写了著名的《美芹十论》(又称《御戎十论》)，集中反映了他的政治思想和军事思想，充满了爱国主义精神和民族气节。文中就敌我形势和进取方略作了精辟的论述，从十个方面展开：前三个部分为《审势》、《察情》、《观衅》，主要是分析战争形势，指出“我有三不足虑，彼有三无能为”(《审势》)，肯定了北方人民的反抗力量，揭露了金国外强中干的虚弱本质；后七部分为《自治》、《守淮》、《屯田》、《致勇》、《防微》、《久任》和《详战》，主要是就南宋应该如何充实国力、积极备战而提出的一些方针策略和具体措施，希望朝廷“以光复旧物而自期，不以六朝之势而自卑”(《自治》)，指出宋军的弊病，“在于儒臣不知兵而武臣有以要其上”(《致勇》)。这篇完整的“万字平戎策”，雄辩地论证了抗战的有利条件，批驳了投降论调，“笔势浩荡，智略辐奏”(刘克庄《辛稼轩集序》)，也显示了辛弃疾的经纶济世之才。

乾道六年(1170)，辛弃疾又给主持朝政的右丞相虞允文呈上了九篇关于恢复方略的论文，总名《九议》。其中重申了《美芹十论》中的主要观点，特别还引用了楚汉灭秦的历史事实来驳斥“吴楚之脆弱不足以争衡于中原”的悲观论调。他指出胜败乃兵家常事，不能因符离一败而丧失信心，但也不能掉以轻心，侥幸求胜。《九议》再一次显示了辛弃疾的爱国热忱和卓越才能。

但是这些宝贵的见识并没有被南宋当局所采纳，辛弃疾也没有得到朝廷的重用。在南归后的整整十年里，他只担任了江阴签判、建康府通判、司农主簿等无足轻重的官职。朝廷对他的态度是不能不用又不愿重用，随当权者的利益需要"呼而来，麾而去"。这种奴仆式的待遇给他带来了无限的抑郁和苦闷；政治上的风云变幻，使他深有"孤危忧惧"之感。

乾道八年(1172)到淳熙八年(1181)的十余年时间里，宋金对峙的局面比较稳定。南宋当局利用辛弃疾的治理才干，先后委以各种地方官职。开始，他被派往邻近金国的滁州(安徽滁县)做知州，他采取了奖励经商，繁荣经济的政策，使"荡然成墟"、"市区寂然"的荒凉滁州很快兴复起来，"人情愉愉，上下绥泰"。淳熙元年(1174)，辛弃疾改任江东安抚司参议官，后经丞相叶衡力荐，迁为仓都郎官，不久又任江西提点刑狱。淳熙三年又调任京西转运判官，以后又升任湖北、湖南、江西等地的安抚使。在任这些地方官期间，辛弃疾为民办了一些好事。他打击过囤积居奇的豪绅巨富，救助过饥饿的农民，在湖南创立了有名的"飞虎军"，战斗在长江沿岸，"雄镇一方，为江上诸军之冠"(《宋史·辛弃疾传》)。由于他经常活动在地方，比较了解民情，他对官逼民反的道理有所认识，在《论盗贼札子》中指出：

> 田野之民，郡以聚敛害之，县以科率害之，吏以乞取害之，豪民以兼并害之，而又盗贼以剽杀攘夺害之，臣以谓不去为盗，将安之乎？

将盗贼产生的根源归于社会政治的腐败和统治者的横征暴敛，这对一个封建官吏来说，是难能可贵的。但是，辛弃疾毕竟还是封建统治阶级的一员，他摆脱不了自己阶级的局限，在他任江西提刑时，奉命镇压过茶商军的起义，其头领被诱杀，这给他光辉的历史涂上了暗淡的一笔。

淳熙八年，由于辛弃疾大刀阔斧地整顿改革，积极备战，引起了反动官僚们的不满，这年冬天，他终于因监察御史王蔺的弹劾，年仅四十一岁而去职。

辛弃疾"生平则刚拙自信，年来不为众人所容"(《论盗贼札子》)，早有"意倦须还"、"骇浪船回"的打算，他曾在江西上饶带湖之畔营建过规模宏大的庄园。这次被免职后，他就栖身于此处，过了十年之久。年富力强的英雄被迫退隐，心情是矛盾的。他从山水田园中获得了一些新的感受，大自然给了他许多创作灵感。这时，他爱庄子之文和陶潜之诗，自号"稼轩居士"，取"人生在勤，当以力田为先"(《宋史·辛弃疾传》)之义。然而，田园毕竟禁锢不住他的爱国之心，他对家仇国耻不能忘怀。他和著名的理学家朱熹、政治家陈亮都有密切来往，讨论时事，在山水花鸟之余，常有“谁识稼轩心事”的孤愤。

绍熙二年(1191)，南宋王朝又起用辛弃疾为福建提点刑狱，后迁大理少卿，加集英殿修撰，又任福建安抚使等职。他虽然对朝廷昏聩有所认识，对官场产生厌倦，但以国家之事为重，在任职期间，他仍然兢兢业业，忠于职守。他宽减苛税，休养民生，加强军备，整顿治安，这一系列的措施，深得民众拥护。他操劳了三年多，得罪了不少权臣，绍熙五年，又遭诬陷攻讦，再次被罢。这次被免是他意料之中的事，他把愤怒变成了自慰。他重新回到江西，在铅山瓢泉闲居，整整又被弃置八年。此后，除有两年在浙东任安抚使和在镇江任知府之外，就一直住在这里。

嘉泰二年(1202)，韩侂胄当权，多擢用主战将士，借以树立自己的威信。次年，辛弃疾再度出山任绍兴知府兼浙东安抚使，这年冬，被召回临安。临行前，大诗人陆游写长诗送行，劝勉其以抗金事业为重，并慎重行事，情意切切。嘉泰四年正月，宋宁宗召见了辛弃疾，后改任镇江知府。这时他已是六十五岁高龄，但“烈士暮年，壮心不已”。他和当年一样，气吞万里，一面派人去金国侦察形势，一面招募将士操练，继续为实现夙愿而呕心沥血。

镇江是历史上孙权、刘裕活动的地方，辛弃疾在四十三年前，身负义军重托，也曾经过这里。这次出任此地，自然别有一番情绪。一天，他登上城北北固山，凭倚北固亭，面对滔滔江水，北望茫茫扬州，追怀往事，遥想未来，万感俱发，写下了感人至深的《永遇乐·京口北固亭怀古》）：

> 千古江山，英雄无觅，孙仲谋处。舞榭歌台，风流总被、雨打风吹去。斜阳草树，寻常巷陌，人道寄奴曾住。想当年，金戈铁马，气吞万里如虎。　元嘉草草，封狼居胥，赢得仓皇北顾。四十三年，望中犹记，烽火扬州路。可堪回首，佛狸祠下，一片神鸦社鼓。凭谁问，廉颇老矣，尚能饭否？

这首词可说是辛弃疾爱国思想和坎坷经历的艺术概括。他倾慕历史上抗击强敌、收复国土的英雄们，憎恨对敌屈膝、不图恢复的当权者；对当时急于北伐、准备不足的将领予以劝诫。他以廉颇被谗而自喻，并表示了自己愿为国效力的忠心，写得何等深沉、悲壮！

开禧元年(1205)，辛弃疾的恢复措施方兴未艾，因缪举坐罪被降职，七月，罢官归里。韩侂胄北伐失利，朝廷又想到了起用辛弃疾，六十七岁的老英雄，排除了个人恩怨，以待病之身，再次以身许国。但长期的忧患生活使他的健康日损，开禧三年，他忍痛辞职，回到铅山。同年九月，伟大的爱国战士，在高呼"杀贼，杀贼"的口号声中，与世长辞，终年六十八岁，遗体葬于铅山县南的阳原山中。

辛弃疾的爱国思想，是建立在正统的儒家思想基础上的。他在南宋国破家亡这一特定的历史环境里，从儒家思想体系中吸取了救国济民，以天下为己任的积极成分，忠君报国，大义凛然，奋斗于仕途，转战于沙场，以实现统一祖国的宏图。当他受到挫折时，又以"穷则独善其身，达则兼善天下"(《孟子·尽心上》)的封建士大夫的信条来勉励自己，洁身自好。在闲居的日子里，他虽然也言及禅佛，间涉老庄，但这只不过是失意后的一种解脱苦闷手段，借以自慰而已。

辛弃疾的一生，是壮烈的一生，是可歌可泣的一生；辛弃疾的思想，是热爱祖国、忠于民族的进步思想。这些经历和思想，正是他的光辉词作具有强大感染力的源泉。

第二节　辛词的思想内容

辛弃疾的词，现存六百二十余首，今传《稼轩长短句》十二卷本和《稼轩词》四卷本。辛词不但数量上超过前人和同辈，而且思想性和艺术性也达到了空前的高度。

辛词的思想内容是丰富多彩的，境界无限开阔。词人在自己的作品里，反映了政治军事方面的重大事件，阐发了深刻的哲理，描绘了田园山水，抒写了幽愤情怀，凡可写进其他文学样式里的题材，他都能入词。词到了他的手中，更加彻底地冲破了传统的樊笼。

辛词的主要内容是表现其爱国思想和战斗精神，这是贯穿于全部词作的主旋律，豪壮而深沉，委婉而浑厚，千秋万世，激荡着人们的心。

第一，辛弃疾的词里充满了对北国的怀念和对抗金斗争的向往之情。辛弃疾站在正义立场上，反对南北分裂，渴望国家统一，对沦陷的北方，对在铁蹄下呻吟的同胞，寄予深切的怀念。他的笔下，经常出现"西北望长安"、"回首长安何处"、"西北有神州"等句子，说明他不堪忍受乡土的沦亡和祖国的残破局面。"追亡事，今不见，但山川满目泪沾衣。"(《木兰花慢》)他为此而悲泣、愤怒。如《贺新郎·赠金华杜叔高》：

细把君诗说。怳馀音，钧天浩荡，洞庭胶葛。千丈阴崖尘不到，唯有层冰积雪。乍一见，寒生毛发。自昔佳人多薄命，对古来，一片伤心月。金屋冷，夜调瑟。　　去天尺五君家别。看乘空，鱼龙惨淡，风云开合。起望衣冠神州路，白日销残战骨。叹夷甫诸人清绝。夜半狂歌悲风起，听铮铮，阵马檐间铁。南共北，正分裂。

这首词是他写给友人杜叔高的。词中对友人的诗进行了赞扬，对其不得志深表同情；还抒发了对国事的感慨，借西晋王夷甫等人崇尚空谈的旧事来讽刺南宋统治集团中某些人的空谈误国。结尾处，词人仿佛看见北国原野，白骨暴露。迎着夜半悲风，听到铁马铮铮，他对南北分裂的局面已是悲愤难禁了。

词人无时无刻不为国事忧虑。他在江西任提点刑狱时，常经造口，这是隆裕太后(宋高宗的伯母)仓皇逃难时弃舟登陆之地。他想起四十多年前金兵入侵时人民所遭受的苦难，看到至今中原地区仍未收复，写下了著名的《菩萨蛮·书江西造口壁》：

郁孤台下清江水，中间多少行人泪。西北望长安，可怜无数山。
青山遮不住，毕竟东流去。江晚正愁余，山深闻鹧鸪。

怎样才能洗雪国耻，收复失地呢？辛弃疾希望出现更多的立志于统一的英雄人物。他仰慕开创过长期统一局面的“西都人物”，鄙薄偏安江左的“王谢诸郎”。他赞扬廉颇、李广、马援、诸葛亮等为国立功的英雄，谴责王衍诸人的误国行径。他要亲身投入“整顿乾坤”的战斗。他对以往的峥嵘岁月无限怀念，对未来的激烈争战热切向往。他给陈亮寄了一首《破阵子》，念念不忘自己少年时代匹马貂裘的火热战斗生活：

醉里挑灯看剑，梦回吹角连营。八百里分麾下炙，五十弦翻塞外声。沙场秋点兵。　　马作的卢飞快，弓如霹雳弦惊。了却君王天下事，赢得生前身后名。可怜白发生。

全词充满了战斗的激情，催人奋发。但结尾一句，词意陡转，一声长叹胜过千言万语，无穷无尽的幽怨寓于其中。

第二，辛词表现了对南宋苟安局面的强烈不满和作者壮志未酬的悲愤之情。当时，南宋王朝偏安一隅，死气沉沉，面对“剩水残山”，却不图恢复，因而对辛弃疾这样一位有着出将入相、雄才大略的志士，不但不委以重任，反而屡次给予诬陷和打击，这是词人精神上最大的苦闷。“恨之极，恨极销磨不得，苌弘事，人道后来，其血三年化为碧。”(《兰陵王》)残酷的现实使他悲怨激愤，血泪交流。辛弃疾的悲愤不只是因个人的得失升沉而发，他的悲愤与整个国家民族的命运是相通的，这正是他的作品既感人又具有深刻的社会意义的原因，是一般闺情婉约派词人所达不到的境界。辛词在这方面表现得十分突出，山山水水，花花草草，都能激起他抑郁忧忿的情绪。尤其在凭吊古迹，登高望远之时，这种心情更为激荡。如他的《水龙吟·登建康赏心亭》：

楚天千里清秋，水随天去秋无际。遥岑远目，献愁供恨，玉簪螺髻。落日楼头，断鸿声里，江南游子。把吴钩看了，栏杆拍遍，无人会，登临意。　休说鲈鱼堪脍，尽西风，季鹰归未。求田问舍，怕应羞见，刘郎才气。可惜流年，忧愁风雨，树犹如此。倩何人，唤取红巾翠袖，揾英雄泪。

词人在江南秋色中，望着流向天际的江水，听着南飞孤雁的哀鸣，引起绵绵思绪。七年前自己突骑渡江，满以为能成就事业，谁料吴钩(古代吴地制造的宝刀)空悬，壮志难酬。此等心情，拍遍栏杆，无人理会。他不愿像西晋张季鹰那样为个人的舒适而弃官隐退，也不愿像三国许汜那样只知求田置地而为刘备式的才人志士所耻笑。然而光阴易逝，年华虚度，树犹如此，人何以堪？兴思及此，潸然泪下。结句反问，意味更深，开阖顿挫，显示出辛词独有的沉郁和苍凉的风格。

他还有一首《鹧鸪天》，也表现了这种悲愤的情思：

壮年旌旗拥万夫，锦襜突骑渡江初。燕兵夜娖银胡𩨸，汉箭朝飞金仆姑。追往事，叹今吾。春风不染白髭须。却将万字平戎策，换得东家种树书。

这是词人晚年闲居时所作，自注道：“有客慨然谈功名，因追念少年时事，戏作。”词中，对当年闯入金营活捉叛徒的回忆，是多么自豪！可现实又如何呢？髭须斑白，与花鸟为友。“万字平戎策”，都换了“种树书”。这种极尽嬉怒笑骂的“戏语”，饱含着多少英雄的泪水，这难道不是对南宋统治集团排挤爱国志士的严正控诉吗？

辛弃疾在词中多方面表现了自己的这种痛苦怨恨，时而沉郁伤感，时而无可奈何，时而豁达自慰；但无论何种形式，都掩饰不住他热烈激荡的爱国思想和壮志未酬的愤懑情绪。如《贺新郎》：

甚矣吾衰矣。恨平生，交游零落，只今余几。白发空垂三千丈，一笑人间万事。问何物、能令公喜。我见青山多妩媚，料青山、见我应如是。情和貌，略相似。　　一尊搔首东窗里，想渊明、《停云》诗就，此时风味。江左沉酣求名者，岂识浊醪妙理。回首叫、云飞风起。不恨古人吾不见，恨古人不见吾狂耳。知我者，二三子。

词中叹息志同道合的好友已寥寥无几，只好与山水相慰；并表示自己愿学陶渊明，不慕荣利。词的文句是旷达活泼的，而内涵却是深刻凝重的。他的词流露出一些与世相忘的消极情绪，只不过是对现实不满的另一种表现罢了。

第三，通过对古人旧事的描写和述评寄寓词人的思想感情。在辛词中，古代的人和事是常见的，这些历史故实是他表达自己思想感情的重要手段。辛弃疾是儒将，文武双全，对历史了如指掌，学力雄厚，在他笔下，驱使经、史、子、集为自己服务。吴衡阳《莲子居词话》卷一云："辛稼轩别开天地，横绝古今，论、孟、诗小序、左氏春秋、南华、离骚、史、汉、世说、选学、李杜诗，拉杂运用，弥见其笔力之峭。"他有时将典故夹在某词中，有时全词描述某个人物，均是古为今用，书为我用。如《八声甘州》：

故将军饮罢夜归来，长亭解雕鞍。恨灞陵醉尉，匆匆未识，桃李无言。射虎山横一骑，裂石响惊弦。落魄封侯事，岁晚田园。　　谁向桑麻杜曲，要短衣匹马，移往南山。看风流慷慨，谈笑过残年。汉开边、功名万里，甚当时、健者也曾闲。纱窗外、斜风细雨，一阵轻寒。

词前小序云："夜读《李广传》，不能寐。因念晁楚老、杨民瞻约同居山间，戏用李广事、赋以寄之。"已很清楚写此词的缘由。全词戏借李广事而叹自身。汉代名将李广，与匈奴作战七十余次，战功显赫，敌闻之丧胆；但至死未能封侯，最后自杀。英雄的悲剧人生与词人何其相似。"戏用李广事"，包涵了愤懑、叹惜和自慰的复杂情感，读之尤感悲凉。还有一首《卜算子·慢兴》，也是专咏李将军事，借以抒发自己有功无偿的不平之意。

辛弃疾仕途遇到挫折时，常以屈原、陶渊明等古人自况。屈原"正道直行，竭忠尽智以事其君"的爱国精神以及"信而见疑，忠而被谤"的不幸遭遇；陶渊明“富贵非吾愿，帝乡不可期”的淡泊志趣和“不为五斗米折腰”的高尚人格，都与他的境况和心情有些相似，他对这些历史人物的描写和评述，凝重而深刻，拓展了他的词境，丰富了其词的内容。又如《水龙吟》：

> 老来曾识渊明，梦中一见参差是。觉来幽恨，停觞不御，欲歌还止。白发西风，折腰五斗，不应堪比。问北窗高卧，东篱自醉，应别有、归来意。　　须信此翁未死。到如今、凛然生气。吾侪心事，古今长在，高山流水。富贵他年，直饶未免，也应无味。甚东山何事，当时也道，为苍生起。

这首词写作的具体时期难以确定，大约是在退隐瓢泉时。此前他几升几贬，已看透了当时宦海风云，数十年戎马生涯，为图恢复而驱驰，可到头来遭到排斥打击，自己年已老矣，功业无望，壮志难酬，国家山河破碎，北伐失败，统一无成。只有在这种逆境中，才认识到陶渊明，发掘了其不“折腰五斗”之外，“应别有，归来意”。那别有的来意是什么呢？不只是个人的清高，而是官场的虚伪和政治的黑暗；即使是得到过富贵、为苍生而出来做官的人，如东晋的谢安等，在那种政治环境里也没有什么意义。这就将词的内容深化了，不只限于赞扬陶渊明个人的高洁。

此外，他词中出现众多的历史人物和事件，如孙权、刘裕、霍去病、廉颇、刘备、谢玄、谢安、马援、李广、屈原、王衍等，或褒或贬，都表达出他丰富的思想感情和以国家民族利益为重的进步历史观。

第四，辛词抒发了对自然风光和农村生活的热爱之情。词人被罢职期间，先后在农村过了近二十年的田园生活，写过不少反映农民生活和自然景物的作品。本来，辛弃疾觉得求田问舍、与鸟兽同群是可羞的，但龌龊的现实逼迫他又不能不走这条路。既然国家大事难以干预，荣华富贵又非所愿，也只好学陶潜“归去来兮”。从黑暗的官场到淳朴的农村，对词人的英雄大业是一种损失；但对开拓他的文学表现领域，却不无好处。这段时间，他熟悉了农村生活，加深了对农民的情感，更多地接近了大自然，从而也创作了不少清淡闲适的佳词。

> 茅檐低小，溪上青青草。醉里吴音相媚好，白发谁家翁媪？　　大儿锄豆溪东，中儿正织鸡笼。最喜小儿无赖，溪头卧剥莲蓬。
>
> ——《清平乐·村居》

作品描写了饶有风趣的农村生活镜头。溪畔茅舍，老人们在友善地交谈，孩子们在学做农活；特别是小儿卧剥莲蓬的顽皮情态，更为生动活泼。

在词人笔下，农村妇女憨厚的情态，跃然而现：

> 三三两两谁家妇，听取鸣禽枝上语：“提壶沽酒已多时，婆饼焦时须早去。”
>
> 醉中忘却来时路，借问行人家住处。“只寻古庙那边行，更过溪南乌桕树。”
>
> ——《玉楼春》

词人厌恶官场的尔虞我诈，对农村怡然自得的生活怀着一种特有的爱好，他欣赏农村的质朴、安定和勃勃生机：

> 陌上柔桑破嫩芽，东邻蚕种已生些。平岗细草鸣黄犊，斜日寒林点暮鸦。　山远近，路横斜，青旗沽酒有人家。城中桃李愁风雨，春在溪头荠菜花。
>
> ——《鹧鸪天·代人赋》

这是一幅欣欣向荣的江南农村春意图，柔桑、幼蚕、黄犊、菜花，使人感到春意盎然，分外明朗。当城中桃李被风雨吹打之时，这里却如此恬静安宁，这样鲜明的对照，也许是词人的有意之笔，表现了他对安宁环境的羡慕和追求。

对山乡的自然景物，他也感到清新，怀着轻松的愉悦，他听见了半夜的蝉鸣，田间的蛙声，闻到了稻花的芳香，看到了林边的茅店：

> 明月别枝惊鹊，清风半夜鸣蝉。稻花香里说丰年，听取蛙声一片。
> 七八个星天外，两三点雨山前。旧时茅店社林边，路转溪桥忽见。
>
> ——《西江月·夜行黄沙道中》

这类啸傲山水、流连光景的作品，在辛词中数量并不多，但它别开生面，把我们带进了一个新的境界，构成了他丰富多彩的词作的一个侧面。他从善良的心情出发，对农民殷勤关切，对大自然充满热爱。他把农村看得那么宁静、单纯，这只不过是他被官场排挤退避之后个人精神上的一种幻觉罢了。他的思想毕竟属于封建士大夫的思想体系，实际上也过着士大夫的生活，因此他也只能从旁观者的态度去欣赏农村，而不可能深入认识农村，了解劳动人民的苦难和他们对封建统治阶级的仇恨。这是这类词的思想局限性。

第五，辛词里包含着真挚感人的儿女之情。辛弃疾以词抒发爱国之情和民族之恨，气势壮阔，这是主流。但这绝不意味着他没有缠绵悱恻的作品。从他的全部创作来看，他是一位风云气盛而又儿女情深的作家，这并不损害他的英雄气质。“红花还要绿叶扶”，有了一些婉约词风的烘托，辛词就显得更加绚丽多姿。

辛弃疾写过一些抒情小词，表达了生活中的某些特殊感受，含蓄蕴藉，耐人寻味。

> 少年不识愁滋味，爱上层楼，爱上层楼，为赋新词强说愁。　　而今识尽愁滋味，欲说还休，欲说还休，却道“天凉好个秋”！
>
> ——《丑奴儿》

这首词通过回顾少年时的不知愁苦，反衬如今饱尝愁苦而又难以言表的心情，写得跌宕有致，言浅意深。又如：

> 东风夜放花千树，更吹落，星如雨。宝马雕车香满路。凤箫声动，玉壶光转，一夜鱼龙舞。　　蛾儿雪柳黄金缕，笑语盈盈暗香去。众里寻他千百度。蓦然回首，那人却在，灯火阑珊处。
>
> ——《青玉案·元夕》

词中描绘了京都元夜热闹的灯会，场面欢快、形象逼真，结尾突出了一位与众不同的为作者所追寻的人物，含义隐晦，并富有哲理味。王国维在《人间词话》里，曾借此来说明做学问的第三种境界。

辛词写离愁别绪、闺情相思，“其秾纤绵密者，亦不在小晏、秦郎之下”（刘克庄《辛稼轩集序》）。如《满江红》：

> 敲碎离愁，纱窗外，风摇翠竹。人去后，吹箫声断，倚楼人独。满眼不堪三月暮，举头已觉千山绿，但试把一纸寄来书，从头读。　　相思字，空盈幅；相思意，何时足？滴罗襟点点泪珠盈掬，芳草不迷行客路，垂杨只碍离人目。最苦是，立尽月黄昏，阑干曲。

又如《临江仙》：

> 金谷无烟宫树绿，嫩寒生怕春风。博山微透暖熏笼。小楼春色里，幽梦雨声中。　　别浦鲤鱼何日到，锦书封恨重重。海棠花下去年逢。也应随分瘦，忍泪觅残红。

前首写离愁，温柔婉转，描摹细腻；后首写思念，朴质真切，语言雅畅。相思之情，缠绵悱恻，令人心神动荡。这类词即使置于《花间》繁锦之中，亦不逊色。

辛词的思想内容是丰富的，上面是就主要方面而言，而且这些方面往往互相联系，有时交织在同一作品中，在分析这些作品时，要注意其广阔而深刻的内涵。

第三节　辛词的艺术成就

辛词之所以感人至深，为千百年来所称赏，是因为他把深刻的爱国主义思想和完美的艺术形式统一了起来。彭孙遹在《金粟词话》中说："稼轩之词，胸有万卷，笔无点尘，激昂排荡，不可一世。"

辛弃疾继承了北宋苏轼的豪放词风和南宋初期爱国词人的战斗传统，进一步扩大了词的题材范围，达到了世间情景皆可入词的境地。在艺术表现方面，辛词创造性地融汇了诗歌、散文、辞赋等各种文体的优点，收到了雄深雅健的艺术效果。吴衡照说："辛稼轩别开天地，横绝古今，论、孟、诗小序、左氏春秋、南华、离骚、史、汉、世说、选学、李、杜诗，拉杂运用，弥见其笔力之峭。"(《莲子居词话》)辛词具有一种独特的艺术风格，"于剪红刻翠之外，屹然别立一宗"(《四库提要》)。其以豪放为主，兼收婉约之长，于豪迈中见精致，壮阔里含温柔，"大声镗鞳，小声铿訇，横绝六合，扫空万古，自有苍生以来所未见"(刘克庄《辛稼轩集序》)。这一特有风格的形成，自然是与辛弃疾所处的时代、他的复杂身世以及其文学才能相关的。辛词与苏词，虽都属豪放派，但仍各有特色。王国维曾说："东坡之词旷，稼轩之词豪。"(《人间词话》)辛词沉郁雄浑，笔酣墨饱，俊语隐曲，苏词少见；而苏词空旷洒脱，奔放不羁，辛词亦少有。试把苏轼的《念奴娇·赤壁怀古》同辛弃疾的《永遇乐·京口北固亭怀古》比较一下，虽题材同为怀古，而风格上却有差异。

辛词的艺术特点主要表现在三个方面。

第一，开阔雄奇的艺术境界。由于辛弃疾怀有远大的政治抱负，具有曲折的生活经历，因此他描写雄奇阔大境界也自然得心应手。古今上下，东西南北，山川日月，龙虎鬼神，都在他的词中得以显现，借以表现他那气吞山河的豪情和压在心底的愁郁。例如《水龙吟·过南剑双溪楼》：

> 举头西北浮云，倚天万里须长剑。人言此地，夜深长见，斗牛光焰。我觉山高，潭空水冷，月明星淡。待燃犀下看，凭栏却怕，风雷怒，鱼龙惨。　　峡束苍江对起，过危楼，欲飞还敛。元龙老矣，不妨高卧，冰壶凉簟。千古兴亡，百年悲笑，一时登览。问何人，又卸片帆沙岸，系斜阳缆。

这词写于他卸任福建安抚使之后。他在回上饶的途中，登览了双溪楼，根据前人的传说，在词中创造了一种奇特的意境，其中有"倚天长剑"、"斗牛光焰"，月、星、风、雪、鱼、龙，光怪陆离，组成了一连串浪漫主义的特写镜头，借以表现他要求统一，但又担心投降派作祟的忧国之情。

在词人笔下，战斗的场面总是那么雄奇壮观，值得留恋。例如《水调歌头》：

> 落日塞尘起，胡骑猎清秋。汉家组练十万，列舰耸高楼。谁道投鞭飞渡，忆昔鸣髇血污，风雨佛狸愁。季子正年少，匹马黑貂裘。　　今老矣，搔白首，过扬州。倦游欲去江上，手种橘千头。二客东南名胜，万卷诗书事业，尝试与君谋。莫射南山虎，直觅富民侯。

宋高宗绍兴三十一年(1161)秋，金兵大举南侵，金主完颜亮在采石矶兵败被杀。这首词是词人淳熙五年(1178)出任湖北漕运官时，船停扬州时所作。词的上片追述南宋军在这次战斗中击退金人的情景，形象突兀奔放，对自己年轻时的抗金壮举用"匹马黑貂裘"五字概括，英姿飒爽，充满了民族自豪感。下片转为抚今，叹息战斗不再，恢复之志难以实现，充满了幽愤。

辛词的境界无比开阔，有色有声。一望无际的楚天(《水龙吟》)，万道金波的秋月(《太常引》)，万花竞放的元夜(《青玉案》)，饱含血泪的江水(《菩萨蛮》)，虎踞龙盘的雄关(《念奴娇》)，金戈铁马的沙场(《永遇乐》)，白骨遍野的中原(《贺新郎》)，万马奔驰的群山(《菩萨蛮》)，这些雄奇的画面常常呈现在读者眼前。催人泪落的筝曲(《念奴娇》)，深山鹧鸪的哀鸣(《菩萨蛮》)，长安父老的哭泣(《水龙吟》)，秋夜凄厉的悲歌(《贺新郎》)，塞外弓弦的霹雳(《破阵子》)，杜鹃暮春的啼血(《贺新郎》)，这些悲壮的声响，都时时回旋在我们耳边。所有这一切，交织网罗，层现错出，组成了辛词壮阔雄奇的意境。

第二，比兴寄托的艺术手法。辛弃疾在政治上的孤危地位和屡遭毁谤的经历，使他不便大声疾呼，恣意呈辞，表达自己的切肤之痛。于是，他有时采取幽隐曲折的比兴手法，来抒发自己的感情。他在词中，或托儿女之情写君臣之事，或借古人之酒销自己之愁。这正是《诗经》、《楚辞》传统艺术手法的继承。“千古离骚文字，芳至今犹未歇”(《喜迁莺》)，可见，这种手法和精神与屈原的《离骚》是一脉相通的。他也利用香草美人之类来抒情言志，创造形象，如《摸鱼儿》：

更能消几番风雨，匆匆春又归去。惜春长怕花开早，何况落红无数。春且住，见说道，天涯芳草无归路。怨春不语。算只有，殷勤画檐蛛网，尽日惹飞絮。　　长门事，准拟佳期又误，蛾眉曾有人妒。千金纵买相如赋，脉脉此情谁诉？君莫舞，君不见，玉环、飞燕皆尘土！闲愁最苦。休去倚危栏，斜阳正在、烟柳断肠处。

此词作者自注：“淳熙己亥，自湖北漕移湖南，同官王正之置酒小山亭，为赋。”看来这是他调任时在同僚为他举办的别宴上写的，但却一点也不像一般的赠别之作。词的上阕是抒惜春、留春和怨春之情，下阕是写宫廷妇女失宠后的幽怨。作者把春怨和闺怨融合在一起，构成一个整体，以比兴的手法，用惜春怨春表现了他对南宋王朝“爱深恨亦深”的矛盾心情；而蛾眉遭妒则表现了他对自身见弃于朝的不平。玉环飞燕是对妥协投降派的谴责，暗示这些人总有一天会断送国家和他们自己。至于斜阳烟柳，很明显是对风雨飘摇的南宋王朝的隐射。罗大经在《鹤林玉露》中记载说：“愚闻寿皇(指宋孝宗)见此词，颇不悦，然终不加罪，可谓至德也已。”由于作者毕竟是用含蓄的比兴手法表达了其对家国的一片忠心，说孝宗没有加罪于他，还是可信的。

辛词有很多用典的地方，目的是以古喻今，寄托自己对现实的感受。历史与现实总是有许多惊人的相似之处，援用史实，也是一种艺术类比的手法。辛弃疾用典一般都很贴切自然，无斧凿痕迹。如：

绿树听鹈鴂。更那堪、鹧鸪声住，杜鹃声切。啼到春归无寻处，苦恨芳菲都歇。算未抵、人间离别。马上琵琶关塞黑，更长门翠辇辞金阙。看燕燕，送归妾。　　将军百战身名裂。向河梁回头万里，故人长绝。易水萧萧西风冷，满座衣冠似雪。正壮士悲歌未彻。啼鸟还知如许恨，料不啼清泪长啼血。谁共我，醉明月。

——《贺新郎·别茂嘉十二弟》

本词借古代离别的典型事例寄托自己无限的家国之恨。上阕主要借王昭君辞别汉宫和陈皇后退居冷宫的故事，来抒发作者受到冷遇的幽怨；下阕借李陵别苏武和荆轲别燕太子的故事，来寄托自己报国无路的苦闷。鹈鴂、鹧鸪、杜鹃几处啼鸟，烘托了悲壮的气氛。作者把缠绵多情的哀怨置于壮烈苍凉的画卷之中，读来令人回肠荡气，心潮久久难平。

第三，新颖丰富的想象。辛词的艺术形象，许多是借助于浪漫主义的想象塑造的。作者展开想象的翅膀，海阔天空，任意翱翔。他把大自然的山水风雨、草木虫石，都赋予了人的感情和性格。山川着意为之驰驱，日月随心为之运转。鸥鹭为友，草木知音，一切都显得生机勃勃，通情达理。他可以对眼前的酒杯、拦路的青松发出军令；看到红红白白的花朵，也联想到吴宫训练女兵；见到秋夜的明月，自己就去“把酒问姮娥”（《太常引·建康中秋夜》）；在梦中，他驾鸾遨游，与李白、苏轼“相约上高寒，酌酒援北斗”（《水调歌头·用东坡韵叙太白东坡事》）。词人宛如搏击长空的大鹏，现实的天地太狭窄，周围太黑暗；他要追求光明，达到自由的广阔境界，这同样是词人失意心绪的曲折表现，也是对我国古代诗歌中浪漫主义传统的继承。

他常赋予自然物以人的性格，便于自己笑骂，如《沁园春·将止酒，戒酒杯使勿近》：

杯，汝前来！老子今朝，点检形骸。甚长年抱渴，咽如焦釜；于今喜睡，气似奔雷。汝说刘伶，古今达者，醉后何妨死便埋。浑如此，叹汝于知己，真少恩哉！　　更凭歌舞为媒，算合作平居鸩毒猜。况怨无小大，生于所爱；物无美恶，过则为灾。与汝成言：“勿留亟退，吾力犹能肆汝杯！”杯再拜道：“麾之即去，招则须来。”

这场与酒杯的对话，写得新颖奇突，不同凡响；在幽默、诙谐的笔墨里，隐藏着作者的满腹牢骚和隐曲。“麾之即去，招则须来”，难道不正是朝廷役使词人的态度吗？作者还用这类拟人化的手法，通过对话，表现自己独立傲世、无求于人的倔强性格。如：

醉里且贪欢笑，要愁那得工夫。近来始觉古人书，信著全无是处。　昨夜松边醉倒，问松："我醉何如？"只疑松动要来扶，以手推松曰："去"。

——《西江月·遣兴》

这些艺术手法，交织在辛词中，使辛词雄深雅健，具有独特的韵味。

辛词的语言也是独具特色的。他具有高度驾驭文学语言的能力。他善于吸收口语中有表现力的成分，以增强词的艺术效果。如上文所举，作者与酒杯和青松的谈话，就是口语。又如"千峰云起，骤雨一霎儿价"(《丑奴儿近》)，"撷厥，看精神压一庞儿劣"(《踏歌》)，"些底事，误人哪，不成真个不思家"(《鹧鸪天》)，"待十分佳处，著个茅亭"(《沁园春》)，"却怪白鸥，觑着人欲下未下"(《丑奴儿》)，这些句子直接用了口语中的词，给辛词带来新鲜活泼的气息。

他常引用前人的文句、诗句，往往稍加改造就别出新意。如《南乡子·登京口北固亭有怀》：

何处望神州？满眼风光北固楼。千古兴亡多少事，悠悠。不尽长江滚滚流。　年少万兜鍪，坐断东南战未休。天下英雄谁敌手？曹刘。生子当如孙仲谋。

其中"不尽长江滚滚流"句是改用杜甫《登高》"不尽长江滚滚来"句；"生子当如孙仲谋"句是引用《三国志注》中语"公(曹操)见舟船、器仗、军伍整肃，喟然叹曰：生子当如孙仲谋。"此外，如"悲莫悲生离别，乐莫乐新相识"(《水调歌头》)是改用屈原《少司命》"悲莫悲兮生别离，乐莫乐兮新相知"句；"门外沧浪水，可以濯吾缨"(同上)是改用《楚辞·渔父》"沧浪之水清兮，可以濯吾缨"句。

辛词用典也较多，如前文所举《摸鱼儿》、《永遇乐》都是用得恰到好处的例子。

辛弃疾将雅言俗语、典故诗文，熔为一炉，供自己运用，使其词流转自如，浑然天成。刘熙载说："稼轩词龙腾虎掷，任古书中理语、瘦语，一经运用，便得风流。"(《艺概》)

辛弃疾有些作品，也存在一定缺陷。由于用典过多，产生晦涩难读之感，前人讥讽他"掉书袋"，不是没有根据的。又由于议论过多，"以文为词"，艺术形象就不够鲜明生动，如《哨遍·池上主人》，全以庄周思想入词；《柳梢青·莫炼丹难》，虽批驳长生之术，但议论入词，了无韵味。还有一些祝寿、迎送的应酬之作，逞才使气，漫不经心，随意铺陈，不免落于俗套。

在文学史上，辛弃疾的主要成就是词。其诗文流传下来的不多；但从现存篇章来看，也同样充满着家国之慨。如《送别湖南部曲》：

青山匹马万人呼，幕府当年急急符。
愧我明珠成薏苡，负君赤手缚于菟。
观书到老眼如镜，论事惊人胆满躯。
万里云霄送君去，不妨风雨破吾庐。

诗为赠别诗，除表示惜别之情外，更抒发了壮志难酬的幽愤，笔力老辣，诗境豪迈。大诗人陆游称"稼轩落笔凌鲍谢"(《送辛幼安殿撰造朝》)。

他的文章多为奏议类，但也具有一种义正词严、说理透辟、咄咄逼人的英雄之气。刘克庄曾称赞他的文章"笔势浩荡，智略辐凑，有权书衡论之风"(《辛稼轩集序》)，这是可信的。

辛弃疾是我国文学史上第一流的作家，在词学史上占有光辉的一页。他的词在思想内容和艺术表现方面，都是丰富多彩、卓有成就的。不同的题材，表现出不同的风格和情调，有时豪迈奔放，慷慨激昂；有时委婉清新，意味深长；有时诙谐嘲戏，趣味横生；有时忧愁愤懑，沉郁悲壮。这都是一个爱国志士从心底发出的声音，给人们以强烈的艺术感染。

辛词仿佛是一支战斗的号角，在当时，它激励着爱国者反对投降，英勇抗金；在后世，也鼓舞着仁人志士，保卫国家，奋战疆场。辛词又好像一面旗帜，飘扬在文坛上，召唤着当时和后世众多的词人，给予他们以巨大的影响。每当国家和民族危机深重的时候，辛词就更加闪耀出光芒。成千上万的爱国人士，以辛弃疾为榜样。南宋后期的刘克庄、刘辰翁，金末的元好问，明清之际的陈子龙、夏完淳、屈大均、王夫之，清代的陈维崧，民族英雄林则徐，近代的梁启超等，都特别推崇和喜爱辛词，他们骏发踔厉，词格近于稼轩。

《四库全书总目提要·稼轩词》说："其词慷慨纵横，有不可一世之概，于倚声家为变调，而异军特起，能于剪红刻翠之外，屹然别立一宗，迄今不废。"肯定了辛词独创一派的重要影响。周济《介存斋论词杂著》说："稼轩不平之鸣，随处辄发有英雄语，无学问语，故往往锋颖太露。然其才情富艳，思力果锐，南北两朝，实无其匹，无怪流传之广且久也。"既肯定了其词的崇高地位，也指出了他锋芒太露、含蓄委婉不足的疵瑕。

辛弃疾的词作是珍贵的文学遗产，它的价值不仅在于“能于剪红刻翠之外，屹然别立一宗，迄今不废”(《四库提要》)，把豪放派的词推向了艺术的高峰，而且也在于这份遗产本身就记录着一位爱国英雄的动人经历，它与中华民族的斗争历史是紧密相连的。

第四节　辛派词人

南宋中叶以后，以辛弃疾为代表，逐渐形成一个爱国词派。其中有与辛弃疾以词唱和的陈亮、刘过等，还有稍后的刘克庄、刘辰翁等。他们用词纪交游，发感慨，具有共同的爱国思想。刘熙载说：“陈同甫与稼轩为友，其人才相若，词亦相似。”(《艺概》)他们生活上是朋友，思想上志同道合，这是使他们成为一派的重要基础。但是，他们缺乏辛弃疾那种远大的政治抱负，又没有经历那么多波澜壮阔的战斗生活，“非徒无其才，并无其情”(周济《介存斋论词杂著》)，所以，思想艺术俱完美的作品不多，感染力不及辛词。在表现手法上，他们的词散文化、议论化的倾向更加明显，多喜欢采用带有古诗或散文意味的词牌，如《念奴娇》、《贺新郎》等长调，而很少采用小令。语言上婉约细腻的描绘少，恣肆粗犷的笔触多。

辛派词人中，首先应当提到陈亮。

陈亮(1143—1194)，字同甫，婺州永康(今浙江永康)人。他是南宋著名的政论作家，具有朴素的唯物论观点，曾和当时的道学家朱熹有过激烈的论争。他极力主张抗金，并且提出了不少的重要建议，以求恢复。他在《上孝宗皇帝书》中说：“京口连岗三面，而大江横陈，江旁极目千里，其势大略如虎之出穴，而非若虎之藏穴也。……天岂使南方自限于一江之表而不使与中国而为一哉！”又说：“二圣北狩之痛，盖国家之大耻，而天下之公愤也。……若只与一二臣为密，是以天下之公愤而私自为计，恐不足以感动天人之心，恢复之事亦恐茫然未知攸济耳。”这些思想，在他的《念奴娇·登多景楼》里，也有充分表现：

危楼还望，叹此意、今古几人曾会。鬼设神施，浑认作、天限南疆北界。一水横陈，连岗三面，做出争雄势。六朝何事，只成门户私计。

因笑王谢诸人，登高怀远，也学英雄涕。凭却江山，管不到、河洛腥膻无际。正好长驱，不须反顾，寻取中流誓。小儿破贼，势成宁问强对。

这首词是陈亮的代表作。词中借批判东晋偏安江左，不图恢复中原的史实谴责南宋王朝对金屈膝、妥协议和的错误态度。可谓大声疾呼，锋芒毕露，爱国热情，喷薄而出。

由于他力主抗金，性格豪爽，一生多次下狱，被人目为“狂怪”。陈亮励志读书、著书，晚年考进士，擢第一，授佥书建康符判官厅公事，未到任就死去了。现传《龙川词》，收词七十余首。

陈亮与辛弃疾友谊极深，常有赠答之作。在辛弃疾退居上饶时，他曾从浙江东阳去看望，同游鹅湖，极论世事。别后为表怀念，相互赠词，在答和辛弃疾的一首《贺新郎》中，他写道：

老去凭谁说？看几番，神奇臭腐，夏裘冬葛。父老长安今馀几？后死无仇可雪，犹未燥、当时生发。二十五弦多少恨，算世间、那有平分月！胡妇弄，汉宫瑟。树犹如此堪重别。只使君、从来与我，活头多合。行矣置之无足问，谁换妍皮痴骨？但莫使伯牙弦绝。九转丹砂牢拾取，管精金、只是寻常铁。龙共虎，应声裂。

词中写出了他对时局的焦虑，对国土沦亡的痛心，对南宋王朝的极度不满；也表达了两人为恢复大业共同努力的愿望。

陈亮的词多激昂雄浑，具有充实的现实内容，且用语自然。他自述其创作词的经历：“闲居无用心处，却欲为一世故旧朋友作近拍词三十阕，以创造于后来。本之以方言俚语，杂之以街谭巷歌，抟捬义理，劫剥经传，而卒归之曲子之律，可以奉百世豪英一笑，顾于今未能有为我击节者耳。”（《与郑景元提干书》）这既是他写词的用意和运用语言的主张，也是辛派词人运用语言的共同特点。

陈亮的词多直陈胸臆，比兴手法少用，豪壮有余，蕴含不足。在艺术风格上，陈词也不及辛词多样化。

刘过（1154—1206），字改之，号龙洲道人，吉州太和（今江西泰和）人。他力主北伐，宋光宗时，曾上书宰相，提出恢复中原的方略，未被采纳。他四次应举未中，长期流落江湖，靠投诗献词、依人作客为生，晚年和辛弃疾有过交往。辛弃疾在任浙东安抚使时，曾把他从临安请到绍兴，对他颇为赏识。他曾写过一首《沁园春》寄给辛弃疾，词云：

古岂无人，可以似吾稼轩者谁？拥七州都督，虽然陶侃，机明神鉴，未必能诗。常衮何如，羊公聊尔，千骑东方侯会稽。中原事，纵匈奴未灭，毕竟男儿。　　平生出处天知，算整顿乾坤终有时。问湖南宾客，侵寻老矣；江西户口，流落何之？尽日楼台，四边屏幛，目断江山魂欲飞。长安道，奈世无刘表，王粲畴衣？

词中热情赞扬了辛弃疾既能武又能文，是国家的栋梁之才；也倾诉了自己怀才不遇的愤懑之情。他还有首《沁园春》，也是呈辛弃疾的，用问答语入词，构思了三个古代诗人(白居易、林和靖、苏东坡)挽留他的谈话，写得生动活泼，富有风趣，受辛词的影响很明显。

他的词，也表现了积极的政治态度和强烈的爱国热情，如《西江月》：

堂上谋臣尊俎，边头将士干戈。天时地利与人和，"燕可伐与?"曰："可。"　　今日楼台鼎鼐，明日带砺山河。大家齐唱大风歌，不日四方来贺。

他希望朝廷作好充分准备，以期北伐获得全胜，对胜利也充满了信心。不过，他的词在表现对抗战拥护的同时，也流露了江湖游士自吹自擂和捧人过当的习气，他曾自称："四举无成，十年不调，大宋神仙刘秀才。"(《沁园春·卢菊涧座上》)虽则是对现实不满，亦有玩世不恭之嫌。

刘过的词虽没有辛弃疾的词那样婉转深沉，但也不像陈亮那样坦率显露，往往在粗豪之中透露俊逸之气，语言也比较丰满。如《唐多令》：

芦叶满汀洲，寒沙带浅流。二十年重过南楼。柳下系船犹未稳，能几日，又中秋。　　黄鹤断矶头，故人曾到？旧江山浑是新愁。欲买桂花同载酒，终不是，少年游。

这是作者重过武昌这个敌我纷争之地时所作，词旨清越，气氛苍凉，充满今昔之慨。

刘过著有《龙洲词》，存词七十余首。

刘克庄(1187—1269)，字潜夫，号后村居士，莆田(今福建莆田县)人。他是南宋后期继承辛弃疾词风而获得较大成就的作家。他生活在南宋王朝面临崩溃的前夕，对国家危机和人民疾苦更有切肤之痛，在他的诗词里经常流露出来。他在任建阳县令时，因作《落梅》诗，中有"东风谬掌花权柄，却忌孤高不主张"两句，而被指控为讪谤朝廷，罢官十年之久。他曾写绝句纪其事云："梦得因桃却左迁，长源为柳忤当权。幸然不识桃并柳，也被梅花累十年"，发泄自己的不满情绪。他曾四次出仕，但时间都不长，多则一两年，少仅数月。著有《后村大全集》，词集名《后村长短句》(《后村别调》)，存词百余首。

刘克庄的词具有强烈的爱国思想。冯煦在《六十一家词选例言》中评道：

> 后村词与放翁、稼轩犹鼎三足，其生丁南渡，拳拳君国似放翁；志在有为，不欲以词人自域似稼轩。如《玉楼春》云："男儿西北有神州，莫滴水西桥畔泪。"《忆秦娥》云："宣和宫殿，冷烟衰草。"伤时念乱，可以怨矣。又其宅心忠厚，亦往往于词得之。《满江红·送宗惠父入江西幕》云："帐下健儿休尽说，草间赤子俱求活。"《贺新郎·寿张使君》云："不要汉廷夸击断，要史家编入循良传。"(《念奴娇·寿方德润》云："须信谄语尤甘，忠言最苦，橄榄何如密。"胸次如此，岂剪红刻翠者比耶？

对他的人品和词品都给予了高度的评价。的确，刘克庄在词中总以国事为念，对现实持有比较清醒的态度。如《贺新郎·送陈真州子华》：

> 北望神州路，试平章，这场公事，怎生分付。记得太行山百万，曾入宗爷驾驭。今把作、握蛇骑虎。君去京东豪杰喜，想投戈、下拜正吾父。谈笑里，定齐鲁。　两河萧瑟惟狐兔。问当年、祖生去后，有人来否。多少新亭挥泪客，谁梦中原块土。算事业、须由人做。应笑书生心胆怯，向车中、闭置如新妇。空目送，塞鸿去。

词的上片指责了南宋统治者不真心抗金，轻视太行义军的力量，而希望陈子华去联合他们，收复失地。下片讽刺南宋朝廷只知苟安江左，忘记了国恨家仇的怯懦态度，并叹息自己不受重用，壮志难酬的境遇。爱国主义的热忱洋溢其间。又如上文冯煦所引用的《玉楼春》、《满江红》、《贺新郎》、《念奴娇》等词，都鲜明地表达出作者爱国爱民、嫉恨奸佞的思想感情。

刘克庄发展了辛词奔放、疏宕的一面，但缺乏辛词的深沉和精警。他在创作上力摹辛词之风，然而得其莽粗，未得其深精。张炎在《词源》中批评他"直致近俗，效稼轩而不及者"，是有道理的。如《贺新郎·实之三和，有忧边之语，走笔答之》等词，散文化和议论化倾向太过，散漫拖沓，减弱了艺术感染力。他只有不多的作品，如《满江红·赤日黄埃》、《清平乐·五月十五夜玩月词》等，意境还能与辛词相当。现举后者以见一斑。

> 风高浪快，万里骑蟾背。曾识姮娥真体态，素面元无粉黛。　　身游银阙珠宫，俯看积气濛濛。醉里偶摇桂树，人间唤作凉风。

在美丽的想象中表现了他要摆脱现实沉闷处境的愿望，韵味较浓。

刘辰翁(1232—1297)，字会孟，号须溪，庐陵(今江西吉安)人。少时登陆九渊之门，补太学生。后廷试对策，因谴责了权相贾似道戕害忠良、堵塞言路的劣迹而被列入丙等。他不肯担任史馆和太学职务，自请作濂溪书院山长(主持人)。宋亡，隐居不仕。著有《须溪词》，存词三百五十余首，多数是宋亡以后写的。

刘辰翁处于南宋王朝覆灭之际，在宋亡之前，他的词多有批判南宋朝廷腐败政治之意。如《六州歌头》，就是闻“贾似道督师至太平州鲁港，未见敌，鸣锣而溃”(词前小序)之事有感而作的，迅速地反映了这次重大的军事事件。在宋亡之后，他活了近二十年，其作品表现了思念故国的愁苦，情感沉痛，词风清逸雄健，富有爱国热忱。如《永遇乐》：

> 璧月初晴，黛云远淡。春事谁主。禁苑娇寒，湖堤倦暖，前度遽如许。香尘暗陌，华灯明昼，长是懒携手去。谁知道，断烟禁夜，满城似愁风雨。　　宣和旧日，临安南渡，芳景犹自如故。缃帙流离，风鬟三五，能赋词最苦。江南无路，鄜州今夜，此苦又谁知否。空相对，残釭无寐，满村社鼓。

作者自序说：“余自乙亥上元诵李易安《永遇乐》，为之涕下。今三年矣，每闻此词，辄不自堪。遂依其声，又托之易安自喻。虽辞情不及，而悲苦过之。”乙亥是公元1275年，即宋亡前一年；三年之后，即宋亡两年后，作者写了此词。词的上片触景生情，勾起了对往昔临安繁华盛况的回忆，表示了对元军实行“禁夜”的恐怖气氛的不满。下片表达了临安沦陷后，自己国破家亡的痛苦心情。词中“多真率语，满心而发，不假追琢”(况周颐《餐樱庑词话》)，与辛词风格相似。

宋亡之后，不但北宋时期东京的繁华，难以想象，就是南渡偏安后临安的平静，也不复再得。作者对残酷的现实强烈不满，但又寻求不到改变现实的道路，因而作品中是一派愁苦和悲凉，缺乏辛弃疾、刘克庄那种豪情壮志。他多有送春、感秋、怀旧、招魂之作，主要是抒发对南宋王朝的留念，对元朝统治的不满。当时恢复的希望已完全破灭，他的词也表现了一种绝望的悲哀。这种感情是真切的，反映在词里也趋于沉郁哀婉，在一定程度上改变了爱国词派过于散文化和议论化的倾向。其中以《兰陵王·送春》最为深沉：

> 送春去，春去人间无路。秋千外，芳草连天，谁遣风沙暗南浦？依依甚意绪，漫忆海门飞絮。乱鸦过，斗转城荒，不见来时试灯处。
> 春去，最谁苦？但箭雁沉边，梁燕无主，杜鹃声里长门暮。想玉树凋土，泪盘如露。咸阳送客屡回顾，斜日未能度。　　春去，尚来否？正江令恨别，庾信愁赋。苏堤尽日风和雨。叹神游故国，花记前度。人生流落，顾孺子，共夜语。

词分三片写出，前片写送春归去，暗指故都沦陷，幼帝飘泊，前途难料。中片写春去后的凄苦，暗示家破国亡，君臣被俘北去，前景凄凉。后片写春去未归，暗示恭帝不得南归，社稷难以恢复。结尾抒发自己无可奈何，空忆繁华，不胜天涯流落的兴亡之感。陈廷焯在《白雨斋词话》中说："题是送春，词是悲宋，曲折说来，有多少眼泪！"这类思念故国之作，具有一定的艺术感染力。

南宋后期的辛派词人，颇具声势，先后还有韩元吉、杨炎正、刘仙伦、岳珂、方岳、文及翁、李演诸人，他们也有一些爱国词作，但就每个人来说，规模较小。他们的词风力学稼轩，但浑厚沉郁终不及，具有特色的佳作也不多。

第九章 南宋后期诗词

第一节 姜夔及其他词人

绍兴三十二年(1162)，南宋主降派皇帝高宗赵构在一片主战声中，传位给太子赵昚，是为宋孝宗。第二年改元隆兴，随即开始北伐。由于抗战派内部的矛盾，1163年5月宋军符离战败，于是在1164年底与金人订立“隆兴和议”。从这时起，南宋朝廷更加无心北伐；而金国内部也发生了政变，无力南侵。因此，双方能够维持和平局面，达数十年之久。

在相对安定的生活条件下，统治阶级耽于佚乐，一些士大夫也得过且过，悠闲度日，这种情况影响到文学，爱国主义的慷慨高歌便显然减弱了声调。虽然有些诗人也触及时政，感慨国事，但多数是流连光景，抒发个人的离愁别恨；或致力于雕琢辞藻，偏重于讲究音律。于是，出现了“永嘉四灵”和“江湖派”。直到蒙古入侵，南宋灭亡前后，这种“衰弱”风气才有所改变。外来的侵略激发了文人们的爱国主义激情，出现了文天祥、汪元量、郑思肖等作家，宋代诗坛再次响起了爱国主义的悲歌。

在南宋后期的社会条件下，产生了与辛派词风格不同的另一词派。由于他们偏重词的格律，被后人称为“格律派”。这派词人的代表是姜夔和吴文英。

姜夔(1155—1221?)，字尧章，自号白石道人，江西鄱阳人。早年丧父，家贫依伯姊居湖北汉川。屡试不中，终身不曾做官。往来于仕宦之家，过着近于清客式的生活，寄人篱下。他曾与范成大、辛弃疾、刘过、朱熹有过密切的交往，在国家民族的重大问题上，他还是倾向于抗战派的。他的生活道路既不像陆游、辛弃疾那样积极进取、具匡时济世之大志，也不像那些趋炎附势、追名逐利的小人。他走的是一种清高的、独善其身的雅士道路，这就决定了他的创作具有真诚高洁的个人感情，而缺少深刻的、广泛的思想境界。姜夔多才多艺，诗文、音乐、书法均善，尤以词见称于世。

姜夔词多纪游咏物之作，其特点是音调谐婉，寄意深远，用含蓄精致的手法，创造清幽隽永的意境，以抒发个人的身世飘零之感和相思离别之情。咏物方面的著名作品有《疏影·苔枝缀玉》：

> 苔枝缀玉，有翠禽小小，枝上同宿。客里相逢，篱角黄昏，无言自倚修竹。昭君不惯胡沙远，但暗忆江南江北。想佩环月夜归来，化作此花幽独。　　犹记深宫旧事，那人正睡里，飞近蛾绿。莫似春风，不管盈盈，早与安排金屋。还教一片随波去，又却怨玉龙哀曲。等恁时、重觅幽香，已入小窗横幅。

这是应范成大之请而作的咏梅词。作者在这首词中写他作客时见到梅花所引起的一些联想。上片把梅花暗比被遗弃的美人，更联想到那秉有绝代姿容而不为汉宫所重、终致客死异域的王昭君。下片抱怨春风无情，偏把梅花吹落，等人们重觅幽香，为时已晚，但见小窗横幅，梅影疏淡，空留无限怅恨。作者借咏吟梅花来感叹自己的身世，觉得自己身为布衣，一直未受到朝廷的擢用，为此而郁郁不平。这首词与《暗香·旧时月色》一样，都是姜夔为范成大创制的“新声”。由于这两首词联想巧妙，雕琢细致，音节谐婉，向来被认为是姜夔的代表作。张炎曾给以很高评价，说这两首“赋梅”词“前无古人，后无来者，真为绝唱”(《词源》)。这显然是溢美之词。用典隐晦，词意难明，无疑是其缺点。

姜夔在纪游方面有代表性的小词是《点绛唇·丁未冬过吴淞作》：

> 燕雁无心，太湖西畔随云去。数峰清苦，商略黄昏雨。　　第四桥边，拟共天随住。今何许？凭栏怀古，残柳参差舞。

这首词是姜夔经过吴淞江时所作。词中将描写眼前之景与抒发感伤之情巧妙地结合在一起。“燕雁无心，太湖西畔随云去”，像是实写，却又使人联想起有心的词人飘泊无定的凄苦。“数峰清苦，商略黄昏雨”是姜词的名句。“数峰”本是静物，却以带有浓厚感情色彩的“清苦”二字来形容，可谓“使物皆著我之色彩”；“商略”二字以拟人的手法，写出山的情意和雨势之浓，反过来更显出景物的清寂寥落，衬托出了飘泊无定的词人的心情。下片则是直接抒情。“第四桥边，拟共天随住”，是说他愿意同自号天随子的唐代诗人陆龟蒙一起隐居吴江。陆龟蒙有江湖文人之称，词人流连云水的情趣也就不言而喻了。最后揭出怀古情绪，以“今何许”提唱，仅用“残柳参差舞”一点，寄托无穷哀思，蕴藏着无限想象。姜夔自己说，诗“贵含蓄”，要写得“深远清苦”。他的词就具有这样的特点。张炎称他的词如“野云孤飞，去留无迹”，将其特点概括为“清空”二字。

其写恋情之词，简洁冷峻，耐人咀嚼，如《踏莎行》：

自沔东来，丁未元日至金陵，江上感梦而作。

燕燕轻盈，莺莺娇软，分明又向华胥见。夜长争得薄情知？春初早被相思染。　　别后书辞，别时针线，离魂暗逐郎行远。淮南浩月冷千山，冥冥归去无人管。

词写梦后对所恋女子的怀念。上片写梦境，从情人的娇美形象设想她对自己的相思。下片写情人见物生情，梦魂也随自己远行。结尾二句是作者梦醒后的感触。词中不直写自己想情人，而写情人想自己，更增强了作者的思念之情。

总的说来，姜夔词多感慨个人身世之作，缺乏广阔的社会内容。但是，在大量纪游、咏物、送别、怀旧的作品外，他也有忧时念乱之作。如《扬州慢·淮左名都》就是被称为“有黍离之悲”的自度曲：

淮左名都，竹西佳处，解鞍少住初程。过春风十里，尽荠麦青青。自胡马窥江去后，废池乔木，犹厌言兵。渐黄昏、清角吹寒，都在空城。　　杜郎俊赏，算而今、重到须惊。纵豆蔻词工，青楼梦好，难赋深情。二十四桥仍在，波心荡、冷月无声。念桥边红药，年年知为谁生？

词的前三句说明作者路过的扬州曾经是风景优美的著名城市。接着写出作者眼中所见扬州被金兵洗劫后的荒凉景象和凄惨气氛。下片用杜牧诗意，以昔日的繁华与眼前的萧条作比较，更使人产生今昔之感　。“二十四桥”五句，写得沉痛哀惋，发人深思。“仍”、“念”二字，包含着词人对往昔极深的留恋向往和对现实无限的悲伤惋惜的复杂感情。这首词艺术上有很高的成就。宋翔凤《乐府余论》说：“词家之有姜白石，犹诗家之有杜少陵，继往开来，文中关键。其流落江湖，不忘君国，皆借托比兴，于长短句寄之。”应是指这类作品而言。

姜夔写词，常在词前加一段小序，有的是说明写此词的缘由和背景的，有的是解释写作手法和声律的。这些小序对理解词很有帮助，这也正好说明姜词的深远清空、令人难明的缺点，连他自己也感到有说明的必要。正如王国维《人间词话》所言：“虽格韵高绝，然如雾里看花，终隔一层。”不过，有些小序，也写得文采斐然，与词的内容相映成趣。如《念奴娇》：

予客武陵，湖北宪治在焉。古城野水，乔木参天。予与二三友，日荡舟其间，薄荷花而饮，意象幽闲，不类人境。秋水且涸，荷叶出地寻丈。因列坐其下，上不见日，清风徐来，缘云自动，间于疏处，窥见游人画船，亦一乐也。朅来吴兴，数得相羊荷花中，又夜泛西湖，光景奇绝，故以此句写之。

闹红一舸，记来时、尝与鸳鸯为侣。三十六陂人未到，水佩风裳无数。翠叶吹凉，玉容清酒，更洒菰蒲雨。嫣然摇动，冷香飞上诗句。　日暮，青盖亭，情人不见，争忍凌波去？只恐舞衣寒易落，愁入西风南浦。高柳垂阴，老鱼吹浪，留我花间住。田田多少，几回沙际归路。

这首词写游荷花湖的情景，文辞清丽，境界秀美。

作为词坛上“清空”一派代表的姜夔，其晚年作品也有接受辛词影响而表现出豪放风格的。但这种变化并不是姜词的主流。姜夔词的主要特点是继承周邦彦的传统，辞句精美而音调谐婉。他精通音律，能自度曲，不只是按谱填词，而且能给文词谱以乐曲。这样，他就能摆脱词调的限制，自由抒写吟唱，实现词的音乐美和情感节奏的高度和谐，进入了声情并茂的审美境地。

南宋后期，效法姜夔讲究格律辞藻的词人，以史达祖和吴文英为代表。

史达祖（生卒年代不详），字邦卿，号梅溪，汴（今河南开封）人。曾做过宰相韩侂胄的堂吏，为韩掌文书。著有《梅溪词》。姜夔曾为之作序，说它“奇秀清逸，有李长吉之韵，盖能融情景于一家，会句意于两得”（《花庵词选》引）。这番话虽不免揄扬过甚，但也道出了史达祖词的某些特点。如《双双燕·咏燕》：

过春社了，度帘幕中间，去年尘冷。差池欲往，试入旧巢相并。还相雕梁藻井，又软语商量不定。飘然快拂花梢，翠尾分开红影。　芳径，芹泥雨润，爱贴地争飞，竞夸轻俊。红楼归晚，看足柳昏花暝。应自栖香正稳，便忘了天涯芳信。愁损翠黛双蛾，日日画栏独凭。

这首词以轻快的笔调描写一对燕子衔泥筑巢的亲切愉悦，上片写燕子飞来，留恋旧巢，并决定在旧处住下。燕子是如此的多情，相处又是那么恩爱。下片写燕子辛勤筑巢，日暮才返。最后两句，写思妇的情思。通篇写燕而不见燕字，但一对燕子的可爱形象却生动地出现在眼前。写燕的用意是在写人，燕子双双过得这样惬意，但闺中之人独凭画栏，这中间的况味就不说自明了。词人以燕子作背景，衬托出闺中人等待爱人的寂寞心情，可谓融抒情咏物于一体，寓意婉转含蓄。

史达祖的闺情词，有的也写得情意真切，自然明快，如《临江仙》：

愁与西风应有约，年年同赴清秋。旧游帘幕记扬州。一灯人著梦，双燕月当楼。　罗带鸳鸯尘暗淡，更须整顿风流。天涯万一见温柔。瘦应缘此瘦，羞亦为郎羞。

上片写因秋而忆旧，下片写忆旧梦后的心绪，向往能于万一中重温旧情。最后二句尤为真切痴情。

吴文英(1200？—1260？)，字君特，号梦窗，四明(今浙江宁波)人。他和姜夔一样，终生未仕，只做过一些大官如贾似道、吴潜等的门客。有《梦窗甲乙丙丁稿》，词作多达三百五十六首。

对于吴文英词，历来就有不同的评价。沈义父《乐府指迷》说吴文英“其失在用事下语太晦涩处，人不可晓”。张炎《词源》说他“善于炼字面”，又说“吴梦窗词如七宝楼台，炫人眼目，拆碎下来，不成片段”，“凝涩晦昧”。这些说法指出了吴文英词的一个突出缺点是雕琢堆砌，过于讲求用事，晦涩而琐屑，为文而造情。但清中叶以后绝大多数词论家，如周济、戈载、王鹏运、陈廷焯、朱孝臧、况周颐等人，却对吴文英推崇备至，说梦窗词“含思高远，琢语幽邃”(蔡嵩云《乐府指迷笺释》)；“奇思壮彩，腾天潜渊，返南宋之清泚为北宋之秾挚”(周济《宋四家词选序论》)；“以绵丽为尚，运意深远，用笔幽邃，炼字炼句，迥不犹人”(戈载《七家词选》)。评论家毁誉不同，只能说明吴文英的词确实具有晦涩幽深和境界高远这两个方面的特点。其境界较高者，如《八声甘州·陪庾幕诸公游灵岩》：

渺空烟四远，是何年青天坠长星？幻苍崖云树，名娃金屋，残霸空城。箭径酸风射眼，腻水染花腥。时靸双鸳响，廊叶秋声。　宫里吴王沉醉，倩五湖倦客，独钓醒醒。问苍天无语。华发奈山青。水涵空、栏干高处，送乱鸦、斜日落渔汀。连呼酒，上琴台去，秋与云平。

这首词对景抒情，吊古伤今，用笔神奇，托意深切。写吴、越兴亡，暗寓南宋垂亡的悲慨，可说是艺术性和思想内容均属上乘的作品。吴梅说："梦窗长处，正在超逸之中见沉郁之思。"就是指这类作品而言。

吴文英在南宋婉约词派中，是成就卓著者之一，他效法姜夔但又不似姜夔。陈锐《褎碧斋词话》云："白石拟稼轩之豪快，而结体于虚，梦窗变美成之面貌，而炼响于实。南渡以来，双峰并峙，如盛唐之有李杜矣。"从艺术手法的虚实角度，可以说各有千秋；但比之于盛唐李杜，无论内容和形式，不可同日而语。姜词以疏宕取胜，吴词以密丽为优。吴词语言纤丽，重视字句锤炼，以诗比近似李商隐，以词比近似温庭筠。他好像把无数丽字串起来成为一件美艳绝伦的工艺品，如《浣溪沙》：

门隔花深梦旧游，夕阳无语燕归愁，玉纤香动小帘钩。　　落絮无声春堕泪，行云有影月含羞，东风临夜冷于秋。

这是一首小令，花月之语已足够了。另有长调《莺啼序·春晚感怀》，极尽纤丽铺陈之能事，为人所传诵，可视为这一时期格律词派的代表作：

残寒正欺病酒，掩沉香绣户。燕来晚、飞入西城，似说春事迟暮。画船载、清明过却，晴烟冉冉吴宫树。念羁情游荡，随风化为轻絮。

十载西湖，傍柳系马，趁娇尘软雾。溯红渐、招入仙溪，锦儿偷寄幽素。倚银屏、春宽梦窄，断红湿、歌纨金缕。暝堤空，轻把斜阳，总还鸥鹭。　　幽兰旋老，杜若还生，水乡尚寄旅。别后访、六桥无信，事往花委，瘗玉埋香，几番风雨？长波妒盼，遥山羞黛，渔灯分影春江宿。记当时、短楫桃根渡。青楼仿佛，临分败壁题诗，泪墨惨淡尘土。

危亭望极，草色天涯，叹鬓侵半苎。暗点检、离痕欢唾，尚染鲛绡，亸凤迷归，破鸾慵舞。殷勤待写，书中长恨，蓝霞辽海沉过雁，漫相思、弹入哀筝柱。伤心千里江南，怨曲重招，断魂在否？

词中细致地铺叙了生离死别之情。共四叠，第一叠因暮春而引起离恨；第二叠回忆十年旧游的情侣；第三叠追寻旧迹，物是人非，悲从中来；第四叠抒相思之苦情，长恨难已。全词一气呵成，语言雅丽，结构绵密，情景相融，音韵悦耳，在词作长调中，堪称佳作，受到词家的称道。戈载《宋七家词选》卷四云："貌观之雕绘满眼，而实有灵气行乎其间。细心吟绎，觉味美方回，引人入胜，既不病其晦涩，亦不见其堆垛，此与清真、梅溪、白石并为词学之正宗，一脉真传，特稍变其面目耳。"前人对吴词有褒有贬，这是自然的。从思想内容上讲，其题材窄狭，以个人生活感受为主，缺乏深刻的社会意义；但在艺术表现上，却独得机杼，高妙纯熟，也能给人带来无尽的美感享受。这种现象，在文学领域里何止吴文英一人。过去被文学史家称为形式主义的一些作家和作品，都应从文学本身的审美价值去评价，只要不是损害国家民族精神、不是诲淫诲盗之作，即使题材窄狭、缺少深刻的社会意义，但艺术表现上有成就者，均应充分肯定，给予其应有的地位。吴文英以奇丽绵密的艺术风格为主，亦有少数词写得疏朗清空，如《唐多令》：

何处合成愁？离人心上秋。纵芭蕉不雨也飕飕。都道晚凉天气好，有明月，怕登楼。　　年事梦中休，花空烟水流。燕辞归。客尚淹留。垂柳不萦裙带住，漫长是，系行舟。

这首羁旅怀人之作，写得清新自然，无斧凿痕。凡大词家多如此，以一种风格为主而兼有其他。如大艺人一样，总以一角色为主而可演众角，均能惟妙惟肖，神采飞扬。

吴文英上承周邦彦、姜夔格律词派的艺术传统，勇于独创，自成一格，对婉约词的继承和发展，作出了重大贡献。其影响也颇为深远，南宋其追随者有尹焕、黄孝迈、沈义父诸人，周密、张炎等人也受到过他的影响。后世词人对他的评论多有分歧，但从总的倾向看，对其艺术上的成就赞扬的居多，如周济、戈载等。也有批评其词晦涩凌乱的，如张炎、王国维等。近人胡适批评得更具体，他在《词选》中说："这一大串的套语与古典，堆砌起来，中间又没有什么诗的情绪或诗的意境作个纲领。我们只见他时而说人，时而说花，一会儿说蛮腥和吴苑，一会儿又在咸阳送客了。"指出了吴词脉络不清的毛病。比较中肯的评论应该是《四库全书总目提要·梦窗稿》所云："天分不及周邦彦，而研炼之功则过之。词家之有吴文英，如诗家之有李商隐。"既指出了其特点和不足，又肯定了他在词界的地位。

南宋末年，受姜夔词派影响的词人有周密、王沂孙、张炎、蒋捷等。

周密(1232—1308?)，字公谨，号草窗，济南人。曾为义乌(在今浙江)令。宋亡不仕，寓居杭州，和王沂孙、张炎等共结词社。著有《草窗词》，又名《蘋州渔笛谱》。

他的词风和吴文英(梦窗)有相近之处，过去并称为“二窗”。其实他的词没有吴文英词晦涩的一面，大多清丽畅达，如《闻鹊喜·吴山观涛》：

天山碧，染就一江秋色。鳌戴雪山龙起蛰，快风吹海立。　　数点烟鬟青滴，一杼霞绡红湿。白鸟明边帆影直，隔江闻夜笛。

词的上片写观潮，下片写海景，语言洗练，风格清丽。

周密词多写个人情怀和草木鱼虫，立意不高。宋亡之后，他风格有所改变，显得悲切苍凉。如《献仙音·吊雪香亭梅》：

松雪飘寒，岭云吹冻，红破数椒春浅。衬舞台荒，浣妆池冷，凄凉市朝轻换。叹花与人凋谢，依依岁华晚。　　共凄黯。问东风、几番吹梦，应惯识当年，翠屏金辇。一片古今愁，但废绿、平烟空远。无语销魂，对斜阳、衰草泪满。又西泠残笛，低送数声春怨。

词人在亡国之后，见到昔日故国御园中的梅花而发沧桑之叹，抒发了对故国的怀念之情。全词语言流畅秀丽，情景交融，意境深沉。戈载《宋七家词选》说：“草窗词尽洗靡曼，独标清丽，有韶倩之色，有绵渺之思，与梦窗旨趣相侔，二窗并称，允矣无忝。”但周词比吴词清朗深沉一些，而其在词艺方面的影响和地位却不如吴。

他又著有笔记《齐东野语》、《武林旧事》、《癸辛杂识》等多种，记录旧事轶闻，其中有许多关于词人的史料。另有《绝妙好词》，以姜夔等所谓“雅正派”词人的观点，选录了南宋词人一百三十二家的作品，许多词人的作品因此得以保存下来。

王沂孙(？—1306？)，字圣与，号碧山，又号中仙，会稽(今绍兴)人。著有《碧山乐府》，又名《花外集》，有词六十余首。张炎说他：“能文工词，琢语峭拔，有白石意度，今绝响矣！”(《琐窗寒·断碧分山》序)如《眉妩·新月》：

渐新痕悬柳，淡彩穿花，依约破初暝。便有团圆意，深深拜、相逢谁在香径？画眉未稳，料素娥犹带离恨。最堪爱、一曲银钩小，宝帘挂秋冷。　　千古盈亏休问。叹慢磨玉斧，难补金镜。太液池犹在，凄凉处、何人重赋清景？故山夜永，试待他窥户端正。看云外山河，还老桂花旧影。

此词大约写于宋亡前夕。词中引典设喻，用双关语意，反复咏叹，寄托家国兴亡之感，既具“平和凄婉”的特点，也杂有“隐晦曲折”的弊病。

王沂孙词风采众家之长，而形成独有风貌。他尤善于咏物和用典，以寄托自己的家国之思和兴亡之感。如《水龙吟·落叶》：

> 晓霜初著青林，望中故国凄凉早。萧萧渐积，纷纷犹坠，门荒径悄。渭水风生，洞庭波起，几番秋杪。想重厓半没，千峰尽出，山中路，无人到。　　前度题红杳杳，溯宫沟，暗流空绕。啼螀未歇，飞鸿欲过，此时怀抱。乱影翻窗，碎声敲砌，愁人多少。望吾庐甚处，只应今夜，满庭谁扫？

全词紧扣落叶写出，上片写落叶萧瑟之景，意境苍凉；下片抒见落叶而思念故国之情。景与情配合默契，融为一体。兴亡之叹深寓其中。陈廷焯在《白雨斋词话》卷二中对王沂孙之词作了很高的评价，他说：“王碧山词，品最高，味最厚，意境最深，力量最重，感时伤世之言，而出以缠绵忠爱。”

张炎(1248—1322?)，字叔夏，号玉田，临安(今杭州)人。他出生于勋臣世胄之家，早年受到良好的教育。三十二岁前过着豪华、浪漫的“贵游公子”的生活。1276 年，宋朝廷奉表降元。元军进入临安，杀张炎祖父张濡，“籍其家”。从此，张炎陷入穷困窘迫的境地，长期处于飘泊漫游之中，直到晚年，归隐西湖。张炎的著作，有《山中白云词》八卷及词论《词源》二卷。

张炎的词师法姜夔一派，其特点是：内容多写身世之叹、亡国之痛；艺术形式上兼取“周清真之典丽，姜白石之骚雅，史梅溪之句法，吴梦窗之字面”(陆行直《词旨》)，而形成清空骚雅的风格。如《解连环·孤雁》：

> 楚江空晚，怅离群万里，恍然惊散。自顾影欲下寒塘，正沙净草枯，水平天远。写不成书，只寄得相思一点。料因循误了，残毡拥雪，故人心眼。　　谁怜旅愁荏苒？谩长门夜悄，锦筝弹怨。想伴侣犹宿芦花，也曾念春前，去程应转。暮雨相呼，怕蓦地玉关重见。未羞他双燕归来，画帘半卷。

这里以孤雁自况，通过自惊、自怜、自想、自叹，表现出词人缠绵悱恻的感情，表达出国破家亡后孤零飘泊的恐惧和期待。词情凄切，婉转动人。在字面上暗用《苏武传》雁足传书故事，以及杜牧《早雁》诗句(“仙掌月明孤影过，长门灯暗数声来”）；崔涂《孤雁》诗句（“暮雨相呼失，寒塘欲下迟”），又显得不那么窒碍晦涩，在艺术上具有流丽清畅的特点。张炎把咏雁和自怜和谐地融为一体，因此被人称为“张孤雁”（见孔行素《至正直记》）。他还有另一篇佳作《南浦·春水》：

波暖绿粼粼，燕飞来、好是苏堤才晓。鱼没浪痕圆，流红去、翻笑东风难扫。荒桥断浦，柳阴撑出扁舟小。回首池塘青欲遍，绝似梦中芳草。　　和云出空山，甚年年净洗，花香不了。新绿乍生时，孤村路、犹忆那回曾到。余情渺渺，茂林觞咏如今悄。前度刘郎归去后，溪上碧桃多少。

全词紧扣春水的意象，抚今追昔，抒发无限身世之叹。此词写于宋亡之前，纯乎游览咏物之作，无甚深意；但文笔细腻，词境清秀，用典高妙，为时人所称道。据邓牧《张叔夏词集序》说：“《春水》一词，绝唱古今，人以‘张春水’目之。”可知“张孤雁”、“张春水”等雅号，均因其词而得。

张炎多写咏物长调，而其小令亦见功夫，清远蕴藉，情韵浓郁。如《思佳客·题周草窗〈武林旧事〉》：

梦里瞢腾说梦华，莺莺燕燕已天涯。蕉中覆处应无鹿，汉上从来不见花。　　今古事，古今嗟，西湖流水响琵琶。铜驼烟雨栖芳草，休向江南问故家。

词中典故颇多，但用得自然，不觉晦涩。词情哀婉，语辞淡雅，兴亡之痛深寓其中，耐人回味。又如《清平乐》：

采芳人杳，顿觉游情少。客里看春多草草，总被诗愁分了。　　去年燕子天涯，今年燕子谁家。三月休听夜雨，如今不是催花。

这是一首伤春之词，通过游兴淡薄、燕去花落的暮春景象，抒发了词人孤寂无依，飘零失落之感，并无其他深意；但在艺术表达上，平淡处见精神，言浅而味浓，天然去雕饰。

张炎是宋代词坛上的一大家，他的作品为南宋格律派词人唱了一曲精彩的压台戏，对后世亦有较大影响，到了清代尤甚。浙派词人领袖朱彝尊曾说：“不师秦七，不师黄九，倚新声玉田差近。”（《解佩令》），简直唯张炎独尊了。浙派词在清代风靡二百余年，张炎的影响也持续不衰，其词艺确有许多可取之处，但是张炎的缺点也正如常州派词人周济所说："玉田，近人所最尊奉。才情诣力，亦不后诸人，终觉积谷作米，把缆放船，无开阔手段。然其清绝处，自不易到。叔夏所以不及前人处，只在字句上著功夫，不肯换意。若其用意佳者，即字字珠辉玉映，不可指摘。"(《介存斋论词杂著》)。这一评论是中肯的。张词总的看来，显得题材狭窄，寄托委曲，而感慨不深，气势不足，这也算是格律词派的通病吧。

张炎不仅是著名的词人，也是一位著名的词学理论家。他的《词源》二卷，是我国最早的词学理论著作之一。上卷为音乐论，下卷为创作论。他提倡"词要清空，不要质实"，推崇白石词"不唯清空，又且骚雅，读之使人神观飞越"(《词源》卷下"清空")。因此，后人也就以"清空骚雅"作为他的词论的核心。所谓"清空"，据他的解释，是要"疏快"，要"清空中有意趣"(《词源·意趣》)；所谓"骚雅"，是要"屏去浮艳，乐而不淫"(《词源·赋情》)，符合《离骚》和《诗经》大、小雅的精神。其实，"清空"、"骚雅"不过是艺术技巧和艺术风格的概括，而没有注意到艺术与现实生活的关系。这使得他的词"无开阔手段"，"不肯换意"，也使他表现出门户之见；轻视豪放派的词，说"辛稼轩、刘改之作豪气词，非雅词也"(《词源·杂论》)。他认为只有姜夔一派才是"雅词"。词的内容多以咏物为主，终于显得小巧有余，而格局不大。

在宋末遗民词人中，师法姜夔之清劲含蓄而又吸取辛词之自由奔放者，当推蒋捷。

蒋捷，字胜欲，阳羡(今江苏宜兴)人。生卒年不详。宋度宗咸淳十年(1274)进士，宋亡后隐居太湖中的竹山，拒不仕元，人称竹山先生。著有《竹山词》，存词九十余首。其词内容较广泛，既有家国之悲，也有咏物应酬之作。其词风亦较多样，可谓转益多师，既效法苏辛之豪放，又模拟柳姜之婉约，因此其主要风格不甚明显，未能见到其独树一帜。

蒋捷的词，文字精练，音调谐畅，以"把旧家风景，写成闲话"的方式，在词作里寄寓追怀故国的沉痛的悲哀。其著名的词有《贺新郎·兵后寓吴》：

深阁帘垂绣，记家人，软语灯边，笑涡红透。万叠城头哀怨角，吹落霜花满袖。影厮伴、东奔西走。断望乡关知何处？羡寒鸦、到著黄昏后。一点点，归杨柳。　　相看只有山如旧。叹浮云、本是无心，也成苍狗。明日枯荷包冷饭，又过前头小阜。趁未发、且尝村酒。醉探枵囊毛锥在，问邻翁、要写牛经否？翁不应，但摇手。

这首词记叙了作者在国破家亡后的流浪生活。借对过去家庭生活的回忆，和现在无家可归的慨叹，以寄托对南宋王朝的深切怀念。“相看只有山如旧”，与“明日枯荷包冷饭，又过前头小阜”对外出写字谋生的描写联系起来，则不只是写出了作者流浪中的困顿生活景象，而且隐含着“贫贱不能移”的守节不阿的志向。“叹浮云、本是无心，也成苍狗”，则是对仕元文人的讽刺。还有一首《贺新郎·怀旧》，也是抒写亡国之恨的名篇，其意凄凉悱恻，文笔婉曲、细腻，被认为是《竹山词》中的压卷之作。

此外，他的一些感时伤怀，羁旅念远的令词，也写得自然流畅，情意真切，为人所爱。如《虞美人·听雨》：

> 少年听雨歌楼上，红烛昏罗帐。壮年听雨客舟中，江阔云低，断雁叫西风。　　而今听雨僧庐下，鬓已星星也。悲欢离合总无情，一任阶前、点滴到天明。

词中写了三个不同时期听雨的情景，其情虽含而未露，但斗转星移的沧桑之痛已令人心领神会了。还有一首《一剪梅·舟过吴江》，也是脍炙人口之作：

> 一片春愁待酒浇，江上舟摇，楼上帘招。秋娘渡与泰娘桥。风又飘飘，雨又萧萧。　　何日归家洗客袍。银字笙调，心字香烧。流光容易把人抛，红了樱桃，绿了芭蕉。

这是抒写倦游思归之作。上片写途中所遇风雨，引起对往日的回忆。下片写对归家的向往，感时光易逝，年华不再。全词用白描手法，语言明快，音韵悠扬。

蒋捷的词，从艺术上说，刘熙载称之为“未极流动自然，然洗练缜密，语多创获”。从思想内容来说，则赞扬他“其志视梅溪（史达祖）较贞，其思视梦窗（吴文英）较清”（《艺概》）。这种评价，是合乎实际的。至于有些词论家，如陈廷焯，以姜夔、王沂孙的词风为宗，对蒋捷想象丰富、随意挥洒、不拘一格的词风加以否定，只不过是拘守门户的偏见罢了。

活跃在南宋后期词坛上的还有高观国、卢祖皋、吴潜、陈人杰、陈允平诸人，不过，他们都没有形成自己独特的艺术风格，影响也不甚大，故此处略而不论。

第二节　永嘉四灵和江湖诗人

南宋时期，作为江西诗派对立面而出现的是“永嘉四灵”和“江湖诗人”。

所谓“永嘉四灵”，乃因四个诗人都是永嘉人，且名字中都有一个“灵”字而得名。他们是徐照（字灵晖）、翁卷（字灵舒）、赵师秀（字灵秀）、徐玑（号灵渊）。他们在艺术上反对江西诗派做诗用典故成语，要“捐书以为诗”，而尽量白描。他们反对江西派学杜甫，于是别立宗主，以贾岛、姚合为模仿对象。其结果是专事苦吟推敲，寄情狭窄、境界局促，形成冷僻清瘦的诗风。

徐照（？—1211），终生布衣，未尝仕进，家境贫穷，过着田园生活。**翁卷**，生卒年未详，曾在帅幕中供过职，一生落拓江湖，活了六十多岁，在“四灵”中他最后去世。**赵师秀**（1170—1220），系宋宗室，绍熙元年（1190）中进士，尝任上元（今江苏宁县）主簿、筠州（治所在今江西高安县）推官等职。**徐玑**（1162—1214），出身世家，历任建安（今福建建瓯县）主簿、永州（治所在今湖南零陵县）司理等职。他们大约活动在12世纪末到13世纪30年代，正是蒙古崛起，南宋、金都走向衰落的时候。在国亡家破的暴风雨前夕，统治阶级沉溺于歌舞酣醉之中。四灵位卑职小，回天无力；这时，他们本来有机会接近人民，写出一些表现下层人民生活和思想的作品；然而他们却乐于追求脱离现实的清淡和闲趣。“爱闲却道无官好，住僻为嫌有客多”（徐照《酬赠徐玑》）；“有口不须谈世事，无机唯合卧山林”（翁卷《行药作》）。这种脱离现实的态度与那个世积乱离的时代实在是太不相称。这也决定了他们的诗不能反映时代的面貌和人民的声音，顶多是如寒蝉凄切，唱几支幽咽哀怨的曲子而已。

四灵的大量诗歌，是描写自然景物和抒发个人胸臆的。其中有一些比较清新自然的作品。

如徐照的《湘中中秋》：

出望月轮小，不如临海生。又疑今夜看，难比故乡明。
立柏正无影，清猿偏有声。数家弦管外，专此照离情。

又如徐玑的《新凉》：

水满田畴稻叶齐，日光穿树晓烟低。

黄莺也爱新凉好，飞过青山影里啼。

又如翁卷的《乡村四月》和《野望》：

绿遍山原白满川，子规声里雨如烟。
乡村四月闲人少，才了蚕桑又插田。

一天秋色冷晴湾，无数峰峦远近间。
闲上山来看野水，忽于水底见青山。

又如赵师秀的《约客》和《呈蒋、薛二友》：

黄梅时节家家雨，青春池塘处处蛙。
有约不来过夜半，闲敲棋子落灯花。

中夜清寒入缊袍，一杯山茗当香醪。
禽翻竹叶霜初下，人立梅花月正高。
无欲自然心似水，有营何止事如毛。
春来拟约萧闲伴，同上天台看海潮。

这些诗比较自然、清快，语言晓畅淡雅；含有一点个人情趣，算是四灵作品中比较好的，但也显得意境非常淡薄。至于包含社会内容的诗，如徐照《促促词》拿送文书的小官和农民的生活作对比，写出“东家欢欲歌，西家悲欲哭”；翁卷的《东阳路旁蚕妇》写蚕妇劳动之辛苦等，虽不是深刻反映人民生活的作品，在他们的诗作里也是极少见的。

“四灵”的创作成就十分有限，只因为公开反对江西派而出名，加以当时“大儒”叶适的大力鼓吹，在诗坛上引起了广泛的回响。不久，“四灵”诗派的缺点暴露出来，曾经抬举过他们的叶适又批评他们“敛情约性、因狭出奇”，即生活狭窄，思想内容浅薄，作品平淡清瘦，艺路尖奇。为了改变此种诗风，遂出现了另一个诗派，即“江湖派”。

“江湖派”是因钱塘诗人兼书商陈起刻印同时交游的六十二家诗集合为《江湖集》而得名的。这一派人除刘克庄、方岳外，大多是身在江湖之上而不曾做官的布衣、游士。派名“江湖”也许是有意和身在庙堂之上的当权者区别开来。他们虽也曾风行一时，但真正有影响的诗人只有刘克庄、戴复古和方岳。

刘克庄，著名的辛派词人，又是“江湖派”里最大的诗人，他一生经历了孝、光、宁、理、度宗五个朝代，是江湖派诗人中官位最高、年寿最长、阅历也最丰富的作家。他早年曾受“四灵”的影响，但后来不满“四灵”的偏颇和弊病。他不像“四灵”那样单纯模仿姚合、贾岛，也学习其他诗人如许浑、王建、张籍，还模仿过李贺。他认为江西派“资书以为诗失之腐”，而“四灵”提倡晚唐体“捐书以为诗失之野”。到后来，他认识到“永嘉四灵”“虽穷搜索之功，而不能掩其寒俭刻削之态”，转而学习陆游。他非常推重陆游诗作“好对偶”和“奇对”的本领，也学习了陆游的现实主义精神。他认为“忧时元是诗人职，莫怪吟中感慨多”，写了许多反映民间疾苦，感慨国事的作品。如《戊辰即事》：

诗人安得有青衫？今岁和戎百万缣。
从此西湖休插柳，剩栽桑树养吴蚕。

宁宗嘉定元年(1208)，宋兵攻金大败，讲和赔款，议定犒师银(赔款)三百万两，增加“岁币”为三十万，诗即讽刺此事。刘克庄还有一首《北来人》，以北来人述说汴梁沦落后的荒凉景象，和“凄凉旧京女，妆髻尚宣和”，说明人们对故国的依恋。

刘克庄最富于现实主义精神的诗歌，是一组以边防前线为题材的歌行，如《军中乐》：

行营面面设刁斗，帐门深深万人守。
将军贵重不据鞍，夜夜发兵防隘口。
自言虏畏不敢犯，射麋捕鹿来行酒。
更阑酒醒山月落，彩缣百段支女乐。
谁知营中血战人，无钱得合金疮药！

这首诗用将军们行猎作乐、贪恋女色的淫靡腐朽生活，并戒备森严、不理兵事的精神状态，同战士们血战受伤无药医治的悲惨待遇作对比，写出了官兵之间的深刻矛盾。这种对比的手法也分别运用在《开壕行》、《筑城行》、《苦寒行》之中：

前人筑城官已高，后人下车来开壕。
画图先至中书省，诸公聚看称贤劳。
壕深数丈周十里，役兵大半化为鬼；

传闻又起旁县夫，凿教四面皆成水。
何时此地不为边，使我地脉重相连。

万夫喧喧不停杵，杵声丁丁惊后土。
遍村开田起窑灶，望青斫木作楼橹。
天寒日短工役急，白棒诃责如风雨。
汉家丞相方忧边，筑城功高除美官。
旧时广野无城处，而今烽火列屯戍。
君不见高城鼛鼛如鱼鳞，城中萧疏空无人。

十月边头风色恶，官军身上衣裘薄。
押衣敕使来不来？夜长甲冷睡难着。
长安城中多热官，朱门日高未启关；
重重帏箔施屏山，中酒不知屏外寒。

诗人在强烈的对比中，对急功近利，不顾役兵死活、只图个人享受的长官大吏作了强烈的批判。诗风雄伟豪放，远续中唐“新乐府”，近师陆游，具有强烈的现实主义精神。他还有一些描写日常生活的五言律诗，颇有情致。如《夜过瑞香庵作》：

夜深扪绝顶，童子旋开扉。问客来何暮，云僧去未归。
山空闻瀑泻，林黑见萤飞。此境惟予爱，他人到想稀。

刘克庄曾希望自己能与陆游媲美，他的《八十吟》云：“诚斋仅有四千首，唯放翁几满万篇。老子胸中有残锦，问天乞与放翁年。”后来他的年龄没有赶上放翁，他的诗的数量和质量也远远落在陆游的后面。方回《瀛奎律髓》卷四二说他“晚节诗欲学放翁，才终不逮，对偶巧而气格卑”。他的诗如同他的词一样，转益多师，而未能形成独特风格；由于贪多率意，有些作品粗糙浅薄，涵蕴不足。

戴复古(1167—1248?)，字式之，号石屏，黄岩(在今浙江)人。毕生没有做官，而致力于诗。早年曾与“四灵”有交往，但没有沿袭“四灵”的道路。后来，他从陆游学诗，并推崇杜甫、陈子昂，有《石屏诗集》。他在《论诗十绝》中说：“飘零忧国杜陵志，感遇伤时陈子昂。”他继承陆游的创作精神，写出了许多忧国伤时和反映民生疾苦的作品。如《织妇叹》：

春蚕成丝复成绢，养得夏蚕重剥茧。
绢未脱轴拟输官，丝未落车图赎典。
一春一夏为蚕忙，织妇布衣仍布裳；
有布得着犹自可，今年无麻愁杀我。

前六句以平静的笔调叙述织妇的辛勤劳动和所受的惨重剥削，末二句用古乐府及民谣的句法，表现了诗人强烈的愤慨。《庚子荐饥》里写“饿走抛家舍，纵横死路歧。有天不雨粟，无地可埋尸。”把农村破产的景象写得淋漓尽致。

他还有一些写得很好的充满爱国精神、关心时事的作品。如《频酌淮河水》：

有客游濠梁，频酌淮河水。东南水多咸，不如此水美。
春风吹绿波，郁郁中原气。莫向北岸汲，中有英雄泪！

另一首《淮村兵后》也是描写淮河地区的：

小桃无主自开花，烟草茫茫带晚鸦。
几处败垣围故井，向来一一是人家。

把这两首诗结合起来看，前首抒写对淮河地区的依恋，后首描写淮河地区遭战乱破坏的荒凉。那么是谁使这片美好的土地遭到陷落和蹂躏呢？作者在这里对金人进行了控诉，也对以淮河自守、不图恢复的南宋小朝廷的投降派作了强烈谴责，诗中充满着爱国情思。另如《江阴浮远堂》写道：

横岗下瞰大江流，浮远堂前万里愁。
最苦无山遮望眼，淮南极目尽神州。

以极悲怆的语言表现出对沦陷区不忍一看的强烈感情，与陆游诗歌中的现实精神是一致的。

戴复古还有一些风景诗，写得比较俊爽自然。如《江村晚眺》：

江头落日照平沙，潮退渔船阁岸斜。

白鸟一双临水立，见人惊起入芦花。

写江村晚景，平淡而有妙趣。他写个人生活情趣的诗，也较质朴清新。如《题张佥判园林》：

园圃屋东西，从君一林藜。雨寒花蕊瘦，春重柳丝低。
亭馆常留客，轩窗总傍溪。摩娑雪色壁，安得好诗题。

戴复古曾称赞陆游“入妙文章本平淡，等闲语言变瑰奇”。应该说，他是力图在创作实践里贯彻这种精神的。包恢《石屏集序》评述其诗说：“石屏自谓少孤失学，胸中无千百字书。予谓其非无书也，殆不滞于书，与不多用故事耳，有靖节之意焉。果无古书，则有真意，故其为诗，自胸中流出，多与真会。”此论较为准确地概括了戴诗的特点。

方岳(1199—1262)，字巨山，号秋崖，祁门(在今安徽)人。著有《秋崖集》。他的诗受杨万里、范成大的影响，几首较好的诗也是描写农村生活的。如《农谣》：

小麦青青大麦黄，护田沙径绕羊肠。
秋畦岸岸水初饱，尘甑家家饭已香。

雨过一村桑柘烟，林梢日暮鸟声妍。
青裙老姥遥相语，今岁春寒蚕未眠。

漠漠馀香着草花，森森柔绿长桑麻。
池塘水满蛙成市，门巷春深燕作家。

又如《湖上》：

连天芳草晚萋萋，蹀躞花边马不嘶。
蜂蝶已归纮管静，犹闻人语画桥西。

他以白描手法写农村景色人物，大多见出质朴自然的趣味，富有生活气息。

第三节　文天祥及宋末爱国诗人

南宋末年，内忧外患的严酷环境，国破家亡的悲惨现实，激发了诗人们的爱国感情，产生了一些激越慷慨的诗篇。在爱国诗人中，最值得重视的是民族英雄文天祥。

文天祥(1236—1283)，字履善，一字宋瑞，号文山。吉州庐陵(今江西吉安)人。理宗宝祐六年(1258)状元。恭宗德祐元年(1275)，元军渡江南侵，直逼临安。文天祥在赣州知州任上，捐出全部家产作军费，发兵“勤王”。次年，受南宋政府令入元营谈判，拒不降敌，被强行扣留。在被押解北上途中逃出，找到在福州的临时政府，被授通议大夫、右丞相兼枢密使，都督诸路军马，与元军作战。端宗景炎三年(1278)兵败被俘。次年宋亡，文天祥被解北行，拘系燕京狱中四年，宁死不降，于元至元十九年(1283)十二月八日被害。

文天祥不仅是杰出的民族英雄，也是著名的诗人、作家。

文天祥的诗，以德祐元年(1275)直接参加抗元斗争为界，分为前后两个不同的阶段。他前期的诗受过江湖派的影响，虽然有些表现了对人民疾苦的同情和献身国家的抱负，但大量的为赠相士、丹士、道士之作，平庸无足取。德祐以后，在战斗生活中，在被捕后同敌人作艰苦斗争的过程中，他学习杜诗的精神，用诗记录了自己斗争的历程和民族的苦难，抒发了爱国之思和亡国之痛。他“在患难中，间以诗记所遭”。这使得他的诗赢得了南宋覆亡时期“诗史”的美誉。德祐后的诗分别汇集在《指南录》、《指南后录》里。《指南录》所收集的诗，主要反映1276年赴元营谈判被拘，脱险，再次找到南宋流亡政府的经历。《指南后录》主要反映移屯海丰途中被俘北行以至囚禁燕京狱中的史事。两个集子俱名为“指南”，则取自他自己所作《扬子江》诗中的用意，“几日随风北海游，回从扬子大江头。臣心一片磁针石，不指南方不肯休”，鲜明地表现出忠贞不渝的爱国情操。

文天祥的诗作或表现对敌人侵略暴行的愤恨，或抒发对祖国人民诚挚的爱，或表示自己威武不屈的忠贞，都是作者发自灵魂深处的声音。其著名的诗篇如《过零丁洋》：

辛苦遭逢起一经，干戈寥落四周星。
山河破碎风飘絮，身世浮沉雨打萍。
惶恐滩头说惶恐，零丁洋里叹零丁。

人生自古谁无死？留取丹心照汗青。

这首诗是文天祥被押解北上经零丁洋时所作。作者感慨自己的身世浮沉，国家的多灾多难，但决不妥协，决不低沉，表现出一种视死如归的英雄气概。其中“人生自古谁无死？留取丹心照汗青”两句，成了千古名言，激励着一切爱祖国爱人民的仁人志士。据说文天祥被俘后，由投降元军的汉奸、已成为元帅的张弘范亲自押解，张弘范一再逼迫文天祥写信招降正在海上坚决抵抗的宋将张世杰。作者就出示这首诗给他看，使他不得不就此罢休。文天祥的另一首诗《金陵驿》也是在被俘北上途中写的：

草合离宫转夕晖，孤云飘泊欲何依？
山河风景原无异，城郭人民半已非。
满地芦花和我老，旧家燕子傍谁飞！
从今别却江南路，化作啼鹃带血归。

诗写得悲凉沉痛，但决不给人低沉消极之感。最后两句以其对国家人民的无限忠诚和依恋，感人至深，能激起读者强烈的共鸣。

另有一首《有感》，写自己在狱中以身殉国的决心，亦悲壮深沉，令人读之扼腕：

平生心事付悠悠，风雨燕南老楚囚。
故旧相思空万里，妻孥不见满三秋。
绝怜诸葛隆中意，赢得子长天下游。
一死皎然无复恨，忠魂多少暗荒丘！

在文天祥的爱国诗作里，最突出的应该是另一篇名作《正气歌》。这首诗是他被囚于“污下而幽暗”的“土室”中两年后作的。在他被俘期间，敌人使尽了种种利诱威逼，甚至派南宋亡国皇帝赵显前去劝降。文天祥决不屈服，表现出凛然正气。他在诗序中说，自己以一气敌七气，也就是以正气抵挡狱中的“水气”、“土气”、“日气”、“火气”、“米气”、“人气”和“秽气”。这种“正气”，充盈乎天地之间。在民族危亡的关键时刻，人们有了这股正气，就能临危不惧，斗争不息，直至为正义而牺牲，表现出志士仁人的凛然气节。现录全文如下：

天地有正气，杂然赋流形。下则为河岳，上则为日星；
于人曰浩然，沛乎塞苍冥。皇路当清夷，含和吐明庭。
时穷节乃见，一一垂丹青：在齐太史简，在晋董狐笔，
在秦张良椎，在汉苏武节；为严将军头，为嵇侍中血，
为张睢阳齿，为颜常山舌；或为辽东帽，清操厉冰雪，
或为《出师表》，鬼神泣壮烈；或为渡江楫，慷慨吞胡羯，
或为击贼笏，逆竖头破裂。是气所磅礴，凛烈万古存。
当其贯日月，生死安足论！地维赖以立，天柱赖以尊；
三纲实系命，道义为之根。嗟予遘阳九，隶也实不力。
楚囚缨其冠，传车送穷北。鼎镬甘如饴，求之不可得。
阴房阒鬼火，春院閟天黑。牛骥同一皂，鸡栖凤凰食。
一朝蒙雾露，分作沟中瘠。如此再寒暑，百沴自辟易。
嗟哉沮洳场，为我安乐国。岂有他缪巧，阴阳不能贼？
顾此耿耿在，仰视浮云白。悠悠我心悲，苍天曷有极！
哲人日已远，典型在夙昔。风檐展书读，古道照颜色。

在诗中的一系列历史人物身上，浩然正气转化为民族气节，这种气节和精神就是中华的“民族魂”。诗的前半篇就是对这种民族灵魂的颂歌，诗的后半篇则是歌唱这种正气如何鼓舞着他抵挡一切艰难困苦，在恶劣的环境中保持忠贞不屈的品格。全诗长达六十句，写得酣畅淋漓，气势磅礴。字里行间充满着昂扬的战斗精神和强烈的爱国思想。

文天祥不以词名工，但在他不多的词作中，“气冲斗牛，无一毫委靡之色”(见《词林纪事》卷十四)，与他的英雄人品相应，如《酹江月》：

乾坤能大，算蛟龙，元不是池中物。风雨牢愁无著处，那更寒虫四壁。横槊题诗，登楼作赋，万事空中雪，江流如此，方来还有英杰。

堪笑一叶漂零，重来淮水，正凉风新发。镜里朱颜都变尽，只有丹心难灭。去去龙沙，江山回首，一线青如发。故人应念，杜鹃枝上残月。

除了诗词外，文天祥的散文也值得重视，其中以《指南录后序》最著名。这篇《后序》叙述他出使被拘，镇江逃脱，返回福州，九死一生的经历，以及“鞠躬尽瘁，死而后已”的决心。文中所洋溢的感情，正如他的《酹江月·乾坤能大》词所说：“镜里朱颜都变尽，只有丹心难灭。”一片爱国的“丹心”，使得文天祥在诗、词、文里奏出了宋末文学的悲壮雄伟的嘹亮乐章。

宋末爱国诗人，一类如文天祥那样以身殉国，义薄云天；另一类则是汪元量、谢翱、林景熙、郑思肖等遗民，痛悼故国。前者做诗用的是血，后者用的是泪。

汪元量(生卒年不详)，字大有，号水云，钱塘(在今浙江)人。著有《水云集》、《湖山类稿》。他原是南宋宫廷琴师。太后和宋恭宗赵显降元之后，他随着三宫被俘去燕京，在那里住了很久，晚年出家做道士南归，不知所终，只知道他1315年还在世。汪元量对亡国之痛有着亲身体验，以《醉歌》十首记录了南宋朝廷向元军投降的情况，以《湖州歌》九十八首记录了太后投降后北上途中的种种情况和感思。到燕京后，他常到监牢里去探望文天祥，并作《生挽文丞相》诗，鼓励文天祥“全节”尽忠。他的《越州歌》二十首，记元军蹂躏东南各地的惨痛景象。

汪元量的《醉歌》，写宋恭宗赵显在元军兵临临安时向伯颜元帅投降的事。那时赵显还是个不满六岁的孩子，国家大事由母亲全太后、祖母太皇太后谢道清掌理。投降的事，实际上是由这两个人决定的。据说伯颜知道谢太后是南宋宫廷里最尊贵的人物，纳降时就勒索她的“手诏”。汪元量《醉歌》第五首就是记载谢太后签署降诏这件事的：

乱点连声杀六更，荧荧庭燎待天明。
侍臣已写归降表，臣妾签名谢道清。

他在诗中直斥谢太后的名，表示对她签名乞降的极大不满。他另一首《和徐雪江即事》诗也说“夜来闻大母，已自纳降笺”，表达了同样的情绪。在《太皇谢太后挽章》中有“事去千年速，愁来一死迟”，更是对她不能与国家共存亡的批评。

第十首写道：

伯颜丞相吕将军，收了江南不杀人。
昨日太皇请茶饭，满朝朱紫尽降臣。

这里客观地反映了南宋朝廷投降后可悲的局面，寄托了诗人沉痛的情怀。

汪元量另一组诗《湖州歌》，记载了南宋朝廷投降之后的情形。其四：

谢了天恩出内门，驾前喝道上将军；
白旄黄钺分行立，一点猩红似幼君。

据说，宋朝廷投降后，伯颜派人传话，召宋母后、幼主到燕京去朝见元帝。全太后对赵显说："荷天子圣恩活汝，宜拜谢!"拜谢后，母子就离开宫廷。这首诗即写此事。这一组诗其六写北行途中的感情：

北望燕云不尽头，大江东去水悠悠。
夕阳一片寒鸦外，目断东南四百州。

流露出对东南半壁河山的无限依恋。又如其七：

太湖风卷浪头高，锦舵摇摇坐不牢。
靠着篷窗垂两目，船头船尾烂弓刀。

写小皇帝在随船押送的元兵的威吓下的恐惧惶惑。汪元量的诗，多纪实之作。他以悲愤感人的诗句，记录了南宋亡国的惨痛历史，因而被当时人称为"诗史"。这类作品是遗民诗中最有价值的一部分。

汪元量的诗情意真切，语言朴质，略有杜甫之风。萧灼《题汪水云诗卷》说"袖有诗史继草堂"。特别是以组诗的形式记述史实，对后世颇有影响，清代龚自珍等人的组诗大抵受到了他的启发。

谢翱(1249—1295)，字皋羽，号晞发子，长溪(在今福建霞浦)人。做过宋朝的小官。元军南侵时，他参加文天祥的军队，做过军营中的咨议参军。文天祥被捕后，他仍在各地进行斗争。文天祥被杀，他漫游东南，到处痛哭。死不仕元，表现了强烈的爱国感情。诗有《晞发集》。他的著名作品，是《西台哭所思》诗。这是他听到文天祥被杀后，登严子陵钓台设文天祥牌位而痛哭祭悼的诗：

残年哭知己，白日下荒台。泪落吴江水，随潮到海回。
故衣犹染碧，后土不怜才。未老山中客，唯应赋八哀。

又《书文山卷后》云：

魂飞万里后，天地隔幽明。死不从公死，生如无此生。
丹心浑未化，碧血已先成。无处堪挥泪，吾今变姓名。

这些诗把文天祥作为自己的上级和战友、人民的希望、反抗侵略的象征来追悼，情辞凄楚，凝聚着他深厚的爱国之情和不尽之泪，感人至深。钱谦益《胡致果诗序》说："唐之诗入宋衰，宋之亡也，其诗始盛。皋羽之恸西台，……如穷冬沍寒，风高气慄，悲忆怒号，万籁杂什。古今之诗莫变于此时，亦莫盛于此时。"对他的诗给予了很高的评价。

谢翱还有一些纪游诗，语言清秀但意象隐晦，耐人琢磨，与李商隐绝句有点相似，如《过杭州故宫》二首：

禾黍何人为守阍，落花台殿暗销魂。
朝元阁下归来燕，不见前头鹦鹉言。

紫云楼阁宴流霞，今日凄凉佛子家。
残照下山花雾散，万年枝上挂袈裟。

诗中通过故宫残破的景象，抒发了作者的家国兴亡之叹，含而不露，意在言外。

林景熙(1240—1310)，字德旸，号霁山，平阳(在今浙江)人。曾做过从政郎，宋亡后终身不仕。著有《白石樵唱》。他与谢翱是志同道合的朋友，也是忠于南宋朝廷的遗民。当元世祖至元二十一年(1284)，江南释教总统杨琏真伽奉元帝令，发掘南宋皇帝陵墓时，他曾和谢翱等人扮成乞丐，偷走宋高宗、孝宗的骸骨，伪称是佛经，葬于兰亭，并种冬青作为标志。他的《梦中作》之一："一坯自筑珠丘陵，双匣犹传竺国经。独有春风知此意，年年杜宇泣冬青"，就是记这件事的。他还写有《冬青行》，在当时及后世都有较大影响。他的《山窗新糊，有故朝封事稿，阅之有感》写道：

偶伴孤云宿岭东，四山欲雪地炉红。
何人一纸防秋疏，却与山窗障北风！

防秋疏指的是故朝官员为防御北方部族在秋高马肥时乘机南侵所写的奏稿。现在随着宋室覆灭，也只用来作了糊窗纸。障北风则隐含抵御北方来的蒙古侵略者之意。他的诗虽然写得委婉曲折，却能使人感到他对山河变异的深沉感慨和爱国的诚挚感情。

另一首《读文山集》诗，是为怀念文天祥而作，他写道：

黑风夜撼天柱折，万里风尘九溟竭。
谁欲扶之两腕绝，英泪浪浪满襟血。
龙庭戈铤烂如雪，孤臣生死早已决。
纲常万古悬日月，百年身世轻一发。
苦寒尚握苏武节，垂死犹存杲卿舌。
膝不可下头可截，白日不照吾忠切。
哀鸿上诉天欲裂，一编千载虹光发。
书生倚剑歌激烈，万壑松声助幽咽。
世间泪洒儿女别，大丈夫心一寸铁！

郑思肖（1239—1316），连江（在今福建）人。他的名字是宋亡后改的，隐含“思赵”之意。他字忆翁，以坐卧要面向南方，又自号所南。有《所南集》。这一切都包含着他对宋室的耿耿忠心、对故国的思念和对民族的自尊。他在《德祐二年岁旦》诗中写道：

力不胜于胆，逢人空垂泪。一心中国梦，万古下泉诗。
日近望犹见，天高问岂知。朝朝向南拜，愿睹汉旌旗。

爱国之情洋溢于字里行间。他能诗善画，在各个艺术领域里都表现出这种感情。他著有《一百二十图诗集》，以诗配画，借历史故事抒发胸中之愤。如《夷齐西山图》配诗云：

扣马痴心谏不休，既拼一死百无忧。
因何留得首阳在，只说商家不说周。

表现了坚持节操的爱国精神。据说，他很善画兰，宋亡后，画兰不画土，说是土地被元人挖去。他在《寒菊》题诗里写道：

花开不并百花丛，独立疏篱趣味穷。
宁可枝头抱香死，何曾吹落北风中。

隐寓了与元人不共戴天的仇恨情绪。他不只是在诗中抒写亡国之痛，而且还表达了复国之想。他在《二砺》诗写道：

愁里高歌《梁父吟》，犹如金玉戛商音。
十年勾践亡吴计，七日包胥哭楚心。
愁送新鸿哀破国，昼行饥虎啮空林。
胸中有誓深如海，肯使神州尽陆沉！

这已不是遗民的哀歌，而是复国的誓言。郑思肖像是在遗民的一片哭泣声里，增添了复仇的呼号，可谓别具一格，对后代爱国诗人有较大的影响。

第十章　宋代散文、骈文和文论

第一节　散文的发展和成就

宋代散文在我国文学史上占有重要地位，其作家之众，作品之多，传播之广，影响之深，较其前朝后代，都可谓独领风骚。自唐代韩愈、柳宗元倡导古文运动以来，历时近二百年，到了宋初，古文势力日趋衰弱，骈俪绮靡的文风重新盛行。有宋一代，欧阳修等人第二次创导古文运动，从理论到创作，都取得了胜利，文坛又呈现了新的面貌，古文势力成了散文的主流，直到近代“五四”新文代运动前。

宋代散文的发展，经过了几个阶段：

一、北宋初期。从太祖建国到真宗约六十年间，可说是古文运动的准备阶段。此期间，散文沿袭五代余绪，骈体盛行，文格卑弱。石介《上赵先生书》云：

> 今之文何其衰乎。去唐百余年，其间文人数以千计，而斯文寂寥缺坏，久而不振者，非今之人尽不贤于唐之人，尽不能为唐之文也，盖其弊由朝廷敦好时俗，习尚染積，非一朝一夕也。

为了与当朝的政治、经济改革相配合，一些政治家和文人，重新举起了韩柳古文运动的旗帜，倡导诗文革新，其代表作家有柳开、王禹偁、张景、姚铉、穆修、石介、范仲淹、尹洙等，他们可说是倡导古文运动的先行者，不过，他们的文章多为论政言道之作，强调文章的教化作用；在表达艺术上，虽提倡韩柳古文，但大多平易自然不足，而表现出“辞涩言苦”、“断散拙鄙”的毛病。沈括《梦溪笔谈·艺文》载：

> 往岁士人，多尚对偶为文。穆修、张景辈始为平文，当时谓之古文。穆张同时造朝，待旦于东华门外，方论文次，适见有奔马践死一犬，二人各记其事，以较工拙。穆修曰：“马逸，有黄犬遇蹄而毙。”张景曰：“有犬死奔马之下。”时文体新变，二人之语皆拙涩，当时已谓之工，传之至今。

只有王禹偁、范仲淹等几个作者，在写作上，为新文风做了些奠基工作，成就较大。

二、北宋中期。从宋仁宗庆历新政到神宗熙宁变法后，约四十年间，是古文运动开展并取得胜利的时期。此期间仁宗政治上依靠范仲淹等推行新法，神宗任用王安石进行变法，政治和经济较为开放发达，诗文改革的外部条件已经具备。就文学本身而言，经宋初柳开等人对五代绮靡文风的批判，石介等人对西昆派的笔伐，欧阳修等对太学苦涩之文的遏止，已为古文运动打开了局面，从理论到实践，都有了一定的基础。到此期间，欧阳修主盟文坛，他团结了尹洙、石延年、范仲淹、苏舜钦、梅尧成，掀起了古文运动的新高潮。他又培养和提携了曾巩、王安石、司马光、苏洵、苏轼、苏辙等一大批后起之秀，使诗文革新得以持久进行，并取得了决定性的胜利。他们不仅建立了古文家的文学理论，从文学主体性出发，既重道，又重文，不仅重文章的内容，也重文章的艺术形式。他们不仅批判了西昆文风，还对新出现的道学家重道轻文的倾向和怪涩文风进行了抵制。在创作实践上，出现了“唐宋八大家”中的六大家，产生了大量平易自然的优秀作品。《四部丛刊·欧阳文忠公集·附录》卷四说：“至修文一出，天下士皆向慕，为之犹恐不及，一时文章大变，庶几乎西汉之盛者，由修发之。”继欧阳修之后，苏轼等一大批作家雄姿焕发，各逞其才，直抒胸臆，发而为文，为古文运动创造了辉煌的业绩。这次古文运动，是我国散文史上的又一里程碑，重新确立了古文的正宗地位，上承汉唐，下至明清，这一文统稳固地传了下去。宋代散文平易自然、个性鲜明、美感浓郁的特点，在这一时期已经形成。

文坛从来都不是单纯的一统天下，此时，在汹涌澎湃的古文洪流里，也有一些支流和回水。一是古文运动内部，王安石当政后，如苏轼《答张文潜县丞书》所批评的那样，“文字之衰未有如今日者也，其源实出于王氏。王氏之文，未必不善也，而患在于好使人同己。”这是指王以经义取士，客观上影响了古文的艺术风格的发展。二是道学体的出现。当时以周敦颐、张载、程颢、程颐为代表，他们重道轻文，否认文学的艺术性，认为“作文害道”、“玩物丧志”。《二程遗书·十八》云：“问作害道否？曰害也。凡为文不专意则不工，若专意则志局于此，又安能与天地同其大也。书曰‘玩物丧志’，为文亦玩物也。吕与叔有诗云：‘学如元凯方成僻，文似相如始类俳。独立孔门无一事，只输颜氏得心斋。’此诗甚好。古之学者惟务养情性，其他则不学。今之为文者专务章句，悦人耳目；既务悦人，非俳优而何？”这完全抹煞了文学的独立性，否认了文学的抒情和娱乐功能，使之成为宣传道学的附庸。他们的文章就必然成为讲理义、谈心性的哲学讲义。不过他们有些抒发个人性情的文章，也写得颇具文采，自然流畅，如周敦颐的《爱莲说》、程颐的《养鱼记》等，寓理于事，文笔简洁，可算宋代散文中的佳作。三是在古文运动的进程中，排斥了“太学体”。叶梦得《石林燕语》说：“至和、嘉祐间，场屋举子为文奇涩，读或不能成句。欧公力欲革其弊，既知贡举，凡文涉雕刻者，皆黜之。”当这种“太学体”和“西昆体”遭到摒弃之后，一些学子和太学诸生学习唐人文风而取法不当，又新出现的一种不正文风。苏轼《谢欧阳内翰书》云：“士大夫不深明天子之心，用意过当，求深者或至于迂，务奇者怪僻而不可读。余风未殄，新弊复作。大者镂之金石，以传久远；小者转相模写，号称‘古文’，纷纷肆行，莫之或禁”。虽有以上三种情况，但并没有改变以欧苏为代表的古文主流地位。

三、北宋后期。从哲宗元祐到钦宗靖康，约四十年，可说是古文创作的延续期。此期间国事衰败，徽宗时新党执政后，严禁苏文，文坛颇为寂寞。苏轼门下的黄庭坚、秦观、张耒、晁补之、陈师道诸人，多以诗词名世，其散文创作成绩平平，未见有何新的建树，只不过是此前古文的自然传承罢了。

四、南宋初期。高宗建炎至绍兴末，约三十多年，此间金人南侵，宋室南渡，国难当头，民不聊生。社会的剧变激起了文风的复兴，一大批爱国将士，虽不以文为业，但却写出了气壮山河、明快畅达的作品，奏响了高亢动人的爱国主义乐章。如宗泽的《毋割地与金人疏》、李纲的《议国事》、陈东的《上高宗第一书》、胡铨的《戊午上高宗封事》、岳飞的《五岳祠盟记》、虞允文的《论今日可战之机有九疏》等政论文，内容充满了高度的谏争性和战斗性，文笔流畅锋利，逻辑谨严，语言雄肆，决非一般文人所能作出的。这种出自肺腑的真情实感之作，忠义慷慨之情感人，一直贯穿到宋末文天祥诸人的作品，成为宋代文学中最骄人的篇章，也是中华民族文学史册中最耀眼的一页。

五、南宋中期。从孝宗隆兴到度宗咸淳之间，约一百一十多年。这一时期，宋王朝偏安已成定局，南宋与北方的金朝局势相对稳定，散文出现了较为复杂的情况，多种流派并存，一方面是古文继续行世，另一方面道学、场屋之文和“纤巧摘裂”之文也较盛行，可视为散文多样化发展期。

在此期间，一大批仁人志士，继承了此前的爱国主义传统，关心国计民生，不满朝廷偏安一隅，不图恢复，“直把杭州作汴州”的败落局面；他们在文风上，坚持了欧苏古文运动的正确方向，创作了许多论政言兵之文。其中如陆游的《代乞分兵取山东札子》、杨万里的《千虑策·国势》、范成大的《论邦本疏》、辛弃疾的《美芹十论》、陈亮的《中兴论》、叶适的《上宁宋皇帝札子》等，都呈现了慷慨悲壮、笔势浩荡、说理透辟、语言晓畅的特点，古文平易自然的文风得以继承发展。特别是南渡后，苏轼之文解禁，举国上下都以苏文作为榜样，科举场上尤为看重。陆游《老学庵笔记》卷八载：“建炎以来，尚苏轼文章，学者翕然从之，而蜀士尤盛，亦有语曰：‘苏文熟，吃羊肉；苏文生，吃菜羹。’”可见当时苏文流行的情况，书坊还刊行了《三苏文粹》和《苏门六君子文粹》等文本。

此外，当时道学家们的讲学之风盛行，他们之间观点不同而时常产生辩论，也促进了言道散文的发展。“理宗以后，天下趋朝廷风旨，道学日兴。谈心性者谓之‘真儒’，讲事功者谓之‘杂霸’。”(《四库全书·宋忠简集提要》)谈心性者的代表人物是朱熹、陆九渊，前者鼓吹客观唯心主义，后者宣扬主观唯心主义，他俩曾在江西铅山的鹅湖寺展开一场大辩论。讲事功者的代表人物是陈亮和叶适，他们从唯物主义的认识论出发，对程朱理学和陆氏心学进行了批判。通过这些不同派别的争论，言道之文也达到了很高的水平。特别是到了理宗时，朝廷大树道学派的权威，追赠朱熹为太师，封信国公，并将其《四书集注》钦定为科举必读教材。朱熹的再传弟子真德秀是当时的朝廷重臣，他恪守道学家论文的原则，选编了《文章正宗》和《读文章正宗》各二十卷，强调“穷理致用”，抹煞了文学的审美功能和艺术价值。由于当时道学派把握着教育大权，以使学子竞尚性理之文，非四家(周敦颐，程颢、程颐，张载，朱熙)之书不读，散文几成道学家的讲义，语录体也大为盛行。不过，在道学派散文作家中，也有比较重视艺术性的，如魏了翁、林希逸等人。此时继续古文派传统，注重文学艺术特征的作家，还有叶适的弟子陈耆卿和其门人吴子良、车若水等人。

此外，一些文人安于现状，消极应世，“纤巧摘裂”和“奇诡浮艳”的文风有所抬头，但未能成大气候。

值得提及的是此时笔记文大行其道。这种文体活泼自由，论政言道、谈古说今、天南地北、鱼虫花草，万事万物，皆可入文；既有知识性，又有趣味性。其代表作有洪迈的《容斋随笔》、陆游的《老学庵笔记》等。

在这百余年中，散文的形式多样化，艺术上已成熟，原有的体裁得到了继承和发展，还出现了一些新的样式，散文创作繁盛，但散文巨匠却不多，许多有文采的人，或为政治家、思想家和军事将领，或以诗、词创作为主，散文只是他们生活中应用性的工具，如语录、日记、笔记、小品之类。

六、南宋末期。从恭帝德祐到昺帝祥兴之间，仅五年时间，这是宋王朝灭亡前夕，可说是宋代散文的尾声。此时，北方金朝已亡，蒙古人占领了北中国，频频向南宋进攻。咸淳十年(1274)，元世祖下诏攻宋，以伯颜为帅；宋度宗死，其子恭帝即位，才四岁，贾似道专权，抗敌无力，节节败退，吕文焕召降沿江旧部，国家危亡已在旦夕。虽有张世杰、陆秀夫、文天祥诸爱国将领的拼死救亡，却大势已去，无力回天。此间的散文与诗词一样，都闪烁着强烈的爱国主义光辉。一大批慷慨悲歌之士，用血泪写就了动人肺腑的作品，抒发了山河破碎、民不聊生之痛，国家将亡、飘流无依之悲。如文天祥的《指南录后序》、陆秀夫的《拟景炎皇帝遗诏》、王炎午的《生祭文丞相文》、郑思肖的《心史总后序》、邓牧的《伯牙琴》、谢翱的《登西台恸哭记》等，都是这一时期或稍后的作品，其忠君爱国之情，感人至深，在我国散文史上实属罕见。

总之，在宋代三百二十多年里，散文的成就是辉煌的，宋濂《文原》认为，散文“自秦汉以来莫盛于宋”。主要表现在以下方面：一是作家众多。近期四川大学古籍整理研究所编纂的《全宋文》，收作者 9 176 人，其中著名作家也多，唐宋八大家宋占六家，即欧阳修、王安石、苏洵、苏轼、苏辙、曾巩；范仲淹、宋祁、苏舜钦、周敦颐、司马光、沈括、程颐、李格非、胡铨、岳飞、洪迈、陆游、范成大、朱熹、辛弃疾、陈亮、岳珂、罗大经、文天祥、邓牧等，都是散文高手，有优秀作品传世。二是内容广。《全宋文》共 8 345 卷，分装 360 册，文字 1. 1 亿，文章 178 292 篇，内容涉及文学、艺术、历史、哲学、军事、政治、经济、宗教、教育、科技、法律、制度等，社会生活的各个方面都得到反映。三是体裁全。宋代除继承了前朝所有的散文体裁(辞赋、诏令、奏议、公牍、书启、赠序、序跋、论说、杂记、箴铭、赞颂、传状、碑志、哀祭、祈谢)外，还对它们加以改进和发展，如文赋、记叙文、书序等，在内容和艺术上，比唐代更为成熟，而且还开辟了一些新领域，创造了一些新样式，如文艺性散文、日记、诗话词话、随笔、书画的题跋品评等。四是风格新。宋代散文具有自己的独特风格，不同于其他时代的散文。周必大在《宋文鉴·序》中云：

盖建隆雍熙之间，其文伟，咸平景德之际，其文博，天圣明道之辞古，熙宁元祐之辞达，虽体制互兴，源流间出，而气全理正，其归则同。嗟乎，此非唐之文也，非汉之文也，实我宋之文也，不其盛哉！

前人也曾将宋文与唐文进行比较，指出各自的特点。方东树《昭昧詹言》卷一说，宋文“流易，不如汉唐厚重”。袁枚《与孙俌之秀才书》说：“大抵唐文峭，宋文平；唐文曲，宋文直；唐文瘦，宋文肥；唐文修辞与立诚并用，而宋文或能立诚，不能修辞。”储欣《唐宋十大家全集》卷首说：“词气并胜者，唐文也，气胜词者，宋文也。”查慎行《曝书亭集》卷首说：“唐之文奇，宋之文雅；唐文之句短，宋文之句长；唐以诡卓、顿挫为工，宋以文从字顺为至。”他们从不同的角度，通过比较，指出了宋文总的特点，其说未必全面准确，但也有切实之处。其实，宋代散文派别众多，各派之间风格不同，即便同一作者，亦有多种风格。欧文以平易、柔婉为主，也有语奇气壮之作；苏轼文以流转新奇为主，也有平淡闲适之篇。所以评品某一时代、某一派别、某一作家和作品的特点，也只能是就主要倾向而言。宋文的风格概括地说，就是平易自然，舒徐婉转，色泽淡雅，明白畅达。这与唐代波澜起伏、逆折奇崛，色泽夺目、好用奇语的特征形成了不同的审美情趣。具体地说，宋文的艺术特征有如下几点：

第一，充满了时代精神。宋代散文从始至终都与时代紧密结合，随时代的脉搏而跳动。北宋初期，王禹偁等作家就以儒家“明道致用”的正统文学观指导自己的创作，写出了像《唐河店妪传》这类歌颂边疆军民英勇抗敌的文章，表现了对国事的关注。古文运动中，大量反映现实生活、关心国家政治、抨击朝廷弊政、建议实行改革的文章，如滔滔江水，汹涌澎湃，其文质俱佳，前所未有。欧阳修的《与高司谏书》、《朋党论》，苏洵的《六国论》、《上欧阳内翰第一书》，苏轼的《上神宗皇帝书》、《再论时政书》和《商鞅论》等一系列古代历史人物评，司马光的《与王介甫书》、《谏院题名记》，王安石的《本朝百年无事札子》、《答司马谏议书》，等等，都是流传千古的不朽之作，深刻地反映了当时的重大社会问题，言之有物，表述畅达，切合实际，具有强烈的时代感。宋室南迁后，民族矛盾进一步加剧，爱国主义成了散文最鲜明的主题。大批爱国将领，挥毫疾书，呼吁抗敌救国，还我河山，或向朝廷上书，痛斥投降派罪行；或相互致信勉励，愿为民族效命，大义凛然，浩气贯日，呈现出一派悲壮激切的时代色彩。下录若干片断以见一斑：

臣谨按，王伦本一狎邪小人，市井无赖。顷缘宰相无识，遂举以使虏。专务诈诞，欺罔天听，骤得美官。天下之人，切齿唾骂。今者无故诱致虏使，以诏谕江南为名，是欲臣妾我也，是欲刘豫我也。刘豫臣事丑虏，南面称王，自以为子孙帝王万世不拔之业，一旦豺狼改虑，捽而缚之，父子为虏。商鉴不远，而伦又欲陛下效之。

夫天下者，祖宗之天下；陛下所居之位，祖宗之位也。奈何以祖宗之天下，为犬戎之天下，以祖宗之位，为犬戎藩臣之位？陛下一屈膝，则祖宗庙社之灵，尽污夷狄；祖宗数百年之赤子，尽为左衽；朝廷宰执，尽为陪臣；天下之士大夫，皆当裂冠毁冕变为胡服。异时豺狼无厌之求，安知不加我以无礼如刘豫者哉！夫三尺童子，至无知也，指犬豕而使之拜，则怫然怒。今丑虏则犬豕也。堂堂天朝，相率而拜犬豕，曾童稚之所羞，而陛下忍为之邪！

这是胡铨《戊午上高宗封事》中的一段文字，敢怒敢骂，不仅揭露了王伦及其后台秦桧的卖国嘴脸，更把矛头直指投降派的总头目高宗皇帝。此等宏文，令人钦佩。

又，岳飞《乞出师札》首段：

臣自国家变故以来，起于白屋，从陛下于戎伍，实怀捐躯报国，雪复仇耻之心。幸凭社稷威灵，前后粗立薄效。陛下录臣微劳，擢自布衣，曾未十年，官至太尉，品秩比三公，恩数视二府。又增重使名，宣抚诸路。臣一介贱微，宠荣起躐，有逾涯分。今者又蒙益臣军马，使济恢图。臣实何能？误辱神圣之知如此，敢不昼度夜思，以图报称。

这段情意深沉的忠君爱国之言，舒徐平和，与胡铨激烈的态度有所不同；从全文看，作者以非凡的军事才能，分析了战争形势，提出了作战方案，并对尽复故地充满信心。难怪高宗见札后说：“有臣如此，顾复何忧……中兴之事，一以委卿。”（见《宋史·岳飞传》）可惜的是这位昏庸无能、畏敌苟安的皇帝，出尔反尔，听信秦桧谗言，马上收回增拨军马的成命，导致了丧权辱国的可悲结局。

又，王炎午《望祭文丞相文》：

呜呼！扶颠持危，文山、诸葛，相国虽同，而公死节。倡义举勇，文山、张巡，杀身不异，而公秉钧。名相烈士，合为一传；三千年间，人不两见。

事谬身执，义当勇诀；祭公速公，童子易箦。何知天意，佑忠怜才；留公一死，易水金台？乘气轻命，壮士其或；久而不易，雪松霜柏。

嗟哉文山，山高水深；难回者天，不负者心！常山之舌、侍中之血，日月韬光，山河改色。

生为名臣，没为列星；不然劲气，为风为霆。干将莫邪，或寄良冶，出世则神，入土不化。今夕何夕，斗转河斜，中有光芒，非公也耶！

作者在文天祥被囚时，曾写过一篇《生祭文丞相文》，勉励文天祥坚持大节；本文是文天祥就义后，作者痛哭遥祭。文中热情歌颂了文天祥的忠烈，语言简洁庄重，情韵深沉感人，是一则悲壮的祭奠之文，具有宋末国破家亡的时代气息。

第二，盛行议论之风。有宋一代，思想言论较为自由。宋太祖曾立下"不得杀士大夫及上书言事人"的戒碑(见《宋稗类钞》卷一)，大开言路，对不同思想派别，取宽容态度；文人们信奉自便，主体意识强烈，阐述己见，宣传学说，致使议论评说蔚然成风。各类论说文、讲经传道文自不必说；即使是游记、辞赋、赠序、传状和诗词等文体，也常夹以议论。例如范仲淹的《岳阳楼记》，欧阳修的《秋声赋》，曾巩的《墨池记》，王安石的《伤仲永》、《游褒禅山记》，苏轼的《前赤壁赋》、《石钟山记》等，都有精警的议论于其中。下录亭院记、游记等非论说文体中的议论文字数则为例：

诚能定其军，使有乡土之恋；厚其给，使得衣食之足；复赐以坚甲健马，则何敌不破？如是得边兵一万，可敌客军五万矣。谋人之国者，不于此而留心，吾未见其忠也。

这是王禹偁《唐河店妪传》中，在记述了老妪机智勇敢杀敌的故事后的几句议论，明提建议，实则批评。

又，欧阳修《秋声赋》：

嗟夫！草木无情，有时飘零。人为动物，惟物之灵。百忧感其心，万事劳其形。有动乎中，必摇其精，而况思其力之所不及，忧其智之所不能。宜其渥然丹者为槁木，黟然黑者为星星。奈何以非金石之质，欲与草木而争荣？念谁为之戕贼，亦何恨乎秋声？

这是由秋声萧瑟而联想到人世沧桑所发的一段精彩的议论，具有高度的哲理性和诗的韵味。

又，苏舜钦《沧浪亭记》：

噫，人固动物耳。情横于内而性伏，必外寓于物而后遣。寓久则溺，以为当然；非胜是而易之，则悲而不开。唯仕宦溺人为至深。古之才哲君子，有一失而至于死者多矣；是未知所以自胜之道。予既废而获斯境，安于冲旷，不与众驱；因之复能见乎内外得失之原，沃然有得，笑闵万古，尚未能忘其所以寓目，用是以为胜焉。

这是作者记述建亭和游亭后的一段议论，阐发了自己对官场失意后的一种“自胜之道”。

又，韩元吉《武夷精舍记》，作者在讲述了朱熹在武夷山带领学生营造精舍的经过之后，发表了一番议论，赞扬朱熹的传道兴业精神：

夫元晦，儒者也，方以学行其乡，善其徒，非若畸人隐士，遁藏山谷，服气茹芝，以慕夫道家者流也。然秦汉以来，道之不明也久矣。吾夫子所谓志于道，亦何事哉？夫子，圣人也，其步与趋莫不有则；至于登泰山之巅，而诵言于舞雩之下，未尝不游，胸中盖自有地。而一时弟子鼓瑟铿然，春服既成之咏，乃独为圣人所予。古之君子息焉者，岂以是拘拘乎？元晦有以识之，试以告夫来者，相与酬酢于精舍之下，俾或自得其慢亭之风，抑又何如也。

又，罗大经《格天阁》，在揭露了秦桧建“格天阁”自炫的丑行之后，作者用愤怒之笔，夹叙夹议：

方其在相位也，建“一德格天之阁”，有朝士贺以启云：“我闻在昔，惟伊尹格于皇天；民到于今，微管仲吾其左衽。”桧大喜，超擢之。又有选人投诗云：“多少儒生新及第，高烧银烛照蛾眉。格天阁上三更雨，犹诵《车攻》复古诗。”桧益喜，与改秩。盖其胸中有歉，故特喜此谀词以为掩覆之计，真猾夏之贼也。

余观唐则天追贬隋臣杨素诏曰：“朕上嘉贤佐，下恶贼臣，尝欲从容于万机之暇，褒贬于千载之外；矧年代未远，耳目尚存者乎？”夫杨素异代之奸臣，则天一女主，尚知恶而贬之，矧如桧者，密奉虏谋，胁君误国，罪大恶极，上通于天，其可赦乎？开禧用兵，虽尝追削，嘉定和戎，旋即牵复，是可叹也。

第三，浓郁的审美情味。宋代的散文作家，多为文化修养很高的官僚、学者、艺术家，他们大都文采焕发，风流倜傥。无论是古文家、道学家，还是其他派别，尽管创作观念不同，但有个共同点，就是认为文和道是一个事物的两个方面，文是形式，道是内容。重道轻文也好，重文轻道也好，还是文道并重也好，只要写成了文章，就要讲求“文理自然，姿态横生”（苏轼《答谢民师书》）。即使是认为“道本文末”、“诗文妨道”的周敦颐、程颐、朱熹等人，也只反对“不务道德而第以文辞为能者”，如果在重道的前提下讲求艺术性，他们还是赞成的。“文辞，艺也”，“笃其实而艺者书之，美则爱，爱则传焉”（周敦颐《道书·文辞》）。基于这种认同，宋代散文加强了艺术品性，注重了语言技巧，提高了审美情趣。如周敦颐的《爱莲说》：

水陆草木之花，可爱者甚蕃。晋陶渊明独爱菊；自李唐末，世人甚爱牡丹；予独爱莲之出淤泥而不染，濯清涟而不妖，中通外直，不蔓不枝，香远益清，亭亭净植，可远观而不可亵玩焉。

予谓菊，花之隐逸者也；牡丹，花之富贵者也；莲，花之君子者也。噫！菊之爱，陶之后鲜有闻；莲之爱，同予者何人？牡丹之爱，宜乎众矣！

百来字的文章，蕴涵丰富，文风清秀，借物喻人，赞美了莲花洁净高雅的品性，寄托了作者不慕荣华、洁身自好的情趣。

又如朱熹的《百丈山记》，现录其前几段：

登百丈山三里许，右俯绝壑，左控垂崖；叠石为磴十余级乃得度。山之胜盖自此始。

循磴而东，即得小涧，石梁跨于其上。皆苍藤古木，虽盛夏亭午无暑气。水皆清澈，自高淙下，其声溅溅然。度石梁，循两崖，曲折而上，得山门，小屋三间，不能容十许人。然前瞰涧水，后临石池，风来两峡间，终日不绝。门内跨池又为石梁。度而北，蹑石梯数级入庵。庵才老屋数间，卑庳迫隘，无足观，独其西阁为胜。水自西谷中循石罅奔射出阁下，南与东谷水并注池中。自池而出，乃为前所谓小涧者。阁据其上流，当水石峻激相搏处，最为可玩。乃壁其后，无所睹。独夜卧其上，则枕席之下，终夕潺潺，久而益悲，为可爱耳。

出山门而东，十许步，得石台。下临峭岸，深昧险绝。于林薄间东南望，见瀑布自前岩穴瀵涌而出，投空下数十尺。其沫乃如散珠喷雾，日光烛之，璀璨夺目，不可正视。台当山西南缺，前揖芦山，一峰独秀出；而数百里间峰峦高下，亦皆历历在眼。日薄西山，余光横照，紫翠重叠，不可殚数。旦起下视，白云满川，如海波起伏；而远近诸山出其中者，皆若飞浮来往，或涌或没，顷刻万变。台东径断，乡人凿石容磴以度；而作神祠于其东，水旱祷焉。畏险者或不敢度。然山之可观者，至是则亦穷矣。

作者用生动细腻之笔，描绘了百丈山的壮丽景象，引人入胜，仿佛见到了夕照云海，听到了淙淙泉流，给人以无限自然美的享受。周敦颐与朱熹，都是理学大师，他们能写出如此情趣盎然、具有很高艺术感染力的文章，不正好说明宋人重视文章的审美价值吗！

宋文中除属纯文学性的辞赋、游记等体裁外，一些应用性文体，如赠序、题跋、书信、箴铭、笔记、小品，乃至论说、章表，也大多注意表述的艺术性，讲究行文生动活泼和气势韵味。欧、王、三苏、曾六大家是如此，其他作家也如此。下录数例。

沈括《梦溪笔谈·鉴画》：

欧阳公尝得一古画《牡丹丛》，其下有一猫，未知其精粗。丞相正肃吴公与欧公姻家，一见，曰："此正午牡丹也。何以明之？其花披哆而色燥，此日中时花也。猫眼黑睛如线，此正午猫眼也。有带露花，则房敛而色泽。猫眼早暮则睛圆，日渐中狭长，正午则如一线耳"。此亦善求古人笔意也。

作者把吴公鉴赏书画的情景写得生动精细，令人惊叹。宋人这类论书评画的文章颇多，如苏轼的《书吴道子画后》、《文与可画筼筜谷偃竹记》，文同的《〈捕鱼图〉记》等，其在论评的同时，也洋溢着作者自己的审美情趣，往往是从此画出发，引申开去，由具体到一般，由小及大，寓深理于其中，言简意赅。

又，陆游《老学庵笔记·卷五》载：

> 田登作郡，自讳其名，触者必怒。吏卒多被榜笞。于是举州皆谓灯为火。上元放灯，许人入州治游观，吏人遂书榜于市曰："本州依例放火三日"。

又，周密《武林旧事·观潮》：

> 浙江之潮，天下之伟观也。自既望以至十八日为最盛。方其远出海门，仅如银线；既而渐近，则玉城雪岭，际天而来，大声如雷霆，震撼激射，吞天沃日，势极雄豪。杨诚斋诗云："海涌银为郭，江横玉系腰"者是也。……
>
> 吴儿善泅者数百，皆披发文身，手持十幅大彩旗，争先鼓勇，溯迎而上，出没于鲸波万仞之中，腾身百变，而旗尾略不沾湿，以此夸能，而豪民贵宦，争赏银彩。

这类诙谐戏谑和生动活泼的小品，宋文中并不少见。从欧阳修的《归田录》到南宋末周密的《武林旧事》，都是宋代出现的笔记文，多达数十种，大都记录作者亲身见闻，不仅有史料价值，也有学术价值和审美价值。作者们不拘一格，信笔写来，文风朴质，趣味丰饶，内容无所不包，是一笔宝贵的文学遗产，值得我们去深入发掘、整理和研究。

第四，平易的语言艺术。文章是通过语言来实现的。宋代的大作家，无不重视对语言艺术的锤炼，形成了不同的个性特点，欧阳修的委婉曲折、苏轼的通脱晓畅、王安石的刚劲简洁、司马光的老辣谨严、曾巩的古雅平正、苏辙的疏宕淡泊、陆游的雅洁精警、辛弃疾的浩荡磊落、陈亮的纵横奔放、朱熹的从容清朗、文天祥的悲壮苍凉，可谓异彩纷呈、各具姿态。但他们的语言艺术有一共同点，就是平易自然，明白畅达。从皇帝到平民，都提倡和喜爱这种语言风格，反对"磔裂雕篆"、奇涩险怪的不良文风。所谓平易自然决不是平庸浅陋，不讲修饰，而是更高一层的审美观念，使真情实感与语言艺术同时进入到一个新的境界，返璞归真。苏轼《与二郎侄儿书》说："渐老渐熟，乃造平淡，其实不是平淡，乃绚烂之至也。"又《书黄子思诗集后》说："苏李之天成，曹刘之自得，陶谢之超然，盖亦至矣。而李太白、杜子美以英玮绝世之姿，凌跨百代，古今诗人尽废。然魏、晋以来高风绝尘，亦少衰矣。李、杜之后，诗人继作，虽间有远韵，而才不逮意。独韦应物、柳宗元发纤秾于简古，寄至味于淡泊，非余子所及也。"可见平易自然是一种不易达到的艺术境界，“清水出芙蓉，天然去雕饰”，是宋代散文优秀篇章的共同特征。

要使语言平易自然，只像黄庭坚所说的那样，从古人的书中，加工陈言，“点铁成金”，以故为新，是远远不够的；还要从民间活的口语中，吸取新的成分，“以俗为雅”，方能创造出新鲜活泼、雅俗共赏的艺术语言。宋代正是民间文学蓬勃发展的时期，白话文学进入了一个新阶段，词、话本、戏曲已为文人雅士所关注，这是语言艺术的丰富源泉。大凡优秀的作家，如王禹偁、欧阳修、苏轼、柳永、李清照、陆游、辛弃疾、朱熹等，在他们的作品中，吸收了许多民间语言的句法、词汇，使其语言艺术更加平易自然，明白流畅，琅琅上口。

宋文中的文赋、文艺散文、笔记小品、日记体、语录体、诗话、词话等文体的创立和发展，为平易自然语言风格的形成作出了重大贡献。这类文体，无须精雕细刻、道貌岸然；往往率性操笔，自然成文，因而就更为平易晓畅。如欧阳修《归田录》中记载：

> 陈康肃公善射，当世无双，公亦以此自矜。尝射于家圃，有卖油翁释担而立，睨之久而不去，见其发矢十中八九，但微颔之，康肃问曰：“汝亦知射乎？吾射不亦精乎？”翁曰：“无他，但手熟尔。”康肃忿然曰：“尔安敢轻吾射！”翁曰：“以我酌油知之。”乃取一葫芦置于地，以钱复其口，徐以勺酌油沥之，自钱孔入而钱不湿。因曰：“我亦无他，惟手熟尔。”康肃笑而遣之。

以明白简洁之笔叙生动活泼之事，短小精悍，形象可感，读之趣味横生。语录体算不上纯文学体裁，但可算应用文体，其对文学语言的影响是很深远的。如朱熹的《朱子语类》，内容丰富，言简意赅，平易近人，讲话人如在眼前，神情毕露，比起艰涩古奥的文章来，更富文学韵味。下录数则：

> 看文字须大段精彩看，耸起精神，竖起筋骨，不要困。如有刀剑在后一般。就一段中须要透，击其首则尾应，击其尾则首应，方始是。不可按册子便在，掩了册子便忘。
>
> ——《朱子语类大全》卷十

这一段文字讲读书应该振作精神，用了浅近的比喻，生动活泼。

> 南丰过荆襄，后山携所作以谒之。南丰一见爱之，因留款语。适欲作一文字，事多，因托后山为之，且授以意。后山文思亦涩，穷日之力方成，仅数百言。明日，以呈南丰。南丰云："大略也好，只是冗字多，不知可为略删动否?"后山因请改窜。但见南丰就坐，取笔抹数处。每抹处，连一两行，便以授后山。凡削去一二百字。后山读之，则其意尤完，因叹服，遂以为法。所以后山文字简洁如此。
>
> ——朱熹《朱子语类辑略·卷八》

这里讲的是曾巩为陈师道修改文章的小故事，让人一看就明白文章尚简；这段语录的本身也写得简洁质朴。

> 大抵观书先须熟读，使其言皆若出于吾之口；继以精思，使其意皆若出于吾之心。然后可以有得尔。至于文义有疑，众说纷错，则亦虚心静虑，勿遽取舍于其间。先使一说自为一说，而随其意之所之，以验其通塞，则其尤无义理者，不待观于他说而先自屈矣。复以众说互相诘难，而求其理之所安，以考其是非，则似是而非者，亦将夺于公论而无以立矣。大抵徐行却立，处静观动，如攻坚，本先其易者而后其节目，如解乱绳，有所不通则姑置而徐理之。此读书之法也。
>
> ——朱熹《朱子语类辑略》

这是讲读书之法。如听作者当面讲课，层次明晰，语言通俗，将读文章的方法讲得清清楚楚，胜过一篇谈读书法的长文。语录体短小精悍、不枝不蔓的特点可见矣。

总之，宋代散文继唐文优良传统，有所发展，有所创新，形成了自己的独特风貌，展现于我国文学史是一派生机勃勃、万紫千红的繁荣景象。后世之文，大抵是沿着宋人所开创的古文革新方向而发展下去的。王若虚《文辨》称："散文至宋始是真文字。"宋濂《苏平仲文集序》说："自秦汉以来，文莫盛于宋。"宋文将永远地大放光彩。

第二节　骈文的创作

骈文这种体裁，充分发挥了汉语语言文字的审美功能，富于民族形式的特征。黄侃《书〈后汉书〉论赞》说："诸夏语文，单觭成义，所以句能成匹，语可同韵。是则联类之思，人类所同有；排比之文，吾族所独擅……其后欲求谐叶，更以修饰偶语为工，遂渐成四六之体。”从魏晋直到近代，总有人在写骈体，从未间断过。如曹丕的《典论·论文》、陆机的《文赋》、刘勰的《文心雕龙》等经典论著，都用骈体写出。齐梁之际，骈文成了文坛的主流，占了统治地位。唐代韩、柳古文运动后，散文复兴，骈文退居次位。延至晚唐，骈文又盛行，直至北宋诗文革新运动后，才永久地退出了文学的霸主宝座。但在某些场合依然运用着。洪迈《容斋三笔·卷八》说：“四六骈俪，于文章家为至浅。然上自朝廷命令、诏册，下而缙绅之间笺书、祝疏，无所不用。则属辞比事，固宜警策精切，使人读之激昂，风味不厌，乃为得体。”

长期以来，文学界存有一种偏见，视骈文为形式主义的产物，未予足够重视。如果从文学史的实际情形考察，骈文和散文，并非绝对对立，互不相容，而往往是骈散并存，互为补益。早在先秦诸子时，骈体的因素就在散文中出现，以后逐渐发展，成为我国文学的重要体裁，其地位是不可低估的。

宋代继前代骈文传统，初期沿袭晚唐五代骈文体制和风格，未有大的改变。当时，西昆体的一些作家，如杨亿、刘筠、晏殊、胡宿，还有其他馆阁之士夏竦、王珪、宋庠、宋祁都是骈文高手。陈师道《后山诗话》说：“国初士大夫例能四六，然用散语与故事耳。杨文公笔力豪赡，体亦多变，而不脱唐末与五代之气。又喜用古语，以切对为工，乃进士赋体耳。”而且这种文体应用也十分广泛，科举考试、官场交际、社会上通行的书启、判辞、祭诔、碑志、箴铭、赞颂、祝疏等，也都常用此。其中，也有文笔清丽、具有一定审美价值者。如钱惟演的《春雪赋》：

> 春阳以中，百昌俱作。彼阴冷而忽兴，何飞霙之骤落；始蒙蔽于阳乌，遂潜藏于天幕。冰霰杂下，温寒相搏。才衮衮而纷揉，更霏霏而交错；因方就圆，填溪满壑。我有爰田，既锄既耰；我有条桑，且桋且柔。岂灭裂而是取，顾沃若之待收。罹此暴殄，予心则忧。亦有庶草群木，千芳万菲；纷落絮起，珠倾玉碎。建森缅之高牙，垂陆离之长珮；掩藩偃之郁栖，覆台塘之畏佳。病李殭于井干，芳兰沉于林荟。有奔敻敻，有鸣嘤嘤。趋荐草以无所，恋危巢之欲倾；顾泽中而罢钓，之陇上而辍耕。

又如宋庠《蚕说》，其中蚕对织妇反诘的一段话：

> 秦汉而下，本摇末荡：树奢靡以广君欲，开利涂以穷民力；云锦雾縠之巧岁变，霜纨冰绡之名日出；亲桑之礼颓于上，灾身之服流于

下。倡人孽妾被后饰而内闲中者以千计，桀民大贾僭君服以游天下者非百数；一室御绩而千屋垂缯，十人漂絮而万夫挟纩：虽使蚕被于野，茧盈于车，朝收暮成，犹不能给；况役少以奉众，破实而为华哉！方且规规然重商人衣丝之条，罢齐官贡服之职；衣弋绨以示俭，袭大练而去华：是犹捧块堙尾闾之深，覆杯救昆冈之烈，波惊风动，谁能御之？由斯而谈，则余之功非欲厚啬身以侈物化，势使然也。二者交坠于道，奚独怒我哉？且古姜嫄、太姒皆执子之勤，今欲以一己之劳而让我，过矣。

又如胡宿《高斋记》描写金陵风光一段：

南中江山，类多托赏之美。金陵故都，绪余六代；华人夏士，盛栖此土。虽一丘一壑之细，皆经高贤名辈，尝所留连。茅、许世外之风，王、谢江表之德，山林皋壤，号为名胜。子城东北，趋钟山为近，南唐李氏，尝因城作台，台上望月，人相呼为月台。下临浚濠，正面覆舟；南对长干，西望冶城。榛烟渔火，泉华谷气；川禽山鸟，翔嬉其间。林木嘘吟之声，云霞起灭之状，须臾眺听，万态递出。此名胜之内，特又名胜者也！

到了欧阳修主盟文坛，倡导古文运动后，骈文虽未废止，但面貌有所改变。《四六丛话》说："宋初诸公，骈体精敏工切，不失唐人矩矱。至欧公创为古文，而骈体一变其格，始以排奡古雅争胜古人。"欧阳修并不完全反对骈文，他说："偶俪之文，苟合于理，未必为非。"(《论尹师鲁墓志》)他为了应试科举，曾于早年学习写骈文，后来专攻古文，而在撰公牍文书时，仍遵时制，沿用四六，不过他对骈体作了一些改进，往往参用散文笔法，打破了四六的工整格式，增强了文章的气韵。例如《蔡州乞致仕第二表》：

伏念臣世惟寒陋，少苦奇屯，识不达于古今，学仅知于章句。名浮于实，用之始见于无能；器小易盈，过则不胜于几覆。徒以早遘千龄之亨会，误蒙三圣之奖知。宠荣既溢其涯，忧患亦随而至。禀生素弱，顾身未老而先衰；大道甚夷，嗟力不前而难强。每念恩私之莫报，兼之疾病以交攻。爰于守亳之初，遂决窜漳之计。逮此三迁于岁律，又更两易于州符。而犬马已疲，理无复壮；田庐甚迩，今也其时。是敢更殚蝼蚁之诚，仰冀乾坤之造。况今时不乏士，物咸遂生，凫雁去来，固不为于多少。鸢鱼上下，皆自适于飞潜。苟遂乞于残骸，庶少偿其夙志。

此后，他的门生辈王安石、苏轼、曾巩和苏门四学士等，沿着这种新体骈文走下去，形成了宋代的骈文特色，其中以苏轼之作最为突出。欧阳修《试笔·苏氏四六》说：

往时作四六者，多用古人语及广引故事，以衒博学，而不思述事不畅。近时文章变体，如苏氏父子以四六述叙，委曲精尽，不减古文。自学者变格为文，迄今三十年，始得斯人。不惟迟久而后获，实恐此后未有能继者尔。自古异人间出，前后参差不相待。余老矣，乃及见之，岂不为幸哉！

这里指出骈文新体经三十年才见到功效，并热情称赞了苏氏父子所取得的成绩。苏轼博学多才，文采斐然，加之屡遭排挤，仕途坎坷，满腔思情诉之于文章，无论散文骈文，诗词歌赋，无不声情并茂，尽善尽美。《四六丛话·卷三十三》云："东坡四六，工丽绝伦中笔力矫变，有意摆落隋唐五季蹊径。以四六观之，则独辟异境，以古文观之，则故是本色，所以奇也。"例如他的《到昌化军谢表》：

臣轼言：今年四月十七日奉被告命，责授臣琼州别驾，昌化军安置。臣寻于当月十九日起离惠州。至七月二日已到昌化军讫者。并鬼门而东骛，浮瘴海以南迁。生无还期，死有余责！

臣轼中谢，伏念臣顷缘际会，偶窃宠荣，曾无毫发之能，而有丘山之罪。宜三黜而未已，跨万里以独来。恩重命轻，咎深责浅。此盖伏遇皇帝陛下尧文炳焕，汤德宽仁。赫日月之照临，廓天地之覆育。譬之蠕动，稍赐矜怜；俾就穷途，以安余命。而臣孤老无托，瘴疠交攻。子孙恸哭于江边，已为死别；魑魅逢迎于海上，宁许生还？念报德之何时，悼此心之永已。俯伏流涕，不知所云。

此为绍圣四年，他已六十二岁，最后一次被贬到海南岛，天涯飘泊，离家万里，自度必死异乡，临表声泪俱下，忠心可鉴，感人肺腑。

王安石也是杰出的骈文作者，他的骈文也同样具有散文气势，风格严谨峭拔，典重凝练。如《手诏令视事谢表》，现录其中一段：

所宜引分以固辞，乃敢冒恩而轻就！实恃明主知臣之有素，故以孤身许国而无疑。人习玩于久安，吏循缘于积弊。窾言不忌，诐行无惭。论善俗之方，始欲徐徐而变革；思爱日之义，又将汲汲于施为。以物役己，则神志有交际之劳；以道徇众，则事功无必成之望。恐上辜于眷属，诚窃幸于退藏。犹贪仰附于末光，亦冀粗成于薄效。比闻独断，谓合佥言。但输承命之忠，遂触招权之毁。因请避众贤之路，庶以厌异议之人。伏蒙皇帝陛下敦大兼容，清明旁烛，赐之神翰，谕以至怀。君臣之时，尝千载而难值；天地之造，岂一身之可酬？敢不自忘形迹之嫌，庶协神明之运。

这是王安石向宋神宗写的一份谢表，表中，一方面抒发了他对蒙受皇恩的无限感激之情，另一方面表述了自己以身许国、立志变法的决心。

除章表等文体用骈文外，其他文体也有用骈体的，如曾巩的《祭王平甫文》：

呜乎平甫！决江河不足以为子之高谈雄辩，吞云梦不足以为子之博闻强记。至若操纸为文，落笔千字，徜徉恣肆，如不可穷，秘怪恍惚，亦莫之系，皆足以高视古今，杰出伦类。而况好学不倦，垂老愈专，自信独立，在约弥厉。而志屈于不伸，材穷于不试，人皆待子以将昌，尔神胡速于长逝！

呜呼平甫！余昔相逢，我壮子稚，间托婚姻，相期道义。每心服于超轶，亦情亲于乐易。何堂堂而山立，忽泯泯而飙驶！计皎皎而犹疑，泪汍汍而莫制。聊寓荐于一觞，纂斯言而见意。

全文一气呵成，骈散兼行，表达了对挚友的深切悼念，如泣如诉，读之令人回肠荡气，久久沉于悲惜之中。

继苏轼父子和王、曾之后，黄庭坚、秦观、张耒、晁补之和陈师道、邓润甫、李之仪、李清臣、林希、李邴也都是骈文作家。其中秦观的作品颇有特色，他曾为馆阁之职，写了不少表启之类的应用文，文辞典丽，委婉深切。如《代程给事乞致仕表》：

臣某言：臣闻未老遽归，非臣子报君之义；既衰犹仕，岂儒生处己之方。惟去就适合其时，乃进退不愆于礼。辄陈悃愊，仰渎高明，臣诚惶诚恐，顿首顿首。

伏念臣家本单微，材尤绵薄。早缘章句声律之末技，偶中上科；继以簿书狱讼之微劳，误更剧任。三持使节，八领郡麾，以至承乏小行人之官，备位大司农之属。山川陟涉，几遍于五方；日月推移，殆逾于四纪。遂叨兰省之秩，仍忝秘殿之名。每抚心而自循，纵没齿其焉报？昨以蒙恩罢守，被旨归班，身虽寄于海隅，梦已升于帝所。非不知怀金结绶，侍清光而足荣；佩玉鸣驺，联法从之为幸。但以风霜渐迫，蒲柳遽衰，爰及上印之期，当批乞骸之恳。日暮途远，顾己分之非安；漏尽钟鸣，亦人言之可畏。伏惟皇帝陛下，恢复载之量，廓照临之明。怜其实知止而请身，察其非偷安而避世，俾还官政，获反里闾。况臣北陌东阡，雅多遊旧，左食右粥，良给岁时。足以诵歌真主之稀逢，盛述圣朝之难遇。马方羸老，徒结恋于轩墀；木已朽枯，或能蒸于芝菌。

臣不任祈天俟命激切屏营之至。

全文陈述了臣下对皇上的一片忠心、深感皇恩的诚赤之情，申诉了自己年老力衰、乞求致仕的意愿，文中直抒胸臆，少用故事，言辞中肯，合于情理，其风格明显受到欧阳修四六新变体的影响。

时至南宋，骈文作家不断涌现，汪藻、孙觌、洪适、洪遵、洪迈三兄弟、周必大、綦崇礼、陆游、杨万里、王子俊、李刘、真德秀、刘克庄、陈耆卿、方岳、陆秀夫、文天祥等人，都有佳作传世，他们大都按骈文新体创作。如汪藻的《皇太后告天下书》：

比以敌国兴师，都城失守。祲缠宫阙，既二帝之蒙尘；诬及宗祊，谓三灵之改卜。众恐中原之无主，姑令旧弼以临朝。虽义形于色，而以死为辞；然事迫于危，而非权莫济。内以拯黔首将亡之命，外以抒邻国见逼之威。遂成九庙之安，坐免一城之酷。

乃以衰癃之质，起于闲废之中。迎置宫闱，进加位号。举钦圣已行之典，成靖康欲复之心。永言运数之屯，坐视邦家之覆，抚躬独在，流涕何从！

缅惟艺祖之开基，实自高穹之眷命。历年二百，人不知兵；传序九君，世无失德。虽举族有北辕之衅，而敷天同左袒之心。乃眷贤王，越居近服，已徇群情之请，俾膺神器之归。由康邸之旧藩，嗣我朝之大统。汉家之厄十世，宜光武之中兴；献公之子九人，惟重耳之尚在。兹为天意，夫岂人谋！尚期中外之协心，同定安危之至计。庶臻小愒，同底丕平。用敷告于多方，其深明于吾意！

这篇代表赵宋王朝的影响时局的大作，将国事之艰险、徽宗第九子康王赵构继位的重大意义，阐述得剀切明白，合情合理；其文笔简洁，气势激扬，在当时起到了稳定人心、共御外侮的作用。此外，如孙觌的《代高丽王谢赐燕乐表》、綦崇礼的《秦桧罢右相制》、洪适的《虞允文端明殿学士同签书枢密院制》、洪遵的《令宗正司岁举宗子诏》、洪迈的《汤思退罢左相制》、周必大的《岳飞叙复元官制》、楼钥代宁宗皇帝撰写的《戒饬贪吏诏》均可谓宋代骈体之名篇，现仅以楼钥代宁宗皇帝所撰的《戒饬贪吏诏》为例：

朕临御以来，仰遵累朝恭俭之规，菲食卑宫，靡敢怠遑，庶已躬行，以移风俗，而志勤道远，观感未孚。况以奸倖弄权，故相同恶；上下交利，贿赂公行；赃吏债帅，益无忌惮。监司为吾澄按之官，郡守受吾民社之寄。至相仿效，贪婪无厌；反恃苞苴，狼藉已甚。席卷帑藏，或盈巨万；郡县经费，耗蠹几尽。军民衣食，椎剥无余；积弊有年，虽悔何及。大臣簠簋不饬，殆弗容迁就而为之讳也。

朕方厉精庶政，与民更始。申加训饬，以警有位。继自今各务精白，一心以承至意。其有并缘公家，以济其私，尚为故态，必罚无赦。至如互送无艺，屡形切责，遐方循习，曾不少悛。并当禁戢，或彻听闻；考验有迹，皆以赃坐。

呜呼！咎莫追于既往，法欲励于将来；宜存素丝之风，毋蹈覆车之辙。使人知自爱，罔或敢干。冀民力之少苏，期士风之益爋。朕意厚矣，尚其戒哉！

全文语调平和而庄重，用心坦诚，入情入理，极具劝勉和警戒作用，这对纠正当时官场的腐败和朝廷弊政是很有现实意义的。

南宋灭亡前夕，陆秀夫为景炎帝赵昰临死前所代拟的遗诏，情愫悲切，文笔哀婉，也是骈体中不可多得的佳作。现将《拟景炎皇帝遗诏》录如后：

朕以冲幼之资，当艰危之会。方太皇命之南服，黾勉于行；及三宫胥而北迁，悲忧欲死。卧薪之愤，饭麦不忘；奈何乎人，犹托于我？涉瓯而肇霸府，次闽而拟行都，吾无乐乎为君，天未释于有宋。强膺推戴，深抱惧惭！

而敌志无厌，氛祲甚恶，海桴浮避，澳岸栖存。虽国步之如斯，意时机之有待。乃季冬之月，忽大雾以风，舟楫为之一摧，神明拔于既溺。事而至此，夫复何言？矧惊魂之未安，奄北哨其已及。赖师之武，荷天之灵，连滨于危，以相所往。沙洲何所，垂阅十旬；气候不齐，积成今疾。念众心之巩固，忍万苦以违离。药非不良，命不可逭。

惟此一发千钧之重，幸哉连枝同气之依。卫王某，聪明夙成，仁孝天赋；相从险阻，久系本根，可于柩前即皇帝位，传玺绶。丧制以日易月，内庭不用过哀，梓宫毋得辄置金玉，一切务从简约。安便州郡，权暂奉陵寝。

呜呼！穷山极川，古所未尝之患难；凉德薄祚，我乃有负于臣民。尚竭至忠，共扶新运。故兹诏示，想宜知悉。

杨囦道《云庄四六余话》对宋代骈文发展概况作了如下描述：“皇朝四六，荆公谨守法度，东坡雄深浩博，出于准绳之外，由是分为两派。近时汪浮溪、周益公诸人类荆公，孙仲益、杨诚斋诸人类东坡。大抵制诰笺表，贵乎谨严，启疏杂著，不妨宏肆，自各有体。非名世大手笔，未易兼之。”汪浮溪即汪藻，周益公即周必大，孙仲益即孙觌，杨诚斋即杨万里，他们都是朝廷的馆阁重臣，除孙觌外，人品亦高尚可敬。

宋代古文运动后，新文风对各类文体都有所影响，骈体也起了一些变化。古文的气势和笔调、重议论之风、平实的语言，直接渗透到骈俪文中，改变了此前骈体板滞典重、浮艳夸饰之弊，呈现出宋代骈文的特殊面貌。具体表现为：

一、散句入文。在严整的骈句外，时有散句和单句参入，具骈散兼行之妙，使文章气势贯通。如楼钥《戒饬贪吏诏》：“军民衣食，椎剥无余；积弊有年，虽悔何及；大臣簠簋不饬，殆弗容迁就而为之讳也。”

二、长联入文。在四六句式外，参进长联或长句，如苏轼《乞常州居住表》：“臣闻圣人之行法也，如雷霆之震草木，威怒虽盛，而归于欲其生，人主之罪人也，如父母之谴子孙，鞭挞虽盛，而不忍致之死。”

三、虚词入文。骈文用虚词虽早已有之，但宋代尤多，特别是关联词，从而增强了文章的连贯性，使脉络更为清晰。如“虽……然……”、“既……则……”、“至若”、“而况”、“但”、“亦”、“岂”、“而”、“犹”等词，常见于骈文中。

四、古语入文。用典故和成语，本为骈文之特色。宋人亦遵旧例，但在运用时，力避怪僻艰涩，生搬硬套，而多融于平易畅达之中，如同己出，无斧凿之痕，类似江西诗派的“点铁成金”之法。如陆游《知严州谢王丞相启》：

“流偶殊于泾渭，风自隔于牛马。睚眦见憎，本出一朝之忿；排挤尽力，几如九世之仇。藐是羁孤，孰为别白？纵免投荒之大罚，亦宜置散以终身。且定远未归，惟望玉关之生入；轻车已老，犹护北平之盛秋。”其中“泾渭”，出自《诗经·邶风·谷风》“泾以渭浊”，用此表示事物差异分明之义；“牛马”，用《左传·僖公四年》“风马牛不相及”之义；“睚眦”，《史记·范雎蔡泽列传》有“一饭之德必偿，睚眦之怨必报”句；“九世之仇”，用《公羊传》所载齐襄公灭纪国报九代之仇事。

用了这些语言手段，使宋代骈文格调较为平实，增强了古文气势和议论之风。近人刘麟生在《中国骈文史》中说：“综斯以谈，则唐代骈文得其正，宋代骈文得其偏；唐文醇，而少创造之风格；宋文肆，而有犷悍迂腐之病；此其大较也。”意即宋代骈文已与传统骈体差别较大了。

由于骈体具有声韵之美，便于加强作品的色彩和浓度，故在民间说唱文学中，每每于紧要关键处，采用骈体，以起到煽情感人和吸引视听的效应，这种表述手段从唐代开始直至明清而不废，宋代亦常见。如《京本通俗小说·西山一窟鬼》讲述吴洪去酒店相亲所见到的：

看那李乐娘时：

水剪双眸，花生丹脸。云鬓轻梳蝉翼，蛾眉淡拂春山。朱唇缀一颗夭桃，皓齿排两行碎玉。意态自然，迥出伦辈。有如织女下瑶台，浑似嫦娥离月殿。

看那从嫁锦儿时：

眸清可爱，鬓耸堪观。新月笼眉，春桃拂脸。意态幽花未艳，肌肤嫩玉生香。金莲着弓弓扣绣鞋儿，螺髻插短短紫金钗子。如撚青梅窥小俊，似骑红杏出墙头。

又如戏曲《张协状元》中王贫女的上场道白：

(旦白)奴家幼失恃怙，又没弟兄。远亲房族更无一人，诸姊妹又绝一个。祖无世业，全没衣装。白日三餐，勤苦村庄机织；黄昏一觉，蹲跧古庙荒芜。天色又寒，雪儿欲下。一盏明灯照神道，买油骨自少三文。

这类讲唱文学中用骈体，要通俗易懂，便于念诵。

第三节　文论、诗话和词话

宋代文学创作的繁荣局面，为文学理论和文学批评的发展创造了良好的条件。较之前代，其在内容的广度和深度以及形式的灵活多样性方面，都取得了新的进展，具有更高的学术性、实用性和审美意识，成就颇为显著。

一、理论的纵深化。宋代文论与其文学创作一样，派别较多，可谓“百家争鸣”。各派间有同有异，相互对立而又相互渗透，按其主要观点，可分为三大派，即古文家文论、政治家文论和道学家文论。

古文家文论以欧阳修、苏轼的观点为代表。在文和道这个根本问题上，他们从文学本位出发，主张文道统一，文道并重。他们所说的道，既包括儒家的道统，也包括现实生活中的各类事理。他们注重文章本体特征和审美价值，并用自己丰富的创作实践证明了其理论的正确性。欧阳修的《答吴充秀才书》、苏洵的《上欧阳内翰第一书》、苏轼的《答谢民师书》、苏辙的《上枢密韩太尉书》等，是这一派观点的代表论著。

政治家文论以王安石、司马光、李觏的观点为代表。他们重道但不轻文，道就是指文章的政治内容，强调内容要为政治服务，经世致用，讲究事功，文要有为而作，有利于礼教政令，反对脱离政治内容的文辞，反对华藻雕饰之文风；但在政治内容充实的情况下，也主张讲究文采，如器物之有图饰。政治家文论讲究文章的教化作用是正确的，但有片面性，把文章看成为政治服务的手段，忽视了文章本身的审美功能。没有审美价值的文章，其社会效益必定薄弱，根本就不能视为文学。王安石的《上人书》、司马光的《答孔文仲司户书》、李觏的《上宋舍人书》等文，集中表述了他们的观点。

道学家文论以周敦颐、程颐、朱熹的观点为代表。他们主张“文以载道”，把文当作传道的工具，所谓道，就是他们唯心主义的义理、心性之类，与政治家所说的道不同，完全脱离了社会现实。他们把文辞只看成一种附属物和技艺，很明显带有重道轻文的倾向，以致后来把文和道对立起来，发展成“因文害道”的观点，认为写文章是玩物丧志。如果没有真实内容而单纯在语言技巧上做文章确实是玩物丧志，但道学家所说的内容是所谓的义理，而丰富的社会现实生活却不算道。他们的这种偏激狭隘的文学观，只会削弱文章的审美性质，把文章变成哲学讲义和传教语录。周敦颐的《通书·文辞》、程颐的《颜子所好何学论》、朱熹的《答杨宋卿》等文中，可以见到这些观点。

文道关系的实质是作品的形式和内容的关系，三大派的论述各有所长，在重内容这点上有相同之处，而在对形式及其与内容的关系上却各有所持。在各派之中，也往往因人而异，新论叠出。总体来看，古文家的理论较为切合实际，有利于文学的发展。

宋代文论的内容，还涉及诸多方面，如作家修养、生活与文学的关系、文体特征、声律节奏、修辞语法等，几乎囊括了文学的各个方面，呈现出丰富多彩、全面系统的状况。

二、文章学的兴起。由于宋代科举考试地位的提高，加之古文运动的影响，作家审美自觉性的加强，出现了一些专门研究文章作法及其审美特征的论著，如陈睽的《文则》、吕祖谦的《古文关键》、李涂的《文章精义》、谢枋得的《文章轨范》、方颐孙的《太学新编黼藻文章百段锦》等，都是文章之学的代表作。

这些文章学论著大致有两种体例，一种是论述类，多就文章命题立意、作家素质、文体特征、语言运用等方面作理论探讨，如《文则》；另一种是评点类，即选出一些范文，加上圈点和批语，如《古文关键》。

这些著作，对文章的写作很有帮助，成为了一种专门学问，为文章学的建立和发展奠定了坚实而广阔的基础。

这些著作，密切结合写文章的实际，有的放矢，不尚空谈；论述内容完备，分析细致贴切。下面对《文则》和《古文关键》作简略介绍：

《文则》，**陈骙**（1128—1203）著。陈骙，字权进，台州临海人，绍兴二十四年举进士第一，先后任吏部侍郎、知枢密院事，兼参知政事等。《文则》分上下两卷，重在探研六经和诸子文章的修辞和句法，“准经立制”，多从语言文字上加以分析比较。在论述文章写作技巧时，强调简约、含蓄和形象性的原则。他说：“且事以简为上，言以简为当；言以载事，文以著言，则文贵其简也。”又说：“文之作也，以载事为难；事之载也，以蓄意为工。”主张写文章要含蓄有致，言有尽而意无穷。为了使文章具有形象性和审美价值，必须善于运用比喻的修辞手法。他说：“《易》之有象，以尽其意；《诗》之有比，以达其情；文之作也，可无喻乎？”于是，他将比喻概括为直喻、隐喻、类喻、诘喻、对喻、博喻、简喻、详喻、引喻、虚喻十类，虽嫌繁琐，但不失借鉴价值。下面摘录书中几个片断以见一斑：

文之作也，以载事为难，事之载也，以蓄意为工。观《左氏传》载晋败于邲之事，但云：“中军、下军争舟，舟中之指可掬。”则攀舟乱刀断指之意自蓄其中。《公羊传》载秦败于殽之事，但云：“匹马只轮无反者。”则要击之意自蓄其中。

——《文则·甲五》

这里讲的是语言应该简洁含蓄，但意思要明白，如果简而意思难明，“读之疑若有阙焉，非简也，疏也”。

六曰“博喻”：取以为喻，不一而足。《书》曰：“若金，用汝作砺；若济巨川，用汝作舟楫；若岁大旱，用汝作霖雨。”《荀子》曰：“犹以指测河也，犹以戈舂黍也，犹以锥飧壶也。”此类是也。

——《文则·丙一》

这里对“博喻”进行释义，举两例以明，表示用多个喻体去比喻一件事物。

数人行事，其体有三：或先总而后数之。如孔子谓“子产有君子之道四焉：其行己也恭，其事上也敬，其养民也惠，其使民也义。”此类是也。或先数之而后总之，如子产数郑公孙黑曰：“尔有乱心无厌，国不女堪，专伐伯有，而罪一也；昆弟争宝，而罪二也；薰隧之盟，女矫君位，而罪三也，有死罪三，何以堪之?”此类是也。或先既总之而后复总之。如孔子言：“臧文仲其不仁者三，不知者三：下展禽，废六关，妾织蒲，三不仁也；作虚器，纵逆祀，祀爰居，三不知也。”此类是也。

——《文则·丁四》

这里讲的是阐述事物的行文方法，按这类方法去组织语言，条理清楚，逻辑严密。

《古文关键》，**吕祖谦**（1137—1181）撰。吕祖谦，字伯恭，婺州金华人，人称东莱先生。隆兴元年进士，历任太学博士、秘阁著作郎兼国史院编修。他是南宋前期著名的古文家，道德文章均为人称道，他是把理学和文学合而为一的创新者，他既重道又重文，特别讲究文学辞章，这与道学家的观点是有差异的。他在古文理论和创作上都取得了较高的成就。《武王论》、《薛常州墓志铭》、《游赤松山记》、《白鹿洞书院记》等，都是他的古文佳作。

《古文关键》是为了给学习古文的人指示门径而编撰一部专著，是我国现存的第一部直接对文章进行评点的书籍，共两卷。其中辑录了韩愈、柳宗元、欧阳修、曾巩、苏洵、苏轼、张耒等人的文章六十余篇，每篇标明其命意布局用心之处，还有各种批语，使读者既了解文章的主题思想，又对其写作艺术、语言技巧有所领悟。卷首还载有《看古文要法》等理论性的著述。本书理论与实际结合，评点与实例结合，为学者读写古文提供了一部学术性、实用性兼备的优秀教材。所以此书一刊出，文坛为之轰动，风行一时，延及后世。如其谈作文之法，甚是精当，没有亲自创作的经历，恐难有如此认识：

> 文字一篇之中，须有数行齐整处，须有数行不齐整处。或缓或急，或显或晦，缓急显晦相间，使人不知其为缓急显晦，常使经纬相通，有一脉过接乎其间，然后可。盖有形者纲目，无形者血脉也。
>
> 有用文字，议论文是也；为文之妙，在叙事状情。笔健而不粗，意深而不晦，句新而不怪，语新而不狂。常中有变，正中有奇。题常则意新，意常则语新。辞源浩渺而不失之冗，意思新转处多则不缓。结前生后，曲折斡旋，转换有力，反复操纵。
>
> ——《论作文法》

除这类系统性的文论专著外，在笔记、赠序、题跋、语录和诗话、词话中，也时有关于文论和文评的内容，甚为繁富，且表述方式也灵活多样，有话则长，无话则短。许多有影响的诗文观点和论断，散见于其中。例如，王禹偁在《答张扶书》中，提出"传道明心"论，他说："夫文，传道而明心也。古圣人不得已而为之也。"宋祁尊崇韩愈文为"完然五法"的论断见于其《新唐书·文艺传序》，他说："是时唐兴已百年，诸儒争自名家，大历正元间，美才辈出，擩哜道真，涵咏圣涯，于是韩愈倡之，柳宗元、李翱、皇甫湜等和之，排逐百家，法度森严，抵轹晋魏，上轧汉周，唐之文完然为一王法，此其极也。"欧阳修在《答吴充秀才书》中提出"道胜文至"的观点说："圣人之文虽不可及，然大抵道胜者文不难而自至也。"在《梅圣俞诗集序》中，提出"非诗之能穷人，殆穷者而后工也"的著名论断。陈善在《扪虱新话·唐宋文章皆三变末流不免有弊条》中说："本朝文章亦三变矣：荆公以经术，东坡以议论，程氏以性理，三者要各立门户，不相蹈袭。"这种文章三派的划分法，为许多文论家所认同。王安石的"辞者犹器之有刻镂绘画也"之论断，见于其《上人书》中。苏轼赞韩愈"文起八代之衰，而道济天下之溺"见于其《潮州韩文公庙碑》一文；他的"胸有成竹"功底论和"兔起鹘落"灵感论，见于其《文与可画筼筜谷偃竹记》文中。苏辙在《上枢密韩太尉书》中提出了著名的"文者气之所形"说。黄庭坚在《答洪驹父书》提出"点铁成金"说，而其

“夺胎换骨”说则见于惠洪《冷斋夜话》和王若虚《滹南诗话》等引文中。朱熹是集宋道学之大成的人物，其文论也影响深远，许多观点是在其《语类》中提出的，如“理精然后文自典实”；“古人文章，大率只是平说，而意自长”；“有治世之文，有衰世之文，有乱世之文”等。沈括的《梦溪笔谈》、陆游的《老学庵笔记》、洪迈的《容斋随笔》、吴曾的《能改斋漫录》、王应麟的《困学纪闻》等笔记文中，也有不少文论的内容。将这些散见于各处的零星论述加以全面整理，使之系统化，我们可以见到宋代文论的丰富性、创造性、深刻性和审美的个性特征。

三、诗话的盛行。诗话是我国诗歌评论的一种形式，其内容主要是评述诗人、诗作和讲述与诗有关的事类。首先以诗话命名的是欧阳修的《六一诗话》，此书前作者自题：“居士退居汝阴而集，以资闲谈也。”可见，北宋前期的诗话，以闲话述事为主，并不重视诗歌理论的系统研究，但有时也做一些评论，虽只言片语，亦见功夫。如《六一诗话》对梅尧臣、苏舜钦不同诗风的评论：

> 圣俞、子美齐名于一时，而二家诗体特异。子美笔力豪隽，以超迈横绝为奇；圣俞覃思精微，以深远闲淡为意。各极其长，虽善论者不能优劣也。余尝于《水谷夜行》诗略道其一二云：“子美气尤雄，万窍号一噫，有时肆颠狂，醉墨洒滂霈，譬如千里马，已发不可杀，盈前尽珠玑，一一难拣汰。梅翁事清切，石齿漱寒濑。作诗三十年，视我犹后辈。文词愈精新，心意虽老大，有如妖韶女，老自有余态。近诗尤古硬，咀嚼苦难嘬，又如食橄榄，真味久愈在。苏豪以气轹，举世徒惊骇，梅穷独我知，古货今难卖。”

可谓一语中的，评语准确而生动。此后，这种活泼便捷的诗话形式大行其道。据今人郭绍虞考证，宋代诗话有139部，今流传42部，部分流传或由他人搜集成书的46部，已散佚而只存名的51部。早期诗话，多以记故事和寻章摘句、倡导平易自然和意新语工的诗风为主要内容，后作者增多，派别纷纭，逐渐重视了评析，加强了理论性、实用性和系统性，提高了自觉的审美意识。许顗《彦周诗话》自序说：“诗话者，辨句法，备古今，纪盛德，录异事，正讹误也；若含讥讽，著过恶，诮纰缪，皆所不取。”对诗话的内容和写作态度作了简要概述。在众多诗话中，内容是极其丰富多彩的，涉及范围也很广，包括诗的本质、与生活和感情的关系、诗品人品、诗的意境、修辞、句法、声律各个方面；不过，每部著作也各有所侧重。有的重在评论，理论性较强；有的重在记述，轶闻趣事多，可读性较强；也有二者兼重者。其中较著名者有：司马光的《续诗话》、刘攽的《中山诗话》、陈师道的《后山诗话》、惠洪的《冷斋诗话》、葛立方的《韵语阳秋》、杨万里的《诚斋诗话》、吕本中的《紫微诗话》、黄彻的《䂬溪诗话》、叶梦得的《石林诗话》、周紫芝的《竹坡诗话》、张戒的《岁寒堂诗话》、姜夔的《白石道人诗说》、严羽的《沧浪诗话》、刘克庄的《后村诗话》等。除这些个人诗话外，还有几部诗话汇编的总集，著名的有：阮阅的《诗话总龟》、胡仔的《苕溪渔隐丛话》和魏庆之的《诗人玉屑》，许多没有成专著的诗评均可从中查找。

这些诗话，不仅给后世研究诗歌者提供了丰富而宝贵的资料，也为广大诗歌爱好者指出了读诗和写诗的一些门径和方法，其中许多论述短小精悍，新鲜活泼，给人以启迪。如：

《韵语阳秋·卷一》讲情景关系、感物言志时说：

老杜寄身于兵戈骚屑之中，感时对物，则悲伤系之。如"感时花溅泪"是也。故作诗多用一自字。《田父泥饮》诗云："步屧随春风，村村自花柳。"《遣怀》诗云："愁眼看霜露，寒城菊自花。"《忆弟》诗云："故园花自发，春日鸟还飞。"《日暮》诗云："风月自清夜，江山非故园。"《滕王亭子》云："古墙犹竹色，虚阁自松声。"言人情对境，自有悲喜，而初不能累无情之物也。

《苕溪渔隐丛话后集·卷三十》讲诗的讽谏作用时，引了《龟山语录》的话：

《龟山语录》云："作诗不知《风》《雅》之意，不可以作诗，诗尚讽谏，唯言之者无罪，闻之者足以戒，乃为有补；若谏而涉于毁谤，闻者怒之，何补之有。观苏东坡诗，只是讥诮朝廷，殊无温柔敦厚之气，以此，人故得而罪之。若是伯淳诗，则闻者自然感动矣。因举伯淳《和温公诸人褉饮》云：'未必愁日暮，天际乍轻阴。'又《泛舟》云：'只恐风花一片飞。'何其温厚也。"

《岁寒堂诗话·卷上》在讲述人的才气与诗的关系时说：

……退之诗，大抵才气有余，故能擒能纵，颠倒崛奇，无施不可。放之则如长江大河，澜翻汹涌，滚滚不穷，收之则藏形匿影，乍出乍没，姿态横生，变怪百出，可喜可愕，可畏可服也。苏黄门子由有云：唐人诗当推韩、杜，韩诗豪，杜诗雄，然杜之雄亦可以兼韩之豪也。此论得之。诗文字画，大抵从胸臆中出。子美笃于忠义，深于经术，故其诗雄而正。李太白喜任侠，喜神仙，故其诗豪而逸。退之文章侍从，故其诗有廊庙气。退之诗正可与太白为敌，然二豪不并立，当屈退之第三。

《石林诗话·卷上》在讲诗的灵感妙悟时说：

禅宗论云间有三种语：其一为随波逐浪句，谓随物应机，不主故常；其二为截断众流句，谓超出言外，非情识所到；其三为函盖乾坤句，谓泯然皆契，无间可伺其深浅，以是为序。余尝戏谓学子言，老杜诗亦有此三种语，但先后不同："波漂菰米沉云黑，露冷莲房坠粉红"为函盖乾坤句；以"落花游丝白日静，鸣鸠乳燕青春深"为随波逐浪句；以"百年地僻柴门回，五月江深草阁寒"为截断众流句。若有解此，当与渠同参。

《白石道人诗话》讲诗用典故和诗贵含蓄时说：

僻事实用，熟事虚用。学有余而约以用之，善用事者也；意有余而约以尽之，善措词者也；乍叙事而间以理言，得活法者也。

同书讲诗格高妙时说：

诗有四种高妙：一曰理高妙，二曰意高妙，三曰想高妙，四曰自然高妙。碍而实通，曰理高妙；出事意外，曰意高妙；写出幽微，如清潭见底，曰想高妙；非奇非怪，剥落文采，知其妙而不知其所以妙，曰自然高妙。

意出于格，先得格也；格出于意，先得意也。吟咏情性，如印印泥，止乎礼义，贵涵养也。

意格欲高，句法欲响，只求工于句子，亦末矣。故始于意格，成于句字。句意欲深、欲远，句调欲清、欲古、欲和，是为作者。

《竹坡诗话》在谈到诗歌语言以平淡为贵时说：

> 有明上人者，作诗甚艰，求捷法于东坡，作两颂以与之。其一云："字字觅奇险，节节累枝叶。咬嚼三十年，转更无交涉"。其一云："冲口出常言，法度去前轨。人言非妙处，妙处在于是。"乃知作诗到平淡处，要似非力所能。东坡尝有书与其侄云："大凡为文当使气象峥嵘，五色绚烂，渐老渐熟，乃造平淡。"余以为不但为文，作诗尤当取法于此。

像这类精到的见解在诗话中不胜枚举，但总的看来，有失之琐碎而理论系统性不足和缺乏深度之弊。而能克服这些毛病，代表宋代诗话最高成就的应数严羽的《沧浪诗话》了。

严羽(1192—?)，字仪卿，又字丹丘，自号沧浪逋客，福建邵武人，不入仕途，以布衣终身。戴复古在《祝二严》诗中说："羽也天资高，不肯事科举，风雅与骚些，历历在肺腑。"他性格豪放，自恃才高，有诗集《沧浪吟卷》，收诗140余首，多怀才不遇、感时伤世之作，可谓江湖诗人，惜成就不高。

他的主要成就是较为系统地提出了独到的诗学理论，撰写了具有自觉审美意识的《沧浪诗话》。

《沧浪诗话》分为五部分："诗辨"主要讲诗歌创作理论，"诗体"主要讲诗体式的流变，"诗法"讲做诗的一些具体法则，"诗评"主要对历代诗歌的风格、优劣进行品评，"诗证"是对诗歌作者、背景和缘由进行考证。书后附《答吴景仙书》，说明本诗话的主旨和特色：

> 仆之《诗辨》，乃断千百年公案，诚惊世绝俗之谈，至当归一之论。其间说江西诗病，真取心肝刽子手。以禅喻诗，莫此亲切。是自家实证实悟者，是自家闭门凿破此片田地，即非傍人篱壁、拾人涕唾得来来者。李、杜复生，不易吾言矣！

此绝非自夸之辞。《沧浪诗话》继承了此前诗话的合理成分，结合宋代诗歌创作实际和自己的美学观，建构了一套自成系统的诗歌理论，揭示了诗歌的艺术特质和一些规律，摆脱了长期以来儒家功利主义诗教的观念，注重诗吟咏性情，强调言有尽而意无穷，提出形象思维和兴趣说。在《诗辨》中，他说：

> 夫诗有别材，非关书也；诗有别趣，非关理也。然非多读书，多穷理，则不能极其至，所谓不涉理路、不落言筌者，上也。诗者，吟咏情性也。盛唐诗人惟在兴趣，羚羊挂角，无迹可求。故其妙处莹彻玲珑，不可凑泊，如空中之音，相中之色，水中之月，镜中之象，言有尽而意无穷。

基于对诗歌这种审美特征的认识，所以他对江西派以才学为诗，对苏轼嬉笑怒骂入诗，对永嘉四灵和江湖派诗人以晚唐诗为宗，对宋代诗风散文化和议论化的倾向，都极为不满。于是接着批评道：

> 近代诸公乃作奇特解会，遂以文字为诗，以才学为诗，以议论为诗。夫岂不工，终非古人之诗也。盖于一唱三叹之音，有所歉焉。且其作多务使事，不问兴致；用字必有来历，押韵必有出处，读之反复终篇，不知着到何在。其末流甚者，叫噪怒张，殊乖忠厚之风，殆以骂詈为诗。诗而至此，可谓一厄也。

在批评了当世不合于诗道的诗人、诗派和诗风之后，作者明确提出“以盛唐为法”，他说：

> 故予不自量度，辄定诗之宗旨，且借禅以为喻，推原汉魏以来，而截然谓当以盛唐为法。虽获罪于世之君子，不辞也。

严羽以敢犯众怒的无畏精神，独树一帜地提出了自己的诗学理论，有破有立，以立为主。为了阐述诗歌特殊的美学境界，他借禅说诗：

> 大抵禅道惟在妙悟，诗道亦在妙悟。且孟襄阳学力下韩退之远甚，而其诗独出退之之上者，一味妙悟而已。惟悟乃为当行，乃为本色。然悟有浅深，有分限，有透彻之悟，有但得一知半解之悟。

可见，所谓“妙悟”，不取决于学力，当然更不取决于权位，而是一种艺术思维和创作灵感，只有盛唐诗人可以领会。严羽并以妙悟的浅深，品评诗歌的等第，晚唐诸人，只如佛家小乘法，属二、三等，盛唐诸公如大乘法，为第一等。在妙悟说的基础上，书中还对诗歌的体制、风格、流派和写法作了具体而深入的论述。如：

诗之法有五：曰体制，曰格力，曰气象，曰兴趣，曰音节。诗之品有九：曰高，曰古，曰深，曰远，曰长，曰雄浑，曰飘逸，曰悲壮，曰凄婉。其用工有三：曰起结，曰句法，曰字眼。其大概有二：曰优游不迫，曰沉着痛快。诗之极至有一，曰入神。诗而入神，至矣，尽矣，蔑以加焉，惟李杜得之，他人得之盖寡也。

学诗有三节：其初不识好恶，连篇累牍，肆笔而成；既识羞愧，始生畏缩，成之极难；及其透彻，则七纵八横，信手拈来，头头是道。

语忌直，意忌浅，脉忌露，味忌短，音韵忌散缓，亦忌迫促。

下字贵响，造语贵圆。意贵透彻，不可隔靴搔痒。语贵脱洒，不可拖泥带水。

——《诗法》

《沧浪诗话》对后世影响极深，后世诗论中的仿古说、神韵说、格调说、性灵说等，都是在其启迪下提出来的，在诗歌理论史上，占有重要地位。不过，也有对它进行批判的，如清人冯班的《严氏纠谬》，指出其"不涉理路，不落言筌"之论为"似是而非，惑人为最"。清代李重华《贞一斋诗说》指责它不遵诗教，堕入佛事。

《沧浪诗话》和宋代其他诗话，开辟了文学史上论诗的新天地，这对当时和后世诗歌的创作起到了良好的促进作用，使之有道可循；但其中也确有一些迂腐、偏激、玄虚、不切实际之论，一些繁琐僵化之法，是不可取的。

四、词话的出现。词话是以评述词作、词人、词派和有关词的事类为内容的一种著作。词是宋代标志性的文体，研究词的理论著述也在宋代产生。不过理论往往总是在实践之后才出现。词这种文体，在唐代就有文人染指，直到北宋，词人增多，但作为评词的专著却很少。最早的专著是北宋杨绘的《时贤本事曲子集》，其以纪事为主，兼收作品，全书已散失，所辑佚文见于唐圭璋所编《词话丛编》中。此外一些词论，有的是单篇文章，如李清照的《词论》，有的夹在诗话里面，如陈师道《后山诗话》中，就有评柳永词的记录（见胡仔《苕溪渔隐丛话》）。还有的是在序跋、笔记和别的论著中，如黄庭坚的《小山词序》等。这些与词有关的评述，有些是很有见地的。如李清照的《词论》，对晚唐五代淫靡浮艳的词风和低沉颓丧的南唐词进行了批评，针对苏轼等"以诗为词"的倾向，提出了"词别是一家"的论断，区分了诗与词的艺术特征，强调了词协音律、宜歌唱、尚典重、显富贵的一些要求，进而对北宋诸著名词家加以评议；她说："王介甫、曾子固，文章似西汉，若作一小歌词，则人必绝倒，不可读也。乃知别是一家，知之者少。后晏叔原、贺方回、秦少游、黄鲁直出，始能知之。又晏苦无铺叙，贺苦少典重，秦则专主情致而少故实，譬如贫家美女，非不妍丽，而终乏富贵态。黄即尚故实，而多疵病，譬如良玉有瑕，价自减半矣。”这些论述，表现了作者超凡脱俗的审美情趣和艺术追求，对后世词论产生了深远的影响。但总的看来，北宋时期的词论和词评，与早期的诗话一样，以记事和录作品为主，其评论随文而发，缺乏理论深度和系统性。

到了南宋，才出现了一些词话专著，其中以王灼的《碧鸡漫志》、吴曾的《能改斋词话》、胡仔的《苕溪渔隐词话》、张炎的《词源》、沈义父的《乐府指迷》最为著名。

《碧鸡漫志》是关于音乐、词曲方面的笔记文本，主要讲述了上古至唐代歌曲的演变概况，考证了唐乐曲源流、特色及其与宋词的关系。书中对宋代诗词名家和流派的得失及影响，大致作了些简评，如说王安石“雍容奇特”，晏殊、欧阳修“风流蕴藉”，贺铸、周邦彦“语意清新，用心甚苦”；对苏轼尤为推崇，说：

> 东坡先生以文章余事作诗，溢而作词曲，高处出神入天，平处尚临镜笑春，不顾侪辈。或曰：“长短句中诗也。”为此论者，乃是遭柳永野狐涎之毒。

又说：

> 东坡先生非心醉于音律者，偶尔作歌，指出向上一路，新天下耳目，弄笔者始知自振。今少年妄谓东坡移诗律作长短句，十有八九；不学柳耆卿，则学曹元宠，虽可笑，亦毋用笑也。

这对当时一些学柳词婉约之风和贬苏词豪放之风的人是一尖锐的批判，观点十分鲜明，与李清照评苏词的观点针锋相对，并对李清照也有所批评：

> 易安居士，京东路提刑李格非文叔之女，建康守赵明诚德甫之妻。自少年便有诗名，才力华赡，逼近前辈，在士大夫中已不多得。若本朝妇人，当推词采第一。赵死，再嫁某氏，讼而离之，晚节流荡无归。作长短句，能曲折尽人意，轻巧尖新，姿态百出，闾巷荒淫之语，肆意落笔，自古缙绅之家能文妇女，未见如此无顾忌也。

既肯定了李清照才华出众，又批评了其词“无顾忌也”，其实，“肆意无忌”，恰好是李清照卓立于众词家之上的表现。

该书还保存了不少关于音乐和戏曲方面的珍贵史料，如宋代民间艺人张山人、孔三传的事迹，这对研究演唱文学有着重要价值。

《能改斋词话》和《苕溪渔隐词话》是分别由《能改斋漫录》和《苕溪渔隐丛话》的乐府部分组编成集的。前者介绍了宋代一些词人和词作，选评了一些名词佳句，如：

> 《黄鲁直词谓之著腔诗》条：晁无咎评本朝乐章，不具诸集，今载于此云：“世言柳耆卿曲俗，非也。如八声甘州云：‘渐霜风凄紧，关河冷落，残照当楼。’此真唐人语，不减高处矣。欧阳永叔浣溪沙云：‘堤上游人逐画船。拍堤春水四垂天。绿杨楼外出秋千。’要皆绝妙，然只一出字，自是后人道不到处。苏东坡词，人谓多不谐音律，然居士词横放杰出，自是曲子中缚不住者。黄鲁直间作小词，固高妙，然不是当行家语，是著腔子唱好诗。晏元献不蹈袭人语，而风调闲雅，如‘舞低杨柳楼心月，歌尽桃花扇底风’，知此人不住三家村也。张子野与柳耆卿齐名，而时以子野不及耆卿。然子野韵高是耆卿所乏处。近世以来，作者皆不及秦少游，如‘斜阳外，寒鸦万点，流水绕孤村’。虽不识字人，亦知是天生好言语。”

后者体例与前者相似，而在内容上，还评述了宋代以前的一些词作，如《冯延巳乐章》、《唐初无长短句》条中，间或涉及词的作法，如：

> 《作词要善救首尾》：苕溪渔隐曰：“凡作诗词，要当如常山之蛇，救首救尾，不可偏也。如晁无咎作中秋洞仙歌辞，其首云：‘青烟幕处，碧海飞金镜。永夜闲阶卧桂影。’固已佳矣。其后云：‘待都将许多明，付与金樽，投晓共流霞倾尽。更携取胡床上南楼，看玉做人间，素秋千顷。’若此可谓善救首尾者也。至朱希真作中秋念奴娇，则不知出此。其首云：‘插天翠柳，被何人推上，一轮明月。照我籐床凉似水，飞入瑶台银阙。’亦已佳矣。其后云：‘洗尽凡心，满身清露，冷浸萧萧发。明朝尘世，记取休向人说。’此两句全无意味，收拾得不佳，遂并全篇气索然矣。”

宋代词话中，具有较高理论价值的是《词源》和《乐府指迷》。

《词源》的作者张炎自己就是词作家，又经国破家亡之痛，故其词学理论和实践，都具一定深度。《四库全书总目·山中白云词》提要云："当宋邦沦复，年已三十有三，犹及见临安全盛之日，故所作往往苍凉凄楚，即景抒情，各写其身世盛衰之感，非徒以剪红刻翠为工。至其研究声律，尤得神解。以之接武姜夔，居然后劲，宋元之间，亦可谓江东独秀矣。"《词源》共上下二卷，上卷专论音律及唱法，下卷论词作法及评赏。

张炎论词，推崇婉约风而贬抑豪放派，但对周邦彦等格律派作品，亦表不满，最赞赏姜夔之词，并以姜词为准，权衡各家优劣，阐发作词要旨。他强调词必须合律，但又不能以音律束缚文辞。他在《杂论》中说：

> 词之作必须合律，然律非易学，得之指授方可。若词人方始作词，必欲合律，恐无是理，所谓千里之程，起于足下，当渐而进可也。正如方得离俗为僧，便要坐禅守律，未曾见道，而病已至，岂能进于道哉！音律所当参究，词章先宜精思，俟语句妥溜，然后正之音谱，二者得兼，则可造极玄之域。

这实际上是先作辞章，后则依音律修改，比较符合写作实际，有利于充分表达情意。他还提倡词要雅正，批评辛弃疾、刘过等豪放词说："辛稼轩、刘改之作豪气词，非雅词也。于文章余暇，戏弄笔墨，为长短句之诗耳。"又指出周邦彦之词虽"浑厚和雅"，但"意趣不高远"，"失雅正之音"。他还提出词要"清空"的观点，说：

> 词要清空，不要质实。清空则古雅峭拔，质实则凝涩晦昧。姜白石词如野云孤飞，去留无迹。吴梦窗词如七宝楼台，眩人眼目，碎拆下来，不成片段。此清空质实之说。梦窗《声声慢》云："檀栾金碧，婀娜蓬莱，游云不蘸芳洲。"前八字恐亦太涩。如《唐多令》云："何处合成愁，离人心上秋，纵芭蕉不雨也飕飕。都道晚凉天气好，有明月，怕登楼。　前世梦中休，花空烟水流。燕辞归、客尚淹留。垂柳不萦裙带住，谩长是，系行舟。"此词疏快，却不质实。如是者集中尚有，惜不多耳。白石词如《疏影》、《暗香》、《扬州慢》、《一萼红》、《琵琶仙》、《探春》、《八归》、《淡黄柳》等曲，不惟清空，又且骚雅，读之使人神观飞越。

用“清空”来评姜夔的词，是张炎的首创。此外，《词源》中还有许多精辟的论断，如“词以意趣为主，要不蹈袭前人语意”；“词用事最难，要体认著题，融化不涩”；“词中句法，要平妥精粹”；“句法中有字面，盖词中一个生硬字用不得”等，都对后世写词评词予以深刻影响。《词源》主要讲的是词的艺术形式和技巧问题，很少涉及词的思想内容，而且就艺术技巧而言，也只是他个人的经验和看法，但从词学史来看，确实是一部不可多得的有创意的著作。

《乐府指迷》，其体例与《词源》一样是笔记式片断，但没有《词源》系统地论述音律和唱法的内容，而侧重于文辞的写法。书一开头就是《论作词之法》，确立了四条标准：

> 盖音律欲其协，不协则成长短之诗；下字欲其雅，不雅则近乎缠令之体；用字不可太露，露则直突而无深长之味；发意不可太高，高则狂怪而失柔婉之意。

用此标准，衡量宋代作家，作者最推崇周邦彦，他说：“凡作词，当以清真为主。盖清真最为知音，且无一点市井气，下字运意，皆有法度，往往自唐宋诸诗句中来，而不用经史中生硬字面，此所以为冠绝也。学者看词，当以周词集解为冠。”他指出姜夔词“清劲知音，亦未免有生硬处”；也指出吴文英词“深得清真之妙，其失在用事下语太晦处，人不可晓”；批评柳永词“有鄙俗语”。该书也重在艺术形式和语言方面的研究，与《词源》的审美观大同小异。在炼句炼字技巧上，见解精微。《四库全书·乐府指迷》提要云：

> 此本附刻陈耀文《花草粹编》中，凡二十八条。其论词以周邦彦为宗，持论多为中理。惟谓两人名不可对使，如“庾信愁多，江淹恨极”之类，颇失之拘。又谓说桃须用“红雨”、“刘郎”等字，说柳须用“章台”、“灞岸”等字，说书须用“银钩”等字，说泪须用“玉筯”等字，说发须用“绿云”等字，说簟须用“湘竹”等字，不可直说破，其意欲避鄙俗，而不知转成涂饰，亦非确论。至所谓去声字最要紧，及平声字可用入声字替，上声字不可用去声字替一条，则剖析微芒，最为精核。万树《词律》实祖其说。

这对《乐府指迷》的评价是中肯的。

宋代词的创作成就辉煌，但词的理论著述却不如诗话。近人吴梅在《词话丛编(唐圭璋编)·序》中说:“然北宋诸贤,多精律吕,依声下字,井然有法。而词论之书,寂寞无闻,知者不言,盖有由焉。南渡以还,音律之学日渐陵夷,作者既无准绳,歌者益乖矩矱。知音之士,乃详考声律,细究文辞。玉田《词源》,晦叔《漫志》,伯时《指迷》,一时并作,三者之外,犹罕专篇。元明以降,精言蔚起。”吴梅对宋代词论专著罕见的原因并未详说。依我们之见其因大致有四:一是某种文体的理论建树,需历史经验积累,有待时日,唐诗繁荣,而诗话宋代更盛行;二是士大夫的传统文学观视词为艳科,优游闲暇之事,未予足够关注;三是词与诗的原理有许多共同之处,诗话中已论及,无须赘述;四是词之特殊音律曲谱,知之者甚少,难以表述。所以,对词系统而深刻研究的理论大作,便有待于后世的行家了。

第十一章　宋代的话本和戏曲

第一节　话本小说

宋代文学万紫千红的繁荣景象，不仅表现在文人的创作和理论方面，还表现在民间通俗文学的领域里。这一时期，所谓雅文学与俗文学既对立，又互补。一些文人在理论上忌俗尚雅，反对俗气，但在实际创作中，无时无刻不在吸收着民间文学的新鲜成分，向俗文学倾斜。宋代文学的通俗化、市民化和平易朴质的审美情趣，无不深受民间文学的影响，作为宋代标志性文体的词，本身就来自民间。民间的说唱文学也堂而皇之地登上了文坛，与雅文学同台献艺，促使我国文学主流由抒情向叙事转型。闻一多《文学的历史动向》说："是的，中国文学史的路线南宋起便转向了，从此以后是小说戏剧的时代。"这一论断是符合我国文学实际的。

宋代城市经济的发展，直接促进了市民文学的繁荣，民间歌谣、曲子、杂技、歌舞、说话、戏剧等文艺形式，如雨后春笋，一派生机，遍及城乡，热闹非凡。其中说话和戏曲以更新的面貌呈现，最为盛行。

"说话"艺人表演时需要底本，称为"话本"，话本的内容多为叙事，与小说性质相同，又称"话本小说"，因用白话文写成，与文言小说相区别，所以也称"白话小说"。鲁迅《中国小说史略》中说："然在市井间，则别有艺文兴起，即以俚语著书，叙述故事，谓之'平话'，即今所谓'白话小说'者是也。"话本是从民间"说话"艺术发展起来的一种新的文学样式。话本在宋代的出现，是我国文学史上的一件大事。它从文学语言、艺术形式到思想内容，都具备着传统的诗文辞赋等文学样式所不曾有的崭新的东西，标志着我国文学的发展进入了新的历史阶段。

话本小说是中国文学发展到封建社会后期的历史产物。北宋王朝的建立，结束了五代十国长期混战的局面。统治者采取了某些恢复生产以巩固统治的措施，促进了农业、手工业和商业的发展，也使得城市日益繁荣。北宋京城汴梁(开封)，在唐、五代时已很兴盛，到北宋末年，人口急剧增加。户数多达二十六万。孟元老《东京梦华录·序》中，描绘了当时汴梁的繁荣景象：

> 辇毂之下，太平日久，人物繁阜。垂髫之童，但习鼓舞；斑白之老，不识干戈。时节相次，各有观赏；灯宵月夕，雪际花时；乞巧登高，教池游苑。举目则青楼画阁，绣户朱帘，雕车竞驻于天街，宝马争驰于御路；金翠耀目，罗绮飘香，新声巧笑于柳巷花衢，按管调弦于茶坊酒肆。八荒争凑，万国咸通。集四海之珍奇，皆归市易；会寰区之异味，悉在庖厨。花光满路，何限春游；箫鼓喧空，几家夜宴。伎巧则惊人耳目，侈奢则长人精神。

确实是一派歌舞升平的太平气象。到了南迁之后，宋王朝在相对稳定的偏安局面下，社会经济特别是商品经济得到了进一步的发展，城市更为扩大。南宋京城临安(杭州)在北宋初期为“参差十万人家”(柳永《望海潮》词)，宋至南渡后，则达“近百万余家”(见《梦粱录》)。城市的进一步繁荣，使市民阶层空前壮大，形成了一股新的社会力量，他们逐渐地形成了自己的意识，要求有表现自己、娱乐自己的文艺。于是，包括说话、戏剧等在内的各种瓦肆伎艺，便应运而生，并日益繁荣兴盛。《东京梦华录》卷五“京瓦伎艺”条说：

> 崇观以来，在京伎艺：张廷叟、孟子书主张。……孙宽、孙十五、曾无党、高恕、李孝详，讲史。李慥、杨中立、张十一、徐明、赵世亨、贾九，小说。孔三传、耍秀才，诸宫调。毛洋、霍伯丑，商谜。吴八儿，合生。张山人，说诨话。……霍四究，说三分。尹常卖，五代史。……其余不可胜数。不以风雨寒暑，诸棚看人，日日如是。

记载了北宋汴梁城中的瓦肆伎艺。《武林旧事》卷六“诸色伎艺人”条载南宋临安市上知名的说话艺人有孙奇、朱修等百余人之多。《西湖老人繁胜录》“瓦市”条也记载了临安瓦子勾栏的兴盛情况。

> 南瓦、中瓦、大瓦、北瓦、蒲桥瓦。惟北瓦大，有勾栏一十三座。常是二座勾栏专说史书：乔万卷、许贡士、张解元。……说经：长啸和尚、彭道安、陆妙慧、陆妙静。小说：蔡和、李公佐，女流史惠英。小张四郎一世只在北瓦，占一座勾栏说话，不曾去别瓦作场，人叫做小张四郎勾栏。

在众多的瓦肆伎艺中，“说话”主要包括四个大科目：一、“小说”，又称“银字儿”，多街谈巷议的小故事，内容最丰繁；二、讲史，讲述历史和朝代兴废等事；三、讲经，讲说佛经及参禅等事；四、说铁骑儿，即讲士马金鼓之事，大约是指当时抗金和农民战争之类的故事。其中以“小说”和“讲史”最为重要。“小说”又分烟粉、灵怪、传奇、公案、朴刀、杆棒、神仙、妖术等八类，其细目共有107种之多。

宋代“说话”的空前繁荣，在艺术方面也自有其渊源。我国自古以来本有说故事的传统，很早就有讲唱伎艺。20世纪50年代四川成都天回镇出土一批汉俑，其中就有说书俑，说书艺人扬桴击鼓，神态活现。这种讲唱伎艺是“说话”的最早渊源。而唐代流传的民间讲唱文学“变文”、“俗讲”，与“说话”的关系更为密切。像《王昭君变文》、《伍子胥变文》、《秋胡变文》等，都已经突破佛经的圈子，小说的成分已很多。现存话本《快嘴李翠莲记》，通篇以韵语说唱为主，其他话本也都穿插有少量韵文，这正是说唱的遗痕。“说话”是在“变文”、“俗讲”的基础上发展而来的。

从现有材料看，唐代就已经有了“说话”。郭湜《高力士外传》中说：“上元元年(760年)七月，太上皇(玄宗)移仗西内安置。每日上皇与高公亲看扫除庭院，芟薙草木。或讲经论议，转变说话，虽不近文律，终冀悦圣情。”记载了宫廷中的“说话”。元稹《酬翰林白学士代书一百韵》诗：“翰墨题名尽，光阴听话移”两句下自注说：“乐天每与余游，从无不书名屋壁，又尝于新昌宅听说‘一枝花话’，自寅至巳，犹未毕词也。”段成式《酉阳杂俎续集》卷四“贬误”说：“予太和末因弟生日观杂戏，有市人小说，呼扁鹊作褊鹊，字上声。”“一枝花话”，就是指郑元和与李娃故事，即《一枝花》小说；“市人小说”，也就是街坊艺人“说话”。由此可知，唐代“说话”一般包括在“杂戏”之内，作为杂戏中较小的单位演出，但已有了讲说恋爱故事的专门科目。到了宋代，随着城市的进一步繁荣，“说话”也就更加发展成熟了。

宋代话本作品，仅据罗烨《醉翁谈录》记载，就存目117种，但现存作品不多。由于话本创作的确实年代难于判定，又有前人创作后人加工修改等情况，所以往往是宋元话本并述。现存宋元“小说”话本，散见于《京本通俗小说》、《清平山堂话本》、《熊龙峰小说四种》以及冯梦龙编的《喻世明言》、《警世通言》、《醒世恒言》等书中，共40种。

话本的思想内容丰富而广阔。这种文艺形式是在工商业经济发达和市民阶层壮大的基础上发展起来的，它们是市民创作、市民表演，市民欣赏的作品，所反映的社会生活较为真实、广阔。与唐代传奇相比，新兴的市民意识，具有反抗传统道德、追求美好生活的积极精神，在话本里有更鲜明的反映，表现得更加大胆、真切和显著。在人物和主题方面，它们把手工业者、妇女、商人、店伙等作为主人公，并以爱憎分明的态度赞扬了这些市井细民，揭露了封建社会的黑暗和昏官恶吏的罪恶，因此就有了不同于过去时代的文学的新的特质。

“小说”是说话中影响最大的一家，从题材来说，现存“小说”话本以爱情、公案两类为最多。“小说”话本中的主人公，大都渴望美好的前途，大胆追求幸福的生活，因此对于封建制度、传统道德、黑暗政治、等级观念等都表现了强烈的不满和反抗。这些首先表现在爱情故事方面。作者肯定了青年男女对自由恋爱的渴慕和追求，赞扬了他们对爱情的忠实和坚贞。与以前的爱情作品相比，话本突出地表现了女性的坚决和勇敢，并且不是才子佳人式的恋爱，而是新兴市民所具有的那种大胆、热烈的爱情。

《碾玉观音》中的璩秀秀，是个糊裱匠的女儿，咸安郡王的奴婢。她主动追求幸福的婚姻。当她爱上碾玉匠崔宁后，便大胆冲破封建礼教的樊篱，趁王府失火，与崔宁双双逃至潭州安家。后因郭排军告密，秀秀被郡王抓回处死。但死亡没能阻止她追求幸福生活的强烈愿望，她的鬼魂还去找崔宁做夫妻，并最后惩处了郭排军。秀秀的斗争精神在描写中表现得十分突出，这个柔弱女子对爱情的执著坚定令人敬佩。同时作品对咸安郡王的刻画，也揭露了封建统治者凶残的本性。

《闹樊楼多情周胜仙》也写得非常出色。周胜仙在金明池游玩遇见了范二郎，她的智慧帮助她突破了未婚的难关，借和卖水人吵架向范二郎介绍了自己的身世，表示了自己对他的爱慕。她对范二郎的爱是那样坚决、执著，父母不能阻止，死亡也不能妨碍。为了范二郎，她死过两次，甚至做了鬼还要请三天假来和范二郎相聚，设法把范二郎救出监狱。璩秀秀和周胜仙的愿望都是死后才实现的，她们的共同特点是“多情”。作品通过这两个形象的描写，一方面揭露了封建势力的罪恶，一方面也表现了当时妇女为争取爱情幸福的反抗精神和民主意识的觉醒。

《志诚张主管》写王招宣府的小夫人，“失了主人之心”，被嫁出来。她是一个如花似玉的年轻女子，却嫁给年已六十的白须老儿张员外。她对这种不合理的婚姻，理所当然地要进行反抗。于是她便主动追求主管张胜，生前没能达到目的，死后也要与张胜结合。这些都表现了封建社会中最受压迫的妇女，对爱情的大胆、主动和热烈的追求，是新的市民意识在话本中的反映。

公案类的作品虽然在六朝和唐代已经出现，但在话本中才特别发达。这类话本反映了当时复杂的阶级矛盾，有的还描写了人民对统治者的直接斗争。

《错斩崔宁》叙述两个善良无辜的青年崔宁和陈二姐被错斩的故事。作品对崔宁和陈二姐的冤死表示了极大的愤慨，对封建官吏的昏聩糊涂、草菅人命进行了严厉谴责。作者有这样一段议论："看官听说，果然是小娘子与那崔宁谋财害命的时节，他两人须连夜逃走他方，怎的又去邻舍人家借宿一宵？明早又走到爹娘家去，却被人捉住了？这段冤枉，仔细可以推详出来，谁想问官糊涂，只求了事，不想捶楚之下，何求不得。"作者当然不可能认识比"问官糊涂"更本质的东西，但却明白地指出了官吏的昏庸是造成冤案的直接原因。作者又说："做官切不可率意断狱、任情用刑，也要求公平明允，道不得个死者不可复生，断者不可复续。"这也正反映了被压迫人民的愿望。这篇小说对后世影响很大，明代冯梦龙改题为《十五贯戏言成巧祸》，收入《醒世恒言》。清代朱皠又把这故事改编成《十五贯》传奇，现代昆曲中的《十五贯》早已拍成电影，至今尚有现实意义。

《宋四公大闹禁魂张》描写了宋四公、赵正、侯兴、王秀等一伙侠盗在京城如入无人之境，惩罚了刻薄成家、为富不仁的张富，偷走了钱大王的玉带，当面剪走要捕捉他们的滕大尹的腰带挞尾，将统治者的爪牙王遵、马翰置于死地，闹得京师惶惶不安，不仅嘲笑了统治者的腐朽无能，也反映了人民是不可欺侮的。《万秀娘报仇山亭儿》中的尹宗，靠"偷盗"养活母亲。他是被逼得走投无路时才做贼的。他心地善良，见义勇为，在他人遇到困难时毫不犹豫地拔刀相助，终于为替万秀娘报仇而牺牲了自己的生命，表现了下层人民舍己救人的高贵品质。

"小说"话本中还描写了一些头脑清醒、多少能考虑人民死活的清官，像《三现身包龙图断狱》、《合同文字》中的包公，《皂角林大王假形》中的赵知县等。

宋、元时代，还有个特殊问题，那就是民族矛盾。《杨思温燕山逢故人》通过杨思温与郑意娘的形象，反映了这一问题。杨思温在燕山元宵忆旧，郑意娘义不受辱自刎，都是民族意识的表现。

“小说”话本中的优秀作品虽然存在着消极因素，但基本上是人民大众的文学，其主流是富有现实性、人民性的。当然，由于话本作者思想复杂，其中不可避免地存在着消极落后，甚至反动的东西。如《菩萨蛮》把陈可常的被迫害而死说成是“前生欠宿债，今生转来还”，开脱了统治阶级的罪恶，宣扬了因果报应和宿命论的思想。《西山一窟鬼》、《西湖三塔记》、《定州三怪》等，以神鬼故事来宣扬迷信思想。在《冯玉梅团圆》中，还借因果报应的说教歌颂了农民起义军中的叛徒。

话本在艺术上与以前的小说相比，也有很多发展。首先是塑造了一些性格鲜明的人物形象。除了璩秀秀、周胜仙之外，如《快嘴李翠莲记》将李翠莲这样一个具有高度机智、敢作敢为、口齿伶俐、性格坚强的妇女形象塑造得相当动人。《碾玉观音》对崔宁热爱劳动、热爱生活而又忠厚善良的刻画也很生动。对反面人物，像咸安郡王的大气刚愎和凶横残酷的复杂性格，描写得也很逼真。下面是话本中写璩秀秀和崔宁在郡王府失火时相爱后出逃的一段：

（崔宁）奔到府中看时，已搬挈得罄尽，静悄悄地无一个人，且循着左手廊下入去，火光照得如同白日。去那左廊下，一个妇女摇摇摆摆从府堂里出来，自言自语，与崔宁打个胸厮撞。崔宁认得是秀秀养娘，倒退两步，低声唱个喏。原来郡王当日尝对崔宁许道：“待秀秀满日，把来嫁与你。”这些众人都撺掇道：“好对夫妻！”崔宁拜谢了不则一番。崔宁是个单身，却也痴心。秀秀见恁地个后生，却也指望。当日有这个遗漏，秀秀手中提着一帕子金珠富贵，从左廊下出来，撞见崔宁，便道：“崔大夫，我出来得迟了，府中养娘各自四散，管顾不得。你如今没奈何，只得将我去躲避则个。”

当下崔宁和秀秀出府门，沿着河走到石灰桥。秀秀道：“崔大夫，我脚疼了，走不得。”崔宁指着前面道：“更行几步，那里便是崔宁住处。小娘子到家中歇脚，却也不妨。”到得家中坐定，秀秀道：“我肚里饥，崔大夫与我买些点心来吃。我受了些惊，得杯酒吃更好。”当时崔宁买将酒来，三杯两盏，正是：

三杯竹叶穿心过，两朵桃花上脸来。

道不得个“春为花博士，酒是色媒人”。秀秀道：“你记得当时在月台上赏月，把我许你，你兀自拜谢，你记得也不记得？”崔宁叉着手，只应得喏。秀秀道：“当日众人都替你喝采：‘好对夫妻！’你怎地倒忘了？”崔宁又则应得喏。秀秀道：“比似只管等待，何不今夜我和你先做夫妻，不知你意下何如？”崔宁道：“岂敢！”秀秀道：“你知道不敢，我叫将起来，教坏了你。你却如何将我到家中，我明日府上去说。”崔宁道：“告小娘子，要我崔宁做夫妻不妨，只一件，这里住不得了。要好趁这个遗漏人乱时，今夜就走开去，方才使得。”秀秀道：“我既和你做夫妻，凭你行。”当夜做了夫妻。

这段描写生动活泼，把机智勇敢的秀秀和老实憨厚的崔宁的不同性格，通过这一情节，形象地表现出来了。

其次，在塑造人物时，话本善于用人物的行动、对话来表现人物的个性。《宋四公大闹禁魂张》用一系列的行动，把张富贪婪刻薄、爱钱如命的性格表现得神情活现。《闹樊楼多情周胜仙》通过周胜仙故意和卖水人争吵的一段对话，既表现了她表达爱情时曲折、复杂而微妙的思想感情，又凸显了她聪明机智的性格。《错斩崔宁》中，陈二姐与刘贵的一段对话，则鲜明地展现了一个受尽压迫、习惯于逆来顺受的妇女的性格。

再次，话本还有出色的心理描写，往往用三言两语，道出人们复杂的心情。如《志诚张主管》中张胜逃开追捕以后，忽然“见一轮明月，正照着当空。”短短十个字，就把张胜脱离险境后的轻松愉快的心情表达出来了。又如《错斩崔宁》中，刘贵诓骗陈二姐后，自去睡了。作者又细致地描写了陈二姐的言行和内心活动，进一步刻画了一个善良、驯顺、没有社会地位和人身自由的贫家女子的形象。下面是话本中的这段文字：

那小娘子(陈二姐)听了，欲待不信，又见十五贯钱堆在面前；欲待信来，他平白与我没半句言语，大娘子又过得好，怎么便下得这等狠心辣手？狐疑不决，只得再问道：“虽然如此，也须通知我爹娘一声。”刘官人道：“若是通知你爹娘，此事断然不成。你明日且到了人家，我慢慢央人与你爹娘说道，他也须怪我不得。”小娘子又问：“官人今日在何处吃酒来？”刘官人道：“便是把你典与人，写了文书，吃他的酒才来的。”小娘子又问：“大姐姐如何不来？”刘官人道：“他因不忍见你分离，待得你明日出了门才来。这也是我没计奈何，一言为定。”说罢，暗地忍不住笑。不脱衣裳，睡在床上，不觉睡去了。

那小娘子好生摆脱不下：不知他卖我与甚色样人家？我须先去爹娘家里说知。就是他明日有人来要我，寻到我家，也须有个下落。沉吟了一会，却把这十五贯钱，一垛儿堆在刘官人脚后边。趁他酒醉，轻轻的收拾了随身衣服，款款的开了门出去，拽上了门，却去左边一个相熟的邻舍叫朱三老儿家里，与朱三妈借宿了一夜，说道：“丈夫今日无端卖我，我须先去与爹娘说知。烦你明日对他说一声，既有了主顾，可同我丈夫到爹娘家中来讨个分晓，也须有个下落。”那邻舍道：“小娘子说得有理。你只顾自去，我便与刘官人说知就里。”过了一宵，小娘子作别去了。

在形式方面，话本有自己的特征。第一，在正文之前，总是用一个引子作开场，叫“入话”或“得胜头回”。大概是说话人在叙述正文之前，为候客、垫场、引人入胜或点明本事而用的。这种引子有的用诗词，如《碾玉观音》、《西山一窟鬼》；有的是故事，如《错斩崔宁》、《冯玉梅团圆》。这种用一个相同或相反的故事作为引子，随后引入正文的方法，对明清一些文人的小说创作有一定影响。

第二，说话人每说一个故事，不是一次说完，逢到故事中的一个精彩场面或紧张情节，暂时停止，给观众留一个悬念，以吸引他们下次再来听。如《碾玉观音》分上、下两回，上回止于崔宁的被人识破，正是紧要关头，说话的偏在这里打住，用两句七言诗下场：

（崔宁）正行间，只见一个汉子，头上戴个竹丝笠儿。穿着一领白缎子两上领布衫，青白行缠扎着裤子口，着一双多耳麻鞋，挑着一个高肩担儿，正面来，把崔宁看了一看。崔宁却不见这汉面貌，这个人却见崔宁，从后大踏步尾着崔宁来，正是：谁家稚子鸣榔板，惊起鸳鸯两处分。

上回完了，讲下回时，另外再用词作入话，慢慢叙述以后的故事。后代章回小说的分章分回，亦源于这种形式。

第三，后代小说中的“有诗为证”，以及用骈文或长篇诗词来描写和铺叙美女、战争、婚礼以及其他特殊场面，也是话本小说遗留下来的。如《王魁》话本，写到王魁负心，被敫桂英冤魂报仇而死后，有如下文字：

王魁父母妻儿好不凄惨，寮友闻知，都来探丧吊奠。过了二七之期，方始收拾回归济宁安葬。正是：玉堂学士归山后，马迹车轮绝影无。至今相传负义王魁，骂名不朽。有诗为证。

忍负贫穷衣食时，山盟海誓鬼神知。东廊结发何时解，世世生生永唱随。

这些形式，其实都是从变文演化而来，到后来，便成为中国小说的民族形式。

第四，完整的一篇说话，前有序诗，后有结诗。序诗有引人入胜的定场作用，如《错斩崔宁》篇首诗云：

> 聪明伶俐自天生，懵懵痴呆未必真。嫉妒每因眉睫浅，戈矛时起笑谈深。九曲黄河心较险，十重铁甲面堪憎。时因酒色忘家国，几见诗书误好人。

结尾诗往往由说话人直接出面，总结全篇主旨，或对听众加以劝诫，如《错斩崔宁》结尾诗云：

> 善恶无分总丧躯，只因戏语酿灾危。劝君出语须诚实，口舌从来是祸基。

第五，白话文体的运用和成熟。在变文中，浅近的文言仍然是主要的表现手段。到了话本中的一些优秀作品，如《碾玉观音》、《错斩崔宁》等，则用纯粹的白话将故事叙述出来，其中对话的生动，描写的深刻，人物的活跃，心理活动的展现，都不是那种典雅的文言所能做到的。如《宋四公大闹禁魂张》中有如下一段叙述：

> 如今再说一个富家，安分守己，并不惹事生非；只为一点悭吝未除，便弄出非常大事，变做一段有笑声的小说。这富家姓甚名谁？听我道来：这富家姓张名富，家住东京开封府，积祖开质库有名，唤做张员外。这员外有件毛病，要去那：
>
> 虱子背上抽筋，鹭鸶腿上割股，
> 古佛脸上剥金，黑豆皮上刮漆，
> 痰唾留着点灯，捋松将来炒菜。
>
> 这个员外平日发下四条大愿：
>
> 一愿衣裳不破，二愿吃食不消，
> 三愿拾得物事，四愿夜梦鬼交。
>
> 是个一文不使的真苦人。他还地上拾得一文钱，把来磨做镜儿，捍做磬儿，掐做锯儿，叫声"我儿"，做个嘴儿，放入箧儿。人见他一文不使，起他一个异名，唤做"禁魂"张员外。

这段文字介绍张员外的吝啬性格，全是口语，还加上民间的“插科使砌”，调侃讽刺，把人物刻画得入木三分，念起来有板有眼，琅琅上口，充满了喜剧味。这种新的白话文体的出现，开始了我国文学语言的新阶段，此后它逐渐扩大自己的阵地，在小说戏曲中取代了文言。

“讲史”也是“说话”中重要的一家。讲史话本与“小说”话本的区别，正如鲁迅所说：“是知讲史之体，在历叙史实而杂以虚辞，小说之体，在说一故事而立知结局。”(《中国小说史略》)这里说的“小说”与后来的概念不同，主要是短篇，而讲史都是长篇。讲史大都是浅近的文言与不十分成熟的白话夹杂并用，文字上受古代史书的影响，但它们无论在内容上、结构上都为后来的长篇小说打下了基础。

现存宋元讲史话本有《新编五代史平话》、《大宋宣和遗事》、《全相平话》五种等。

《新编五代史平话》概述梁、唐、晋、汉、周五代的历史，每代二卷，都以诗起诗结，中间用散文叙述史事，散文多为文言而偶有白话。作品中少数片段，描写颇为生动。所叙史事，重要者皆本正史，对个人性情杂事及战争场面，则加以夸张描写和铺叙。写了许多发迹变泰的故事，如对刘知远、郭威、柴荣，强调了他们的贫寒出身，甚至详细描写了他们未发迹时的无赖行为，表现了一定的民主思想，揭开了封建社会中至高无上的偶像皇帝的神圣外衣，但对黄巢起义则作了某些歪曲叙述。北宋“说话”艺人中，有尹常卖以讲五代史为业。这种话本，就是说五代史的底本。本书为清末曹元忠发现，后经影印行世。它的艺术价值不高，但由此可看出讲史话本的真实面貌。鲁迅《中国小说史略·五代史平话》篇评：“全书叙述，繁简颇不同，大抵史上大事，即无发挥，一涉细故，便多增饰。”这成了讲史话本和后世历史小说的普遍现象。

《全相平话》五种：《武王伐纣平话》、《七国春秋平话(后集)》、《秦并六国平话》、《前汉书平话(续集)》、《三国志平话》，都是讲史话本，是元代至治年间(1321—1323)刊印的。这些平话大体根据正史，但其中颇多民间故事，文字比较简朴，对当时统治阶级的荒淫和社会的矛盾也作了一些反映。其中《三国志平话》成就较高，已具备了《三国演义》的主要情节和基本倾向。这些话本，对后代的《封神演义》、《前后七国志》、《东周列国志》、《西汉演义》及《三国演义》等长篇历史小说的形成，很有影响。

《大宋宣和遗事》同样带有讲史的性质，而更多地插进了社会故事。全书分元、亨、利、贞四集。首叙历代帝王的荒淫，接叙王安石变法，蔡京的当权，梁山泺宋江诸英雄的起义，徽宗与李师师的故事，林灵素道士的进用，京师的繁华，徽、钦二帝的被掳，结于高宗定都临安。此书系节抄旧籍而成，所以体例很不一致，有典雅的文言，有流利的白话，结构也不严密。但本书的编者是一位爱国者，他痛恨君主的荒淫，抨击奸臣的当权和道士的参政，同情除奸的英雄。这种观点在本书是始终一贯的。作者在书的末尾流露出这种真意，并代表当日苦于亡国的民众，发出了强烈的怨恨和责骂。

另外，《宣和遗事》所写的“梁山泺聚义本末”一段，已经有杨志卖刀，晁盖等夺取礼物；宋江杀阎婆惜，题反诗而逃，在玄女庙看见题有三十六人姓名的天书；最后朝廷招降，命讨方腊，立军功而封节度使等情节。其中如夺取北京留守梁师宝十万贯珠宝的情形，这样写道：

> 是年，正是宣和二年五月，有北京留守梁师宝将十万贯金珠、珍宝、奇巧缎物，差县尉马安国一行人，担奔至京师，赶六月初一日为蔡太师上寿。其马县尉一行人，行列五花营堤上田地里，见路旁垂杨掩映，修竹萧森，未免在彼歇凉片时。撞着八个大汉，担着一对酒桶，也来堤上歇凉靠歇了。马县尉问那汉：“你酒是卖的?”那汉道：“我酒味清香滑辣，最能解暑荐凉。官人试置些饮。”马县尉口内饥渴瘦困，买了两瓶，令一行人都吃些个。未吃酒时万事俱休，才吃酒时便觉眼花头晕，看见天在下，地在上，都麻倒了，不知人事。笼内金珠、宝贝、缎匹等物，尽被那八个大汉劫去了。……

这就是《水浒传》的“智取生辰纲”的主要情节。故事的骨干已经大部分形成，而且很明显地表现了对宋江等三十六人的同情与称赞。因此，这一段可以看作《水浒传》的最初蓝本。本段中的白话文也写得较为精彩，由此可以推测，这可能是一本独立的书或是一部话本，由《宣和遗事》的编撰者把它抄录进去，成为书中的一节，或在文字上有所增删。这样看来，“水浒”故事不仅在宋末的民间已很流行，并已有人编写成书，或作为说话人的底本了。

还有一部属于讲经的话本《大唐三藏取经诗话》，王国维将其定为南宋临安刊印，是《西游记》的雏形。其中有诗有话，诗与佛经的偈赞类似，白文也和佛经相近，可能来源于唐代的俗讲。全书分三卷，共十七章，可为中国章回小说之祖。全书叙述唐玄奘奉唐王之命去西天取经的故事，虽来源于玄奘的《大唐西域记》，但《大唐西域记》是游记，并无神怪成分，而本书则已经成为充满神怪和浪漫主义情调的小说了。本书第一章已缺，故事开始就是收猴行者为徒。猴行者是一个神通广大、文武双全的白衣秀才，已经成为取经的主角，他为《西游记》中的齐天大圣的形象打下了基础。如书中写猴行者入王母池，就演化成《西游记》中“大闹蟠桃会”和“偷吃人参果”的情节。话本中写道：

猴行者曰：“我师且行，前去五十里地，乃是西王母池。”法师曰：“汝曾到否?”行者曰：“我八百岁时，到此中偷桃吃了。至今二万七千岁，不曾来也。”法师曰：“愿今日蟠桃结实，可偷三五个各吃。”……七人才坐，正歇之次，举头遥望万丈石壁之中，有数株桃树，森森耸翠，上接青天，枝叶茂浓，下浸池水。……师曰：“你神通广大，去(偷)必无妨。”说由未了，攧下三个蟠桃入池中去。……猴行者即将金镮杖向盘石上敲三下，乃见一个孩儿，面带青色，爪似鹰鹞，开口露牙，从池中出。行者问：“汝年几多?”孩曰：“三千岁”……行者放下金镮杖，叫取孩儿入手中，问：“和尚，你吃否?”和尚闻语敬(惊)，便走，被行者手中旋数下，孩儿化成一颗乳枣，当时吞入口中。后归乐土唐朝，遂吐出于西川，至今此地中生人参是也。

宋元话本在中国文学史上有着重大的影响，它不仅使文学更接近人民，而且开辟了中国小说的新纪元。明清短篇白话小说，就是在宋元“小说”话本的直接影响下发展起来的。长篇“讲史”话本，更是后来长篇小说的前驱。《三国志平话》、《大宋宣和遗事》、《大唐三藏取经诗话》，对《三国演义》、《水浒传》、《西游记》等我国和世界文学史上第一流小说的创作，有直接而重大的影响，更是显而易见的。话本的现实主义与浪漫主义精神以及它的一些艺术特点，更成为中国小说的优良传统。另外，它也给戏剧提供了大量题材，在创作方法和语言运用等方面，都对戏剧有很深的影响。

第二节　戏　　曲

宋代的戏曲，随着市民文学的发展，继承前代戏曲的诸多因素，也逐渐发展和成熟起来。

严格的戏曲概念，应包括两个要素：一是以化妆形式敷演一个有较完整情节的故事；二是故事中的人物以演员为代言体直接面对观众。宋代的戏曲在这两方面都有了实质性的进步，初步走向成熟的境地。

在宋代以前，早有一些戏曲的简单雏形，秦汉时的乐舞、俳优和百戏，唐代的参军戏，都具备了戏曲的一些因素。到了宋代，市场经济繁荣，“瓦子勾栏”等娱乐场所的兴起，多种文艺的演出活动遍及城乡，专业演员和专业社团也出现了。当时“说话”和“戏曲”是作为最普及、最有吸引力的两大通俗文艺形式，活跃在中华大地上，受到上自皇帝、下到百姓的欢迎。《梦粱录·妓乐》(卷二十)条：“今士庶多以从省，筵会或社会，皆用融和坊、新街及下瓦子等处散乐家，女童装束，加以弦索赚曲，祗应而已。”又：“朝廷御宴，是歌板色承应。如府第富户，多于邪街等处，择其能讴妓女，顾倩祗应；或官府公筵及三学斋会、缙绅同年会、乡会，皆官差诸库角妓祗直。”这说明无论官府民间，有了节庆或礼仪活动，都会请演员去热闹一番。《梦粱录》还记载了一些知名作家和演员的专长：“向者汴京教坊大使孟角球曾作杂剧本子，葛守诚撰四十大曲，丁仙现捷才知音。”《武林旧事》记当时杂剧名演员有四十二人，南以演杂剧著称的有“绯绿社”等。陆游《春社》描写了农村社日演戏的情况：“太平处处是优场，社日儿童喜欲狂。且看参军呼苍鹘，京都新禁舞斋郎。”

戏曲是我国重要的传统文艺形式之一，它包含文学、音乐、舞蹈、美术、武术、杂技以及人物扮演等各种因素的综合艺术。宋代的戏曲已基本具备了这些因素，它是在当时流行的多种多样的文艺形式基础上发展而来的。概括起来有三大类。

第一类，歌舞伎艺，包括大曲、法曲、曲破、队舞、转踏等，其特点是载歌载舞，有念有唱，所叙故事简单。如董颖〔道宫薄媚〕大曲《西子词》，内容是咏西施事，共十节(一节即一段唱词)，下举其中一节为例，写越王勾践嘱托西施去吴国迷惑吴王：

〔入破第一〕窣湘裙，摇汉珮，步步香风起。敛双蛾，论时事，兰心巧会君。殊珍异宝，犹自朝臣未与。妾何人，被此隆恩，虽令效死，奉严旨。　　隐约龙姿忻悦，重把甘言说。辞俊雅，质娉婷，天教汝众美兼备。闻吴重色，凭汝和亲，应为靖边陲。将别金门，俄挥粉泪，靓装洗。

转踏也是这类形式中的一种，类似歌舞联唱。开场词后，用一首诗和一首词来唱咏一事，诗的末二字与词的首二字必须相同，组成一节，可以有十多节。如北宋郑仅的〔调笑转踏〕共十二节，分别咏罗敷、莫愁、卓文君和天台仙女等十二人事，现举其开场词和第一节咏罗敷事为例：

良辰易失，信四者之难并。佳客相逢，实一时之盛事。用陈妙曲，

上助清欢。女伴相将，调笑入队。(勾队词)

秦楼有女字罗敷，二十未满十五余。金镮约腕携笼去，攀枝折叶城南隅。使君春思如飞絮，五马徘徊芳草路。东风吹鬓不可亲，日晚蚕饥欲归去。

归去，携笼女，南陌柔桑三月暮。使君春思如飞絮，五马徘徊频驻。蚕桑日晚空留顾，笑指秦楼归去。

此外，曾慥所编《乐府雅词》中收录了两种无名氏的作品《九张机》，书中将它列于“转踏”类，但并不像转踏的规范格式，内容是写织妇的闺怨，从一张机写到九张机，抒发着动人心弦的柔情蜜意，文学价值颇高，大约是民间艺人中的高手所撰，现抄录如下：

〔醉留客〕者，乐府之旧名；〔九张机〕者，才子之新调。凭戞玉之清歌，写掷梭之春怨。章章寄恨，句句言情，恭对华筵，敢陈口号：

一掷梭心一缕丝，连连织就九张机，从来巧思知多少，苦恨春风久不归。

一张机，织梭光景去如飞。兰房夜永愁无寐，呕呕轧轧，织成春恨，留著待郎归。

两张机，月明人静漏声稀。千丝万缕相萦系，织成一段，回纹锦字，将去寄呈伊。

三张机，中心有朵耍花儿。娇红嫩绿春明媚，君须早折，一枝浓艳，莫待过芳菲。

四张机，鸳鸯织就欲双飞。可怜未老头先白，春波碧草，晓寒深处，相对浴红衣。

五张机，芳心密与巧心期。合欢树上枝连理，双头花下，两同心处，一对化生儿。

六张机，雕花铺锦半离披。兰房别有留春计，炉添小篆，日长一线，相对绣工迟。

七张机，春蚕吐尽一生丝。莫教容易裁罗绮，无端剪破，仙鸾彩凤，分作两般衣。

八张机，纤纤玉手住无时。蜀江濯尽春波媚，香遗囊麝，花房绣被，归去意迟迟。

九张机，一心长在百花枝。百花共作红堆被，都将春色，藏头裹面，不怕睡多时。

轻丝，象床玉手出新奇。千花万草光凝碧，裁缝衣着，春天歌舞，飞蝶语黄鹂。

春衣，素丝染就已堪悲。尘世昏汙无颜色，应同秋扇，从兹永弃，无复奉君时。

歌声飞落画梁尘，舞罢香风卷绣茵。更欲缕成机上恨，尊前忽有断肠人。

敛袂而归，相将好去。

第二类，扮演伎艺，包括滑稽戏、傀儡戏和影戏等。这类戏曲形式已由叙事体转换为代言体了。滑稽戏由演员扮演故事中的角色，傀儡戏用木头刻成人物形象，即木偶戏；影戏用皮子制成人物形象，即皮影戏。这种戏还有各自的剧本，演出情节比较完整的故事。《都城纪胜·瓦舍众伎》条云：“弄悬丝傀儡，杖头傀儡、水傀儡、肉傀儡。凡傀儡敷演烟粉灵怪故事、铁骑公案之类，其话本或如杂剧，或如崖词，大抵多虚少实，如《巨灵神》、《朱姬大仙》之类是也。”“肉傀儡”是用小儿后生辈来扮演戏剧中的角色。可惜这些剧本如今都难以见到，没能流传下来。

第三类，说唱伎艺，或称讲唱文学。包括话本、鼓子词、赚词和诸宫调等。这类艺术形式以歌唱为主，有乐器伴奏，主要作用于听觉的美感享受。如“赚词”，就是联用同一宫调内的不同曲牌构成一种套曲，演唱一个故事。《都城纪胜·瓦舍众伎》条载：“唱赚在京师日，有缠令、缠达；有引子、尾声为缠令，引子后只以两腔互迎，循环间用者，为缠达。中兴后，张五牛大夫因听动鼓板中，又有四片《太平令》，或赚鼓板，即今拍板大筛扬处是也。遂撰为赚。……今又有复赚，又且变花前月下之情及铁骑之类。凡赚最难，以其兼慢曲、曲破、大曲、嘌唱、耍令、番曲、叫声诸家腔谱也。“可见赚词是综合和借鉴许多唱谱而创造的一种联曲词，其具体词文和曲谱惜今已失传。宋末人陈元靓所编《事林广记》中，录有南宋人创作咏蹴踘之事的一套赚词，为今所仅见，现录其中一、二片断以见一斑：

〔缕缕金〕把金银锭、打旋起，花星临照我，怎躲避？近日闲游戏，因到花市，帘儿下瞥见一个表儿圆，咱每便著意。

〔好女儿〕生得宝妆跷，身分美，绣带儿缠脚，更好肩背。画眉儿入鬓春山翠，带着个粉钳儿，更绾个朝天髻。

〔大夫娘〕忙入步，又迟疑。又怕五角儿冲撞我，没跷踢。网儿尽是扎，圆底都道松例。要抛声忒壮，果难为，真个费脚力。

〔好孩儿〕供送饮三杯，先入气，道今宵打歇处，把人拍惜。怎知他水脉透，不由得你。咱们只要表儿圆时，复地一合儿美。

〔赚〕春游禁陌，流莺往来穿梭戏。紫燕归巢，叶底桃花绽蕊。赏芳菲，蹴秋千高而不远，似踏火不沾地，见小池风摆荷叶戏水。素秋天气，正玩月斜插花枝，赏登高佶料沙羔美。最好当场落帽，陶潜菊绕篱。仲冬时，那孩儿忌酒怕风，帐幕中缠脚忒稔腻。讲论处，下梢团圆到底，怎不则剧。

这些民间伎艺的繁盛，对宋代戏曲的形成给予了直接影响。歌舞伎艺的声乐和舞蹈、服饰和演出程式，扮演伎艺的角色表演、脸谱形象、唱念做打，说唱伎艺在剧本题材、乐曲戏文诸方面，都为戏曲的产生创造了全面的条件，奠定了坚实的基础。一种视听兼备的综合性艺术形式——杂剧和南戏在宋代出现了。

杂剧，广义的杂剧概念是泛指各种伎艺表演，我们这里所说的杂剧是指符合戏剧条件的真正剧种。首先宋代的杂剧具有较完整的故事情节和鲜明的人物形象。虽然现在我们看不到当时完整的脚本，但从一些笔记文和其他文献中，可以见到一些存目和故事梗概，《武林旧事》卷十著录了官本杂剧段数 280 本。经考证，从文献中共得剧目 296 种，可至今未见有完整剧本存世。如《东京梦华录·中元节》(卷八)条云："构肆乐人，自过七夕，便般《目连救母》杂剧，直至十五日止，观者倍增。""目连救母"是佛经中的故事，讲的是目连的母亲刘氏触犯了佛法，被打入阿鼻地狱，永世不得翻身。目连是个孝子，为了救母，出家苦修，终于仰仗佛力，将母亲救出。但刘氏罪孽太重，虽出狱仍被罚为饿鬼，每逢食物到口即化为烈火。目连只得再求佛祖开恩，佛祖准其在七月十五日鬼节时，设盂兰盆会，给饿鬼施食，从此刘氏得到真正解救，与目连同升天堂。这个故事唐代变文中已有，情节十分曲折动人。宋代杂剧从原说唱文本发展而来，内容丰富得多，加上歌舞、扮演、说唱、舞台艺术的综合运用，竟然演了八天，观众如潮，可见内容是何等吸引人，故事情节是何等完整。

其次，宋杂剧有自己独立体制和角色系统。《梦粱录·妓乐》(卷二十)条云：

且谓杂剧中末泥为长，每场四人或五人。先做寻常熟事一段，名曰"艳段"；次做正杂剧，通名两段。末泥色主张，引戏色分付，副净色发乔，副末色打诨。或添一人，名曰"装孤"。先吹曲破断送，谓之把色。……又有杂扮，或曰杂班，又名经元子，又谓之拔和，即杂剧之后散段也。顷在汴京时，村落野夫，罕得入城，遂撰此端。多是借装为山东、河北村叟，以资笑端。

由此可知，宋杂剧的体制大体分为三节四段，第一节艳段相当于序幕，第二节是正杂剧，分两段演出故事，第三节是收尾，是打趣的小闹剧。这四段程式的内容也不是绝对不变的，可以从头到尾是一个完整的故事，但作为宋杂剧整体四段的通例，对以后元杂剧一本四折的固定形式有着直接的影响。

宋杂剧的角色行当已有了系统性，共有末泥、戏头、引戏、副净、副末、装孤、装旦、次贴等八种，各有所职。其中末泥、副末、副净、旦、贴是五种角色的专称，直接为后来的南戏和北剧所继承。

南戏是宋代南方的一个独立戏种，不同于北方的杂剧，它具有鲜明的地方色彩，流行于商业极为发达的温州一带。祝允明《猥谈》云："南戏出于宣和以后，南渡之际，谓之温州杂剧。"其特点除语音用南方方音系统保留入声等外，还与杂剧的体制和程式不同。它不按三节四段的杂剧模式安排，不分折、曲，一般在戏首有一段介绍创作意图和剧情梗概的开场戏，然后演出故事。剧情可长可短，在曲调选择与组合方面也比较自由，语言通俗易晓。明代徐谓《南词叙论》云："永嘉（温州）杂剧兴，则又即村坊小曲而为之，本无宫调，亦罕节奏，徒取其畸农、市女顺口可歌而已。"这说明南戏更加贴近市民生活，形式上更加自由，故事性也更强了。

据考证，南戏名目有 238 种，但大多数难以断定是宋代还是元代的作品，所以笼统称之为"宋元南戏"。其中只有《赵贞女蔡二郎》、《王魁》、《王焕》、《乐昌分镜》和《张协状元》五种，可以断定是宋代作品。而能见到完整剧本的又只有《张协状元》一部。剧本前往往用四句话来概括全剧大意，作为"题目"。《张协状元》的题目是：

张秀才应举往长安，王贫女古庙受饥寒。
呆二小村口调风月，莽强人大闹五鸡山。

这是一部长达五十三场的完整的南戏剧本。故事情节是：张协上汴京赶考，路过江陵五鸡山时，雪中遇盗，身受重伤，仓皇逃到山下古庙中。原住庙中的农村姑娘王贫女出于同情，允许他在庙中养伤，并照料其生活。张协伤愈后，向贫女求婚，贫女不从。后经村邻李大公夫妇说合，成了眷属。不久，张协又去赴试，王贫女多方为之筹措盘缠。后张协到京考试中了状元，却忘恩负义，决意抛弃王贫女。这时，枢密使兼检校太尉王德用有个女儿胜花，打算招张协为婿，但张协以“只为求名不为妻”为由，拒绝了这门亲事，以致胜花郁闷而死。王太尉大为恼怒，他得知张协将出任梓州佥判，便自己有意出任梓州通判，位居张协之上以图报复。张协在上任途中经五鸡山时，正好遇见王贫女在山上采茶，他为了根除后患，竟用剑劈王贫女，并推她坠入深坑，但仅伤了一臂。此刻王太尉上任恰好经过这里，见王贫女貌似胜花，救了她，并认作义女，同赴梓州。张协知道后，十分忧惧，乃请谭节使从中调解，愿与王府义女联姻。花烛之夜，王贫女怒斥张协，经众人劝说，夫妻终于重归于好。

《张协状元》戏曲的主题思想与同时流传的蔡伯喈、王魁负心的故事相同，具有深刻而广泛的社会现实意义。宋代士子登科，一跃龙门则身价十倍，地位一变，贵贱分明，休糠糟之妻而娶权贵之女的事，引起百姓的强烈愤慨。像《张协状元》、《王魁》这类剧，真实反映了这一社会问题，表达了人民的正义呼声，甚为群众喜闻乐见。

该剧在艺术方面，也较成熟。其规模宏大，情节完整，矛盾激烈，引人入胜；人物形象鲜明，张协是个极端自私、名利熏心的无耻儒生，当他处于困境时，摇尾乞怜，骗取王贫女的爱情，而一旦发迹，便翻脸不认人。剧本刻画了他刻毒、狡诈的丑恶嘴脸。而与他形成鲜明对照的是王贫女的形象，她勤劳、朴实、善良，她贫而不贱，乐于助人，自重自爱，表现了下层女子的优良品格。另外的一些配角，如李大公、李太婆、王太尉也写得有个性。不足的是安排张协与王贫女破镜重圆，有损于王贫女形象的完整性。全剧文笔浅白有余，精警不足。但总的来讲，在当时戏曲舞台上，《张协状元》一剧是达到了高峰的。下面摘录其中几个片断：

张协被强盗打伤后，暂栖古庙，王贫女照顾他，书中写道：

〔锁南枝〕

(生)平日在家里，须读古圣书。这般雪儿才下，多是饮羊羔，浅浅斟绿醑。或赋诗，或探梅，又怎知，这滋味。

(旦)君休要，举那时，目前是物不如意。衣又没被席全无，尽出不得已。君口食，奴自供，要睡时，先自睡。

(生)张协且安置，明朝定未起。遍身虚浮赤肿，今夜纸炉里弯跧，躲它风雨至。

(旦)奴进君，些子粥，更与君，旧纸被。

又如王胜花与她母亲赏春时的一段戏，其文辞与人物的身份、所处的环境和心情，都能和谐统一：

〔祝英台近〕(外唱)画堂深，人悄悄，春入杏花梢。膏雨弄晴，蝶粉蜂黄，相傍养花时候。(贴)碧藻，翠荇水底牵风，鱼游池沼。(合)画栏边，来往游人嬉笑。(外)时到，粉墙低，曲径窈，一段景偏好。小院邃亭，一簇神仙，珠翠镇相围绕。(贴)听道，卖花声过桥西，奇葩争巧。(合)乱莺啼，迁着乔林声闹。

剧中还大量采用民间曲调和口语，充满了生活气息，如：

(然后是净扮王婆婆上)唱：

〔麻婆子〕二月春光好，秧针细细抽。有时移步出田头，蛇蚪要无数水中游。婆婆傍前捞一碗，急忙去买油。

(末白)买油作甚么用?

(净)买三十钱麻油，把蛇蚪儿煎了，吃大麦饭。……

张协与贫女分别要赴京赶考时两人所唱的〔绛罗裙〕，夹有缠声“阿好闷”，如闻其声，如见其情：

(旦)君今去时奴阿好闷。有些钱，怎知奴便凑来助恁。(生)落得一个瘦损阿好闷。(合)各家把这泪偷揾。(生)一回上心阿好闷。感伊有许多村价至诚。(旦)你不分奴皂白阿好闷。(合)兀底须有神明。

从南戏仅存的《张协状元》这部完整的剧本中，还可以了解到它与北方杂剧的其他不同点：语音系统的不同，包括声调和韵部划分等；唱法不同，北剧一本戏由主角唱到底，南戏各角色都可以唱，合唱、独唱、对唱均可；角色类别南戏比北剧更细更完备，其生、旦、外、贴、丑、净、末七种，各有特点；语言上北剧偏雅，南戏偏俗。这是就大体而言，其实南戏北剧都是我国的民族传统戏曲，它们有很多共同处，并互相学习渗透，各自向着更完美的方向发展。到了元代，杂剧兴盛一时，南戏一度沉默；而到了元末明初，杂剧却走向衰微，而南戏则重新繁华，发展为明清时的传奇剧种，出现了汤显祖这样的优秀传奇作家，产生了“荆刘拜杀”和“临川四梦”这样的著名传奇剧本。

第十二章　辽金文学

第一节　辽金文学的发展

在我国北方，与宋王朝同时存在的还有两个少数民族政权。一个是辽，后为金所灭；一个是金，后为元所灭。这些民族都是中华民族大家庭中的成员，虽然在政治上，曾有过残酷的争斗，但在文化上，受着中华文化博大精深的影响，存在着一种强烈的亲缘认同感。各兄弟民族之间，长期共存，相互交流，学习和吸收着彼此的优秀成分，促进着本民族文化的发展，从而汇成了中华民族源远流长的文化洪涛，汹涌澎湃，奔腾不息。

辽(916—1125)由契丹族建立，历时二百多年，其中与北宋对峙 166 年。辽的社会发展远比北宋落后，因此在政治、经济、文化各方面都模仿汉族。契丹族得到汉人的帮助，参考汉字创造了契丹文，并翻译了不少汉语典籍。契丹皇帝虽也在上层集团中提倡诗歌，但同时又颁布了禁止书籍输出和私家刊行图书的严峻法令，因此很少有文学作品保存下来。在辽圣宗耶律隆绪以前(983 年以前)的六十多年中，只有诏令数种和东丹王耶律倍的《海上诗》一首残存。其诗云："小山压大山，大山全无力。羞见故乡人，从此投外国。"这是他把权力让给辽太宗后，反而见疑，于是出走，立木海上，刻此诗于上。诗朴质无华，言短意长，悲怨之情可见。

辽圣宗以后，虽作者增多，文体稍繁，但文学的发展始终赶不上中原地区。辽道宗耶律洪基(1055—1101)的懿德皇后萧观音的诗词，是当时有代表性的作品。她随道宗到伏虎林射猎时写了一首七绝：

威风万里压南邦，东去能翻鸭绿江。
灵怪大千俱破胆，那教猛虎不投降。

气势汹汹，不可一世，表现了契丹民族的勇武精神。后来，她失宠于道宗，写了十首《回心院词》，如其五云："装绣帐，金钩未敢上。解却四角夜光珠，不教照见愁模样。装绣帐，待君贶。"抒写了她对辽道宗宠爱绝望的苦闷心情，是当时宫廷生活的反映，语言平易畅达，只是艺术上还显得不够成熟。但她有首《怀古》诗，却写得清丽含蓄，深得唐诗之妙，诗云：

宫中只数赵家妆，败雨残云误汉王。
惟有知情一片月，曾窥飞燕入昭阳。

由于她敢怨敢谏，触怒了道宗，并以她的这首《怀古》诗为罪证，诬她与伶官赵惟一私通，因诗中有"赵"、"惟"、"一"三字。结果被迫自尽，临死时又写《绝命词》，悽怆悲切，颇为感人。

到了天祚帝耶律延禧(1101—1125)时，社会矛盾日趋尖锐，辽朝衰亡的迹象已经显露，在这样的背景下出现了文妃萧瑟瑟的《讽谏歌》和《咏史》两首较有特色的诗。她看到金人屡犯边境，但天祚帝沉湎酒色，宠信佞臣，便在《讽谏歌》中写道：

勿嗟塞上兮暗红尘，勿伤多难兮畏夷人，
不如塞奸邪之路兮，选取贤臣。
直须卧薪尝胆兮，激壮士之捐身。
可以清漠北兮，夕枕燕云。

运用了汉民族骚体的艺术形式，直抒己见，气盛言切，也可算是兄弟民族的女中豪杰了。诗中反映了她忧国伤时的情怀。

辽君臣受汉文化影响，并提倡学习汉诗。圣宗曾亲自用契丹文译白居易诗；兴宗也说，"乐天诗集是吾师"。道宗的文才更高于其前辈，有《清宁集》，可惜未能传世，在陆游《老学庵笔记卷四》中，记载这样一段话：

辽相李俨作《黄菊赋》，献其主耶律弘基。弘基作诗题其后以赐之，云："昨日得卿黄菊赋，碎剪金英填作句。袖中犹觉有余香，冷落西风吹不去。"

弘基即道宗，其诗意境生动，语言清丽，可见其诗才不凡。

辽代的民歌也还有些特色。人民用辛辣的笔调嘲笑皇帝和大臣们的昏庸，同时也表现了辽金的民族矛盾。如《国人谣》："五个翁翁四百岁，南面北面顿瞌睡。自己精神管不得，有甚心情管女直(真)。"(见陈述《辽文汇》)，据说当时人民还踏着"蓬蓬"的鼓声节奏高唱着《臻蓬蓬歌》："臻蓬蓬，外头花花里头空，但看明年二三月，满城不见主人翁。"(《辽文汇》)讥讽了统治者的外强中干，诅咒了他们的灭亡。这些民歌具有质朴清新的特色，是辽诗的精华。总之，辽代文学本身的价值并不很高，其意义在于它的"鄙杀之音，壮伟狠戾"的格调，对曲艺文学有一定影响，还为金代文学的发展哺育了一批作家。

金代(1115—1234)是由女真族建立的政权。其初期的诗歌创作，亦无大的成就，只是一些辽、宋旧臣抒发了故君故国之思和仕金后的内心矛盾与痛苦。较有名者有韩昉、虞仲文、张通古、宇文虚中、高士谈、蔡松年、吴激等。

宇文虚中(1080—1146)，原为北宋资政殿大学士，宋高宗建炎初，使金被留，为翰林学士。金熙宗皇统六年(1146)，他密谋劫持金帝，挟宋钦宗南归，事败被杀。他被迫留居他邦，寄人篱下，故诗多愤激慷慨。他在诗中以苏武自励，表示了不忘故国、决不屈节的决心，他的《在金日作》中写道：

遥夜沉沉满幕霜，有时归梦到家乡。
传闻已筑西河馆，自许能肥北海羊。
回首两朝俱草莽，驰心万里绝农桑。
人生一死浑闲事，裂眥穿胸不汝忘。

吴激(1090—1142)，金代著名词人，也是在宋钦宗靖康末，奉命使金，因知名被留，任翰林待制。他著名的《人月圆·宴张侍御家有感》词写道：

南朝千古伤心事，犹唱《后庭花》。旧时王谢，堂前燕子，飞向谁家！　恍然一梦，仙肌胜雪，宫髻堆鸦。江州司马，青衫泪湿，同是天涯。

据《容斋随笔·十三》载，此词是作者在张侍御家遇见宋宣和殿小宫女侍酒而作，见故国之女而抒发思念故国之情，写得自然真切，也很沉郁悲痛。

完颜亮，真正能代表金人，具有本民族特点的作家要数金国第四代君主海陵王完颜亮了。他戎马一生，野心勃勃，充满了征服者的凶悍杀伐之气，其诗词踌躇满志，咄咄逼人。如《南征至维阳诗》：

> 万里车书尽会同，江南岂有别疆封。
> 提兵百万西湖上，立马吴山第一峰。

又如其词《鹊桥仙・待月》：

> 停杯不举，停歌不发，等候银蟾出海。不知何处片云来，做许大通天障碍。　虬髯拈断，星眸睁裂，唯恨剑锋不快。一挥截断紫云腰，仔细看嫦娥体态。

一派入侵者杀气腾腾的凶焰充满其间，表现了金代统治者的疯狂气势；但从艺术技巧看，是有个性、有特点的。

到金代中叶，一般作者的技巧风格大多受苏轼的影响；也有若干人受江西诗派的熏染，雕琢模拟，内容贫乏，还出现了不少文学侍臣，如蔡珪、党怀英、赵秉文、王庭筠等。这时也出现了一些风格豪迈雄壮的词，如邓千江《望海潮・献张六太尉》、折元礼《望海潮・从军舟中作》等，代表了金词的成就。现录前首为例：

> 云雷天堑，金汤地险，名藩自古皋兰。营屯绣错，山形米聚，襟喉百二秦关。鏖战血犹殷。见阵云冷落，时有雕盘。静塞楼头晓月，依旧玉弓弯。　看看，定远西还，有元戎阃令，上将斋坛。区脱昼空，兜鍪夕解，甘泉又报平安。吹笛虎牙间。且宴陪朱履，歌按云鬟。招取英灵毅魄，长绕贺兰山。

邓千江的这首词，格调豪壮，气势雄浑。词中描写了名藩兰州的险要形势和两军鏖战后的战场景象，歌颂了战胜敌人、保卫边境的将士，结尾对为国捐躯的“英灵毅魄”进行了奠祭和礼赞，反映了金与西夏军事斗争的史实。前人对它评价甚高，明人杨慎《词品》云：“金人乐府，称邓千江《望海潮》为第一”，或许稍有过誉，但它在金词中确实是成就较高的作品之一。这一时期的代表作家是王若虚，他不但工诗文，而且有自己的文学主张，是金代一位颇有影响的文学批评家。

金代进入衰落时期，文学创作也发生了变化。大批作家开始注视日益尖锐的社会矛盾，描绘那个内忧外患的苦难社会，诉说民不聊生的惨状。除杰出作家元好问外，赵元、赵秉文、杨云翼、宋九嘉、李纯甫、段克己和金王室子弟完颜琦等，都写出一些反映现实的诗篇。赵元的《修城去》写蒙古军攻陷忻城后，幸存的老百姓又被金统治者鞭打驱赶去修城的惨状；《邻妇哭》写蒙古军的侵扰给人民造成的家破人亡的灾难都十分悲惨动人。宋九嘉的《途中出事》则勾绘了一幅兵荒马乱时期的流民图："幼稚扶轮妇挽辕，连颠翁媪抱诸孙。饥民羸卒如流水，掘尽原头野荠根。"段克己《癸丑仲秋之夕，与诸君会饮山中，感时怀旧，情见乎辞》写道：

少年著意作中秋，手卷珠帘上玉钩。
明月欲上海波阔，瑞光万丈东南浮。
楼高一望八千里，翠色一点认瀛洲。
桂华徘徊初泛滟，冷溢杯盘河汉流。
一时宾客尽豪逸，拥鼻不作商声讴。
无何陵谷忽迁变，杀气黯惨缠九州。
生民冤血流未尽，白骨堆积如山丘。
比来几见中秋月，悲风鬼哭声啾啾。
遗黎纵复脱刀几，忧思离散谁与鸠？
回思少年事，刺促生百忧。
良辰不可再，金尊空相对。
明月恨更多，故使浮云碍。
照见古人多少愁，懒与今人照兴废。
今人古人俱可怜，百年忽忽如流川。
三军鞍马闲未得，镜中不觉摧朱颜。
我欲排云叫阊阖，再拜玉皇香案前。
不求羽化为飞仙，不愿双持将相权。
愿天早赐太平福，年年人月长团圆！

诗中为金朝的灭亡唱挽歌，并反映了蒙古铁骑灭金攻宋、横扫欧亚给人民带来的灾难。诗的境界开阔悲壮，语言流畅清新，实有汉魏乐府之韵。

完颜琦，他是金世宗之孙，他虽贵为王侯，却如汉之老儒，其诗圆美蕴藉，婉曲动人，如《思归》：

四时唯觉漏声长，几度吟残蜡烬釭。
惊梦故人风动竹，催春羯鼓雨敲窗。
新诗淡似鹅黄酒，归思浓如鸭绿江。
遥想翠云亭下水，满陂青草鹭鹚双。

诗中抒发了对故乡的深切怀念之情。他的词也写得很出色，刚柔互济，表现了金人词中豪放派与婉弱派合流的倾向，如《朝中措》：

襄阳古道灞陵桥，诗兴与秋高。千古风流人物，一时多少雄豪。
霜清玉塞，云飞陇首，枫落江皋。梦到凤凰台上，山围故国周遭。

词中赞美了中华民族的江山和英豪，洋溢着沧桑之叹，托意高远，韵味深沉。

在这一时期，诗歌的艺术风格也有明显的变化，几个主要诗人都公开反对江西诗派而崇拜苏轼，故后人有“苏学盛于北”之说（清翁方纲《斋中与友人论诗》）。元好问就是在这种诗风变革中孕育出来的杰出诗人。他继承了杜甫、苏轼的现实主义传统，为金代诗歌在中国文学史上赢得了地位。金诗因元好问编《中州集》而基本上得到保存。散文和词则由于没有专人收集成册而大量散失。

金代文学中，值得特别提及的是戏曲“院本”和讲唱文学“诸宫调”的发展。北宋时已有“官本杂剧”，是当时杂剧的官方文本，据周密《武林旧事》记载，宋官本杂剧段数只有280本。到了金代，杂剧从宫廷府第走向民间的瓦肆行院，广大市民阶层成了戏剧的观众，戏剧及其文本都有了较大的发展，元代陶宗仪《南村辍耕录》载，金“院本名目”就有690余本，可惜都已失传。从现有的资料得知，金院本中有各种不同类型的节目，除了偏重于插科打诨的滑稽短剧外，还有以主角说唱表演完整故事的剧本。在后来的元杂剧中，许多剧目与金院本名目相同，因而可以认为，金院本为元杂剧的发展奠定了良好的基础，在我国戏剧史上是具有重要意义的。

金代的“诸宫调”是一种有说有唱、以唱为主的文艺形式，其唱的部分是用多种宫调的曲子联套组成，故称诸宫调。王国维《宋元戏曲考》云：“诸宫调者，小说之支流，而被之以乐曲者也。……今其词尚存者唯金董解元之《西厢》耳。”可知，诸宫调由于扩大了演唱规模，可以用来歌唱一个完整的故事，如《西厢记诸宫调》竟用了151个基本曲调。“诸宫调”这种说唱形式，约北宋中期，已在汴京等都市流传，但宋代无名氏的《刘知远诸宫调》现在只见小半残本，后来元人王伯成的《天宝遗事诸宫调》也只存残曲，唯有金代董解元《西厢》，得以较完整的保留下来，并对后来的元杂剧在文学结构和音律构成等方面，产生过程深远的影响，实为珍贵。故被人誉之为"北曲之祖"。

第二节　王若虚与元好问

王若虚(1174—1243)，字从之，号滹南遗老，藁城(今属河北)人。以进士而官至翰林学士。他博学卓识，是当时的文坛领袖，有《滹南遗老集》。他的主要成就体现在文学批评方面，是金代有代表性的文学理论。他强调作家必须有真实的感情，作品必须符合客观的真实，主张"真"、"自得"和"情性"，认为"哀乐之真，发乎情性"，反对"经营过深"，"雕琢太甚"。在作品的内容与形式、目的与手段的关系方面，他主张"文章以意为之主，字语为之役。主强而役弱，则无使不从。"在文章表达上，他主张必须做到明白畅达，做到"定体则无，大体须有"，提倡自然晓畅的风格。从这种观点出发，他充分肯定了杜甫和白居易的现实主义精神，赞扬了苏轼的如"万斛泉源"，不择地而出的创作风格；激烈地抨击了以黄庭坚为代表的江西诗派，他在《诗话》中说："山谷之诗，有奇而无妙，有斩绝而无横放，铺张学问以为富，点化陈腐以为新，而浑然天成，为肺肝中流出者不足也。"他还反对模拟因袭，力主抒写个人的真情实感。他的《论诗》诗，见识深刻，直接影响了其后大诗人元好问所写的《论诗·绝句三十首》。现录其二首于下：

文章自得方为贵，衣鉢相传岂是真。
已觉祖师低一著，纷纷法嗣复何人？

东涂西抹斗新妍，时世梳妆亦可怜。
人物世衰如鼠尾，后生未可议前贤。

前首"祖师"指黄庭坚，后首"前贤"指白居易，他是批黄尊白的，他甚至斥责黄庭坚是"剽窃之黠者耳"。这些主张，无疑都有较为积极的意义。

由于王若虚力主文学作品应抒写作者的真性情、真襟怀，所以他的作品也清新自然，不剪不伐。又因为他是金之遗民，故诗中较多伤时感事之作。如《还家》：

日日他乡恨不归，归来老泪更沾衣。
伤心何啻辽东鹤，不但人非物亦非。

荒陂依约认田园，松菊存亡不足论。
我自无心更怀土，不妨犹有未招魂。

第一首写老泪归家，物非人非；第二首写家园荒芜，魂无所归。都很自然地表达了亡国遗民的思想感情。

元好问(1190—1257)，字裕之，号遗山，太原秀容(今山西忻县)人，鲜卑族拓拔氏后裔，出身士大夫家庭，父亲元德明以诗知名。他在金历任南阳等地县令，官至行尚书省左司员外郎。蒙古灭金前后，他和人民一起遭受到空前的灾难，激发了强烈的爱国思想。金亡不仕，致力于史料的搜集，从事著述，编纂了金诗总集《中州集》和《壬辰杂编》等书，保存了金代许多作家的作品。他自己的创作有《遗山先生全集》。

元好问七岁就能作诗，又在著名学者、他的老师郝天挺的勉励下，钻研古代典籍，具备了较高的文学修养。当时，金诗正酝酿着变革，但创作上的模仿空气仍很浓厚。元好问进入诗坛，使诗坛大为改变。当时的大学者、文坛领袖，礼部赵秉文见了他的《箕山》、《琴台》等诗，大加赞赏，认为“近代无此作也”(《金史·文艺传》)。他的创作主张集中见于《论诗·绝句三十首》。在这些诗里，他对汉魏古诗，直到宋代的诗人，都给予了若干评议。据他自己声称，他写这组诗的目的就是要正“本”去“杂”，他以“疏凿手”自居，决心要使文学史上的“正体”和与之对立的“杂体”泾渭分明，从而复兴中国文学上的雅正之风。郝经《遗山先生墓志铭》中赞扬他说：“识诗文之正而传其命脉。”并指出其“上薄风雅，史规李杜，粹然一出于正，直配苏黄氏”的文风特点。

元好问在《论诗·绝句三十首》中，鲜明地表述了自己的文学主张，而且自成体系，是我国文学批评史上的一笔宝贵财富。其要点如下：

(一)主张正体，排斥杂体。诗云：

汉谣魏什久纷纭，正体无人与细论。
谁是诗中疏凿手，暂教泾渭各清浑。

所谓“正体”，就是指《诗经》的风雅优良传统，即中国文学的现实主义文学精神。他在《东坡诗雅引》中曾说："五言以来，六朝之谢陶，唐之陈子昂、柳子厚，最为风雅。其余多以杂体为之。诗之亡久矣。杂体愈备，则去风雅愈远，其理然也。"还在《大中大夫刘公墓碑》中说："风雅三百正而葩，何以蔽之思无邪。"他力主"正体"，重视文学"正脉"，是正确的，但排斥其他"杂体"，未免狭隘。文学应该是一种百花争艳的局面。

（二）主张真诚，反对伪饰。诗云：

心画心声总失真，文章宁复见为人。
高情千古《闲居赋》，争信安仁拜路尘。

诗中揭露了潘安仁（潘岳）谄媚权贵但文章清高的伪饰行为。他特别赞扬陶渊明诗的"真淳"，一贯提倡"心声只要传心了"，出于真诚的才是好诗。他强调人品与诗品的统一，这一观点，乃是优秀文学的定律，具有深远的理论意义和实践意义。他把作家的真诚看成是作品之根本，说："唐诗所以绝出于三百篇之后者，知本焉尔。何谓本？诚是也。"（《杨叔能小亨集引》）可以说，真诚是一切优秀作品的根本和灵魂。

（三）主张高雅，批评险怪。诗云：

曲学虚荒小说欺，俳谐怒骂岂诗宜？
今人合笑古人拙，除却雅言都不知。

诗中批评了俳谐怒骂的诗风，对险奇怪异的诗风他也不满。在"纵横诗笔见高情"一首中，肯定了阮、稽的高雅；在"沈、宋横驰翰墨场"诗中，批评了齐梁诗风，肯定了陈子昂；在"万古文章有坦途"诗中，批评了"鬼画符"的诗风。他让诗人重视诗的中正高雅，起美教化的作用，是有积极意义的；但对敢于嬉笑怒骂的率露泼辣诗风，却持有偏见。

（四）主张豪壮，贬低纤弱。诗云：

曹、刘坐啸虎生风，四海无人角两雄。
可惜并州列越石，不教横槊建安中。

邺下风流在晋多，壮怀犹见缺壶歌。
风云若恨张华少，温、李新声奈尔何？

诗中肯定了建安诗人曹植、刘祯等人的豪壮刚健诗风，贬低了张华和唐人温庭筠、李商隐的纤弱柔婉的诗风，这也有失公平。他并不否定李商隐的艺术技巧，并给予“精纯”的评价，但对温、李“儿女情多、风云气少”的言情诗总怀偏见，这与其诗的“正体”观是一致的。

（五）主张天然，抨击侈靡。诗云：

慷慨歌谣绝不传，穹庐一曲本天然。
中州万古英雄气，也到阴山敕勒川。

诗中热情赞扬了出自天然的慷慨歌谣《敕勒川》。他主张质朴古调，肯定了“一语天然万古新，豪华落尽见真淳”的陶渊明，表扬了“池塘春草谢家春，万古千秋五字新”的谢灵运。他对夸侈斗靡，呈弄才华，雕镌绳削、闭门苦吟的诗人加以批评，他不喜欢陆机、潘岳、黄庭坚、陈师道等人的诗风。其诗中说：“斗靡夸多费览观，陆文犹恨冗于潘”；“传语闭门陈正字，可怜无补费精神”。

（六）主张自得，鄙弃模拟。诗云：

眼处心生句自神，暗中摸索总非真。
画图临出秦川景，亲到长安有几人？

诗中认为作家应从现实生活的观察和体验中而有所得，不可闭门造车，更不能模拟前人，“藩篱如此亦区区”。对江西诗派的诗论，他则更抱鄙夷的态度，明白表示“论诗宁下涪翁拜，未作江西社里人”。“宁”，岂也，表示反诘；“涪翁”，黄庭坚别号；即岂能向黄下拜之意。他不屑步江西派的后尘。

他以上的这些主张推动了当时一些作家深入生活，反映现实，抒发真淳的思想感情，对当时和后世文风的改进具有积极的意义。他自己也正是这些理论的实践者。

元好问不但有进步的文艺观，还有积极的人生态度。他渴望着治理国家，减轻人民的负担。壮年时，他说自己“动可以周万物而济天下，静可以崇高节而抗浮云”（《新斋赋》）。但当权者并不重视他，这使他内心十分苦闷。晚年他回顾自己的生活说：“勤如韩子初无补，晚似冯公岂见招。五十三年等闲里，一窗风叶雨萧萧。”（《感兴》）流露出内心的不平静。这些思想都对他的创作产生过不同程度的影响。

元好问作诗的态度是严肃的，他“以诗为专门之学”，在蒙古军队围困汴京的艰危之际，也“未尝一日不言诗”；金朝亡后，他“日课一诗，寒暑不易”。可见他对诗歌的钟爱。他是个具有社会责任感的诗人，他写了不少关心民生疾苦的诗，暴露了金末社会的黑暗。据《金史》记载，金章宗(1190—1208)时“秕政日多，诛求无艺”。宣宗(1213—1223)南渡以后，更“奖用胥吏，苛刻成风”，弄得人民“破田宅，鬻妻子”。元好问看到人民在苛捐杂税重压和豪族恶霸欺凌下的非常痛苦的生活，在诗中对人民表示出一定程度的同情和关怀。他憎恨贪官污吏而颂扬清官。如《宛丘叹》写道：

秦阳陂头人迹绝，荻花茫茫白于雪。
当年万家河朔来，尽出牛头入租帖。
苍髯长官错料事，下考大笑阳城拙。
至今三老背肿青，死为逋悬出膏血。
君不见，刘君宰叶海内称，饥摩寒拊哀孤惸。
碑前千人万人泣，父老梦见如平生。
冰霜纨袴渠有策，如我碌碌当何成。
荒田满眼人得耕，诏书已复三年征。
早晚林间见鸡犬，一犁春雨麦青青。

诗中将把清官和昏官作了对比，反映了人民对仁政的向往。此诗作于金正大八年(1231)，作者在南阳县令任上。诗自注云：“髯李令南阳，配流民以牛头租，迫而逃者万余家；刘云卿御史宰叶，除逃户税三万斛，百姓为之立碑颂德。贤不肖用心相远如此。”他指责了自己的前任李胡子长官欺压百姓的暴行，表彰了刘御史任叶县令为民请命的政绩，表现了作者愿为民办事的正直官德。在《宿菊潭》诗中，他希望减轻人民苦难，说：“教汝子若孙，努力逃寒饥。军租星火急，期会切莫违。期会不可违，鞭朴伤汝肌。伤肌尚可云，夭阏令人悲。”在《驱猪行》、《雁门道中书所见》、《山阳夜雨》等诗中，也抒发了他对人民的真切同情，揭露了旱涝虫天灾及租役兵乱人祸给人民带来的苦难。

元好问“丧乱诗”是杜甫之后所罕见的，在这些诗中，他抒发了自己爱国、爱族和爱民的真情，斥责了蒙古贵族屠杀、掠夺人民的暴行，深刻地反映国破家亡的残酷现实，其艺术亦达到了当时的最高水平。如《岐阳三首》之二：

百二关河草不横，十年戎马暗秦京。
岐阳西望无来信，陇水东流闻哭声。

野蔓有情萦战骨，残阳何意照空城！
从谁细向苍苍问，争遣蚩尤作五兵？

这首诗重在写实。金正大八年，蒙古军攻下凤翔，强迁京兆民于河南。秦民数十万口，携持负载，络绎山谷间，昼无饮食，夜无宿地，饥寒交迫，死亡无数。诗中描写了岐阳之役的惨状，控诉了蒙古侵略者的暴行。诗的结尾，作者带着愤激的心情责问苍天：是谁掀起了这场战争？

金哀宗天兴元年(1232)三月，蒙古围攻汴京。四月，金乞和，汴京解严。七月后，和议断绝，汴京便处于长期围困中。十二月，形势危急，朝议以食尽无策，决定哀宗亲自东征。哀宗出汴京，辗转数十日，战而屡败，逃入归德(今河南商丘市)，京中闻讯大恐。时元好问在汴京，官左司都事，写成《壬辰十二月车驾东狩后即事五首》，其二云：

惨淡龙蛇日斗争，干戈直欲尽生灵。
高原水出山河改，战地风来草木腥。
精卫有冤填瀚海，包胥无泪哭秦庭！
并州豪杰今谁在，莫拟分军下井陉？

这首诗是汴京沦陷前的作品，具有相当高的概括力。它所描写的其实不仅是一个城池陷落的情景，所抒发的也不止是某一个人的悲愤。诗中饱含着作者深沉的感情：亡国惨祸步步逼近，使诗人感到呼天无应，含冤难申，甚至欲哭无泪，具有较高的思想性和艺术性。

金哀宗天兴二年(1233)正月，汴京陷落，蒙古军俘金后妃、宗室北去。四月，元好问作为亡金故官，在蒙古军队的控制下，离京北渡黄河时，写了《癸巳五月三日北渡三首》：

道旁僵卧满累囚，过去旃车似水流。
红粉哭随回鹘马，为谁一步一回头？

随营木佛贱于柴，大乐编钟满市排。
虏掠几何君莫问，大船浑载汴京来！

白骨纵横似乱麻，几年桑梓变龙沙。
只知河朔生灵尽，破屋疏烟却数家。

这组诗生动地描写了蒙古军掳掠人口，洗劫财物，以及由此造成的凄凉景象，白描的画面中渗透了血泪，含蓄的叙写中蕴藏着愤激。诗人是这种现实的目击者，所以情景生动如见。还有《续小娘歌》十首，也作于这一年。如：

山无洞穴水无船，单骑驱人动数千。
直使今年留得在，更教何处过明年？
太平婚嫁不离乡，楚楚儿郎小小娘。
三百年来涵养出，却将沙漠换牛羊。

诗中写妇女被蒙古军赶向沙漠的悲剧，比"红粉哭随回鹘马，为谁一步一回头"的描写更深入一层。诗人描写"小小娘"那种求生不得求死不能的处境和被迫"离乡去国"的复杂感情，反复咏唱，民歌的情调很浓厚。

当蒙古军入侵，社会动乱之际，元好问以自己的作品反映了激烈动荡的社会现实，描述了人民的痛苦。在艺术上，意境沉郁苍凉，语言鲜明劲健，具有强烈的美感。这是元好问诗歌创作的主要成就，因而也赢得了这一时期"史诗"的崇高地位。

除上述重大的现实题材外，元好问还写了许多其他题材的诗，内容相当广泛，艺术亦臻精淳。他的景物诗，构思奇特，气势开阔，展示了万紫千红的美丽境界。如《台山杂咏》、《游黄华山》等作品，描写了祖国山川之美。有些情景交融的名句佳段，更是脍炙人口。如"寒波淡淡起，白鸟悠悠下"(《颍亭留别》)；"青灯一杯酒，千里故人书"(《得纬文兄书》)；"八月并州雁，清汾照旅群。一声惊晚笛，数点入秋云"(《八月并州雁》)；"惠远祠前晋溪水，翠叶银花清见底。水上西山如卧屏，郁郁苍苍三百里"(《过晋阳故城书事》)；"去年春风吹雁回，今年雁逐秋风来。春风秋风雁声里，行人日暮心悠哉"(《送张君美往南中》)；等等。诗人由北国旅居南方，春去秋回的雁群，常勾起他的家乡之恋，故其诗中飞雁的形象甚多，情景极为沉郁苍凉。

元好问继承了自建安诗人曹、刘到唐李白、杜甫的优良诗歌传统，形成了自己独特的风格。他的诗歌以七古、七律的成就为最高。七古飘逸近李白，七律沉郁近杜甫，寄意遗辞，深厚精美。赵翼说："七言律则更沉挚悲凉，自成声调。唐以来律诗之可歌可泣者，少陵十数联外，绝无嗣响，遗山则往往有之。"(《瓯北诗话》)

元好问的词在当时文坛上也是成就最高的，今存380余首，内容丰富，登临寄兴、咏物抒怀、吊古伤今、离愁别绪、男欢女爱均有所涉及，艺术风格亦卓然有致。清人刘熙载《艺概 · 词曲概》说："金元遗山诗兼杜、韩、苏、黄之胜，俨有集大成之意。以词而论，疏快之中，自饶深婉，亦可谓集两宋之大成者矣。"这是就他对宋代"豪放"和"婉约"两个词派都有所继承而言。他的描写北国风光和感伤时事的词，取法苏、辛，写景如画，声情激越，而风格豪放。如《水调歌头 · 赋三门津》：

> 黄河九天上，人鬼瞰重关。长风怒卷高浪，飞洒日光寒。峻似吕梁千仞，壮似钱塘八月，直下洗尘寰。万象入横溃，依旧一峰闲。　　仰危巢，双鹄过，杳难攀。人间此险何用，万古秘神奸。不用燃犀下照，未必佽飞强射，有力障狂澜。唤取骑鲸客，挝鼓过银山。

词中描绘了黄河三门津撼人心魄的雄伟景象，气势磅礴，读之令人精神振奋。况周颐《蕙风词话》说："遗山之词，亦浑雅，亦博大，有骨干，有气象，比之坡公，得其厚矣，而雄不逮焉者。"这是说元好问的词，继承了苏词的浑厚博大，在雄肆方面，略为逊色。或以为元好问是金之东坡，但东坡所处时代，是北宋昇平时期，东坡只是"逐臣"之遇；而元好问处于国破家亡之境，是"遗臣"、"孤臣"之悲，这就形成了他与苏轼词风的差异。元好问还有《水调歌头 · 汜水故城登眺》、《木兰花慢 · 游三台》等词作，都具有豪放词派的艺术特性。

凡大作家的才华总是全面的。元好问的词，有的也写得低迴婉转，缠绵悱恻，风流不逊于婉约派词人。如《鹧鸪天 · 莲》、《摸鱼儿》(恨人间)、《蝶恋花》(一片花飞春意减)等。现录《鹧鸪天 · 莲》如下：

> 瘦绿愁红倚暮烟，露华凉冷洗婵娟。含情脉脉知谁怨，顾影依依定自怜。　　风送雨，水连天。凌波无梦夜如年。何时北渚亭边月，狼籍秋香拂画船。

词人将莲花描摹得如此清秀妩媚，意境凄婉，语言雅丽。张炎说他的这类词"风流蕴藉处不减周秦"。周指周邦彦，秦指秦观，他们都是婉约词的代表作家。

更可贵的是元好问后期的词，往往能兼豪放、婉约二词派之长，融二者为一体，呈现出一种清新明秀的风格。如《江城子 · 梦德新丈因及钦叔旧游》：

河山亭上酒如川。玉堂仙，重留连。犹恨春风，桃李负芳年。长记莺啼花落处，歌扇后，舞衫前。旧洲风月梦相牵。路三千，去无缘。灭没飞鸿，一线入秋烟。白发故人今健否，西北望，一潸然。

这是一首怀友词。德新丈和钦叔都是词人的好友。写此词时，前者已远徙蒙古，后者已死于兵间，而词人被羁于聊城。回首当年同游之乐，面对今日独处之悲，不禁凄然。词中将山河破碎的悲愤心情与缅怀故人的深沉思念结合起来，刚柔互济，哀而不伤。

元好问还有些写景叙事的散文和杂文，内容充实，语言平易畅达，继承了欧阳修以来的优良传统，对元代初期的散文发展有一定影响。

元好问是我国继苏、黄、陆、辛之后金代的伟大作家。他在文学上的成就是卓越的。《金史·文艺传》评述他说：

金亡不仕，为文有绳尺，备众体。其诗奇崛而绝雕刿，巧缛而谢绮丽。五言高古沉郁，七言乐府不用古题，特出新意。歌谣慷慨，挟幽并之气。其长短句揄扬新声，以写恩怨者又数百篇。

第三节 董解元《西厢记诸宫调》

《西厢记诸宫调》又称《弦索西厢》或《西厢挡弹词》，是迄今仅存的最完备的诸宫调作品。

董解元，《西厢记诸宫调》的作者，生平不详，大约活动于金章宗时(1190—1208)。“解元”是当时对一般读书人的称谓。

“西厢”故事源于唐人元稹《莺莺传》(又名《会真记》)，北宋秦观、毛滂用〔调笑转踏〕，赵令畤用〔商调·蝶恋花〕鼓子词，都歌咏过这个故事，但内容没有什么大的发展。基本上是记述张生始乱终弃的行为，同情莺莺命运的悲惨。如赵令畤在他的鼓子词中，借其友“何东白先生”的话说：“张之于崔，既不能以理定其情，又不能合之于义。始相遇也，如是之笃；终相失也，如是之遽。”直到董解元《西厢记诸宫调》，才使这个故事从情节安排、人物性格到主题思想都有了新的变化，脱出了《莺莺传》的窠臼，为后来杂剧《西厢记》的创作，提供了良好的前导。

《西厢记诸宫调》突出了反对封建礼教的主题，歌颂了青年男女为爱情自由而抗争的精神。作品从批判封建制度和封建伦理的立场出发，把男女放在平等的地位，提出了真正的爱情是婚姻基础的正确观念。在此基础上，作者从根本上改变了《莺莺传》等以往作品的思想倾向，把青年男女"始乱终弃"的悲剧改变成为莺莺和张生为争取婚姻自主而共同向封建礼教斗争、并取得胜利的喜剧。这种叛逆性的改变，赋予了故事新的生机，在文学史上是具有深刻的历史意义的。具体地说，这种改变表现在两个方面：

第一、故事情节的不同。以往故事的主要情节是莺莺私下与张生偷情，张生应举后却抛弃了莺莺，宣扬了"始乱终弃"的封建礼教观。"董西厢"将"终弃"变为"终不弃"，张生表示："生不同偕，死当一处。"他与莺莺为争取婚姻成功，不惜以死相许。故事从"惊艳"的场面写起，并展开了张生闹道场，崔、张月下联吟等场面，又增加了张生害相思、莺莺探病，长亭送别、出奔团圆等许多情节，使作品更富于恋爱的气氛与情调，丰富了故事内容，增强了作品的戏剧性。

作者热情歌颂了建礼教统治下青年男女的斗争精神，也表现了作者敢于蔑视封建礼法并向其挑战的先进思想。

第二、人物形象的不同。"董西厢"对《莺莺传》中原有的人物重新加以刻画，还塑造了一些新的人物形象。故事中原有的主要人物是莺莺和张生。张生是一个用情不专的风流才子，是悲剧的制造者，是他始乱终弃的丑行伤害了莺莺；在"董西厢"中，张生变成了用情专一、忠于爱侣的书生。莺莺在原故中是个"有自献之羞"的"尤物"，是一个被侮辱的逆来顺受的弱女子；而在"西厢"里，她却成了贵族家庭中的叛逆女性，她敢于为爱情而同封建势力抗争，不避"淫奔"之名而出走。"董西厢"将她和张生的命运紧紧联结在一起，共同为婚姻自由而斗争。作为其他人物，也都围绕主要人物和故事情节展开，突出了个性。老夫人原是个无足轻重的对崔、张婚恋无可奈何的人，"董西厢"中，她成了封建礼教的维护者和"作事威严、治家严谨"的封建家长，是莺莺和张生相爱的主要障碍。郑恒在《莺莺传》中未见，"西厢"塑造了这个从外表到内心都极其丑恶的纨袴子弟，借以增加自由婚姻的阻力，深化了矛盾。红娘在原故事里只是个普通的丫头，形象不鲜明，在"董西厢"中，突出了她的性格。她聪明机智，爱憎分明，热情支持莺莺和张生相爱，是个见义勇为的下层少女的可爱形象。此外、"总戎节"杜确将军、法聪和尚、叛将孙飞虎等人物，各有性格，他们与主要人物结成了错综复杂的关系，构成了一个丰富的艺术整体，深刻而广阔地表现了在封建礼制下，青年男女为争取婚姻自主所作的斗争。这些人物形象的改变或增写，大大地丰富了故事内涵，从根本上变更了原故事的主题思想，由宣扬封建伦理观的悲剧转换为反对封建礼教而获得胜利的喜剧。这一勇敢的、开创性的改变，是与当时的社会现实、与作家的世界观和艺术素养密切相关的。董解元的《西厢记诸宫调》，刻画了具有不同性格的典型人物形象，安排了引人入胜的完整故事情节，赞扬了男女青年为婚恋自由的抗争精神，这样规模宏大的文学作品在我国文学史上还是首次出现，是具有划时代意义的。

《西厢记诸宫调》在艺术表现方面也卓有成就。"诸宫调"主要是诉诸听觉的说唱文艺形式，它要取悦于听众，因而要有自身的特点。"董西厢"充分把握了这些特点，表现为：

一、宏伟复杂的故事情节。作者把三千多字的传奇小说《莺莺传》改编成约五万字的说唱文学，共用了14种宫调、151个基本曲调，加上变体在内约有440余个。又按同一宫调将不同的曲调组成为193个套数，作为歌唱单位。他用如此繁多的材料构建出一个完整而复杂的故事，精心设计了情节的开展。他以爱情纠葛为线索，用交叉描写的方式来表现男女主人公在相爱过程中的性格发展，又巧妙而自然的穿插其他人物的活动。由于矛盾冲突错综复杂，又采用了夸张、比喻、烘托、倒叙等种种表现手法，于现实生活的细节描写中产生出激动人心的效果。从普救寺中崔、张巧遇起，到最后两人终成眷属的结局止，其中安排了相逢、联吟、闹场、兵围、请宴、琴挑、掷简、相思、问病、拷红、许亲、送别、惊梦、婚变、出走、团圆等场面。这些戏剧性情节环环相扣、波澜起伏、曲折多变，引人入胜，为后来的杂剧的分折奠定了基础。

二、生动细致的性格刻画。"西厢记"人物众多，作者对人物性格的刻画，十分到位，主次分明，各有个性。尤其对莺莺和张生，作者用了多种艺术手法，描绘了他们的神色表情、举止行为、心理矛盾，使其形象栩栩如生。如《送别》一节就是如此，下录其前半部分：

送别

〔大石调·玉翼蝉〕蟾宫客，赴帝阙，相送临郊野。恰俺与莺莺惟暂相守，被功名使人离缺。好缘业，空悒怏，频嗟叹，不忍轻离别。早是凭悽悽凉凉受烦恼，那堪值暮秋时节。雨儿乍歇，向晚风如凛冽，那闻得衰柳蝉鸣凄切。未知今日别后，何时重见也。衫袖上盈盈揾泪不绝，幽恨眉峰暗结，好难割舍，纵有千种风情何处说。

（尾）莫道男儿心如铁，君不见满川红叶，尽是离人眼中血。

……生与莺难别。夫人劝曰："送君千里，终有一别。"

〔仙吕调·恋香衾〕苒苒征动行陌，杯盘取次安排，三口儿连法聪外更无别客。鱼水似夫妻正美满，被功名等闲离拆。然终须相见，奈时下难捱。君瑞啼痕污了衫袖，莺莺粉泪盈腮。一个止不定长吁，一个顿不开眉黛。君瑞道闺房里保重，莺莺道路途上宁耐。两边的心绪，一样的愁怀。

(尾)仆人催促，怕晚了天色。柳堤儿上把瘦马儿连忙解。夫人好毒害，道孩儿每回取个坐车儿来。生辞夫人及聪，皆曰好行。夫人登车，生与莺别。

从这些描写可以看出作者的艺术素养是很高的，人物形象的铺叙，心理痛苦的揭示，离别时依依难舍的情怀，都给听众留下了深刻的印象。

三、晓畅优美的文学语言。《西厢记诸宫调》是说唱给老百姓听的，其语言必须是说唱者可琅琅上口，听的人能听懂悦耳。作者的语言工夫是极深厚的。他吸取了古典诗词歌赋中有生命力的词句，又提炼了民间鲜活的口语，把二者熔于一炉，便形成了一种晓畅而优美的文学语言。其中许多诗情画意的曲文，历来为人们所称道。如送别之后一段：

〔正宫·梁州令断送〕帘外萧萧下黄叶，正愁人时节。一声羌管怨离别。看时节，窗儿外雨些些。　晚风儿淅溜淅冽，暮云外征鸿高贴。风紧断行斜，衡阳迢递，千里去程赊。

〔应天长〕经霜黄菊半开谢，折花羞戴，寸肠千万结。卷帘凝泪眼，碧云外乱峰千叠。望中不见蒲州道，空目断暮云遮。　荒凉深院古台榭，恼人窗外，琅玕风欲折。早是离人心绪恶，阁不定泪啼清血。断肠何处砧声急，与愁人助凄切。

这纯乎是一首声情并茂、情景交融的优美诗章，其语言秀丽而不雕琢；淡雅而不俗气，令人读来，如秋风明月之中，听到了远方传来的洞箫声，如泣如诉，委婉动人。

总之，《西厢记诸宫调》充分运用了这种说唱文学的特点，以唱为主，唱说结合。曲文中除叙述成分外，还有人物的唱词，让人物尽情地发抒自己的内心感受，造成一种如见其人的戏剧效果；但它又不象戏剧那样受时间和空间的限制，它如叙事长诗一样，把人物形象表现得淋漓尽致。如《拷红》里红娘的一番说唱，表现了红娘活泼可爱，聪明大胆的个性，她敢于在老夫人面前辩驳，还批评了老夫人，终使老夫人信服：

红娘拜曰："不敢隐匿，张生猝病，与莺往视疾。"夫人曰："何不告我?”答曰:“夫人已睡,仓猝不敢觉夫人寝。”夫人怒曰:“犹敢妄对,必不舍汝!”……

红娘徐而言曰:“夫人息怒,乞申一言。”

〔仙吕调·六么令〕“夫人息怒,听妾话踪由,不须堂上,高声挥喝骂无休。君瑞又多才多艺,咱姐姐又风流。彼此无夫无妇,这时分相见,夫人何必苦追求!一对儿佳人才子,年纪又敌头。经今半载,双双每夜书帏里宿,已恁地出乖弄丑,泼水难再收。夫人休出口,怕旁人知道,到头赢得自家羞。”

〔尾〕一双儿心意两相投,夫人白甚闲疙皱?休疙皱,常言道:“女大不中留”。

……“夫人罪妾,夫人安得无咎?失治家之道,外不能报生之恩,内不能蔽莺之丑,取笑于亲戚,取谤于他人。愿夫人裁之!”……

夫人曰:“贤哉,红娘之论!……”

此外,作者借助宫调乐曲富于变化的特点,使作品声情与文情结合起来,起到了声情并茂的审美效果,表现了人物复杂的感情。这也是《西厢记诸宫调》受人欢迎的重要原因。只可惜后世这些乐曲的唱腔失传,让人们无法欣赏它的音乐艺术。如“月夜听琴”一段,用〔中吕调〕,将莺莺是不是愿与张生作夫妻的矛盾心情刻画得细致于微,入情入理。

〔中吕调·碧牡丹〕夜深更漏悄,莺莺更闷愁不少。拥衾无寝,心下徘徊筹度:君瑞哥哥,为我吃担阁,你莫不枉相思,枉受苦,枉烦恼?适来琴内排唤着,即自家大段不晓,自心思忖:怕咱做夫妻后不好?奴正青春,你又方年少。怕你不聪明?怕你不稔色?怕你没才调?

〔鹘打免〕奈老夫人,情性㧐,非草草,虽为个妇女,有丈夫节操。俺父亲,居廊庙,宰天下,孝忠孝。妾守闺门,些儿恁地,便不辱累先考?所重者,奈俺哥哥,由未表。适来恁地,把人奚落。司马才,潘郎貌,不由我,难偕老。怎得个人来,一星星说与,教他知道?

《西厢记诸宫调》的卓越艺术成就,体现出了作者丰富的生活经验和杰出的创作才能,为王实甫《西厢记》杂剧奠定了良好的基础。明人胡应麟说:

《西厢记》虽出唐人《莺莺传》,实本金董解元。董曲今尚行世,精工巧丽,备极才情,而字字本色,言言古意,当是古今传奇鼻祖。金人一代文献尽此矣。

——《少室山房笔丛》卷四一

清人焦循也说：

王实甫《西厢记》，全蓝本于董解元。谈者未见董书，遂极口称道实甫耳。如《长亭送别》一折，董解元云：‘莫道男儿心如铁，君不见满川红叶，尽是离人眼中血’；实甫则云：‘晓来谁染霜林醉？总是离人泪。’泪与霜林，不及血字之贯矣。

——《易馀籥录》卷十七

他们都一致肯定了《西厢记诸宫调》对《西厢记》杂剧的影响。当然焦循的评论，虽有道理，但也有些偏颇，只从几句曲词上立论，是不全面的。

诸宫调与杂剧，是两种不同的文艺样式。从整体上看，“王西厢”在董作的基础上，又大大提高了一步。况且，“董西厢”也确有不足之处。例如，有些铺叙拖沓、重复、枝蔓，情节显得不够集中。又如从孙飞虎兵围普救寺到白马将军解围，基本上是战斗场面，约占全书六分之一。在长篇爱情故事中加进一段朴刀杆棒式的描写，固然可以起调剂作用，但失之冗长琐碎，未免有喧宾夺主之弊。又如人物性格的刻画不够完整统一。老夫人赖简之后，莺莺走了，张生竟向红娘说：“如今待欲去，又关了门户，不如咱两个权作妻夫。”虽近似插科打诨，但损害了人物形象。张生的表现，有时显得过于消极，甚至两度企图自杀。莺莺的行动，有时又写得过火，她第一次见了简帖发怒，竟用镜台掷打红娘，完全不合她的身份和性格。老夫人作为对立面的形象，还不很鲜明，赖婚、逼试等行动也不够激烈，矛盾不够尖锐，这些都影响了主题思想表现的深广度。在语言方面，曲词部分较优美，而说白部分，往往文白夹杂，难以上口。这些缺陷，在王实甫《西厢记》中，大都得以弥补和改进。纵观金代文学，《西厢记诸宫调》与元好问的作品一样，代表了当时的最高成就。

中国文学史

元代文学

枯藤老樹昏鴉，
小桥流水人家，
古道西風瘦马。
夕阳西下，
断肠人在天涯。

第一章　元代文学概况

第一节　元代社会与元代文学

在中华民族的历史上，元代是较为特殊的。它既是一个空前强大的封建帝国，又是一个充满矛盾和灾难的痛苦时代。元代是我国第一个由少数民族掌握政权的一统天下，此前，少数民族掌权称帝也曾有过，但他们从来没能统治全中国，最多也只是占据北中国的半壁江山，汉族总还保留着南中国的部分土地和人民，构成南北对峙的政治局面。而元代则不同了，它是由蒙古族建立起来的、把全部中国都纳入其统治之下的统一国家。

蒙古族原本散居于北方沙漠之地，强悍勇武，人高马大，精骑善射，居无定所，过着游牧生活。宋宁宗开禧二年(1206)，成吉思汗并吞了大漠里的各部落，建立了蒙古国。接着便开始了领土扩张，举兵南下，夺取了金人黄河以北的地方，并乘胜挥戈西征，由中亚各国进入欧洲，铁骑劲弩，所向披靡。凯旋东归后，又把西夏灭了。到了宋理宗端平元年(1234)，成吉思汗的儿子窝阔台，灭掉了金国，十多年后，又吞并了大理，宋度宗咸淳七年(1271)，成吉思汗之孙忽必烈宣诏建国号曰“大元”，取《易经》“大哉乾元”之义。建都于大都(今北京)。宋帝昺祥兴二年(1279)，陆秀夫于厓山负帝昺投海，南宋灭亡，元统一了全中国。

元王朝依靠武力，横扫欧亚，征服了东西方辽阔的地域，成为了我国历史上从未有过的幅员广大、多民族共居的封建统一大帝国。《元史·地理志序》云：

> 自封建变为郡县，有天下者，汉隋唐宋为盛。然幅员之广咸不逮元。汉梗于北狄，隋不能服东夷，唐患在西戎，宋患常在西北。若元则起朔漠，并西域，平西夏，灭女真，臣高丽，定南诏，遂下江南，而天下为一。故其地北逾阴山，西极流沙，东尽辽左，南越海表。……

这样广阔的疆域和统一的政权，结束了我国三百多年的分裂局面，扩大和加强了国内各民族、各地区以及我国和西方各国的经济文化交流，为中华民族的发展和壮大奠定了良好的基础。特别是藏族同胞居住的西藏，此时已正式成为我国的一个行政区域。

但是，这个空前广阔的蒙元大国为时却不长，从忽必烈改国号为大元算起，到朱元璋领导义军攻克大都(1368)止，只有97年；如从蒙古灭金占领北中国算起，到元朝覆没止，也只134年。在这百年之间，我国占人口和土地大多数的、经济和文化发达的汉族人民受到了不公正的待遇。元代统治者从始至终奉行着民族压迫政策，使当时的政治、经济和文化都出现了一些自己的时代特点，在文学方面，也显示了较大的变化。

蒙古族在入主中原前，还处于奴隶社会阶段，尽管成吉思汗也实行了某些分封制，但却没有一整套管理国家的封建制度和经验，当他们以金戈铁马、强将劲弩夺取了中国帝王的宝座之后，面对着如此多娇的大好河山和文明昌盛的众多国民，真显得捉襟见肘，不知所措了。最初，他们带着“只识弯弓射大雕”的野蛮性，企图以游牧民族的习俗去改变中原的面貌，铁蹄所践之处，往往采取残酷的屠城政策，杀戮生民，焚烧城廓，大量废农田为牧场。蒙古统治者还圈占大片土地，分封给功臣、僧侣和贵族，对广大人民施行残酷的压迫和搜刮，逼得人民流离失所，许多人变为奴隶和农奴。《元史·耶律楚材传》载：

> 太祖之世，岁有事西域，未暇经理中原，官吏多聚敛自私，赀至巨万，而官无储偫。近臣别迭等言：“汉人无补于国，可悉空其人以为牧地。”楚材曰：“陛下将南伐，军需宜有所资，诚均定中原地税、商税、盐、酒、铁冶、山泽之利，岁可得银五十万两、帛八万匹、粟四十余万石，足以供给，何谓无补哉？”帝曰：“卿试为朕行之。”

蒙古统治者早就把汉族人民作为他们掠夺和搜刮的对象，《元史·食货志》也说：“百司庶府之繁，卫士编民之众，无不仰给于江南。”这种剥削到了元代中期，更是变本加厉，赋税比元初增加20多倍。蒙古贵族还以发放高利贷的方式，对人民加以盘剥。以皇帝为首，诸王、后妃、贵臣、僧侣、商人、地主、豪强等，无不放高利贷。这种方式非常苛毒，本银1锭，经过10年，就变为1024锭，称为“羊羔儿利”。到期债户还不起本利，其妻女牲畜多被抢走。这些经济上的黑暗现象在关汉卿、刘因、张养浩、马祖常、揭傒斯、萨都剌、王冕等人的作品中，都有所反映。散曲家张养浩是个清官，他的《潼关怀古》说：“兴，百姓苦；亡，百姓苦。”就是在他去陕西赈灾的途中，见了灾民的惨状有感而作的。《元史·张养浩传》载：

天历二年，关中大旱，饥民相食。……时斗米直十三缗，民持钞出籴，稍昏即不用，诣库换易，则豪猾党蔽，易十与五，累日不可得，民大困。……闻民间有杀子以奉母者，为之大恸，出私钱以济之。

又如王冕的《江南民》中，写人民所受的苦难，有“军旅屯驻数百万，米粟斗值三十千。去年奔走不种田，今年选丁差成边”，“东海风起浪拍天，海中十载无渔船”，“淮南格斗血满川，淮北千里无人烟”等荒凉景象的描写。但由于元代统治者对汉人的高压政策，加之文人们明哲保身的人生观念，现实中的黑暗面在文学中似乎还没有得到直接的、充分的和深刻的揭露和描写，许多作者都采用了借古讽今的手法。

不过，我们也应看到，在元代统一中国后，对被破坏了的城乡经济，也实行了一些恢复和发展的政策。元世祖忽必烈听取了耶律楚材和一些汉族臣子的意见，越来越重视农业，特别对农业的命脉水利工程进行兴修，《元史·河渠志》记曰：“内立都水监，外设各处河渠司，以举兴水利，修理河堤为务。”水利的兴修，不仅促进了农业的发展，也带动了交通、漕运和工商业的繁荣。

在中原和江南高度发展的物质文明刺激下，蒙古贵族为自己的享乐需要，大力鼓励手工业和商业的发展。从中央到地方，都专设工艺官府、局，役使大批工匠。大都等地，拘聚数万匠人，从事各类手工劳动。手工业的兴旺，工人的聚集，自然促进了市场的繁荣。由于国土的统一，交通的畅达，人口的集中，城市的规模也越来越大，数量越来越多。当时的大都，既是政治文化中心，也是商业中心，居民多至四五十万。在杭州，商业更是兴旺。《马可波罗游记》说：“这座城市的庄严和秀丽，堪为世界其他城市之冠。”关汉卿的散曲〔南吕·一枝花〕《杭州景》写道：

普天下锦绣乡，寰海内风流地。大元朝新附国，亡宋家旧华夷。水秀山奇，一到处堪游戏。这答儿忒富贵。满城中绣幕风帘，一哄地人烟凑集。

〔梁州〕百十里街衢整齐，万馀家楼阁参差，并无半答儿闲田地。松轩竹径，药圃花蹊。茶园稻陌，竹坞梅溪。一陀儿一句诗题，行一步扇面屏帏。西盐场便似一带琼瑶，吴山色千叠翡翠。兀良，望钱塘江万顷玻璃。更有清溪，绿水。画船儿来往闲游戏。浙江亭紧相对，相对着险岭高峰长怪石，堪羡堪题。

〔尾〕家家掩映渠流水，楼阁峥嵘出翠微。遥望西湖暮山势，看了这壁，觑了那壁，纵有丹青下不得笔。

这段文字不仅写了杭州自然风光的美丽，也写了街市和人文景观兴盛。当时的繁华城市，北方还有涿州、真定、大同、汴梁、济南、太原等，南方还有扬州、镇江、建康、平江等，东南沿海有上海、庆元、温州、福州、泉州、广州等。城市的发展、市场经济的繁荣，为戏曲和说唱文学提供了良好的物质条件和人文基础。

为了维持元王朝的统治地位和经济利益，统治者在政治上实行了高压的奴化政策，对汉人特别苛刻。他们把国民分为蒙古、色目、汉、南四等，蒙古人最尊；色目人指西域、欧洲等外族人，次之；汉人指辽金时北方的汉人，又次之；南人指南宋统治区的南方汉人，最下等。地方官可由汉人担任，但必须有一个蒙古人或色目人做首领，汉人不得私藏武器。政府的军政大权，只能由蒙人独揽。汉人即使再有能耐，也只能做些没有实权的闲官。其《刑法》还规定："诸蒙古人与汉人争，殴汉人，汉人勿还报，许诉于有司。"如有违犯之人，严行断罪。蒙人打死汉人，不必偿命，只罚出征。这种政治上的不平等，自始至终，都未有改变，从而造成了压迫者与被压迫者、蒙古民族与汉民族之间的严重对立，反抗的怒火从未熄灭过，社会一直处于动荡不安之中。元代杂剧和其他文学作品，对那些权豪政要和贪官污吏罪行的揭露，正是人民反抗精神的表现。如关汉卿笔下的鲁斋郎、葛彪、杨衙内、桃杌太守等，贪婪凶残的形象，就是这些丑类的艺术典型。元杂剧中的包公、关公、李逵、窦娥、王老汉、赵盼儿等正面形象，代表着不同类型的义士仁人，尽管他们有的是历史上的人物，但却体现了当时人民对恶势力的不满和反抗，是元代现实生活矛盾的缩影。

元代的最高统治者懂得，要维护自己的政权，单靠武力不行，经济上要改进，思想文化也要发展。他们很了解汉族文化的优越性，愿意在保证他们民族特权和祖宗成法的前提下，接受和学习汉文化。所以一方面是对思想文化进行严厉控制，另一方面也鼓励精神文明方面的建设。

控制表现得最突出的是在对知识分子的态度上。从隋代以来，读书人就以科举考试为进身之阶。元灭金后，仅在元太宗九年(1238)，举行过一次科考，此后废而不行七十余年，直到元仁宗延祐元年(1314)，才下诏恢复，而此后也时断时续，且在取用时极不公平。《读通考·选举考》一载："延祐二年三月，始开科。分进士为左右榜：蒙古、色目人为右，汉人、南人为左。……凡蒙古由科举出身者，授从六品，色目、汉人，递降一级。"这种歧视和不公，断了汉族广大知识分子的前程，使其地位沦为下流。郑思肖《大义略序》云："鞑法：一官、二吏、三僧、四道、五医、六工、七猎、八民、九儒、十丐，各有所统辖。"而十等之中，官第一，儒第九。"先之者贵之也，贵之者谓有益于国也。七匠八娼九儒十丐，后之者贱之也。贱之者谓无益于国也。嗟乎，卑哉！介乎娼之下、丐之上者，今之儒也。"这是谢枋得在《送方伯载归三山序》中说的。他俩的说法略有不同，但儒者排为"老九"是一致的，其地位之低贱可以想见。正因为如此，大量的读书人沦入社会底层。这就扩大了受压迫者的创作队伍，这些平民作家生活在人民之中，能为人民而呼吁；另一些人即使不能与民同甘共苦，但他们也不与统治者合作，皆独善其身，不屑仕进，乃嘲风弄月，留连光景，或隐于林泉，或涌于市井，人身较为自由。元代文学的创作主体是这类作家特别是一些"书会才人"。这就与此前各朝作家多为官员大不相同了。所以元代文学的主流是戏曲，其思想内容比以前的文学更广泛、更深入、更具体，普通老百姓进入到作品中，成了正面主人公。艺术风格也向民众靠近，文学呈现了许多新的面目。

发展方面，较突出的是学校的兴办和思想的宽松。元代统治者深知自己文化落后，为了培养忠于他们的人才，对教育较为重视，并利用儒学进行思想统治。据《元史·选举志·学校》载：

> 至元二十八年，令江南诸路学及各县学内，设立小学，选考成之士教之。或自愿招师，或自受家学于父兄者，亦从其便。其他先儒过化之地，名贤经行之所，与好事之家，出钱粟赡学者，并立为书院。

除国家和地方一般学校外，还有医学等专科学校。为了"用汉法、治汉民"，他们确立儒学在思想领域里的统治地位，以儒家的"四书五经"为教科书，孔子被封为"大成之圣文宣王"。元世祖忽必烈在大都诸路府州县设立孔庙。一些著名的汉族理学家，如姚枢、窦默、许衡等，都享有很高的待遇。但是，由于蒙古贵族的游牧习惯、社会动荡不安和居民复杂等各种原因，元代的思想意识形态并没有真正统一过，而呈现着较为混乱的状态。各民族原有的宗教信仰，佛教、道教、伊斯兰教、基督教，还有各教的不同门派，如道教在北方的全真教，在南方的正一教等，都得以传播。对这些不同的信仰，元统治者大多给予宽容。仁宗曾说："明心见性，佛教为深；修身治国，儒道为切。"只要不危及其统治地位，一般不严禁。这种状况，给文学作品也带了一些新的因素，一些神仙度人、鬼魂妖怪、因果报应的内容也在文学作品中有所描写。如马致远的《荐福碑》、郑延玉的《看钱奴》等杂剧便是。

特别值得提及的是不同地区、不同民族的经济文化大交流，商业经济的大发展，使长期被封建礼教禁锢的爱情婚姻观念有了松动。下层人民、市井青年男女反对封建伦理的勇气越来越大，为婚姻自由而斗争的行为越来越多，轻视妇女的思想受到了一定程度的批判，歌颂忠贞爱情、反对封建婚姻的故事，成了许多作品的内容。王实甫的《西厢记》就是这一题材的代表作。

元代就是这样一个复杂的、特殊的社会环境，它与我国以往传统的封建王朝有许多不同之处，这就给它的文学输进了大量的新鲜血液，给了文学发展的良好机遇，使得文学能具有自己的时代特征。

元代文学就是在这样的历史背景下形成的。

第二节　戏曲文学的发展和兴盛

标志着元代文学最新成就的文体就是"元曲"。元曲包括两大内容，一是戏曲、杂剧和南戏，但以杂剧为主。另一是散曲，包括小令和套数。

杂剧是一种综合性的文艺形式，是具有中华民族独特风格的歌舞剧。它一般由三部分组成：

（一）曲词。这是杂剧的核心部分，是诗词与音乐的结合体，这些诗词也就是歌词，音乐就是乐谱。歌词又称曲子，其实也就是散曲，但它与剧情有关，演员通过演唱来抒情叙事，渲染场景、展开情节，所以为了与独立的散曲相区别，又将它称为"剧曲"。

杂剧一般由四折和一个楔子组成，称为一本，表演一个剧目。也有突破这种模式的，或一本多折，或多本一剧的，如王实甫的《西厢记》，就有五本二十一折。

每一折就表示着剧情发展的一个阶段，其音乐也就要求用同一宫调的曲子组成套曲。每一套曲子必须一韵到底，不得换韵。这样就把唱词、音乐和剧情融为一个和谐的整体了。

每一支曲子都有一个曲调，又叫“曲牌”，表示这支曲子的音乐谱式和格律要求，有些曲牌与词牌的名称相同，如〔秦楼月〕、〔念奴娇〕等，但多数是不同的，如〔山坡羊〕、〔耍孩儿〕等。元代曲牌多至四百余种，但常用的也只不过一、二十种。

剧曲一般都是套数，即由同一宫调的曲牌组成。北曲共有六宫十一调，大致表示十七种不同的音乐调式，每个曲牌都属于一定的宫调。杂剧的剧曲实际上只用九个宫调，即五宫四调：正宫、中吕宫、南吕宫、仙吕宫、黄钟宫，大石调、双调、商调、越调，合称为“九宫”。

剧作者在写剧曲时，还要注意对宫调声情的选择，不同的宫调表达不同的声情。周德清《中原音韵》曾对此作了分析，他对剧曲常用的宫调说：

> 正宫，惆怅雄壮；中吕宫，高下闪赚；南吕宫，感叹伤悲；仙吕宫，清新绵邈；黄钟宫，富贵缠绵；大石调，风流蕴藉；双调，健捷激袅；商调，悽怆怨慕；越调，陶写冷笑。

剧曲用韵与散曲一样，每套曲子要一韵到底，即用同一韵部的字作韵脚。曲韵与诗韵、词韵的分部不同，《中原音韵》把格律诗所用的“平水韵”106 韵部，依据当时北曲的用韵情况，归并为 19 个韵部：① 东钟 ② 江阳 ③ 支思 ④ 齐微 ⑤ 鱼模 ⑥ 皆来 ⑦ 真文 ⑧ 寒山 ⑨ 桓欢 ⑩ 先天 ⑪ 萧豪 ⑫ 歌戈 ⑬ 家麻 ⑭ 车遮 ⑮ 庚青 ⑯ 尤侯 ⑰ 侵寻 ⑱ 盐咸 ⑲ 廉纤。

这个韵部反映了当时北方的实际语音，唱起来能上口，听起来能悦耳。这个韵部系统的显著特点是没有入声，原来的入声字已分别归到平上去三声中去了。在每个韵部中，包括了平上去三声，并可以通押，所以每一韵部的字就比较多了，用起来也比较方便；再加上曲不避重韵，即一支曲子里可以用相同的字做韵脚，还可以在曲句中加上衬字，这样一来，剧曲就更与口语相近了，表现通俗灵活了。因为，戏曲是在剧场看的、听的，而不是阅读文本。这些语言和音韵的改变，也是势所必然，是剧场观众的需要。

杂剧每一本通常由剧中的主角演唱，或正旦(女主人公)或正末(男主人公)，正旦唱的本子为“旦本”，正末唱的为“末本”。这种规定在突出主要人物、曲调演唱和招徕观众方面具有积极作用，但对人物较多的剧目就有些约束。楔子是短小的开场戏和过场戏，起着剧情的交待或连接作用，通常也用一、二支唱曲，不用套曲，也不限定其演唱的角色。

(二)宾白。就是剧中人物说的话。杂剧以唱为主，以说为辅，故将说白称“宾白”。宾白既有散语，即当时活的口语；又有韵语，即用诗词和顺口溜等有韵的语言。宾白是剧中不可缺少的部分，故事情节主要靠它交待，还用于非主角的抒情活动。优秀的剧作，“曲白相生”，曲以抒情，白以叙事，相辅相成，互为一体。宾白还有插科打诨、活跃剧场，起着逗笑、诙谐和讽刺等作用。

宾白可分为对白、独白、背白、带白等方式。它可插在两支曲子之间，也可插在一支曲子之中，称为“带白”。

（三）科范。简称“科”。用以说明演员的动作、表情和舞台效果。徐渭《南词叙录》说：“相见、作揖、进拜、舞蹈、坐跪之类，身之所行，皆谓之科。”如“做谢科”就是做道谢的动作。除人物动作外，表示舞台效果也用科，如“雁叫科”，就是要求舞台上有大雁的叫声。

旧时将戏剧的主要情节结构称为“关目”，常在剧本扉页冠以“新编关目”，以表情节新奇。在每本后，还标有“题目正名”，用两句或四句对偶句，对全剧内容进行概括，前一句或两句是“题目”，后面一句或两句是“正名”，有的只标题目，有的只标正名。为什么放在剧本末尾呢？据说它是在演出结束时，由舞台上的人念出来的，文本保留了这一习惯。还可以此为广告，向观众宣传。如关汉卿《单刀会》：

题目　孙仲谋独佔江东地
　　　请乔公言定三条计
正名　鲁子敬设宴索荆州
　　　关大王独赴单刀会

又，《窦娥冤》：

题目　秉鉴持衡廉访法
正名　感天动地窦娥冤

人们称剧名往往用简称，多取正名中后面的词语。如关汉卿的《单刀会》、《窦娥冤》，马致远的《陈抟高卧》，王实甫的《西厢记》等。

杂剧文本的创作，还只能说是这种新型综合艺术形式的基础工程，只有将文本的内容，通过角色在舞台上表演，让观众身临剧场，亲自感受到故事的情节，见到剧中人物的音容笑貌，从中得到艺术享受，这样，才能算一本戏的全部艺术过程。所以，杂剧的编写者对舞台必须熟悉，关、郑、马、白和王实甫都是如此。

要实现杂剧的全程艺术，演员是关键。演员扮演剧中人称“角色”。杂剧中的角色分五大类，每大类下又分若干小类。如：

旦：女主角叫正旦，还有贴旦、外旦、小旦、老旦、茶旦等；
末：男主角叫正末，还有副末、冲末、外末，小末等；
净：扮勇猛、刚烈性格的人物，男性居多；丑角也属此类；
外：主角以外的角色，男、女都有，如外旦、外末等；
杂：不同身份的次要角色，有驾（皇帝）、孤（官吏）、孛老（老人）、卜儿（老妇）、邦老（盗贼流氓）、俫儿（小孩）、祗从（随从）、细酸（穷书生）等。这类不属角色的正式名称，只表示身份。

杂剧角色甚多，有些临时上场的，或身份不明和性格上没有鲜明特征的，就直呼其名，如《窦娥冤》中的“刽子”就是刽子手，《望江亭》中的“衙内”、“张千”、“李稍”等便是。

此外，演出还要有一些必要条件。演出的场所称“勾栏”（勾肆），内有戏台；还称“瓦舍”，也是供游乐演出的场所。舞台的布景、道具称“砌末”（切末）。服饰称“穿关”。演出叫“做场”。

杂剧这种新型的戏曲文学，能在元代出现，并成为当时文坛的主流，得以繁荣兴盛，风行一时，其原因是什么呢？

第一，从社会的经济状况来看。蒙古族入主中原后，手工业、商业、运输业都有所发展，中西交流畅通，这就使当时城市人口增加，市场繁荣。市民们需要自己的文化娱乐，他们文化不高，生意繁忙，不可能去品赏那些高雅含蓄的诗词文赋之类，而只有戏曲这种艺术形式，便于他们接受，让他们喜闻乐见。城市物质生活的丰富，使杂剧有了生存的条件，剧场的提供，舞台的设施，服装、乐器、道具的制作，都有了保障；众多的伶人和妓女，给杂剧输送了演员，许多妓女也就是演员，如名噪京师的珠帘秀、天然秀、芙蓉秀、顺时秀、司燕奴等，都生活在青楼之中，有了观众，有了演员，有了剧场，这是杂剧繁荣的基本条件。

第二，从当时的政治环境来看。元代统治者对杂剧是喜爱的，这种新的娱乐形式，一方面可供他们享受，另一方面还可以为他们的政治服务，宣传他们需要的内容，为他们歌功颂德。向宫廷“献剧”，已是常事，许多杂剧文本，很多是“录之御戏监”或“内府”，这是宫廷许可的本子。臧晋叔《元曲选·序》云：“从刘延伯借得二百种，云录之御戏监，与今坊本不同。因为参伍校订，摘其佳者若干，以甲乙厘成十集。”许多剧本最后都有歌颂“当今圣明主”的结尾。如关汉卿《五侯宴》最后有首〔太平令〕曲子写道：“稳情取香车麾盖，子母每终是英才。怡乐着升平景界，端的是雍熙无赛。呀！今日个喜哉、美哉、快哉！谢皇恩躬身礼拜。”这类加上去的“光明尾巴”，自然可以免除些麻烦。南宋·孟珙《蒙鞑备录》载：“国王出师，亦以女乐随行。”忽必烈统一中国后，十分注意搜罗优伶乐工。元成宗大德七年(1303)，把管理乐人的教坊司置于正三品的高位。元代皇帝在每年元旦节令后，都要叫歌伎唱〔新水令〕一套曲子。从元世祖忽必烈至元七年起，为装点升平气象，每年二月十五日举行游皇城活动，会演百戏，参与者万余人，热闹非凡。这表明元代统治者对杂剧是关心的，支持的。此外，当时的政治黑暗，阶级矛盾和民族矛盾的尖锐复杂，人民群众反抗黑暗势力的斗争，社会生活的丰富多彩，都给杂剧提供了创作的源泉。在此前，从来没有哪种文艺形式，能像杂剧这样广泛地、生动地、形象地反映现实生活。在杂剧里，各类题材的剧应有尽有，所谓“驾头杂剧”、“闺怨杂剧”、“儿女风尘剧”、“爱情杂剧”、“公案杂剧”、“绿林杂剧”、“历史杂剧”等不一而足，上至天子，下到乞儿，各种人物，都可在剧中找到。除统治者支持杂剧外，广大民众喜欢杂剧，这是使其兴盛的根本原因。

第三，从思想文化的情况来看，蒙元统治者虽提倡程朱理学，但也不禁止其他宗教学派，思想文化环境较为宽松。儒家的“文以载道”文学观和他们的雅正文学创作，都受到了市民通俗文学的挑战，一向被认为文学正统的诗词歌赋已失去了广泛的群众基础。

元代统治者的民族歧视政策和科举办法，使大批的汉族文人断了仕途之望，为了生计和发泄不平之气，许多人进入了杂剧创作队伍，有的参加才人书会组织，有的人流落勾栏瓦市，这些人生活较艰苦，与下层人民接近，对儒家传统观念不甚遵循，容易接受新思想，在创作上有创新精神，王国维《宋元戏曲考》云：

> 余则谓元初之废科目，却为杂剧发达之因。盖自唐宋以来，士之竞于科目者，已非一朝一夕之事，一旦废之，彼其才力无所用，而一于词曲发之。且金时科目之学，最为浅陋。此种人士，一旦失所业，固不能为学术上之事。而高文典册，又非其所素习也。适杂剧之新体出，遂多从事于此；而又有一、二天才出于其间，充其才力，而元剧之作，遂为千古独绝之文字。

关汉卿、白朴、李时中、马致远、花李郎、红字李二等人，都是这类作家。这一批在野文人，组织起一些创作团体，在大都就有玉京、元贞等书会，在杭州，有武林书会。这些组织，促进了创作人员和演出人员的合作交流，大大提高了杂剧的创作水平。

第四，从文学发展的规律来看。一种新文学形式的出现，除了时代和社会的原因外，还有文学本身的发展规律在起作用。从先秦时的《诗经》到宋末的词，各种文体都有兴起、发展、高峰、衰落的过程。一个时代有一个时代的主流文学，诗词歌赋这些以抒情为基调的艺术形式，曾有过辉煌灿烂的历史，但它们已过了自己的兴旺时期，不能适应元代社会人们的需要。人们要寻求一种新的文学形式，来抒情达意，反映复杂的社会生活，满足自己的娱乐情趣。那么，在哪里去找这种形式呢？文学历史证明，在民间去找，那里，是一切文学的源头。

说唱文学，古已有之，但一直不为文人们重视，不能登大雅之堂。只有当某种形式被文人吸收加工后，才能正式登上文坛。诗、骚、乐府民歌、词，都是如此，我国的戏曲，萌芽于早期诗、舞、乐合一的原始艺术，《楚辞·九歌》，就是这种演唱形式。先秦时，出现专供人们娱乐的职业艺人称“俳优”、“倡优”，晋之优施、楚之优孟、秦之优旃，较有名气。到了汉代，出现了“百戏”，包括歌舞、俳优、杂技、幻术、角力多种技艺在内。如有个节目名叫《东海黄公》，表演黄公因法术失灵而被白虎吞噬的故事，主要内容仍是角力竞技的“角觝戏”，但其有化妆、道具，还有简单情节和角色，这无疑是戏剧的早期状态。到了唐代，这类带故事性的歌舞演唱称为“歌舞戏”，其体制更加扩大，将歌唱、舞蹈、科白结合，表演较完整的故事，或具悲欢离合的情节，或摆威武宏大场面。重要的节目有《踏摇娘》、《义阳生》、《兰陵王》、《樊哙排君难》等，题材广泛，形式灵活，为后世戏曲发展打下了基础。唐代还有一种“参军戏”，以科白为主，王国维称之为“滑稽戏”。它由参军和苍鹘两个角色扮演剧中人物，一方为戏弄者，一方为被戏弄者，以相对问答的方式，作滑稽的对话和动作，引人发笑，用以讽刺社会不良现象。如《系囚出魃》、《掠地皮》等，都是强烈讽刺时政的戏。这种戏也对后世戏曲有较大影响。到了宋代，各种表演艺术得到更大的发展。如歌舞类有大曲、曲破、转踏，讲唱类有鼓子词、诸宫调、唱赚，其内容和形式都比唐代歌舞剧丰富多彩。此外，宋代还有各种傀儡戏和影戏，也与戏剧形式相近。唐代的参军戏到了宋代，又广泛吸收了许多表演歌唱的技艺，便形成了一种新的戏剧样式，即宋杂剧和全院本。其内容仍以调笑为主，有了故事情节，角色有四五个，但代言体的特征还不突出，如《张羽煮海》、《蝴蝶梦》等。总之，在前代民间伎艺和诸宫调、全院本等说、唱、歌舞、杂剧的基础上，形成了元杂剧这种崭新的戏曲形式。它与此前的说唱和杂剧有着质的区别，这是具有完全文学剧本和严格的表演程式的真正戏剧，是一种完全由角色作为代言体的综合艺术形式，它可以容纳丰富的内容，表演复杂的故事，让人们得到视觉、听觉、心身方面的多种美感享受，是城市民众最适合的娱乐形式。元杂剧的出现，不仅在中国戏曲史上，进入到了一个新纪元；而且就整个文学史来说，也是具有划时代意义的。从此，中国文学的主流，由抒情文学转向了叙事文学；由文人文学转向了市民文学，由高雅文学转向了通俗文学。在此前，从来没有哪一种文学艺术形式，有如此多的读者和观众，如此为老百姓所喜闻乐见。群众看戏的热情，从城市到农村，到处沸沸扬扬，空前高涨。夏庭芝《青楼集志》载："内而京师，外而郡邑，皆有所谓勾栏者，辟优萃而隶乐，观者挥金与之。"杜仁杰〔般涉调·耍孩儿〕《庄家不识构阑》，写一个庄稼汉到城里看戏的情景，其中写道：

……正打街头过，见吊个花碌碌纸榜，不似那答儿闹穰穰人多。

〔六煞〕见一个人手撑着椽做门，高声的叫"请请"、道"迟来的满了无处停坐"。说道"前截儿院本《调风月》，背后么末敷演《刘耍和》"。高声叫："赶散易得，难得的妆哈！"

〔五煞〕要了二百钱放过咱，入得门上个木坡，见层层叠叠团团坐。抬头觑是个钟楼模样，往下觑却是人旋窝。见几个妇女向台儿上坐。又不是迎神赛社，不住的擂鼓筛锣。

……

当时不仅是在城镇，在农村，也有戏楼戏台。山西赵城明王庙正殿有元代演戏情况的壁画，上有"尧都见爱大行散乐忠都秀在此作场"的字样，说明专业戏班已巡回到农村演出。《重修明应王殿碑》刻写了城镇乡村扶老携幼看戏的盛况。这些演出活动，给人们提供了娱乐，演出人员也有劳酬。这种市场的操作行为，与利益挂了钩，因而必然有所竞争。演员与演员、编剧者与编剧者、剧团与剧团、剧场与剧场之间，形成了你追我赶、争先恐后的蓬勃景象，促进了杂剧的繁荣兴旺。涌现了名演员珠帘秀等，名作家关汉卿等，名剧本《西厢记》等，名演出地大都戏曲圈和杭州戏曲圈，演员才人云集，创作空前繁荣。据统计，杂剧剧目有530多种、南戏210多种，只可惜大部分已散失。至于著名作家，据《录鬼簿》和《续录鬼簿》所载，有220多人，而无闻者还不知有多少。这一系列的戏曲组合工程，使元代文坛面目一新，波澜壮阔，充满了勃勃生机。

杂剧也经历了由兴起到高潮，后又衰落的不同时期。王国维《宋元戏曲考·元剧之时地》说：

> 有元一代之杂剧，可分为三期：一、蒙古时代：此自太宗取中原以后，至至元一统之初。《录鬼簿》卷上所录之作者五十七人，大都在此期中。……其人皆北方人也。二、一统时代，则自至元后至至顺、后至元间，《录鬼簿》所谓“已亡名公才人，与余相知或不相知者”是也。其人则南方为多；否则北人而侨寓南方者也。三、至正时代：《录鬼簿》所谓“方今才人”是也。此三期，以第一期之作者为最盛，其著作存者亦多，元剧之杰作大抵出于此期中。至第二期，则除宫天挺、郑光祖、乔吉三家外，殆无足观；而其剧存者亦罕。第三期则存者更罕，仅秦简夫、萧德祥、朱凯、王晔五剧，其去蒙古时代之剧远矣。

在这一分期的基础上，学者们根据元杂剧发展的实际情况，将其分为前后两期，前期从太宗取中原后到元成宗元贞、大德年间，这是杂剧的兴盛时期，关汉卿、王实甫、马致远、白朴等杰出作家活跃在此期。大致与王国维所说的第一期相当。后期指大德年间以后，杂剧中心由大都转向杭州，郑光祖、乔吉、宫天挺、秦简夫生活在此期，大致与王国维所说的第二、三期相当。这是杂剧逐渐衰落的时期。

杂剧衰落的原因是多方面的，但主要原因，是其体制问题。一本四折的结构，不便于复杂的内容展开；一个主角独唱到底的形式，不利于其他角色发挥才干，显示性格；一折用同一宫调，声情与辞情不易完美统一。加之后期唱词的雅丽化和思想内容的狭窄，就使之渐渐脱离了杂剧的本色与当行，远离了广大市民。这样一来，岂能不衰落！

元代的戏曲文学，以杂剧为主，此外还有南戏，南戏当时流行于东南沿海一带，最早出现在浙江永嘉（今温州），它也是一种成熟了的戏剧类型，也包括曲词、宾白和科（介）三部分，以代言体方式演绎一个完整的故事。但在体式方面，与杂剧有不同之处：

一是剧本由若干“出”组成，出的数量没有规定，可长可短，多以人物上下场为分界线；不像杂剧规定四折一楔子的固定程式。

二是唱词没有像杂剧那样，由一个主角每折用一种宫调唱到底的规定，角色都可以唱，选择曲调也比较自由。歌唱的形式也多样，可独唱、齐唱、对唱、轮唱等。

三是所用的是南方语言系统，这种语言除词汇和语法与北方方言有些不同外，主要是语音上的区别，即有入声存在。王世贞《曲藻》说：“北字多而调促，促处见筋；南字少而调缓，缓处见眼。北则辞情多而声情少，南则辞情少而声情多。”这是讲语音的差别造成了唱腔风格的不同，即北曲调促劲健，辞情充实强烈，但音乐较为质朴；南曲调缓柔远，辞情淡雅平易，但音乐较为婉丽。

此外，在内容上，南戏写家庭伦理和艳情方面的题材较多，如从早期的《张协状元》、《赵贞女》到《荆》、《刘》、《拜》、《杀》四大名剧即是，而杂剧内容相当广泛，特别是写历史上的重大事件，如《梧桐雨》、《汉宫秋》之类，南戏中却很少见。

南戏在体制上，比起杂剧来有较多的自由。但在杂剧风行于大江南北时，南戏的市场只在东南沿海的少数地区，到了元末，杂剧渐渐衰微，南戏吸收了杂剧的一些成功经验和优秀成分，发展成为后来的“传奇”，到了明代，终于取代了杂剧的地位，成为了戏剧文学的主流形式。

第三节　元代的散曲和诗文

元代文学以戏曲为主流，但它并不独占文坛，还有其他文学形式存在，如散曲、诗词、散文、小说等。

散曲是元代的新兴韵文形式，是一种以抒情为主的诗歌体裁。散曲与杂剧中的剧曲在形式上是一样的，都是合乐歌唱的曲词，要按谱填写，每种谱都有格律规定，称为“曲牌”。但散曲与剧曲又有区别，散曲可以独立存在，用来抒情、写景或叙事，属于格律诗类型。而剧曲属于戏曲文学，是杂剧的组成部分，用以表现故事情节和人物性格，与剧中故事密切相关，一般不能独立存在。

散曲之所以在元代成为抒情文学的主要形式，是由社会历史条件决定的。从文学发展的内部规律来看，当一种文学形式走到了难以适应社会和人们需要时，人们就会寻求新的形式来取代之，明代孟称舜《古今词统序》说：“诗变而为词，词变而为曲。”又说：“词者诗之余也，曲又词之余也。”词到了南宋后期，走向了形式主义道路，其艺术上精雕细刻，格律苛严，字句高雅，内容狭窄，多应景之作，缺乏情感和思想深度。这种衰微气象，与元初的社会状况和人们的要求很不适应。词体必须改革，面向现实，从民间“俗谣俚曲”吸收新的成分，从少数民族乐曲中吸收新的音乐，用活的民众口语来代替高雅的文言，于是，在词的基础上，一种新的配乐诗体，即散曲运时而生了，风行于有元一代。

元代散曲作家200余人，现存作品4300多首，其中小令3850多首，套数450余篇，由于受正统的文学观的影响，当时很少有编辑人员对它进行搜集，编次成册，想必散佚者不少。近人隋树森《全元散曲》，中华书局1964年出版，算是目前最完备的本子。

元代散曲可分前后两期，大致以元成宗大德后到仁宗皇庆前为界，与杂剧分期相近。前期的散曲作家活动中心在大都，是散曲的兴盛期，作者有著名的杂剧家关汉卿、马致远、白朴等，还有地位显赫的达官贵人和文人雅士，如卢挚、姚燧、张养浩等。还有一些伶人和无名氏的作品，其中以杂剧家的散曲成就最高，他们的作品，既有民间文艺质朴自然的本色，又有锤炼精致优美的艺术境界，如马致远的套数《秋思》和张养浩的小令《潼关怀古》等，都是脍炙人口的名作。

后期的散曲作家活动中心渐向杭州一带转移，出现了一些专攻散曲的作家，他们对散曲的体制和艺术手法加以探究，使作品规范化，朝着雅正典丽的方向努力，写出了一些好作品，但前期生气勃勃、通俗直白的特色慢慢消失，失去了旺盛的活力。其中优秀作家如张可久、乔吉等。

元散曲的创作风格是多样的，一般说来，与词风一样，可分为豪放和清丽两大派。豪放派以马致远为代表，清丽派以张可久为代表。前期以豪放本色为时尚，后期以清丽文采为主流。前期多北国雄浑之气，后期多南方妩媚之风。到了元末，南曲音乐融入北曲，不少作家采用“南北合裳”的方式创作，使北曲渐向南曲转化，为明代散曲以南曲为主的局面奠定了基础。

散曲作者中，少数民族作家耶律楚材、贯方石、马祖常、萨都剌等，都有独特的风韵，在元曲史上占有一定的地位。

元代的诗词在艺术形式上承前代之余绪，没有什么新的发展和变化，但在思想内容上，却打上了元人的时代烙印。元代的诗，清人顾嗣立《元诗选》共收340家，顾氏未见的还有50余家，诗数千首。元诗前期，忽必烈吞灭南宋前后，一些汉族诗人在诗中抒发了对汉族政权的同情和留恋，反映战争给人民带来的痛苦和灾难。较著名的诗人如郝经、王恽、姚燧、刘因、戴表元、赵孟頫、吴澄等，他们的古体诗学汉魏，近体诗学盛唐，风格清丽而遒壮，逐渐形成南北统一的诗风。到了元诗后期，即元成宗大法之后，社会政治已较安定，诗歌创作进入了盛世之音，风格端庄雅丽，较著名的作家就是虞集、杨载、范椁、揭傒斯四大家，他们作品内容也涉及揭露社会上一些不合理现象，但多数还是些个人的生活感触，或题画咏花，或赠友应酬，也有抒发政治上悲哀恐惧心情的，大都缺乏深刻的思想性和强烈的情感，但在艺术技巧上，风格雅正，声律严格，语言流畅清丽，注重锤炼字句，呈现了太平之音，直到元末，杨维桢、王冕、张翥等人的诗，才又有了些描写社会矛盾的内容，如王冕的《江南妇》、《悲苦行》，杨维桢的《盐商行》、张翥的《渺农叹》等便是。他们的诗风，也有一些特点，王冕的风骨高奇，模拟李贺之风，杨维桢除学李贺外，还有李商隐的韵味。

元代词与元诗一样，没有新的建树。今人唐圭璋所编《全金元词》，中华书局 1979 年出版，收元词人 212 位，词作 721 首。其前期的词人，大体上有三类，一是南宋的逸民，二是金朝入元者，三是蒙古统治下的北方汉人。这些人大多经历了亡国和战乱的痛苦，在词作中，往往抒写了怀念故国的黍离之悲，感叹世事沧桑，吊古伤今。较有代表性的作品如赵孟頫的《虞美人》、《浪淘沙》，姚云文的《摸鱼儿》，王恽的《春从天上来》，白朴的《水调歌头》，刘因的《人月圆》等，这类作品反映了那个动荡时代给士人心理上所造成的创伤，可说是那个时代的伤痕文学。元词的后期，多抒写词人的个人出处行藏和隐俗居半的生活感受，代表作家如虞集、萨都剌、张翥等。他们已没有前期词人那种抚昔伤今之叹，情感不够深沉。在内容上，大多表现出一种功业无望、前程难料，但又无可奈何，寄情林泉、貌似旷达但又隐藏激愤的矛盾心情。如虞集的《无俗念》、刘敏中的《满江红》等。张翥、李孝光、萨都剌的词作，艺术上有自己的特色，感情也较真切。但总的来看，元代词已无法继承宋代的盛况，正如陈廷焯《白雨斋词话》所说："元词日就衰靡，愈趋愈下。"

元代的散文成就平平，与唐宋较之，远为逊色。像宋代那种风格多样、人才辈出的盛况，已难以为继。南北分裂、宋金对峙后，散文创作，每况愈下。到了元代，仍不复苏，虽有一些著名作者，也有一些可读篇章，但抒情写物的、充满生活气息的作品很少，大多是经世致用，歌功颂德的说教式论说文学，缺乏个性。

元代散文始终没有一种主流和稳定的风格，欧阳玄的《潜溪后集序》云："中统，至元之文庞以蔚，元贞、大德之文畅而腴，至大、延祐之文丽而贞，泰定、天历之文赡以雄。"实际上是将散文分为四期，每期风格各异。如从各期的综合情况考虑，一般说来，还是可分为前后两期，与诗词一样，以大德后(1307)为界。前期作者大多为宋、金遗民，其文古朴，有情致之文，多为怀念故土的兴亡之叹。著名作家有郝经、戴表元、姚燧、姚枢、赵孟頫等；后期作者大都生活在元王朝由盛变衰的时期，延祐初恢复了停止 70 多年的科举制度，强调"举人宜以德行为首，试艺则以经术为先，词章次之。浮华过实，朕所不取"(元仁宗皇庆二年《科举诏》)，加强了文章的封建正统道德观，这对散文创作影响颇大，所以后期的散文，书生气十足，四平八稳，端庄森严，究章往哲。当然其中也有一些优秀作家，如虞集、马祖常、吴莱、欧阳玄、柳贯、苏天爵、杨维桢、李孝光等。他们也时有佳作，如马祖常的《记河外事》、柳贯的《送段吉甫州判序》、杨维桢的《耕间堂记》、李孝光的《大龙湫记》等，都写得生动活泼，有滋有味。

元代的骈体文，基本上没有名家名作，文坛上单篇的四六文几乎绝迹。偶尔可从翰林学士的诗文家遗集中，见到制诰一类的文字。如姚燧的《刘秉忠赠赵国文正公制》、虞集的《奏天奎章阁疏》等。这类应用文体，歌功颂德，毫无新意。姚燧与虞集号称元文两大家，尚且如此，其他作者，何足道哉！但骈俪作为一种写作技法，在元代却运用得极广，说唱文学、散曲、杂剧中，随处可见。如张可久〔双调·折桂令〕

> 眼转秋波，脸晕春潮。檀板轻敲，冰弦初奏，彩扇低招。倾城倾国越西子，梨梨枣枣；行云行雨楚巫娥，暮暮朝朝。橙剖并刀，酒捧金蕉。

元代以叙事文学占领文坛主要地位，除杂剧外，还有小说。但现存的小说大多经明人修改，具体年代难以确定。能判定的只有陆显之的《好儿赵正》(《宋四公大闹禁魂张》)一篇。《三国志平话》等几种历史平话，大致可定为元人作品，但因是话本，为说书人所用，实际上是集前人之成果，因而也可能是宋人所传，一般统称为“宋元话本”。本书在宋代文学一编中，对话本已作讲述。

第四节　元代文学的艺术特征

由于蒙古王朝统治了全中国，我国长期以来形成的封建文化传统有了较大的变化。元代的最高统治者，也强调学习汉文化，提倡儒教，但他们毕竟是带着游牧习性的文化落后的民族，不能像此前汉族统治者那样遵循旧制，固步自封，而多少具有一些异质，这就给文学园地也带来了一些新鲜空气。中外各民族的交流扩展，使元大都和杭州等城市，实际成为了国际化的开放型大城市。文学活动的主体，由少数官员和上流文人而变成平民作家和广大市民，传统的诗词和文赋之类的文学形式，已渐渐衰落，而戏曲和说唱文学等新兴的视听艺术形式，得到了空前的发展和繁荣，人们的审美情趣也有了较大变化，文学具有了这个时代较鲜明的艺术特征：

第一，浓厚的娱乐性质。元代城市经济的发展，奠定了叙事文学的物质基础。一大批市民多从事工商活动，他们对传统的诗词文赋不感兴趣，也没有时间去欣赏那些载于文本的、含蓄的、意在言外的高雅文学，他们要求一看就明、一听就懂的文艺形式，目的就是为了“怡情遣日”，赏心悦目，让自己得到快乐。为适应这一需求，游乐业大发展，戏曲、说唱文学大发展，从事此行业的人也多起来。他们要生活，要从业，就要开销，要赚钱，那些出入娱乐场所的人也肯出钱，市民、外族、商人、官吏、士兵等，都是顾客，为了多赚钱，就要提高娱乐质量，编剧、演员、职员都带有商业性、竞争性，就要真正让听众或观众快乐。所以，传统的所谓“教化”作用、儒家的“兴观群怨”等，在元代创作中并不如以前那样突出了，作者、演员首先考虑的是如何讨好观众，让他们感兴趣。当我们读杂剧时，几乎每一部中都有插科打诨的搞笑内容，悲剧的实质往往是喜剧的结尾。关汉卿的《窦娥冤》是典型的悲剧，最后还是让坏人得到了应有的惩罚，《救风尘》、《望江亭》、《蝴蝶梦》都是以好人得好报结尾。这都是为满足观众的心理要求而设置的。戏曲和小说这类叙事文体，往往把一个小故事演绎得生动活泼、情节复杂，引人入胜，有“戏”可看。悲剧让人们心酸落泪，喜剧让人们开怀大笑，在离开剧场时，都应得到艺术美的享受，得到心灵的满足。

除戏剧和小说等文学外，即使以抒情为主的散曲，也带有浓厚的休闲和娱乐味，不像诗词那样正统庄重高雅。元曲自娱娱人的特点是很明显的。即使是社会责任感很强的作家，也懂得应“寓教于乐”，而不是道貌岸然地去说教，也不是为了立言而扬名天下，像曹丕《典论·论文》那样，把文章看成“经国之大业，不朽之盛事”。他们最讲务实尚用，就是让观众和读者看了高兴。王国维《宋元戏曲考·元剧之文章》中，对这一点讲得十分清楚，他说：

> 盖元剧之作者，其人均非有名位学问也，非有藏之名山传之其人之意也。彼以意兴之所至为之，以自娱娱人。关目之拙劣，所不问也；思想之卑陋，所不讳也；人物之矛盾，所不顾也。彼但摹写其胸中之感想，与时代之情状。而真挚之理，与秀杰之气，时流露于其间。故谓元曲为中国最自然之文学，无不可也。若其文字之自然，则又为其必然之结果，抑其次也。

这里，王国维指出了元曲作者与前代作者在创作目的上的根本区别。从目的出发，其创作态度，内容选择、情节安排、艺术风格、表现手法和语言文字的运用，都会有所不同。也就是说，元曲作者为了自娱或娱人，可以置许多陈规旧说而不顾，只求把胸中之情和时代之事，淋漓尽致地自然地表达出来，让接受者得到愉悦和美感享受。

第二，自然质朴的文风。元代的戏曲、诗文作家，各有自己的艺术风格。元代杨维桢《周月湖今乐府序》云："士大夫以今乐府鸣者，奇巧莫如关汉卿、庾吉甫、杨澹斋、卢疏斋，豪爽则有如冯海粟、滕玉霄，蕴藉则有如贯酸斋、马昂父。其体裁各异，而宫高相宜，皆可被于弦竹者也。"这是对散曲来说的。明代朱权《太和正音谱》把散曲作家的不同流派和风格归纳为十五家：

丹丘体　豪放不羁。
宗匠体　词林老作之词。
黄冠体　神游广漠，寄情太虚，有餐霞服日之思，名曰"道情"。
承安体　华观伟丽，过于泆乐。承安，全章宗正朔。
盛元体　快然有雍熙之治，字句皆无忌惮。又曰"不讳体"。
江东体　端谨严密。
西江体　文采焕然，风流儒雅。
东吴体　清丽华巧，浮而且艳。
淮南体　气劲趣高。
玉堂体　公平正大。
草堂体　志在泉石。
楚江体　屈抑不伸，摅衷诉志。
香奁体　裙裾脂粉。
骚人体　朝讥戏谑。
俳优体　诡喻婬虐，即婬词。

这种归纳过于繁琐，也不甚准确，很难实际操作，判断某个作家属哪一体。一个作家，往往是兼而有之。但这也说明，元曲作家各有自己的流派和文风。如从总的倾向来考察，元人的文风大致也有两种，豪放和清丽，或谓本色派和文采派。而以本色派为主流，影响最大，成就最高。王国维《宋元戏曲考序》云：

独元人之曲，为时既近，托体稍卑。故两朝史志与《四库》集部，均不著于录。……往者读元人杂剧而善之，以为能道人情，状物态，词采俊拔，而出乎自然，盖古所未有，而后人所不能仿佛也。

所谓本色，也就是指自然质朴的文风，就是按事物的真实情状去表现。刘勰《文心雕龙·辨骚》说：“酌奇而不失其真，玩华而不堕其实。”真实是自然质朴文风的灵魂，唯其真实，才能感动读者和观众；“因为真实，所以也有力”(鲁迅《漫谈“漫画”》)。矫揉造作的、言不由衷的、虚情假意的作品，只会使人讨厌、恶心，会使剧场起哄，喝倒彩，与“自娱娱人”的目的是不吻合的。

元代文学自然质朴的文风，也是市民的审美情趣所要求的。他们在剧场看戏，在游乐场听故事，听唱曲，首先是内容要吸引人，而自然质朴的文风是沟通作者、演员和观众、听众之间的桥梁。剧中的故事不是把生活原封不动地搬上舞台，而是经过艺术典型化的处理，使生活的真实变成艺术的真实。元代的杰出作家总是把情节安排得波澜起伏，把人物刻画得鲜明生动，把感情抒发得淋漓酣畅。关汉卿的《窦娥冤》，通过窦娥之口，咒天骂地斥官场；王实甫的《西厢记》，通过莺莺和张生的爱情故事，发出了“愿天下有情人都成眷属”的呼吁；马致远的《汉宫秋》，通过王昭君的悲凉遭遇，反映了汉室受外族凌辱的可悲历史；纪君祥的《赵氏孤儿》，颂扬了程婴、公孙杵臼等忠臣良将舍身救人、声张正义的高尚情操；高文秀的《双献功》，歌颂了李逵等草莽英雄敢做敢为的豪爽性格；石君宝的《秋胡戏妻》，表彰了劳动妇女罗梅英坚贞守节和勇敢地反抗权贵的精神；高明的《琵琶记》，强调了“子孝与妻贤”的封建伦理观、希望人间有一种和谐的关系……元代戏曲中丰富多彩的思想内容，真实地反映了人民群众的愿望。可以说，从远古至元代，还没有哪种文艺形式，能像戏曲这样，广泛地、细致地描写生活，真切地、形象地表现人间的复杂关系。今人夏衍《戏剧与人生》说：“戏剧是人生的缩影，在舞台上表现出来的正应该是压缩精炼了的人生。”戏曲代言体的特点，把作者、演员、观众与剧中的人物纠合在同一时间和同一空间里互动着，如亲身临于故事之中，自然而然地感受着舞台上的一举一动，一言一行。吴伟业《北词广正谱·序》说：“今之传奇，即古者歌舞之变也，然其感动人心，较昔之歌舞，更显而畅矣。而元人传奇，又其最善者也。”显者，即明显，明白自然；畅者，晓畅，情意畅达。观众从戏曲中可以得到最真切、最充分的思想感情的熏陶。

第三，鲜活的文学语言。语言是文学的主要工具。元代以前，汉语白话已经产生，但只在民间文学和说唱文学中运用，文坛主流语言系统还是文言。到了元代，叙事文学成了文学的主流，与之相应的是白话已成为这种文学的主要表达工具。这种文学语言，以鲜活的北方方言为基础，语音、词汇和语法都与北方人民的口语相近，并大量运用其俗语、俚语、谚语和修辞手段，形成了新的文学语言系统。这种语言自然明白，一听就懂，适合于戏曲和说唱文学的需要。虽然作家的语言风格是多种多样的，或高雅、或清丽、或浓艳、或直白、或泼辣、或诙谐，等等，有的"语皆本色"，有的"清辞丽句"，即前人所说的"本色派"和"文采派"，不论哪一派，基本上是运用当时的民众口语，而不是文言语言系统了。这一改变，使白话文正式登上了文学舞台，具有语言史和文学史上划时代的意义。

语言通俗本色，关汉卿是代表；语言清丽秀美，王实甫是代表。他们语言的风格虽不同，但都是能琅琅上口的鲜活的文学语言，都是汉语白话文系统之所属。在一种语言系统中，其变化是可以异彩纷呈的，各色各样的个性化言语，都可以表现出来，元曲就是这种文学语言的具体实践。

请看数例：

〔黄钟·待香金童〕春闺院宇，柳絮飘香雪。帘幕轻寒雨乍歇，东风落花迷粉蝶。芍药初开，海棠才谢。

〔么〕柔肠脉脉，新愁千万叠。偶记年前人乍别，秦台玉箫声断绝。雁底关河，马关明月。(关汉卿)

〔紫花儿序〕好轻乞列薄命，热忽剌姻缘，短古取恩情。哎！蛾儿，俺两个有比喻：见一个耍娥儿来往向烈焰上飞腾，正撞着银灯，拦头送了性命；咱两个堪为比并，我为那包髻白身，你为这灯火情。(关汉卿《调风月》)

〔一煞〕青山隔送行，疏林不做美，淡烟暮霭相遮蔽。夕阳古道无人语，禾黍秋风听马嘶。我为甚么懒上车儿内，来时甚急，去后何迟？(王实甫《西厢记》)

〔中吕·十二月过尧民歌〕《别情》自别后遥山隐隐，更那堪远水粼粼，见杨柳飞绵滚滚，对桃花醉脸醺醺。透内阁香风阵阵，掩重门暮雨纷纷。

〔尧民歌〕怕黄昏忽地又黄昏，不销魂怎地不销魂？新啼痕压旧啼痕，断肠人忆断肠人，今春，香肌瘦几分，搂带宽三寸。(王实甫)

〔双调·清江引〕《抒怀》竟功名有如车下坡，惊险谁参破？昨日玉堂臣，今日遭残祸。争如我避风波走在安乐。（贯云石）

〔双调·折桂令〕《丙子游越怀古》蓬莱老树苍云，禾黍高低，狐兔纷纭。半折残碑，空余故址，总是黄尘。东晋亡也再难寻个右军，西施去也绝不见甚佳人 。海气长昏，啼鴂声干，天地无春。（乔吉）

第一、二例是关汉卿写的，他是以通俗的本色著称，但例一却写得清丽妩媚，第二例通俗如话。第三、四例都是王实甫写的，虽然文采斐然，但明白晓畅，清丽而不晦涩。后二例分别为贯云石、乔吉所写，虽然也很讲语言的修饰，但仍以清新自然、明快晓畅为基调。元人的这种语言审美观与传统崇尚“含蓄”、“蕴藉”、“意在言外”的审美观实有径庭之异。近人任讷《词曲通议》云：“曲以说得急切透辟、极情尽致为尚，不但不宽弛、不含蓄、且多冲口而出，若不能待者；用意则全然暴露于辞面，用比兴者并所比所兴亦说明无隐。此其态度为迫切、为坦率，恰与词处相反地位。”这一语言的用意，唯白话方能完美表达。诗词文赋之类“案头之语”，是不能满足剧场观众视听需要的。

元曲所用的语音系统，也是北方方音系统，这与诗词所用的《广韵》音系也大有区别，它与当时大多数人的口语语音一致，人们念得出来，听得懂，韵部划分也较宽松，给创作和演出都带来了方便。周德清的《中原音韵》，对这一音韵系统作了科学的分析和归纳，除南曲外，北曲与此系统是相符的，它并为现代普通话语音系统奠定了基础。与传统的“平水韵”（诗韵）相比，主要不同点是：（1）诗韵有108韵部，平、上、去、入四声界线分明，写近体诗，四声不能通押；而《中原音韵》分19韵部，每部中包括了平上去三声，写曲时，三声可以通押。（2）“平水韵”平声只有一类，而《中原音韵》平声分为阴平和阳平两类，所谓“平分阴阳”。（3）“平水韵”入声独立为一类，不能与平上去三声押韵，《中原音韵》没有入声这类调，“平水韵”的入声字在《中原音韵》里，已分别归到阳平、上声和去声中去了。《中原音韵》不仅归纳了北方的语音系统，还明确提出要以“中原之音”为语音规范，反对“泥古非今，不达时变者”，动辄以《广韵》音系来作为读音标准。元曲用了北方语音系统，即“韵共守自然之音，字能通天下之语”，不再遵用“平水韵”之类已经过时了的音韵，这是符合时代要求的，也是深受民众欢迎的。语音系统的改变，使元代文学更加贴近生活，更富有时代气息。

第四，严宽相济的体制。元代杂剧和散曲的体制，既有严格的体制规则，又有灵活的变通办法，因而也就能充分地表述任何复杂的事物和细腻的感情。每种文体都有自己的特点，这些特点，与社会需要、民族语言、文学发展等因素密切相关。唐以前，古体诗比较自由，没有过多的格律限制，到了唐代，近体诗的格律形成，绝句、律诗和排律，有了严格的体制，声律、韵律、结构、节奏都形成了稳固的模式；到了宋词时代，词也有严格的体制，调有定句，句有定字，字有定声，按谱填词。它们都必遵格律，作者一般不能随意变通。而元曲则不然，它虽也有格律规定，与词一样，要按曲谱填写，不仅讲平仄，有时还讲四声，什么地方用平，什么地方用仄，仄中是上声，还是去声，都不得随便安排。如〔天净沙〕第三句规定为“仄仄平平上去”，第四句为“仄平平去”。〔端正好〕最后一句为“仄仄平平去”，凡曲牌标明了“上”“去”的，上去声就不得互通。从这些方面看，曲的格律是很苛严了。但是，曲的韵部较宽，四声一般可以通押；特别是句中可加衬字，这就给了作者很大的自由。如关汉卿的〔南吕·一枝花·尾〕中，有两句：“我却是蒸不烂煮不熟捶不扁炒不爆响珰珰一粒铜豌豆，恁子弟谁叫钻入他锄不断砍不下解不开顿不脱慢腾腾千层锦套头。”按格律只有两句，每句七字，而前句加上了16个衬字，后句加了21个衬字，使整个句子的字数、节奏、风味都发生了变化。从四声可以通押韵和句中可加衬字的办法看，元曲的体制又是较宽松的。这种押韵的放宽和句式变化给了作者很大的自由，使曲更便于传情达意，绘声绘色地描摹事物，读起来婉转动听，逼似口语，这是格律诗体的巨大进步。

杂剧体制也具严宽之妙，其一本四折一楔子的结构规定，每折限用同一宫调的曲牌组成一套剧曲，由正末或正旦独唱，这是很严格的；但也有一本五折的，如《赵氏孤儿》，六折的，如《秋千记》，多本连演的，如《西厢记》；楔子可以在前，也可以在两折之间；剧情高潮一般在第三折，也可在第四折或最后一折，在一定的框架中给了作者安排的自由，并非将作者束缚得不能动弹，所以元杂剧才呈现出万紫千红的局面。

第五，群体智慧的成果。元代的杂剧，大多标有作者之名，但无名氏的作品也不少。作为有作者之名的作品，也包含了一些无名氏的智慧和劳动。现代剧作家曹禺说：

> 我认为剧本跟小说不一样，小说可以定稿，剧本永远定不了稿，因为它的生命在于演出。剧作家的创作，仅是戏剧创作的一个重要的部分，此外，它还需要导演、演员、观众共同完成。剧本的修改，最靠得住的，是演出之后的修改。演员改、导演改、观众改，使它慢慢好起

来。剧本是活东西，只要这个剧本还在演出，还有生命力，它就得不断创造，不断地改。(《人民戏剧》1979年第3期《曹禺谈〈雷雨〉》)

这是就一般剧本的情况讲的。元代杂剧所体现出来群体智慧的劳动成果还不只是如此，它还表现为：(1)无名氏作品多。由于戏曲出之众手，无个人名利，正统文人不重视，也无作者后人作为留念，因而，佚散者难计其数。以今有传本者计，元杂剧和南戏共有二百种以上，以存目计，杂剧约500种，南戏约200种。传本中除标有作者名外，无名氏杂剧作品多达100余种，南戏10多种。所谓无名氏，大致为多人经手或佚名，其作者具有群体性。(2)元戏曲题材多为历史故事或民间故事。戏曲作家并非原创作者。如《窦娥冤》是据历史题材《东海孝妇》而编写的，《西厢记》最早有唐代元稹的传奇小说《莺莺传》，还有李绅的长诗《莺莺歌》，后有民间艺人的话本《莺莺传》，宋官本杂剧《莺莺六幺》、金院本《红娘子》和南戏《张珙西厢记》，金代董解元《西厢记诸宫调》等，这些，都为王实甫《西厢记》提供了蓝本。白朴的《梧桐雨》，取材于历史上唐玄宗与杨贵妃的故事，也是众多文人笔下的题材。马致远的《汉宫秋》，取材于《汉书·元帝纪》之类的史书中。尚仲贤的《柳毅传书》取材于唐传奇小说《柳毅传》。郑光祖的《倩女离魂》取材于唐陈玄祐的传奇小说《离魂记》。南戏《拜月亭记》是据关汉卿杂剧《拜月亭》改编的，相传改编者是元人施君美，但未有定论。高明的《琵琶记》，是根据民间赵五娘和蔡伯喈的故事而编写的。这些都表明一本戏剧，含有多位作者的辛劳。(3)同一剧目不同作者多，如《拜月亭》，关汉卿作，施君美也有《拜月亭》，题材也相同，关汉卿、王实甫都写过《吕蒙正风雪破窑记》；同一剧本作者说法不同，如关汉卿《刘夫人庆赏五侯宴》、《尉迟恭单鞭夺槊》、《山神庙裴度还带》，也有人认为是他人所作。还有几个作者同写一个剧本的情况，如范冰壶、施君美、黄德润、沈珙等人，就合著了杂剧《鹔鹴衣》。(4)同一剧本，版本多，如《西厢记》，仅明刊本就有41种，且文字各异。同一版本中，印刷的错字也较多。除戏剧外，散曲也多异文。如关汉卿的《不伏老》，不同版本，文字就有不同。

以上这些现象，都表明元代戏曲和散曲等文学作品，其创作主体带有较多的群体性，与以往诗词文赋等个人创作有所不同。戏曲往往处在不定型之中，只要在演出，就会不断地被修改、完善。

第二章　关汉卿及其杂剧

第一节　关汉卿的生平和创作

关汉卿是我国元代的伟大剧作家，在我国戏曲史上占有显赫地位。他的作品，内容丰富，具有深刻的思想内涵和高度的美学价值，是我国戏曲创作成熟的标志。但由于封建传统的历史观和文学观的局限，对既非达官贵人，又不是正统诗文大家的关汉卿，朝廷和史官们都不甚重视，现存的历史文献中，找不到他的一篇完整的传记和行状之类，因而其生卒年代、名号籍贯都难以确切考定。

据极少私家著述和关汉卿自己的创作等资料，其生平大致如下：

关汉卿(1225？—1300？)，名不详，字汉卿，号已斋，又作一斋。元代钟嗣成《录鬼簿》说他是“大都人，太医院尹，号已斋叟”，列他于“前辈才人”五十六位之首。他生活在金末元初这一历史时期，其前半生在动荡不安的战火岁月中度过，五十来岁进入元朝。朱经《青楼集·序》曰“我皇元初并海宇，而金之遗民若杜散人、白兰谷、关已斋辈，皆不屑仕进，乃嘲风弄月，留连光景。”把他列为“金之遗民”。在金朝时他做过“太医院尹”技术性的官员。元代熊自得的《析律志·名宦传》将他列于传内说：“关一斋，字汉卿，燕人。生而倜傥，博学能文，滑稽多智，蕴藉风流，为一时之冠。”到元代后，他不再为官，以创作戏剧为主，成为元代早期杂剧的著名作家和活动家。明代朱权《太和正音谱》说他“初为杂剧之始。”关汉卿的散曲《双调·大德歌》六首，用了元成宗“大德”年号(1297—1307)，可以推断，他可能卒于“大德”年间或稍后，享年八十岁左右。

关汉卿主要生活在大都，中年曾到开封、洛阳一带游历过。南宋灭亡后，他到过杭州、扬州等地。这些都市，均为当时杂剧创作和演出的集中地。这里的戏曲氛围，对关汉卿的戏剧成就起了良好的作用。他不仅是杰出的剧作家，还是著名的戏曲活动家。早年在大都时，以他为首的一批文人组织了一个创作团体，称为“玉京书会”，被称为“燕赵才人”的一批作家杨显之、费群祥、梁进之等，都是其中成员。关汉卿为人真诚热情，颇得人缘。他与剧作家杨显之“相亲如故友”，互相评改作品，结为“莫逆之交”。与梁进之和费君祥以及散曲名家王和卿也是朋友。他多才多艺，擅长歌舞，精通音律和演技，还常常参加舞台演出。明人臧晋叔《元曲选·序二》云：“关汉卿辈……躬践排场，面傅粉墨，以为我家生活，偶倡优而不辞。”他对青楼艺人予以极大的同情和尊重，与“杂剧为当今独步”的女伶朱帘秀关系十分亲密，曾写散曲〔南吕·一枝花〕《赠朱帘秀》，对其表示深切的爱慕之情：

〔梁州〕富贵似侯家紫帐，风流如谢府红莲，锁春愁不放双飞燕。绮窗相近，翠户相连，雕栊相映，绣幕相牵。拂苔痕满砌榆钱，惹杨花飞点如绵。愁的是抹回廊暮雨潇潇，恨的是筛曲槛四风剪剪，爱的是透长门夜月娟娟。凌波殿前，碧玲珑掩映湘妃面，没福怎能相见。十里扬州风物妍，出落着神仙。

他在另一曲〔南吕·一枝花〕《不伏老》中写道：

……我是个蒸不烂、煮不熟、捶不扁、炒不爆、响珰珰一粒铜豌豆。……我玩的是梁园月，饮的是东京酒，赏的是洛阳花，攀的是章台柳。……你便是落了我牙，歪了我口，瘸了我腿，折了我手，天赐与我这几般儿歹症候，尚兀自不肯休。则除是阎王亲自唤，神鬼自来勾，三魂归地府，七魄丧冥幽。天哪，那其间才不向烟花路儿上走。

表现了他热爱才艺、蔑视封建传统、敢于抗争的刚强品格。这种坚韧的“铜豌豆”品格是其作品的灵魂。他以自己独具的品德、才智和技艺，得到了同行的尊重，享有崇高的地位。明代贾仲明为《录鬼簿》补写的〔凌波仙〕吊词称赞他：“姓名香，四大神州。驱梨园领袖，总编修帅首，捻杂剧班头。”一些戏剧家甚至以称“汉卿”为荣，如著名杂剧作家高文秀号为“小汉卿”，杭州的沈和甫被称为“蛮子汉卿”。

关汉卿是元代前期杂剧创作的奠基人，是当时剧坛领袖，是一位多产的作家，他一生写出了60多种杂剧和大量的散曲。根据《录鬼簿》等资料记载，其有杂剧67种，但散失较多，今人吴晓铃等辑录现存的剧本共18种（见《关汉卿戏曲集》，中国戏剧出版社1958年版），计有《诈妮子调风月》、《邓夫人苦痛哭存孝》、《包待制三勘蝴蝶梦》、《关大王独赴单刀会》、《赵盼儿风月救风尘》、《闺怨佳人拜月亭》、《杜蕊娘智赏金线池》、《关张双赴西蜀梦》、《望江亭中秋切鲙旦》、《温太真玉镜台》、《钱大尹智勘绯衣梦》、《感天动地窦娥冤》、《尉迟恭单鞭夺槊》、《钱大尹智宠谢天香》、《山神庙裴度还带》、《状元堂陈母教子》、《刘夫人庆赏五侯宴》、《包待制智斩鲁斋郎》。其中《鲁斋郎》、《裴度还带》、《五侯宴》、《单鞭夺槊》、《陈母教子》的作者是否确为关汉卿尚存不同意见，但一般认为还是出自他手。这些作品中，曲白俱全者15部，《调风月》、《拜月亭》和《西蜀梦》科白残缺，曲文完整，另外还有《唐明皇哭香囊》、《风流孔目春衫记》和《孟良盗骨》三部，仅存残曲。关汉卿又是杰出的散曲作家，在《阳春白雪》、《太平乐府》等集子中，共存有他的套数12篇，小令35首（或曰留存至今的有57首小令和14篇套数），都有一定的艺术价值。

关汉卿的思想品格与传统的文人相比，有很大的不同，可谓独树一帜，充满了个性特征。从他的作品来看，他对儒家经典著作是很熟悉的，不能不受到儒家思想的影响。在政治思想上，他认同儒家行仁政的学说，敢于为人民的痛苦而大声疾呼，反对贪官污吏，歌颂清明政治；在道德观念上，他主张尊人伦，正风俗，他积极干预社会生活，褒善贬恶，在他的作品中，洋溢着对真善美的颂扬。另一方面，残酷的社会现实根本就无法实现儒家行仁政的政治主张，他美好的愿望到处碰壁，他失望，他叛逆，他对儒家那套束缚个性发展的礼教十分不满，他批判温柔敦厚、逆来顺受的迂腐气，发展自己倜傥不羁，狂傲倔强的刚烈性格，他乐意在市井和青楼中生活，与三教九流人物交游，毫无愧色地自称“我是普天下郎君领袖，盖世界浪子班头”（《不伏老》），他把自己与下流人士已融为一体，成为其中的一员，因而其作品就更具本来的人民性，与传统士大夫文人同情人民的理性思维存有深浅之分。这种特殊的思想品格也是当时社会思潮来往激盈的一种反映，可以说，特殊的社会环境和个人性格，造就了关汉卿在戏剧史上独领风骚的伟大成就。

关汉卿杂剧的内容，丰富而广阔，悲剧、喜剧、混杂剧都有。从其题材内容看，大体可分为三类：

一是公案戏。主要是揭露贪官污吏、权贵豪强的横行霸道，欺压人民的丑恶社会现象；颂扬清官正直廉洁、为民雪冤的可贵精神，反映人民的苦难和抗争。如《窦娥冤》、《蝴蝶梦》等。

二是英烈戏。主要通过写历史故事，讴歌古代英雄豪杰，颂扬正义和善良，鞭挞奸诈与邪恶。如《单刀会》、《西蜀梦》等。

三是爱情戏。主要以爱情婚姻的悲欢离合为题材，描写妇女的命运和抗争，表现她们心灵的痛苦和善良品质，歌颂她们的智慧和勇敢。如《望江亭》、《救风尘》等。

对古代戏曲从内容方面分类，无论分悲、喜剧，还是分其他，都不是绝对的，因为故事本身就包含有多种内容。如《窦娥冤》，窦娥冤死是悲剧，但坏人最终受到惩罚又带喜剧成分；《救风尘》是爱情戏，但也写了一桩案子，可说是公案戏；至于英雄戏，英雄身经悲欢离合，内容就更加丰繁了。

第二节　窦　娥　冤

《窦娥冤》是《感天动地窦娥冤》的简称，是关汉卿最重要的代表作，剧中对封建制度及其思想道德的黑暗和腐朽进行了深刻的揭露和严厉的批判。这一光辉主题思想，第一次在戏剧领域里被发挥得如此淋漓尽致。

《窦娥冤》是关汉卿晚年的作品，其故事雏形原于历史上“东汉孝妇”的记载。刘向《说苑·贵德》、《汉书·于定国传》和干宝的《搜神记》中，都有这一故事，但情节不完全相同。关汉卿结合元代的社会现实和自己的生活体验，拓展、深化和改进了原故事，创作了杂剧《窦娥冤》，无论在思想内容上，还是艺术成就上，都达到了一种崭新的境界，在文学史上是具有重要意义的。

《窦娥冤》剧情大致是：窦天章是个穷秀才，因欠楚州蔡婆婆四十两银，无力偿还，就把七岁的独生女儿端云抵押给蔡婆婆作童养媳，改名窦娥。蔡婆婆又给了窦天章十两银子，让他上京城应考。后来蔡婆婆迁到山阳县城，窦娥在十七岁时结了婚，不到两年就守寡了，婆媳二人相依为命。有一天，蔡婆婆向开药铺的赛卢医讨还二十两银债，赛卢医想赖账，就把蔡婆婆骗到郊外，想用绳子勒死她。恰被路过的张驴儿父子碰见，蔡婆婆得救。张驴儿是个地痞流氓，听到蔡婆婆有些钱财，便生邪念，强迫蔡婆婆把她和女儿嫁给他们父子，蔡婆婆无奈应允，窦娥却坚决不从。张驴儿为了达到目的，企图先害死蔡婆婆，他从赛卢医那里弄来了毒药，暗中放进窦娥为蔡婆婆做的羊肚儿汤中，蔡婆婆因病作呕未喝，而被张驴儿的父亲喝了，结果一命呜乎。张驴儿不但不因罪悔悟，反而变本加厉，诬陷窦娥毒死了他父亲，威胁窦娥嫁给他，否则告官。窦娥自料无罪，宁愿见官，也不向张驴儿让步。谁知当地太守桃杌是个昏官，他根本不听窦娥辩解，相信"人是贱虫，不打不招"的混账信条，对窦娥严刑逼供。窦娥怕连累婆婆，不得不承认是自己毒死了张公公，立即被太守判了死刑。临刑前，窦娥满怀冤屈，指天骂地，倾泄忠愤，并提出显示冤情的三桩誓愿：血飞白练、六月飞雪、三年大旱，后来都得以灵验。故事结尾，窦天章以提刑肃政廉访使的职务来楚州一带视察，审理案卷。窦娥的冤魂向父亲诉说了冤情，张驴儿、赛卢医、桃杌被捉拿归案，并得到应有的惩罚，窦娥冤案得到平反昭雪。

这个杂剧具有广阔而深刻的社会意义。元代是我国历史上封建吏制法制最黑暗最腐朽的时期之一，元统治者制定了粗野而残酷的刑法，镇压人民对其反抗，各级官吏荒淫贪婪，致使冤案遍地，道路以目。据史料载，仅元成宗大德七年(1303)一年内，就查出冤案5176件，《窦娥冤》的故事，正是这种社会现实的艺术典型。剧中冤案的制造者是张驴儿和昏官桃杌。张驴儿是社会上的流氓恶棍，他心狠手辣，寡廉鲜耻，凶残刁滑，丧尽天良，为了霸窦娥及其家产，极尽阴谋陷害之能事，造成了窦娥受冤。如果仅有张驴儿这样的恶人，还不足以造成社会性悲剧，剧中的楚州太守桃杌，则是造成社会冤案的主要凶手，他贪赃枉法，昏聩残暴，他恬不知耻地声称，"但来告状的，就是我衣食父母"，相信"人是贱虫，不打不招"的办案信条，草菅人命，他正是当时官僚腐败现象的缩影。社会上的邪恶势力和官场上的腐败权力相勾结，是造成窦娥这类社会悲剧的主要根源。《窦娥冤》将批判的矛头直指这种黑暗势力，其深层意义自然是揭露了形成这种现象的社会制度。

面对这般残酷的社会现实，下层人民或逆来顺受，或揭竿而起；而更多的人，特别是生活在最下层的妇女，她们只能是忍受、幻想、怨愤、诅咒、抗争、失败。《窦娥冤》的不朽成就便是塑造了窦娥这个悲剧的艺术典型，表现了人民群众对黑暗统治的强烈不满和逐步发展的反抗精神。

窦娥在剧中是一个令人同情和敬佩的鲜活形象，在她成长的过程中，性格也随之变化，从一个严守妇道的弱女子发展成为敢于怒斥官府、质问神灵的烈女，这中间蕴涵着极其深刻的社会意义和丰富的审美价值。

窦娥三岁丧母，七岁与父别离，卖给蔡婆婆当童养媳，十七岁结婚，不到两年丈夫去世，只能与公婆相依为命，艰辛度日。这样的苦命，使她"满腹闲愁"，但她并不怨天尤人，只叹自己命不好："莫不是八字儿该载着一世忧，谁似我无尽头！""莫不是前世里烧香不到头，今也波生招祸尤"！她内心的孤寂和悲切，在那恶劣的生活环境中是没有人理会的。她也只能安于现状，做一个孝妇，"我将这婆侍养，我将这服守孝"，想平平安安度过一生。孰料祸从天降，当张驴儿父子闯进家门，逼迫她婆媳双双嫁人时，她显示了自己坚贞的品性，与张驴儿进行了对抗，她一把推倒无耻的恶棍，拒绝张的卑鄙要求；还对默许了他们要求的婆婆给予劝诫："怕没的贞心儿自守"，"旧恩爱一笔勾"。她之所以敢于上违公婆，对抗张凶，是中华民族的传统美德——贞节观在支持着她。这种封建的贞节观，在特定的历史条件下，成为了中国妇女的精神支柱，有了它，许多柔弱的女子显示出了惊人的勇敢，为维护自己的人格尊严和崇高信仰，不惜以命相许。因此，当张驴儿误杀其父，用"官休"来要挟她时，她也毫无畏惧。她自信"我又不曾药死你老子，情愿与你见官去来"；她相信官府"大人你明如镜，清如水，照妾身肝胆虚实"。然而在暗无天日的现实面前，她的希望彻底破灭了。她被贪官桃杌严刑逼供，受尽了人间难以忍受的痛苦：

〔感皇恩〕呀！是谁人唱叫扬疾，不由我不魄散魂飞。恰消停，才苏醒又昏迷。捱千般打拷，万般凌逼，一杖下，一道血，一层皮。

〔采茶歌〕打的我肉都飞，血淋漓，腹中冤枉有谁知！则我这小妇人毒药来从何处也？天哪，怎么的覆盆不照太阳辉！

惨无人道的酷刑威逼，并没有使窦娥屈服，反而使她看清了官府的丑恶，"衙门从古向南开，就中无个不冤哉！"桃杌见窦娥至死不招，想出了最恶毒的一手，要拷打蔡婆婆。为了年迈的公婆不遭毒打，"我怕连累婆婆，屈招了药死公公"，多么善良的女子啊！多么狠毒的贪官啊！

窦娥本来就是一个受苦受难的普通妇女，她最大的愿望只不过是婆媳相守，平安地度过一生，不想与任何人作对。可是恶劣的现实却逼得她求生不得，这太不公平了！当她被刽子手绑赴刑场时，她认识到了自己对邪恶势力"不隄防"的幼稚，她要诅咒邪恶，她要抗争，她要问天理何在？

〔正宫·端正好〕没来由犯王法，不隄防遭刑宪，叫声屈动地惊天！顷刻间游魂先赴森罗殿，怎不将天地也生埋怨。

〔滚绣球〕有日月朝暮悬，有鬼神掌着生死权，天地也，只合把清浊分辨，可怎生糊突了盗跖颜渊。为善的受贫穷更命短，造恶的享富贵又寿延。天地也，做得个怕硬欺软，却原来也这般顺水推船。地也，你不分好歹何为地？天也，你错勘贤愚枉做天！哎，只落得两泪涟涟。

这惊天动地的呼喊，正是对残酷封建统治的愤怒声讨。就在临刑满怀冤愤之时，她还惦记着自己的婆婆，“俺婆婆若见我披枷带锁赴法场餐刀去呵，(唱)枉将他气杀也么哥!”多么善良，多么孝顺，但就是这样的仁义女子，凶残的统治者也没有放过她。在生命的最后一瞬，她发出三桩誓愿：第一桩，血飞白练，以向人们昭示自己的冤屈；第二桩，六月飞雪，以向世间显示自己对官府的抗争；第三桩，亢旱三年，以表示她对黑暗统治的惩罚和报复。三桩誓愿刚立，果然惊天动地，只见乌云滚滚，遮天蔽日，悲风怒号，寒气逼人。窦娥在屠刀下结束了苦难的一生。她的血全飞上了二丈白练，大雪飘洒，覆盖着她圣洁的尸体。此后三年，楚州大旱，滴雨未落。剧中用神奇的浪漫主义笔调，写出了窦娥三桩誓愿的应验。后来，窦娥的父亲到楚州勘狱，夜见窦娥鬼魂诉冤，便重新审查此案，最终为女儿平反昭雪，张驴儿被凌迟处死，赛卢医发配充军，升任州守的桃杌杖责一百，永不录用。这种结局，表现被压迫者和被损害者的良好愿望，显示了窦娥虽然人死了，但她的精神不死。她的屈死悲剧和她的抗争精神，引发了人们深刻而严肃的思考，激励着人们对封建邪恶势力和腐朽制度进行坚决的斗争。

在《窦娥冤》全剧中，窦娥是主角，关汉卿成功地塑造了这一艺术典型，给人以丰富的审美享受。窦娥的形象，有血有肉，鲜明生动，个性突出，真实感人。在她可爱可佩的性格中，也有着落后的封建贞洁观，这也是正常的。在那样的社会环境中，她不可能超越历史，她不可能找到更先进的思想武器，她只能用现成的被封建统治者法律化和道德化了的思想观点，作为自己的精神武器，用以保护自己，抗拒侵犯。她曾义正辞严地对监斩官倾泄怨愤：

> 你道是天公不可期，人心不可怜，不知皇天也可从人愿。做什么三年不见甘霖降，也只为东海曾经孝妇冤。如今轮到你山阳县，这都是官吏无心正法，使百姓有口难言。

但最终，她仍然没能逃脱被戕害的结局，这就更深刻地揭露了封建道德和法律的虚伪性和欺骗性，启迪人们去探求解救自己的道路。

除窦娥外，剧中的其他人物，也都活灵活现，形象可感，各有个性。蔡婆婆的懦弱怕事、忍辱负重；张驴儿的流氓成性、凶残狠毒；桃杌的贪赃枉法、昏聩专横；赛卢医的混账无赖、刁滑阴险。他们从不同的方面，与窦娥构成不同关系和矛盾冲突，更衬托了窦娥的真诚、善良、正直和敢于叛逆的忠贞形象。

《窦娥冤》所表现的社会内容是相当广阔的：百姓受苦受难、生命财产得不到保障，下层知识分子穷困潦倒、前程渺茫，高利贷盘剥百姓，流氓恶霸的横行霸道，官场上的腐败昏庸，人性的扭曲和道德的沦丧，这些极度恶化的生存环境，正是元代社会生活的缩影。把如此丰富而深刻的社会内容写进一部篇幅不长的杂剧里，体现了关汉卿创作杂剧的非凡才能。

《窦娥冤》对后世文学也产生了深远的影响，明代叶宪祖以之为基础，改编成长达三十二场的传奇《金锁记》，其中《羊肚》、《探监》等出，至今还在演出。不同剧种从其中取材，编成了《六月雪》、《羊肚汤》、《斩窦娥》等传统剧目；各类说唱文艺也演绎着窦娥受冤的故事。《窦娥冤》将以它强大的艺术生命力，永远流传下去。

第三节 《望江亭》和《救风尘》

《望江亭》和《救风尘》是关汉卿爱情婚姻类杂剧的代表作，两剧的主题思想，都是表现下层妇女不堪权贵凌辱，奋起反抗以求得自救的斗争精神，关汉卿是以喜剧的艺术形式来展示这一主题的。

《望江亭》全名为《望江亭中秋切鲙旦》(或无“旦”字)，故事的主要情节是：年轻美貌的谭记儿，死了丈夫后，常到清安观与道姑闲聊。道姑的侄儿白士中到潭州做官，路过清安观时来看望姑妈，他的妻子早已死去。在道姑的撮合下，白士中和谭记儿喜结良缘，同往任所。有权有势的花花太岁杨衙内，久慕谭记儿美丽姿容，妄图霸占纳为二房，当知道白士中娶了谭记儿后，妒火中烧，决意除掉白士中，于是就向皇上诬陷白“贪花恋酒，不理公事”。他骗得了御赐的“势剑”和“金牌”，到潭州处死白士中。在京亲友密告此消息后，白士中惊恐得一筹莫展。在这生死关头，谭记儿不顾丈夫的劝阻，决意只身入虎穴，智斗杨衙内。时值中秋之夜，杨衙内与两名走卒潜入潭州，泊船江边，唯恐走露消息。谭记儿乔装成渔妇，手执鱼篮，越过拦阻，来到船边，以献新切鱼鲙为名，见到了杨衙内。这个好吃好色的花花公子，一见这秀色可餐的渔妇，早已神魂颠倒，哪里还顾得上什么秘密行动。谭记儿顺水推舟，故意与之调情，劝酒助兴，将杨衙内和其随从灌得烂醉如泥，她乘机巧妙地把“势剑”、“金牌”和杀白士中的“文书”都赚到了自己手里，然后飘然而去。去时，她唱了一段极尽揶揄、挖苦之能事的曲子：

〔秃厮儿〕那厮也忒懵懂，玉山低趄，着鬼祟醉眼乜斜，我将这金牌虎符都袖褪者。唤相公，早醒些，快迭！

〔络丝娘〕我且回身将杨衙内深深的拜谢，您娘向急飐飐船儿上去也，到家对儿夫尽分说那一番周折。(带云)惭愧！惭愧！

等到杨衙内们醒来时，发现金牌、势剑、文书都被渔妇拿去了，“想着想着跌脚而叫”。当他们到潭州去要杀白士中时，失去了皇帝赐的文书等凭据，谭记儿又在白士中的公堂上，告发杨衙内江边贪色调戏妇人的丑行。这时，追查此事的御史李秉忠也来到公堂，宣布了杨衙内仗势欺民、妄奏圣主的罪状，责打八十大板，削职归田；表彰了谭记儿“赚金牌亲上渔船”的义行，赐夫妻偕老团圆。

关汉卿用饱满的热情，塑造了谭记儿这一富有传奇色彩的妇女形象。在戏中，她是个年轻守寡的普通女人，耐着寂寞，自叹苦命：“我为甚一声长叹，玉容寂寞泪阑干。则这花枝里外，竹影中间，气吁的片片飞花纷似雨，泪洒的珊珊翠竹染成斑。我想着香闺少女，但生的嫩色娇颜，都只爱朝云暮雨，那个肯凤只鸾单？”这种少妇的情怀是合情合理的。她自珍自爱，决不是轻薄女子，当白道姑撮合她与白士中婚姻时，她十分谨慎，严正声称：

……姑姑也，非是我要拿班，只怕他将咱轻慢。我、我、我，撺断的上了竿；你、你、你，掇梯儿着眼看；他、他、他，把凤求凰暗里弹；我、我、我，背王孙去不还。只愿他肯肯肯做一心人，不转关；我和他守守守白头吟，非浪侃。(〔后庭花〕)

当婚姻定下之后，她立即与新夫远行赴任，表现了果断坚毅的性格。

当“花花太岁为第一”的杨衙内看中了她的美貌，欲占为己有，并设计陷害她丈夫时，她没有被权势所吓倒，而是冷静地思考对策：

〔十二月〕你道他是花花太岁，要强逼的我步步相随。我呵，怕什么天翻地覆，就顺着他雨约云期。这桩事，你只睁眼儿觑者，看怎生的发付他赖骨顽皮？

当她思考成熟，要冒生命危险去船上见杨衙内，赚取金牌等凭证时，丈夫白士中苦苦劝阻：“夫人休惹他，则他是花花太岁。”但谭记儿胸有成竹，她自信能够取胜，她相信自己的美貌和智慧，足以使贪色愚蠢的杨衙内中计：“我着那厮磕着头见一番，恰便似神羊儿忙跪膝。直着他船横缆断在江心里，我可便智赚了金牌，着他去不得。”在她与丈夫的这些对话中，更显得她有胆有识。中秋之夜，谭记儿依计来到船上，通过献鱼、切鲙、煽情、对酌、劝酒、对句和联词等一连串行动，把贪色懵懂的花花太岁逗得丧魂失魄：

> 〔正旦云〕这个是势剑？衙内见爱媳妇，借与我拿去治三日鱼好那！〔衙内云〕便借与他。〔张千云〕还有金牌哩！〔正旦云〕这个是金牌？衙内见爱我，与我打戒指儿罢。再有什么？(李稍云)这个是文书。(正旦云)这个便是买卖的合同。(正旦做袖文书科，云)相公再饮一杯。……

这几个蠢虫就是在谭记儿精明机智的引诱下，一步步陷入圈套，最后落得个身败名裂的可耻下场。

谭记儿的形象是在与杨衙内这类邪恶势力的斗争中显现出来的；在与白士中的对照中，更突出了她的勇敢和胆略。在她的家庭遭到威胁时，她挺身而出，面对强大凶险的权贵，她凭自己的才智和正气，拯救了危在旦夕的家庭，谱写了一曲弱小者战胜强权的凯歌。

《救风尘》全名为《赵盼儿风月救风尘》，同《望江亭》的主题一样，写的是弱势如何战胜强权、正义怎样击败邪恶的故事。

剧中的主角是赵盼儿，她是汴梁城里的歌伎；她的义妹宋引章，也是个伎女，经她撮合，与秀才安秀实订了婚约。纨袴子弟周舍，是个长期混迹于秦楼楚馆的恶棍，他看中了宋引章，用甜言蜜语、荣华富贵骗取了宋引章的爱情，答应与他同去郑州，结为夫妻。有着较深阅世经历的赵盼儿，得知此事后，苦苦劝阻，她早料到周舍这类流氓的为人：

> 〔胜葫芦〕你道这子弟情肠甜似蜜，但娶到他家里，多无半载周年相弃掷，早努牙突嘴，拳椎脚踢，打得你哭哭啼啼。
>
> 〔幺篇〕恁时节，"船到江心补漏迟"，烦恼怨他谁？事要前思免后悔。我也劝你不得，有朝一日，准备着搭救你块望夫石。

但宋引章为情所骗，为富所迷，把赵盼儿的忠告当作逆耳之言，甚至表示，"我便有那该死的罪，我也不来央告你。"赵盼儿的预料果真成了事实。宋引章到了周家后，受到了非人的待遇："进得他门，便打了我五十杀威棒。如今朝打暮骂，禁持不过。你来得早，还得见我；来得迟呵，不能够见我面了。"(第二折)在这走投无路的情况下，只好向赵盼儿求救。赵盼儿出于昔日的姐妹情谊和对周舍之流的义愤，不计宋引章不听劝告之过，决计搭救落难的姊妹。凭她的洞察能力和社会经验，深知周舍好色而又狡黠的特点，她利用其特点，设下了求助的计谋：

> 我到那里，三言两句，肯写休书，万事俱休；若是不肯写休书，我将他掐一掐，拈一拈，搂一搂，抱一抱，着那厮通身酥，遍体麻。将他鼻凹儿抹上一块砂糖，着那厮舔又舔不着，吃又吃不着，赚得那厮写了休书。

周舍贪恋赵盼儿的美色，见赵盼儿从汴梁赶到郑州，自个送上门来，又是高兴，又怀戒心。万一自己写了休掉宋引章的文书，赵盼儿又不嫁给自己，岂不是“弄的尖担两头脱”。但赵盼儿见机行事，周密设套，赌咒发誓，殷勤献媚：“凭着我花朵儿身躯、笋条儿年纪”，使周舍色迷心窍，忘乎所以，终于写了休书。当周舍发现上了当后，追问赵盼儿为何不守誓言，她唱道：

> 〔庆东原〕俺须是卖空虚，凭着那说来的言咒誓为活路。……遍花街请到娼家女，那一个不对着明香宝烛，那一个不指着皇天后土，那一个不赌着鬼戮神诛？若信这咒盟言，早死的绝门户！

这不仅巧妙地回击了周舍的质问，以假作真，以真作假，真真假假，虚虚实实，嘲弄了恶人一番；进而也是对当时社会虚伪现象的讽刺，表现了她泼辣刚烈的反抗精神。最妙的是她预料到周舍会来夺休书，于是预先准备了假休书，让周舍夺走毁掉。最后在公堂之上，她出示了真休书，使宋引章与安秀实夫妇团圆，周舍挨了六十大板，“与民一体当差”。这喜剧性的大团圆结局，向人们昭示了在黑暗的封建统治下，只要斗争明智得法，弱者可以战胜强者，正义可以战胜邪恶！

第四节　关汉卿的其他杂剧作品

在关汉卿的杂剧作品中，描写妇女的题材最多，这是因为他长期生活在市井之中，与下层妇女和烟花女子过从甚密，他了解她们的生活，体谅她们的苦衷，他同情她们，尊重她们，甘愿为她们呼吁，抒发她们的心声，赞美她们的善良、聪敏和抗争精神。除《窦娥冤》、《望江亭》、《救风尘》外，还有《调风月》、《拜月亭》、《金线池》、《玉镜台》、《绯衣梦》、《谢天香》等；剧中从不同的方面反映了妇女的生活，塑造了生动活泼、各具个性的艺术形象，其中《调风月》和《拜月亭》的影响甚大。

《调风月》全名《诈妮子调风月》。主要情节是：金朝有一个小千户，先爱上了深受老夫人宠爱的婢女燕燕，用甜言蜜语来引诱她。燕燕也为了摆脱奴婢地位，求得小夫人的名分，对小千户寄以希望，不惜以身相许，感情专挚。不料，寒食节那天，小千户到郊外踏青，遇到贵族小姐莺莺，两人互生爱意，交换信物，订了终身。燕燕得知后，悲愤交加；但她想到自己的生世，又自卑自叹：

〔越调·斗鹌鹑〕短叹长吁，千声万声；捣枕搥床，到三更四更。便是止渴思梅，充饥画饼。因甚顷刻休？则伤我取次成。好个个舒心，乾支刺没兴。

在她孤寂之时，往往触景生情，见到蛾儿扑灯，就好像自己追求婚姻幸福一样：

……见一个耍蛾儿来往向烈焰上飞腾，正碰着银灯，拦头送了性命。咱两个堪为比并，我为那包髻白身，你为这灯火青荧。（第三折）

她不甘心轻易退让，在小千户和莺莺成婚时，她当众揭露了小千户诱骗她的事实，表现了她倔强、泼辣的个性。老夫人为了收拾这难堪的残局，作主将燕燕许给小千户做二夫人，她也只能委屈求全，接受了这一命运的安排：

〔太平令〕满盏内盈盈绿醑，只合当作婢为奴。谢相公、夫人台举，怎敢做三妻两妇？只得和丈夫一处一对，便是燕燕花生满路。

剧中的燕燕是个聪明伶俐而又纯真多情的女孩，她想成为小千户的小夫人，尽管有些俗气，格调不高，但也是人之常情，可以理解。这也代表了当时身为奴婢妇女们的一种心态。燕燕为追求改变自己地位而斗争的精神，还是很感人的。

《拜月亭》全名为《闺怨佳人拜月亭》，写的是蒋世隆和王瑞兰的爱情婚姻故事。关汉卿把《拜月亭》的故事背景放置在蒙古军进攻金国都城的兵荒马乱中，表现了战争给人民带来的苦难。

王瑞兰是金国兵部尚书王镇的女儿，在蒙古兵攻京城时，举家逃难，她和母亲失散，旷野上遇见了蒋世隆。蒋世隆与妹妹蒋瑞莲也在逃难中走散。为了安全，蒋世隆与王瑞兰假扮成夫妻，结伴而行，相互照料，感情日深，结果成为患难之交的真夫妻。王瑞兰的母亲与女儿散失后，四处寻找呼叫，与兄长走失的蒋瑞莲误以为是叫她，寻声而至，被王母认为义女。流亡途中，瑞兰与父亲王镇不期而遇。王镇见女儿嫁给了一个穷书生，十分恼怒，强迫瑞兰离开蒋世隆，将她幽禁在汴梁新宅。瑞兰回家后，夜间焚香拜月，倾诉对蒋世隆的思念：

〔倘秀才〕天那！这一炷香，则愿削减了俺尊君狠切；这一炷香，则愿俺那抛闪下的男儿较些。那一个爷娘不间叠，不似俺、忒哞嗻，劣缺。

（做拜月科，云）愿天下心厮爱的夫妇永无分离，教俺两口儿得团圆！

她倾诉的话语，被蒋瑞莲听见，才知道彼此原是姑嫂，感情更加亲密。蒋世隆与瑞兰分手后，会同他的结拜兄弟陀满兴福一同进京应考，蒋喜中文状元，陀满中了武状元。王镇重武轻文，将亲女瑞兰许给武状元，义女瑞莲嫁给文状元。在婚礼上，互相认出来了，瑞兰与世隆夫妻重见，瑞莲与世隆兄妹相逢。只好改变计划，重新安排，让瑞兰与世隆夫妻团圆，瑞莲则嫁给武状元。"二百口家属语笑喧"，结局皆大欢喜。

《拜月亭》中的王瑞兰是大家闺秀的艺术形象，她自幼生活在锦衣玉食的富贵之家，养在深闺不谙世事，战争打破了她的平静，使她离乡背井，在孤身只影的患难时刻，遇到了蒋世隆。他们情投意合，彼此关心，滋生了爱情，结为了夫妻，这是顺理成章的事。但瑞兰的父亲抱着封建的门户之见，专横跋扈，强行拆散了这对新婚三月的恩爱夫妻，可见其势利观胜过了骨肉情。但瑞兰仍然坚持着对世隆生死不渝的爱情。把狠心的父亲咒骂为"猛虎狞狼，蝮蝎顽蛇"。但她没有能力与父亲决裂而出走，只能是满怀悲怨在家里过着如囚徒般的幽禁生活，她对世隆的思念之情与日俱增：

〔笑和尚〕韵悠比及把角品绝，碧荧荧投至那灯儿灭，薄设设衾共枕空舒设，冷清清不恁迭，闲遥遥生枝节，闷恹恹怎捱他如年夜。

她对父亲的怨恨和谴责，对蒋世隆的关切和思念，都突现了少女的纯真、执着，对爱情的忠贞，对封建家长干涉婚姻的不满。她的这些思想行为，也是对封建礼教抗争的一种表现，这与她官宦门第的小姐身份是相吻合的。全剧大团圆的喜剧性结尾，也反映了人们对美好爱情婚姻的祝愿，具有深刻的社会意义。

此外，关汉卿还有《金线池》、《谢天香》、《玉镜台》和《绯衣梦》等作品，也是具有喜剧色彩的、以爱情婚姻为题材的杂剧，它们所反映的社会生活、所揭示的社会矛盾、剧中的情节和人物形象也各不相同。

《金线池》中的主人公是风尘女子杜蕊娘，她爱上了书生韩辅臣，但她的母亲鸨母从中破坏，挑拨她与韩的关系。她一方面痛恨母亲恶、劣、乖、毒、狠的五字妓院赚钱秘密，一方面又苦苦哀求母亲让自己嫁给韩辅臣。但鸨母不甘心失掉这棵摇钱树，造谣韩另有新欢。蕊娘深感自己真情和人格受到很大的伤害，负气不再与韩来往。其实，韩辅臣一直深深地爱着蕊娘。后经友人石好问设法，解除误会，结成婚姻。

《谢天香》剧的主角谢天香，也是青楼女子，她与柳永分别后，被钱大尹收作小妾。她如笼中之鸟，终日闷闷不乐，怨恨钱大尹倚仗权势，卖弄风流，纳自己为妾，但整三年却“有名无实”：

〔正宫·端正好〕往常我在风尘为歌妓，止不过见了那几个筵席，到家来须做个自由鬼，今日个打我在无底磨牢笼内！

到后来才弄清楚，三年来钱大伊对她秋毫无犯，是因为钱履行了对柳永的承诺，用“纳妾”的特殊方式保护了她。

谢天香和杜蕊娘都是善良而不幸的青楼歌伎，但她们的性格却不相同，杜蕊娘气高性傲，能说会道，显得倔强沉着；谢天香情意深切，比较柔弱。通过她们，表现了被压在社会底层的妇女们生活和心灵的痛苦，反映了她们渴望摆脱卑贱和屈辱地位的强烈意愿。

《玉镜台》中的主角刘倩英，出身名门，美艳惊人，被翰林学士温峤看中。温年老丧妻，欲娶倩英。倩英看不惯他偌大一把年纪还风流自赏，愤然反抗，大闹洞房。后经温峤的老友王府尹撮合，刘倩英理解了温并非轻薄之徒，且才华出众，为人儒雅多情，对自己真心爱慕，最后结为鸾凤。

《绯衣梦》全名为《钱大尹智勘绯衣梦》，又名《王闰香夜月四春园》。此杂剧是否关汉卿作品，尚待考证。其内容也是写爱情婚姻之事，即少女王闰香与公子李庆安，经历了百般磨难，最后终成眷属的故事。

以上这类杂剧，都是以男女之事为题材，以女性为主要角色。这些女子，虽然所处环境不同，身份不同，但她们有一个共同点，就是婚姻不能自主，都生活在一个不能掌握自己命运的社会之中。尽管最后有些人如愿以偿，得了个喜剧结局，也只是关汉卿对她们给予的人道主义关怀，带有若干浪漫主义情调和反义性的谐趣，当然也寄托了人民群众的一些美好愿望。

关汉卿的公案类杂剧，除《窦娥冤》外，还有《蝴蝶梦》和《鲁斋郎》。

《蝴蝶梦》全名为《包待制三勘蝴蝶梦》，故事情节是：王老汉为他的三个儿子上街买纸笔，遇上要泼逞凶的皇亲葛彪，竟被活活打死。他的三个儿子为报仇雪恨，将葛彪打死。官府将他们押送到开封府候审。府尹包拯待制刚办完盗马贼赵顽驴的案子，疲惫不堪，伏案歇息，朦胧中忽见两只小蝴蝶落入蜘蛛网内，一只大蝴蝶急忙飞来将它们救出。可是当另一只小蝴蝶也落入网时，这只大蝴蝶只是三番两次地在花丛中盘旋徘徊而不去搭救。包公见小蝶苦苦挣扎，几送性命，顿起同情之心，将它救出放走。待清醒后，原来是一个梦。此时，包公开始复勘王氏三兄弟打死葛彪之案。公堂上，三兄弟和其母王婆婆都争着为亲人开脱，自愿认罪抵命。按当时刑律，三人中必判一人为死者抵命。当包公判为大儿王金和时，王婆连声责包公太糊涂，说大儿孝顺厚道，留下为自己养老；当包公判为二儿王铁和时，婆婆又表示反对，说二儿会持家理财，留下来可养家糊口；当包公判为三儿王石和时，王婆婆竟同意了。包公疑虑重重，他猜想王婆婆必定是王大、王二的亲生母，有舔犊之私，故极力搭救；王三定非婆婆骨肉，所以让他抵命。包公想到此前的梦境，极其愤怒，斥责王婆自私，用大刑威逼王婆招供实情。但与包公猜测正好相反：王大、王二为王老汉前妻所生，王三才是王婆婆亲生。王婆婆贤德无私、大义舍亲的崇高德行，深深打动了包公。包公想，那个梦莫不是老天垂怜王氏一门，特意暗示要设法救助。但葛彪是皇亲国戚，不抵命决不肯罢休。于是，他下令将王氏三兄弟打入死牢，暗中设法相救。王婆婆不明包公底细，唱出了一段埋怨的话：

> 〔黄钟尾〕包龙图往常断事曾着数，今日为官忒慕古。枉教你坐黄堂，带虎符，受荣华，请俸禄。俺孩儿好冤屈，不睹事下牢狱。割舍了待泼做：告都堂，诉省部，撅皇城，打怨鼓，见銮舆，便唐突。呆老婆唱古今，又无人肯做主，则不如觅死处，眼不见鳏寡孤独，也强如没归着痛煞煞哭啼啼活受苦！

这也是受苦百姓的共同心声。他们盼望法官能为自己作主，如不行，就去告御状，皇帝那里伸冤，但谈何容易。逼得走投无路，还不如一死了之。这是何等沉痛的倾诉啊！王婆婆一心挂念着三个孩子，她讨了些残汤剩饭，到死牢去探望他们。她疼爱老三，但更加疼老大、老二，他俩幼小失去亲娘，由自己含辛茹苦将他们拉扯大，如今三个孩子都被投入这阴森森、凄惨惨的死牢里，叫做娘的怎不痛断肝肠。在给孩子们送食时，把好点的给老大、老二吃：

> （旦做倾饭科，云）大哥，这里有个烧饼，你吃，休教石和看见。二哥，这里有个烧饼，你吃，休教石和看见。

后来，包公释放了王大、王二，将王三留在狱中。不久，传信说王三吊死了，王婆婆带着两个孩子肝胆俱裂地去城外为老三收尸。谁料这是包公施了个掉包计，偷梁换柱地将作恶多端的盗马贼赵顽驴盆吊死了，顶替了王老三。最后，王氏母子四人得以团圆，并得了嘉赏。

王婆婆“宁杀已子，不忍杀前妻之子”的高尚情操，一直是中华民族的传统美德，尽管其有不符法纪和掩盖事实的弊病，但造成此类现象的根源，还是社会的黑暗和法制的不合情理，因而，即使是清官，也不得不以特殊手段救民于水火，雪冤于公堂。

《鲁斋郎》是《包待制智斩鲁斋郎》的简称。明臧晋叔《元曲选》等文献均作关汉卿撰。此剧也是写包公用计将皇帝的宠臣、强夺民妇、无恶不作的鲁斋郎绳之以法的故事。故事情节曲折，悬念叠起，引人入胜，人物关系错综复杂，各具个性。最后以大团圆喜剧情结尾：

> （外扮包待制引从人上）……想鲁斋郎恶极罪大，老夫在圣人前奏过，有一人乃是“鱼齐即”，苦害良民，强夺人家妻女，犯法百端。圣人大怒，即便判了“斩”字，将此人押赴市曹，明正典刑。到得次日，宣鲁斋郎，老夫回奏道：“他做了违条犯法的事，昨已斩了。”圣人大惊道：“他有甚罪斩了？”老夫奏到：“他一生掳掠百姓，强夺人妻女，是御笔亲判‘斩’字杀坏了也。”圣人不信，“将文书来我看。”岂知“鱼齐即”三字，“鱼”字下边添个“日”字，“齐”字下边添个“小”字，“即”字上边添一点。圣人见了道：“苦害良民，犯人‘鲁斋郎’，合该斩首。”被老夫斩了鲁斋郎，与民除害。

包公就是用这种特殊的手段，惩治了罪犯。

关汉卿在这类公案戏中，总是贯穿着从悲到喜的线索，往往是平静的家庭遇到邪恶势力而出现悲剧，恶势力得逞而良民遭难；不甘心屈服的主人公奋起反抗，与恶势力斗争；结果在“清官”的主持下，或在“神灵”的帮助中，邪恶失败，正义得以伸张，呈现出喜剧情的结局。这其实是悲剧的社会实质以喜剧的形式表现出来，体现了关汉卿向往着法正民安的社会环境，也反映了人民群众渴望国泰民安的清明世道。

关汉卿的英烈剧多取材于历史故事，所以这类杂剧也称为“历史剧”，以《单刀会》、《西蜀梦》为代表作。

《单刀会》全名《关大王独赴单刀会》或《关大王单刀会》，故事虽来自历史，但关汉卿却作了很大的艺术改动和加工。剧情梗概是：吴国代大都督鲁肃为讨还荆州，请关羽赴宴，并设下三条计：一、以贺刘备功德为名，礼讨荆州；二、礼讨不成，拘留江上战船，软禁关羽；三、软禁不成，帷幕暗藏武士，擒拿关羽，要挟刘备归还荆州。鲁肃以此征求乔公和司马徽的意见，二人都认为不妥。鲁肃不听二人劝阻，派人去荆州邀请关羽。关羽明知其中有计谋，但仍以无畏的英雄气概，毅然单刀赴会。宴席间，关羽英勇果断、义正辞严，使鲁肃三计全都落空。关羽在其子关平的接应下，又安全回到了荆州。

剧中的主人公关羽，是人民群众所喜爱的历史上的英雄人物，作者以饱满的热情歌颂了他，刻画了他德才兼备、智勇双全的艺术形象。他对“汉家基业”忠贞不贰，披肝沥胆，自信正义的事业必胜。有了这样的精神支柱，他便无所畏惧，一往无前。当他接到鲁肃邀请时，明知是圈套，众将和儿子关平也极力劝阻，但他还是冒着生命危险，单刀赴会：

〔石榴花〕两朝相隔汉阳江，上写着道“鲁肃清云长”。安排筵席不寻常，休想道“画堂别是风光”。那里有凤凰杯满棒琼花酿，他安排着巴豆、砒霜。玳筵前摆列着英雄将，休想肯“开宴出红妆”。

〔斗鹌鹑〕安排下打凤牢龙，准备着天罗地网；也不是待客筵席，则是个杀人，杀人的战场。若说那重意诚心更休想，全不怕后人讲。既然谨谨相邀，我则索亲身便往。

关羽抱着对汉室的忠心，满怀豪情地来到东吴，当小船行至中流，关羽站立船头，环顾四周波涌浪翻，汹涌澎湃；仰望两岸山石峻嶒，重岩叠嶂。他抚今追昔，想当年吴蜀联手，共同抗曹，赤壁之战，打得曹军灰飞烟灭；而今河山依旧，人事已非；周瑜、黄盖，乘鹤西去；孙刘联盟，危在旦夕。不禁百感交加，发出了深沉的慨叹：

〔双调·新水令〕大江东去浪千叠，引着数十人驾着这小舟一叶。又不比九重龙凤阙，可正是千丈虎狼穴。大丈夫心别，我觑这单刀会似赛村社。

（云）好一派江景也呵！（唱）

〔驻马听〕水涌山叠，年少周郎何处也？不觉的灰飞烟灭，可怜黄盖转伤嗟。破曹的樯橹一时绝，鏖兵的江水犹然热，好教我情惨切！（带云）这也不是江水。（唱）二十年流不尽的英雄血！

关羽大义凛然的英雄气概和深沉的人文情怀，在这里得到了淋漓酣畅的表现。

在吴军大营的宴席上，他义正辞严地驳斥了鲁肃索要荆州的要求，揭穿了其阴谋：

〔沉醉东风〕想着俺汉高皇图王霸业，汉光武秉正除邪，汉王允将董卓诛，汉皇权把温侯灭。俺哥哥合承受汉家基业。则你这东吴国的孙权，和俺刘家却是甚枝叶？请你个不克己先生自说。

这里关羽不仅能言善辩，从容应对，以说理致胜；更因为他武艺高强，英勇果敢，当场"剑戒二次"，"这剑果有神威不可当，庙堂之器岂寻常。今朝索取荆州事，一剑先交鲁肃亡"。他大智大勇，文武两全，双管齐下，终于制伏了鲁肃，保住了荆州。

关羽的形象有血有肉，形象行动、内涵丰富。特别是在荆州究竟归谁的问题上，表现了他高度的政治责任感和战略眼光。这实际上是关汉卿的正统观和民族思想的体现。

关汉卿根据历史文献，结合当时社会现实和自己的审美情趣，塑造了关羽的艺术形象，他在历史真实的基础上，给关羽以艺术的加工和改造。其实史书上的关羽，是守信的，在鲁肃要讨还荆州时，他总显得被动理亏。

陈寿《三国志·吴书·鲁肃传》载：肃邀羽相见，各驻兵马百步上，但请将军单刀俱会。肃因责数羽曰："国家区区本以土地借卿家者，卿家军败远来，无以为资故也。今已得益州，既无奉还之意，但求三郡，又不从命。"语未究竟，坐有一人曰："夫土地者，惟德所在耳，何常之有？"肃厉声呵之，辞色甚切。羽操刀起谓曰："此自国家事，是人何知？"目使之去。备遂割湘水为界，于是罢军。

裴松之注《三国志》引《吴书》时有一段补述，下面是其中鲁肃对关羽说的一番话：

……肃曰："不然。始与豫州观于长阪，豫州之众不当一校，计穷虑极，志势摧弱，图欲远窜，望不及此。主上矜愍豫州之身，无有处所，不爱土地士人之力，使有所庇荫以济其患，而豫州私独饰情，愆德隳好。今已藉手于西州矣，又欲翦并荆州之土，斯盖凡夫所不忍行，而况整领人物之主乎！肃闻贪而弃义，必为祸阶。吾子属当重任，曾不能明道处分，以义辅时，而负恃弱众以图力争，师曲为老，将何获济?"羽无以对。

在这些记载中，鲁肃总是振振有词，既然当初是"借荆州"，现在要"还荆州"，岂不是理所当然之事，所以关羽"目使之去"、"无以对"，是建立在儒家"言而有信"基础上的。但关汉卿改变了这一道德观念，从政治大局着眼，"普天之下，莫非王土"，荆州本来就是汉家所有，刘备是汉皇后裔，又力图恢复汉室，统一天下，他继承汉家基业是天理所归，人心所向，是从统一大业的全局出发的。所谓"大行不顾细谨，大礼不辞小让"，关羽应该是在大是大非面前有主见的大将军，而不是谨小慎微的谦谦君子。关汉卿对关羽这样塑造，是有着深刻的现实意义和历史意义的。当时，在元代异族的残酷统治下，剧中强调"汉家天下"来之不易，"汉家基业"不可侵犯，歌颂"三国英雄汉云长"，坚信"倒不了俺汉家节"，无疑会极大地激发人们的民族自信心，鼓舞人们的斗争意志。直到今天，关羽的英雄形象还深深印在人们心中。

《西蜀梦》全名为《关张双赴西蜀梦》或《关云长张翼德双赴梦》，也是以三国故事为题材的戏。剧情大略是：当了蜀帝的刘备派使臣召关羽、张飞来成都相见，使臣到了荆州和阆中，得知二人已被杀害。此时，诸葛亮夜观天象，亦发现凶兆，关、张死讯得到了应证。关、张二人的阴魂不散，同到成都，托梦给刘备和诸葛亮，请求出兵为他们报仇。在重阳节时，关、张阴魂又来到刘备宫中，抚今追昔，向刘备痛陈荆州失陷和阆州变乱的情景，再次请求出兵报仇。

关汉卿在这本杂剧中，没有强调是吴蜀矛盾导致关、张之死，而是将他们的死归罪于刘封、糜芳、糜竺、张达等奸险小人和叛徒。这就从另一个侧面揭示了英雄的悲剧，他们没有牺牲在血肉横飞的战场，而默无声息地死在小人之手。英雄屈死，壮志难酬。昔时战功卓著、威风凛凛的英豪，死时却无一人救援，变成冤鬼后，"魂魄赴荆州阆州，争知两座砖城换做土丘！天曹不受，地府难收，无一个去就"。这样的世道，这样的阴曹，哪里容得下英雄呢？张飞的一段英雄落难、运失时过的悲叹，感人至深：

〔正宫·端正好〕任劬劳，空生爱，死魂儿有国难投。横亡在三个贼臣手，无一个亲人救。

〔滚绣球〕俺哥哥丹凤之眼，兄弟虎豹头，中他人机彀，死的来不如个虾蟹泥鳅。我也曾鞭督邮，俺哥哥诛文丑，暗枭了车胄。虎牢关酣战温侯。咱人“三寸气在千般用，一日无常万事休”。壮志难酬。

〔倘秀才〕往常真户尉见咱当胸叉手，今日见纸判官趋前退后，原来这做鬼的比阳人不自由。立在丹墀内，不由我泪交流，不见一班儿故友。

英雄的遭遇尚且如此悲凉，那老百姓的命运就更是可想而知了。

此外，关汉卿还有《哭存孝》、《五侯宴》和《单鞭夺槊》等剧，也是写历史人物和事件的，但同样具有强烈的现实意义，寄托着人民的思想感情。

第五节　关汉卿作品的艺术特色

关汉卿作品丰富而深刻的思想内容，是通过精当的艺术形式来表现的，达到了内容与形式较完美的统一，具有很高的审美价值。他作品的艺术特色主要有如下几点：

第一，现实主义和浪漫主义相结合。在他的创作过程中，始终与广大百姓站在一起，真实地描写了当时的社会生活，深刻地揭露了封建社会中许多重大的矛盾，反映了受压迫人群的苦难和斗争，这些都体现了现实主义文学的特征。不过，他在描写现实的同时，还继承了我国文学的浪漫主义传统，特别是在表现被压迫者的反抗精神和愿望方面，往往采用了想象、夸张、巧合等多种艺术手法，呈现了神奇化、理想化的倾向，而这些现实中不存在或偶然的现象，而在他的作品中又是那样合情合理，与剧情发展协调谐和，达到了现实主义和浪漫主义的较好结合。例如《窦娥冤》临刑前的三桩誓愿：血飞白练、六月飞雪和亢旱三年，后来都得以实现；《蝴蝶梦》中包公梦蝶而王石和冤案得以昭雪；《单刀会》中关羽单刀胜众将；《西蜀梦》中关羽、张飞魂魄向刘备倾诉苦衷；《救风尘》等剧中大团圆的喜剧性结局等都充满了浪漫主义精神，都体现了人民的希望和理想，符合被压迫群众的心理和愿望。

第二，主要矛盾和情节发展剧场化。关汉卿是具有剧场经验的剧作家，他熟悉演出过程，懂得观众心理，因而，在创作剧本时，如何才能便于演员演出，如何才能吸引观众，是必须考虑的问题。关汉卿的剧本，具有鲜明的剧场化特点，便于演出，舞台效果极好。否则，怎可当得“梨园领袖”、“杂剧班头”的称号。

剧本中的主要矛盾是剧情的基础。矛盾的构成、发展、高峰和解决，必须层次分明，结构紧凑，让台上尽快“入戏”，台下注意力集中。关汉卿往往用简洁的道白，一揭幕就将主要矛盾展现在观众面前，迅速引起他们的兴趣。如《救风尘》，第一折开头，就让周舍自报家门：“酒肉场中三十载，花星整照二十年。一生不识柴和米价，只少花钱共酒钱。”接着就说自己想娶汴梁城中的歌妓宋引章，但宋的妈妈不肯，而宋引章却说：“我一心则待要嫁他。”此时安秀实上场，介绍自己要与宋引章作伴，现在宋却要嫁给周舍，只好求助与宋八拜之交的姐姐赵盼儿。随后引出本剧的女主人公赵盼儿上场。短短的一段文字，把人物的身份和他们之间的关系介绍得清清楚楚；剧中的主要矛盾，即周舍骗婚与赵盼儿救婚的故事也开始展现。观众自然会关心赵盼儿如何帮助安秀实挽回与宋引章的婚姻，如何揭露和挫败周舍的骗局。

《窦娥冤》等剧也是一样，在楔子和第一折中，就能将故事的主要矛盾揭示出来，然后逐步展开，紧紧地抓住观众，满足他们心理的要求，将他们注意力牢牢地吸引到舞台上。

关汉卿剧本的结构自然而紧凑。在整体上，他还是按一本四折的模式，但在情节的具体安排上，都各有不同。他是按照生活本身的发展逻辑和舞台演出的效应来布置场面的，有张有弛，冷热交替，如《窦娥冤》第三折，是全剧的高潮，窦娥被行刑前，悲愤填膺，骂天斥地，舞台气氛如同烈焰燃烧，群情激昂；接着又插进了见婆婆的场面：

……婆婆，此后遇着冬时年节，月一十五，有瀽不了的浆水饭，瀽半碗儿与我吃，烧不了的纸钱，与窦娥烧一陌儿。则是看你死的孩子面上。（唱）

〔快活三〕念窦娥葫芦提当罪愆，念窦娥身首不完全，念窦娥从前已往干家缘；婆婆也，你只看窦娥少爷无娘面。

［鲍老儿］念窦娥伏侍婆婆这几年，遇时节将碗凉浆奠；你去那受刑法尸骸上烈些纸钱，只当把你亡化的孩儿荐。（卜儿哭科，云）孩儿放心，这个老身都记得。天那，兀的不痛杀我也！（正旦唱）婆婆也，再也不要啼啼哭哭，烦烦恼恼，怨气冲天。这都是我做窦娥的没时没运，不明不暗，负屈衔冤。

可以想象，此时剧场定然是雅雀无声，窦娥撕肝裂肺地对婆婆的嘱托，催人泪下，观众沉入凄寂气氛之中。这种冷与热相交错的情节安排，大大加强了戏剧效果。

按一般程式，剧本第三折是矛盾高潮之所在，而《单刀会》则将高潮放在第四折，关羽挫败了鲁肃的计谋后，驾船而去，全剧在关羽胜利自得的唱词中戛然而止。这也正是关汉卿独具匠心的安排。第一、二折，关羽未出场，通过乔公和司马德操之口，烘托了关羽的英雄形象，有了这种铺垫，第三折关羽出场答应鲁肃的邀请，就有了根据，但观众还为关羽的安全担心，第四折关羽与鲁肃面对面的斗争，将矛盾推向高潮，且很快得到解决。这样安排符合事理，也很自然，突出了关羽性格，看后觉得余味无穷。

为了增强剧场效果，关汉卿还常以“悬念”吸引观众。如《蝴蝶梦》中，王婆婆只同意让王三去偿命，包公误以为王三非她亲生，剧情发展到后来恰巧相反，这既吸引了观众，又突出了王婆婆的高贵品德。又如《望江亭》中的谭记儿为了救丈夫白士中，扮成渔妇，利用杨衙内好色的本性，赚取了势剑、金牌和文书，最后白士中得救，与谭记儿夫妻团圆。剧本前置悬念，后作解应，步步深入，波澜叠起。作者先交待了杨衙内“花花太岁”好色的特点，谭记儿的美貌，这就为后来的情节埋下了伏笔，使剧情发展合情合理，顺畅自然。又如《窦娥冤》中，第一折从蔡婆婆的道白中，知道窦娥的父亲窦天章是个秀才，十三年前就将七岁的女儿留给蔡婆婆做媳妇；第四折窦天章官拜参知政事，为女儿雪冤。前有伏笔，后有回述，前后照应，结构严谨。

第三，故事环境和人物性格典型化。关汉卿善于描写产生故事的社会环境，这些环境就是当时社会的缩影，具有典型性，如《窦娥冤》第三折对法场环境的布置：

> （外扮监斩官上，云）下官监斩官是也。今日处决犯人，着做公的把住巷口，休教往来人闲走。（净扮公人，鼓三通，锣三下科。刽子磨旗、提刀、押正旦带枷上，刽子手云）行动些，行动些，监斩官去法场上多时了。

这阴森可怕的血腥环境，断送了多少无辜者的生命，窦娥就是其中的一个典型。又如《望江亭》第三折，将杨衙内安排在八月十五日中秋节夜，在江边船上饮酒赏月，并教亲随把别的民船都赶开了。这就为谭记儿扮渔妇上船捉弄杨衙内，展示她机智勇敢的性格创造了适合的环境。《单刀会》中，鲁肃布置了险恶的环境，“英雄甲士已暗藏壁衣之后”；关羽单刀赴会，“来到大江中流”，面对滚滚波涛，回顾当年情景，思绪万千，唱了一首抒发豪情的曲子，巧妙地刻画了典型环境中的典型性格。

关汉卿在塑造典型人物时，赋予了他们鲜明的个性。他采用了细节描写、心理揭示和个性化的语言等多种艺术手法，将人物刻画得栩栩如生，似在眼前。同是聪明机智的妇女，谭记儿是官员夫人，有一定的文化素养，性格偏于雅静；赵盼儿是伎女，性格泼辣，语言尖刻，例如她准备去搭救宋引章时对宋母的一段唱：

〔浪里来煞〕你收拾了心上忧，你展放了眉间皱，我直着花叶不损觅归秋。那厮爱女娘的心，见的便是驴共狗，卖弄他玲珑剔透。(云)我到那里，三言两语，肯写休书，万事俱休。若是不肯写休书，我将他掐一掐，拈一拈，搂一搂，抱一抱，着那厮通身酥，遍体麻。将他鼻凹儿抹上一块砂糖，着那厮舔又舔不着，吃又吃不着，赚得那厮写了休书。引章将的休书来淹的撇了。我这里出了门儿。(唱)可不是一场风月，我着那汉一时休！(下)

这将赵盼儿乐于助人、泼辣机智的个性，通过她尖刻直白的语言，刻画得入木三分，生动可感。又如，同为邪恶之辈，鲁斋郎的凶残野蛮有别于杨衙内的庸俗愚蠢，也与周舍的狡诈好色不同。

关汉卿把不同的典型放在不同的环境中，让他们的性格随着剧情的发展而逐渐展现，走向成熟。窦娥、赵盼儿、谭记儿等妇女形象，开始都很普通平凡，看不出有什么特别之处，但当剧情发展、矛盾冲突一展开，她们的性格就有了变化，逐步完善，形成了永不磨灭的典型艺术形象。

第四，插科打诨和艺术语言的妙用。插科打诨是我国舞台艺术的传统手法，通过表演者的滑稽动作或语言使人发笑，活跃场面。关汉卿善于运用这种手法，并让观众从笑声中体味涵义。如《窦娥冤》里的桃杌太守，一见告状的人就下跪，云：“但来告状的，就是我衣食父母。”将贪官污吏讽刺得体无完肤。《救风尘》中，周舍骗娶了宋引章后，将她抬回家；她在轿子里面打筋斗，到家后要她套被子，她把自己套在被子里了。这些滑稽描写，不只是逗人大笑，也表现了宋引章幼稚无知的性格。有些科诨似觉庸俗，如《蝴蝶梦》中，王家三个儿子拜见父母时，王三云：“父亲在上，母亲在下。”李老云：“胡说！怎么母亲在下？”王三云：“我小时看见俺爷在上头，俺娘在底下，一同床上睡觉来。”李老云：“你看这厮！”这虽表现了孩子的天真无邪，但更多的是满足市民的情趣，活跃剧场气氛。

关汉卿是我国语言艺术的大师，其语言风格独树一帜，自成流派，成为历代文学语言中“本色派”的典范。王国维《宋元戏曲考》说：“关汉卿一空倚傍，自铸伟词，而其言曲尽人情，字字本色，故当为元人第一。”所谓“本色”，是指这种语言自然质朴，通俗易懂，具有生气，适合于舞台需要，观众乐于接受。在这种自然易懂的前提下，他的语言又呈现出丰富多彩的姿态，能适应各种题材、各种环境和各种角色的需要。要雄壮的有雄壮的，如《单刀会》关羽驾小舟一叶，面对涛涛江水所唱的一段，情景交融，气势雄浑，充分抒发了关羽的英雄豪情；要清丽的有清丽的，如《望江亭》中，谭记儿寡居无事，自叹命苦：

［仙吕·点绛唇］我则为锦帐春阑，绣衾香散；深闺晚，粉谢脂残，到的这日暮愁无限。

［混江龙］我为甚一声长叹，玉容寂寞泪阑干。则这花枝里外，竹影中间，气吁的片片飞花纷似雨，泪洒的珊珊翠竹染成斑。我想着香闺少女，但生的嫩色娇颜，都只爱朝云暮雨，那个肯凤只鸾单？这愁烦恰便似海来深，可兀的无边岸；怎守得三贞九烈，敢早着了钻懒帮闲。

这段唱词文彩斐然，妩媚动情，抒发了谭记儿少妇寡居的寂寞情怀，也与其身为官家之妻的教养相符。此外，要浓艳的可浓艳；要通俗的可通俗，如《窦娥冤》中，窦娥本是穷家小女，没有高的文化修养，她说话质朴无华，唱曲明白如话。她面对生活中的各种不幸，只怪自己命苦，表示要守节敬孝，听从命运安排：

［油葫芦］莫不是八字儿该载着一世忧？谁似我无尽头。须知道人心不似水长流。我从三岁母亲身亡后，到七岁与父分离久。嫁的个同住人，他可又拔着短筹，撇的俺婆妇每都把空房守，端的个有谁问、有谁瞅？

［天下乐］莫不是前世里烧香不到头，今也波生招祸尤？劝今人早将来世修。我将这婆侍养，我将这服孝守，我言词须应口。

这段唱曲如同听她在面对面的倾诉，生动地表现了人物纯朴、善良的品德。

关汉卿最成功最广泛地使用了戏曲文学的“新言语”，这种新言语是指作为代言体的叙事文学所特有的艺术语言，它不同于诗词骚赋和论辩史传的言语，王国维说："元剧实于新文体中自由使用的新言语，在我国文学中，于《楚辞》、内典外，得此而三。"(《元剧之文章》)关汉卿用这种言语，塑造了许多个性鲜明的人物形象，真正做到了"说一人，肖一人"，即使是同一个人，在不同的环境中，其语气、语调、词句、神情也随之而变。臧晋叔《元曲选·序》云："行家者，随所妆演，无不摹拟曲尽，宛若身当其处，而几忘其事之乌有。能使人快者掀髯，愤者扼腕，悲者掩泣，羡者色飞。"关汉卿自然称得上是这种"行家"。

"行家"的创作必须"当行"。对"当行"的解释，戏曲评论家有不同的说法，内涵广狭不同；但从语言的角度来看，既要"本色"，还要"当行"。"当行"除了具有一般戏曲特色的语言之外，还要讲究音律，注意语言的音韵之美。沈璟《词隐先生论曲》云："怎得词人当行，歌客守腔，大家细把音律讲。"关汉卿的作品语言，很注意音韵和谐，其声调、语气、节奏、押韵，都很讲究，读来悦耳动听，有金石之音。他还精通音律，让语言与曲调配合，声情和文情并茂。如《窦娥冤》，第一折窦娥寡居，寂静平庸，用〔仙吕宫〕，特点是"清新绵邈"；第二折公堂受审，孤苦无援，用〔南吕宫〕，特点是"感叹悲伤"；第三折法场行刑，窦娥泄愤，用〔正宫〕，特点"惆怅雄壮"；第四折鬼魂诉冤，坏人遭得以惩治，用〔双调〕，特点是"健捷激袅"。这样，文学语言与音乐曲调融合一体，充分地表现了剧情的发展和人物思想感情，给人以极大的美感享受。贾仲明在补《录鬼簿》中就关汉卿"吊词"说："珠玑语唾自然流，金玉词源即便有，玲珑肺腑天生就。"这也是从"本色"和"当行"两方面来赞扬他的语言艺术的。

关汉卿的文学创作是社会历史的产物，不可避免地有其局限性，不可能十全十美；但从总体来看，他的成就是无比辉煌的，他被后人列为元曲四大家之首，对我国戏曲的发展，影响极其深远。时至今日，至少还有100多种不同的戏剧形式，1500个职业剧团，都上演过他的剧本。他的作品，还被翻译成多种文字，在世界范围内流传。1958年，他曾作为世界文化名人，在国际上展开了纪念他戏剧创作700周年的活动。他的作品不仅是我国人民的优秀的文学遗产，也是世界人民宝贵的精神财富。

第三章　王实甫和《西厢记》

第一节　王实甫的生平与作品

王实甫，名德信，字实甫，大都人，其生卒年月和生平事迹，至今未能具体考定。大体上说，他戏剧活动时期，是在元成宗元贞、大德年间。明代陈所闻《北宫词纪》中收了他的套曲〔商调·集贤宾〕《退隐》，其中云：

〔金菊香〕想着那红尘黄阁昔年羞，到如今白发青衫此地游，乐桑榆酬诗共酒，酒侣诗俦，诗潦倒酒风流。

〔梧叶儿〕退一步乾坤大，饶一着万虑休，怕虎狼恶图谋，遇事休开口，逢人只点头，见香饵莫吞钩，高抄起经纶手。

〔后庭花〕保天和自养修，放形骸任自由，把尘缘一笔勾，再休题名利友。

如果此曲确为他所作，就说明他曾有过一段官宦经历，终因“怕虎狼恶图谋”而“放形骸任自由”，在自由的隐退生活中，他酬诗共酒，“抱孙孙儿成愿足”，过得还算自在自得，至少活到了六十岁。

他的戏曲创作期大致与关汉卿同时或稍后，《录鬼簿》把他列入“前辈已死名公才人”中，位于关汉卿之后，他也是长期混迹于勾栏、瓦舍的风流才子。在《录鬼簿》中，明·贾仲明为他补写的吊辞〔凌波仙〕云：

风月营，密匝匝，列旌旗。莺花寨，明飚飚，排剑戟。翠红乡，雄纠纠，施谋智。作词章，风韵美。士林中，等辈伏低。新杂剧，旧传奇，《西厢记》，天下夺魁。

可见，他在当时是才华出众，名声很大的杂剧作家。他的杂剧有 14 种：《崔莺莺待月西厢记》(简称《西厢记》)、《四丞相歌舞丽春堂》(简称《丽春堂》)、《吕蒙正风雪破窑记》(简称《破窑记》)有存本传世。《苏小卿月夜贩茶船》(简称《贩茶船》)和《韩彩云丝竹芙蓉亭》(简称《芙蓉亭》)各存曲文 1 折，其余 9 种全佚，仅有存目。他的散曲现存的也很少，《全元散曲》仅收小令 1 首，套数 2 篇。

《丽春堂》又名《四丞相高宴丽春堂》，今存传本三种，主要讲金世宗大定年间右丞相完颜乐善的故事。剧情梗概是：金主命当朝威望甚高的左丞相徒单克宁，在端阳节那天主持射柳会，右丞相完颜乐善在会上连中三箭，得到了御赐的锦袍玉带；而右副统军使李圭，却一箭也未射中，对乐善顿起妒心。第二天，在香山的宴会上，李圭提出要与乐善打双陆，以决胜负。最后一局，李圭获胜，要将墨搽在乐善脸上，乐善大怒，问："这泼徒怎敢将人戏，你托赖着谁人气力?"并痛打李圭一顿，搅乱了香山宴会。担任押宴官的徒单克宁将此事上奏金主，金主将乐善贬在济南歇马。从此，乐善每日在溪边钓鱼饮酒，清闲无事，好不快活啊：

〔越调·斗鹌鹑〕闲对着绿树青山，消遣我烦心倦目。潜入那水国渔乡，早跳出龙潭虎窟。披着领箬笠蓑衣，提防他斜风细雨。长则是琴一张，酒一壶，自饮自斟，自歌自舞。

后来，因有草寇作乱，朝廷又召乐善回朝，将兵平乱。草寇慑于完颜乐善的威名，便都投降了。于是，乐善也官复原职。金主还赐给他黄金千两，香酒万瓶，并在丽春堂大吹大擂，办了一场喜庆的盛会，李圭也奉命前来负荆请罪，二人和好如初，满朝皆大欢喜：

〔太平令〕歌金缕清音嘹亮，品鸾箫余韵悠扬。大筵会公卿宰相，早先声把烟尘扫荡。从今后四方、八荒、万邦，齐仰贺当今皇上。

看来，《丽春堂》是为金世宗歌功颂德的一本戏，世宗在历史上是金代明君，号称"小尧舜"；因此，王实甫歌颂圣君贤相，也在一定程度上反映了百姓对清平世道的向往。

剧中也曲折地描写了统治阶级内部的矛盾斗争和争风吃醋的恶劣作风。全剧结构清晰、紧凑，语言俊秀雅丽；对人物心理状态，也作了较真实的描写。如主人公完颜乐善被罢官后，寄寓山水，乐以忘忧，但他的内心并不真如此平静：

〔小桃红〕水声山色两模糊，闲看云来去。则我怨结愁肠对谁诉？自踌躇，想这场烦恼都也由咱取。感今怀古，旧荣新辱，都装入酒葫芦。

他毕竟是自居将相高位的人物，如今闲居，哪能真的快活如仙呢？

〔麻郎儿〕昨日个深居华屋，今日个流窜荒墟，冷落了歌儿舞女，空闲了宝马香车。

他把暂时的冷落，只当做功名途中的一个驿站，休息一阵，还得奔走，为国效力：

〔绵搭絮〕也无那采薪的樵子，耕种的农夫，往来的商贾，谈笑的鸿儒。做伴的茶药琴棋笔砚书，秋草人情即渐疏。出落的满地江湖，我可也钓贤不钓愚。

〔络丝娘〕到今日身无所如，想天公也有安排我处。可不道吕望、严陵自千古，这便算的我春风一度。

可以说，完颜乐善是众多正直官吏受贬谪后寄情山水而图日后再起的典型形象，有着一定的社会意义。

王实甫的《破窑记》，主要演绎宋代吕蒙正招亲“发迹变泰”的故事，故事原在民间广泛流传。吕蒙正，历史上确有其人，《宋史》有传，太平兴国进士，历任中书侍郎、户部尚书、平章事。咸平年间，授太子太师，封蔡国公。王实甫以他为原型，编成了杂剧《破窑记》，剧情梗概是：刘员外之独生女刘月娥，因“高门不答，低门不就”，年十八而未婚配；于是，刘员外便采用搭彩楼、抛绣球的民间习俗招婿。刘月娥抛球之日，无论贫富，众多男子聚集楼下。当时的穷书生吕蒙正和他的义兄寇准也在其中。刘月娥的绣球正抛在了吕蒙正的怀中，理应招之为婿。时吕蒙正困居于城南破瓦寒窑中，刘员外嫌贫畏困，变卦赖婚，拒绝履行诺言。但月娥确守诚信，与父亲对抗，甚至断绝了父女关系，坚决与吕蒙正结了婚，同住破窑之中，过着极为贫困的生活：

〔中吕·粉蝶儿〕瓮牖桑枢，世间穷尽都在此处，有一千个不识消疎。范丹也索移，原宪也索躲，便有那颜回也难住。虽然是人不堪居，我觑的胜兰堂绿窗朱户。

虽然生活贫困，但夫妻恩爱。吕蒙正穷则思变，发愤读书，不久上朝应举，刘月娥独守寒窑，坚贞不移。十年后，吕蒙正状元及第，初任本地县令，与月娥团圆，刘员外也趋附亲近。

剧中，女主人公刘月娥的形象是很鲜明的。她生活在富豪之家，在婚姻上不愿听父母之命、媒妁之言，但又不可能去自由恋爱，只能把命运寄托在偶然的抛球上，这实质上是对封建婚姻制度的不满，她希望自己命好，寻一个满意的郎君。在抛球前，她嘱咐绣球唱道：

〔金盏儿〕绣球儿你寻一个心慈善、性温良、有志气、好文章，这一生事都在你这绣球儿上。夫妻相待贫和富有何妨。贫和富是我命福，好共歹在你斟量。休打着那无恩情轻薄子，你寻一个知敬重画眉郎。

她这种不计贫富，只求心善性良知敬重的愿望，表现了一种新的婚姻观念。当绣球抛中吕蒙正后，她没有怨天尤人，她拒绝了父亲的阻挠，心甘情愿嫁给住在破窑里的吕蒙正：

〔醉中天〕遮莫他烧地权为炕，凿壁借偷光，一任教无底砂锅漏了饭汤；遮莫是结就蜘蛛网，土炕芦席草房，那里有绣帏罗帐。（刘员外云）你再思想咱。（正旦唱）您孩儿心顺处便是天堂。

以后的十年寒窑，备尝苦楚，她没有后悔，不曾动摇，刘员外多次劝她回家去，她不应；媒婆劝她再寻客官，遭到她义正辞严的驳斥。她眼里只有同甘共苦的丈夫，没有什么穷人和富人。当吕蒙正准备上朝应举，向她表示“金榜无名誓不归”时，她说：“你若提着一个瓦罐还家来，我可也怨不了你。”可见，她的爱情不是建立在荣华富贵基础上的。她为了维护婚姻自主的权利，不惜抛弃富贵生活，得罪父母，甘心贫苦，严守妇德。王实甫通过她的形象，歌颂了在婚姻问题上反对封建门第观念的斗争精神。此剧对后世影响甚大，川剧、湘剧等多类剧种中，都保留和发展了这一故事情节。

王实甫杂剧多取材于封建上层社会，着重人物的内心刻画，具有浓郁的抒情气氛，语言文采焕发，形成不同于关汉卿“本色派”的文风，人称之为“文采派”。朱权《太和正音谱》云：“王实甫之词如花间美人，铺叙委婉，深得骚人之趣，极有佳句，若玉环之出浴华清，绿珠之采莲洛甫。”

第二节 《西厢记》故事的演变

《西厢记》是王实甫的代表作，是我国文学史上空前的一部规模宏伟、内容与形式俱佳的戏曲名著。它凝聚着王实甫的心血，也渗透了另一些作家的辛劳，它的成书，经历了一个漫长的过程。

《西厢记》所敷演的故事，是张生与崔莺莺的恋爱故事，一般认为它源于唐代元稹的传奇《莺莺传》，又名《会真记》。内容大略是：贞元年间，张生游于蒲郡，寓普救寺中。时有崔氏母女亦寓寺中。适逢乱军搔扰，张生与蒲军将领中的人友善，保护了崔氏母女。崔氏由此甚感张生，因招宴，宴中张生见其女莺莺，双方均生爱慕之情，暗托女婢红娘传词达意，词中有“待月西厢下，迎风户半开”之句。于是，两情相悦，“朝隐而出，暮隐而入，同安于曩所谓西厢者几一月矣。”后来，张生赴长安应考，留在京中。因张生之友“闻此皆耸异”，张就与莺莺断绝来往，竟以“大凡天之所命尤物也，不妖其身，必妖其人”，“予之德不足以胜妖孽，是用忍情”等封建观念为借口，背弃了莺莺。时人还赞许张生为“善补过者”。

从这个故事看，张生是个“始乱之，终弃之”的薄情书生，莺莺是个受损害的纯真少女。原故事作者元稹在其中，宣扬了“男尊女卑”、“女人祸水”等封建思想。但由于故事本身“时有情致”，故世人仍多乐道，得以流传。鲁迅《唐宋传奇集·稗边小缀》云：“其事之震撼文林，为力甚大。”对此事，元稹在传中还写了《会真诗》三十韵，李绅写了长诗《莺莺歌》。

到了北宋，莺莺的故事已广泛流传。据南宋末罗烨《醉翁谈录》和周密《武林旧事》载，民间说话和曲艺中，多有这方面的内容，如话本小说《莺莺传》、官本杂剧《莺莺六幺》、金院本《红娘子》和南戏《张珙西厢记》等。此外，还有文人之词作，其中以赵德麟、秦观、毛滂较为著名。

赵德麟说：“至今士大夫极谈幽玄，访奇述异，无不举此以为美话；至于倡优女子，皆能调说大略；惜乎不被之以音律，故不能播之声乐，形之管弦。”于是他就创作了〔商调·蝶恋花〕，以歌此事。其中“句句言情，篇篇见意”。如词的结尾写道：

镜破人离何处问。路隔银河，岁会知犹近。只道新来消瘦损，玉容不见空传信。

弃掷前欢俱未忍。岂料盟言，陡顿无凭准。地久天长终有尽，绵绵不似无穷恨。

秦观的〔调笑转踏〕写道：

〔调笑转踏〕崔家有女名莺莺，未识春光先有情。河桥兵乱依萧寺，红愁绿惨见张生。张生一见春情重，明月拂墙花影动。夜半红娘拥抱来，脉脉惊魂若春梦。　春梦，神仙洞。冉冉拂墙花树动。西厢待月知谁共？更觉玉人情重。红娘深夜行云送，困亸钗横金凤。

毛滂的〔调笑转踏〕也写道：

〔调笑转踏〕春风户外花萧萧，绿窗绣屏阿母娇。白玉郎君恃恩力，樽前心醉双翠翘。西厢月冷濛花雾，落霞零乱墙东树。此夜灵犀已暗通，玉环寄恨人何处？　何处？长安路。不记墙东花拂树。瑶琴理罢霓裳谱，依旧月窗风户。薄情年少如飞絮，梦逐玉环西去。

还有晏殊的《浣溪沙·怜取眼前人》和苏轼的《雨中花慢·待月西厢》，直接用了《莺莺传》的原句。宋人的这些作品，与元稹的传奇相比，观念已有所变化，不再为张生辩护，比较同情莺莺。赵德麟否定了元稹张生“善于补过”的看法，赞扬了莺莺的真情；秦观也称莺莺“玉人情重”；毛滂斥责张生“薄情年少”。但这故事如何才算是理想和良好的结局？作家们都感到茫然，但他们的劳动给莺莺的故事增添了一些光彩。

莺莺的故事广泛流传了四百多年，基本情节和主题思想没有多大改变，直到金末，董解元《弦索西厢记》（又称《西厢记挡弹词》）的出现，才使西厢故事的情节、人物和主题思想，有了新的发展和改变，艺术上也面貌一新，为王实甫创作杂剧《西厢记》，提供了蓝本，奠定了良好的基础。人们习惯称这个本子为《董西厢》。

《董西厢》的情况，本书的《辽金文学》一章中已有详细介绍。这部五万言的宏著，把莺莺受张生引诱而失身的悲剧性故事，改变成莺莺和张生为争取婚姻自由、共同向封建势力斗争、终于获得胜利的喜剧性故事。全篇采用民间流传的说唱艺术诸宫调形式，演绎这个动人的爱情故事，纯乎是一部规模空前的长篇叙事诗，至今尚有完整的本子流传，通行的校注本有凌景埏的《董解元西厢记》。《董西厢》以其独特的艺术价值，与王实甫的《西厢记》并行于世，各领风骚。明清人尝论董王两家优劣，各有褒贬，或抑王扬董，或抑董扬王，均有偏颇。徐复祚《曲论》云："实甫之传，本于董解元，解元为说唱本，与实甫本可称双璧。"此论较为公正。文学体裁不同，各有各的特点，不能作机械的比较。但从作品各自的内容和形式统一程度看，从作品本身的艺术成就和社会影响看，也还是有可比之处。"王西厢"以杂剧面目出现，吸收了《董西厢》的成果，改进了其不足，使其思想更深刻，人物形象更鲜明，情节更生动，体式更完备，社会影响更广泛，所谓"前修未密，后出转精"，王实甫的《西厢记》，就成了享誉世界的文学名著，成了我国杂剧的顶峰之作。

第三节　《西厢记》的思想内容

王实甫的《西厢记》是此前各种西厢故事的集大成之作，主要是在《董西厢》的基础上，经过精心改进、加工、再创造，而形成了现在的面貌。据近人王季思整理、人民文学出版社出版的《全元戏曲》中的最新版本，全剧分为五本二十一折，第二本五折，其余四本皆四折，每本中都有楔子。

《张君瑞闹道场杂剧》为第一本，主要内容写前朝相国夫人和其女儿崔莺莺，扶相国灵柩至博陵安葬，途中住在河中府普救寺内。书生张君瑞上朝取应，经河中府，要看望他的老同学杜确，杜时任征西大元帅，镇守蒲关。张生在游览普救寺时，与莺莺相遇，一见钟情，于是不去应举，借口旅店繁杂，也搬到寺内寄居。莺莺的丫环红娘，到佛殿找老和尚商量做道场事，路遇张生，张生向红娘介绍了自己的姓名、年龄和未婚的情况。红娘向莺莺转述了此事，莺莺心也有意。当晚烧香时，与张生隔墙联吟；做道场那天，两人相见，各有情怀。

第二本为《崔莺莺夜听琴杂剧》，写的是：镇守河桥的将领孙飞虎知崔莺莺美貌，派兵包围普救寺，欲掳莺莺为妻。危难之中，老夫人许诺："但有退得贼兵的，将小姐与他为妻。"张生挺身而出，一面由老僧诈称与孙飞虎三日后完婚，一面修书请杜确来解围。贼兵退后，老夫人设宴酬谢张生，推说莺莺早已许配给侄儿郑恒，让莺莺拜张生为兄长。张生和莺莺的心里都受到严重伤害。红娘对此愤愤不平，替张生设计，由张生弹琴向莺莺表达心愿，莺莺也向张生表示了爱情。

第三本为《张君瑞害相思杂剧》，写的是：自从以琴传情之后，张生再没见到莺莺，因而病倒。莺莺闻讯，就让红娘去看望张生，张生请红娘带一信简，回谢莺莺见怜之心。莺莺见简，假装生气，却回信约张生夜间到花园相会。到相会时莺莺又变了卦，训斥了张生一顿。张生病情更加重了，莺莺又让红娘去送亲笔写的药方，并附有信相约幽会："寄语高堂休咏赋，今宵端的云雨来。"

第四本为《草桥店梦莺莺杂剧》，写的是莺莺依约与张生在西厢相会，"成就了今宵欢爱"，并约"明夜早些来"。不久，老夫人察觉莺莺神情恍惚，便拷问红娘；红娘只好说出真相，并指责老夫人失信背义，并建议成全莺莺婚事。老夫人被迫答应，但要张生进京应考，得官之后再回来完婚。并安排筵席，在十里长亭为之送行。莺莺与张生依依相别，难分难舍。

第五本为《张君瑞庆团圞杂剧》，写的是张生进京一举及第，命琴童送信给莺莺，莺莺回了信，并捎去一些随身物品以表心意。不料老夫人侄儿郑恒也来到普救寺，假说张生已被卫尚书招为女婿，老夫人又要郑恒为婿。此时，张生被授河中府尹，衣锦还乡，杜确也驻扎蒲关，事情的真相大白，郑恒触树而死。在歌舞欢乐声中，张生与莺莺终成眷属。

从以上剧情来看，王实甫创造性地处理了流传久远的西厢故事，赋予它以深刻的思想内容和社会意义。在剧中，他第一次提出了"愿普天下有情的都成了眷属"的口号，旗帜鲜明地主张婚姻自主，反对"强为眷姻"、"强谐秦晋"。所谓"普天下有情的"，范围就极广了，何止张生和莺莺，也不只是《董西厢》中所说的"从今至古，自是佳人，合配才子"，而是千千万万追求婚姻自由的有情人。这里的"情"，是指男女双方相互爱慕的一种纯真感情，它是本能的、自然的、平等的和不带功利性的，只有这种爱情才是婚姻的基础，才是人类有始以来最向往的幸福境界。历史上有多少恋人为之而不惜生命，歌唱崇高的爱情成了古今中外文学永恒的主题。

我国在长期的封建社会里，形成了一整套限制婚姻自由的礼教和法规，扼杀了人们，尤其是妇女的爱情愿望。元代初期，社会思潮有了一些变化，宋道学家"存天理、灭人欲"的教条有所松动，城市的经济繁荣和市民阶层的扩大，促进了个人自由意识的觉醒，尊重人性、满足情欲开始成为人们的自觉要求。市井勾栏里，大量以爱情为题材的节目出现，正是这种思潮的表现。关汉卿的《拜月亭》、《救风尘》，白朴的《墙头马上》，王实甫的《破窑记》等，都强调了有情的婚姻，把"情"看成理想婚姻的纽带。但在上述作品里，还没有能像《西厢记》这样，把爱情的主题思想表现得如此深刻、充分而具有现实和历史意义。郭沫若在《西厢艺术上之批判与其作品之性格》一文中，对《西厢记》的思想性作了高度的评价，说：“反抗精神，革命，无论如何，是一切艺术之母：元代文学，不仅限于剧曲，全是由这位母亲产生出来的。这位母亲所产生出来的女孩儿，总要以《西厢》为最完美，最绝世的了。《西厢》是超时空的艺术品，有永恒而且普遍的生命。《西厢》是有生命的人性战胜了无生命的礼教底凯歌，纪念塔。”的确，在王实甫《西厢记》之前，还没有谁公然发出“愿普天下有情的都成了眷属”这种强烈的呼吁。《西厢记》在文学领域里第一次这样喊出，如同春雷一声，震撼人心。它歌颂了男女青年争取爱情婚姻自由、反对禁欲主义的叛逆精神，又揭露了封建礼教的冷酷无情和违背人性的虚伪面目，把批判现实和激发理想结合在一起，使这部作品具有了旺盛而长久的生命力，几百年来，它一直鼓舞着深受封建礼教压迫的人们，为争取自由婚姻而斗争。也难怪封建的卫道者们，将它视为“诲淫”之作加以禁止。

《西厢记》的这些进步思想是通过剧中人物形象及其之间的矛盾冲突来体现的。剧中的主要人物分为两方：莺莺、张生、红娘代表追求婚姻自由的一方；老夫人代表反对的一方。他们的矛盾冲突是沿着两条线索展开的：一条是主线，即老夫人、郑恒同莺莺、张生和红娘的矛盾；另一条是辅线，即莺莺、张生和红娘之间的矛盾。这两条线起伏交错，相互制约，演绎了这个动人的爱情故事。

剧中的老夫人是封建礼教势力的典型，属反面人物，她虽是孤孀之身，但有极大的权威性，她的背后，有强大的封建礼制和伦理观在支持着，她掌握着崔家的全权，能决定女儿婚事。王实甫将她写得真实自然，既是封建礼教的维护者，又是疼爱女儿的母亲，很符合相国夫人的身份。她“治家严肃，有冰霜之操”，一心维护着崔家的高贵门第。当孙飞虎强索莺莺为妻时，她哭云：“俺家无犯法之男，再婚之女，怎舍得你献与贼汉，却不辱没了俺家谱!”在这生命财产和荣誉受到严重威胁的情况下，她明智地决定：“但有退得贼兵的，将小姐与他为妻。”后白马将军应张生之请，击退贼军，并叮嘱她“不违前言”，她答道：“恐小女有辱君子。”这些态度，在危难之时，是符合情理的。可到了危机过去后，她那“三辈儿不招白衣女婿”的封建门第观又抬头了，她变卦了，在设宴谢张生时，让莺莺拜张生为兄，多以金帛相酬，劝他别为之求。她这赖婚之举，活生生地表现了她“口不应心”、精通人性世故、虚伪机诈的性格。后来她发现莺莺“语言恍惚，神思加倍，比向日不同”，便怀疑“莫不做下来了么?”于是拷问红娘。当红娘说出真相，晓以利弊后，她无可奈何，只好应许了张生与莺莺的婚事，云：

莺莺，我怎生抬举你来，今日做这等的勾当，则是我的孽障，待怨谁的是！我待经官来，辱没了你父亲，这等事不是俺相国人家的勾当。罢，罢，罢！谁似俺养女的不长进！

但心里总是不平，最后自己给自己搭了一条下台的梯子："如今将莺莺与你为妻。则是俺三辈儿不招白衣女婿，你明日便上朝取应去。我与你养着媳妇，得官呵，来见我；驳落呵，休来见我。"这看出了她贵妇人自私势利的面目。但是，王实甫并没有把她写得丑陋可恶，顽劣愚蠢，而是有理智教养、知书达礼的上层妇女。她按照自己的逻辑为人处事：张生有恩，她还是想法图报；张生有病，她请太医给他看；她按封建伦理行事，严格要求自己的女儿，爱护关心着她，千方百计想为她寻一桩门当户对的亲事。当他知道张生和莺莺已"生米已煮成熟饭"后，思前虑后，只好自认倒霉。在红娘说了一番大道理面前，她还能自省，认为红娘"这小贱人也道的是"。没有她这样的双重性格，矛盾冲突就不能解决。

剧中的女主人公崔莺莺，是王实甫精心塑造的艺术形象，她的性格是在与老夫人的冲突和其他人的关系中逐渐成熟的。莺莺一上场，只是一个"闲愁万种，无语怨东风"的怀春少女，一个"针凿女工、诗词书算、无不能者"的大家闺秀。她在佛殿与张生巧遇之后，两人顿时陷入爱的漩涡，她对张生只"回顾觑"了两眼，便留下了深刻的印象，春情躁动，在敬香祝告时，云：

此一炷香，愿化去先人，早生天界；此一炷香，愿中堂老母，身安无事！此一炷香……（做不语科）（红云）姐姐不祝这一炷香，我替姐姐祝告；愿俺姐姐早寻一个姐夫，拖带红娘咱！

表现了她贤淑、孝顺而又庄重深情。就在这夜，她又与张生隔墙对诗，两人互相赞美，"那语句清，音律轻"，"惺惺的自古惜惺惺"，更加深两人的感情。但这些事，都瞒着老夫人，潜藏着追求爱情与老夫人阻挡的尖锐矛盾。当孙飞虎兵临寺外，众人都将遭到灭顶之灾时；莺莺奋不顾身，准备牺牲个人的幸福和生命，来保全僧俗人众的安全：

（旦云）不如将我与贼人，其便有五：

〔后庭花〕第一来免摧残老太君；第二来免堂殿作灰烬；第三来诸僧无事得安存；第四来先君灵柩稳；第五来欢郎虽是未成人。

这让她的性格得到了丰富，她不仅是个温柔多情的娇小姐，还是一个善良正义的刚烈女子，她秀丽的外貌与美好的灵魂和谐地统一起来了。后来，凭着她的智慧，主动提出："你孩儿别有一计，不拣何人，建立功勋，杀退贼军，扫荡妖氛，倒陪家门，情愿与英雄结婚姻，成秦晋。"老夫人同意了她的计策。不料张生请白马将军退敌之后，老夫人突然变卦赖婚，这如同晴天霹雳，对她是个沉重打击，她陷于深深的痛苦之中，越来越对老夫人不满，一反过去温柔和顺之态而内心埋藏了怨恨、愤激，酝酿着反抗行动。通过听了张生的《凤求凰》琴声之后，她进一步了解了张生的精神境界和诚意，恋情更笃，便让红娘传递简帖，暗示幽会之意：

待月西厢下，迎风户半开。隔墙花影动，疑是玉人来。

当张生出现在她面前时，又被她斥责了一番。她这"赖简"的行为，正是其性格深化的表现。她受着严格的封建礼教束缚，要摆脱它，必然有各种顾虑，需要极大的勇气，她的觉醒、犹豫、动摇、反复，直至坚定和反抗，是符合她的生活逻辑和性格特征的。后来他得知张生因此得了重病，怜爱之心更加强烈，亲笔写了药方，并写了简帖：

体将闲事苦萦怀，取次摧残天赋才。不意当时完妾命，岂防今日作君灾？仰图厚德难从礼，谨奉新诗可当媒。寄语高唐休咏赋，今宵端的云雨来。

这已克服了动摇、羞怯的心理，决心冲破礼教牢笼，决定与张生尽鱼水之欢。当事情如愿并被揭穿后，她毫无悔意和畏惧。此后，她就以一个热情奔放的女子和张生妻子的面貌出现，追求着高于一切的爱情。在长亭送别张生时，她依依不舍。嘱咐张生："此一行得官不得官，疾便回来。"她把爱情看得比功名富贵更重要，她怨恨"蜗角虚名，蝇头微利，拆鸳鸯在两下里"。她希望张生也与她自己一样，忠于爱情，生死不渝：

〔二煞〕你休忧"文齐福不齐"，我则怕你"停妻再娶妻"。休要"一春鱼雁无消息"！我这里青鸾有信频须寄，你却休"金榜无名誓不归"。此一节君须记，若见了那异乡花草，再休似此处棲迟。

这种感情上的错综曲折，更体现了莺莺对爱情的专一和严肃。因为结合不易，所以也不能以一时的胜利为满足，她要求张生专情不二，也正表达了当时妇女的普遍心声。王实甫通过崔莺莺这个艺术典型，歌颂了在封建礼教统治下的叛逆女性。

张生是剧中的男主角，他是个对爱情热切追求的“志诚种”。他才华出众，潇洒风流，“脸儿清秀身儿俊，性儿温克情儿顺”。当他在佛堂一见到莺莺，就被她的美丽和风度所吸引，于是爱意顿生，如痴如醉，猛然惊呼“我死也”，活生生地画出了一个“不酸不醋的风魔汉”的形象。他为了追求自己心仪的少女，放弃了功名，表示“小生便不往京师去应举也罢”，设法在普救寺住下，为的是能与莺莺接近。当孙飞虎围寺时，他挺身而出，解救众人危难，这种见义勇为的行为，使莺莺对他更有了好感。他们的爱情，不仅只是一见钟情了，而是有了更深厚的思想基础，他们都追求着自由婚姻，不满“父母之命，媒妁之言”，全心身地爱着对方。不过，张生也具有封建读书人的迂腐气，他忠厚老实，阅世不深，遇到追求爱情过程中的困难，就弄得狼狈不堪，缺乏应变能力，在红娘眼里，他是个“傻角”，“苗而不秀”，“银样镴枪头”。他在退敌之后满怀希望地准备与莺莺成亲，谁知老夫人突然变卦，弄得他不知所措，满腹怨气，他说：

> 小生醉也，告退。夫人跟前，欲一言以尽意，未知可否？前者贼寇相迫，夫人所言，能退贼者，以莺莺妻之。小生挺身而出，作书与杜将军，庶几得免夫人之祸。今日命小生赴宴，将谓有喜庆之期；不知夫人何见，以兄妹之礼相待？小生非图哺啜而来，此事果若不谐，小生即当告退。

一个“醉也”，二个“告退”，表示了他无可奈何；追述“夫人所言”，表示对夫人失信的不满；“非图哺啜而来”，表现了他为情而不为财。情急之下，脱口而出，也顾不得什么场面。把一个单纯老实、呆头呆脑，但并不愚蠢的少年书生的性格，刻画得入木三分。他告退后，哪肯舍得放弃莺莺，回到书房，即向红娘跪着相求：“小生为小姐，昼夜忘餐废寝，魂牵梦断，常忽忽如有所失。……小娘子怎生可怜见小生，将此意申与小姐，知小生之心。就小娘子前解下腰间之带，寻个自尽。”向一小丫环下跪，寻死寻活，可见其情何痴，其心何切，哪里还顾得什么体面，真乃可怜之至也。此后，在红娘的串连下，他听弹琴，写信简，错解情诗，跳墙约会，遭到拒绝，害相思病，这一系列的行动，把他大胆强烈的爱情欲望和笨拙痴迂的形象表现得活灵活现，嬉笑怒骂，均在美感之中。最后，在他的诚心感召下，莺莺重新约会，两情相悦，终成枕席之乐。这标志着他们反封建礼教取得了决定性胜利：

（末跪云）谢小姐不弃，张珙今夕得就枕席，异日犬马之报。（旦云）妾千金之躯，一旦弃之，此身皆托于足下，勿以他日见弃，使妾有白头之叹。（末云）小生焉敢于此？……

〔柳叶儿〕我将你做心肝儿般看待，点污了小姐清白。忘餐废寝舒心害，若不是真心耐，志诚捱，怎能够这相思苦尽甘来？

〔青哥儿〕成就了今宵欢爱，魂飞在九霄云外。投至得见你多情小奶奶，憔悴形骸，瘦似麻稭。今夜和谐，犹自疑猜。露滴香埃，风静闲阶，月射书斋，云锁阳台，审问明白，只疑是昨夜梦中来，愁无奈。

这种苦尽甘来，是真是假，似梦非梦，云里雾里，正表现了他对这胜利的来之不易的激动心情。剧终，他与莺莺名正言顺地成了夫妻，并表示要永不分离，更可贵的是在这喜庆的时刻，他由己及人，唱道：

〔清江引〕谢当今盛明唐盛主，敕赐为夫妇。永老无别离，万古常完聚，愿普天下有情的都成了眷属。

在八百多年前的封建社会里，能借戏曲角色的口，抒发出这样的心愿，其意义和审美价值，无论作多么高的评价也不为过分。

红娘，是《西厢记》中的重要人物，是剧情发展的关键所在。她虽是个“小妮子”，但胆识过人，伶俐泼辣，且见义勇为，乐于助人。她是老夫人派去服侍莺莺的丫环，但却与莺莺情同姐妹，结果引导了莺莺走上叛逆之路。在戏剧冲突发展到关键时刻，她总是站在莺莺和张生一边，为他们出谋划策，帮助他们克服困难，鼓励他们为争取爱情自由而勇敢斗争。她胆大心细，机灵诙谐，在第一次遇到张生时，张生向她自报家门，无非是想通过她转告莺莺，谁知被她奚落了一顿，她虽不曾识字读书，但满口是之乎者也，“男女授受不亲，礼也”之类，俨然是个道学先生，搞得张生十分难堪。可转过身去，她就给莺莺照原话学说一遍，并说：“姐姐，我不知他想什么哩？世上有这等傻角！”表面上是在“说一件好笑的勾当”，实际上是在对莺莺进行试探。因为她们初次与张生会面时，莺莺回顾张生的举动早被她瞧见，所以她了解莺莺的隐情。她观察细致，通情达理，对周围人的心思，能揣摩得八九，还能用自己特有的机智和幽默来应付他们。对莺莺的矛盾心理，她了如指掌，并能用巧法戳破其假处。她替张生传递简帖，不直接交给莺莺，而放在妆盒上，观察莺莺的反应。莺莺见了简帖，佯作发怒说："我几曾惯看这种东西？告过夫人，打下你个小贱人下截来。"她知道莺莺这是在试探自己，便反问："小姐使我将去，他着我将来。我不识字，知他写着甚么？"并装模作样地拿着简帖儿说"去夫人行出首去来"，逗得莺莺忙揪住她解释说："我逗你耍来。"莺莺自己下了台，服了输，就问："张生近日如何？"红云："我则不说。"莺莺说："好姐姐，你说与我听咱！"红娘唱：

〔朝天子〕张生近间、面颜，瘦得来实难看。不思量茶饭，怕待动弹，晓夜将佳期盼，废寝忘餐。黄昏清旦，望东墙淹泪眼。（旦云）请个好太医看他症候咱。（红云）他症候吃药不济。病患、要安，则除是出几点风流汗。

这分明是在耍弄莺莺，鼓动她与张生结合。她同情张生，敬重他的人品，心甘情愿帮助他。

红娘形象最鲜明之处是"拷红"一折。她与老夫人的矛盾到了激烈之时。面对老夫人的拷打追问，她索性把事实真相全盘托出，她估计自己有理，就反守为攻，尖锐指出："非是张生、小姐、红娘之罪，乃夫人之过也。"并引经据典，讲了一番诚信的大道理，指出老夫人失信的过错。甚至警告说：

目下老夫人若不息其事，一来辱没相国家谱；二来张生日后名重天下，施恩于人，忍令反受其辱哉？使至官司，夫人亦得治家不严之罪。官司若推其详，亦知老夫人背义而忘恩，岂得为贤哉？红娘不敢自专，乞望夫人台鉴，莫若恕其小过，成就大事，㓊之以去污，岂不为长便乎？

这一番有理有节、剖析精当的言辞，简直如同一老谋深算的策士，使相国夫人为之慑服，不得不表态："这小贱人也道得是。"红娘在剧中是正义的化身，张生从她身上得到帮助，莺莺从她身上得到勇气，老夫人从她身上受到反省，《西厢记》也因她大放光彩，"红娘"成了促进美好婚姻人的代称而流传千古。

剧中还有一些次要角色，作者虽着笔不多，但各有性格，均有作用，对剧情发展，构成矛盾，连接人物之间的关系，增加戏曲情趣，都是不可缺少的。

在封建礼教如牢笼般地禁锢着人们思想的时代，《西厢记》宣扬以“情”反“礼”的胜利，歌颂了青年争取恋爱和婚姻自由的正当行为，无疑是具有进步和战斗意义的，不愧为我国戏曲史上划时代的杰作。但由于历史的局限，作者对如何实现自由婚姻还茫然无知，剧本最后只能以矛盾双方的妥协来结局，即按老夫人的要求，张生金榜题名，实现了“洞房花烛夜”的心愿，从而使人们好有好报的大团圆喜剧性心理得到满足。

第四节 《西厢记》的艺术成就及影响

在我国文学领域里，《西厢记》在思想内容上，进入了一个新的境界，比此前所有的爱情题材作品和“西厢”类故事，要丰富得多，深刻得多；而且在艺术水平上，也达到了元人杂剧的新高度。作者第一个用戏剧形式将这个美丽动人的故事展现在舞台上，其艺术成就是伟大的。贾仲明吊王实甫《凌波仙》说：“新杂剧，旧传奇，《西厢记》天下夺魁。”（见《录鬼簿》）王世贞《曲藻》说：“北曲故当以《西厢》压卷。”近人郑振铎在《文学大纲》中说：

> 中国的戏曲小说，写到两性的恋史，往往是两人一见面便相爱，便誓订终身，从不细写他们恋爱的经过与他们在恋爱时的心理。《西厢》的大成功便在它的全部都是婉曲细腻的在写张生与莺莺的恋爱心境。似这等曲折的恋爱故事，除《西厢》外，中国无第二部。董解元的㨃弹词也是着力从这一点上写的，但没有王实甫写得腻婉。

这些评价是实事求是的。《西厢记》的艺术成就，归纳起来，主要有如下几点：

第一，规模宏大，结构紧凑。元杂剧的体例多为一本四折，而《西厢记》则以五本二十一折的面目出现，这是一个空前的创举。在演唱形式上，元杂剧每个剧本，大都由一个主角唱到底，中间不更换别的角色来唱，而《西厢记》则由多个角色唱，如第五本，楔子由正末唱，第一折由旦唱，第二折由正末唱，第三折由红娘唱，第四折由正末、旦、红娘连唱。这也是很大的革新。这些改进，适应了规模宏大的戏剧要求。

《西厢记》规模扩大了，但结构安排仍很紧凑，不松散，不拖沓，不累赘，线索清晰，布局得当，合于戏剧的结构原理。总的来说，它的第一本是故事的开头，写张生与莺莺彼此留情，张生开始追求莺莺，交待了矛盾冲突的背景。第二本是故事的发展，矛盾双方冲突加剧；老夫人在贼兵退去后赖婚，引起了男女主人公和红娘的不满。第三本故事继续发展，主要矛盾深化，莺莺、张生与红娘解除误会，互相关心，联合起来，为实现幽会而努力。这就更加深了与老夫人的矛盾。以上三本，演绎张生和莺莺结合前的种种波折和障碍，一步紧一步地向矛盾高潮逼近。第四本戏剧到了矛盾的高潮，老夫人与红娘发生正面冲突，红娘代表正面一方，指责老夫人背信弃义，老夫人被迫应许女儿婚事，但又提出要张生应考。矛盾高潮中剧情突转，处于被动的一方已转化为主动方，老夫人的应许表示主要矛盾已近解决，应考只是反面势力的回光返照。长亭送别一折，是戏剧故事高潮后的情感高潮，更加深了张生和莺莺的恋情，加强了全剧的诗意。第五本是故事结尾，矛盾冲突解决。郑恒之死，与第一本楔子中老夫人的介绍相呼应，夫妻团圆，赋予了全剧喜剧性的结局。

《西厢记》故事并不复杂，但作者以其高超的艺术，将其铺设得山重水复，萦回曲折，从男女主角相识相爱、孙飞虎抢妻、白马将军解围、老夫人许婚赖婚、莺莺写简赖简、张生受斥得病、莺莺送药幽会、红娘遭打反抗、老夫人认错许婚、莺莺长亭送别、张生赴考中举，郑恒骗婚身亡，直到最后夫妻喜庆团圆；环环相扣，一气呵成。

作者善于运用“悬念”和“突转”的布局技巧，使全剧波澜起伏，有张有弛，具有了强烈的戏剧效果。观众关心着主人公的命运，一颗悬着的心，忽上忽下，非看到结局是不肯离开寸步的。例如，剧本开头，老夫人一上场就交待了把莺莺“许下老身之侄——乃郑尚书之长子郑恒为妻”，后在赖婚时又提到此事，观众自然关心如果莺莺与张生成婚，这事如何交待。到结尾时，郑恒出场骗婚，既交待了此事的解决，又照应了剧本开头，首尾呼应，悬念解除。又如“拷红”一折，代表反面势力的老夫人，以其绝对权威，拷问红娘，眼见事情将败露，张生等将倒大霉，孰料红娘一反常态，反守为攻，事情“突转”，主人公命运由不利转向有利，观众为之叫绝。在各折之间，也松紧有度，例如第二本的一、二折，写贼兵围寺，孙飞虎要抢莺莺为妻，风波突起，气氛极其紧张；到了第三折，老夫人准备设宴酬谢张生，剧场洋溢着轻松的气氛。第四折前部分老夫人宴请张生和莺莺，是前面轻松气氛的延续，但埋藏危机。聪明的红娘已预感到不妙：“敢着小姐和张生结亲呵！怎么不做大筵席，会亲戚朋友，安排小酌为何?”接着果然出现了老夫人赖婚的情况，剧场气氛又紧张起来。全剧就是这样一张一弛、跌宕多姿，按戏曲矛盾的进程——开始、发展、高潮、解决，围绕着主要线索，构成一个丰富多彩的艺术整体。

第二，典型人物，性格鲜明。《西厢记》中的几个主要角色，都具有典型性，他们个性鲜明，形象生动，长期以来，为中国老百姓所喜闻乐见。

王实甫在刻画人物形象时，做到了恰如其分，真实可信。如：老夫人虽是反面人物，但并不丑陋可憎，她严厉庄重，但爱自己女儿；她背信弃义，但能弥补过错，这与她相国夫人的身份是吻合的。张生单纯热情，爱慕美色，疯狂追求着莺莺，但又非寻花问柳的纨袴子弟；他忠厚老实，近于迂腐，是个多情少年的形象。莺莺是美丽、娇柔，游移在爱情和礼教之间的名门闺秀，她对爱情忠贞不渝，经过内心矛盾，成了勇敢的反礼教的少女形象。红娘大胆机智，泼辣活泼，富有正义感和同情心。她热情帮助张生和莺莺，但又常常调侃他们，充满了生活气息和喜剧性。王实甫把这些人物放在戏剧的矛盾中，让他们在一场婚姻始末的典型环境里各自展现着自己的典型性格，这也正是现实主义文学的精神所在。

王实甫在塑造典型性格时，特别注重细节的描写和心理的刻画。例如第一本一折中，在僧房张生、莺莺、红娘初次相遇的情形：

> （末唱）〔上马娇〕这的是兜率宫，休猜做了离恨天。呀，谁想着寺里遇神仙！我见他宜嗔宜喜春风满面，偏、宜贴翠花钿。
>
> 〔胜葫芦〕则见他宫样眉儿新月偃，斜侵入鬓云边。（旦云）红娘，你觑，寂寂僧房人不到，满阶苔衬落花红。（末云）我死也！未语人前先腼腆，樱桃红绽，玉粳白露，半晌恰方言。
>
> 〔么篇〕恰便似呖呖莺声花外啭，行一步可人怜。解舞腰肢娇又软，千般袅娜，万般旖旎，似垂柳晚风前。
>
> （红云）那壁有人，咱家去来。（旦回顾觑末下）（末云）和尚，恰怎么观音现来？……

这里，张生初见莺莺，被她的美貌所吸引，失魂落魄的表现，跃然纸上。而莺莺则只“回顾觑末”，符合她内心既想看张生又害羞的心情。同本第三折，张生和莺莺隔墙联吟之后，张生大胆地“我撞出去，看他说什么？”正好相见之时，“不做美的红娘太浅情”，对莺莺说：“姐姐，有人，咱家去来，怕夫人嗔着。”莺莺只好“回顾下”。莺莺这两次看张生的动作，早被聪明的红娘看在眼里，她已能揣摩到自己的小姐对这个二十三岁的未婚男子产生了兴趣。再如张生考中状元，衣锦还乡，本来要与莺莺结婚，谁知郑恒插了进来，谎称张生“去卫尚书家做女婿去”，又惹起一场风波。在这场误会中，老夫人、红娘、张生、莺莺的态度，各有不同。特别是“三人对六面”的核实场面，各人的动作和心理，写得细腻精彩：老夫人满脸牢骚，当张生拜见她时，她挖苦张生说："休拜，休拜，你是奉圣旨的女婿，我怎消受得你拜！"接着是红娘见张生：

〔乔木查〕妾前来拜复，省可里心头怒：间别来安乐否？你那新夫人何处居？比俺姐姐是何如？

(末云)和你也葫芦提了也。小生为小姐受过的苦，诸人不知，瞒不得你。不甫能成亲，焉有是理？

〔搅筝琶〕小生若求了媳妇，则目下便身殂。怎肯忘得待月回廊，难撇下吹箫伴侣。受了些活地狱，下了些死工夫。不甫能做得妻夫，现将着夫人诰敕，县君名称，怎生待欢天喜地，两只手儿分付与。你划地倒把人赃诬。

(红对夫人云)我道张生不是这般人，则唤小姐出来自问他。(叫旦科)姐姐快来问张生，我不信他直恁般薄情。我见他呵，怒气冲天，实有缘故。(旦见末科)(末云)小姐间别无恙？(旦云)先生万福！(红云)姐姐有的言语，和他说破。(旦长吁云)待说什么的是！

〔沉醉东风〕不见时准备着千言万语，得相逢都变做短叹长吁。他急攘攘却才来，我羞答答怎生觑。将腹中愁恰待申诉，及至相逢一句也无。只道个"先生万福"。

(旦云)张生，俺家何负足下？足下见弃妾身，去卫尚书家为婿，此理安在？(末云)谁说来？(旦云)郑恒在夫人行说来？(末云)小姐如何听这厮！张珙之心，惟天可表！

面对这场风波，各自都表现出自己的性格，无论信与不信，是真还是假，都体现了对美好爱情的关注，直到最后真相大白，误会消除。

第三，语言优美，声情并茂。《西厢记》的语言艺术，一向为人所称道。朱权《太和正音谱》说："王实甫之词如花间美人，铺叙委婉，深得骚人之趣，极有佳句，若玉环之出浴华清，绿珠之采莲洛甫。"从总的风格来看，可说是典雅富丽，文彩焕然，声情并茂，诗意浓郁，这与关汉卿"本色派"语言交相辉映，形成了"文彩派"的语言特色。脍炙人口的《长亭送别》中的套曲，便是这种风格的代表。下摘录数段：

〔正宫·端正好〕碧云天，黄花地，西风紧，北雁南飞。晓来谁染霜林醉？总是离人泪！

〔滚绣球〕恨相见得迟，怨归去得疾。柳丝长玉骢难系，恨不倩疏林挂住斜晖。马儿迍迍的行，车儿快快的随，却告了相思回避，破题儿又早别离。听得道一声去也，松了金钏；遥望见十里长亭，减了玉肌。此恨谁知？

……

〔四边静〕霎时间杯盘狼藉，车儿投东，马儿向西，两意徘徊，落日山横翠。知他今宵宿在哪里？有梦也难寻觅。

〔耍孩儿〕淋漓襟袖啼红泪，比司马青衫更湿。伯劳东去燕西飞，未登程先问归期。虽然眼底人千里，且尽生前酒一杯。未饮心先醉，眼中流血，心内成灰。

曲子中莺莺倾诉了依依难舍的离别之情，流畅自然而又工丽，情景交融，意境极其凄美，音韵和谐，读之委婉动人。

此外，剧中的角色语言，体现了性格特征，各带不同的感情色彩。老夫人的言语庄重老道，张生的言语开朗诚实，莺莺的言语深沉优雅，红娘的言语泼辣爽快。如第二本中第三折老夫人赖婚宴席上，他们各自说了一句话：

(夫人云)小姐近前拜了哥哥者！(末背云)呀，声息不好了也！(旦云)呀，俺娘变了卦也！(红云)这相思又索害也。

每句话都确切而生动地表现了说话人当时的思想感情。即使同一个人，在不同环境里，说话的色彩也有异。如“拷红”时，红娘指责老夫人的那番话，引经据典，不似一个小丫环的口吻。但这正符合她的性格，她聪明灵巧，虽不识字，但常伴莺莺，书香熏陶，表面文章她也是会做的。

声情和文情和谐统一，注重文辞的音韵美，注重唱词与乐曲的感情基调配合，也是《西厢记》的语言特色。如《长亭送别》用的〔正宫〕，又借入了〔中吕宫〕和〔般涉调〕，依曲调而写唱词，唱起来声情并茂，辞情洋溢，有着更感人的艺术感染力。

王实甫不愧为我国的戏曲语言大师。他的《西厢记》等作品，以当时活的口语为基础，又化用了成语、谚语、古典诗词和经史语句，组合成了一种既自然晓畅，又秀美雅丽的艺术语言，流传至今而不衰。

《西厢记》在我国戏曲发展史上，是一部纪念碑式的作品，深受民众欢迎，流传久远而广泛。各剧种争相演出，现传的明、清刻本都不下100种。其中最著名的是清人金圣叹评点的《贯华堂第六才子书西厢记》，书中对《西厢记》的思想和艺术作了细致的评议，值得研究者借鉴。中华人民共和国成立后，《西厢记》也有多种版本流传，较重要的，除前面提到的王季思校注本外，还有吴晓铃的校注本。此外，为了适应不同的需要，许多作家对《西厢记》进行了改编、加工或模仿。明代李日华的《南西厢》，保留《西厢记》的原文较多，适合于昆山腔等剧种演出。清末民初，《南西厢》又逐渐为京剧和其他地方戏中的《西厢记》所取代。越剧《西厢记》还到前苏联和东欧各国演出，受到当地观众的热烈欢迎。由于《西厢记》艺术成就卓著，许多后世作家向它学习，从郑光祖的《㑳梅香翰林风月》（被称为《小西厢》）到高濂的《玉簪记》、李渔的《风筝误》，在情节安排、人物塑造等方面，都可见到《西厢记》的影响。特别是在汤显祖《牡丹亭》里，作者着意描写了杜丽娘怎样为崔莺莺和张生的故事深深感动而自叹；曹雪芹在《红楼梦》中，通过贾宝玉、林黛玉赞赏《西厢记》，加强了对他们叛逆性格的塑造。在说唱、剪纸、雕塑、年画等各种艺术形式中，《西厢记》的题材也被广泛采用，几乎构成了《西厢记》的艺术系列。

在漫长的封建社会里，在残酷的礼教禁锢下，《西厢记》以生动的艺术形象，鼓舞着千百万青年为争取婚姻自由而斗争，其积极影响是永恒的，直至今日，这种影响还具有现实意义。

第四章　元杂剧前期的其他作家及作品

第一节　白朴和《梧桐雨》

白朴(1226—1306?)，原名恒，字仁甫，又字太素，号兰谷，祖籍隩州(今山西省河曲县)，后移居真定。其父白华，曾任金朝枢密院判官，是金朝著名的文人。白朴随父住金都城南京(今河南省开封市)。金哀宗天兴三年(1234)，南京陷落，蒙古灭金，白朴跟随其父好友大诗人元好问到山东。王博文《天籁集·序》中说："太素即寓斋仲子，于遗山为通家侄，甫七岁，遭壬辰之难，寓斋以事远适，明年春，京城变，遗山遂挈以北渡。……尝罹疫，遗山昼夜抱持，凡六日，竟于臂上得汗而愈。盖视亲子弟不啻过之。读书颖悟异常儿，日亲炙遗山，謦咳谈笑，悉能默记。"可见，白朴少年时遭到了国破家亡的磨难，得到过元好问的抚养和培育，这对他的成长起了重要作用。后来白华降蒙，回到北方，带白朴定居真定(今河北正定县)，他教育儿子好好读书，但并不鼓励白朴出仕，他在《示儿》诗中说："忍教憔悴衡门底，窃得虚名玷士林。"白朴一生未仕，与其父影响不无关系。元至元十三年(1276)，白朴五十岁时，到南方的九江一带飘泊了三年，最后卜居建康(今南京市)。此间，曾有御史台友人征他从政，他作词谢绝。他与一些民间文人交游甚密。在大都时，他和关汉卿共同参加过"玉京书会"；和杂剧家王仲常、李文蔚也有深厚交情，与散曲作家胡祗遹、王恽、卢疏斋多唱和之作；他还与勾栏歌伎们来往，对"高洁凝重"的女伶天然秀尤为赏识。

白朴自幼经历丧乱，别父失母，心灵饱受创伤；长大后又飘泊于大江南北，看到了社会动乱和山河破碎的苍凉景象。他无法改变残酷的现实，于是走了“放浪形骸，期于适意”的独善其身之路，或流连于山水之间，或活跃在风月场里，因此，其作品的主调多沧桑之感和故国之叹。

白朴是元代杂剧中的重要作家，是元曲“关、王、白、马”四大家之一，他通晓音律，工词曲，著有《天籁集》词二卷，收词200首，今存105首；散曲有小令33支，套曲四组；杂剧15种，今存《裴少俊墙头马上》(简称《墙头马上》)、《唐明皇秋夜梧桐雨》(简称《梧桐雨》)和《董秀英花月东墙记》(简称《东墙记》)三种，后一种是否原作，尚未确认。今人王文才编有《白朴戏曲集校注》，收录了他的作品和有关资料。

白朴的主要成就是杂剧，《梧桐雨》是他的代表作。

《梧桐雨》是写唐玄宗和杨贵妃的爱情故事，因玄宗身为帝王，其爱情自然带有浓厚的政治色彩。唐代安史之乱以来，玄宗和杨贵妃的故事就成了文人们的热门话题。当时，就有杜甫的《哀江头》、白居易的《长恨歌》和陈鸿的《长恨歌传》等；此后，坊间还出现了《杨太真外传》、《玄宗遗录》等著述。到了金元，剧作家们对这个故事更感兴趣，关汉卿的《哭香囊》、庾天锡的《华清宫》和《霓裳怨》、岳伯川的《梦断杨妃》、王伯成的《天宝遗事》等十余种，均以此为题材，但这些剧本今已亡佚，而白朴的《梧桐雨》却独传下来，可见其思想意义和艺术价值必有特殊之处。

历来研究者对描写“长恨歌”故事作品的思想倾向进行过讨论，或以为是同情、赞美玄宗和贵妃生死不渝的爱情；或以为是揭露、讽刺他们淫逸误国的罪过；也有以为各参其半，前重讽刺，后偏同情。白朴的《梧桐雨》似乎并没有明显功利目的，没有像后来洪昇写《长生殿》那样，有“乐极哀来，垂戒来世”(《长生殿·自序》)的创作意图。他没搞“主题先行”，事先设想要表达什么思想，突出什么主题。说他歌颂爱情，但他把贵妃与安禄山“私通”的事也写了进去；说他批判荒淫，但他又把玄宗的思念写得那样真诚；说他同情、批判兼而有之，又感到这是生硬机械的结合，这两者本来就是矛盾的，同一作品难以半斤八两，无所倾斜。所以，只能说白朴根据自己所掌握和理解的历史题材，用自己的体验和感情去写，按照故事自然发展的进程去布置情节，揭示矛盾，刻画人物，描摹心情，这样靠故事本身的艺术力量和作者赋予的感情去吸引观众，由于故事内容的丰富性，仁智各见，没有必要去纠缠作者的意旨和作品的倾向。但《梧桐雨》描写在唐王朝由盛及衰的背景下，玄宗失去贵妃后的寂寞与哀伤，揭示了人间盛衰枯荣的无定性，作者的沧桑之感也洋溢其中。这种人生变幻无常的情绪通过艺术形象自然宣泄出来，比什么说教都感人，都深沉。

《梧桐雨》按元杂剧一楔子四折的体制编写(依《全元戏曲》版)。楔子写

"太平时世辕门静"，生于穹庐的安禄山"自恃勇力深入，不料众寡不敌，遂致丧师"，本当处斩。但玄宗不仅不杀他，还让杨妃收他为义子，并封官晋爵，让他当渔阳节度使镇守边庭。第一折写玄宗与杨妃在长生殿乞巧排宴，见"牛郎织女，年年相见，天长地久"，于是他俩"也索悄声儿海誓山盟"：

(正末唱)〔赚煞尾〕长如一双钿盒盛，休似两股金钗另。愿世世姻缘注定，在天呵做鸳鸯常比并，在地呵做连理枝生。月澄澄银汉无声，说尽千秋万古情。咱各辦着志诚，你道谁为显证，有今夜度天河相见女牛星。

在这折前面，杨妃云："近日边庭送一蕃将来，名安禄山。此人猾黠，能奉承人意，又能胡旋舞。圣人赐与妾为义子，出入宫掖。不期我哥哥杨国忠看出破绽，奏准天子，封他为渔阳节度使，送上边庭。妾心中怀想，不能再见，好是烦恼人也。"这与歌颂爱情的说法显然是有抵触的。

第二折写安禄山打算"以讨贼为名，起兵到长安，抢了贵妃，夺了唐朝天下"。当安禄山兵临城下时，玄宗幸蜀，临行时有段凄美的唱段：

〔普天乐〕恨无穷，愁无限；争奈仓卒之际，避不得蓦然登山。鸾驾迁，成都盼，更那堪浐水西飞雁，一声声送上雕鞍。伤心故国，西风渭水，落日长安。

这一折是历史的真实，也是剧情的转折点，起着由盛变衰的过渡作用。

第三折写马嵬坡"六军不发"，陈玄礼诛杀杨国忠，并请求说："贵妃不宜供奉，愿陛下割恩正法。"玄宗在"自不能保"的情况下，只好让杨贵妃自缢。经过这场兵变，什么天子、皇权、宫室、荣华、家庭和爱情，都烟消云散、化为乌有。从剧情来看，也到了故事的高潮。贵妃死后，玄宗已是国破家亡，备感悲凉：

〔鸳鸯煞〕黄埃散慢悲风飒，碧云黯淡斜阳下；一程程水绿山青，一步步剑岭巴峡。畅通感叹情多，恓惶泪洒。早得升遐，休休却是今生罢。这个不得已的官家，哭上逍遥玉骢马。

第四折，虽剧情矛盾的高潮已过，但却是全剧写得最精彩的部分，充满了凄迷孤寂的气氛，洋溢着缠绵怀念的感情，纯乎是一幕抒情诗剧。这一折写安史之乱平息，玄宗返回，退居西宫养老，只是思念贵妃，就教画工画了贵妃的像，每日相对，“把太真妃放声高叫，叫不应雨泪嚎咷”，“寡人有心待盖一座杨妃庙，争奈无权柄谢位辞朝，则俺这孤辰限难熬，更打着离恨天最高。在生时同衾枕，不能够死后也同棺椁。谁承望马嵬坡尘土中，可惜把一朵海棠花零落了”。这里的深切的缅怀和今昔之叹，已不止是一个退位孤君的感情，而寄寓着作者和所有遗民的生世之叹。

剧本最后，作者安排了一场梦境，杨妃在长生殿排宴请玄宗赴席，玄宗正吩咐梨园子弟齐备时，突然惊醒。这时，只听得“窗儿外梧桐上雨潇潇，一声声洒残叶，一点点滴寒梢”。面对“秋雨梧桐叶落时”的伤心景色，玄宗唱了一套凄恻哀婉的曲子，结束了这场人间悲剧：

> 【黄钟煞】顺西风低把纱窗哨，送寒气频将绣户敲，莫不是天故将人愁闷搅！度铃声响栈道，似花奴羯鼓调，如伯牙水仙操；洗黄花，润篱落，渍苍苔，倒墙角，渲湖山，漱石窍，浸枯荷，溢池沼；沾残蝶粉渐消，洒流萤焰不着，绿窗前促织叫，声相近雁影高，催邻砧处处捣，助新凉分处早。斟量来这一宵，雨和人紧厮熬，伴铜壶点点敲；雨更多，泪不少。雨湿寒梢，泪染龙袍，不肯相饶，共隔着一树梧桐直滴到晓。

《梧桐雨》的艺术成就是杰出的，作者语言清丽，描摹细腻，特别擅长布置情景交融的场景。剧中把梧桐的雨声和玄宗的心情融为一体，造成一种凄楚悲凉的意境，加上一些沉痛的唱词，真令人荡气回肠，沉思无尽。

白朴另一部杂剧《墙头马上》，是一部情节曲折、明快泼辣、语言俊秀、引人入胜的喜剧作品，其思想意义并不在《梧桐雨》之下；但艺术上，显得激烈有余，深沉不足。

剧中故事由白居易乐府诗《井底引银瓶》“妾弄青梅倚短墙，君骑白马傍垂杨，墙头马上遥相顾，一见知君即断肠”的句子生发而来。主要情节是：尚书裴行俭的儿子少俊往洛阳，路过洛阳总管李世杰的花园，在马上见到总管的女儿李千金，美貌无比，顿生爱意，以诗投之。千金答诗，两情相悦，夜间遂于墙头跳入，行云雨事，被乳媪发现，密令二人出逃。二人逃至长安裴府，少俊未向父母说明事情真相，藏千金于后花园七年，生子端端，女重阳。清明祭扫，裴母与少俊同往，行俭偶至花园，见到端端兄妹，询得实情，强迫少俊写休书，要将李千金休掉撵走，将其儿女留下。千金请求留下，裴行俭故弄玄虚：“将玉簪向石上磨做针儿一般细，不折了，便是天赐姻缘；若折了，便归家去也。”又“再取一个银壶瓶来，将着游丝儿系住，到金井内汲水，不断了便是夫妻”。结果“簪折瓶坠，是天着你夫妻分离”。李千金离夫别子，悲痛万分：

(裴舍与旦休书科)(正旦云)少俊、端端、重阳，则被你痛杀我也！(唱)

〔沉醉东风〕梦惊破情缘万结，路迢遥烟水千叠。常言道有亲娘有后爷，无亲娘无疼热。他要送我到官司逞尽豪杰。多谢你把一双幼女痴儿好觑者，我待信拖拖去也。(云)端端、重阳儿也，你晓事些儿个，我也不能够见了也！(唱)

〔甜水令〕端端共重阳，他须是你裴家枝叶。孩儿也啼哭的似痴呆，这须是我子母情肠，厮牵厮惹。兀的不痛杀人也！

〔折桂令〕果然人生最苦是离别，方信道花发风筛，月满云遮。谁更敢倒凤颠鸾，撩蜂剔蝎，打草惊蛇？坏了咱墙头上传情简帖，拆开咱柳荫中莺燕蜂蝶。儿也咨嗟，女又拦截。既瓶坠簪折，咱义断绝。

这段写离别之情的文字，凄楚悲凉，痛人心脾，可见裴尚书是何等冷酷无情，从而揭露了封建礼教的残酷性。

李千金回到洛阳后，父母已殁，孤身一人，守节于家。裴少俊举进士后，为洛阳令，迎其父母到洛阳。裴行俭怜悯李千金多年守节不移，又知她是李总管的女儿，且儿子已为官，于是态度大变，热心迎接她为媳。李千金看清了裴行俭的冷酷和虚伪，又怨少俊的软弱，决意不认这门亲：并对当初裴行俭羞辱自己的一些言行给予了反唇相讥，调侃了他们一顿：

〔斗鹌鹑〕一个是八烈周公，一个是三移孟母。我本是好人家孩儿，不是娼人家妇女，也是行下春风望夏雨。待要做眷属，枉坏了少俊前程，辱没了你裴家上祖！

最后，由于一双儿女的苦苦哀求和劝慰，才与少俊复为夫妻，合家皆大欢喜。

本剧塑造了一个大胆追求爱情，敢于反封建礼教的李千金的形象，具有与《西厢记》同样的社会意义。李千金也是大家闺秀，但她比莺莺更大胆、泼辣，具有个性，不过白朴对她写得不够丰满，欠细腻，艺术价值不如《西厢记》。剧本最后也提出了“愿普天下姻眷皆完聚”的呼吁，这也反映了当时人们的良好期盼。

第二节　马致远和《汉宫秋》

马致远(1250—1321?)，号东篱，大都(今北京)人，经历了宋、金、元这一混乱时期。早年居于大都，对功名富贵颇为迷恋，曾在他的散曲〔双调·拨不断〕中说："叹寒儒，谩读书，读书须索题桥柱。"但这"学而优则仕"的路，在当时是何等艰难。中年时期，曾一度出任过江浙行省务官，50岁左右归隐，淡泊名利，与清风明月为伴。他在《叹世》套曲中说："两鬓皤，中年过，图甚区区苦张罗。人间宠辱都参破。"怀着一种壮志难酬的幻灭感，度过了晚年。

马致远也是元初杂剧四大家之一，当时，他就有"曲状元"之誉。在《录鬼簿》中，贾仲明给他补吊词云：

> 万花丛里马神仙，百世集中说致远，四方海内皆谈羡。战文场，曲状元。姓名香，贯满梨园。《汉宫秋》、《青衫泪》，《戚夫人》、《孟浩然》，共庾、白、关老齐肩。

这对他的戏曲成就给予了高度的评价。

马致远的戏曲作品，据专家考证，共有杂剧15种，现存7种：《东篱乐府》辑其小令104首，套数17篇。另与当时剧作家李时中、艺人花李郎、红字李二合编《邯郸道省悟黄粱梦》(简称《黄粱梦》)，各写一折。现存杂剧七种为：《破幽梦孤雁汉宫秋》(简称《汉宫秋》)、《半夜雷轰荐福碑》(简称《荐福碑》)、《江州司马青衫泪》(简称《青衫泪》)、《吕洞宾三醉岳阳楼》(简称《岳阳楼》)、《马丹阳三度任风子》(简称《任风子》)、《西华山陈抟高卧》(简称《陈抟高卧》)和《刘阮误入桃源洞》(简称《桃源洞》，只有其第四折残曲)。

《汉宫秋》是马致远早年的作品，也是他的代表作。约写成于元世祖至元年间(1279—1294)，故事来源于历史上王昭君出塞的记载和民间传说。《汉书·匈奴传》："单于自言愿婿汉氏以自亲。元帝以后宫良家子王嫱字昭君赐单于。单于欢喜，上书愿保塞上谷以西至敦煌，传之无穷，请罢边备塞吏卒，以休天子人民。"晋代葛洪《西京杂记》记述更详：

> 元帝后宫既多，不得常见，乃使画工图形，按图招幸之。宫人皆赂画工……独王嫱不肯，遂不得见。匈奴入朝，求美人为阏氏，于是上案

图，以昭君行。及去，召见，貌为后宫第一……帝悔之，而名籍已定，帝重信于外国，故不复更人。乃案穷其事，画工皆弃市，籍其家资皆巨万。画工有杜陵毛延寿……安陵陈敞，新丰刘白、龚宽……同日弃市。

这已与正史所记有所不同，带有浓厚的民间传说色彩。可见，汉以后，昭君的故事被广泛传播着。昭君又称"明妃"，相传晋人石崇作乐府《明妃引》于琴操中咏昭君事，为避司马昭讳，改昭君为明妃，后人亦沿用之，如王安石的《明妃曲》。文人们和民间艺人们，对昭君的故事如此感兴趣，并不断加工润色，从不同角度加以改进发展，丰富了故事的内涵，增加了它的艺术含量。

马致远在前人故事的基础上，创作了杂剧《汉宫秋》，使昭君故事具有了更深刻的社会意义和审美价值。

《汉宫秋》是一本一楔四折的末本戏，它的主要情节是：单于呼韩邪请汉公主和婚，时汉元帝后宫寂寞，毛延寿请选良家女入宫，画图以进，按图形选美。毛延寿大索贿赂，昭君独无，毛丑化其状，故不得宠爱。后昭君于宫中弹琵琶，元帝闻之召见，大喜，宠爱优渥。并将追究毛延寿索贿之罪。毛逃至单于处，绘昭君图像献单于。单于呼韩邪来汉，请居光禄塞下，求公主和婚，按图求昭君。元帝不许，满朝文武都请许之。昭君自告奋勇，愿以身报国，元帝只好允许。昭君出塞至黑水，投水自尽。单于感其义葬之，而捕毛延寿。元帝在宫中，秋夜思昭君，形诸梦中，醒后单于解毛延寿至，于是斩延寿祭昭君，与单于和好如往。

与史实和传说相比，马致远主要作了这样一些改写：首先，史实是单于自请为汉婿以和亲，剧中则是单于强迫元帝许婚，否则率众犯境，所以昭君和亲，带有一定的强迫性。尚书令奏："如今北番呼韩单于，差一使臣前来，说毛延寿将美人图献与他，索要昭君娘娘和番，以息刀兵；不然，他大势南侵，江山不可保矣。"这表明昭君和亲是在民族矛盾将要激化的背景下，为缓和矛盾，求得边疆安宁的一种无可奈何的手段。其次，昭君出塞后，成为两代单于的阏氏，为他们生儿育女，这是史书上所记；而剧本中，昭君行至黑水就投河自尽。剧本写道：

（旦问云）这里甚地面了？（番使云）这是黑龙江，番汉交界去处。南边属汉家，北边属我番国。（旦云）大王，借一杯酒，望南浇奠；辞了汉家，长行去罢。（做奠酒科、云）汉朝皇帝，妾身今生已矣，尚待来生也。（做跳江科）（番王惊救不及，叹科，云）嗨，可惜可惜，昭君不肯入番，投江而死。罢，罢，罢，就葬在此江边，号为青塚者。……

这很明显是赞美昭君的民族气节。此外，毛延寿在史书上是个宫廷画工，而剧本改他为朝廷中大夫，他贪赃枉法，叛国投敌，挑拨两国关系，通过这个反面形象，可以看出汉朝的奸臣当道和元帝的昏庸无能，这是导致民族危机的重要原因。马致远这些改编的情节，曲折地表现了他的民族意识。在元代民族压迫极其严酷的情况下，写出了当时人民反对民族压迫、要求民族和睦相处的良好愿望，是很富有现实意义的。

《汉宫秋》的艺术成就在于它能抒写人物的内心世界，具有浓厚的抒情韵味。它的情节单纯，戏剧冲突在第二折昭君准备入番已基本解决。第三折元帝目送昭君远去，依依难舍，久不回宫，唱了一段悲伤的断肠曲：

〔七弟兄〕说什么大王、不当、恋王嫱，兀良，怎禁他临去也回头望：那堪这散风雪旌节影悠扬，动关山鼓角声悲壮。

〔梅花酒〕呀！俺向着这迥野悲凉，草已添黄，兔早迎霜，犬褪得毛苍，人搠起缨枪，马负着行装，车运着餱粮，打猎起围场。他、他、他，伤心辞汉主，我、我、我，携手上河梁。他部从入穷荒，我銮舆返咸阳。返咸阳，过宫墙；过宫墙，绕回廊；绕回廊，近椒房；近椒房，月昏黄；月昏黄，夜生凉；夜生凉，泣寒螀；泣寒螀，绿纱窗；绿纱窗，不思量。

〔收江南〕呀！不思量除是铁心肠。铁心肠也愁泪滴千行。美人图今夜挂朝阳，我那里供养，便是我高烧银烛照红妆。

遇到这种“铁心肠也愁泪滴千行”的民族灾难，决不只是汉元帝个人的悲哀。在民族危亡面前，无论官、民、富、贫，都将沦为亡国奴。在第四折，完全抒写汉元帝思念昭君的情景，他将昭君的图像挂起对像成梦，梦醒孤身一人，听见雁叫，神思不宁，竟与雁儿对话，情意凄婉，纯粹的一幕诗剧：

〔尧民歌〕呀呀的飞过蓼花汀，孤雁儿不离了凤凰城。画檐间铁马响丁丁，宝殿中御榻冷清清。寒也波更，萧萧落叶声，烛暗长门静。

〔随煞〕一声儿绕汉宫，一声儿寄渭城，暗添人白发成衰病，直恁的吾家可也劝不省。

这与白朴《梧桐雨》中玄宗思念贵妃的情景颇为相似。马致远和白朴，向来被人认为是文彩派的作家。马致远《汉宫秋》的曲文典雅清丽，晓畅自然，善于把外界景物与人物心理熔为一炉，因景生情，以情化景，兼有乐曲配合，让人们受到凄美的艺术陶冶。王国维《宋元戏曲考·元剧之文章》中说："以上数曲(指第三折中〔梅花酒〕等)，真所谓写情则沁人心脾，写景则在人耳目，述事则如其口出者。"

马致远还有《青衫泪》、《荐福碑》两部作品，也有一定的社会意义和艺术价值。《青衫泪》借白居易《琵琶行》的材料，写白居易与妓女裴兴奴的爱情，由于商人的插手而造成一些纠葛的故事，表现了妓女的苦闷、善良和对美好生活的向往。《荐福碑》写书生张镐穷途潦倒，本想进京赶考又无盘缠、处处碰壁、最后中了状元的故事，借以发泄元代知识分子抑郁不平之气。这两部作品思想内容的共同点，就是剧中主人公都是书生，通过他们的不幸遭遇，对现实社会给予了抨击。"我本是那一介寒儒，半生埋没红尘路。则我这七尺身躯，可怎生无一个安生处?"《荐福碑》中张镐的这段唱曲，也表现了当时知识分子怀才不遇的愤懑心情。

此外，马致远的《黄粱梦》、《岳阳楼》、《任疯子》和《陈抟高卧》，都是写一些神仙道化的故事，宣扬全真教的教义。全真教起于北宋末年，盛行于金元时期，是道教的一个支流，并吸收了佛家和儒家的一些成分，倡导"以识心见性，除情去欲，忍耻含垢，苦己利人为之宗"(元·李道谦《甘水仙源录》)，这反映了当时部分知识分子隐身避世的一种归宿。这种思想对元杂剧中以"神仙道化"为题材的创作倾向起了推波助澜的作用。马致远正好与这种思想合拍，从他个人的身世看，早年热衷于仕途，做了个小官，官场上看到了社会黑暗、政治腐败和民族歧视，便不愿同流合污，隐退下来。此后，他接受了全真教的部分思想，自己觉得大彻大悟了，认为命由天定，人力无法挽回，他终于看破红尘，把一些郁懑和不平消磨在虚无飘渺的仙界之中。在他的这类杂剧中，吕洞宾、钟离汉、马丹阳、王重阳、陈抟等人的形象，都是当时北方民间广为流传的神仙和被全真教度脱的人物。诸剧鼓吹超脱凡人，远离红尘，如《黄粱梦》中太极真人唱道：

〔油葫芦〕莫厌追欢笑语频，但开怀好好会宾，寻思离乱可伤神。俺闲遥遥独自林泉隐，您虚飘飘半纸功名进。你看这紫塞军、黄阁臣，几时得个安闲分，怎如我物外自由身。

〔天下乐〕他每得到清平有几人，何不早抽身，出世尘。尽白云满溪锁洞门，将一函经手自翻，一炉香手自焚。这的是清闲真道本。

这种提倡修道成仙、逃避现实的思想，无疑是消极荒唐的。但即使这样，在这些剧中，也常透露着马致远难以埋藏的激愤和对现实的批判精神。如《黄粱梦》中，太极真人又唱道：

〔一半儿〕如今人宜假不宜真，则敬衣衫不敬人。提起修行耳怕闻，真恁的没精神，一半儿应承一半儿盹。

“宜假不宜真”，明显是针对当时官场的。在这类剧里，马致远的戏曲语言依然呈现着典雅清丽、声情并茂的特点。如《黄粱梦》中，太极真人向吕洞宾述说自己隐遁的快乐时，唱道：

〔醉中天〕俺那里自泼村醪嫩，自折野花新，独对青山酒一樽。闲将那朱顶仙鹤引，醉归去松阴满身。泠然风韵，铁笛声吹断云根。

（云）你跟我出家去来。（洞宾云）俺为官，居兰堂，住画阁；你这出家人无过草衣木食，干受辛苦，有甚么受用快活处？（正末唱）

〔金盏儿〕俺那里地无尘，草长春，四时花发常娇嫩，更那翠屏般山色对柴门，雨滋松叶润，露养药苗新。听野猿啼古树，看流水绕孤村。

这如诗如画的境界，只有语言功力极深的手笔方能描绘出来。

第三节　北方其他杂剧作家和作品

元代前期的杂剧作家，除了“关、王、白、马”四大家外，还有许多作家，他们以大都（北京）为创作活动中心，延及到河北真定（正定县）、山东东平（济宁一带）、山西平阳（临汾一带）等杂剧盛行地，形成了北方戏曲圈，使北中国的戏坛上春意盎然，气象万千。其中较著名的作家有高文秀、杨显之、武汉臣、王仲文、李文蔚、康进之、石子章、李好古、吴昌龄、石君宝、李潜夫、纪君祥、尚仲贤、戴善夫、郑廷玉、李直夫、张国宾等，他们各有优秀作品传世。

高文秀，生卒年及生平不详，东平人。《录鬼簿》记其为：“东平府学生员，早卒。都下人号小汉卿。”可见其年辈低于关汉卿。他虽早卒，但其作品数量仅次于关汉卿，共制杂剧 32 种，现传世本有《须贾谇范雎》、《保成公径赴渑池会》、《刘玄德独赴襄阳会》、《好酒赴元遇上皇》、《黑旋风双献功》五种和残曲《周瑜谒鲁肃》。他创作的主要是历史剧，以李逵为主人公的作品竟有八种，占其作品的四分之一，他是元杂剧“水浒戏”的主要作家。他的戏以情节热闹、曲词通俗取胜。《太和正音谱》把他的作品风格比为“金瓶牡丹”。

《黑旋风双献功》(简称《双献功》)，可以说是高文秀的代表作，是在《水浒传》成书前的民间故事的基础上改编而成的。故事的主要情节是：郓城孔目孙荣，与宋江旧相识，他的妻子郭念儿与恶霸白衙内通奸，孙荣到衙门告状，而白衙内凭权势借了衙门坐堂反而审问孙荣，孙荣被诬而被打入死牢。李逵假扮成孙荣的义弟，探监送饭，救出孙荣，然后又装扮成祗侯，入室内杀死白衙内和郭念儿，取得二人首级回梁山献功。

剧中主人公李逵的形象较为鲜明，他粗中有细，鲁莽中有几分滑稽，表现了他对邪恶势力的仇恨和见义勇为的豪杰品格。他在扮成祗侯进到白衙内和郭念儿寻欢的室内，还奚落了他们一番，要他俩各唱一段：“夫妻每醉了还依旧”。然后杀了奸夫淫妇，并将杀下的两颗头放在一起，撕下衣服一块，蘸上鲜血在白粉壁上写道：“是宋江手下第十三个头领黑旋风李逵杀了这白衙内来。”并作诗云：

> 从来白衙内，做事忒狡猾。拐了郭念儿，一步一勾搭。
> 恼犯黑旋风，登时火性发。随你问旁人，该杀不该杀。

充分表现了他行为的正义性。剧中的白衙内，拐骗了郭念儿还居然借衙门坐堂三日，把原告孙孔目打入死牢，实际上是对元代社会法制黑暗的揭露。

高文秀的《双献功》与康进之的《李逵负荆》堪称元代“黑旋风”杂剧的双璧，在李逵艺术形象的塑造方面有所成就。

高文秀《保成公径赴渑池会》，写的是历史上廉颇和蔺相如的故事。剧本以《史记·廉颇蔺相如列传》为题材，通过完璧归赵、渑池赴会和廉颇负荆三件事，描绘了战国时代杰出的政治家蔺相如的光辉形象，特别是廉颇负荆请罪时，相如以国家利益为重，不计前嫌旧怨，将相和好，团结抗敌，这种高风亮节，对后世为官者很有教育意义。剧本最后，将相二人领兵抗秦：

> 〔水仙子〕堂堂阵势喊声高，赳赳军卒战鼓敲，重重鞍马征云罩。全在这大将军气势豪，破秦邦定在今朝。廉元帅施三略，蔺相如运六韬，保山河共立勋劳。

最后赵国取得胜利。全剧忠于历史，在史实的原则下，作了艺术改编，这是符合艺术真实和艺术创造原则的。在元代，以春秋战国故事为题材的剧本很多，除纪君祥的大悲剧《赵氏孤儿大报仇》外，这本戏也是享有盛名的。《将相和》作为传统剧目，至今还在不同剧种中得以保留。

杨显之，大都人，生平事迹不详。仅知他和关汉卿为莫逆之交，两人常商讨文辞。他善于对别人作品提出一些中肯的修正意见，增写曲词，时人称之为“杨补丁”。他大概常与演艺人士交游，当时杰出的女演员顺时秀称他为“伯父”。贾仲明在《录鬼簿》吊他的词中称他为“前辈老先生”，且“寰宇知名”，可见他在剧坊很有威望。

杨显之共写过8个杂剧，现存《临江驿潇湘秋夜雨》（简称《潇湘雨》）和《郑孔目风雪酷寒亭》两种。他作品的风格与关汉卿接近。明·孟称舜评他两人说：“其词真率尽情，大抵相似。然关之才气较更开大，而累句时有，杨觉稍敛，而亦无其累。”（见王季思《全元戏曲·杨显之》）意思是他的文词比关汉卿简练一些，但不如关的磅礴气势。《太和正音谱》以“瑶台夜月”比喻其作品风格。

《潇湘雨》是杨显之的代表作。剧情是：谏议大夫张商英，因忤权贵，被贬官到江州。他带女儿翠鸾同行，渡淮河时，舟覆后父女失散。翠鸾被渔父崔文远救归，认作义女。崔文远有侄名崔通，将应试，行前崔文远以翠鸾许配之，约成名后即迎娶。崔通考中状元，主考官赵钱友以女妻之，崔通不推辞。在往秦川任县令时，将赵女带在身边。翠鸾知崔通得官后，日望他来接自己，但久无音信，就只身赴秦川寻夫。崔通负心，赵女凶悍，竟诬翠鸾为逃女，刺配到沙门岛。张商英在覆舟后也得救，官升至提刑廉访使，皇帝赐他上方剑，可“便宜行事”。在临江驿正巧与解往沙门岛的女儿相遇，翠鸾向父亲倾诉了冤情，请亲赴秦州。张商英到秦州后，缚崔通及赵氏女，将杀之。这时，崔文远赶到，力救崔通，获免。翠鸾以为“从一而终”，无再嫁之理，向其父求情，遂与崔通重为夫妻，还通官位。赵氏女作为婢妾。

《潇湘雨》是元代家庭剧中的优秀作品，是现存元杂剧中唯一的一部写男子负心的戏曲。作品通过崔通的反面形象，揭露了那些趋炎附势、背信弃义之人的丑恶灵魂，让人们警惕这些爱情骗子。例如，崔通去应试时，与翠鸾告别，信誓旦旦地说：“小生若负了你呵，天不盖，地不载，日月不照临。”可是在他考中第一名后，复试时，考官令人问他：“有婚无婚？”他说：“有婚是怎生？无婚是怎生？”当他知道无婚考官可召他为婿时，他想：“我伯父家那个女子，又不是亲养的，知他那里讨来的。我要他做甚么？宁可瞒昧神祇，不可坐失机会。”私利当前，竟把先前誓言抛到九霄云外，昧着良心说："小生实未娶妻。"后来，当翠鸾找到他时，他毫无悔意，反而向新娶的夫人谎称："这是我家买到的奴婢，为她偷了我家的银壶台盏，她走了，我一向寻她不着。她今日自来投到，岂不是飞蛾扑火，自讨死吃的。左右，拿将下去洗剥了，与我打着者。"他不仅狠狠地责打翠鸾，还将她脸上刺着"逃奴"二字，解往沙门岛去，"一路上则要死的，不要活的。"剧中把崔通利欲熏心、冷酷无情的丑恶灵魂，描写得令人切齿。

剧中的翠鸾是一个被伤害的无辜女性，她善良真诚，知恩图报，当崔文远要她嫁给崔通时，她满口答应，但也有些疑虑："则怕崔秀才此一去，久后负了人也。"后来，她受了那么多苦，但当崔文远向她求情时，她还是答应饶恕了崔通。她唱道：

〔鲍老儿〕他是我今世仇家宿世里冤，恨不的生把头来献。（崔甸士云）伯父，你与我劝一劝波，我如今情愿休了那媳妇，和小姐重做夫妻也。（孛老云）小姐，你只饶了他者。（正旦唱）我和他有甚恩情相顾恋，待不沙、又怕背了这恩人面。只落的嗔嗔忿忿，伤心切齿，怒气冲天。

最后，她还是向张商英请求："爹爹，这个便是救我命的崔文远，看恩人面上，连崔通也饶了他罢。"她的这种重新合好的结局，一方面是她"从一而终"封建理念的必然，另一方面也表现了她以德报怨的宽厚品德。不过，剧中写她对考官女儿怨恨有加，"只是把他那妇人脸上，也刺泼妇两字，打做梅香伏侍我便了"。这又有悖于情理，新妇也是受骗者，翠鸾不应报复她。这样写损害了她性格的统一性。

《潇湘雨》有些场面描写得很动人。如第三折写张翠鸾被发配到沙门岛，途中遇雨，她痛苦的心情与凄风冷雨的环境，交相映衬，情景俱悲，催人泪下：

（做悲科）天阿，天阿！我委实的衔冤负屈也呵！（唱）

〔黄钟·醉花阴〕忽听的摧林怪风鼓，更那堪瓮瀽盆倾骤雨。耽疼痛，捱程途，风雨相催，雨点儿何时住？眼见的折挫杀女娇姝。我在这空野荒郊可着谁做主？

这时，雨越下越大，解差的又催快走，她棒疮又发，挪着步子，跌倒了爬起来，爬起来又跌倒，捱了一步又一步，身痛心痛，风吹雨打，人催棍赶，受尽人间折磨，对这种冤屈，她悲愤地倾诉：

〔古水仙子〕他，他，他，忒狠毒；敢，敢，敢，昧已瞒心将我图；你，你，你，恶狠狠公隶监束；我，我，我，软揣揣罪人的苦楚。痛，痛，痛，嫩皮肤上棍棒数；冷，冷，冷，铁锁在项上拴住；可，可，可，干支剌送的人活地狱。屈，屈，屈，这烦恼待向谁诉？

……

〔随尾〕天与人心紧相助，只我这啼痕向脸儿边厢聚。（带云）天那，天那！（唱）眼见的泪点儿更多如他那秋夜雨。

这呼声也是百姓对黑暗社会的控拆，对封建道德虚伪性的揭露，那些追求权势的举子们，满口仁义道德，其实是趋炎附势、黑心烂肝的势利之徒。作者这种尖锐的揭露是颇具社会意义的。全剧结构紧凑，曲辞宾白，真切本色，在元代家庭剧中属于上品。

武汉臣，济南人，生平不详。所作杂剧 10 种，仅《散家财天赐老生儿》（简称《老生儿》）有传本存世，《虎牢关三战吕布》仅存残曲一句，其余 8 种全佚。另有《包待制智赚生金阁》一剧，臧晋叔《元曲选》题武汉臣撰，据近人王季思编《全元戏曲》以为元明间无名氏作，非武之作。

《老生儿》也是家庭剧，偏重于伦理方面。写的是财主刘从善，六十多岁无子，他把家产分了一半给女儿引张和女婿张郎。不久，他的妾小梅怀孕了，张郎为了今后独吞财产，就想害死小梅。引张认为丈夫不义，但又不敢公开反对，只好设法把小梅藏在乡下亲戚家。后小梅生了一男，长到三岁，引张把他们母子接回刘家。刘财主非常感谢女儿，并认为这是自己行善的结果。

这个故事平凡而真实，它把封建家庭重男轻女、争夺家产的丑态，写得真实可睹。剧中虽宣扬了一些封建伦理和因果报应的思想，但对封建社会的现实和世俗的鄙陋进行了尖刻的讽刺。如第三折张郎上坟时，念诗云：

人生虽是命安排，也要机谋会使乖。假饶不做欺心事，谁把钱财送我来。

武汉臣比较重视宾白，全剧只有 36 支曲子，其余都是宾白，且全用北方口语写出，富有生活气息，这在元杂剧中还是很少见的，也算是独树一帜了。

王仲文，大都人，生平事迹不详。所撰杂剧 10 种，今存《救孝子烈母不认尸》1种。此剧写的故事是：杨家寡妇李氏膝下有两子，长子杨兴祖是她亲生，次子谢祖是妾所生。征兵时必去一人，杨母主动让兴祖去，认为谢祖年幼未婚，留在家中，便于照顾。兴祖的妻子王春香回娘家时，被歹人赛卢医劫持，并将她的衣服穿在另一个无名毁容的女尸上。昏官巩得中草率判断是春香之尸，且为谢祖所杀，要定谢祖欺兄杀嫂之罪。杨母拒不承认是儿媳尸体，因而无法结案。后来，兴祖立功归家，拿获赛卢医，并由大兴尹王脩然审此案，真相大白，嘉奖杨母为"义烈太夫人"，兴祖与春香团圆，谢祖加为翰林学士；赛卢医处斩，推官令史巩得中处杖一百，永不叙用。

剧中杨母的艺术形象刻画得很成功。她善良正直，教子有方，敢于同官府力争，她坚韧顽强，是一个为救爱子的刚烈勇敢的母亲，使得昏官也不敢在她面前对她儿子严刑逼供。在公堂上，她公然斥责令史，为谢祖辩护：

〔满庭芳〕似这等含冤负屈，拼着个割舍了三文钱的泼命，更和这半百岁的微躯。(令史云)泼婆子，你敢怎的？(正旦唱)你要我数说您大小诸官府，一划的木笏司糊突。并无聪明正直的心腹，尽都是那绷扒吊拷的招状。把囚人百般拴住，打的来登时命卒。哎哟，这便是您做下的个死工夫！

(令史云)兀那老婆子，你是个乡里村妇，省得什么法度？(正旦唱)

〔耍孩儿〕你休小觑我这无主的穷村妇，有句话实情拜复；俺孩儿从小里教习儒，他端的有温良恭俭谁如？俺孩儿行一步必达周公礼，发一语须谈孔圣书，俺孩儿不比尘俗物，怎做那欺兄罪犯、杀嫂的凶徒？

(令史云)这小厮又不曾打他，他自招了来。(正旦云)都似你这般打来，怕不招了？只是招便招，人心不服。(唱)

〔五煞〕人死者不复生，那弦断者怎再续？从来个罪疑便索从轻恕。磨勘成的文状才难动。罗织就的词因到底虚。官人每枉请着皇家禄，都只是捉生替死，屈陷无辜！

这正是对封建法制的深刻揭露。

剧中的王脩然是金代的清官形象，他秉公执法，求实办案，嘉奖良民、惩治恶人。他在听了谢祖的申诉之后，说：

律意虽远，人情可推。重囚每两眼泪滴在枷梢上，搁不住落于地上，直至九泉。……俺这衙门如锅灶一般，囚人如锅内之水，只候人比着柴薪，令史比着锅盖。怎当他柴薪爨炙，锅中水被这盖盖定，滚滚沸

> 沸，不能出气，蒸成珠儿，在那锅盖上滴下，就与那囚人衔着冤枉滴泪一般。

这一比喻，通过官员的口说出，真实而尖锐地揭露了封建吏制的腐败和法制的残酷，具有深刻的社会意义。

全剧情节曲折，富于生活气息，语言通俗，描写场面也具体生动。

李文蔚，真定人，生卒年不详。年轻时与白朴交往密切，曾任江州路瑞昌县尹。作杂剧12种，今存《同乐院燕青博鱼》(简称《燕青博鱼》)、《破符坚蒋神灵应》、《张子房圯桥进履》3种。《太和正音谱》称其词"如雪压苍松"。

李文蔚的《燕青博鱼》和佚作《燕青射雁》是元杂剧中仅有的两部写燕青故事的戏，对后来《水浒传》燕青形象的形成起了良好的作用。《燕青博鱼》写梁山好汉燕青因误违军令，被宋江责打，气坏了双目，只好下山去求医。后被燕顺治好，就去贩鱼，维持生计，后又结识了燕和，他是燕顺的弟弟。燕和的妻子王腊梅与杨衙内通奸，被燕青发现，与燕和同去捉奸。杨衙内仓皇逃脱后，反而将燕青、燕和捉住，打入死牢中。后来在燕顺的帮助下脱险，并将杨衙内和王腊梅捉住，押上梁山杀死。这情节在《水浒传》中，虽未曾有，但燕青见义勇为，嫉恶如仇的英雄本色与《水浒传》中所写的燕青性格是一致的。当他逃脱后，决心要除掉作恶多端的杨衙内，他对燕顺唱道：

> 〔折桂令〕我有甚犯法违条，只为那淫妇奸夫，险送了你个共乳同胞。你待要使用金银，打通关节，救拔囚牢；则俺燕青呵须不是鹰心雁爪，是跳出虎穴狼巢。(燕二云)且喜兄弟今日逍遥无事了也。(正末唱)你说甚无事逍遥，争知我怒气难消；我若不杀的这两个无徒也，怎显的我半世英豪！

此剧文辞较佳，孟称舜以为"固非名手不办"；但人物较多，各人个性欠鲜明。

康进之，棣州(今山东惠民县)人，生平事迹无考，所作杂剧有2种，都是写梁山泊英雄李逵的故事，现存《梁山泊李逵负荆》(简称《李逵负荆》又名《杏花庄》)1种，这是元杂剧中最负盛名的佳作。《太和正音谱》列其词曲为杰作，并评云："其词势非笔舌所能拟，真词林之英杰。"

《李逵负荆》的情节与《水浒传》第73回中所写的故事大致相同，即李逵清明节休假下山，听酒店主人王林哭诉说，宋江和鲁智深抢走了他的女儿满堂娇。李逵听后，气愤回山，大闹聚义堂，要砍倒“替天行道救生民”的杏黄旗，并逼宋江、鲁智深下山对质，后查实才知道是歹徒冒名作恶。李逵惭愧不已，回山负荆向宋江请罪。最后，李逵奉命下山，捉住歹徒宋刚、鲁智恩，使王林父女得以团圆。

剧中把李逵的性格刻画得十分鲜明丰满，成为元杂剧中一个有血有肉的活生生的形象。他忠于梁山的起义事业，嫉恶如仇，坦率粗豪。当他知道“宋江”和“鲁智深”抢走了满堂娇之后，怒不可遏，感到梁山的威信受到损害，宋江也不是自己所尊敬的那种人，他毫不容情地面斥宋江，“原来梁山泊，有天无日”，唱：

〔正宫端正好〕抖搜着黑精神，扎煞开黄髭鬣，则今番不许收拾，俺可也磨拳擦掌，行行里按不住莽撞心头气。

〔滚绣球〕宋江唻这是甚所为，甚道理，不知他主着何意？激的我怒气如雷，可不道他是谁，我是谁，俺两个半生来岂有些嫌隙？到今日却做了日月交食。不争几句闲言语，我则怕恶识多年旧面皮，展转猜疑。

他为了弄清事实，不惜与宋江“赌头”相争。这虽显示了他行事鲁莽粗暴，但这都是为了维护梁山正义事业。王林和他的女儿与李逵并无交情，但他们是受迫害的弱者。“宋江”与李逵交情深厚，又是梁山领袖，但也是抢满堂娇者，是恶人。在善恶观和交情观发生矛盾时，李逵毫不犹豫地站在善良正义的一边，站在弱者一边，这正突出了他正直无私的品质和纯朴天真的性格。

后来，真相大白后，李逵知道自己错了，立即认错、请罪，他心甘情愿地接受惩罚，并为这种结果感到高兴，他心目中的梁山旗帜没有倒，他敬重的宋江哥哥不是歹徒。他说：“哥哥，您兄弟山涧直下砍了一束荆杖，告哥哥打几下，您兄弟一时间没见识，做这等的事来。”这种勇于认错的品行，也是很可贵的。

《李逵负荆》的主要矛盾是李逵与宋江的矛盾，而这矛盾又是因误会而产生；但这种误会的产生不是作者故弄玄虚，而是具有深刻的社会基础和人物性格依据。强抢民女是当时社会现实的反映，李逵的正义感和鲁莽性格是产生误会的原因。喜剧性的情节是自然而符合逻辑的。如李逵上山问罪，从旁敲侧击到正面冲突，从砍倒杏黄旗到堂前“赌头”，他总自以为是，步步进逼，煞有介事地认为自己就是正义的化身。他越是认真就越显得滑稽可笑。在下山对质时，李逵处处表现出主观武断，对宋江走路的快慢，也加以猜测，似乎抢王林女儿的非宋江莫属，自己是为民除害的大英雄，原有的误会由于他的错觉进一步深化。宋江没有抢婚，胸有成竹，不计较李逵的无礼，反而故意地挑逗他。这些喜剧性的细节描写，使全剧充满了诙谐和滑稽的艺术趣味。孟称舜《古今名剧合选》云："曲语句句当行，手笔绝高绝老。至其摹象李山儿，半粗半细，似呆似慧，形景如见，世无此巧丹青也。"所谓"细"和"慧"，在杂剧中，李逵的形象不只是拿起板斧就砍人的鲁莽汉，有时他也用些心计，如他要上梁山找宋江问罪前，嘱咐王林说："老王，你做下一瓮好酒，宰下一个好牛犊儿，只等三日之后，我轻轻的把着手儿，送将你那满堂娇孩儿来家，你意下如何?"他心中早有自己的打算，有必胜的信心，他对王林家的疾苦和危难十分同情，体贴他们，这表现了梁山英雄和老百姓的血肉关系。又如李逵上场时，对梁山的自然美景赞扬一番，说："人道我梁山泊无有景致，俺打那厮的嘴!"接着，他感受到了春天的美丽，桃花、流水、黄莺儿……情不自禁地追逐着水中流红，一直到草桥店垂杨渡口。这段抒情的描写，表现了他孩童般的天真和对梁山景色的热爱，还有着几分诗人的情怀。这些描写，使李逵的形象显得丰满多样，为后来《水浒传》中李逵的塑造，奠定了良好基础。《水浒传》突出了李逵忠诚鲁莽的一面，其形象就更加鲜明、具有个性。

石子章，一作石子璋，大都人。生平事迹不详，大致与元好问同时，都是由金入元的。所撰杂剧 2 种，《秦修然竹坞听琴》(简称《竹坞听琴》)有刊本存世，《黄桂娘秋夜竹窗雨》仅存曲词 1 折。

《竹坞听琴》写的是道姑郑彩鸾与书生秦修然的爱情故事。郑彩鸾从幼父母双亡，随着老道姑出家。有一天弹琴时突然弦断，原来是曾与她指腹为婚的秀才秦修然在听琴，两人认识后，即生爱情，多次幽会。最后郑彩鸾冲破了道家的清规戒律，还俗与秦修然成亲。剧中，郑彩鸾大胆泼辣，对道庵中违背人性的禁欲条规提出了控诉，追求着人的正常感情生活。她唱道：

〔中吕·粉蝶儿〕这些时懒诵南华，将一串数珠来壁间闲挂，念一道断肠词颠倒熟滑。不免的唤道姑，添净水，我刚刚的把圣贤来参罢。若不是会首人家，几番将这道袍脱下。

〔醉春风〕我如今将草索儿系住心猿，又将藕丝儿缚定意马。人说道出家的都待要断尘情，我道来都是假、假。几时能够月枕双攲，玉箫齐品，翠鸾同跨?

作者常用巧合手法，使故事情节生动；又用大量的宾白揭示人物的内心世界；曲文晓畅，富有情韵；充分抒发了世俗的情欲愿望，洋溢着喜剧气氛。《太和正音谱》喻他的作品为“蓬莱瑶草”。

李好古，籍贯、生平均无确考。撰有杂剧 3 种，今存《沙门岛张生煮海》(简称《张生煮海》)1 种。

《张生煮海》与尚仲贤的《柳毅传书》是元杂剧中神话剧的优秀作品。明代孟称舜评《张生煮海》说：“旧称李好古词‘如孤松挂月’，若此剧闲淡高雅，自是佳手。”“孤松挂月”是《太和正音谱》的评语，可见，李好古的艺术风格在明代已为戏剧家们所重视。

《张生煮海》是一个广泛流传的民间神话，尚仲贤杂剧中也有此题目。李好古写的剧情是：潮州书生张羽寄住石佛寺，清夜抚琴，龙女琼莲闻声而来，听后，与张生两相爱慕。琼莲拿出鲛帕赠之，约张羽中秋夜至海上相会。到期，张羽寻至海滨，见海水茫茫，莫知所之。忽遇仙姑毛女，问明原由，赠给张生银锅、金钱和铁杓三件法宝，令用铁杓舀海水，投钱于锅中煎煮，锅中水浅，海水也跟着浅，龙王必来哀告，事情就可以办好。张羽如法施行，果然将海水煮沸。龙王无奈，托石佛寺长老为媒，答应将琼莲嫁给张羽。后来，张羽在长老的带领下进入龙宫，和琼莲完婚。

剧中的主要冲突是张羽、琼莲为追求爱情和婚姻自由而与龙王发生的矛盾，这实质上也代表了世上男女青年和封建礼教的矛盾。龙王则是封建礼教的化身。龙女曾唱道：“普天下旷夫怨女便休教间阻，至诚的一个个皆如所欲。”这一杂剧的主旨，与《西厢记》“愿普天下有情的都成了眷属”是一致的，但在选材上、人物形象刻画上，自有不同。张羽比起《西厢记》中的张珙，更具反抗性和顽强的斗争精神，为了龙女，他不辞辛劳地煮着海水，把龙王急得去求长老，劝张羽罢手：

> (长老云)来到此间，正是沙门岛海岸了。兀那秀才，你在此煮着些甚么哩？(张生云)我煮海也。(正末云)你煮他那海做甚么？(张生云)老师父不知，小生前夜在于寺中操琴，有一女子前来窃听，他说是龙氏三娘，小字琼莲，亲许我中秋会约。不见他来，因此在这里煮海，定要煮他出来。

龙女的形象也比崔莺莺大胆，他听了张羽的琴声，见到张羽的人，顿生爱意，相约中秋相会，当张羽表示等不得时，她说：“常言道有情何怕隔年期，这有甚等不得那!”虽多情但不轻浮。这些都只是人物性格的不同，而不是艺术形象的优劣。《西厢记》的人物形象，自然比《张生煮海》更丰富、更真切一些。

剧中结尾，有东华仙降临，宣称张羽和琼莲是金童玉女下凡，要“返本朝元”，虽增添了些神话色彩，但与剧情无必然联系，似有“画蛇添足”之弊。

吴昌龄，西京(今山西大同)人，生卒年不详，元延祐年间曾任婺源知州。撰杂剧11种，现存《花间四友东坡梦》、《张天师断风花雪月》、《唐三藏西天取经》3种。后2种是否为他所著，学术界尚无定论。《太和正音谱》评其作品为“如庭草交翠”。

《花间四友东坡梦》写的是苏东坡和一群女子向佛印禅师问禅的故事。佛印禅师抛弃功名，庐山修行办道，十五年不下禅床；东坡将一名叫白牡丹的风尘女，介绍给佛印，劝他还俗成婚，佛印不为所动，最后唱道：

> 〔鸳鸯煞尾〕从今后识破了人相我相众生相，生况死况别离况。永谢繁华，甘守凄凉。畅道是即色即空，无遮无障。笑杀东坡也忏悔春心荡，枉自有盖世文章，还向我佛印禅师听一会讲。

剧中除讲些参禅悟道、问难斗智的事外，并无什么有深刻社会意义的内容。但剧中词曲极为优美，文采斐然。例如梅、竹、桃、柳四个女子向佛印问禅一节：

> (四友上)(梅云)上告我师父和尚，红梅特来问禅。(正末云)速道。(梅云)玉骨冰肌谁可比，寂寞前村深雪里。(正末云)只愁昨夜梦中魂，一枝漏泄春消息。(竹云)上告我师和尚，翠竹特来问禅。(正末云)速道。(竹云)冷气虚心效琴瑟，洒泪成斑憔悴死。(正末云)东坡节外更生枝，算来不是真君子。(桃云)上告我师和尚，夭桃特来问禅。(正末云)速道。(桃云)粉腮香脸淡匀红，曾赚刘郎入洞中。(正末云)自是桃花贪结子，错教人恨五更风。(柳云)上告我师和尚，嫩柳特来问禅。(正末云)速道。(柳云)傍路临溪不长久，落蕊归秋又衰朽。(正末云)可惜南海观音柳，昨宵折入东坡手。(东坡云)敢问四位小娘子是谁氏之家，甚么姓名?(正末云)酒冷灯残月半昏，名花倾国两殷勤。武陵溪畔曾相识，今日佯推不认人。

这些描写很有风趣，相互调侃，韵味十足，活跃了剧场气氛。

石君宝，平阳(今山西临汾地区)人，生平不详。共撰杂剧10种，现存世有《李亚仙花酒曲江池》、《诸宫调风月紫云亭》和《鲁大夫秋胡戏妻》(简称《秋胡戏妻》)3种，以《秋胡戏妻》最为著名。

《秋胡戏妻》的故事源于汉代刘向《列女传》，后《西京杂记》所载稍有不同，唐代有《秋胡变文》。石君宝在这些传说的基础上，编写了这个杂剧，塑造了秋胡之妻罗梅英的艺术形象。故事梗概是春秋时鲁国大夫秋胡和罗梅英结婚三天，就被应征从军。梅英独自在家，勤劳操作，侍奉婆婆。秋胡从军十年，杳无音信。财主李大户利用财势，串通梅英娘家父母，想霸占她为妻，遭到了梅英的痛骂，打走了李大户，批评了父母。后来，秋胡做了中大夫，衣锦还乡，在桑园巧遇梅英。他见梅英长得美丽，但又不认识是自己的妻子，就用种种手段调戏梅英，都遭到严词拒绝。梅英回家，见到那调戏自己的人竟是自己日夜思念的丈夫，十分气愤。她痛斥了丈夫的丑行，坚决要与之断绝关系，直到婆婆以死相劝，才与秋胡合好。

《秋胡戏妻》反映了封建官吏的荒淫无耻，地主阶级的强取豪夺，秋胡一旦当官，就走向腐败，见了女色，就起歹心。秋胡在桑园见了梅英，先以言语和诗文来调戏，后又动手动脚，还用“一饼黄金”收买，后又用武力威胁，出尽了洋相，结果被梅英骂得狗血淋头，自讨没趣。

罗梅英的形象是通过与财主李大户和丈夫秋胡的斗争表现出来的。她忠于爱情，性格刚烈，真正是个富贵不能淫、贫贱不能移、威武不能屈的女中豪杰。她具有劳动妇女的高贵品德，严守妇道，孝敬婆婆，做事果断而有见识，她能够在一定程度上掌握自己的命运，维护自己的尊严，这样的少妇形象在元杂剧中是比较突出的。例如，秋胡见梅英不肯从他，就拿出黄金来，软硬兼施，却遭到了梅英的痛斥：

(正旦做出门科，云)兀那禽兽你听者，可不道“男子见其金易其过，女子见其金不敢坏其志。”那禽兽见人不肯，将出黄金来，你道黄金这般好用的？(唱)

〔耍孩儿〕可不道“书中有女颜如玉”，(秋胡云)呀，倒吃了他一个酱瓜儿。(正旦唱)你将着金要买人殢云殢雨，却不道“黄金散尽为收书。”哎，你个富家郎惯使珍珠，倚仗着囊中多钞多声势，岂不闻财上分明大丈夫？不由咱生嗔怒，我骂你个沐猴冠冕，牛马襟裾。(秋胡云)小娘子，你不肯，我跟你家里去，成就这门亲事，可不好也。(正旦唱)

〔二煞〕俺那牛屋里怎成得美眷姻，鸦窠里怎生着鸾凤雏。蚕茧纸难写姻缘簿，短桑科长不出连理树。沤麻坑养不活比目鱼，辘轴上也打不出那连环玉。似你这伤风败俗，怕不的地灭天诛。

（秋胡云）小娘子休这等说，你若还不肯呵，我如今一不做，二不休，拼的打死你也。（正旦云）你要打谁？（秋胡云）我打你。（正旦唱）

〔三煞〕你瞅我一瞅黥了你那额颅，扯我一扯削了你那手足，你荡我一荡拷了你那腰截骨，掐我一掐我着你三千里外该流递，搂我一搂我着你十字街头便上木驴。哎，吃万剐的遭刑律，我又不曾掀了你家坟墓，我又不曾杀了你家眷属。

这样泼辣刚烈的反抗，显示了妇女自发的维权意识，她们不让自己受到欺侮，对敢于欺凌自己的人，无论官有多大，财有多富，一概不买账。

石君宝擅长描写下层妇女的痛苦遭遇和她们的斗争精神，语言犀利、精练。全剧的结构也很严谨，艺术成就较高。《太和正音谱》以“罗浮梅雪”来比喻他的作品风格。

李潜夫，又称李行道或李行甫，绛州（今山西侯马）人，生卒年不详，是个隐居在乡间的穷书生。他留传下来的杂剧只有《包待制智勘灰栏记》（简称《灰栏记》）1 种。

《灰栏记》写的是妓女张海棠因要从良，嫁给了财主马均卿。马财主的妻子因与赵令史通奸，将马害死，并将罪名转嫁给海棠，还夺了海棠与马财主所生的唯一儿子，企图独占家产。官府捕海棠后，严刑拷打，遂成冤案。最后包公查此案觉得可疑，重新勘问，海棠冤案方得昭雪。此剧是元杂剧中较优秀的公案戏，因情节曲折，戏剧性强，语言质朴，属本色派之作。此剧在国外也享有声誉，从 1832 年起，有法、英、德多种译本在国际上流传。

剧中通过马财主一家的风波，揭露封建社会官场的黑暗和法制的冷酷。全剧围绕张海棠的遭遇展开。她本是风尘女子，好不容易摆脱了屈辱的命运，谁知又掉进了更为凶险的陷阱，在马财主家，遭到马家大老婆陷害。奸夫赵令史，本是害人凶手，却披着官员外衣，假公济私，栽赃海棠，使她受尽人间折磨。她慈爱善良，在包公设计检验到底谁是马家孩儿的亲生母亲时，她表现出了真挚的母爱，她说：“妾身自嫁马员外，生下这孩儿。十月怀胎，三年乳哺，咽苦吐甜，煨干避湿，不知受了多少辛苦，方才台举的他五岁。不幸为这孩儿，两家硬夺，中间必有损伤。孩儿幼小，倘或扭折他胳膊，爷爷就打死妇人，也不敢用力拽我儿出这灰栏外来，只望爷爷可怜见咱。”剧中，她的形象是令人同情的。

包公在剧中也给人留下深刻的印象。他不仅是一般秉公执法的清官形象，而且还有高妙的断案手段。他针对着马家大妇与海棠共争一个孩子的难辨案子，运用了人间母爱子的普遍心理，巧设灰栏计，把小孩放在白粉画成的灰栏中，让两个妇人同时用力拉孩子，并声言道：“若是孩儿是他亲养的孩儿，便拽得出来；不是她亲养的孩儿，便拽不出来。”结果，海棠怕自己的孩子肉骨受苦而不忍心用力，孩子被大老婆拽出。包公却判定，拽不出孩子的才是亲生母亲。这一符合情理而又出乎人意料之外的办法，充分表现了包公的智慧和办案才干。

纪君祥，一作纪天祥，大都人。生平事迹不详。所撰杂剧 6 种，今存《赵氏孤儿大报仇》(简称《赵氏孤儿》)1 种和《陈文图悟道松荫梦》1 折。

《赵氏孤儿》是一部历史剧，取材于《左传》、《史记·赵世家》、《说苑》、《新序》等书，经作者整理、改编，成了这部著名的历史杂剧。故事的梗概是：春秋时，晋灵公昏聩无道，由他的武将屠岸贾恃宠专权，凶残跋扈，杀害了赵盾全家三百余口，其子驸马赵朔也被迫自杀。赵朔的妻子在幽禁中生下了赵氏孤儿，被赵朔门客程婴偷带出宫。屠岸贾得知后，为斩草除根，下令将全国一月以上、半岁以下的婴儿全部杀掉。程婴为保赵家骨肉，与退休老臣公孙杵臼商议，将自己的儿子送给公孙，顶替赵氏孤儿，然后出首揭发公孙收藏了赵氏孤儿，结果程婴子被杀，公孙受酷刑触阶而死，程婴被屠岸贾收为门客，所携孤儿也被屠收为义子。20 年后，孤儿长大成人，文武双全，经程婴告之真相，于是他就杀了妄想弑君篡权的屠岸贾，报了国恨家仇。

《赵氏孤儿》描写了封建社会统治集团内部的一场政治斗争，矛盾的双方，一是正直忠实的官吏，一是专横凶狠的奸臣。作品通过不同的艺术形象，谴责了奸臣的邪恶，歌颂了忠义和贤良。

剧中的屠岸贾专权多年，不仅凶残跋扈，横行朝野，还非常狡滑。他一听公主自缢，韩厥自刎，就推断“必然走了赵氏孤儿”。马上想出了一条毒计，诈传晋灵公命令，把全国婴儿“都与我拘刷将来，见一个剁三剑，其中必然有赵氏孤儿，可不除了我这腹心之害”，何等狡诈凶毒。当他一听到程婴告发公孙杵臼时，马上就怀疑程婴“敢是知情么?”当程婴解释说自己一来为救晋国小儿之命，二来是怕自己的小儿被杀而绝后，他感到解释得无懈可击，就想出更毒辣的办法，让程婴拷打公孙，并当面将程婴的儿子剁成三段。剧中将这个奸邪权臣的丑恶本质揭露得十分彻底。

程婴和公孙杵臼等人代表了正义忠良的形象。程婴为了救赵氏孤儿和全国婴孩，不惜牺牲了自己的爱子。他大智大勇，为救赵氏孤儿，采用了一系列的妙策来应对屠岸贾的追查。面对着生死的选择，他决定牺牲自己和孩子的命来救晋国所有小儿之命。而公孙杵臼愿意牺牲自己的老命来让年轻一些的程婴抚养赵氏孤儿，两人争着去死，场面感人甚深：

（程婴云）老宰辅不知，那屠岸贾为走了赵氏孤儿，晋国内小的都拘刷起来，要伤害性命。老宰辅，我如今将赵氏孤儿偷藏在老宰辅跟前，一者报赵附马平日优待之恩，二者要救晋国小儿之命，念程婴近四旬有五，所生一子，未经满月。待假装做赵氏孤儿，等老宰辅告首与屠岸贾去，只说程婴藏着孤儿，把俺父子二人，一处身死；老宰辅慢慢的抬举的孤儿成人长大，与他父母报仇，可不好也？（正末云）程婴，你如今多大年纪了？（程婴云）在下四十五岁了。（正末云）这小的算着二十年呵，方报的父母仇恨。你再着二十年，也只是六十五岁，我再着二十年呵，可不九十岁了？其时存亡未知，怎么还与赵家报的仇？程婴，你肯舍的你孩儿，倒将来交付与我，你自首告屠岸贾处，说道太平庄公孙杵臼藏着赵氏孤儿。那屠岸贾领兵校来拿住，我和你亲儿一处而死。你将的赵氏孤儿抬举成人，与他父母报仇，方才是个长策。（程婴云）老宰辅，是则是，怎么难为的你老宰辅，你则将我的孩儿假装做赵氏孤儿，报与屠岸贾去，等俺父子二人一处而死罢。（正末云）程婴，我一言已定，你再不必多疑了。（唱）

〔红芍药〕须二十年酬报的主人公，恁时节才称心胸。只怕我迟疾死后一场空。（程婴云）老宰辅，你精神还强健哩。（正末唱）我精神比往日难同，闪下这小孩童怎见功？你急切里老不的形容，正好替赵家出力做先锋。（带云）程婴，你只依着我便了。（唱）我委实的捱不彻暮鼓晨钟。（程婴云）老宰辅，你好好的在家，我程婴不识进退，平白地将着这愁布袋连累你老宰辅，以此放心不下。（正末云）程婴，你说那里话？我是七十岁的人，死是常事，也不争这早晚。（唱）

〔菩萨梁州〕向这傀儡棚中，鼓笛搬弄。只当做场梦，猛回头早老尽英雄。有恩不报怎相逢，见义不为非为勇。（程婴云）老宰辅既应承了，休要失信。（正末唱）言而无信言何用。（程婴云）老宰辅，你若存的赵氏孤儿，当名标青史，万古留芳。（正末唱）也不索把咱来厮陪奉，大丈夫何愁一命终，况兼我白发蓬松。

为着正义和挽救无辜的被迫害者，他们争着愿献出自己的生命，这种精神是何等伟大和高尚啊！他们大无畏的献身行为，已超越了单纯的封建恩仇观念，在元代特殊的历史条件下，是一种强烈的政治暗示，是与当时人民反元复宋的情绪相吻合的。在残酷的民族压迫的黑暗岁月里，讴歌为正义而献身的高尚品德，鼓吹正义必将战胜邪恶的历史事实，无疑具有深刻的社会意义，这也是该剧流传广泛、经久不衰的根本原因。

《赵氏孤儿》情节紧张惊险，矛盾尖锐，斗争激烈，全剧始终洋溢着一种磅礴的正义之气，在斗争中公孙杵臼多人的牺牲，使全剧充满着壮烈的悲剧美。王国维在《宋元戏曲考》里将此剧与关汉卿的《窦娥冤》并提，认为："剧中虽有恶人交搆其间，而其蹈汤赴火者，仍出于其主人翁之意志，即列之于世界大悲剧中，亦无愧色也。"这是很有见识的。

《赵氏孤儿》是我国最早流传到欧洲去的一种剧本，1735 年，已被译成法文刊行，后又被转译成英、德、俄等文，风行于世。法国启蒙主义作家伏尔泰把它改写成《中国孤儿》，公演后轰动了巴黎。在我国，还有南戏《赵氏孤儿报冤记》，明人徐元又将此题材改编为《八义记》传奇。后世，京剧和很多地方戏也改编了这个剧目，至今还很受群众欢迎。

尚仲贤，真定人，生卒年不详，曾任江浙行省务官，其生活年代大约在元至元、大德之间。有杂剧 10 种，今存《洞庭湖柳毅传书》（简称《柳毅传书》）、《尉迟恭三夺槊》和《汉高祖濯足气英布》3 种。以神话剧《柳毅传书》最为著名，后 2 种为历史剧。

《柳毅传书》取材于唐代李朝威传奇小说《柳毅传》，这个故事后在民间广为流传，《柳毅传书》较为完整地保留了其情节。剧中写的是洞庭龙女三娘嫁给泾河小龙，小龙暴躁凶狠，又为婢仆所惑，对三娘加以排斥。泾河老龙听信小龙一面之辞，罚三娘上岸牧羊，三娘备受凄苦。这时，淮阴秀才柳毅落第回乡，遇见三娘，对三娘遭遇深表同情，愿为她传书到洞庭。三娘之叔火龙钱塘君闻讯大怒，率兵打败了泾河小龙，救回三娘。洞庭君为感谢柳毅传书之恩，要将三娘嫁给他，被他谢绝。柳毅回家后，他母亲为他订范阳卢氏女为妻。孰料成婚之日，卢氏女即三娘，两人终成美满眷属。

剧情虽涂抹着浓厚的神话色彩，但实质上是现实生活的反映。龙女三娘的遭遇就是社会上成千上万妇女悲惨命运的缩影。在封建时代，夫权也是一条粗大的绳索，套在妇女的身上，使她们失去了人生自由和幸福。三娘倾诉了她们共同的心声：

〔仙吕·端正好〕我则为空负了雨云期，却离了沧波会。这一场抵多少水尽鹅飞！早是我受不过狠毒的儿夫气，更那堪不肯公婆意。

〔幺篇〕因此上拨下这牧羊差，装出这捞龙计。想他每无恩义本性难移，着我向野田衰草残红里。离凤阁，近渔矶；蓬蝉鬓，蹙蛾眉；愁荏苒，泪淋漓；想父母，共亲戚。哎，天那！知他何日得重完备？

在这般苦楚艰难的环境中，她们盼望着亲人的救助。三娘写书给父亲洞庭君，柳毅为三娘传书、钱塘君率兵打败泾河小龙，都是正义力量对邪恶势力的反击。最后，火龙钱塘君取得了胜利，救回了三娘，这就揭示了一条真理：正义必将战胜邪恶。这一信念，是我国优秀文学作品的永恒主题。

全剧结构紧凑，境界开阔，语言畅达而富文采，《太和正音谱》说其词“如山花献笑”。例如，描写火龙与小龙交战时，真个是江翻海沸，地震山摇，风起云涌，电闪雷鸣，好一派热闹景象：

(电母唱)〔紫花儿序〕忽的呵阴云伏地，淹的呵洪水滔天，腾的呵烈火飞空。泾河龙逃归碧落，钱塘龙赶上苍穹。两条龙的威风，怕不唬杀了鳖大夫、龟将军、鼍相公，这其间各赌神通。早翻过那海岛十洲，只待要拔倒了华岳三峰。

(老龙西江月词云)那火龙倚仗他狂烟烈火，俺小龙施展他骤雨飘风。火来雨去势汹汹，各自当场卖弄。火起雨能相灭，雨飞火又来攻，二龙争斗在长空，还是谁家最勇？俺小龙神通广大，变化多般。量火龙到的那里？你且喘息定了，再说一遍。(电母唱)

〔鬼三台〕两条龙身躯纵，震的那乾坤动。恶哏哏健勇，赤焰焰满天红。一撞一冲，则教你心如铁石也怕恐，便有那铜山铁壁都没用，钱塘龙逆水忙截，泾河龙淤泥里便㔩。

这段唱与说结合的形式，也很明显地看出了说唱文学向戏曲过渡的一些痕迹。

戴善夫，一作戴善甫，真定人，生卒年不详，曾任江浙行省务官。《录鬼簿》中贾仲明吊词有“同里同僚尚仲贤”句，可知他与尚仲贤为同时人。所作杂剧五种，《陶学士醉写风光好》(简称《风光好》)有传本存世，《柳耆卿诗酒玩江楼》仅存商调一套。

《风光好》是具有市民文学特色的才子佳人戏，是元杂剧中较为优秀的讽刺喜剧。它写的是宋初时候，陶谷学士奉命出使南唐，南唐丞相宋齐丘令韩熙载设宴招待，席中派妓女秦弱兰对陶进行诱惑。陶不为所动，正色拒绝。回旅舍后，题隐语于壁上，曰：“川中狗，百姓眼，虎扑儿，公厨饭。”宋齐丘对此解释说：

“川中狗”者，蜀犬也，蜀字着个犬字是个独(獨)字；“百姓眼”者，民目也，民字着个目字，是个眠字；“虎扑儿”者，爪子也，爪字着个子字是个孤字；“公厨饭”者，官食也，官字着个食字是个馆字。团句道：“独眠孤馆”。此人客况动矣！

针对陶谷的孤独心理，韩熙载又派弱兰化装成驿卒之妇勾引陶谷，陶果然中计，并题《风光好》词赠弱兰，云："好姻缘，恶姻缘，奈何天？只得邮亭一夜眠，别神仙。琵琶拨尽相思调，知音少。待得鸾胶续断弦，是何年？"宋、韩得词后，再次请陶赴宴，命弱兰当席歌《风光好》词，陶再也掩饰不住自己内心的思情，羞愧无地自容，于是弃官躲避到吴越国。后在友人钱俶元帅的帮助下，与秦弱兰结为夫妻。

《风光好》的男主角陶谷，宋人《南唐近事》等笔记中确有其人。剧中讽刺了他虚伪的道学嘴脸，同情了他真诚人性的一面。他身为朝廷命官，封建的礼教束缚了他对情爱的要求；当他独处或脱离监督时，人性的力量就爆发出来。剧中巧妙地安排了一些场面，让他显示出人性真切的一面，他对秦弱兰的爱慕是正常的；但假道学的一面，又阻碍着他的这种情爱。两种力量的搏斗，最终还是人性战胜了虚伪性，从而向人们揭示了封建礼教和道学戒律等所有违背人性的东西，都是脆弱的，腐朽的，不堪一击的。

全剧构思巧妙，趣味盎然，洋溢着生活气息，充满轻松活泼的美感。

郑廷玉，彰德(今河南安阳)人。生卒年不详，创作活动时期与关汉卿接近。有剧23种，今存《看钱奴买冤家债主》(简称《看钱奴》)、《包待制智勘后庭花》、《宋上皇御断金凤钗》、《楚昭王疏涾下船》和《布袋和尚忍字记》5种。他的作品题材多样化，有历史剧，公案剧，家庭剧，还有一些神仙道化和社会伦理方面的杂剧，眼界比较宽阔。

《看钱奴》是元杂剧中著名的家庭剧，取材于晋干宝《搜神记》中的张车子故事。其写的是秀才周荣祖上京应考，将家财埋藏在地下。穷汉贾仁向佛祈福，保佑自己发财。周荣祖的父亲曾对佛有不敬之处，所以佛要惩罚周家，就把周家财产暂借给贾仁20年。贾仁便到周家做工，打墙时刨出了一槽金银来，据为己有，建房置业，变成了大财主，周荣祖却变为穷人。周在饥寒交迫的艰难时刻，将自己的儿子卖给了贾仁。贾仁吝啬成性，有钱不花，做了20年的看钱奴，死后财产仍归周家所有。

剧本的主旨是借周、贾两家兴和衰转换的现象来宣传贫富天定的宿命论思想，这是应予批判的。但在客观上，剧中生动地刻画了悭吝苛克的守财奴贾仁的形象，揭露了他贪得无厌的心理和伪善狡诈的性格。他买周家的儿子时，连买子该付的钱也想赖掉，还要让中人门馆先生陈德甫赔两贯钱，为攫取财富，他什么卑鄙的办法都想得出来，"纳了利从头儿再取索，还了钱文书上厮混赖。"他视财如命，"怎知我多使了一个钱，便心疼杀了我也"，他自我暴露说：

我那一日想烧鸭儿吃，我走到街上，那一个店里正烧鸭子，油渌渌的。我推买那鸭子，着实的挝了一把，恰好五个指头挝得全全的。我来到家，我说盛饭来，我吃一碗饭，我咂一个指头，四碗饭咂了四个指头，我一会瞌睡上来，就在这板凳上，不想睡着了，被个狗舔了我这一个指头。我着了一口气，就成了这病……

他嘱咐死后就用喂马槽收葬，槽短了就用斧头将尸体砍成两截，最好借别家的斧子剁，免得剁卷了刃又得花几文钱去修，还叮嘱千万不要忘记讨还那五文钱的豆腐。这一些细节描写令人捧腹，活脱脱地把个守财奴展现在观众面前。在中外文学作品中，都有吝啬鬼和守财奴的形象，《看钱奴》曾有英、法译本。可见这对揭露社会的丑恶现象还是具有积极意义的。

李直夫，女真族作家，本姓蒲察，人称蒲察李五，官至湖南肃政廉访使。寄居德兴(今河北涿鹿县)府，生活在至元、延祐间。撰杂剧12种，今存《便宜行事虎头牌》(简称《虎头牌》)1种。

《虎头牌》写的是女真族的故事：大将山寿马镇守要道夹山口有功，皇帝提升他为“天下兵马大元帅”，赐给他“双虎符金牌”。他的叔父银住马是个老将，素性嗜酒。山寿马迁居后，将山口交给叔父把守，并叮嘱他戒酒。八月中秋，银住马饮酒赏月，敌兵侵入山口，虏去许多人口和财物。元帅知道此事后，派人捉拿银住马，要依法惩处。银住马是抚育山寿马成长的亲人，感情深厚，但他不徇私情，仍然以“每日恋酒贪杯，透漏贼兵，失误军期”之罪，将其叔父击杖四十。

剧中山寿马的形象十分鲜明。他理智清醒，冷静沉着，作品通过是严肃军法、还是顾念私情的矛盾，突出了他大公无私、忠于职守的高尚品德。但作者并没有将他脸谱化、概念化，而是赋予他以丰富的思想感情。在他执法之时，银住马自恃是他的叔父，且有养育之恩，不伏罪，不下跪，他就用大棒对付；当银住马将被推出斩首时，许多说情的人来了，先是哺乳过他三年的亲婶娘，接着是他的妻子茶茶小姐，还有全体大小官员跪于阶下，这些人情的力量，并没有动摇他执法的意志，但他并非置之不理，最后根据过错实情，决定杖责四十。在执行时，打在叔叔身上，痛在侄儿心里，他一方面认为叔叔有罪该打，一方面又怕把老人打坏。他唱道：

〔得胜令〕打的来一棍子、一刀锥，一下起，一层皮。他去那血泊里难禁忍，则着俺校椅上怎坐实。他失误了军期，难道他没罪谁担罪。

（云）打了多少也？（经历云）打了三十也。（正末唱）才打到三十？赤瓦不剌海，你也忒官不威瓜牙威。

他是既有理智，又有感情的将帅性格，在叔叔遭打后，他又牵羊担酒为其暖痛谢罪，晓之以理，动之以情，得到了叔叔的谅解，叔侄和好如初。

此剧是女真人写本族的戏，它还真实地描写了金代社会的一些风俗习惯，语言本色流畅，具有浓厚的民族色彩。

张国宾，又作张国宝，大都人。生平事迹不详，撰杂剧4种，今存《薛仁贵荣归故里》（又名《薛仁贵衣锦还乡》）和《相国寺公孙合汗衫》（又名《相国寺公孙汗衫记》）2种。前者写薛仁贵在与高丽王侵略军作战的过程中，立下大功，皇帝任命他为兵马大元帅，并准许他衣锦还乡，探视父母、妻子。后者写张员外的儿子张孝友，结识了恶棍陈虎，陈虎推孝友于河中，霸占了其妻儿家财。谁知孝友为渔夫所救，当了和尚。他的儿子成长后考中了武状元，因孝友留下的一半汗衫而使亲人相认，真相大白，陈虎被判枭首示众，张孝友全家团圆。剧中鞭挞了恩将仇报的恶人，宣传了“善有善报，恶有恶报”的道德观念。

作者是元杂剧前期较著名的作家，他的作品结构清晰，戏剧性较强，曲词用通俗口语，充满了生活气息。如张员外家最后团圆时，他写道：

〔殿前喜〕您道一家骨肉再团圆，这快心儿不是浅，便待要杀羊造酒大开筵。多只是天见怜，道我个张员外人家善，也曾济贫救苦舍了偌多钱，今日个着他后人儿还贵显。

元代前期的杂剧作家，还有李寿卿、王伯成、孙仲章、岳伯川、费唐臣、狄君厚、孔文卿、孟汉卿等，他们或多或少也有一些作品传世。此外，还有一些无名氏的作品，其创作时间，难以确定。在这些作品中，不乏优秀剧目，如《风雨像生货郎旦》（简称《货郎旦》）、《玉清庵错送鸳鸯被》（简称《鸳鸯被》）、《包待制陈州粜米》（简称《陈州粜米》）等，都有独特的艺术成就。

《陈州粜米》是著名的公案剧，主要写包拯到陈州为民除害兴利的故事。宋仁宗时，陈州大旱三年，颗粒无收。朝廷要派官吏去粜米赈灾。刘衙内见有利可图，就举荐自己的儿子小衙内和女婿杨金吾前去，还带着钦赐的紫金锤，以惩处“刁顽”的百姓。二人出发前，刘衙内授之以坑民贪财之法，将米价抬高一倍，还掺进泥沙糠秕，用八升小斗量米，用加三的大秤收银。灾民张憋古对此不服，据理力争，被小衙内用紫金锤打死。张憋古的儿子小憋古要为父申冤，到京城向包公告状。包公受理此案后，感到压力很大，非一般案情，于是就微服私访，遇到妓女王粉莲。包公替王牵驴，因王与小衙内厮混得熟，从她那里打听到了小衙内的种种罪行，获得了可靠的证据，从快审结了这桩公案。包公将杨金吾斩首，命小憋古用紫金锤打死了小衙内。刘衙内为救儿子，从皇帝那里讨到了一份“赦活不赦死”的圣旨赶到，要赦免小衙内。不料这正中了包公的计策，按圣旨将关在牢里的小憋古释放了，以喜剧性的收尾，结束了这个惊心动魄的故事。

《陈州粜米》暴露了封建官吏的贪赃枉法和残酷剥削人民的罪行，描写了人民在天灾人祸交相煎逼下的痛苦生活，歌颂了人民的反抗精神，赞扬了为人民伸冤报仇的清官。这种主题思想，在阶级社会里，特别是在元代，是很有现实意义和历史意义的。

剧中的主要矛盾是清官和受冤百姓与贪官的矛盾，中心事件是粜米。作者围绕中心事件，布置故事情节，塑造人物形象。

包公是此剧的主人公，是清官的艺术典型。作者在塑造时，特别注重了对他个性的刻画，揭示了他办这桩大案的心理活动，因而比起其他包公戏的形象来，就显得更丰满，更深刻，更真实可感。例如包公从五南办事回京，风尘仆仆，鞍马劳累，自己的辛苦和清廉，反而遭到奸臣的嫉恨，对此，他有所感触：

〔滚绣球〕有一个楚屈原在江上死，有一个关龙逄刀下休，有一个纣比干曾将心剖，有一个未央宫屈斩了韩侯。那张良呵若不是疾归去，那范蠡呵若不是暗奔走，这两个都落不的完全尸首。我是个漏网鱼，怎再敢一吞钩？不如及早归山去，我则怕为官不到头，枉了也干求。

有了这种思想情绪，所以，当小憋古向他告状时，他不愿去管，他看透了官府中坏人当道，好人受害的内幕。

〔正宫端正好〕自从那云滚滚卯时初，直至日淹淹的申牌后，刚则是无倒断簿领埋头。更被紫襕袍拘束的我难抬手，我把那为官事都参透。

〔滚绣球〕待不要钱呵，怕违了众情；待要钱呵，又不是咱本谋。只这月俸钱做咱每人情不彀。我和那权豪每结下些山海也似冤仇：曾把个鲁斋郎斩市遭，曾把个葛监军下狱囚，媵吃了些众人每毒咒。到今日一笔都勾。从今后，不干己事休开口；我则索会尽人间只点头，倒大来优游。

包公的这些隐退思想，是真实而自然的。在黑暗社会里，一般正直官吏受到挫折时，往往都有这种想法，所谓“穷则独善其身，达则兼济天下”已成为他们的生活信条。但当他看到刘衙内对他要求归隐而兴高采烈时，他立即意识到，从此贪官污吏将是如何的为所欲为，百姓又将是如何的受到冤屈迫害，正当他对刘衙内产生愤恨时，又碰到了小懒古再次告状。经过思想斗争，这时，他为民除害的正义感占了上风，他刚烈正直的性格不容对此冤案置之不理，他主动请求承担陈州粜米事件的处理，要和贪官污吏进行斗争：

〔脱布衫〕我从来不劣方头，恰便似火上浇油，我偏和那有势力的官人每卯酉，谢大人向朝中保奏。

〔小梁州〕我一点心怀社稷愁，则今日便上陈州，既然心去意难留。他每都穿连透，我则怕关节儿枉生受。

这种细致深入地表现人物的内心世界，比单纯地描写包公如何义无反顾、铁面无私要更符合生活逻辑，更富于人情味，因而也更加感人。在艺术成就上，可算别具一格了。

此外，在生活细节上表现人物，也显示了此剧的艺术魅力。例如第三折包公为妓女王粉莲牵驴，充满了喜剧气氛。一个是权高位显、性情刚烈、威武庄严的铁面老包，一个是下贱卑微、任人欺辱的妓女；可是前者却为后者牵驴当奴。作者巧妙地让尊者变为卑者，而让卑者变为尊者，丑的灵魂自夸为美的化身，高尚的灵魂却自扮成愚笨的粗人，这种反常的现象，使故事更具戏剧性，也更突出了人物个性。

剧中的张懒古父子，代表了人民反抗贪官污吏的形象。他们正直、勇敢、善良，对小衙内搜刮民财、假公济私的恶行极其不满，骂这些人“吃仓廒的老鼠，咂浓血的苍蝇”，并表示要和这些人斗争：“他若是将咱刁蹬，休道我不敢掀腾。柔软不过溪涧水，到了不平地上也高声。”这也是当时受压迫者的心声。张懒古被小衙内用紫金锤打死，他是为反抗恶吏剥削而死的，小懒古为报父仇，冒死二次告状，这是人民反抗精神的表现。

杨衙内和小衙内之流，代表了贪官恶吏的形象。他们利用职权，因公干私，把救灾当做自己发财的好机会，连对在大灾面前危在旦夕的农民也不放过，要从他们赖以活命的救济粮中大捞一把。通过这些丑恶的形象，揭露了封建统治者贪婪、残暴的阶级本性。在这些官僚的后面，还有最高统治者为之撑腰，这就更深化了此剧的主旨。

《货郎旦》写的是一个家庭悲剧。秀才李彦娶了妓女张玉娥为妾后，妻被气死，父子失散，人财两空。这种情况在社会上有一定代表性。作者描写得相当真实，表现手法也有特色。如在第四折中，乳母张三姑唱的九转〔货郎儿〕，重复叙说了这个故事的始末。其中典故的运用，叠字的安排，表现了作者语言技巧的纯熟，情意也委曲尽致。此剧对婚姻、家庭具有较强的鉴戒作用。

《鸳鸯被》是家庭讽刺喜剧。写的是：李玉英被刘员外所迫，嫁身还债，结果却意外地与书生张瑞卿结为了夫妻。剧中，作者幽默地讽刺了刘员外卑劣的用心和对女色的邪念。李玉英是个孤独的闺中少女，她渴望爱情，刘员外胁迫她出嫁，也正好顺了她的要求。但后来她与张瑞卿结合，就十分忠于爱情，不再向刘员外妥协，表现了妇女对不满意婚姻的反抗精神。其中有些情节描写得生动细致，如第二折李玉英去玉清庵赴约时，又惊又怕又害羞的心情，很能表现少女的性格。

第五章　元杂剧的衰微及后期作家作品

第一节　杂剧的南移和衰微

元世祖忽必烈逝世后，其孙铁木耳即位，为元成帝。在其大德(1297—1307)年间，杂剧渐向南方传播，杂剧创作中心由大都向临安(杭州)转移。临安旧为南宋京都，其繁荣的经济、高度的文化和秀丽的山水，吸引着大批文人南下。杂剧的作者也纷纷来到江南，如关汉卿、马致远、尚仲贤、戴善夫等名家，不仅带来了北方已经流传的优秀杂剧，还继续撰写新的作品，这种充满生气带有北方风格的文艺形式，给南方的剧坛带来了新鲜的景象。元武宗至大(1308—1311)年间后，关汉卿等著名的北方杂剧家陆续退出舞台，一批年轻的北方籍剧作家，如郑光祖、乔吉、宫大用、秦简夫等继承了前辈的事业，从事新的杂剧创作，也作出了一定的成绩。此时，南方籍的剧作家金仁杰、杨梓、朱凯、沈和、鲍天佑诸人，也登上了杂剧舞台，撰写了一些较优秀的作品；但总的看来，无论是作品的数量，还是质量，都已是强弩之末，大大不如此前的鼎盛局面了。此期间，钟嗣成的《录鬼簿》，开始对杂剧的作家作品进行总结和评论，周德清的《中原音韵》则对元曲的艺术技巧和音韵系统作了规范性研究。从创作实践到理论总结，表明了杂剧已走过了一段路程。到了元顺帝(1331)即位后，杂剧不仅在北方已成夕阳西下；在南方，也萎靡不振了。

元杂剧衰落的原因是多方面的，主要有：

第一，远离了本土人文环境。杂剧产生于北方，在以大都为中心的北方创作圈内，作家和演员，交往密切，形成了良好的创作环境。在民族杂居、文化融合的氛围中，杂剧吸收了北方民族质朴粗犷、豪放率直的风格，其简洁紧凑的结构、民俗和习惯、音乐和方言，都给杂剧以丰厚的滋养。徐渭《南词叙录》说："北曲盖辽金北鄙杂伐之音，壮伟狠戾，武夫马上之歌，流入中原，逐为民间之日用。"当时杂剧的唱腔，也为北方民众所喜闻乐见；当杂剧南移后，远离了它赖以生存的土壤。南下之初，尚有一些名家乘其余威，南人亦怀新鲜之感，颇能传播。为时一久，其后劲就不足了，无法与南方本地的剧种抗衡了。

第二，脱离了民众现实生活。元延祐元年(1314)，仁宗下诏开科取士，许多文人热心于仕途，他们大多有文才，这对杂剧创作力量无疑是一大损失，即使有人编写，也往往出于士大夫借以抒发私情的雅兴，或意在宣扬封建伦理，旨在教化。还有原来北方的一些杂剧作家，南来之后，客居他乡，寄意山水，生活不甚稳定，难有创作基地。南方本地的一些杂剧作家，受到南方人文的熏陶，较为重视文采，艺术上偏向于追求词藻典丽和形式工巧。这样一来，自然不能像杂剧前期那样，将创作植根于人民群众之中，真实地反映下层人民的生活和斗争，深刻地揭露封建统治的黑暗和腐朽。这时的杂剧题材，多写历史故事，或劝善戒恶，宣扬神仙道化和隐逸避祸，很少为民呼吁，在思想内容和艺术形式上，都显得平庸浅薄。

第三，受到了朝廷思想禁锢。元朝统治者在全国统一后，加强了政权的巩固措施。他们借鉴历代王朝的统治经验，加强了思想控制。他们认识到儒家思想体系在巩固政权当中的作用，开始大力提倡以"三纲五常"为核心的伦理观，有意识地利用杂剧，宣扬封建的忠孝仁爱和中庸之道。如对巩固封建秩序有利的杂剧，他们就大力推广，鲍天佑的《史鱼尸谏卫灵公》就曾由朝廷下诏，"诸路都教唱此词"(明代朱有燉《元宫词》)。此剧今只见一段戏曲，内容不详，但从《左传》等史料可知，史鱼是卫国大夫，以正直敢谏著名，相传死前遗命谏卫灵公退奸小弥子瑕，用忠臣蘧伯玉，这类故事对巩固封建统治是有利的。对描写犯上作乱，巩固政权不利的杂剧，便加以严密控制，《元史·刑法志》明令禁止民间子弟"演唱词话，教唱杂戏"。元朝初期那种多元化的思潮、相对宽松的精神状况已不复存在了。

第四，艺术形式本身的局限。任何一种文体的兴盛和衰落，都有其内部原因。杂剧的艺术形式本身就有很多局限。它一本四折的结构，只由末、旦两主角独唱的样式，难以表现越来越广阔和丰富的社会生活。因而，即使在杂剧的鼎盛时期，也有一些作家突破了这些限制。如王实甫《西厢记》，写了五本二十一折，又有旦末对唱的场面；纪君祥的《赵氏孤儿》写了五折；关汉卿的《望江亭》第三折，三个次要人物都有唱词，在一支曲子里有分唱，还有合唱。杂剧形式的限制，南戏中就没有，它的形式比较灵活，适合表现较丰富的社会内容。在戏曲的中心南移之后，南北戏曲交融，相比之下，南戏的优越性就逐渐凸显出来，最后在吸收了杂剧成就的基础上，得到了迅速的发展。

第二节　郑光祖和乔吉

元杂剧后期的作家，较优秀者有郑光祖、乔吉、宫天挺、秦简夫、金仁杰、杨梓、朱凯、沈和、鲍天佑等，他们的作品各有值得称道之处。

郑光祖，字德辉，平阳（今山西临汾）人，生卒年不详。他在江浙一带当过小官，“以儒补杭州路吏”，为人方直，不妄与人交；但名声很大，《录鬼簿》说他“名香天下，声振闺阁，伶伦辈称郑老先生，皆知其为德辉也”。可见他性格正派耿直，比较接近下层人民。死后，火葬于西湖灵芝寺。他有杂剧 17 种，今存 7 种：《迷青琐倩女离魂》（简称《倩女离魂》）、《醉思乡王粲登楼》、《㑳梅香骗翰林风月》（简称《㑳梅香》）、《辅成王周公摄政》、《虎牢关三战吕布》、《立成汤伊尹耕莘》、《锺离春智勇定齐》，后三种是否确为他所撰，尚存疑。从现存剧目来看，他的题材较为广阔，涉及爱情婚姻、名士遭遇和历史人物等多个方面，但以历史传说题材为多，比起前期的杂剧，缺乏现实意义和战斗精神。

郑光祖在艺术上以清丽典雅见称，其曲词艳丽妩媚，善于化用诗词名句，能用婉转缠绵的语言来表现人物曲折细腻的心理活动，是继王实甫之后又一卓有成就的文采派作家。周德清《中原音韵》将他与关汉卿、白朴、马致远并列，后人亦有以“关、郑、白、马”为“元曲四大家”的。他的《倩女离魂》和《㑳梅香》可算是《西厢记》的嫡派，也是他的代表作。《太和正音谱》评论他的作品说：“郑德辉之词，如九天珠玉，其词出语不凡，若咳唾落乎九天，临风而生珠玉。”

《倩女离魂》取材于唐陈玄祐的传奇小说《离魂记》，故事情节有所改动。写的是：王文举与张倩女为父母指腹婚姻，倩女 17 岁时，王文举往长安应试，倩女母亲要求考中得官后方能成亲。倩女为离别而感伤，又担心王文举得官后忘掉自己，忧虑成疾，一病不起，神志恍惚，魂不附体。在一个清秋月夜，她的离魂赶到正在思念她的王文举身边，伴他一同进京赶考。王文举一考及第，写信告诉岳母他将和小姐一起回家。昏昏沉沉的倩女见信上写“文举同小姐一同回家”的话，更生怨恨，气得昏迷。倩女的离魂和文举一同回家，老母大惊，说倩女一直病倒在床，此为鬼魅。离魂说自己不是鬼魅，并进房与倩女肉体相合，倩女苏醒过来，众人无不惊异，遂为文举和倩女设宴完婚。

作者用浪漫主义的手法，成功地塑造了大胆追求爱情自由、勇敢反对封建礼教的倩女形象。当她母亲要文举上京应试，逼他们以兄妹相称时，她感到十分痛苦，怨恨母亲，又恐文举一旦中举，另寻新欢。怨恨、忧虑，加上相思，交相折磨，使她病床不起。这些描写，细致地表现了封建社会里妇女婚姻不能自由的痛苦。但倩女并没有被这痛苦所吓倒，剧中，更着力处是写她对爱情执着地追求和坚定不屈的反抗精神。倩女灵魂离开躯体后，化作了另一个倩女追随文举而去，当文举责备她“奔则为妾”、“有玷风化”时，她坚决要与他结合，陪他三年。她担心文举取得功名后另寻新欢；要是考不中她也不在乎，她可以“荆钗布裙，愿同甘苦”，“任粗粝淡薄生涯”。可见她对文举的爱并非是求荣华富贵，这突出了她爱情的纯洁和真挚。她对设置爱情障碍的母亲很是不满，心里诅咒老母为“黑心肠”，并真正做到了“你把我越间阻，越思量”。倩女的这种叛逆精神，具有鲜明的个性，她没有《西厢记》中崔莺莺大家闺秀犹豫畏缩的一面，与《拜月亭》中的王瑞兰、《墙头马上》的李千金等追求爱情的妇女形象也不相同，各有自己的特点。

《倩女离魂》的艺术构思奇特巧妙，灵魂和躯体分离，正如剧中曲词所唱，“一会家缥缈呵，忘了魂灵；一会家精细呵，使着躯壳；一会家混沌呵，不知天地。”两个倩女，一个在外地，一个在家里；一个是魂，一个是身，两两对照描写，令人有新奇之感。这种脱离事实的幻想却具有着艺术的真实感，含有一定的社会意义。倩女的灵魂与肉体分别象征着封建时代妇女的两种命运。卧床的倩女肉体，忍受着沉重的痛苦，是受封建礼教束缚又不敢反抗的女子的化身；而离开家的倩女灵魂，与所爱的人同行同止，保卫自己的幸福，这是敢于与封建礼教作斗争的妇女典型。这一真一假，真的代表现实，假的代表理想，这肉与灵的分离，揭示了封建社会里妇女理想与现实的矛盾，这便是此剧思想内容的精华所在。

全剧的文辞优美绚丽，洋溢着诗情画意。如描写倩女的魂魄月夜沿江追赶王文举的情景，细致而逼真，情景交融，有声有色。人鬼之间，虚无缥缈的意境，令人神情飞扬。倩女唱道：

【越调斗鹌鹑】人去阳台，云归楚峡。不争他江渚停舟，几时得门庭过马。悄悄冥冥，潇潇洒洒，我这里踏岸沙，步月华；我觑这万水千山，都只在一时半霎。

【紫花儿序】想倩女心间离恨，赶王生柳外兰舟，似盼张骞天上浮槎。汗溶溶琼珠莹脸，乱松松云髻堆鸦，走的我筋力疲乏。你莫不夜泊秦淮卖酒家？向断桥西下，疏剌剌秋水菰蒲，冷清清明月芦花。

(云)走了半日，来到江边，听的人语喧闹，我试觑咱。

(唱)

【小桃红】蓦听得马嘶人语闹喧哗，掩映在垂杨下。唬的我心头丕丕那惊怕，原来是响当当鸣榔板捕鱼虾。我这里顺西风悄悄听沉罢，趁着这厌厌露华，对着这澄澄月下，惊的那呀呀呀寒雁起平沙。

【调笑令】向沙堤款踏，莎草带霜滑。掠湿湘裙翡翠纱，抵多少苍苔露冷凌波袜。看江上晚来堪画，玩冰壶潋滟天上下，似一片碧玉无瑕。

【秃厮儿】你觑远浦孤鹜落霞，枯藤老树昏鸦。听长笛一声何处发，歌欸乃，橹咿哑。

(云)兀那船头上琴声响，敢是王生？我试听咱。(唱)

【圣药王】近蓼洼，望蘋花，有折蒲衰柳老蒹葭。近水凹，傍短槎，见烟笼寒水月笼沙，茅舍两三家。

(正末云)这等夜深，只听得岸上女人音声，好似我倩女小姐，我试问一声波。(做问科，云)那壁不是倩女小姐么？这早晚来此怎的？(魂旦相见科，云)王生也，我背着母亲，一径的赶将你来，咱同上京去罢。(正末云)小姐，你怎生直赶到这里来？……

又如倩女卧病相思、感伤命运的心理描写，也很出色。作者富于文彩的语言艺术，历来为评论家所称道，将他看作王实甫的嫡系传人。钟嗣成称赞他“锦绣文章满肺腑，笔端写出惊人句”(《录鬼簿》)。孟称舜《古今名剧合选》评《倩女离魂》剧说：“昔时《西厢记》，近日《牡丹亭》，皆为传情绝调。兼之者其此剧乎？《牡丹亭》格调当祖此，读者当自见也。”将其在文彩剧派中的传承作用讲得简洁确切，评价甚高。

郑光祖还有《㑳梅香》等剧，也各有一些特色，但成就非能同《倩女离魂》相比。结构上模仿严重，显得一般化，语言雕饰过当。《录鬼簿》批评他说：“惜乎所作贪于俳谐，未免多于斧凿。”

乔吉(1280？—1345)，一作乔吉甫，字梦符，号笙鹤翁，又号惺惺道人，太原人。一生不仕，初浪迹江湖，后居杭州，自称“江湖状元”、“江湖醉仙”，是个终身落魄异乡的文人。《录鬼簿》说他“美容仪、能词章、以威严自饬，人敬畏之。”所作杂剧11种，现存《玉箫女两世姻缘》(简称《两世姻缘》)、《杜牧之诗酒扬州梦》、《李太白匹配金钱记》3种。

《两世姻缘》是乔吉的代表作。故事本于唐·范摅的《云溪友议》。内容写：书生韦皋与洛阳名妓韩玉箫相爱，因韦皋功名未成，被玉箫母活活拆散。玉箫忧思成疾，恹恹而死。死后转世为荆襄节度使张延赏的义女。过了十八年后，韦皋得官出征吐蕃，立了大功，班师途中，张延赏为之设宴庆功。筵席间，韦皋与玉箫相见，双方动情，引得张延赏大怒。此时，玉箫母携玉箫画像赶到，尽诉前因。后奏明皇上，经皇帝调解，并作媒人，方才了结了他们的两世姻缘。

剧中的男女主人公，对爱情热烈执着的追求，生死不渝，真情感人。作者安排情节富于戏剧性，逶迤曲折。如第三折中，转世的玉箫与韦皋重逢，而张延赏不知底细，怪罪韦皋，引起一场争执，几乎刀兵相见，惊险奇巧，引人入胜。全剧语言优美，颇多佳词丽句。如：

〔商调·集贤宾〕隔纱窗日高花弄影，听何处啭流莺。虚飘飘半衾幽梦，困腾腾一枕春醒。趁着那游丝儿恰飞过竹坞桃溪，随着这蝴蝶儿又来到月榭风亭。觉来时倚着这翠云十二屏，恍惚似坠露飞萤。多咱是寸肠千万结，只落得长叹两三声。

〔逍遥乐〕犹古自身心不定，倚遍危楼，望不见长安帝京。何处也薄情，多应恋金屋银屏。想则想于咱不志诚，空说下磣磕磕海誓山盟。赤紧的关河又远，岁月如流，鱼雁无凭。

〔尚京马〕我觑不的雁行弦断卧瑶筝，凤嘴声残冷玉笙，兽面香消闲翠鼎。门半掩悄悄冥冥，断肠人和泪梦初醒。

此为玉箫思念韦皋的一套唱词，充满了诗情画意，婉丽动人。

乔吉的《李太白匹配金钱记》，写唐诗人韩翃与柳眉儿的爱情故事，表现金榜题名与洞房花烛的人生追求。《杜牧之诗酒扬州梦》一剧，张扬了杜牧《遣怀》诗的旨意，"十年一觉扬州梦，赢得青楼薄倖名"，写杜牧与歌妓张好好的爱情故事。乔吉的这类杂剧多为才子佳人的风流韵事，翻来覆去没有什么新鲜的思想内容，甚至还流露出一些庸俗趣味。但是，在曲词上，显示了清丽蕴藉的风格，尤善于用绮丽秀美的词语去描摹艳情，因而得到一些文人的赞扬。《太和正音谱》评其词如"神鳌鼓浪"。孟称舜《古今名剧合选》评《两世姻缘》云："其词如清夜闻猿，使人痛绝。"又评《扬州梦》云："此剧似太秾丽矣，然其词如太真妃出浴华清，虽丰艳动人，而秀质濯濯，幽致亦自不缄。"他们多从语言艺术的角度，对乔吉作了颇高的评价。

在元杂剧后期，郑光祖和乔吉的艺术风格较为接近，是继王实甫之后，文采派的翘楚作家，对后世戏曲创作的语言艺术，有较大的影响。

第三节　金仁杰等其他杂剧作家

金仁杰（？—1329），字志甫，杭州人。他是南方杂剧后期的作家，与《录鬼簿》的作者钟嗣成友情甚笃，钟以之为前辈，云："余自幼时闻公之名，未得与之见也。公小试钱谷，给由江浙，遂一见如平生欢，交往二十年如一日。"他撰杂剧7种，今存《萧何月下追韩信》1种，其他几种散失，也都是历史题材。

《萧何月下追韩信》取材于《史记》等历史文献，主要情节大致依剧史实。写韩信青年时，无所作为，受到家人和社会的卑视，后投奔项羽，项羽未予重用；又投奔刘邦，刘邦亦不重用。于是他愤然而去。汉丞相萧何，看出了韩信的军事才能，因而星夜去追赶韩信。在一个渡口，他追上了韩信。韩信为他的慕才诚心所感动，转马回程，拜见刘邦。刘邦设坛拜将，封韩信为大元帅。韩信分析了楚汉双方的形势，对各路军马做了周密的部署和调度，诱项羽进入了长蛇阵，逼其至乌江渡口就擒。项羽连吃败仗，最后在乌江自刎，乡人吕马童砍下项羽首级献给了刘邦。

全剧内容丰富，人物众多，场面宏大。作者重点在表现韩信的雄才大略和怀才不遇的苦闷，以萧何作为陪衬。这种布局与作者自己的坎坷身世不无关系，也影射了元代黑暗统治下文人们的不幸遭遇，具有一定的现实意义。

剧中曲文质朴而雄浑，接近于杂剧本色派的风格，如第二折写韩信背楚投汉后，仍未被重用，人闷闷不已，决意去过渔隐生活。在离汉时所唱：

> 【双调新水令】恨天涯流落客孤寒，叹英雄半世虚幻。坐下马空踏遍山水雄，背上剑枉射得斗牛寒；恨塞于天地之间，云遮断玉砌雕栏，按不住浩然气透霄汉。
>
> 【驻马听】回首青山，拍拍离愁满战鞍；举头新雁，呀呀哀怨伴天寒。止望学龙投大海贺天关，划地似军骑羸马连云栈。且相逢觑英雄如匹似闲，堪恨无端四海苍生眼。

此剧流传较广，在昆曲中一直传唱，成为我国戏曲的传流剧目。其中有些曲文，为现代仍能演唱的北曲套数之一，可见其舞台影响之深。《录鬼簿》评其词云："虽不骈丽，而其大概，多有可取之处。"

宫天挺，字大用，生卒年不详，大约与金仁杰同时。大名开州（今河南濮阳)人，他是南方杂剧作家中较有特色者。《录鬼簿》说：“历学官，除钓台书院山长。为权豪所中，事获辨明，亦不见用，卒于常州。”他与钟嗣成父为莫逆之交。所撰杂剧6种，今存《死生交范张鸡黍》(简称《范张鸡黍》)和《严子陵垂钓七里滩》(简称《七里滩》)2种。

《范张鸡黍》根据《后汉书·范式传》改编而成，其中有虚构部分。剧本写东汉时，范式、张劭、孔嵩、王韬四人同学，范、张回乡，相约两年后再会。时至，范式前往张劭家，路遇王韬，此时王韬因将孔嵩的万言书冒为己作而得官。两人到张劭家后，张母烹鸡炊黍，殷勤相待。范式、张劭愤恨奸臣当道，绝意仕途，结为生死之交。范式后隐居荆州，吏部尚书奉命征聘范式为官，正在交谈中，范式忽觉昏迷，朦胧中梦见张劭说自己已死，并嘱他照顾其妻儿。张劭下葬时，灵车突然不转，等范式赶到，亲挽灵车，方入墓穴。太守第五伦再次征聘范式，范应聘后，又举荐了孔嵩，并表彰了张劭母子。王韬的劣迹最终也败露了。剧中热情歌颂了朋友之间的真挚情谊，也揭露了仕途的黑暗腐朽。

《七里滩》写东汉光武称帝后，严子陵不愿为官，避让名利，垂钓滩边，闲适度日。作者一面夸耀退隐之高尚，一面描绘官府之鄙陋。其主旨也在于揭露和抨击仕道之黑暗。

宫天挺“文章笔力，人莫能敌；乐府歌曲，特其余事”(《录鬼簿》)。《太和正音谱》评其词风如“西风雕鹗”，并说：“其词锋颖犀利，神采烨然，若健翮摩空，下视林薮，使狐鬼缩颈于蓬棘之势。”贾仲明给他的挽词说：“豁然胸次扫尘埃，久矣声名播省台。先生志在乾坤外，敢嫌他天地窄。辞章压倒元、白。凭心地，据手策，是无比英才。”王国维《宋元戏曲考·元剧之文章》也说他“瘦硬通神，独树一帜。”可见他艺术风格的激越豪放、尖刻瘦硬，是评论家共同的看法。下摘《范张鸡黍》第一折中的几段唱词为例：

〔天下乐〕你道是文章好立身，我道今人都为名利引。怪不着赤紧的翰林院那伙老子每钱上紧。他歪吟的几句诗，胡诌下一道文，都是写要人钱谄佞臣。

〔六么序〕你子父每轮替着当朝贵，倒班儿居要津，则欺瞒着帝子王孙。猛力如轮，诡计如神，谁识你那一伙害军民聚敛之臣。现如今那栋梁材平地上刚三寸，你说波怎支撑万里乾坤。都是些装肥羊法酒人皮囤，一个个智无四两，肉重千斤。

〔么篇〕这一伙魔军，又无甚功勋，却着他画戟朱门，列鼎重裀，赤金白银，翠袖红裙，花酒盈樽，羊马成群，有一日天打算衣绝禄尽，下场头少不的吊脊抽筋，小子白身，乐道安贫，觑此辈何足云云。满胸襟拍塞怀孤愤，将云间太华平吞。想为人怎敢言而无信，枉了咱顶天立地，束发冠巾。

秦简夫，大都人，生平事迹不详。《录鬼簿》将他列入“方今才人相知者”，并云：“见在都下擅名，近岁来杭回。”他是元杂剧后期的作家，在当时颇负盛名。著有杂剧5种，今存《孝义士赵礼让肥》、《晋陶母剪发待宾》和《东堂老劝破家子弟》(简称《东堂老》)3种。

从秦简夫现存的作品看，他主要塑造一些恪守封建道德的人物形象来劝世，教人们改恶从善，缺乏杂剧前期的战斗性和深刻的社会意义。但在艺术上，其作品结构谨严，层次分明，戏曲性较强，语言自然晓畅。他和金仁杰、宫天挺属关汉卿本色一派的作家。《东堂老》是他的代表作。

《东堂老》写扬州富商赵国器，因儿子扬州奴不务正业，结交无赖子弟，沉迷酒色，屡教不改，以此而忧虑成疾。在他临终时，将儿子和黄金交托给好友李实照管，李实号称东堂老。赵死后，扬州奴在无赖之徒的诱惑下，肆意挥霍，不久家产荡尽，沦为乞丐，备尝生活艰辛。东堂老不负所托，看准时机，苦心规劝，终使扬州奴回头。东堂老随后告诉了事情的原委，还将赵国器所寄存的黄金购得赵家财产交还给扬州奴，使其家业重振。

此剧旨在劝诫人们，“君子爱财，取之有道”，只有勤劳才能致富。东堂老对他儿子说：“那做买卖的，有一等人肯向前，敢当赌，汤风冒雪，忍寒受冷；有一等人，怕风怯雨，门也不出。所以孔子门下三千弟子，只子贡善能货殖，遂成大富，怎做得由命不由人!”他还唱道：

〔滚绣球〕想着我幼年时血气猛，为蝇头努力去争。哎哟，使的我到今来一身残病。我去那虎狼窝不顾残生，我可也问甚的是夜，甚的是明，甚的是雨，甚的是晴，我只去利名场，往来奔竞，那里也有一日的安宁。投至得十年五载，我这般松宽的有，也是我万苦千辛积攒成。往事堪惊!

剧中，东堂老是个靠勤劳致富，恪守诚信的艺术形象，他虽相信“贫穷富贵生前定”，但他又不“便稳坐的安然等”，他相信“有钱的是咱能，那无钱的非关命”。这实际上是否认了天命，强调了人的主观能动性，这种思想，反映了元代社会的商业活动中，商人们的人生观。另外，东堂老又是一个讲诚信的商人，他并不惟利是图，对不是自己该得的财物，他纹丝不取。他忠于友人所托，不仅苦口婆心地劝导扬州奴，最后还将扬州奴父亲所暗寄存的钱财连本带利全部交还给扬州奴，他说：

(诗云)你父亲暗寄雪花银，展转挪移十数春。今日却将原物出，世间难得俺这志诚人。(云)扬州奴。(唱)

〔雁儿落〕岂不闻“远亲呵不似我近邻”，我怎敢做的个有口偏无信。今日便一桩桩待送还，你可也一件件都收尽。

在商业经济发达的社会里，提倡诚信生财是有积极意义的。由于中国“重农轻商”的传统观念，商人在文学作品中的形象，大多不甚高尚，见利忘义，重财轻情，几乎成了他们的本性，如《看钱奴》中的贾仁，《贩茶船》中的冯魁，都是这类人。而《东堂老》一反常规，第一次细致地刻画了李实这样一个见财不昧，重情义、守然诺的正面商人形象，肯定了商业行为的正当性和必要性，对他们辛勤的劳动表示同情和称赞，这无疑是具有进步意义的，因而也得到观众的欢迎，至今尚有借鉴价值。

秦简夫的《孝义士赵礼让肥》和《晋陶母剪发待宾》内容平平，以宣扬封建道德为主旨，艺术上也无明显特色。

元杂剧后期，较著名的作家和作品还有杨梓的《功臣宴敬德不伏老》、萧德祥的《王翛断杀狗劝夫》、范康的《陈秀卿悟道竹叶舟》、王晔的《桃花女破法嫁周公》、朱凯的《昊天塔孟良盗骨》、无名氏的《张千替杀妻》、《冻苏秦衣锦还乡》、《苏子瞻醉写赤壁赋》等，这些作品，总的看来，没有什么鲜明的艺术特点，但往往在某个方面，或结构巧妙，或语言本色，或曲词工丽，或某一场面写得生动，各有一些可取之处，还是值得重视的。

第六章 元代的南戏

第一节 南戏的形成与发展

南戏，又叫南曲戏文、南曲、戏文，是我国北宋末至元末明初，即12世纪到14世纪(约200年间)在中国南方流行的一种戏曲。南戏起源于浙江温州(旧名永嘉)，故又名“温州杂剧”或“永嘉杂剧”。

南戏萌芽于南方民间的村坊小曲，初为歌舞小戏。南戏形成的时间早于北曲杂剧，历史上有两种不同的说法。一说据明代祝允明《猥谈》记载：“南戏出于宣和(1119—1125)之后，南渡(1127)之际”，即北宋末年；另一说据明人徐渭的《南词叙录》所记：“南戏始于宋光宗朝(1190—1194)，永嘉人所作《赵贞女》、《王魁》二种实首之。”两说相去七十余年，这七十余年，也正是南戏由原始状态的村坊小戏逐渐成长演变为完整戏剧形式的过程。根据近代人考证，南戏当产生于北宋宣和年间，盛于南渡之后的南宋时代，这是比较可信的。可以确定的是，南戏在南宋前期已经发展成比较成熟的戏曲形式了。

南戏发源于温州，有其一定的历史条件。首先，在北宋末年，政治极为腐败，外部金国崛起，屡屡进犯中原；内部阶级矛盾尖锐，农民起义不断。到处是兵荒马乱，人民流离失所，而温州地处东南沿海，比较偏僻，故而未遭兵戮，为南戏的产生和发展提供了一个相对稳定的环境；其次，温州在当时是东南部重要的贸易口岸，“控山带海，利兼水陆”，各行业十分发达，物质基础十分丰厚；与此同时，随着经济的不断繁荣和市民阶层的不断壮大，普通民众对于文化娱乐的需求也在不断提高，于是，当地的村坊小曲很快就吸收到城市，并得到发展。这些都为南戏提供了产生发展的土壤，使南戏在温州这个古文化之邦迅速成长起来。

南戏的发展还与南宋最繁华的城市临安(今杭州)有着密切的关系，宋氏南渡之后，建都临安，临安的游艺场所远较北宋都城东京为盛，市民文艺十分发达，仅瓦舍就有二十多处，每处又有十几所勾栏作为常年固定的演出场所，随着瓦舍伎艺的繁盛，出现了很多称为“社会”的组织，据宋周密《武林旧事·社会》载，有演杂剧的绯绿社、演唱赚的遏云社、演清乐的清音社、演影戏的绘革社等；还出现了一些“书会”组织，多由一些下层文人和略通文墨的艺人组成，专门为艺人编写话本、曲词和戏曲剧本，正由于这种组织的出现，南戏的剧目在临安得到了极大的丰富，出现了许多新戏，推动了南戏的进一步成熟。

由于北方人口大规模南迁，临安和东南沿海地区，经济飞速发展，同时，大批北方杂剧作者和演员来到临安，南戏在临安吸收了北方杂剧的艺术成就，融合了宋杂剧、唱赚、大影戏、傀儡戏等艺术的形式，与诸宫调的关系则更为密切。所有宋代存在的民间技艺都是南戏吸收融合的对象，说唱文学则是其叙事方式的主要来源。南戏博采众长，故而后来居上，由于与其他剧种演员沟通，使其他演员也能熟悉掌握南戏的表演技巧，他们中的许多人，在南戏受大众欢迎时，改行成为南戏演员，这使南戏的演出队伍得到充实扩大，为南戏在东南各地的播衍做出了贡献，此阶段的南戏代表作为《张协状元》。

元统一中国后，随着北方政治军事势力进入南方，北杂剧也扩展到长江以南，与南戏相汇于以临安为中心的南方戏剧圈，北杂剧的精练内容和形式，使南戏一度有衰落的趋向；但这种局面并未维持太久，从初期到中叶，南戏曲与北杂剧相互交流、相互吸收，使得南戏又有了较大的发展，有许多杂剧作家也开始关注和涉足南戏的创作。在音乐方面，沈和甫创造了“南北合套”的方式，使北曲的刚劲和南曲的柔美兼容并济，丰富了表现力。从形式上说，南戏比较自由，不像北杂剧受一人主唱和一本只能四折的限制，故而很容易改编和移植杂剧的一些作品，借鉴其文学手法。随着南戏的不断发展，其优越性逐渐显示出来，观众的兴趣也逐渐由北杂剧转移到南戏。今存《宦门子弟错立身》与《小孙屠》都是这个阶段的作品。

元末明初，南戏走向鼎盛，而北杂剧却在逐渐消亡。据《南词叙录》记，当时的情况是“亲南而疏北，作者猥兴”，南戏在杭州、温州、福州、泉州、潮州和北方大都流行，引起了上层文人士大夫的注意，一些文人参与了剧本的创作和唱腔的设计，把文人士大夫的审美情趣注入到南戏中，使南戏在思想和艺术质量上得到很大提升。徐渭在《南词叙录》中赞扬元末高明创作的南戏《琵琶记》："用清丽之词，一洗作者之陋，于是村坊小伎，进与古法部相参。"《琵琶记》与"荆、刘、拜、杀"等南戏名剧的相继出现，标志着南戏继杂剧之后走向鼎盛时期。

南戏剧本是我国流传得最早的戏曲文本。宋元南戏的剧目，据钱南扬《戏文概论》统计，共二百三十八本，但由于前后经历两个朝代的递变，社会动荡，故而流传下来的不到十分之一。其中完整保持原貌的只有五本，即1920年在伦敦发现的"永乐大典戏文三种"(《张协状元》、《宦门子弟错立身》、《小孙屠》)及成化本《白兔记》、元本《琵琶记》。明人修改过的十二本，其中以《荆钗记》、《拜月亭》、《杀狗记》最为著名，此三本和《白兔记》(全名《刘知远白兔记》)合称"荆、刘、拜、杀"四大传奇或"古戏四大家"。

南戏剧本虽流传不多，但其本事大多可考。就题材说，有出于正史的《苏武》等，出于时事的《祖杰》、《黄孝子》等，出于唐宋传奇的《王仙客》、《李亚仙》等，出于民间故事的《祝英台》、《孟姜女》等，出于宋金杂剧的《裴少俊》、《刘盼盼》等，出于佛道故事的《吕洞宾三醉岳阳楼》、《王母蟠桃会》等，还有与宋元话本同题材的，如《何推官错认尸》，与金元杂剧同题材的，如《关大王单刀会》、《拜月亭》、《诈妮子调风月》、《杀狗劝夫》等。南戏剧本取材广泛、内容丰富，从多方面反映出复杂、动荡的社会现实，多侧面地传达出宋元时期不同阶层人们的思想意识、生活愿望、道德标准、审美准则。在南戏的一百多种戏文中，大半是爱情、婚姻、家庭的题材，有歌颂爱情婚姻自由的，在程朱理学盛行，提倡守节、殉夫的背景下，这些剧目显示了积极意义。也有描写婚变、谴责男子负心的，这是南戏早期作品中突出的主题，如《赵贞女蔡二郎》、《王魁》，虽然剧本原貌已失，但据《齐东野语》及《南词叙录》等书的记载，参考宋代话本和现在流传的地方戏，可以推测两戏的内容都是男子发迹后抛弃女子的故事。此外，南戏还有一部分剧目是对英雄、爱国者的歌颂，对反抗者的同情，还描写了在战事频繁的宋元年间，人民颠沛流离的情景和萧条的社会面貌，表达了人民渴望安定、企盼和平的深切愿望。还须注意的是，在南戏漫长的发展过程中，一些作品掺杂了宣扬封建思想道德的内容，一些神仙教化戏，宣扬了消极的宿命论思想。

南戏用南方方言演唱，分平上去入四声，不像北曲分平(包括阴、阳)上去三声，用韵上也较为宽松，体制上与北曲杂剧不同。初期南戏的曲调配合，虽然有一定的惯例，但是还没有形成严密的宫调组织，可以根据剧情的需要作较为自由的选择。南曲轻柔宛转的音乐风格，适合于演唱情意缠绵的故事，与北曲的高亢激越，适于表现威武豪放的气概很不相同。器乐伴奏上，北杂剧以弦乐器为主，南戏则以管乐器为主。杂剧只能一人主唱，南戏则是场上任意角色都可以唱，而且有独唱、对唱、接唱、同唱之分，同时还有在后台用以渲染气氛的帮腔合唱。演唱形式的灵活多样，不仅可以调节演员的劳逸，活跃场上气氛，而且有利于表现各个角色的思想感情，有利于刻画身份不同、性格各异的人物形象。在结构方面，它以“出”为单位，人物上下场，出而复入，叫做一“出”。一本戏往往长达几十出，演出时间则需要一天甚至多日。宋元南戏的剧本形式，有着自己特定的体制。剧本开头设置“副末开场”（或称“家门大意”），即让一个演员在开场时，向观众介绍作者的创作意图和剧本的大概情节，帮观众充分理解这出戏所要宣扬的东西，这种开场的形式，在后来的明清传奇中依旧得到了保持。场次安排上，不受一本四折的限制，在开始的几场戏里，有意让男女主角和主要配角陆续上场与观众见面。剧本比较注意大小场和冷热场的调剂，运用歌唱、念白、科介等戏剧表现手法，来塑造人物形象。与杂剧不同的是，杂剧一人主唱，南戏各角色都可以唱。剧本程式上，开头是“题目”，用韵语四句概括剧情，与杂剧相像；段落不叫“折”叫“出”，长短没有限制，一本中的出数也没有限制，一出中不限用同一宫调的曲牌，可以换韵；音乐风格上，用南方方言演唱，用韵宽松，十分轻柔宛转，与北曲的高亢大不相同，为后来四大声腔（昆山腔、海盐腔、弋阳腔、余姚腔）的兴起，提供了坚实的基础，伴奏上主要运用管乐器，行当共有7种，即生、旦、净、丑、外、末、贴。南戏自由灵活的体制和方式十分适合舞台演出，在当时以及其后的几个世纪中影响很大。明清戏曲的舞台艺术，直接继承了南戏和北方杂剧的传统，为中国戏曲舞台艺术的长足发展奠定了坚实的基础。

第二节　高明和《琵琶记》

高明，字则诚，号菜根道人，温州瑞安（今属浙江）人，瑞安属古永嘉郡，永嘉亦称东嘉，故后人称他为高东嘉，又称东嘉先生。他的生年不详，卒于元顺帝至正19年（1359）。高明出生于书香门第，他的长辈、兄弟皆能诗擅文。高明青年时期就以学识渊博著称，尤擅诗文词曲，学于理学家黄溍门下，深受儒家思想的影响。这一时期，元统治者出于政治考虑，恢复了一度废止的科举，高明青年时期用世之心很盛，想通过科举来实现自己的理想，他于至正四年（1344）中乡试，至正五年（1345）以《春秋》考中进士，历任处州录事、江浙行省丞相掾、福建行省都事等职。他为人正直耿介，为官清廉通达，深受治下百姓的爱戴，处州期满离任时，百姓曾为他立碑。至正八年(1348)，方国珍在浙东起义，高明被调往浙东参与镇压，后方国珍被朝廷“招抚”，高明也秩满告归。由于数忤权贵，目睹时政日非，高明晚年，退居于四明(宁波)栎社之沈氏楼，从此闭门谢客，以词曲自娱，专心于《琵琶记》等戏的创作。相传明初太祖朱元璋慕其名，遣使征召，他“佯狂不出”(《南词叙录》)，不久病卒。高明是一个有着儒家正统思想的封建知识分子，他的作品中充满了忧民伤世的思想。除《琵琶记》外，他还有南戏《闵子骞单衣记》(已佚)，诗文《柔克斋集》二十卷(大都散佚)。

从高明的诗文中，可以看到他对仕途险恶的认识和对田园生活的留恋，以及对民间疾苦的了解和同情。另外，他还写了些表彰孝子节妇的诗文，通过宣扬儒家传统道德来纠正“恶化”的风俗、调和社会矛盾，这是高明的一种社会思想，也是他创作《琵琶记》的基础。在《琵琶记》的开场词中，作者批评一般的戏剧“少甚佳人才子，也有神仙幽怪，琐碎不堪观”，宣称“不关风化体，纵好也枉然”，表明他有意识地利用戏剧作为道德教化的工具。在这种前提下，他也触及了一些较为深刻的社会问题。

《琵琶记》是高明根据早在民间流传的各种有关赵贞女的故事改编而成的，早期南戏中就有《赵贞女蔡二郎》的名目，金院本有《蔡伯喈》，陆游诗中所提到有盲艺人演唱的鼓词《蔡中郎》。徐渭《南词叙录》记《赵贞女蔡二郎》“即旧伯喈弃亲背妇，为暴雷震死”，称其为“戏文之首”，可以推测出的是，在《赵贞女蔡二郎》中，赵五娘是被歌颂同情的对象，而蔡伯喈则是被谴责的反面人物。

《琵琶记》写的是书生蔡伯喈和赵五娘新婚两月，遵从父命进京赶考，得中状元，被皇帝赐官留在京师。蔡念及年迈的父母和新婚妻子，请求辞官回家，无奈皇帝不准，并下诏强令他娶牛丞相的小姐；蔡身不由己，只好重婚牛府。而赵五娘在家中含辛茹苦，奉养公婆，承担起家庭的全部负担。饥荒年间，她把救济粮全部留给公婆，自己却背着公婆吃糠。公婆死了无钱安葬，她剪下头上青丝，沿街叫卖，无钱请人挖坟，她麻裙包土，自筑坟墓，安葬二老。然后描容上路，身背琵琶沿街乞讨，进京寻夫。蔡伯喈被强迫成婚后，写信去家中，信被拐儿骗走，致使音讯不通。一日，他在书房弹琴寄托忧思，被牛小姐听见。牛小姐问出实情，告知父母，并说服父亲迎接伯喈的父亲、妻子来京。赵五娘来到京城，正遇弥陀寺法会，便往寺中募化求食，将公婆真容供于佛前。正逢伯喈也来寺中烧香，祈祷父母路上平安。见到父母真容，便拿回府中挂在书房内。五娘寻至牛府，被牛小姐请至府内弹唱。五娘见牛小姐贤淑，便将自己的身世告知她。牛小姐为让五娘与伯喈团聚，又怕伯喈不认，便让五娘来到书房，在公婆的真容上题诗暗喻。伯喈回府，见画上所题之诗，正欲问牛小姐，牛小姐便带五娘入内，夫妻遂得以团聚。五娘告知家中事情，伯喈悲痛至极，即刻上表辞官，回乡守孝。得到牛丞相的同意，伯喈遂携五娘、牛小姐同归故里，庐墓守孝。后皇帝下诏，旌表蔡氏一门。

高明在《琵琶记》中，对蔡伯喈的形象和故事的结局进行了重大改造，把“马踏赵五娘，雷轰蔡伯喈”的结局改为大团圆的结局，把蔡伯喈塑造成一个“全忠全孝”的人物，从主题上说，这是一部劝忠劝孝之作，把蔡伯喈的负心归咎于客观环境，并把牛相父女写得宽宏大量，以至最后获得皆大欢喜的结局，其中有许多细节都显出漏洞，这是作者为宣扬封建道德，给作品带来的消极影响。

但总的看来，《琵琶记》还是一部很优秀的作品，在一定程度上揭露了当时社会上错综复杂的矛盾，通过赵五娘和蔡伯喈的家庭悲剧，抨击了封建社会科举制度的毒害和上层统治者的专横，反映了那个时代的现实，具有积极意义。

作者将谴责的对象指向科举和封建统治阶层，蔡伯喈新婚不久就在父亲的严命下赴京考试，这正是当时社会风尚的反映：以追求功名作为孝顺父母的标尺，蔡公要儿子立身扬名、光宗耀祖，也是出于这样一种世俗观念。但蔡公没有想到，这给全家带来的竟是一场灾难。高明在剧中借蔡伯喈之口抒发了这样的感慨：“可惜二亲饥寒死，博换得孩儿名利归”，“毕竟是文章误我，我误妻房”。剧中更抨击了封建统治者对读书人命运的摆布和对人性尊严的践踏，蔡伯喈高中状元，被皇帝授以官职，卖身朝廷，身不由己，并被告诫“毕竟事君事亲一般道，人生怎能得忠和孝?”皇帝不管蔡已婚的事实，强逼其入赘牛府，蔡虽然辞婚，但慑于皇帝和丞相的专横暴戾，有口难言。剧本对他给予了较多同情的成分，反映了他内心的痛苦、挣扎与反抗，但重婚的事实，又反映了他的软弱、动摇，蔡伯喈这一形象，是充满矛盾的，也是丰满的。

而赵五娘则是一个光彩照人的贤孝妇形象，在她身上，流露出多种中华民族所具有的传统美德。她在极度艰难的环境中，含辛茹苦、任劳任怨，不断做出自我牺牲，以柔弱的肩膀承担生活的重担。她那些十分感人的行动，体现了封建制度下不能掌握自己命运的妇女舍己为人、恪尽孝道的可贵精神和善良勤奋的美好品质。正因为如此，赵五娘的形象才能长期活跃于舞台，流传至今。

《琵琶记》的难得之处，还在于它揭示出赵五娘的不幸。赵五娘的初愿，是“偕老夫妻，长侍奉暮年姑舅”，甘守清贫生活。但这位封建时代的小媳妇，无法把握自身的命运。像丈夫赴试这样的大事，她根本不能参与；她曾埋怨蔡公逼试，要拉伯喈去向蔡公劝说，但欲行又止，唯恐被责“不贤”，被说要将丈夫“迷恋”。伯喈被迫赴试后，照看公婆的责任全部落在她的身上，使她落到了不得不做孝贤媳妇的境地：“也不索气苦，也不索气苦，既受托了苹蘩，有甚推辞？索性做个孝妇贤妻，也得名书青史，省了些闲凄楚!”礼教的熏陶，家庭的责任，使她不得不咬紧牙关，只能干脆以做个“孝妇”自解，“索性”两字，充分说明了她的无奈。然而，她的尽心尽力、自食糟糠的行为，如果公婆能够理解，犹可忍受；最不堪的是还要受到婆母的猜忌。蔡婆说：“亲的到底只是亲，亲生孩儿不留在家，今日着这媳妇供养你呵，前番骨自有些鲑菜，这几番只得些淡饭，教我怎的捱？更过几日，和惚也没有。”并对赵五娘诸多责备，甚至怀疑她独自在背地里偷吃过好食。面对内外交困的悲剧命运，赵五娘心力交瘁，苦不堪言。徐文长评云：“吃糟吃糠不难，吃婆怨气更难。”(见《三先生合评本琵琶记》)因为礼法规定媳妇不得与婆母顶嘴，赵五娘纵然心中不平，“便埋冤杀了，也不敢分说”。她怨肠百结，只能对糟糠倾诉：

〔孝顺歌〕呕得我肚肠痛，珠泪垂，喉咙尚兀自牢嘎住。糠，遭砻被舂杵，筛你簸扬你，吃尽控持。俏似奴家身狼狈，千辛万苦皆经历。苦人吃着苦味，两苦相逢，可知道欲吞不去。(吃吐介)

〔前腔〕糠和米，本是两倚依，谁人簸扬你作两处飞？一贵与一贱，好似奴家共夫婿，终无见期。(白)丈夫，你便是米么？(唱)米在他方没寻处。(白)奴便是糠么？(唱)怎的把糠救得人饥馁？好似儿夫出去，怎的教奴，供给得公婆甘旨？(不吃放碗介)(唱)

〔前腔〕思量我生无益，死又值甚的！不如忍饥为怨鬼。公婆老年纪，靠着奴家相依倚，只得苟活片时。片时苟活虽容易，到底日久也难相聚。谩把糠来相比，(白)这糠尚兀自有人吃，(唱)奴家骨头，知他埋在何处？

这撕肝裂肺的倾诉，道出了她求生不得、求死也不得的痛苦处境和心理。这是朝廷“皇榜招贤”和公公逼试，将她与夫婿“簸扬作两处飞”；是不合理的社会现实和小媳妇的处境，使她“遭砻被舂杵”，“吃尽控持”。这两支曲子，把赵五娘的苦楚表现得淋漓尽致。所以，在《琵琶记》里，作者歌颂了赵五娘的“有贞有烈”，守礼行孝，但以更多的笔墨，揭露了封建社会和伦理纲常给予女性的隐痛。这些也正是作者期待“知音君子另做眼儿看”

的深刻内涵。

关于结局的处理，尽管作者竭力描写牛小姐的贤德、赵五娘的宽容和蔡伯喈的全忠全孝，但牛小姐温柔敦厚下的愁怨、赵五娘备受艰辛后的忧郁及蔡伯喈失去双亲的哀痛、陈留逢荒市的惨状，无不给全剧蒙上一层抹不掉的悲剧色彩，徐渭曾评价此剧："《琵琶记》一书，纯是写怨：蔡母怨蔡公，蔡公怨儿子，赵氏怨夫婿，牛氏怨严亲，伯喈怨试、怨婚、怨及第，殆极乎怨之至也！"可见其悲剧涵怨之深。

从结构上讲，《琵琶记》结构十分严整，分两条线索交替进行，一条线索是伯喈上京考试入赘牛府；一条是赵五娘在家奉养公婆苦苦挣扎。一边是荣华富贵，一边是饥寒交迫，两种境遇形成巨大反差和鲜明对比。作者既集中笔力写蔡伯喈在荣华富贵的罗网中辗转无奈，又酣畅地写赵五娘饥寒交迫，陷入绝境，比较广阔展示出生活画面。在情节安排上，让不同的生活场景对比衔接。前面写了蔡伯喈得中状元，杏园奉宴，志得意扬，后面接着写赵五娘典卖首饰，侍奉公婆；前面写了蔡伯喈洞房花烛，后面接着写赵五娘自食糟糠，公婆愧悔自己误责媳妇，一亡一病；前面写蔡伯喈中秋赏月，后面接着写赵五娘长街卖发、罗裙包土埋葬公婆后，背着琵琶上京寻夫。贫富悬殊的背景，形成了强烈的反差，使观众加深了对不合理的社会现实的认识，在深切地同情赵五娘苦难的同时，体悟到封建伦理纲常的荼毒。另一方面，写蔡伯喈在锦衣玉食荣华的时候，时常忧心忡忡，既挂念穷困的家乡，又感受到宦海生涯的不易，"我穿着兹罗襕到拘索我不自在"，"手里拿着个战钦钦怕犯法的愁酒杯"。优裕闲适的环境与人物苦闷沉重的心态，也形成了鲜明的反衬。这些巧妙的安排，有助于加强整部戏的悲剧气氛，使人物性格呈现得更加鲜明。

在语言的运用方面，《琵琶记》最突出的成就，是能配合人物不同的处境以及两条戏剧线索的开展，运用两种不同风格的语言。在一般情况下，赵五娘语言本色；蔡伯喈词藻华丽。如五娘在描绘死去公公的像时所唱：

〔三仙桥〕一从他每死后，要相逢不能够，除非梦里，暂时略聚首。若要描，描不就。暗想像，教我未写先泪流。写，写不得他苦心头，描，描不出他饥证候，画，画不出他望孩儿的睁睁两眸。只画得他发飕飕，和那衣衫敝垢。休休，若画做好容颜，须不是赵五娘的姑舅。

〔前腔〕我待画你个庞儿带厚，你可又饥荒消瘦。我待画你个庞儿展舒，你自来长恁皱。若写出来，真是丑，那更我心忧，也做不出他欢容笑口。……只见两月稍优游，他其余都是愁。……我只记得他形衰貌朽。这画呵，便做他孩儿收，也认不得是当初父母。休休，纵认不得是蔡伯喈当初爹娘，须认得是赵五娘近日来的姑舅。

这明白如话的本色语言，抒发了五娘对公婆的诚挚爱心，十分真切感人。

又如蔡伯喈考中状元后，被赐官留京，他思念双亲和妻子，唱道：

〔高阳台〕梦远亲闱，愁深旅邸，那更音信辽绝。凄楚情怀，怕逢凄楚时节。重门半掩黄昏雨，奈寸肠此际千结。守寒窗，一点孤灯，照人明灭。

〔前腔〕当时轻散轻别。叹玉箫声杳，小楼明月。一段愁烦，翻成两下悲切。枕边万点思亲泪，伴漏声到晓方彻。锁愁眉，慵临青镜，顿添华发。

这文采焕然的清丽唱词，十分符合这位年轻才子的身份，具有鲜明的个性。

同时，作为戏剧，《琵琶记》的语言也富于动作性。不少唱词、对白能与角色动作结合，成为蕴味深厚的潜台词。例如"琴诉荷池"一出，写蔡伯喈弹错了曲调，牛氏不悦，两人有对白如下：

（生）……这弦中不弹。（贴）这弦怎地不中？（生）当原是旧弦，俺弹得惯。这是新弦，俺弹不惯。（贴）旧弦在那里？（生）旧弦撇了多时。（贴）为甚撇了？（生）便是新弦难撇。（介）我心里只想着那旧弦。（贴）你撇又撇不得，罢罢！

新弦、旧弦，暗示旧妇与新妇。这段对白中，话里有话，一石二鸟，细腻地传达出他们的性格以及在规定情景中的神态。让观众领略到戏中人物在同一场境中对立的心境，使作品的戏剧性得到加强。

由于《琵琶记》强调戏曲的风化作用，相传在明初就得到明太祖的赏识，以之与《四书》、《五经》并提。后来的《五伦全备记》、《易鞋记》等作者都在第一出开宗明义，说："若于伦理无关系，纵是新奇不足传。"这都表明他们是继承了高明的创作倾向的。与此相关联，《琵琶记》里部分情节，如以子女向父母祝寿开场，以一夫二妇和好团圆结局等，也为明初以来许多戏曲家所袭用。然而《琵琶记》中部分现实主义的描绘，以及排场、曲白等多方面的艺术成就，也为后来戏曲家所借鉴，起了有益的作用。自从《琵琶记》在民间流行之后，还先后出现题材类似而倾向不同的作品，如明代弋阳腔的《珍珠记》，清代花部的《赛琵琶》，有的惩办了窃威弄权的温太师，有的处斩了忘恩负义的陈驸马，一定程度上抵消了《琵琶记》的思想影响。明代中叶以来，《琵琶记》还一直成为剧坛上争论最多的作品之一，这也说明它内容的复杂和影响的深远。

《琵琶记》也是具有世界影响的古典戏曲之一。早在19世纪，就先后有英文、法文、德文和拉丁文的选译和介绍，20世纪30年代，还进入百老汇演出，颇受观众欢迎。

第三节　四大南戏

《荆钗记》、《白兔记》、《拜月亭》、《杀狗记》四大南戏是在南戏向传奇过渡时期产生的，是南曲戏文八百年历史中辉煌灿烂的一段。简称“荆、刘、拜、杀”。这些剧本，明徐渭在《南词叙录》“宋元旧篇”内有著录。它们最初大多出于民间艺人之笔下，成就不高，但在长期的演出历程中，这些剧本通常会受到戏班和艺人不断的修订和改编，从而带有世代累积型特征。另外，随着南戏影响的不断扩大，文人作家开始加入到南戏创作和改编的行列，经过他们的加工和再创作，原来稚拙的剧本变得较有文采，有较强的可读性，从而构成一种基本的写定本，流传后世。这参与写定的文人也就被看作是剧本的作者。在早期南戏作品中，这种情况尤为常见。而到明代之后，随着新的声腔剧种的兴趣和观众审美观念的变化，这些成为“经典”的剧目，为了适应明代社会和明代观众的需求，在流传和刊印过程中，又经受了新的改动。而流传至今的宋元时期的南戏作品，大多属于晚明刊本，它们并不完全保有旧貌。这也是戏曲文学特有的现象。

《荆钗记》相传为元人柯丹邱所作，全剧共四十八出，现存多种明刻本，其中以温泉子编集的《原本王状元荆钗记》较接近原貌。故事写穷书生王十朋和温州首富孙汝权分别以荆钗和金钗为聘礼，向钱玉莲求婚，钱玉莲不以财富动心，看中王十朋的才德，与之成婚。十朋后入京金榜题名，考中状元，万俟宰相欲招其为婿，十朋以家中有妻室拒绝，被贬调烟瘴之地潮州，而他请母亲带领玉莲前往任所的家书，却被孙汝权篡改为“休书”，继母因此逼迫玉莲改嫁。玉莲不从，投江自尽，幸被钱安抚救起。十朋得知玉莲死讯，发誓终身不娶；玉莲也听到了十朋死于瘴疫的误传。后来两人在钱安抚舟中以荆钗相认，重续前缘。另一传本则作夫妇在玄妙观追荐亡灵时，意外相逢，得以团聚。

作者通过此剧，歌颂了坚贞不渝的爱情，具有积极的社会意义，但由于历史及作家的局限性，作品的封建说教气息较浓。据《紫桃轩杂缀》、《瓯江逸志》记载，故事原型写的是十朋负心抛弃玉莲，玉莲投江自尽，与《王魁》、《赵贞女》属同一类型。今传本改为歌颂“义夫节妇”生死不渝的夫妇之爱，与《琵琶记》改蔡二郎的不道德为蔡伯喈的纯孝，强调“关风化”的倾向是一致的。但是还应看到，《荆钗记》中亦有许多方面突破了儒家的价值观，体现了进步的一面，比如王十朋听到玉莲死讯，宁愿无子嗣也誓不再娶，这就打破了传统“不孝有三，无后为大”的观念。

《荆钗记》情节结构十分精巧，戏剧性较强。它利用荆钗这一道具贯穿全剧，层次分明地展开冲突与纠葛，因而“以情节关目胜”（徐复祚《曲论》），特别适宜于舞台表演。此外，作者驾驭语言的能力也比较高妙，吕天成的《曲品》说它“以真切之调写真切之情，情文相生，最不易及”。

例如第32出王十朋母亲祭奠投水媳妇钱玉莲的一段描写：

〔驻云飞〕遥奠江边，（白）我那媳妇儿，（唱）想你贤能有千万般，只怨我儿身居宦，拆你夫妻散。天，指望你永团圆，谁想中途遭变。（白）我那儿，（唱）只为我贫姑，你受尽娘轻贱。（白）李舅与我奠酒。（末奠介）奠酒也是徒然。（贴唱）一滴何曾到九泉，一滴何曾到九泉？

（白）再奠酒。（再奠酒介），（贴唱）

〔前腔〕苦向谁言，心内浑如乱箭攒。指望你铺羹饭，（白）媳妇儿，你今亡了，（唱）谁带我孝麻绢？天，谁想你丧吾先。把姑嫜抛弃闪，教我举眼无亲，怎不肝肠断！泪血染成红杜鹃，泪血染成红杜鹃。

（白）李舅，这三奠酒，三奠酒完了。（贴白）我那媳妇儿，深感你父亲，（唱）

〔前腔〕不弃姻亲。（白）你与我孩儿呵，（唱）妇义夫贤，半载夫妻恩爱捐。指望封妻显，指望你将门楣换。天，老景近黄泉，也得与伊为伴。今日途中，谁说心头怨，一度临风一惨然，一度临风一惨然。

（白）李舅化幣。（唱）

〔前腔〕沧海漫漫，知道你幽魂在那边，须把阴灵显，亲与姑之念。天，你送我理当然，教我反来设奠！生别可重逢，死别无由见。泪彻黄泉痛不干，泪彻黄泉痛不干。

王母的三奠酒，痛祭投江殉情的媳妇，情真意切，唱说兼行，泣诉之情，宛然如在眼前。

《白兔记》全称为《刘知远白兔记》，作者不可考，钱南扬认为是“永嘉书会才人编撰”。故事早在宋人话本《新编五代史平话》和金代《刘知远诸宫调》中已有记载。刘知远作为五代后汉的开国皇帝，其传奇经历为民间喜闻乐道，具有民间文学色彩，不同于正史的记载。此剧写刘知远落魄流浪，蒙财主李文奎收留在家，充当佣工，因见其睡时产生异相，料其日后定然不凡，便将女儿李三娘许配给他。文奎死后，刘知远不堪兄嫂李洪夫妇的欺侮，被迫投军，后被岳节度使招赘为婿，功成名就。三娘在家不肯改嫁，被兄嫂逼迫，挑水推磨，受尽苦辛，在磨房咬脐产下一子，托人送往军营。十六年后，咬脐郎打猎时追赶一只白兔来到磨房，遇见受苦的李三娘，母子夫妻得以团圆。

故事表明了作者“贫者休要轻相弃，否极终有泰时，留与人间作话题”的创作意图。通过李三娘的悲惨命运，反映了封建社会广大妇女的悲惨遭遇，赞扬了她们忠贞不屈、忍辱负重的品德。对剧中刘知远的忘恩负义，虽作了一定谴责，但作品中写他蛇穿七窍、真龙护身等情节，充满了天命思想，这是作者的思想局限性造成的。

从语言风格上讲，《白兔记》十分朴素自然，“报社”、“祭赛”、“保禳”等出，还保存着一些古代农村风俗和情趣。

例如三娘在磨房产子时所唱：

〔锁南枝〕星月朗，傍四更，窗前犬吠鸡又鸣。哥嫂太无情，罚奴磨麦到天明。想刘郎去也，可不辜负年少人。磨房中冷清清，风儿吹得冷冰冰。

〔锁南枝〕叫天不应地不闻，腹中遍身疼怎忍。料想分娩在今宵，没个人来问。望祖宗阴显应，保母子两身轻。（第十九出《挨磨》）

《拜月亭》又叫《拜月记》，在四大南戏中成就较为突出，一般认为是元人施惠作。施惠，字君美。此剧据关汉卿杂剧《闺怨佳人拜月亭》改编，主要情节大致相同。改编的原本不存，今存本以明万历世德堂刊本较近古本原貌。

该剧歌颂了蒋世隆与王瑞兰之间坚贞的爱情，男女主人公一反“一见钟情”的传统爱情戏模式，在逃避战火的风雨旅途上，在患难相扶之中，他们萌发了爱意。离乱中的结合，既无父母之命，媒妁之言，又不门当户对，自然有悖于封建伦理，但作者肯定了这样的爱情，显示出对封建礼教、封建婚姻和等级制度的叛逆，并且通过这样的一段爱情故事展现出广阔的社会风貌，让上至朝臣，下至店主、小二的形象在舞台上将其不同的生活面貌一一展现，还写出了蒙古贵族发动对金战争时朝内主战、主和派之矛盾，揭露了金主在向南迁都后，仍过着纸醉金迷的腐化生活，对其进行了无情的谴责，使这故事中的悲欢离合更加具有了深刻的社会意义，曲折深沉地表达了亡国之痛。

《拜月亭记》的起伏跌宕，情节生动。在悲剧性的事件中，巧妙地插入巧合、误会的场面。机智有趣的对话，使全剧带上喜剧的色彩。如写乱离中兄妹、母女惊慌失散，瑞兰、瑞莲音近，世隆喊妹"瑞莲"，瑞兰误以为母亲喊她，结果与世隆相遇，在旷野中举目无亲的情况下，只得要求与世隆同行；而王夫人喊"瑞兰"，却喊来了瑞莲，两人同病相怜，认了母女。正是这种巧合，使人物的命运发生了始料不及的变化。"驿中相会"出中，王夫人寄于驿舍廊下，因思女彻夜啼哭不眠，同宿驿舍的王镇被吵得心烦，让人将她们赶走，结果夫妇意外相逢。还有"隆兰拆散"、"瑞兰拜月"等场合，也都有巧合的安排。这些遭遇看似偶然，但在离乱中完全可能发生，由于有实际生活的依据，所以使人感到真实可信，读来很具戏剧的感染力。

《拜月亭记》的人物刻画相当成功。对白丰富，唱词和舞台动作，都能准确地描摹人物微妙的心理状态，具有独特的艺术风格。其中王瑞兰的形象尤为突出，身为尚书小姐，在旷野中孤零无依时，她无法顾及自己的身份，只能央求蒋世隆携带同行，甚至不顾男女授受不亲的礼教禁忌，主动提出了"权说是夫妻"的建议。但到达旅舍，当世隆正式提出成亲要求时，她心中愿意，却又故作回避，表现出相府小姐的矜持。在应允成婚后，对爱情十分坚贞，无论是父命皇旨，都无法改变她的态度。这一形象的出现，说明南戏的艺术水平，上升到一个新的阶段。

该剧的语言很具文采、形象而有音韵之美，节奏感自然悦耳，本色天然。如瑞兰一家驿中相会时的一段韵白：

> 老旦：孩儿，历尽了苦共辛，娘逢人见人寻问。只愁你举目无亲，子母每何处厮认？旦：我有一言说不尽……老旦：有什么说话？旦：向日招商店蓦忽地撞着家尊……(哭科)老旦：孩儿有甚事，说与我知道，不要啼哭。旦：我寻思他眼盼盼人远天涯近。老旦：为甚的来那壁升般恨？外(怒科)夫人，你休只管叨叨问。老旦：相公，有甚事争差，且息怒嗔，闲言语总休论。小旦：贱妆不惧责罚，将片言语陈，难得见今朝分……旦：甚时除得我心头闷！甚日除得我心头恨！

这段简短的韵白，把四个人物此刻的情状展现得十分清楚：瑞兰满腔愁苦，欲说还休；王夫人爱女心切，却又絮絮叨叨；王镇气急败坏，蛮横压制；瑞莲左右周旋，从旁排解。这里，本色自然的唱词，与说白浑成一体，很难区分。而曲白相生，耐人寻味，又大大增强了语言的表现力。明李卓吾认为《拜月亭记》的成就可与《西厢记》媲美，并在《李卓吾批评闺记》中评价说："《拜月》曲白都近自然，委疑天造，岂曰人工！"如蒋世隆和王瑞兰在患难中又遇盗的一段唱词，辞采清丽，情景交融，境界凄然：

〔高阳台引〕（生、旦上，生）凛凛严寒，漫漫肃气，依稀晓色将开。宿水餐风，去客尘埃。（旦）思今念往心自骇，受这苦谁想谁猜。（合）望家乡，水远山遥，雾锁云埋。

〔山坡羊〕（生）翠巍巍云山一带，碧澄澄寒波几派，深密密烟林数簇，滴溜溜黄叶都飘散。一两阵风，三五声过雁哀。（旦）伤心对景愁无奈。回首家乡，珠泪满腮。（合）情怀，急煎煎闷似海；形骸，骨巖巖瘦似柴。

《杀狗记》，一般认为是元明之际的徐畛所作，元代戏文《宦门子弟错立身》中已提到此剧，徐畛也可能是改编者。今存汲古阁刻本为冯梦龙改订本。元代有无名氏杂剧《杨氏女杀狗劝夫》，内容与此戏文大致相同。在此剧第一出《家门大意》中说：

两乔人全无仁义，蠢员外不辨亲疏。
孙二郎破窑风雪，杨玉贞杀狗劝夫。

作者劝诫世人，"重和睦，封章褒美，兄弟感皇恩"。

剧本写富家子弟孙华结交市井无赖胡子传、柳龙卿，受二人挑唆，视胞弟孙荣为仇敌，将其赶出家门，致使孙荣寄身破窑，乞食街头。华妻杨氏多方劝说无用，设杀狗劝夫之计，杀狗假扮人尸，放在门外。酒醉归来的孙华，误以为祸事临门，便请那些酒肉朋友帮忙移尸，胡、柳二人不仅不肯前来，反而向官府告发；而其弟孙荣则不计前嫌，当即为兄埋"尸"，还在官府前主动承担杀人罪名。此计暴露了所谓结义兄弟危难时不肯相救的真相，让孙华醒悟，兄弟和好，共受旌表。

剧本以宣扬封建伦理思想为主旨，赞美恪守封建妇道、劝夫改过的贤妻，以及事兄如事父、被逐不怨的悌弟，还有忠心事主的义仆，是一出颂扬孝悌观念的社会伦理剧。此剧封建宗法气息虽然浓厚，其警诫世人不可妄交酒肉朋友，却有一定的社会意义。作品对柳龙卿、胡子传两个骗吃、骗喝的游手好闲之徒，作了比较生动的描写，具有较深刻的认识价值。从语言上看，此戏曲文俚俗，明白如话，但艺术上显得比较粗糙，又兼结构松散，有些情节不合情理，在四大传奇中居于最末。

此外，南戏中无名氏的《破窑记》、《金印记》、《赵氏孤儿》、《牧羊记》、《东窗记》、《冯京三元记》、《黄孝子》、《胭脂记》、《寻亲记》等作品，影响都较深远。其中《破窑记》的成就较高。这些传本在明代又经过明人典雅化的改造，礼教伦理的因素进一步得到加强，但艺术上缺乏特色。

第七章 元代的散曲

第一节 散曲的兴起及艺术风格

“曲”是元代标志性的文学样式，通常与唐诗、宋词并称。元代罗宗信《中原音韵·序》说：“世之共称唐诗、宋词、大元乐府，诚哉。”

曲的名称由来已久，在汉乐府中，就有大曲、杂曲、鼓吹曲、横吹曲之类，隋唐时的一些民间词又被称为曲子词。宋、元以后，曲又有多种称呼，或称“乐府”，如元代杨朝英编的《朝野新声太平乐府》，实际上是散曲集子；或称为“词”，如明代徐渭《南词叙录》，“词”实际上指曲。

元曲一般指杂剧和散曲两大类，杂剧除宾白和科外，就是唱词，唱词也就是曲子，故又称“剧曲”，剧曲是戏剧表演综合艺术中不可分割的部分，其内容与剧情一致，是描写剧中人物的重要手段。散曲是与剧曲相对而言的，它不与剧情和剧中人物发生关系，是一种独立的抒情文学样式，是一种新兴的格律诗体。它还必须与相应的乐曲配合，可以歌唱，从这个角度讲，散曲可说是元代的流行歌曲。

散曲起源于何时，因文献缺乏，难以确考。但在宋末元初，一种新鲜的能歌唱的诗歌样式已广泛流行于民间，这就是散曲。

对散曲的兴起，前人有不同的说法。或以为由词演变而来，王世贞《曲藻·序》说：“曲者，词之变。自金、元入主中国，所用胡乐，嘈杂凄紧，缓急之间，词不能按，乃更为新声以媚之。”他认为由于胡乐按词的调子不能歌唱，于是改为新曲。或以为由胡乐直接变来，徐渭《南词叙录》说：“今之北曲，盖辽、金北鄙杀伐之音，壮伟狠戾，武夫马上之歌，流入中原，遂为民间之日用。宋词既不可被弦管，南人亦遂尚此。”他认为元曲是辽金之音传进来的。还有以为是古乐府演变而来，明代胡应麟在《庄岳委谈》中说：“宋词、元曲，咸以仿于唐末，然实陈、隋有之。盖齐梁月露之体，矜华角丽，固已兆端。”他认为宋词、元曲都源于陈、梁乐府。以上这些说法，都是有一定根据的，他们找到了元曲兴起的某一个原由，但没有综合地去探讨。一种文体的兴起，往往不只是一种因素，有内因，有外因，由多种因素而促成。元曲也是一样，其内因是词体的发展和变化，其外因是胡乐、俗乐和语言的影响。

词本来源于民间，后来发展成为文人的文学样式，又与音乐脱节。到了宋末，词的格律要求苛严，修辞更加讲究，少数词人能写出高雅合律的词来，而一般文人却很难写好，更不谈老百姓了。汪森在《词综·序》中说：“鄱阳姜夔出，句琢字炼，归于醇雅。于是史达祖、高观国羽翼之，张辑、吴文英师之于前，赵以夫、蒋捷、周密、陈允衡、王沂孙、张炎、张翥效之于后。譬之于乐，舞《箾》至于九变，而词之能事毕矣。”这样，词从一种大众化的抒情歌曲形式而变为了少数词学文人的专利，词的生命力也就渐趋衰落。但词的基础是在民间，它的一些音乐曲调并未完全消亡，它的格律也能符合审美需要。在词的基础上，产生一种新的可以歌唱的文艺形式，以适应当时大众的娱乐需求，乃是顺理成章的事。散曲就是在这种情形下应运而生的。散曲继承了词的曲乐、格律和文辞，所以它们的关系最密切，体制最相似。据王国维统计，元曲的曲牌有 75 种出自唐宋词牌。曲的音乐，也与词的音乐一脉相承，属于唐以来的燕乐系统。所以，从文学发展的规律来说，词的僵化和形式主义与社会民众文艺需要的矛盾，是散曲产生的内因，词的艺术形式是散曲艺术形式的基础，曲之初的小令与词几无多大区别。

有了这种原由和基础，再加上若干外因和有利条件，散曲就登上了元代文坛，成了当时抒情文学的主流形式。这些条件是：

第一，北方少数民族的乐曲传入。在宋王朝政权存在的同时，契丹、女真、蒙古等北方少数民族也先后建立了自己的政权。宋高宗建炎元年(1127)，女真族的金朝侵入了中原；南宋帝昺祥兴二年(1279)，蒙古族元王朝统一中国。在这些少数民族政权统治时期，也带来了他们的文化艺术。他们的音乐，充满了奔放雄浑的特色，新鲜活泼，“北鄙杀伐之音”、“武夫马上之歌”，都为中原群众和广大市民所欣赏，下层文人也渐染指，这些新的成分融合于传统的乐曲之中，成了新声。王骥德在《曲律·杂论下》中，记录了外族的大曲《哈巴尔图》、《畏吾儿》、《蒙古摇落四》等 17 支，小曲《黑雀儿叫》、《阿林纳》等 8 支，回回曲《伉俚》、《马黑某当当》、《清泉当当》3 支；周德清《中原音韵》等书也记录了《洞洞伯》、《曲律买》、《者剌古》、《阿纳忽》、《唐兀歹》等曲调。这些“胡乐番曲”，加上他们的乐器，对当时的音乐界产生了极大的影响。曾敏行《独醒杂志·卷五》说：“先君尝言，宣和间，客京师时，街巷鄙人，多歌蕃曲，名曰《异国朝》、《四国朝》、《六国朝》、《蛮牌序》、《蓬蓬花》等，其言至俚，一时士大夫亦皆歌之。”这是讲的北宋徽宗时的情况，到了金、元入主中原，其音乐之盛行，更是可想而知了。

第二，民间俗谣俚曲的广泛传播。民间的歌谣和曲艺，从来就没有间断过，当文人的文艺形式走向衰落时，总向民间寻求出路。王世贞《曲藻》说：“三百篇亡而后有骚、赋，骚、赋难入乐而后有古乐府，古乐府不入俗而后以唐绝句为乐府，绝句少宛转而后有词，词不快北耳而后有北曲，北曲不谐南耳而后有南曲。”在这种交替的过程中，民间的文艺形式往往是新鲜形式的先导和养料。宋室南渡后，汉文化中心南移，在高堂华屋里的典雅宋词对北方影响甚微，在南方也只少数文人在揣摩。人民群众则运用自己喜闻乐见的俗谣俚曲，抒情叙事，开展娱乐。元代燕南芝庵《唱论》说：“凡唱曲有地所：东平唱《木兰花慢》，大名唱《摸鱼子》，南京(今开封)唱《生查子》，彰德唱《木斛沙》，陕西唱《阳关三叠》、《黑漆弩》。”这些曲调主要在城镇市民中流传，还有《采茶歌》、《山坡羊》、《豆叶黄》、《干荷叶》等曲调，显然来自农村，这些民歌民谣和其他的民间曲艺形式，为散曲的兴盛提供了充分的养料和借鉴的形式。

第三，新兴文学语言的领域扩大。唐宋以来，市民阶层扩大，适应于他们趣味的文艺形式日益丰富，变文、俗赋、话本和各类演唱文学，都发展起来，而这些品类的共同点，就是要通俗易懂。原来以先秦典籍为规范的语言，即文言文已脱离了活的口语，仅在部分书面范围内运用，继之而起的是流行于北方的鲜活的口语，人们不仅以之说话交流，还以之创作，于是一种新兴的文学语言逐渐发展，这就是古白话文。自辽、金、元以后，北京成了中国政治文化的中心，以北方方言为基础，以北京音为标准语音的官话语言系统，也就成了中华各兄弟民族和不同地区交际的重要工具。散曲也用这种活的语言进行创作，把文绉绉的典雅语言变成了生动活泼的口语，能唱能说，通俗易懂。明代凌濛初《谭曲杂札》说：“元曲源于古乐府之体，故方言、常语沓而成章，着不得一毫故实；即有用者，亦其本事，如蓝桥、妖庙、阳台、巫山之类。”早期的散曲家关汉卿、王和卿、白朴、马致远诸家，正是运用这种新兴文学语言的杰出代表。

由于以上各种因素，形成了散曲兴起的综合性环境，于是在宋词的基础上，出现了散曲，它是词的继承和发展，但又不是词。散曲与词的主要区别是：

第一，格律要求不同。曲与词都属配乐的格律诗体，但各自的要求不同。词的结构分单调、双调、三叠，最多四叠，仅《莺啼序》一种。同一题材，如意犹未尽，可重复用同一词牌的曲子来写，称为联章体，如《尊前集》中和凝的五首《江城子》，写男女幽会的全过程。而曲有小令和套数，小令就是一支独立的曲子，相当于词的单调，词把单调也称小令。套数则比较复杂，它由两个以上的同一宫调的曲子按一定规则连缀起来，而这些曲子的曲牌是不同的。如马致远的〔双调·夜行船〕《秋思》，就由〔夜行船〕、〔乔木查〕、〔庆宣和〕、〔落梅风〕、〔风入松〕、〔拨不断〕、〔离亭宴煞〕几支同为〔双调〕的曲子组成。此外，曲还有"么篇"，即将前调重复一遍；"带过曲"，即音律衔接得自然好听的曲牌，如〔双调·水仙子带折桂令〕。这些结构方式，曲与词是不同的。

此外，词和曲都是韵文，但押韵规则不同，词的韵位较稀疏，一般双句用韵，甚至三句一韵，且平仄不能通押。而曲韵位紧密，通常是句句用韵，平仄可以通押。

还有，曲在格律规定字句外，可以加衬字，而词是不能随便加的。衬字或加在句首，或加在句中，不能加在句尾。加在句首的，可以是实字，也可以是虚字，加在句中的，以虚字为常；衬字不拘平仄，也不拘多少，一般小令衬字少，套数衬字多。散曲由于衬字的运用，改变了诗词常用的五言、七言等句式，使节奏也产生了变化，唱读起来，更加灵活生动，更加接近口语，更加真实自然。如：

> 蛩吟罢一觉才宁贴，鸡鸣时万事无休歇。争名利何年是彻？密匝匝蚁排兵，乱纷纷蜂酿蜜，急攘攘蝇争血。裴公绿野堂，陶令白莲社。爱秋来时那些：和露摘黄花，带霜烹紫蟹，煮酒烧红叶。想人生有限杯，几个重阳节。嘱咐俺顽童记者：便北海探吾来，道东篱醉了也。
>
> ——马致远〔双调·离亭宴煞〕

> 少我的钱差发内旋拨还，欠我的粟税粮中私准除。只道刘三谁肯把你揪捽住，白什么改了姓更了名唤做汉高祖。
>
> ——睢景臣〔般涉调·尾声〕

前一支富于文采，后一支近于朴素，但都通俗自然，其中衬字的作用是不可忽视的。

第二，语言系统不同。词所用的语言基本上是汉语文言系统，是以先秦典籍语言为规范的书面语言。词的音韵属“切韵音系”，有平上去入四声，平仄不能通押。入声独立押韵，不与其他声调通押。如柳永《雨霖铃》，用切、歇、发、噎、阔、别、节、月、设、说押韵，都入声字。在词汇、语法和修辞方面，也追求典雅严谨，俚俗词语入词毕竟是少数。而曲则不同，它所用的语言基本上是汉语白话系统，是以北方方言为基础的口头语言。在音韵上属中原音韵系统，有阴阳上去四声，平声分阴阳两类，入声派入平上去三声中，已不独立押韵了。如王实甫〔中吕·满庭芳〕：

> 供食太急。须臾对面，顷刻别离。若不是酒席间子母每当回避，有心待与他举案齐眉。虽然是厮守得一时半刻，也合着俺夫妻每共桌而食。眼底空留意，寻思起就里，险化做望夫石。

其中韵脚字，急、避、刻、食、石是入声字，但与平声字离、眉，去声字意，上声字里相押。

在词汇和语法方面，也趋向口语化，大量采用方言俗语。如“比及”、“畅道”、“赤紧”、“禁受”、“大古里”、“葫芦提”、“觑”、“夯”、“怎”、“冤家”、“剌塔”、“着莫”、“煞甚”等，几乎随处可见，不懂方言就不易理解。王国维《宋元戏曲考》说：“古代文学之形容事物也，率用古语，其用俗语者绝无。又所用之字数亦不甚多。独元曲以许用衬字故，故辄以许多俗语或以自然之声形容之。此自古文学上所未有也。”

在语法和修辞上，像传统诗词那样跳跃式的平列句式较少见，更多的是散文句法，虚词较多，句子连贯，语气生动，充满了生活气息。清代黄周星《制曲枝语》说：“曲之体无他，不过八字尽之，曰：‘少引圣籍，多发天然而已。”这也正是汉语白话系统的特点。

第三，艺术风格不同。在我国文学的各类文体中，各有独自的特点，表现出不同的艺术风格。从抒情文学的韵文体裁看，诗骚词赋，其风格多倾向于古朴典雅，特别是词，尽管其初源于民间，多直白语，但后来为文人所用，其审美取向偏重于典雅含蓄、委婉蕴藉，对浅近俚俗之作，多有微辞。但曲却不同，其风格崇尚率露明快，通俗自然。清代王士祯《花草蒙拾·诗词曲分界》条云：“或问，诗词、词曲分界，予曰：‘无可奈何花落去，似曾相识燕归来’，定非香奁诗。‘良辰美景奈何天，赏心乐事谁家院’，定非草堂词也。”从语言外表看，都不乏文采，但前者蕴藉，伤春惜时之感含蓄于意象之内，此为词之特色。后者直截了当地描写了美景乐事，未见有何深藏之意，此曲之特点无论文采派或本色派，大都如此。近人任讷《词曲通议》说：

> 曲以说得急切透辟，极情尽致为尚，不但不宽弛、不含蓄，且多冲口而出，若不能待者；用意则全然暴露于辞面，用比兴者并所比所兴亦说明无隐。此其态度为迫切、为坦率，恰与词处相反地位。

曲确实是大众文学，很适合于民众的口味，满足他们的美感要求。曾有人将曲的这种自然坦率、通俗灵活的艺术风格，比成民间的年画，说：诗如文人画，水墨淡彩；词如宫苑画，工笔花鸟；曲如风俗画，重彩年画。这种类比虽不十分确切，但还是突出曲通俗化的艺术特点。正是这一特点，使它不同于此前的诗词等抒情韵文体裁，而以浓郁的乡土气息和新鲜的艺术形式登上元代文坛，风靡全中国数百年，至今还有着生命力。

第二节　前期的散曲作家和作品

元代的散曲作家，据任讷《散曲概论》统计，共有227人；散曲作品，据今人隋树森《全元散曲》统计，有小令3853首，套数457篇。其中一些著名作家，各有建树。明代王世贞《曲藻·序》云：“自金元入主中原，所用胡乐，嘈杂凄紧，缓急之间，词不能按，乃更为新声以媚之。而诸君如贯酸斋、马东离、王实甫、关汉卿、张可久、乔梦符、郑德辉、宫大用、白仁甫辈，咸富有才情，兼喜音律，以故遂擅一代之长，所谓宋词、元曲，殆不虚也。”这也大致指出了散曲的代表作家（除宫大用没存散曲外），他们同时也是杂剧家。这是可以理解的，因为杂剧的剧曲，除与剧情有关外，其他要求与散曲一样，没有什么区别。可以说，散曲写得好，写剧曲就有了基础。

元代散曲也可分为前后两个时期，以元成宗大德后到仁宗庆皇前（1308—1312）为界。前期多为北方作家，除少数是官员外，大多是落魄失意的文人，他们与下层人民较为接近，作品内容有一定的社会意义，艺术风格倾向于自然、豪放，以本色派为主。后期作家多为南方人或寓居在南方者，其作品内容较为广泛，前期激情燃烧的风格变得温情脉脉，多哀婉蕴藉之作，有较明显的形式美倾向，音律严格，语言工丽，以文采派为主。最后，与诗、词走到了偏重艺术形式的同一境地。

前期的代表作家如下：

关汉卿，他的杂剧取得辉煌成就，也与他是散曲创作高手有关。杂剧的唱词本身就是散曲中的套数；没有写散曲的功底，何能写杂剧？关汉卿剧曲之外的散曲有：小令57首，套数14篇。其数量虽不算多，但内容丰富，自然当行，具有很高的美学价值。贯云石《阳春白雪·序》说他的散曲“造语妖娇，却如小女临杯，使人不忍对殢”，朱权《太和正音谱》说他的曲“如琼筵醉客”。

关汉卿的散曲多数是写男女之情和离愁别绪的，这类曲写得清新真切，情意缠绵，可谓“好色而不淫”，读之感人甚深。如〔仙吕·一半儿〕《题情》：

云鬟雾鬓胜堆鸦，浅露金莲簌绛纱，不比等闲墙外花。骂你个俏冤家，一半儿难当一半儿耍。

碧纱窗外静无人，跪在床前忙要亲，骂了个负心回转身。虽是我话儿嗔，一半儿推辞一半儿肯。

银台灯灭篆烟残，独入罗帏淹泪眼，乍孤眠好教人情兴懒。薄设设被儿单，一半儿温和一半儿寒。

多情多绪小冤家，迤逗得人来憔悴煞，说来的话先瞒过咱。怎知他，一半儿真实一半儿假。

这曲子写了一对少年男女恋情的过程，他们从相逢、相求、相亲到相思的情态跃然纸上，充满了生活气息，俗而不乱。语言直白浅近，男子对女子的热情追求，女子对男子又爱又怨的心绪，都抒发得酣畅爽快。如果说这曲子以率露俗俚见长的话，那他的另一套曲〔黄钟·侍香金童〕，则以清新雅致见称，比起文采派之作毫不逊色：

春闺院宇，柳絮飘香雪。帘幕轻寒雨乍歇，东风落花迷粉蝶。芍药初开，海棠才谢。

〔幺〕柔肠脉脉，新愁千万迭。偶记年前人乍别，秦台玉箫声断绝。雁底关河，马头明月。

〔降黄龙衮〕鳞鸿无个，锦笺慵写。腕松金，肌削玉，罗衣宽彻。泪痕淹破，胭脂双颊。宝鉴愁临，翠钿羞贴。

〔幺〕等闲辜负，好天良夜。玉炉中，银台上，香消烛灭。凤帏冷落，鸳衾虚设。玉笋频搓，绣鞋重攧。

〔出队子〕听子规啼血，又西楼角韵咽。半帘花影自横斜，画檐间丁当风弄铁，纱窗外琅玕敲瘦节。

〔幺〕铜壶玉漏催凄切，正更阑人静也。金闺潇洒转伤嗟。莲花轻移呼侍妾，把香桌儿安排打快些！

〔神仗儿煞〕深沉院舍，蟾光皎洁。整顿了霓裳，把名香谨爇。伽伽拜罢，频频祷祝：不求富贵豪奢，只愿得夫妻每早早圆备者。

曲中描述了春闺少妇怀人的情景，文笔细腻优美，感情缠绵真切，全曲情与景交融为一体，造成了一种清凄痴迷的艺术境界，表达了思妇不求富贵豪奢，只求夫妻团圆的强烈愿望。这种愿望，也侧面反映了当时社会妇女们缺乏安全感和幸福感，他们没有什么奢望，只求过着普通人夫妻相守的平安生活。

关汉卿离愁别绪方面的小令，也写得情意绵绵，如〔商调·梧叶儿〕《别情》：

别离易，相见难，何处锁雕鞍？春将去，人未还。这其间，殃及杀愁眉泪眼。

此外，在他的散曲中，有一部分是写潇洒性格和闲适生活的，其中最具代表性的就是〔南吕·一枝花〕《不伏老》：

攀出墙朵朵花，折临路枝枝柳。花攀红蕊嫩，柳折翠条柔。浪子风流。凭着我折柳攀花手，直煞得花残柳败休。半生来折柳攀花，一世里眠花卧柳。

〔梁州〕我是个普天下郎君领袖，盖世界浪子班头。愿朱颜不改常依旧。花中消遣，酒内忘忧。分茶、攧竹、打马、藏阄。通五音六律滑熟，甚闲愁到我心头。伴的是银筝女银台前理银筝笑倚银屏，伴的是玉天仙携玉手并玉肩同登玉楼，伴的是金钗客歌金缕捧金樽满泛金瓯。你道我老也，暂休。占排场风月功名首，更玲珑又剔透。我是个锦阵花营都帅头，曾玩府游州。

……

〔尾〕我是个蒸不烂、煮不熟、捶不扁、炒不爆、响珰珰一粒铜豌豆，恁子弟每谁教你钻入他锄不断、斫不下、解不开、顿不脱、慢腾腾千层锦套头。我玩的是梁园月，饮的是东京酒；赏的是洛阳花，攀的是章台柳。我也会吟诗，会篆籀；会弹丝，会品竹；我也会唱鹧鸪，舞垂手；会打围，会蹴踘；会围棋，会双陆。你便是落了我牙，歪了我口，瘸了我腿，折了我手，天赐与我这几般儿歹症候，尚兀自不肯休。则除是阎王亲自唤，神鬼自来勾，三魂归地府，七魄丧冥幽，天哪，那其间才不向烟花路儿上走！

这可以说是关汉卿的自我画像，自然也概括了与他一样的书会才人的普遍形象。作者极尽诙谐、调侃和夸耀之能事，将自己的志趣、生活、本领、品格描述得淋漓尽致。他一反封建传统观念和世俗偏见，以“郎君领袖”和“浪子班头”为荣，以“折柳攀花”和“银筝金瓯”为乐，以会“吟诗品竹”和“棋琴书画”为骄傲，以“铜豌豆”的“坚韧品性为自豪”。这简直是一篇对上流社会的挑战书，又是一篇为争取个性自由的强硬声明：他热衷于眠花卧柳，安于被正统文士所鄙弃的那种生活，他对他们视为命根子的名和利嗤之以鼻：

〔南吕·四块玉〕《闲适》适意行，安心坐。渴时饮、饥时餐、醉时歌，困来时就向莎茵卧。日月长，天地阔，闲快活。

旧酒投，新醅泼，老瓦盆边笑呵呵。共山僧野叟闲吟和。他出一对鸡，我出一个鹅，闲快活。

他向往着自由自在的田园生活，行要行得适意，坐要坐得安心，既不必受名缰利锁束缚，也无须摧眉折腰事权贵，更不用终日忧虑祸福无常，他整日里与野老渔樵过着优哉游哉的生活。这种人生观是对封建士大夫传统观念的彻底叛逆。试想，关汉卿也是饱读圣贤之书的人，他又何尝不想走学而优则仕的正常途径来实现自己救民于水火的伟大抱负呢？他难道真的心甘情愿过着这种“钻入安乐窝，闲快活”的桃源生活吗？应该说，这只是在“壮志难酬”无可奈何困境下的一种自我宽慰。多年来，他耳闻目睹无数惨痛的事实，对这个“只识弯弓射大雕”的社会，有了清醒的认识，要么同流合污、卑躬屈膝求名求利求富贵；要么“跳出红尘恶风波”，“离了名利场”，维护个性自由，与世无争而独善其身。关汉卿坦诚地抒写了自己的选择，其潜在意义就是对当时黑暗统治和腐朽官场的义愤和批判。

关汉卿把自己融于下层群体之中，体味着人间的真诚、善良和美好；他热爱自然、文明，在他笔下不多的写景散曲中，表现了他对自然环境和人文景观的赞美。如〔南吕·一枝花〕《杭州景》中写道：

〔梁州〕百十里街衢整齐，万余家楼阁参差，并无半答儿闲田地。松轩竹径，药圃花蹊，茶园稻陌，竹坞梅溪。一陀儿一句诗题，行一步扇面屏帏。西盐场便是一带琼瑶，吴山色千叠翡翠。兀良，望钱塘江万顷玻璃，更有清溪、绿水。画船儿来往闲游戏，浙江亭紧相对，相对着险岭高峰长怪石，堪羡堪题。

〔尾〕家家掩映渠流水，楼阁峥嵘出翠微。遥望西湖暮山势，看了这壁，觑了那壁，纵有丹青下不得笔。

曲中把西湖的美景和杭州的繁华写得有声有色，引人入胜，使读者如同身临其境，见到了那奇山秀水，烟波画船，十里街衢，万家楼阁的诱人风光；感受到了那溪流淙淙，丝竹悠悠，湖波荡漾、游人嬉戏的热闹场面。

王和卿，河北大名人，生平事迹不详。其为人“滑稽挑达”，与关汉卿友善。今存小令21首，套数2篇。他的作品语言俚俗，笔力张扬，寄寓着自己洒脱不拘的性格。如：

胜神鳌，夯风涛，脊梁上轻负着蓬莱岛。万里夕阳锦背高，翻身犹恨东洋小。太公怎钓？

——〔双调·拨不断〕《大鱼》

相传，世祖中统初，大都出现了一只硕大的蝴蝶，世人甚奇，他也以此写了小令一首，传为趣谈：

弹破庄周梦，两翅驾东风。三百座名园一采一个空，谁道风流种，唬煞寻芳的蜜蜂。轻轻的飞动，把卖花人搧过墙东。

——〔仙吕·醉中天〕《咏大蝴蝶》

王实甫，他也是个散曲作家，但传下来的作品不多，今存小令3首，套数1篇。他的散曲，也表现了情真意切、文采斐然的特点，如〔中吕·十二月过尧民歌〕：

自别后，遥山隐隐，更那堪远水粼粼，见杨柳飞绵滚滚，对桃花醉脸醺醺。透内阁香风阵阵，掩重门暮雨纷纷。

〔尧民歌〕怕黄昏忽地又黄昏，不销魂怎地不销魂？新啼痕压旧啼痕，断肠人忆断肠人。今春，香肌瘦几分，搂带宽三寸。

——《别情》

曲中写男女别情，缠绵幽怨，如泣如诉；修辞也极美妙。

他的套数〔商调·集贤宾〕《退隐》，写自己的老年生活，表现了一种离开功名利禄的闲适心绪。他觉得过这种日子是对自己年轻时热衷仕途可怜生活的一种补偿。人生一世，何必把自己的青春浪费在追名求利上呢？他的这种描写委婉地透露了元代知识分子对现实的不满。下录其中几支曲子：

〔金菊香〕想着那红尘黄阁昔年羞，到如今白发青衫此地游。乐桑榆酬诗共酒，酒侣诗俦，诗潦倒酒风流。

〔梧叶儿〕退一步乾坤大，饶一着万虑休。怕狼虎恶图谋，遇事休开口，逢人只点头。见香饵莫吞钩，高抄起经纶大手。

〔后庭花〕住一间蔽风霜茅草丘，穿一领卧苔莎粗布裘。捏几首写怀抱歪诗句，吃几杯放心胸村醪酒。这潇洒傲王侯，且喜的身登身登中寿。有微资堪赡赒，有亭园堪纵游。保天和自养修，放形骸任自由。把尘缘一笔勾，再休题名利友。

白朴，今存小令36首，套数4篇。内容多表现对现实的不满，以写闲情逸志为主。其艺术风格工丽明秀，独具风致。如：

知荣知辱牢缄口，谁是谁非暗点头。诗书丛里且淹留。闲袖手，贫煞也风流。

今朝有酒今朝醉，且尽樽前有限杯。回头沧海又尘飞。日月疾，白发故人稀。

不因酒困因诗困，常被吟魂恼醉魂。四时风月一闲身。无用人，诗酒乐天真。

张良辞汉全身计，范蠡归湖远害机。乐山乐水总相宜。君细推，今古几人知？

——〔中吕·阳春曲〕《知几》

在“今朝有酒今朝醉”的生活中，可以体会到作者深怀家国之恨，对当时政治的否定。他的写景小令清丽如画，如：

春山暖日和风，阑干楼阁帘栊，杨柳秋千院中。啼莺舞燕，小桥流水飞红。

——〔天净沙〕《春》

孤村落日残霞，轻烟老树寒鸦，一点飞鸿影下。青山绿水，白草红叶黄花。

——〔天净沙〕《秋》

他的套数〔仙吕·点绛唇〕写闺怨，将少妇思征夫的心情描写得细致入微，情景交融，颇似《西厢》风韵：

〔点绛唇〕金凤钗分，玉京人去，秋潇洒。晚来闲暇，针线收拾罢。

〔幺〕独倚危楼，十二珠帘挂。风萧飒，雨晴云乍，极目山如画。

〔混江龙〕断人肠处，天边残照水边霞。枯荷宿鹭，远树栖鸦。败叶纷纷拥砌石，修竹珊珊扫窗纱。黄昏近，愁生砧杵，怨入琵琶。

〔穿窗月〕忆疏狂阻隔天涯，怎知人埋怨他？吟鞭醉袅青骢马。莫吃秦楼酒，谢家茶，不思量执手临岐话。

〔寄生草〕凭阑久，归绣帏，下危楼强把金莲撒。深沉院宇朱扉亚，立苍苔冷透凌波袜。数归期空画短琼簪，揾啼痕频湿香罗帕。

〔元和令〕自从绝雁书，几度占龟卦。翠眉长是锁离愁，玉容憔悴煞。自元宵等待过重阳，甚犹然不到家？

〔上马娇煞〕欢会少，烦恼多，心绪乱如麻。偶然行至东篱下，自嗟自呀，冷清清和月对黄花。

马致远，他不仅是优秀的杂剧家，也是成就卓著的散曲作家。他的《东篱乐府》收小令104首，套数17套。今人隋树森《全元散曲简编》说他"流传下来小令百十五首，套数二十二曲及残曲。"在前期散曲作家中数量是最多的。他的艺术风格，既深沉宏丽，又豪放潇洒，声情文情俱佳。如其小令〔越调·天净沙〕《秋思》：

枯藤老树昏鸦，小桥流水人家，古道西风瘦马。夕阳西下，断肠人在天涯。

作者选取了几个秋季典型的景物，勾勒出了一幅苍凉萧瑟的暮秋黄昏图，抒发了浪迹天涯的游子孤寂凄楚的情怀，具有强烈的艺术魅力。王国维《人间词话》说："寥寥数语，深得唐人绝句妙境。有元一代词家，皆不能办此也。"像这类意境优美的小令还有一些，如：

绿水边，青山侧，二顷良田一区宅。闲身跳出红尘外，紫蟹肥，黄菊开，归去来。

——〔南吕·四块玉〕《恬退》

花村外，草店西，晚霞明雨收天霁。四围山一竿残照里，锦屏风又添铺翠。

——〔寿阳曲〕《山市晴岚》

夕阳下，酒旆闲，两三航未曾着岸。落花水香茅舍晚，断桥头卖鱼人散。

——〔寿阳曲〕《远浦帆归》

渔灯暗，客梦回，一声声滴人心碎。孤舟五更家万里，是离人几行情泪。

——〔寿阳曲〕《潇湘夜雨》

曲子中的青山绿水、花村草店、孤舟渔火、离人情泪，将人带进了如诗如画、动人心弦的意境之中。

马致远还有一些以寄情诗酒、啸傲风月、嘲弄功名、玩世不恭为内容的作品，也写得精练潇洒，内含着深沉的愤世嫉俗情绪，如：

两鬓皤，中年过，因甚区区苦张罗？人间宠辱都参破。种春风二顷田，远红尘千丈波，倒头来闲快活。

——〔南吕·四块玉〕《叹世》

咸阳百二山河。两字功名，几阵干戈。项废东吴，刘兴西蜀，梦说南柯。韩信功兀的般证果，蒯通言那里是风魔。成也萧何，败也萧何。醉了由他。

——〔双调·蟾宫曲〕《叹世》

前曲写人过中年，看破红尘；后曲写历史功过，都如南柯。从中饱含了作者的家国和生世之叹。

在他的套数中，最著名的是〔双调·夜行船〕《秋思》：

百岁光阴一梦蝶，重回首往事堪嗟。今日春来，明朝花谢。急罚盏夜阑灯灭。

〔乔木查〕想秦宫汉阙，都做了衰草牛羊野。不恁么渔樵没话说。纵荒坟横断碑，不辨龙蛇。

〔庆宣和〕投至狐踪与兔穴，多少豪杰。鼎足虽坚半腰里折。魏耶？晋耶？

〔落梅风〕天教你富，莫太奢。没多时好天良夜。富家儿更做道你心似铁，争辜负了锦堂风月。

〔风入松〕眼前红日又西斜，疾似下坡车。不争镜里添白雪，上床与鞋履相别。莫笑巢鸠计拙，葫芦提一向装呆。

〔拨不断〕利名竭，是非绝。红尘不向门前惹，绿树偏宜屋角遮，青山正补墙头缺；更那堪竹篱茅舍。

〔离亭宴煞〕蛩吟罢一觉才宁贴，鸡鸣时万事无休歇。争名利何年是彻？密匝匝蚁排兵，乱纷纷蜂酿蜜，急攘攘蝇争血。裴公绿野堂，陶令白莲社，爱秋来时那些：和露摘黄花，带霜烹紫蟹，煮酒烧红叶。想人生有限杯，几个重阳节？嘱咐俺顽童记者：便北海探吾来，道东篱醉了也。

曲中通过两种不同的人生境界对比，表达了作者自己坚定不移的选择。他对功名富贵表示了鄙薄，对王侯将相给予了鞭挞，这实质上是对元代黑暗统治的诅咒。权贵们的得势一时，如同一场蝶梦，不值得如蚁如蜂如蝇那样去争夺。人生有限，何不及时行乐，过着自由自在的竹篱茅舍生活。这种大彻大悟的人生哲理，代表了当时许多知识分子的思想倾向，具有着深刻的现实意义。更为突出的是作品的审美价值。作者将这些人生理念用鲜明的艺术形象和俊美的语言表达出来，融情、景、意、声于一体，给人以强烈的艺术感染。所以，历来得到评论家的赞许，推此作为“套数中第一”。周德清《中原音韵》云：“此方是乐府，不重韵，无衬字，韵险，语俊。谚云：‘百中无一’。余曰：‘万中无一’。看他用：蝶、穴、杰、别、竭、绝字，是入声作平声；阙、说、铁、雪、拙、缺、贴、歇、彻、血、节字，是入声作上声；灭、月、叶，是入声作去声。无一字不妥，后辈学去。”这是从音韵美的角度讲的。王世贞《曲藻》云：“马致远‘百岁光阴’，放逸宏丽，而不离本色。押韵尤妙。长句如‘红尘不向门前惹，绿树偏宜屋边遮，青山正补墙头缺。’又如‘和露摘黄花，带霜烹紫蟹，煮酒烧红叶。’俱入妙境。小语如：‘上床与鞋履相别。’大是名言。结尤疏俊可咏。元人称为第一，真不虚也。”这是从句法和修辞方面去讲的。对这些评论，王国维是赞同的，他在《宋元戏曲考》中说："马东篱《秋思》一套，周德清评之以为万中无一，明王元美等亦推为套方数中第一，诚定论也。"

马致远写男女恋情的作品，如〔落梅风〕《失题》，还有讽刺爱马如命的套曲〔般涉调·耍孩儿〕《借马》，都是优秀散曲作品。他的散曲题材范围广阔，将单纯抒情扩大到了叙事的方面，艺术风格以豪放宏丽为主，又兼及婉弱细柔。可说是一位才艺全能作家。贾仲明赞之为"战文场，曲状元，姓名香贯满梨园"，不为过也。马致远在我国戏曲史上是占有重要地位的，对后世的戏曲创作有着深远的影响。

卢贽(1242？—1315)，字处道，号疏斋，涿郡(今河北省涿县)人，官至翰林学士承旨，曾出使湖南、江东一带。他在元初，文与姚燧齐名，诗与刘因并称。其曲亦算名家，今存小令120余首，艺术风格以清丽为主。如〔双调·沉醉东风〕《秋景》：

> 挂绝壁枯松倒倚，落残霞孤鹜齐飞。四围不尽山，一望无穷水。散西风满天秋意，夜静云帆月影低，载我在潇湘画里。

全曲境界明朗，韵味深长，作者的心情融于诗情画意之中。又如〔双调·折桂令〕《田家》：

> 沙三伴哥来嗏，两腿青泥，只为捞虾。太公庄上，杨柳阴中，磕破西瓜。小二哥昔涎剌塔，碌轴上淹着个琵琶。看荞麦开花，绿豆生芽。无是无非，快活煞庄家。

将农村生活勾画得栩栩如生，充满了泥土气息，最后赞美庄稼汉的快活，暗示了官场生活的险恶。

姚燧(1238—1313)，字端甫，号牧庵，河南洛阳人。其仕途亨通，官至翰林学士承旨，为元初文章大匠，文风宏肆，有西汉遗风。散曲与卢挚齐名，现存小令29首，套数1篇。内容多写个人感慨，风格清新淡雅，韵味隽永。如〔中吕·满庭芳〕：

> 天风海涛，昔人曾此，酒圣诗豪。我到此闲登眺，日远天高。山接水茫茫渺渺，水连天隐隐迢迢。供吟啸，功名事了，不待老僧招。

面对天风海涛的壮阔景象，作者想到了多少驿人墨客，都成渺茫。自己宦途奔波，已近迟暮。富贵荣辱，也都同过眼云烟，不禁产生了惨淡的慨叹。

他写男女恋情之作，细腻深婉，语言清秀流畅，具民歌之风情。如〔越调·凭栏人〕《寄征衣》：

> 欲寄征衣君不还，不寄征衣君又寒。寄与不寄间，妾身千万难。

这首闺情曲子写得别具一格，在寒衣的寄与不寄之间展示着内心的矛盾，表达了对征夫深切的爱。又如同曲牌的另一首：

> 马上墙头瞥见他，眼角眉尖拖逗咱。论文章他爱咱，睹妖娆咱爱她。

写得生动活泼，率露真实，郎才女貌，一见钟情，这在封建时代是对生活的一种美好的向往。

张养浩(1270—1329)，字希孟，号云庄，自称“齐东野人”，历城(今山东济南)人。早负文名，好学上进，官至监察御史，参知政事。曾要求进行政治改革，直斥朝政十大弊端。晚年辞官过着隐居生活。有《云庄休居自适小乐府》传世，今存小令161首，套数2篇。其作品内容多为归隐山林和怀古伤今之类。如：

> 中年才过便休官，合共神仙一样看。出门来山水相留恋，倒大来耳根清眼界宽。细寻思这的是真欢。黄金带缠着忧患，紫罗襕裹着祸端，怎如俺藜杖藤冠。
>
> ——〔双调〕·水仙子

> 一江烟水照晴岚，两岸人家接画簷。芰荷丛一段秋光淡。看沙鸥舞再三，捲香风十里珠帘。画船儿天边至，酒旗儿风外飐，爱杀江南。
>
> ——〔水仙子〕《咏江南》

前首表达了休官之后的轻松心情，同时对官场的险恶给予批判；后首描写江南水乡的秀丽风光。作品的艺术风格飘逸清丽。

张养浩有三十多年的为官经历，他是个敢于直谏的正直官吏，他同情人民疾苦，写了一些反映社会生活的佳作。如：

路逢饿殍须亲问，道遇流民必细询。满城都道好官人。还自哂，只落的白发满头新。

——〔中吕·喜春来〕

峰峦如聚，波涛如怒，山河表里潼关路。望西都，意踟蹰，伤心秦汉经行处，宫阙万间都做了土。兴，百姓苦；亡，百姓苦。

——〔中吕·山坡羊〕《潼关怀古》

前首作者为自己被百姓称为“好官人”而感到欣慰。后者是他在陕西赈济灾民时，写的九首怀古曲中的一首，曲中不只是一般的兴亡之叹，而是深刻地揭示了封建王朝兴废背后的历史真谛，“兴，百姓苦；亡，百姓苦。”这是元曲中振聋发聩的最强音，是文学史上永远闪光的名言警句。

贯云石(1286—1324)，维吾尔族人，本名小云石海涯，自号酸斋，又号芦花道人，他是一个精通汉语的少数民族作家。他做过翰林学士，后辞官不仕，隐居江南，他善作散曲，其自创的曲调，传至浙江一带，后称海盐腔，流传到明代，为昆腔前驱。今存小令70余首，套数8篇。他的风格豪放飘逸，文辞华美，音调和谐，雅俗兼行。如：

战西风几点宾鸿至，感起我南朝千古伤心事，展花笺欲写几句知心事，空教我停霜毫半晌无才思，往常得兴时，一扫无瑕疵，今日个病恹恹刚写下两个相思字。

——〔正宫·塞鸿秋〕

抒发了不可名状的相思之志，爽朗中见深情。他还有一些男女恋情的曲子，语言流畅，形象生动，辞采清新，韵味悠长。如：

挨着靠着云窗同坐，偎着抱着月枕双歌，听着数着愁着早四更过。四更过，情未足，情未足，夜如梭。天哪，更闰一更儿妨什么？

——〔中吕·红绣鞋〕

写男女欢会时的情态，语言直白，风格泼辣，构思新巧，吸收了民歌的表现手法。又如：

蛾眉能自惜，别离泪似倾。休唱《阳关》第四声。情，夜深愁寐醒。

人孤零，萧萧月二更。

——〔金字经〕

对情的描写较为真切直率。《太和正音谱》说其作品如“天马脱羁”，大致是对这类作品而言。

睢景臣，字景贤，扬州人，生卒年不详。钟嗣成《录鬼簿》列之为“方今才人”篇，并与钟相识，写过杂剧和散曲，但今存不多，仅见套曲3篇，最著名者就是〔般涉调·哨遍〕《汉高祖还乡》：

笛擂鼓。见一彪人马到庄门，匹头里几面旗舒。一面旗白胡阑套住个迎霜兔，一面旗红曲连打着个毕月乌，一面旗鸡学舞，一面旗狗生双翅，一面旗蛇缠葫芦。

〔五煞〕红漆了叉，银铮了斧，甜瓜苦瓜黄金镀。明晃晃马蹬枪尖上挑，白雪雪鹅毛扇上铺。这几个乔人物，拿着些不曾见的器仗，穿着些大作怪衣服。

〔哨遍〕社长排门告示，但有的差使无推故。这差使不寻俗。一壁厢纳草除根，一边又要差夫，索应付。又言是车驾，都说是銮舆，今日还乡故。王乡老执定瓦台盘，赵忙郎抱着酒葫芦。新刷来的头巾，恰糨来的绸衫，畅好是妆幺大户。

〔耍孩儿〕瞎王留引定伙乔男女，胡踢蹬吹。

〔四煞〕辕条上都是马，套顶上不见驴。黄罗伞柄天生曲。车前八个天曹判，车后若干递送夫。更几个多娇女，一般穿着，一样妆梳。

〔三煞〕那大汉下的车，众人施礼数。那大汉觑得人如无物。众乡老展脚舒腰拜，那大汉挪身着手扶。猛可里抬头觑，觑多时认得，险气破我胸脯。

〔二煞〕你须身姓刘，你妻须姓吕。把你两家儿根脚从头数。你本身做亭长，耽几盏酒。你丈人教村学，读几卷书。曾在俺庄东住，也曾与我喂牛切草，拽坝扶锄。

〔一煞〕春采了桑，冬借了俺粟，零支了米麦无重数。换田契强称了麻三秤，还酒债偷量了豆几斛。有甚胡突处？明标着册历，现放着文书。

〔尾〕少我的钱，差发内旋拨还；欠我的粟，税粮中私准除。只道刘三，谁肯把你揪捽住？白甚么改了姓、更了名唤做汉高祖。

这套曲好像是一部讽刺小品，结构完整，形象生动，具有喜剧性情节。它将老百姓迎接皇帝的场面写得有声有色，最后当他们认出皇帝就是当年混吃混喝混账的刘三时，皇帝头上的神圣光环已变成为破帽一顶。这样的艺术构思，新颖奇巧，又具典型的真实性，在元代散曲中是独树一帜的佳作。钟嗣成说："维扬诸公俱作《高祖还乡》套数，惟公〔哨遍〕制作新奇，诸公者皆出其下。"(见《录鬼簿·卷下》)像这种反传统思想而又有艺术创意的作品，在元曲史上，堪称精品杰作。

散曲前期的著名作家，除上述诸公外，还有王恽、杜仁杰、杨果、高挺、冯子振、刘致、陈英等人，他们或多或少有作品传世，也各有千秋。

第三节　后期的散曲作家和作品

元代后期的散曲，由通俗化逐渐典雅化，讲究声律，追求辞采，艺术风格趋于工丽华美。此期间作者甚多，著名的有张可久、乔吉等人。

张可久(1270？—1348)，字小山，庆元府(今浙江宁波)人，生平事迹不详，仅知他当过"民务官"，大概是管理税务方面的事，后落魄江湖。他生性爱游山水，到过湖南、江西、安徽、福建、江苏、浙江诸省，所以江南之名山胜水，均有题咏，作品中写景之作尤多。此外，还有言情、送别、谈禅、赠答等内容，反映现实社会矛盾的作品不多。今存小令850余首，套数9篇，在元代作家中数量是最多的，近人辑为《小山乐府》。

他的曲作，吸收了诗词的声律、词语、句法和修辞的一些手法，形成了典雅秀丽的艺术风格，如：

> 江水澄澄江月明，江上何人搊玉筝。隔江和泪听，满江长叹声。
>
> ——〔越调·凭栏人〕《江夜》

> 萋萋芳草春云乱，愁在夕阳中，短亭别酒，平湖画舫，垂柳骄骢。一声啼鸟，一番夜雨，一阵东风。桃花吹尽，佳人何在，门掩残红。
>
> ——〔黄钟·人月圆〕《春晚次韵》

前首写月夜江上，玉筝动人，意境如唐人绝句，情深意浓。后首抒发离愁别绪，见芳草夕阳而生思念佳人之情，情生于景，景中寓情，所用语言，多化用诗词名句。

张可久的小令，往往先描写事物，而结尾一笔，画龙点睛，含义深刻，耐人寻味。如：

绝顶峰攒雪剑，悬崖水挂冰帘。倚树哀猿弄云尖。血华啼杜鹃，阴洞吼飞廉。比人心，山未险。

——〔中吕·红绣鞋〕《天台瀑布寺》

翩翩野舟，泛泛沙鸥。登临不尽古今愁。白云去留，凤凰台上青山旧，秋千墙里垂杨瘦，琵琶亭畔野花秋。长江空自流。

——〔醉太平〕《怀古》

雨乍晴，月笼明。秋香院落砧杵鸣。二三更，千万声，捣碎离情。不管愁人听。

——〔中吕·迎仙客〕《秋夜》

美人自刎乌江岸，战火曾烧赤壁山，将军空老玉门关。伤心秦汉，生民涂炭，读书人一声长叹。

——〔中吕·卖花声〕《怀古》

前一首叹人心比山更险，第二首写愁如江水不尽，第三首抒离情恼人难眠；最后一首是他的名作，通过怀古，想到改朝换代都会给生民带来苦难，但读书人对此也无可奈何，黑暗的历史和现实，使有志者壮志难酬，唯长叹而已。这还是具有积极的社会意义的。以上各首曲子，结句皆精妙而自然，意味颇为深长。

作者的套数，也表现了典雅工丽、文采斐然的特色，被明人李开先《词谑》中称为“古今绝唱”的〔南吕·一枝花〕《湖上晚归》，就集中体现出来。曲云：

长天落彩霞，远水涵秋镜。花如人面红，山似佛头青。生色围屏，翠冷松云径，嫣然眉黛横。但携将旖旎浓香，何必赋横斜瘦影。

〔梁州〕挽玉手留连锦英，据胡床指点银瓶。素娥不嫁伤孤另。想当年小小，问何处卿卿？东坡才调，西子娉婷，总相宜千古留名。吾二人此地私行，六一泉亭上诗成，三五夜花前月明，十四弦指上风生。可憎，有情，捧红牙合和伊州令。万籁寂，四山静，幽咽泉流水下声。鹤怨猿惊。

〔尾〕岩阿禅窟鸣金磬，波底龙宫漾水精。夜气清，酒力醒；宝篆销，玉漏鸣。笑归来仿佛二更，煞强似踏雪寻梅霸桥冷。

作者长住杭州，对西湖的美丽倾注了感情。曲中描绘了黄昏时的西湖景色，抒发了自己携歌女游湖晚归的悠然心情。〔一枝花〕用比拟手法写西湖山水之美，如同红颜佳人；〔梁州〕写携伎游湖之乐，吟诗唱曲，风流不尽；〔尾〕写乘兴夜归，其乐回味无穷。全曲给人以诗情画意的美感享受。此套曲为元曲名篇，深受后人赞赏。明代沈德符说："若散套虽诸人皆有之，惟马东篱《百岁光阴》、张小山《长天落彩霞》为一时绝唱。"这类注重形式美的作品，虽已脱离了元曲兴旺时期通俗率露的本色，但其典丽的语言、优美的音律、清新的意境，也算是元曲百花园中的一支凝香红艳，自有其可爱之处。不能因其曲缺少重大社会题材和丧失俚俗特色而加以否定和贬低。

乔吉，杂剧家，写过《两世姻缘》等杂剧。他的散曲与张可久齐名，艺术风格亦相近。刘熙载《艺概》评他们说："两家固同一骚雅，不落俳语。"以之为文辞典雅的类型。王骥德在《曲律》中说："乔、张盖长吉、义山之流，然乔多凡语，似又不如小山更胜也。"他将乔吉比为李贺，张可久比成李商隐，并指出乔语言较平淡，不如张之工丽。这些评议，大致是符合实情的。乔吉也属散曲名家，今存小令 209 首，套数 11 篇。

乔吉也是个落魄文人，一生潦倒，于其作品中时露穷愁无奈之情。如：

不占龙头选，不入名贤传。时时酒圣，处处诗禅。烟霞状元，江湖醉仙。笑谈便是编修院。留连，批风切月四十年。

——〔正宫·绿幺遍〕《自述》

斗牛边缆住仙槎，酒瓮诗瓢，小隐烟霞。厌行李程途，芦花世态，潦草生涯。酒肠渴柳阴中揀云头剖瓜，诗句香梅梢上扫雪片烹茶。万事从他，虽是无田，胜似无家。

——〔双调·折桂令〕《自叙》

作者四十年留连诗、禅、酒、茶，批风切月，追求超脱和放达的自由自在的生活，这种心态，与元代仕途难登的现实是吻合的。知识分子断了做官之路，退而求其次，或隐于泉林，或乐于花柳，或沉于诗酒。转而对官场仕途、功名富贵加以鄙弃，如他的〔南吕·玉交枝〕《失题》：

溪山一派，接松径寒云绿苔。萧萧五柳疏篱寨，撒金钱菊正开。先生拂袖归去来，将军战马今何在？急跳出风波大海，作个烟霞逸客。翠竹斋，薜芳阶，强似五侯宅。这一条青穗绦，傲杀你黄金带。再不著父母忧，再不还儿孙债。险也呵拜将台！

曲中将“烟霞逸客”的生活写得如此美好，而将封侯拜将的权势写得如此险恶，“这一条青穗绦，傲杀你黄金带”，一种傲视权贵的感情，表达得酣畅淋漓。

乔吉被人称为“江湖状元”，他的景物小令写得婉丽多情，意境俊美。如：

冬前冬后几村庄，溪北溪南两两屐霜。树头树底孤山上。冷风来何处香？忽相逢缟袂绡裳。酒醒寒惊梦，笛凄春断肠。淡月昏黄。

——〔双调·水仙子〕《寻梅》

天机织罢月梭闲，石壁高垂雪冻寒。冰丝带雨悬宵汉，几千年晒未干，露华凉人怯衣单。似白虹饮涧，玉龙下山，晴雪飞滩。

——〔双调·水仙子〕《重观瀑布》

前首环绕寻梅，写出“淡月黄昏”的凄美境界；后首写瀑布奔腾飞动的状态，动人心魄。值得注意的是作者写景不是单纯的照相式的描摹，而是情在景中，前后两首都让人有寒冷之意，而前者寒意清凄，后者寒意豪壮。

乔吉很注重曲的结构，他曾论散曲作法说：“作乐府亦有法，凤头、猪肚、豹尾六字是也。大概起要美丽，中要浩荡，结要响亮。尤贵在首尾贯穿，意思清新。苟能若是，斯可以言乐府矣。”（见陶宗仪《南村辍耕录》）他的〔中吕·山坡羊〕《寓兴》，即“豹尾”之例，结尾响亮有力，精警深刻：

鹏抟九万，腰缠十万，扬州鹤背骑来惯。事间关，景阑珊，黄金不负英雄汉。一片世情天地间。白，也是眼；青，也是眼。

此外，他在修辞上也很讲究，炼字、炼句、炼音，力求形式优美。如〔天净沙〕《即事》：

莺莺燕燕春春，花花柳柳真真。事事风风韵韵。娇娇嫩嫩，停停当当人人。

全曲用叠音词写成，手法精妙，但确有雕琢过当之嫌。与张可久相比，他在通俗性方面稍浓一些。如〔双调·水仙子〕《怨风情》等，就比较接近口语。

乔吉的套数，写得风情浓郁，缠绵悱恻，将男女相爱之情描绘得细致入微。如〔双调·新水令〕《闺丽》：

绣闺深培养出牡丹芽，控银钩绣帘不挂。莺燕游上苑，蝶梦绕东华。富贵人家，花阴内柳阴下。

〔乔木查〕忽地迎头见咱，娇小心儿里怕，厌地回身拢鬓鸦，傍阑干行又羞，双脸烘霞。

〔搅筝琶〕我凝眸罢，心内顽麻。可知曲江头三次遗鞭，我粉墙外几乎坠马。人说观自在活菩萨，堪夸。普陀山几时曾到他，更隔着海角天涯。

〔甜水令〕他秋水回波，春山摇翠，芳心迎迓，彼此各承答。诗句传情，琴声写恨，衷肠牵挂，许多时不得欢洽。

〔雁儿落〕斗的满街里闲嗑牙，待罢呵如何罢。空揣着题诗玉版笺，织锦香罗帕。

〔得胜令〕我是个为客秀才家，你是个未嫁女娇娃。不是将海鹤儿相埋怨，休把这纸鹞儿厮调发。若是真么，回与我句实成的话。天哪，送了人呵不是耍。

〔离亭宴煞〕只因你赡不下解合的心肠叉，不是我口不严表扬的风声儿大。伫头凭阑，一日三衙。唱道成时节准备着小意儿妆虾，不成时怎肯呆心儿跳塔。哎，你个吃戏冤家，来来来将人休量抹。我不是琉璃井底鸣蛙，我是个花柳营中惯战马。

曲中以男孩子的口气，讲述了自己见到美丽的少女后，无限爱慕的心情；少女也对自己“秋水回波”。两情相悦而又难以欢聚，只能以“诗句传情，琴声解恨”。此事虽暗中进行，还是被人知晓“闲嗑牙”。男孩表示，我为“秀才家”，你为“女娇娃”，恋爱是理所当然的。你不要害怕，也不要耍我，给我回句实话。男孩又爱又怨的神态和心情，被描绘得淋漓尽致，生动而真切。

徐再思，字德可，号甜斋，浙江嘉兴人。生平事迹不详，估计也是个飘泊江湖的文人。今存小令103余首，多写自然风光及闺怨闺情之类。后人将他和贯云石的作品合辑起来，称《酸甜乐府》。他的艺术风格清丽妩媚，与张可久、乔吉相似。《太和正音谱》喻其曲曰“如桂林秋月”，说明其明媚洁净。如：

清明春色三分：湖上行舟，陌上游人。一片花阴，两行柳影，十里莎茵。不要多殽排一品，休嫌少酒止三巡。处处开樽，步步寻春。花下归来，带月敲门。

——〔双调·蟾宫曲〕《西湖寻春》

写西湖春色，有景有人，景丽人欢，情趣盎然。他的怀古作品，言简意赅，颇具哲理性。如讽刺隋炀帝下江南的〔越调·凭阑人〕《无题》：

九殿春风鳷鹊楼，千里离宫龙凤舟。始为天下忧，后为天下羞。

徐再思写相思离愁，语言清丽，意境凄婉，无论乡愁、人恋，都纯洁真挚，自然而不矫情。如〔双调·水仙子〕《夜雨》：

一声梧叶一声秋，一点芭蕉一点愁，三更归梦三更后。落灯花，棋未收，叹新丰孤馆人留。枕上十年事，江南二老忧，都到心头。

其飘泊孤寂之情，如泣如诉。又如〔双调·水仙子〕《春情》：

九分恩爱九分忧，两处相思两处愁，十年拖逗十年受。几遍成几遍休，半点事半点惭羞。三秋恨三秋感旧，三春怨三春病酒，一世害一世风流。

语辞晓畅，每句都嵌上两个数字，句式相同，环环紧扣，虽有意为之，但无斧凿痕迹，浑然天成，将相恋相思之情，倾泄于纸上。

任昱，字则明，四明(今浙江宁波)人，与张可久有交往，少时喜狎游，作不少散曲传唱于烟花坊间。《太和正音谱》把他列于“乐府群英”中。他和元代许多知识分子一样，“曾赴金门诏”、“走马长安道”，但最终“依旧中原一布衣”。对这样的生活道路，他满腹牢骚，无可奈何而寄情于山水。今存小令59首，套数1篇。

他的散曲语言清新，境界明朗，多写个人生世之慨和流连林泉之作。如：

九霄，早朝，曾赴金门诏。珠玉在挥毫，胸次谁同调？谈笑枚皋，风流温峤，恣疏狂直到老。尽教，醉了，走马长安道。

——〔中吕·朝天子〕《信笔》

叹朝暮青霄用舍，尽头颅白发添些。伴渔樵，苫茅舍，醉西风满川红叶。近日邻家酒易赊，三径黄花放也。

——〔双调·沉醉东风〕《隐居》

前首自负才学，内含着对现实遭遇的不满；后首概述隐居生活，感叹岁月易逝白发添。在仕途难登时，也只有自我安慰了，他写道：

南山豆苗荒数亩，拂袖先归去。高官鼎内鱼，小吏罝中兔。争似闭门闲看书！

——〔双调·清江引〕《题情》

人入官场，如"鼎内鱼"、"罝中兔"，哪得自由，还有什么值得追求和留恋的呢！于是，在他笔下，狎游的生活就显得潇洒自适，情兴盎然。如〔中吕·红绣鞋〕《湖上》：

新亭馆相迎相送，古云山宜淡宜浓。画船归去有渔篷。随人松岭月，醒酒柳条风。索新诗红袖拥。

元散曲后期较著名作者，还有薛昂夫、赵善庆、王仲元、吕止庵、吴西逸、朱庭玉，还有编《阳春白雪》和《太平乐府》的杨朝英，编《中原音韵》的周德清，编《录鬼簿》的钟嗣成等。他们大多生活在南方，多写花街柳巷、山水渔樵、离愁别绪之类的题材，很少揭露社会生活中的矛盾斗争。其艺术风格偏于婉柔清丽，讲究字句的琢炼，早期元曲那种充满生活气息和乡土芬芳的情味少了，北国那种大声镗鞳的豪迈乐章已变成为浅酌低唱的靡靡之音了。如：

树杈枒，藤缠掛。衝烟塞雁，接翅昏鸦。展江乡水墨图，列湖口潇湘画。过浦穿溪沿江汉，问孤航夜泊谁家？无聊倦客，伤心逆旅，恨满天涯。

——王仲元〔普天乐〕

长江万里归帆，西风几度阳关。依旧红尘满眼。夕阳西雁，此情时拍阑干。

——吴西逸〔天净沙〕《闲题》

半池暖绿鸳鸯睡，满径残红燕子飞。一林老翠杜鹃啼。春事已，何日是归期？

——周德清〔喜春来〕《赠歌者韩寿春》

杏花村里旧生涯，瘦竹疏梅处士家，深耕浅种收成罢。酒新篘，鱼旋打，有鸡豚竹笋藤花。客到家常饭，僧来谷雨茶，闲时节自炼丹砂。

——杨朝英〔双调·水仙子〕《自足》

绕前街后街，进大院深宅，怕有那慈悲好善小裙钗，请乞儿一顿饱斋。与乞儿绣副合欢带，与乞儿换副新铺盖，将乞儿携手上阳台，救贫咱波奶奶。

——钟嗣成〔正宫·醉太平〕

以上这些曲子，虽无深刻内涵，但艺术手法上，各有特点，还是值得一读的。

在元代的散曲的创作队伍中，一批兄弟民族的作家，活跃于其间，使得曲坛更为兴旺，繁花似锦，万紫千红。他们除维吾尔族的贯云石外，还有蒙古族的伯颜、李罗御史、阿鲁威、童童学士，维吾尔族的薛昂夫，回族的阿里西瑛，阿拉伯人大食惟寅，等等。他们大多具有较高的汉文修养，受传统诗词文赋的影响较深。其散曲创作，列于诸优秀作品中毫不逊色，以贯云石、阿鲁威、薛昂夫最为突出。他们也有典型婉丽的作品，但其间仍保持着一股豪情大气，境界开阔的北曲本色。如：

问人间谁是英雄？有酾酒临江，横槊曹公。紫盖黄旗，多应借得，赤壁东风。更惊起南阳卧龙，便成名八阵图中。鼎足三分，一分西蜀，一分江东。

——阿鲁威〔双调·蟾宫曲〕

千年调，一旦空，惟有纸钱灰晚风吹送。尽蜀鹃血啼烟树中，唤不回一场春梦。

——阿鲁威〔双调·寿阳春〕

假王，气昂，跨下羞都忘。提牌不过一中郎，漂母曾相饷。蒯彻名言，将军将强，良弓不早藏。未央，法场，险似坛台上。

——薛昂夫〔中吕·朝天曲〕

前一曲赞三国英雄，中一曲感世事沧桑，后一曲叹韩信遭遇，都显得笔力劲健，内涵深沉。

还应提及的是散曲作者中还有女性作者。她们本身就处于歌舞场上，在执业之时，与文人唱和是免不了的，可惜的是其作品今存太少。如“杂剧为当今独步”的朱帘秀，现得小令套数各一。小令云：

山无数，烟万缕，憔悴煞玉堂人物。倚篷窗一身儿活受苦，恨不得随大江东去。

——〔双调·寿阳曲〕《答卢疏斋》

卢疏斋即卢挚。朱帘秀虽为女艺人，但与著名词曲家关汉卿、冯子振、卢挚都有深厚友情。卢在与朱分别时，曾写过一首〔双调·寿阳曲〕《别朱帘秀》，云：“才欢悦，早间别，痛煞煞好难割舍。画船儿载将春去也，空留下半江明月。”对红颜知己，难分难舍。朱帘秀见曲后，深受感动，回赠了上面这首小令，言简意深，对卢挚的爱意和心情体贴入微。

真氏也是一名歌伎。据元代陶宗仪《辍耕录》载，真氏是南宋真德秀的后代，因其父犯法而使她沦为烟花女子。她今只存小令一首，但意义深远，倾诉了自己的悲惨遭遇，曲云：

奴本是明珠擎掌，怎生的流落平康！对人前乔做作娇模样，背地里泪千行。三春南国怜飘荡，一事东风没主张。添悲怆。那里有珍珠十斛，来赎云娘！

——〔仙吕·解三醒〕

这种遭遇，在当时又何止她一人？这其实是所有受奴役妇女的心声。

元散曲中还有些无名氏作品，表现了较深刻的思想性，在艺术上也有独到之处，表述率露，言辞尖锐泼辣。如：

堂堂大元，奸佞专权。开河变钞祸根源，惹红巾万千。官法滥，刑法重，黎民怨。人吃人，钞买钞，何曾见？贼做官，官做贼，混愚贤。哀哉可怜！

——〔正宫·醉太平〕

一粒米针穿着吃，一文钱剪截充。但开口昧神灵。看儿女如衔泥燕，爱钱财似竞血蝇。无明夜攒金银，都做充饥画饼。

——〔商调·梧叶儿〕《嘲贪汉》

海棠过雨红初淡，杨柳无风睡正酣。杏烧红桃剪锦草揉蓝。三月三，和气盛东南。

垂门艾挂狰狰虎，竞水舟飞两两凫。浴兰汤斟绿醑泛香蒲。五月五，谁吊楚三闾。

天孙一夜停机暇，人世千家乞巧忙。想双星心事密话头长。七月七，回首笑三郎。

香橙肥蟹家家酒，红叶黄花处处秋。极追寻高眺望绝风流。九月九，莫负少年游。

——〔中吕·喜春来〕《四节》

前一曲无情揭露了元朝的社会黑暗，中一曲嘲讽了贪财者的丑恶嘴脸。后面《四节》一曲，写了日月数字相重的四个民间节日，表现了作者对民族节日的系念，表述简洁而形象。

第八章　元代的诗文

第一节　元代的诗文概况

元代的文学领域里，戏曲成了主流；诗词文赋之类的传统文体，没有多大的发展和革新。其间，既没有大匠巨擘型的作家出现，也没有振聋发聩的作品产生，只不过是在前代波澜壮阔的文学长河里，保持着继续流淌之势罢了。但由于元代是一个历史的特殊时期，其诗文创作不可避免地打上了这一时期的历史烙印，有着一些自己的特色和成就。

元代是我国少数民族掌权的统一封建王朝，蒙古贵族成为国家的统治核心，他们的思想文化没有什么建树，但他们懂得，单纯靠武力统治中国是难以长久的，因而也需要学习汉文化，要利用汉文人。从元初开始，宋代遗留的理学就影响着官方的意识形态，一些进入到统治阶层的汉人，大多具有正统封建士大夫的思想，有的本身就是理学家。元代的诗文创作，主要是这些人。他们和另一批受排斥的汉族知识分子不同，那些人完全丧失了进仕的机会，或隐居山林，或混迹花柳，与下层人民生活接近，从事着杂剧散曲或其他民间创作，作品充满着新鲜气息和战斗精神。而这一批士大夫作家，大多有一官半职，有些人地位还很高，如刘秉忠、吴澄、王浑、姚燧、刘因、赵孟頫等。但由于元代统治者的民族偏见，对汉人总是限制使用的，即使地位高，也是些没有实权的翰林学士之类的闲官。

这样的时代，这样的政治环境，这样的作家队伍，自然体现在创作上，是一种无深刻人生意义、无重大社会题材、无新鲜艺术创造、平平淡淡、不痛不痒的书斋文学，闲情文学，至多也就是郁闷文学了。这是就总的情况而言的。具体点说，在元代近百年间，诗文创作情况还是有所变化的。杨维祯《王希赐文集再序》说：

> 我朝文章肇变为刘、杨，再变为姚、元，三变为虞、欧、揭、宋，而后文为全盛。以气运言则全盛之时也，盛极则亦衰之始。自天历来，文章渐趋委靡，不失于搜猎破碎，则沦于剽盗灭裂，能卓然自信，不流于俗者几希矣。（见杨维祯《东维子文集》卷六）

这大致概括了元代散文创作的盛衰情况，初期有刘因等人始变，后有姚燧等人继续，再有虞集等人殿后，到了这时，即大德、延祐年间（1297—1320），文章渐至全盛，约30年，至天历（1328）后，文章又走向衰落。

杨维祯的概述主要是文章。元代的诗词与文章的状况一样，因为其作者基本上属同一类人。欧阳玄在《赠舜美诗序》中说："我元延祐以来，弥文日盛，京师诸名公咸宗魏晋唐，一去金宋季世之弊，而趋于雅正，诗丕变而近古。"他不仅讲了诗文的盛衰情况，还讲了兴盛之时的文风和诗风，趋于雅正。可见元代诗和文的发展变化是同步的，而与杂剧和散曲的发展进程却不相同。诗文是前后衰弱而中期兴盛，杂剧和散曲是前期盛而后期衰。其原由是与当时的社会环境和作者的队伍相关的。

元代诗文在中期趋于雅正的表现，主要是理学与诗文走到了同一道路，即理学家和诗文作者合二为一。所以，明代宋濂在编《元史》时，把以往史家"儒林传"和"文苑传"分立的惯例改为二者合一的"儒学传"。并说："经非文则无以发明其旨趣，而文不本于六艺，又乌足谓之文哉。由是而言，经艺文章，不可分而为二也明矣。"（《元史·儒学传一》）这正好表明，元代的理学家，是用诗文来传道的，文学是经世致用的工具，文因理而正，理因文而传，它们之间相辅相成，这就是元代诗文所谓雅正的基础。除这一特征外，元代的诗文，可以说始终没有形成一两种较为持久、稳定的特色，往往是二三十年一变，作家群体复杂。初期作家多为宋、金遗老，他们受元好问的影响较大；后来，诗又以唐为宗，对宋诗多加排斥，后期又学晚唐秾艳之风。散文前期有宗唐与宗宋之分，姚燧师法韩愈，有雄健深邃的风格，而刘因则学习欧、苏，文风平易畅达。到了后期，又有吴莱、杨维祯等人，求新奇而取法秦汉。但都没有成为影响整个文坛而较稳定的主流文风。至于骈体文，基本绝迹。但姚燧、赵孟頫、虞集等翰林学士，作制诰时或用骈体。在杂剧等演唱文学中，骈体只作为一种表现手法，还广泛地被运用着。按上述文风变化的大致倾向，一般将元代诗文发展分为三个阶段。前段为蒙古王朝入主中原到统一中国后约十年间，即元大德前，近二十年，这一时期战火初灭，诗文派别复杂，文风无定，有由宋入元的作者方回、戴表元等，有元代的开国功臣、契丹族将领耶律楚材，有由金入元的元好问等。文学主张也不相同。中期社会较稳定，从大德到天历年间(1297—1333)，约三十年，是元代诗文较繁盛的时期，理学家的哲学观与文学观统一起来，诗文追求温柔敦原和歌功颂德的“雅正”风尚，出现了一批著名的作家。被称为元诗“四大家”的虞集、杨载、范椁、揭傒斯四人，就生活在这时。后一阶段天历后到元灭亡(1368)，约三十年时间，此时期元王朝政治更加黑暗，民族矛盾趋于激化，反抗暴政的活动层出不穷，社会相对稳定的局面被打破，诗文的雅正倾向也受到冲击，作家们的写作内容和艺术风格，又有了一些新的追求，反映现实生活矛盾的作品多了起来，出现了王冕、杨维祯、萨都剌等作家。由于每个阶段的时间都不长，有些作家生活跨越了两个或三个文学阶段，有的甚至还跨越了不同朝代。

下面按时间顺序划分为前后两期进行讲述，以延祐(1314)前后为界。

第二节　前期的诗文作家和作品

元代前期较著名的诗文作家有耶律楚材、王恽、方回、郝经、刘敏中、姚燧、戴表元、熊明来、仇远、张之翰、吴澄、刘因、邓牧、赵孟頫、柳贯、袁桷等。

耶律楚材(1190—1244)，字晋卿，契丹族人，善文工诗，官至中书令，仕元近30年，建国之初，政文多出其手；征战六万余里，所见甚广，发之于诗，雄奇苍凉，有《湛然居士集》存世。其《西域河中十咏》、《过夏国新安县》诸诗，均为优秀作品。如：

寂寞河中府，生民屡有灾。避兵开邃穴，防水筑高台。
六月常无雨，三冬却有雷。偶思禅伯语，不觉笑颜开。

——《西域河中十咏之一》

昔年今日渡松关，车马崎岖行路难。
瀚海潮喷千浪白，天山风吼万林丹。
气当霜降十分爽，月比中秋一倍寒。
回首三秋如一梦，梦中不觉到新安。

——《过夏国新安县》

诗的境界开阔，修辞雄健，实为将帅笔墨。

郝经(1223—1275)，字伯常，陵川(今山西晋城)人。元授其翰林侍读学士之职，有《陵川集》。他的文章《内游》、《养说》，发挥了孟子“吾善养吾浩然之气”的观点，强调了人的自我修养。在创作上，他主张“不必求人之法以为法”，表现了一种创新意识。陈凤梧《陵川集·序》说他的文“汪洋滂沛，如大河东注，一泻千里”，由此看来，他的文章有激情和气势。其诗有歌颂武力之作，充满肃杀之气，也有写战争给人民带来灾难的题材。其诗的艺术风格受韩愈、李贺的影响较深，意境优美，如《落花》：

彩云红雨暗长门，翡翠枝余萼绿痕。
桃李东风蝴蝶梦，关山明月杜鹃魂。
玉阑烟冷空千树，金谷香销谩一尊。
狼藉满庭君莫埽，且留春色到黄昏。

王恽(1227—1304)，字仲谋，号秋涧，卫州汲县人。官至监察御史、翰林学士，《元史》有传，有《秋涧集》存世。《四库总目提要》云：“恽文章源出元好问，故其波澜意度皆不失前人矩矱。”其政论之文，疏畅详明，内容多论时政；而其各体杂文，尚有时代色彩和个性特点。如《贱生于无用说》：

万物盈于两间，未有一物而不为世用者，况人乎？人之为物，得气之全而灵之最者也。苟自弃自暴，不为世之所用，非惟反不及物，而贱之所由生也。彼牛溲马勃，败鼓之皮，物类之极贱者也，然一旦与用适宜，顾惟毫末可以愈奇疾；应时需，即与王札丹砂赤箭青芝并芳而同贵。贵生于有所用故也。彼衣敝缊袍并夫华簪盛服之士，贵贱固有间矣，其所以秉有灵彝物备于我者，则不殊也。故为士者乌可恶其居贫处贱、戚戚然世之不我用也？要当明德志学、思求其致用之方可也。

这还是一种积极的人生态度，他告诉人们在逆境或困境中，不可自暴自弃，要明德致学，积极进取。

姚燧(1238—1313)，字端甫，号牧庵，洛阳人。历任翰林学士承旨、知制诰、兼修国史。《元史》有传，著有《牧庵文集》。

姚燧受业于元初大儒许衡，但为文少腐儒之气。史称其文：“宏肆该洽，豪而不宕，刚而不厉，春容盛大，有西汉风。宋末弊习，为之一变。盖自延祐以前，文章大匠，莫能先之。”他的代表作《序江汉先生事实》一文，写得委婉曲折，很有特色。文中叙述其先人姚枢在德安俘获了江汉先生赵复，并劝他以儒学为元朝服务，这种劝降文章是很难写的。姚燧用使儒业不坠为由，诚心相劝，美其名曰“上承千百年之祀，下垂千百世之绪。”结果，劝说成功。其文曰：

> 某岁乙未，王师徇地汉上。军法：凡城邑以兵得者，悉坑之。德安由尝逆战，其斩刈首馘，动以千亿计。先公受诏：凡儒服挂浮籍者皆出之。得故江汉先生。见公戎服而髯，不以华人士子遇之。至帐中，见陈琴书，愕然曰：“回纥亦知事此耶？”公为之一莞。与之言，信奇士。即出所为文若干篇。以九族殚残，不欲北。因与公诀，蕲死。公止共宿，实羁戒之。既觉，月色惨然，惟寝衣留故所。公遽鞍马，周号积尸间，无有也。行及水裔，见已披发脱屦，仰天而祝。盖少须臾，蹈水未入也。公曰：“果天不生君，与众已同祸矣。其全之，则上承千百年之祀、下垂千百岁之绪者，将不在是身耶？徒死无义，可保吾而北，无他也。”至燕，名益大著。北方经学，实赖明之。游其门者将百人，多达材其间。

刘因（1249—1293），字梦吉，号静修，保定容城人，精通程朱理学，被诏征为赞善大夫，不久辞归，又被征为集贤学士，不就。元世祖称之为“不召之臣”。《元史》有传，著有《静修集》。

《四库总目提要》谓其文曰：“遒健排奡，迥在许衡之上，醇正乃不减于衡。”许衡是元初的大儒。刘因不是南宋人，但他对宋有怀念之情，对汉民族传统文化有着很深的感情。他为世所称道的《孝子田君墓表》、《辋川图记》等文，是符合所谓“醇正”文风的，从内容到形式，充满了理学气味。宋亡之后，他写了不少诗，曲折表示悼念，对宋朝的奸臣无比痛恨，对宋王朝的软弱无能给予批判。如《白沟》：

> 宝符藏山自可攻，儿孙谁是出群雄。
> 幽燕不照中天月，丰沛空歌海内风。
> 赵普元无四方志，澶渊堪笑百年功。
> 白沟移向江淮去，止罪宣和恐未公。

诗中先说宋太祖藏宝谋攻幽燕，但儿孙不争气，不能像汉高祖那样威驾海内。接着用赵普谏阻取燕和真宗澶渊求和的史实，批判了宋王朝的软弱。结尾指出，靖康之耻并非宋徽宗偶尔之过，而是宋王朝长期屈辱政治的结果。这种深刻的历史批判精神和尖锐鲜明的语言，在当时文人中是罕见的。

刘因的七古气势雄奇，受韩愈诗风影响，如《西山》诗中，有“西山龙蟠几千里，力尽西风吹不起。夜来赤脚踏苍鳞，一着神鞭上箕尾”之句，意境雄浑奇峭。他的七律，则近元好问风格，如《渡白沟》：

> 蓟门霜落水天愁，匹马冲寒渡白沟。
> 燕赵山河分上镇，辽金风物异中州。
> 黄云古戍孤城晚，落日西风一雁秋。
> 四海知名半凋落，天涯孤剑独谁投？

此诗意境苍凉，内涵深远，伤时感事，抒发了对南北分裂局势的慨叹。

他虽是当时著名的理学家，但诗中少有头巾气、迂腐气。写景抒情论理，都有韵味。如“山如翠浪经雨涨，开轩似坐扁舟上。”（《饮山亭雨后》）“霜与秋容增古淡，树因烟景恣微茫。”（《过镇州》）“屈盘未转坡陀尽，苍翠忽从怀抱生。”（《入山》）“万古人心生意在，又随桃李一番新。”（《寒食道中》）“若将字，论心术，恐有无边受屈人。”（《读史》）

刘因还有一些关心民众疾苦之作，如《悯旱》等。他还能词，风格近苏、辛，有《樵庵词》存世。

戴表元（1244—1310），字帅初，一字曾伯，浙江奉化人。宋咸淳中进士，任建康府教授。后由宋入元，以疾辞婺州教授，再荐不起，卒于家。《元史》有传，著《剡源集》。

戴表元以文著名，具有儒学功底。他不满宋季文章气韵委靡，“慨然以振起斯文为己任”。据清代卢文弨说，他的文章“和易而不流，谨严而不局，质直而不俚，华腴而不淫”（《抱经堂文集》卷十四《剡源集跋》），可知他的文章雅正平实，流丽清畅。其文集中以记、叙、题、跋、杂文居多，如《敷山记》、《二歌者传》、《送陈养晦远游序》、《送张叔夏西游序》等文，为世所称道。现录《送张叔夏西游序》为例：

> 玉田张叔夏与余相逢钱塘西湖上，翩翩然飘阿锡之衣，乘纤离之马，于是风神散朗，自以为承平故家贵游少年不翄也。垂及壮仕，丧其行资，则既牢落偃蹇。尝以艺北游，不遇，失意，亟亟南归，愈不遇。

犹家钱塘十年。久之，又去。东游山阴、四明、天台间，若少遇者。既又弃之西归。

于是余周流授徒，适与相值。问叔夏何以去来道途若是不惮烦耶？叔夏曰："不然。吾之来，本投所贤，贤者贫；依所知，知者死。虽少有遇而无以宁吾居，吾不得已违之。吾岂乐为此哉？"语竟，意色不能无阻然。少焉饮酣气张，取平生所自为乐府词，自歌之，噫呜宛抑，流丽清畅，不惟高情旷度，不可亵企，而一时所之，亦能令人忘去穷达得丧所在。

文中记叙了词人张炎在宋亡前后的生活情景，笔墨简洁生动，形象具体，与当时其他儒者相较，有自己的风致。他的诗多伤时悯乱之作。如《剡民饥》，对"山前山后寻蕨萁"的饥民深表同情；还有《夜寒行》、《采藤行》、《江行杂书》、《南山下行》等，都表达了他关注百姓苦难的感情。《感旧歌者》抒发了他的故园之恋：

牡丹红豆艳春天，檀板朱丝锦色笺。
头白江南一尊酒，无人知是李龟年。

他的诗，在艺术风格上近于雅秀、精练，江湖派的影响较明显。如《西兴马上》：

去时风雨客匆匆，归路霜晴水树红。
一抹淡山天上下，马蹄新出浪花中。

虽无深意，但境界明丽。又如《秋尽》：

秋尽空山无处寻，西风吹入鬓华深。
十年世事同纨扇，一夜交情到楮衾。
骨警如医知冷热，诗多当历记晴阴。
无聊最苦梧桐树，搅动江湖万里心。

在诗眼、句法上，功夫老到，意境幽深含蓄，透露了诗人沉重的心情。

赵孟頫(1254—1322)，字子昂，号松雪道人，湖州(今浙江吴兴)人。以书画著名，亦善诗文。本宋宗室，宋亡，被推荐入朝，官至翰林学士承旨。由于以宋王孙仕元，被当时遗民所轻，蒙古贵族亦有些人反对他，因而心情常处于矛盾之中，时有自谴之意。《元史》有传，著有《松雪斋集》。

他的《罪出》诗中说："昔为水上鸥，今如笼中鸟。哀鸣谁复顾，毛羽日摧槁。"表达了仕元后的苦闷心情。

他的诗技巧纯熟，流转自如，在怀念故国和追述英杰的内容方面，表现得更加深沉痛切。如：

鄂王墓上草离离，秋日荒凉石兽危。
南渡君臣轻社稷，中原父老望旌旗。
英雄已死嗟何及，天下中分遂不支。
莫向西湖歌此曲，水光山色不胜悲。

——《岳鄂王墓》

东南都会帝王州，三月烟花非旧游。
故国金人泣辞汉，当年玉马去朝周。
湖山靡靡今犹在，江水悠悠只自流。
千古兴亡尽如此，春风麦秀使人愁。

——《钱塘怀古》

前首悼念民族英雄岳飞，后首抒发物是人非的感触，都表现出一种对故国的怀念之情。

赵孟頫还有《松雪词》一卷，其词亦写得清丽凄然，情调低沉哀婉。如：

潮生潮落何时了？断送行人老。消沉万古意无穷，尽在长空澹澹鸟飞中。海门几点青山小，望极烟波渺。何当驾我以长风，便欲乘桴浮到日华东。

——《虞美人·浙江舟中作》

今古几齐州，华屋山丘。杖藜徐步立芳洲，无主桃花开又落，空使人愁。　　沙上往来舟，万事悠悠。春风曾见昔人游。惟有石桥桥下水，依旧东流。

——《浪淘沙》

赵孟頫多才多艺，诗词文赋均工，骈散兼善。《四库总目提要》云："论其才艺，则风流文采，冠绝当时，不但翰墨为元代第一，即其文章，亦揖让于虞、杨、范、揭之间，不甚出其后也。”他的散文平易畅达，议论抒情，都自然率真，有自己的特色。如《五柳先生传论》：

> 志功名者，荣禄不足以动其心；重道义者，功名不足以易其虑。何则？纡青怀金与荷锄畎亩者殊途，抗志青云与侥幸一时者异趣。此伯夷所以饿于首阳、仲连所以欲蹈东海者也。矧名教之乐，加乎轩冕；违己之病，甚于冻馁。此重彼轻，有由然矣。仲尼有言曰：“隐居以求其志，行义以达其道，吾闻其语，未见其人。”嗟乎，如先生近之矣。

在元代前期，还有许衡、方回、张炎、熊朋来、邓牧、仇远、袁桷、吴澄等人，均以诗文，享有盛名。

第三节　后期的诗文作家和作品

元代后期，诗文创作从繁盛渐趋衰落。所谓繁盛，是因为延祐年间，社会相对稳定，朝廷开科取士，给了文人一些激励，文坛上儒学为宗，提倡“雅正”，创作走向规范化。出现了元诗“四大家”——虞集、杨载、范梈、揭傒斯和马祖常、欧阳玄等著名作者。到了天历之后，元王朝政治日益黑暗，民族矛盾更加激化，陕西、河南、江浙、大都诸路大饥，水旱连年，民不聊生，农民暴动此起彼伏。吟风弄月、歌颂太平的诗歌创作倾向有所改变，恢复了干预社会、关心民生的现实主义优良传统，产生了杨维祯、王冕等优秀作家。

虞集(1272—1348)，字伯生，号道园，蜀郡(四川仁寿)人，侨居江西临川。官至翰林直学士兼国子祭酒，后谢病归，卒于家，《元史》有传，著有《道园学古录》。

虞集在当时声名显赫，为一代文坛宗师。《四库总目・道园学古录提要》云：“有元一代，作者云兴，大德延祐以还，尤为极盛，而词坛宿老，要必以集为大宗。”

虞集的文，主要是典册、碑版诸应用文，艺术品位不高；但其记序杂文，写得颇有情致。如《尚志斋记》：

> 亦尝观于射乎？正鹄者，射者之所志也。于是良尔弓，直尔矢，养尔气，蓄尔力，正尔身，守尔法，而临之。挽必圆，视必审，发必决，

求中乎正鹄而已矣。正鹄之不立，则无专一之趣向，则虽有善器强力，茫茫然将安所施哉？况乎驰焉以嬉，嫚焉以发，初无定的，亦不期于必中者！其君子绝之，不与为偶，以其无志也。

善为学者，苟知此说，其亦可以少警矣。夫学者之欲至于圣贤，犹射者之求中夫正鹄也。不以圣贤为准的而学者，是不立正鹄而射者也。……

这是文章的前一部分，是作者应弟子之请，为其题斋名并赠言相勉。全文讲述“尚志”的重要性和“有志者事竟成”的大道理，用譬喻开头，娓娓道来；遣词造句，雍容典雅；中正平和之态可掬。

此外，他的文章也有纵谈史实和评论时势的内容，如《跋宋高宗亲札赐岳飞》，赞扬了岳飞抗金的精神，鞭笞了秦桧的投降行为。《陈炤小传》，表彰了陈炤以身殉国、誓死不降元人的英烈事迹。这些敢于鼓吹民族大义的文章，在当时写出来是具有现实意义的。因元王朝政权已较巩固，他们也需要一些忠烈之士为自己的统治服务。任何统治者都最忌恨叛徒，尽管有时会利用他们，但在人格上，永远也不会光彩起来。

虞集的诗，也属“治世之音”，格律严谨，庄重老成。潘德舆《养一斋诗论》云：“道园诗乍观无可喜，细读之，气苍格迥，真不可及。其妙总由一‘质’字生出。‘质’字之妙，胚胎于汉人，涵咏于老杜，师法最的。”这是说他的诗受杜甫影响，具有汉民族的实质。如《挽文山丞相》：

徒把金戈挽落晖，南冠无奈北风吹。
子房本为韩仇出，诸葛宁知汉祚移。
云暗鼎湖龙去远，月明华表鹤归迟。
不须更上新亭望，不大如前洒泪时。

诗人把深沉的历史慨叹与典雅的艺术形式融为一体，苍劲厚重，确有杜诗之风。又如《送韩伯高佥宪浙西》：

正月楼船过大江，海风吹雨洒船窗。
云消虹霓横山阁，潮落鼋鼍避石矼。
阙下谏书谁第一？济南名士旧无双。
湖阴暑退多鱼鸟，应胜愁吟对怒泷。

这首送别诗写得气象雄浑，别具一格。诗中赞扬了韩伯高为官清正的品格，没有一般赠别诗的凄凄楚楚；但作者情在景中，在离别时天风海雨、潮起潮落的景象，流露出诗人对友人的钦慕和关切之谊。

杨载(1271—1323)，字仲弘，浦城(属福建)人，后居杭州。延祐登进士第，曾任宁国路总管府推官。其文名隐然动京师，凡所撰述，人多传诵。其诗内容狭窄，多留别、酬赠、题咏、颂时之作，诗风雍雅整饬，宗法唐诗，讲究法度。如《宗阳宫望月》：

老君堂上凉如水，坐看冰轮转二更。
大地山河微有影，九天风露寂无声。
蛟龙并起承金榜，鸾凤双飞载玉笙。
不信弱流三万里，此身今夕到蓬瀛。

范梈(1272—1330)，字亨父，一字德机，清江(今湖北恩施)人。曾任翰林院编修、闽海道知事等职，著有《范德机诗集》。其诗重格调法式，取法李白、杜甫，风格多变。其内容较贴近现实，对民间疾苦和南疆风情有所描绘，如《闽州歌》、《郡中即事十二韵》等，反映了闽地的民情和他们的痛苦生活。其七言古诗，很明显地向李白学习恣肆豪放，颇具气势。如《王氏能远楼》：

游莫羡天池鹏，归莫问辽东鹤，
人生万事须自为，跬步江山即寥廓。
请君得酒勿少留，为我痛酌王家能远之高楼。
醉捧勾吴匣中剑，斫断千秋万古愁。
沧溟朝旭射燕甸，桑枝正搭虚窗面。
昆仑池上碧桃花，舞尽东风千万片。
千万片，落谁家？愿倾海水溢流霞。
寄谢尊前望乡客，底须惆怅惜天涯！

揭傒斯(1274—1344)，字曼硕，龙兴富川(今江西丰城)人。官至翰林侍讲学士。工诗善文，曾奉诏修辽、金、宋三史。《元史》有传，著有《揭傒斯全集》。

揭诗清丽婉转，别有风姿。《四库总目提要》云：“寄托自深，非嫣红姹紫、徒矜姿媚者所可比也。”如《秋雁》：

寒向江南暖，饥向江南饱。莫道江南恶，须道江南好。

简洁而意深。又如《送詹尊师归庐山》：

香炉峰色紫生烟，一入京华路杳然。
云确秋闲春药水，雨犁春卧种芝田。
书凭海鹤来时寄，剑自潭蛟去后悬。
忽报归期惊倦客，独淹微禄负中年。

他的诗，还有反映社会弊病，同情民苦之作，这类诗内容充实，语言简明。如《雨述三篇》之二：

近闻闽中瘴大作，不问村原与城郭。
全家十口一朝空，忍饥种稻无人获。
共言海上列城好，地冷风清若蓬岛。
不见前年东海头，一夜潮来迹如扫。

揭傒斯的散文，"叙事严整，语简而当，一时朝廷典册，及元勋茂德当得铭辞者，必以命焉。殊方绝域，共慕其名"，(《元诗选·秋宜集》)。如《上李秦公书》中的一段文字：

夫士志为上，时次之，位次之。农不以水旱怠其耕，商不以寒暑辍其负贩，故能致千金之产，登百谷于场，况士之志于道者乎？不逢于今，必显于后。有其时，有其位，道行于天下，天也。无其时，无其位，道不行于天下，亦天也。君子无与焉。故士之所患者，志不立，道不明；不敢计其时与位也。因其时，求其位，以行其道，此士之志也，而不敢必乎天也。士尚志于道，生乎今之世，可谓得其时矣；然犹往往以不得其位为患。其位之不笃而欲必于天者，从而为之言曰："上之人不能用。"夫士且怨且愤，呜呼，过矣！

文中也谈"诚志"问题，观点并不新鲜，但语言简洁流畅，语调温顺平和，既有劝慰，又有告诫，很有长者之风。

以上虞、杨、范、揭四大家，都是馆阁之士，他们有着许多共同点，其诗文虽有一些描写现实生活的内容，但不够广阔深刻。在艺术风格上，都以典雅精切著称，都以唐诗为楷模；但也各有个性特点。揭傒斯《范先生诗序》引虞集话云："杨仲弘诗如百战健儿，范德机诗如唐临晋帖，以余为三日新妇，而自比汉庭老吏也。"这种比喻性评语，不易确切，但其精神大致可以领会。

马祖常（1279—1338），字伯庸，世为庸古部族，祖辈居靖州天山（今属新疆），后从元世祖南征。他延祐廷试中第二名，累官至御史中亟。有《石田集》。

马祖常能诗文，无柔弱卑亢之习，诗才富健，多有关注民间疾苦之作。如《室妇叹》、《踏水车行》、《石田山居》都属佳作。如《石田山居八首》之一：

> 旱子人愁雨，河田麦已丹。岁凶捐瘠重，天远祷祠难。
> 贾客还沽酒，王孙自饱餐。更怜黧面黑，征戍出桑乾。

萨都剌（1272？—1355？），字天锡，号直斋，回族人，或云蒙古族人。泰定四年中进士，曾在南方任地方官，后入翰林国史院，晚年致仕，寓居杭州。他汉文修养很高，游历较广，性格磊落，诗题丰富，体裁多样。著有《雁门集》。其艺术风格柔刚兼有但律绝以清新婉丽为主，古体以俊健沉郁居多。例如：

> 粤王故国四围山，云气犹屯虎豹关。
> 铜兽暗随秋露泣，海鸦多背夕阳还。
> 一时人物风尘外，千古英雄草莽间。
> 日暮鹧鸪啼更急，荒苔野竹雨斑斑。
>
> ——《台山怀古》

> 广陵城里别忽忽，一去三山隔万重。
> 日暮江东寄相忆，欲临秋水剪芙蓉。
>
> ——《入闽过平望驿和御史王伯循题壁》

> 夕阳欲下行人少，落叶萧萧路不分。
> 修竹万竿秋影乱，山风吹作满山云。
>
> ——《过赞善庵》

银甲弹冰五十弦，海门风急雁行偏。
故人情怨知多少，扬子江头月满船。
——《赠弹筝者》

第一首记粤国怀古，意境苍凉；第二首抒怀友之情，真切感人；第三首描写庵外秋色，格调明丽；第四首写听筝感慨，韵味深长。

他的古体诗，如《鼎湖哀》，揭露宫廷内争权夺利的斗争，《鬻女谣》谴责贪官污吏剥削百姓的恶行，都具有现实意义，一反此前“四大家”题材单薄、温文尔雅之态，多了一些现实内容和批判意识。如《过居庸关》：

居庸关，山苍苍，关南暑多关北凉。
天门晓开虎豹卧，石鼓昼击云雷张。
关门铸铁半空倚，古来几多战士死。
草根白骨弃不收，冷雨阴风泣山鬼。
道旁老翁八十余，短衣白发扶犁锄。
路人立马问前事，犹能历历言丘墟。
夜来芟豆得戈铁，雨蚀风吹半稜折。
铁腥惟带土花青，犹是将军战时血。
前年又复铁作门，貔貅万灶如云屯。
生者有功挂玉印，死者谁复招孤魂？
居庸关，何峥嵘！
上天胡不呼六丁，驱之海外消甲兵？
男耕女织天下平，千古万古无战争！

萨都剌的词，也具有较高的艺术性。小令婉丽柔美，长调雄浑高远。如《满江红·金陵怀古》：

六代豪华，春去也，更无消息。空怅望，山川形胜，已非畴昔。王谢堂前双燕子，乌衣巷口曾相识。听夜深，寂寞打孤城，春潮急。
思往事，愁如织；怀故国，空陈迹。但荒烟衰草，乱鸦斜日。玉树歌残秋露冷，胭脂井坏寒螀泣。到如今，只有蒋山青，秦淮碧。

词中吊古伤今，寄托了作者深沉的世事慨叹。语言清秀，化用前人诗句、典故，自然贴切。境界开阔，既豪迈又带凄凉。其景其情，音韵格调，都不让于宋人。

萨都剌是元代杰出的少数民族作家。他与耶律楚材、贯云石、迺贤、丁鹤年、马祖常等，对中华民族文学都作过一定的贡献。《元诗选·雁门集》按："有元之兴，西北子弟，尽为横经。涵养既深，异才并出。云石海涯、马伯庸以绮丽清新之派振起于前，而天锡继之，清而不佻，丽而不缛，真能于袁、赵、虞、杨之外，别开生面者也。"

欧阳玄(1273？—1357？)，字原功，号圭斋。原籍庐陵，后居湖南浏阳。曾任国子博士兼国子祭酒、翰林待制、翰林学士承旨等职，著有《圭斋文集》。

他是元代后期的散文大手笔。宋濂在《圭斋文集序》中云："历官四十余年，在朝之日殆四之三。三任成均，而两为祭酒，六入翰林，而三拜承旨。盖当四海混一之时，文物方盛，纂修《实录》、《大典》、三史，皆大制作。两知贡举及读卷官。凡宗庙朝廷雄文大册，颁示万方制诏，多出公手。……文学德行，卓然名世。羽仪斯文，黼黻治县，公之功为最多。"可见他是个典型的御用文人，也是元代盛世之文的代表作家。

欧阳玄除写朝廷公文外，还有一些碑志序记之文，都写得"意雄而辞赡"，抒情状物，不离道德伦理，平和敦厚。下录《听雨堂记》中一段：

> 人生俯仰穹境间，耳目之所触，心志之由生。士君子仕而慕君，则见日而思长安；出仕而思亲，则见云飞而思亲舍；索居而思朋友，则见明月而思故人。兄弟友爱，一日而远别，则听夜雨而思同气。……嗟夫，君也亲也兄弟也朋友也，人之于纲常一也。日也月也云也雨也，人之于见闻一也。其感于外而动于中，有浅深焉。此世君子之所存异乎常人者也。雨注于霤，其声鞺鞳；滴于阶，其声淅沥；驰于竹松，其声屑窣。春而听之，有发生之意，兄弟之和气怡愉以之。秋而听之，有寂静之容，兄弟之神凝意远以之。所以然者，岂有外至哉？

通过斋堂听雨之声，联想到慕君思亲、怀念朋友，景情相融，文笔生动，气韵流畅，饶有情味。

欧阳玄诗作之多，但亦无突出特色，比较平易自然。如《京城杂咏》七首之七：

奉诏修书白玉堂，朝朝骑马傍宫墙。

牐河东畔垂杨柳，时有莺声似故乡。

王冕(1300—1359)，字元章，号煮石山农，诸暨(今属浙江)人。农家子弟，自幼苦学，应试不举，遂游吴、楚、大都，见天下将乱，遂归隐会稽之九里山，名其居曰“竹斋”。朱彝尊《王冕传》云：“冕善诗，通篆籀，始用花乳石刻私印，尤长画梅，以胭脂作没骨体。……太祖闻其名，授以谘议参军，而冕残矣。”王冕是元代遗民，他对元末黑暗政治不满，身居贫贱，热爱劳动，热衷艺术，具有叛逆精神。著有《竹斋集》。在元代诗人中，他是成就较高的一个。

王冕写了不少反映社会现实的诗。其中有江南遭受旱灾和水灾的惨状，有村妇蚕姑的艰辛，有达官贵人的骄奢淫逸，内容丰富充实。如《江南妇》：

江南妇，何辛苦！
田家淡泊时将雨，敝衣零落面如土。
馌彼南亩随夫郎，夜间织麻不上床。
织麻成布抵官税，力田得米归官仓。
官输未了忧心触，门外又闻私债促，
大家揭帖播通衢，生谷十年还未足。
长儿五岁方离手，小儿三周未能走，
社长呼名散户由，下季官盐添两口。
舅姑老病毛发枯，忍饥忍寒蹲破庐。
残年无物做慈孝，对面冷泪空流珠。
燕赵女儿颜如玉，能拨琵琶调新曲，
珠翠满头金满臂，日日春风嫌酒肉。
五侯七贵争取怜，一笑可得十万钱。
归来重藉锦绣眠，罗帏暖拥沉麝烟。

诗中通过一个妇人被官府和私债交相煎逼的悲惨遭遇，控诉了元代统治者的残酷压榨和剥削人民的罪行。对这类豪门贵族，王冕无比憎恨，在《虾蟆山》诗中，他借民间关于虾蟆石的传说，将此石比作元代官僚：“野人指点为我说，此物乃是虾蟆精。古昔曾偷太仓粟，三百余年耗中国。天官烛其阴有毒，敕丁破口劙其足。至今突兀留山丘，雨淋日炙无人收。树根穿尻蛇入肚，老鸦啄背狐粪头。牧童时时放野火，耕夫怒击樵夫剁。自从残堕不能行，见者唾之闻者骂。虾蟆虾蟆非令仆，无功那窃天之禄。如今虾蟆处处有，天官何不夷其族?”这种强烈的诅咒，正是代表了百姓的声音。在他的诗中，这样的呼声俯拾可见：《痛苦行》“京都大官饫酒肉，村落饥民无粒粟。”《江南民》“军旅屯驻数百万，米粟斗值三十千。去年奔走不种田，今年选丁差戍边。……淮南格斗血满川，淮北千里无人烟。”《冀州道中》“纵有好儿孙，无异犬与猪。至今成老翁，不识一字书。”《伤亭户》“灶下无尺草，甕中无粒粟。旦夕不可度，久世亦何福。夜咏声语冷，幽咽向古木。天明风启门，僵尸挂荒屋。”这些直接描写社会矛盾的作品，语言晓畅，感情鲜明，是元代难得的现实主义诗作。

王冕还有一些吊古伤今，曲折抒发民族意识的作品。如《南城怀古》。

日上高楼望大荒，西山东海气茫茫。
契丹踪迹埋荒草，女真烟花隔短墙。
礼乐可知新制度，山河谁问旧封疆。
书生慷慨何多恨，恨杀当年石敬塘。

诗中对向契丹割地屈膝、自称“儿皇帝”的石敬塘予以尖锐地讽刺，表达了作者的民族大义。诗的意境苍凉悲壮，蕴涵深沉。同样内容的还有《劲草行》：

中原古地多劲草，节如箭竹花如稻。
白露洒叶珠离离，十月霜风吹不倒。
萋萋不到王孙门，青青不盖谗佞坟，
游根直下土百尺，枯荣暗抱忠臣魂。
我问忠臣为何死？元是汉家不降士。
白骨沉埋战血深，翠光潋滟腥风起。
山南雨晴蝴蝶飞，山北雨冷麒麟悲。
寸心摇摇为谁道，道旁可许愁人知！
昨夜东风鸣羯鼓，髑髅起作摇头舞。
寸田尺宅且勿论，金马铜驼泪如雨。

诗中以劲草为喻，赞扬了民族英雄的忠魂劲节，悲叹当前山河易主，中原沦丧。强烈的民族感情，浸透在字里行间。

王冕还有些抒写隐居生活和个人情趣的诗，风格清新，语言淡雅，颇具美感。如：

荒苔丝篠路萦回，绕涧新栽百树梅。
花落不随流水去，鹤归常带白云来。
买山自得居山趣，处世浑无济世材。
昨夜月明天似洗，啸歌行上读书台。

——《梅花屋》

我家洗砚池头树，朵朵花开淡墨痕。
不要人夸好颜色，只留清气满乾坤。

——《墨梅》

冉冉新霜上鬓毛，相逢何事论英豪？
山城雨重钟声短，海国风情剑气高。
且自草衣同牧竖，不须骢马列官曹。
古来勋业真堪笑，三士杀身争二桃。

——《秋夜偶成》其五

王冕既喜梅花，又画梅花。前首写梅花屋边的明媚景色和闲适情趣；中间一首以梅喻志；后首抒发对功名利禄的轻蔑心情。王冕的诗歌风骨刚健，兴致深远，在元末婉柔工丽的诗风里，独树一帜，别开生面。《四库总目提要》云：“冕天才纵逸，其诗多排奡遒劲之气，不可拘以常格。然高视阔步，落落独行，无杨维祯等诡俊纤仄之习，在元明之间，要为作者。”

杨维祯(1296—1370)，字廉夫，有铁崖、东维子等称号。会稽(今浙江绍兴)人。官至建德路总管府推官，他关心民生，颇有政绩。明太祖召其修书，留四月而还，晚年隐于松江。著有《铁崖古乐府》、《东维子文集》等，《新元史》、《明史》均有传。

由于他文名甚高，吴越诸生多归之，在元末据诗坛领袖之位，时称其诗为“铁崖体”。他诗歌反映社会重大事件和民间疾苦的内容较少；咏史、写景、抒写个人性情的题材较多。他强调创作的个性特征，认为诗歌应该表现诗人的情性，反对因袭模拟，主张学古得神。他在《李仲虞诗序》中说：“诗者，人之情性也。人各有情性，则人各有诗也。得于师者，其得为吾自家之诗哉！”所以他标新立异，驰骋遐想，喜用奇辞，眩人耳目，受李贺影响深；赞扬者称之为“文中之雄”，贬责者谓之为“文妖”，各有偏颇。《四库总目提要》云：

元之季年，多效温庭筠体，柔媚旖旎，全类小词。维祯以横绝一世之才，乘其弊而力矫之，根抵于青莲昌谷，纵横排奡，自辟町畦，其高者或突过古人，其下者亦多堕入魔趣。故文采照映一时，而弹射者亦复四起。……特其才务驰骋，意务新异，不免滋末流之弊，是其一短耳。去其甚则可，欲竟废之则究不可磨灭也。

这一评论是较公正切实的。他的诗确实也有不少优秀作品。如：

鹿头湖船报赧郎，船头不宿野鸳鸯。
为郎歌舞为郎死，不惜黄金成斗量。
——《西湖竹枝歌》

家住城西新妇矶，劝君休唱金缕衣。
琵琶元是韩朋木，弹得鸳鸯一处飞。
——《西湖竹枝歌》

三箬春深草色齐，花间荡漾胜耶溪。
采菱三五唱歌去，五马行春驻大堤。
——《吴下竹枝歌》

潮来潮退白洋沙，白洋女儿把锄耙。
苦海熬干是何日？免得侬来爬雪沙。
——《海乡竹枝歌》

买妾千万金，许身不许心。使君闻有妇，夜夜白头吟。
——《买妾言》

这些用语通俗、情意真切，具有民歌风味的诗作，出自杨维祯之手，也确为一种标新立异。《归田诗话》说："西湖竹枝词，杨廉夫为倡，和者甚众，皆咏湖山之胜，人物之美，而寓情于中，大率一律。"可见当时影响之大。

他还采用古题乐府，写了一些妇女题材的诗，如《雉朝飞》、《王烈妇诗》、《石妇操》等，表扬历史或传说中的烈女节妇。其风格古朴，语辞直白，近汉魏乐府之韵味。如《雉朝飞》：

雉朝飞，一雄挟一雌，雄死雌誓黄泥归。
卫女嫁齐子，未及夫与妻。
青缡绾素结，一死与之齐。
人言卫女荡且离，乌得冢中有雉飞？
琴声鼓之闻者悲。

杨维祯酷爱自然山水，长期居于西湖、太湖一带，游历江南名山大川，写了一些景物诗。如《寄卫叔刚》：

一月春光如酒浓，好怀每与故人同。
杏花城郭青旗雨，燕子楼台玉笛风。
锦帐将军烽火外，凤池仙客碧云中。
凭谁解释春风恨，只有江南盛小丛。

这类诗写得意境清丽明秀，语言优美。也有的诗，给人以奇异谲怪的美感。又如《庐山瀑布谣》：

银河忽如瓠子决，泻诸五老之峰前。
我疑天仙织素练，素练脱袖垂青天。
便欲手把并州剪，剪取一幅玻璃烟。
相逢云石子，有似捉月仙。
酒喉无耐夜渴甚，骑鲸吸海枯桑田。
居然化作十万木，玉虹倒挂清泠渊。

将瀑布景观写得活灵活现，有声有色，神奇的想像与眼前的实物相结合，虚虚实实，真真假假，别有一番情味。

杨维祯的散文，不似其诗求奇求新，而是平易清顺，文辞畅达。他论学议事，品评人文，不拘俗套，自有门户。如《南漪堂记》，就“漪”而发高论，说明有本有源，方能成就其事。文中曰：

……予以为漪之所以为漪，盖有为之本者，其可不知乎！今夫水由地中行，源深则流长。其发岷峨，越崖谷，冲林莽，倾折回直，束之为峡，汇之为涡，激之为湍瀑，千变万态，不可踪迹。然后达于江河，以朝宗于海。有本者如是哉。苟为无本，沟浍之水，朝盈而夕涸，求一沤之微不可得，奚有千变万态，极观于涣之漪者也！……

论述具体生动，语言流畅。又如《骂虱赋》，将虱这种可恶的小虫，写得令人作呕，但这只是"小毒小臭"，而那些"奸法窃防，妨化圮政，剥人及肤，残人致命，阚若豺虎、蝥甚枭獍"的贪官污吏，则是"大毒大臭"之大害虫。作者用幽默的语言，辛辣地鄙薄和诅咒了这些害人虫，具有强烈的讽刺性和战斗性，是当时不可多见的杰作。

元代后期的诗文作家，还有迺贤、辛文房、顾英、李孝先、黄溍、柳贯、倪瓒、汪元亨、吴莱、陶宗仪诸人，他们都各有所成。总的看来，元代的诗文成就不算高，作家们上宗唐人之风，对明清文学有一定的影响，其承前启后的历史作用是不能低估的。

第四节　元代的文学理论和批评

元代的文学理论和批评，在诗文方面，多沿袭宋人之说，没有新的建树，只能说起了些承前启后的作用。而在戏曲、小说方面，则有了开创性的成就，形成了一个新的文学理论分支，为明清的戏曲和小说等叙事文学理论奠定了基础。

元代的诗文理论批评，几乎没有专门的文论家和系统的文论著述。一些关于诗文的理论，散见于单篇文章和序、笔记等文中。较为著名的有郝经、方回、戴表元、赵孟頫、虞集、杨维祯等人的论述。

郝经，他继承了宋代理学家的观点，强调文道合一，文为道用。在《原古录序》中，他说："道非文不著，文非道不生。自有天地，即有斯文，所以为道之用，而经因之以立也。"将这种观点运用于理义与文法的关系上，他认为："夫理，文之本也；法、文之末也。有理则有法矣。未有无理而有法者也。六经理之极，文之至，法之备也。"(《答友人论文法书》)他发挥了理学家"有德者必有言"的理论，把道德修养视为作文之本，贬低游历四方和观览群籍的"外游"学习作用。这些观点，对明初宋濂和清代桐城派的文论影响较大。

方回(1227—1307?)，字万里，号虚谷，安徽歙县人。他继承了宋代黄庭坚与江西诗派的理论，标榜"格律整峭"，偏爱江西派那种瘦硬奇峭的诗风。他提出"古今诗人，当以老杜、山谷、后山、简斋四家为一祖三宗"(见

《瀛奎律髓》卷26)之说，影响颇大。他论诗以“格高”为上，说：“诗先看格高而意又到，语又工，为上；意到语工而格不高，次之；无格无意，又无语，下矣。”他评诗重视诗法、诗格、形式和技巧，对诗歌内容不够重视。

戴表元，他继承了严羽的观点，提倡唐音。他反对理学家排斥文学的看法，批评宋人溺于时弊而不知取法于唐，认为只有以盛唐诗歌为师，方能克服宋诗虽屡经变化而仍偏于一隅之弊。他在《剡源集·九》中说：“迩来百年间，圣俞、鲁直之学皆厌，永嘉叶正则倡四灵之目，一变而为清圆。清圆之至者亦可唐，而凡枵中捷口之徒，皆能托于四灵，而益不暇为唐。唐且不暇为，尚安得古。”他的这种观点，上承沧浪诗说，对明代前、后七子的文学复古思潮影响较深。

赵孟頫是正统诗人，他论诗主张合六义，含比兴，本风雅，文尚明理，不求深曲。在《南山樵吟序》中说：“盖今之诗，是非古之诗，而六义则不能尽废，由是推之，则今之诗犹古之诗，夫鸟兽草木，皆所寄兴；风云月露，非止于咏物。”

虞集身为南宋名相之后，为元代著名诗人。他论诗与赵孟頫不同，主张淡泊、闲雅、深远，推崇陶渊明、王维、韦应物等人。他在《胡师远诗集序》中说：“近世诗人深入怨者多工，长于情者多美，善感慨者不能知所归，极放浪者不能有所反。是皆非得情性之正，惟嗜欲淡泊，思虑安静，最为近之。”

杨维祯，他是元代诗文创作的殿后者，诗风独特，人称“铁崖体”。其诗论出乎以上几家之外，略具新意。他认为诗应表现个人的情性，强调诗的个性化，反对因袭模拟。他在《李仲虞诗序》中说：“诗者，人之情性也，人各有情性，则人各有诗也。得于诗者，其得为吾自家之诗哉！”他以人品喻诗品，说明诗的情性、面目、骨骼、神气之间的关系。在《赵氏诗录序》中说：

> 评诗之品无异人品也。人有面目骨骼，有性情神气，诗之丑好高下亦然。《风雅》而降为《骚》，而降为十九首，十九首而降为陶、杜，为二李，其情性不野，神气不群，故其骨骼不庳，面目不鄙。嘻！此诗之品，在后无尚也。下是为齐、梁，为晚唐、季宋，其面目日鄙，骨骼日庳，其情性神气可知也。嘻！学诗于晚唐、季宋，而欲上下陶、杜、二李以薄乎《骚》《雅》，亦落落乎其难哉！然诗之情性神气古今无间也。得古之情性神气，则古之诗在也。然而面目未识而(谓)得其骨骼妄矣，骨骼未得而谓得其情性妄矣，情性未得而谓得其神气益妄矣：

他认为，要使诗的神气高，就得取法于古人的高格，要从认识古诗的面目入手，由表及里，方能得其神气，把诗的外形、内神各因素看成相互影响的统一整体，这是言之成理的，也是对当时仿摹晚唐、宋末靡丽文风的有力批评。其论卓然成一家之言，对明前、后七子和公安派都有影响。

此外，揭傒斯《诗法正宗》、杨载《诗法家数》、陈绎曾《诗谱》、傅与砺《诗法正论》等，对诗也作了一些论述，刘将孙、吴澄、袁桷等人也谈了对诗文的一些看法，但总的看来，元人之论文论诗，都没有突破唐、宋论家的范围，新见不多。

关于词论，最著名的有宋末元初张炎的《词源》，此书是词学的专著，在本书第五编已作介绍。

元代的戏曲理论和批评，属初创阶段，虽系统性不强，理论深度不够，但仍取得一定成就，开创之功不可没，为明清戏曲理论奠定了良好的基础。其中，较著名的理论著述有如下几种：

一是燕南芝庵的《唱论》。这是讲述演唱的专论，对唱曲的题材、内容、场所，歌唱者的品类等，作了一些概述。如：

> 三教所唱，各有所尚。道家唱情，僧家唱性，儒家唱理。
>
> 大忌郑卫之淫声，续雅乐之后，丝不如竹，竹不如肉，以其近之也。又云："取来歌里唱，胜向笛中吹。
>
> 凡歌之所忌：子弟不唱作家歌，浪子不唱及时曲，男不唱艳词，女不唱雄曲，南人不曲，北人不歌。
>
> 凡人声音不等，各有所长。有川嗓，有堂声，背合破箫管。有唱得雄壮的，失之村沙；唱得蕴拭的，失之乜斜；唱得轻巧的，失之闲贱；唱得本分的，失之老实；唱得用意的，失之穿凿；唱得打掏的，失之本调。

这些论述，较为具体，在声乐艺术实践中，有一定的参考价值。

二是周德清的《中原音韵》。周德清（1277—1365），字挺斋，江西高安人。虞集的《中原音韵序》说他"工乐府，善音律"。《中原音韵》的主旨在于"正音"和"审律"。内容分为两部分，前为《韵谱》，后为《正语作词起例》。

所谓正音，就是作曲时音韵要规范。以什么标准去规范呢？从隋代陆法言编撰《切韵》起，长期以来，诗词等用韵就以这一音韵系统为基础，《广韵》、《平水韵》、《词林正韵》等，都属此音系。但后世的实际语音却起了很大的变化。如果作曲还是遵用《切韵》音系，作者难记，听者难懂，不符合演唱文学的需要，也不适应市民文艺的审美趣味。对此，周德清有一段振聋发聩的论述：

> 世之泥古非今，不达时变者众；呼吸之间，动引《广韵》为证，宁甘受鴂舌之诮而不悔；亦不思混一日久，四海同音，上自缙绅讲论治道，及国语翻译、国学教授、言语，下至讼庭理民，莫非中原之音。……

他不仅从理论上讲明了作曲应以“中原之音”为准，而且还描写了“中原之音”的音韵系统，作为“韵谱”，让人们有所依据。他以北曲杂剧名家作品为对象，按照北方口语，归纳了19个韵部：

东钟	江阳	支思	齐微	鱼模
皆来	真文	寒山	桓欢	先天
萧豪	歌戈	家麻	车遮	庚青
尤侯	侵寻	监咸	廉纤	

这一音韵系统，与传统《切韵》(包括《广韵》、《平水韵》)音系的主要区别：(一)不按四个声调分立韵部，而以韵统调，即韵部包括声调。如《平水韵》东、董、送属平、上、去三个韵部，而《中原音韵》则为东钟一个韵部，这就便于作曲的“四声通押”。还将实际口语中读音已无区别的韵部，加以合併，如《平水韵》中、东与冬分为两部，《中原音韵》合为东钟一部，这样，韵部大大地简化，既符实际，又利口吻。(二)入派三声，即将《广韵》中的入声字，分别归进平上去三声中，不再独立为一个韵类。例如“七”、“戚”、“漆”古入声字，《中原音韵》将其派进支思部的上声中，“立”、“粒”、“力”入声字，就归进齐微部的去声中。这表示，北方话中，入声作为一个声调类别已渐消失，其读音已与韵母相同的其他声调相混。(三)平分阴阳，在《广韵》音系中，平声只有一类，如东韵平声中，有东、同、中、穷、通、筒等字。后因其声母清浊不同而演变成阴平和阳平两类，东中通声母为清而变为阴平，同、穷、筒因声母为浊而变为阳平，在格律诗中，阴平和阳平都属“平”声，上、去声属“仄”；如有入声存在的音系，入声属“仄”。《中原音韵》改造了传统韵书的体制，以单一的北方方音为基础，结合文学作品的实际，考订出一套元曲的音韵系统，为散曲和杂剧的创作，在语音方面清除了

障碍，开创了戏曲语音以实际语音为规范的新天地，这一贡献是具有划时代意义的。明代徐复祚《曲论》说："诗有诗韵，曲有曲韵。……曲韵则周德清之《中原音韵》，元人无不宗之。"作者在该书《自序》中也说："欲作乐府，必正言语，欲正言语，必宗中原正音。"此后，中原之音也就成了文学语言的标准语音，也是现代普通话的直接源头。

"审律"，即对当时乐府"文律俱谬"的情况，提出一些看法，集中在《正语作词起例》部分。文中讲述了作曲的方法、曲律的宫调等，其中"作词十法"具有较高的理论和实践意义，十法即：

知韵　造语　用事　用字　入声作平声
阴阳　务头　对偶　末句　定格

例如论造语说："未造其语，先立其意，语、意俱高为上。"又说："造语必俊，用字必熟，太文则迂，不文则俗。"论中，还对一些曲子作了具体分析，如：

满庭芳　春晚

知音到此，舞雩点也，修禊羲之。海棠春已无多事，雨洗胭脂。谁感慨兰亭古纸？自沉吟桃花扇新词。急管催银字，哀弦玉指，忙过赏花时。

评曰：此一词，但取其平仄，庶几。若"此"字是平声，属第二着。喜"羲"字属阴，妙。可惜第四、第五句，上下失粘。妙在"纸"字上声起音，"扇"字去声取务头。若是"纸"字平声，属第二着，"扇"字上声，止可作《折桂令》中一对。多了"急管"二字，不成调，得一意结之方好。吁！今之乐府，难而又难，为格之词不多见也。

这种分析，已很具体、很专业化了。对后来的曲词创作和理论发展都具有开创意义。书中，对格律强调有些过分，并有重雅轻俗的倾向。

《中原音韵》在我国音韵学史和韵文学史上都占有重要地位，为明清戏曲的格律理论奠定了基础，对后世声律派和藻绘派的影响尤深。

三是钟嗣成的《录鬼簿》。此书是我国文学史上第一本系统记录戏曲作家作品的重要文献。书中载有元代作家 152 人的小传和 400 多种戏曲作品的名目，并对每个作家的艺术风格作了评述，不仅具有较高的史料价值，也有一些值得重视的戏曲理论观点。作者一反轻视戏曲和戏曲作家的传统观念，义不容辞地为职位低微的剧作家立传，高度评价了他们的艺术成就。他把关汉卿列于戏曲家之首，提倡“发越新鲜”，反对模仿蹈袭。他在《录鬼簿序》中说：

> 余因暇日，缅怀故人，门第卑微，职位不振，高才博识，俱有可录，岁月弥久，湮没无闻，遂传其本末，弔以乐章；复以前乎此者，叙其姓名，述其所作，冀乎初学之士，刻意词章，使冰寒于水，青胜于蓝，则亦幸矣！名之曰《录鬼簿》。嗟乎！余亦鬼也。使已死未死之鬼，作不死之鬼，得以传远，余又何幸焉。

他写《录鬼簿》的目的在这里说得很清楚，即缅怀那些被正统文人所轻视的戏曲作家，宣传他们的不朽业绩，使戏曲创作更加发展。

书中对金元戏曲作家分类列出，即“前辈已死名公才人有所编传奇行于世者”，“方今已亡名公才人余相知者，及已死才人不相知者”，“方今才人相知者，及方今才人闻名而不相知者”。实际上是按“前辈”和“方今”两个时期划分两大类，在“方今”类中，又分为“已亡”和“未亡”二类，在这二类中又分与作者“相知者”和“不相知者”二种，这种分类，与作家优劣似无关系。但在排名次序上，成就大者一般在前。第一大类的著名作家有关汉卿、杨显之、王实甫、白朴、马致远、高文秀、石君宝、纪君祥、康进之、尚仲贤、郑廷玉等人。第二大类著名作家有郑光祖、乔吉、宫天挺、秦简夫等人。

对作者和作品的评介，简明扼要，对一些相知的作者，还以《凌波曲》吊之。如对郑光祖，云：

> 光祖，字德辉，平阳襄陵人。以儒补杭州路吏。为人方直，不妄与人交，故诸公多鄙之，久则见其情厚，而他人莫之及也。病卒，火葬于西湖之灵芝寺。诸吊送各有诗文。公之所作，不待备述，名香天下，声振闺阁，伶伦辈称“郑老先生”，皆知其为德辉也。惜乎所作贪于俳谐，未免多于斧凿，此又别论焉。
>
> 乾坤膏馥润肌肤，锦绣文章满肺腑，笔端写出惊人句。翻腾，今共古，占词场老将输伏。《翰林风月》，《梨园乐府》，端的是，曾下功夫。

关于戏曲理论批评，除上述三部专著外，还有元末明初《录鬼簿续编》(作者待考)，陶宗仪的《辍耕录》，夏庭芝的《青楼集》，胡祗遹的《优伶赵文益诗序》、《赠宋氏序》，杨维祯的《朱明优戏序》等，中间也有一些戏曲的资料和评论，值得重视。

元代的话本小说等叙事文学的理论批评，也处于初创阶段，未见成熟专著，往往散见于其他著作中。较有价值的，如罗烨的《醉翁谈录》，此书十集二十卷，分二十三类，收宋末、元初传奇、话本等情节资料，书前有《小说引子》和《小说开辟》二节，对宋、元时期说话艺术进行了理论阐述。作者充分肯定了通俗小说的地位，指出小说家不是浅薄庸俗之辈而须精通经史、贯串古今。小说除了娱乐作用外，也具有"言其上世之贤者可为师，排其近世之愚者可为戒"的教化作用。对民间通俗小说的艺术特点也作了些分析，说"讲论处不僻搭、不絮烦，敷演处有规模、有收拾，冷淡处提掇得有家数，热闹处敷演得越久长。"书中对小说进行了分类，计有：灵怪、烟粉、传奇、公案、朴刀、杆棒、神仙、妖术八大类，列有名目107种之多。

另有陶宗仪的《辍耕录》、杨维祯的《送朱女士桂英演史序》等，也对小说有所论及，但都未成系统。